Gianni Biondillo

Der Pate von Mailand

Roman

Aus dem Italienischen
von Birgitta Höpken

GOLDMANN

Die italienische Originalausgabe erschien 2005
unter dem Titel »Con la morte nel cuore«
bei Ugo Guanda Editore S.p.A., Parma

1. Auflage
Taschenbuchausgabe Oktober 2007

Umschlaggestaltung: Design Team München
Umschlagmotiv: Hanka Steidle
Redaktion: Julia Eisele
Satz: deutsch-türkischer fotosatz, Berlin
Druck und Einband: GGP Media GmbH, Pößneck
KvD · Herstellung: Str.
Printed in Germany
ISBN: 978-3-442-46229-2

www.goldmann-verlag.de

Danksagung

Zu den Freunden, denen ich im letzten Roman gedankt habe, kommen noch die Neuzugänge: Carla danke ich für die medizinische Beratung, Igor für die linguistische, Antonia für die juristische.

Eine große Umarmung an alle Frauen des Guanda-Verlags, die mich das ganze Jahr 2004 über ertragen, bemuttert und (viel zu!) oft auch verwöhnt haben.

Ein besonderer Dank gilt Franz, meinem alten Freund, der mir die Initialzündung gegeben hat.

Das Buch ist Sara gewidmet.
Dem anderen leuchtenden Edelstein meines Diadems.

I

Vor allem

Der Wärmeaustausch zwischen der metallenen Pistolenmündung und der schweißnassen Schläfe Lanzas hatte aufgrund der Gesetze der Thermodynamik mittlerweile sein thermisches Gleichgewicht erreicht, was es dem Unglücklichen erlaubte, von seinen diesbezüglichen unsinnigen Gedanken abzulassen. Damit eröffnete sich ihm die Möglichkeit, seine Anstrengungen auf den bevorstehenden entropischen Zustand zu konzentrieren, den er binnen Kürze erreichen würde.

In der Tat waren seine Gedanken gerade in lächerlichen Überlegungen verstrickt gewesen, die zum Beispiel die hohe Wärmeleitfähigkeit von Metall, die chemische Zusammensetzung von Schießpulver oder den illegalen Waffenhandel im Mittelmeerraum betrafen, als ihm der Mörder mit dem Pistolenlauf über das Gesicht fuhr und ihm diesen ohne Zögern auf die Schläfe setzte, in der es wie verrückt pochte. Doch jetzt hatte es keinen Sinn mehr, über diese Dinge nachzudenken, das stand in keinem Verhältnis zu den Gegebenheiten, es war nicht angebracht, sich in solchen Lappalien zu verlieren, die Zeit war abgelaufen. Der Pistolenlauf hatte die Körpertemperatur des Ispettore Capo des Kommissariats der Polizei von Quarto Oggiaro ziemlich rasch erreicht, obgleich gerade eben noch aus ihr geschossen worden war.

Jetzt war er dran.

Selbstverständlich wäre er unter anderen Umständen

Hals über Kopf geflohen. Doch ein weiteres physikalisches Gesetz, das über die Undurchdringlichkeit der Körper, gestattete ihm nicht, seinen Wunsch in die Tat umzusetzen, die Stricke zu durchdringen, die ihn wie eine frische Salami am Stuhl festschnürten, und ganz plötzlich wie in einem Comic aus den Kleidungsstücken und den Schuhen zu fahren, um zu fliehen.

Er starb. Und das war ihm auf eine ganz besondere Weise unangenehm. Genauer gesagt, er machte sich in die Hose. Doch so etwas sagt man nicht über einen Mann, dessen Ende nahe ist.

Er versuchte, die unterbrochene Unterhaltung mit seinem Gesprächspartner wieder aufzunehmen, einfach so, er wollte es einfach noch einmal probieren, doch er wusste, dass es keine Hoffnung mehr gab. Was zu sagen gewesen war, war gesagt, die Karten waren alle ausgespielt, jetzt war es an der Zeit, die Schulden zu begleichen und den Spieltisch zu verlassen.

Der Killer spannte den Hahn der Pistole, leidenschaftslos, nicht etwa, um die Todesqualen noch zu verlängern, sondern wie eine Angewohnheit, die man als Kind annimmt und die man bis ins hohe Alter beibehält.

Lanza versuchte, an etwas Schönes zu denken, als wolle er mit einem positiven Gedanken im Kopf sterben – in einer Art extremen passiven Widerstands des Geistes gegen die Absurdität der aktuellen Ereignisse. Wie in einem Strudel wirbelte ihm alles Mögliche durch den Kopf: das Gesicht seiner Frau, die Origami-Figuren, das Periodensystem, sizilianische Cassata, die Primzahlen, das Tor von Maradona gegen England bei der Weltmeisterschaft, die Photonen, das Jüngste Gericht auf der Innenfassade in der Kathedrale von Torcello, der Gesang der Buckelwale, dann wieder seine Frau. Er atmete schwer und laut, war gänzlich in Schweiß gebadet, das Herz pumpte in einem wahnsinnigen Tempo, er war kurz davor, sich zu übergeben. Das war nicht schön mit anzusehen.

Dann drückte der Mann gerade so fest auf den Abzug, dass der Hahn sich auf seiner Achse bewegte und den Schlagbolzen auslöste.

Blut rann über Lanzas Lippen, während sein Kopf auf die Brust sank.

Der Schütze trat einen Schritt zurück und fluchte in unverständlichen Worten. Dann drehte er sich erstaunt zu seinem Begleiter um.

»Verflucht. Der hat sich in die Hose gemacht. Wie widerlich!«

Der Andere lachte, als ob ihm gerade jemand einen Witz erzählt hätte. Überall war Blut, und der Mann mit der Pistole schien bei der Vorstellung, mit den Schuhen in die peinliche Pfütze zu treten, die sich unter Lanzas Stuhl gebildet hatte, auszuflippen. Obgleich doch gar nicht er hier den Frühjahrsputz machen musste.

Mörder sind unberechenbare Menschen.

II

Curriculum vitae

1

Sie war höchstens neunzehn. Ihre Titten waren so groß, dass das T-Shirt, das sie umspannte, sich Mühe geben musste, nicht hier vor aller Augen zu zerreißen. Sie sprach mit einem Jungen gleichen Alters über völlig belanglose Dinge, hin und wieder lachten die beiden und stießen sich immer wieder an. Ab und zu sah sie auf und ließ ihren Blick durch den Warteraum schweifen, um den hungrigen Augen ihres Gegenübers zu begegnen, nur damit dieser sich wegen seiner schlüpfrigen Gedanken schuldig fühlte. Tatsächlich gelang es dem Anwesenden nicht, seinen Blick von ihrem Dekolleté zu lösen, und in all dieser Verwirrung bekam er auch noch fast eine Erektion. Sie sah ihn verächtlich an, so wie man einen alten Lustmolch ansieht, der hier in diesen Räumen der Universität, einem Tempel der Jugend und der Unbeschwertheit, völlig fehl am Platz war.

Dann sah jemand durch die Tür herein, eine Liste in der Hand.

»Ferrari? Michele Ferrari?«

Es war nicht zu fassen: Schon wieder hatten sie seinen Namen verhunzt. Er erhob sich missmutig.

»Mein Name ist Ferraro. Michele Ferraro.«

Er sagte das so wie James Bond, ohne dabei aber nur im Geringsten glaubhaft zu wirken.

»Das muss ein Tippfehler sein. Kommen Sie nur, der Professor erwartet Sie.«

Ferraro ging durch den Raum. Das Mädchen schien ihn

schon vergessen zu haben, auch wenn sie sich vielleicht seinen Namen genau einprägte, für den Fall, dass sie der Polizei, sollte sie ihm eines Tages in einer dunklen Gasse begegnen, die Personalien des Vergewaltigers angeben können würde. Oder vielleicht auch nicht. Vielleicht war dies auch nur ein Gedanke Ferraros, der Gedanke eines Bullen.

2

Die Aufmerksamkeit, die der Professor auf seine Bartpflege verwendete, nahm vermutlich einen Großteil seiner wachen Stunden in Anspruch. Die Geometrie seines behaarten Gesichts war von solch beeindruckender Präzision und Harmonie, als ließe er sich den Bart vom Gärtner der Villa Lante in Bagnaia stutzen. Der renaissancehafte Schwung des Bartes war dessen einer Büste auf dem römischen Pincio-Hügel würdig. Man konnte den Professor nicht gerade als älteren Herrn bezeichnen, nein, eigentlich war er sicher nicht viel älter als Ferraro, doch man sah diesem Bart den Wunsch an, älter zu erscheinen, ein Verhalten und eine Autorität an den Tag zu legen, die seinem Alter nicht entsprachen.

Kaum hatte Ferraro dem Professor ins Gesicht geblickt, war er sich sicher, dass er ihn kannte. Doch das lag wohl an seiner *Déformation professionelle* – immer war er argwöhnisch, immer bereit, auch im Milchmann von gegenüber einen flüchtigen Verbrecher zu sehen.

Der Professor gab ihm mit einer Geste zu verstehen, dass er sich setzen könne, was Ferraro auch tat. Es verging einige Zeit, bevor der Bärtige von seinen Papieren aufsah. Er wollte Ferraro offenbar darauf hinweisen, dass er allein deswegen hier bei ihm in diesem Raum sein konnte, weil er, der Professor, ihm einen Gefallen tue, denn in Wirklichkeit habe er völlig anderes im Kopf, Gedanken, die die Welt vor der Verdammnis retteten oder Ähnliches.

Dann schob er großmütig seine Papiere zu einem Stapel zusammen und las etwas von einem Blatt ab.

»Gut, wen haben wir denn da … Michele Ferrara.«

»Ferraro, ich heiße Ferraro.«

»Nun, das muss ein Tippfehler sein.«

Der Professor nahm einen Stift zur Hand und korrigierte den Namen. Ferraro fragte sich, warum gerade immer sein Name falsch geschrieben wurde, der doch ein so verbreiteter Name von erschütternder Banalität und so schwer zu verunstalten war.

»Nun, Signor Ferrari.«

»Ferraro.«

»Ja, ja, Ferraro, entschuldigen Sie«, der Professor rückte sich die Brille auf der Nase zurecht, »ich sehe, dass Sie Ihre letzten Prüfungen vor sieben Jahren abgelegt haben … Nun ja, gerade noch rechtzeitig, ich denke, Sie wissen, dass Sie eine richtige Verwaltungsprozedur absolvieren müssen, die Bezahlung der Gebühren der vergangenen Jahre und noch eine ganze Reihe anderer Dinge, für die ich in keiner Weise zuständig bin.«

»Ja, keine Sorge, ich habe sie schon ›absolviert‹.«

»Schön, ein Problem weniger.« Ein Geist, dem reinen Denken zugewandt, unerhört, ihn mit solch niederen Dingen zu beschmutzen. »Es ist natürlich klar, dass Ihre Situation ein wenig eigenartig ist. In der Zwischenzeit haben sich zwei Studienordnungen geändert, und Ihr *curriculum studiorum* ist – wie soll ich es ausdrücken – überholt und muss wieder auf den neusten Stand gebracht werden. Jetzt, mit der neu eingeführten Studienordnung, existieren sogar einige der Fächer, in denen Sie Prüfungen abgelegt haben, gar nicht mehr, sie wurden abgespalten und in andere Lehrveranstaltungen eingegliedert.«

»Erzählen Sie mir gerade, dass Sie meine Prüfungen nicht anerkennen wollen?«

»Seien Sie doch nicht so rigoros. Sagen wir einfach, wir müssen Ihr Studienbuch prüfen und es an das neu eingeführte Kreditpunktesystem der neuen Studienordnung angleichen.«

Es war, als redete er vom Neuen Testament. Jedes Mal, wenn er davon sprach, wurde er von einem inneren Licht erleuchtet. Inzwischen war der Messias gekommen, doch Ferraro saß noch immer da und las die Bibel der Juden. Glücklicherweise würde ihn der Evangelist, der ihm hier gegenübersaß, in Kürze erlösen.

»Und können wir es angleichen?«

»Aber sicher. Dafür sind wir ja hier. Die Tatsache, dass jemand beschließt, sein Studium wieder aufzunehmen, kann ja nur Gutes bedeuten. Sie wissen, dass wir in Europa das Land mit dem größten Anteil an Studienabbrechern sind?«

»Nein, das wusste ich nicht.« Und, um die Wahrheit zu sagen, interessierte ihn das auch nicht die Bohne.

Praktisch ein Missionar. Bereit, die Wüstenei zu durchqueren, um das Wort überall dorthin zu bringen, wo es die ›Neue Ordnung‹ haben wollte.

Der Professor nahm die aufmerksame Lektüre von Ferraros *curriculum* wieder auf.

»Sie haben sich … na, sieh mal einer an … im Jahr 1985 eingeschrieben, das war ja noch im vorigen Jahrhundert, was?« Ein echter Komiker, das musste man sagen. »Denken Sie nur, ich habe mich ein Jahr später immatrikuliert. Sehen wir doch einmal, ob wir auch irgendwelche Veranstaltungen zusammen besucht haben?«

Ja, das hatten sie, und ob. Kaum hatte der Bärtige zu sprechen angefangen, da hatte Ferraro ihn wiedererkannt. Und es half nichts, dass er auf jede erdenkliche Art versuchte, sich selbst davon zu überzeugen, dass er sich irrte. Er hatte die schnarrende Stimme wiedererkannt, die jetzt ein wenig gereifter klang als noch vor zwanzig Jahren, gekünstelter, doch mit derselben unsympathischen Modulation. Damals hatte er keinen Bart gehabt, nur unendlich viele Pickel am ganzen Körper. Ein besserwisserischer und überheblicher Kotzbrocken. Ein Wichser. In der Cafeteria hatten ihn alle ignoriert, und die Mädchen waren ihm aus dem Weg gegangen, als übertrüge er die Beulenpest. Und jetzt war er hier, um genussvoll Vergeltung zu üben.

Nach langen Phasen der Schleimscheißerei und der Wasserträgerei, Aufsätzchen und Artikelchen über das Geschlecht der Engel und das Haar in der Suppe, nach schlaflosen Nächten, in denen er den Schwachsinn des Betreuers seiner Examensarbeit korrigiert hatte, nach endlosen Bibliographien und genialischen Schriften, unter denen jedoch die Namen von anderen standen, nach Litern von Galle und nicht enden wollenden Prüfungen, die er dann mit der Unterschrift eines anderen abgezeichnet hatte, nach jahrelangen Hunger-Stipendien und Veröffentlichungen, die sich nur für die Redaktion der Zeitschrift des geliebt-gehassten Förderers als nützlich erwiesen, nach der Vertragsanstellung ohne Gehalt, mit dürftiger Spesenerstattung, nach zahlreichen Intrigen, verlorenen Freundschaften, gehässigem Grinsen, nach einem Zwölffingerdarmgeschwür jetzt endlich die Revanche. Jetzt, wo er außerordentlicher Professor war (noch kein Ordinarius, ein weiteres Jahrzehnt des Hasses auf die Menschheit musste er mindestens noch durchstehen, bevor er den Olymp der ordentlichen Professoren betreten und endlich die Reinwaschung von der Schlacke der Welt erlangen würde), jetzt, wo er hier war, konnte er es kaum glauben, dass er seinen Triumph an einem Studiengenossen ausleben durfte. Bei dem es sich im vorliegenden Falle um Ferraro handelte, damit man nicht vergaß, dass das Glück blind ist, das Unglück aber sehr gute Augen hat.

»Ich weiß nicht, ich glaube nicht …«

»Doch doch, schauen Sie hier.« Der Professor wedelte mit dem Studienbuch vor Ferraros Gesicht herum. »Pierantoni, erstes Jahr Soziologie. Schöne achtundzwanzig Punkte, sehr gut.«

Er hatte natürlich dreißig *cum laude* bekommen, wahrscheinlich hatte er nie weniger als dreißig gehabt.

»Ach, auch Sie haben diesen Kurs besucht? Wissen Sie, ich erinnere mich nicht mehr, es ist ja auch schon eine ganze Reihe von Jahren her.«

»Gewiss, gewiss. Aber hör einmal, duzen wir uns doch, oder? Wir sind doch ehemalige Kommilitonen.«

Nur dass er auf der anderen Seite des Katheders saß und dass Ferraro so eine Art wiederauferstandener Student war, einer, der aus einem zwanzigjährigen Koma erwacht war und nun zum ersten Mal ein Mobiltelefon sieht, erfährt, dass die Berliner Mauer gefallen ist und dass es Pornoseiten im Internet gibt.

»Wenn du möchtest …«

»Na, aber bitte, es ist mir eine Freude. Also, schauen wir uns die Sache einmal an …«

Das Ganze verhielt sich wie folgt: Tatsächlich fehlte Ferraro nicht viel bis zum Abschluss des Studiums. Die Neue Ordnung hatte in ihrer Omnipotenz die Existenz solcher Residuen aus der Vergangenheit vorhergesehen, die Existenz solcher alten Trottel, die, anstatt unwissend zu sterben, wie sie es verdienten, den Wunsch hatten, sich wichtig zu machen, indem sie sich mit einem Titel schmückten. Und somit würde auch unser Mann nach einigen kreativen Winkelzügen der akademischen Bürokratie zufrieden nach Hause gehen und zu seiner alten Mutter sagen können: ›Auch ich werde eines Tages Doktor sein.‹ Der Bärtige erklärte ihm das mit aller Großmut, die seine unangenehme Stimme aufbringen konnte.

»Fehlt mir noch viel?«

»Was ist, hast du es eilig? Ich glaube doch nicht, dass Zeit nunmehr noch ein Problem ist, oder?«

Hier war er, der Dolchstoß in den Rücken.

»Ich habe einen Knochentumor, ich könnte von einem auf den anderen Moment sterben!«

Das stimmte nicht, doch er wollte das gebieterische bärtige Gesicht erblassen sehen. Als er sah, dass es die Farbe des Bianco Statuario in den Marmorsteinbrüchen von Carrara erreichte, sprach er mit einem Lächeln weiter: »Ich habe natürlich nur Spaß gemacht.«

»Natürlich«, doch das klang allerdings, als solle es ›Leck mich am Arsch‹ heißen.

»Für mich gibt es da Probleme mit meinem Beruf.«

»Natürlich, natürlich, das ist mir klar. Weißt du, wer wie ich sein Leben der akademischen Welt gewidmet hat, verliert die Alltagsrealität manchmal aus dem Blick. Die Wissenschaft nimmt dich völlig ein, aber sie entschädigt dich auch für alle Opfer, die du ihr darbringst. Verstehst du, diese Begeisterung, dieses beständige Erforschen der Wirklichkeit, der Vergangenheit und der Zukunft, dieses Zusammenbringen entfernter Elemente, die ein Laie nicht begreift, um ihnen Form und Substanz zu geben. Ich weiß nicht, ob du verstehst, wovon ich spreche ...«

Ferraro fluchte unhörbar in allen Sprachen, die er kannte, sogar in Dialekten.

»Natürlich, klar, ich kann mir das vorstellen, die Analyse, die Untersuchung, die Indizien … weißt du, meine Arbeit …«

»Ja, die Arbeit. Die Welt da draußen … die harte Alltagswirklichkeit. Ich sage dir, seit ich für die Studienpläne verantwortlich bin, bist du nicht der Erste, der zu mir kommt und sein Studium wieder aufnehmen will. Die Älteren, vielleicht schon im Ruhestand, hat eine etwas naiv-romantische Leidenschaft für die Kultur ergriffen. Sie sind sehr nett, voll guten Willens. Dann gibt es solche wie dich, um die vierzig, die ihr Studium abschließen müssen, denn wenn sie in der Bank Karriere machen wollen, brauchen sie ein Papier … das ist richtig, das ist korrekt. Ich kann nicht verlangen, dass alle das Abenteuer der Entdeckung und die Erforschung der Realität wie eine Mission erleben. Wenn es so wäre, dann wären wir ja alle Professoren, nicht wahr?«

Wenn es noch Zweifel daran gegeben hatte, dass der Mann ein Arschloch war, dann waren sie jetzt verflogen. Er rächte sich heimtückisch an Ferraro dafür, als Student nicht zu jenen Feten eingeladen worden zu sein, bei denen Bier, Joints und leichte Mädchen herumgereicht wurden, dafür, dass man seine Schuhe versteckt hatte, die er dann ganz oben im Geäst eines Baumes wiederfand, und dafür, dass über ihn, zwar noch Student, aber schon Assistent des Professors, schlimme Dinge an der Tafel standen. Ihr habt euch amüsiert, schien er Ferraro zu sagen, ihr habt euren Spaß gehabt. Und was seid ihr jetzt? Kleine Beamte, gescheiterte Existenzen, die ihr hierherkommt und um ein Diplömchen bettelt, das ihr einrahmen und zu Hause aufs Klo hängen könnt. Als Student hatte ihn niemand leiden können: Jetzt, wo er Professor war, plante vielleicht schon jemand, ihn aus dem Weg zu räumen. In gewisser Weise konnte er einem leidtun. Aber nur in gewisser Weise.

»Hör mal, entschuldige bitte, kommen wir wieder zum Eigentlichen zurück. Ich will wissen … die Examensarbeit …«

»Ja, die Examensarbeit … die Examensarbeit … mach dir keine Sorgen. Leg nur die letzten Prüfungen ab, ich gebe dir eine Übersicht, die dir vielleicht hilft, das Kreditpunktesystem besser zu verstehen. Es gibt einige Prüfungen, die nicht mit einer präsenzpflichtigen Veranstaltung verbunden sind. Von denen würde ich ausgehen. Was die Examensarbeit betrifft, wenn du sie jetzt schon mit einem Dozenten besprechen willst, kann ich dir ein paar Kollegen nennen. Oder wenn es dir lieber ist, kann auch ich sie betreuen.«

Das fehlte gerade noch. Dem Bärtigen leuchteten die Augen, dem Bartlosen pulsierte das Blut in den Schläfen.

»Aber nein, das könnte ich nie …«

»Keine Sorge. Mir ist klar, dass du neben deinem Beruf keine richtige Examensarbeit schreiben kannst. Um zu forschen, braucht man Zeit. Und die fehlt dir, wenn ich richtig verstanden habe. Die Universität ist für dich eine Pflichtübung, kein Lebensinhalt. Du brauchst das Stück Papier für deine Arbeit, damit du ins Büro ein Stockwerk höher wechseln kannst … Ach übrigens, was machst du denn eigentlich beruflich?«

Ferraro hatte die Schnauze gestrichen voll. Er schob die Hand unter seine Jacke, als müsse er sich unter der Achsel kratzen, zog seine Dienstpistole heraus und legte sie mit lautem Geräusch mitten auf den Schreibtisch.

»Ich schieße.«

Der Professor wurde nicht ohnmächtig, weil ihm das seine Rolle in der Gesellschaft verbat. Aber es hätte nicht viel gefehlt.

3

Zeni tobte. Ferraro hatte das erwartet. Und auch deswegen hatte er sein Kündigungsschreiben eine Zeit lang in seiner Kommodenschublade vergraben gehabt. Er hatte nicht die Kraft gefunden, es ihm zu geben. Kaum hatte der stellvertretende Polizeichef es gelesen, brüllte er wie ein Verrückter durch das ganze Kommissariat; er sah aus, als sei ihm eine Ader im Gesicht geplatzt.

»Fusco! Such mir Ferraro und schick ihn in mein Büro.«

»Ich weiß nicht, wann sein Dienst anfängt.«

»Bring ihn sofort her, und wenn er auf den Malediven ist. Ich will ihn jetzt in meinem Büro sehen!«

Er verschwand türenschmetternd wieder in seinem Zimmer. Es war das dritte Mal, dass er dies tat, seit er das Kommissariat unter sich hatte. Das Vorkommnis beeindruckte die Anwesenden nicht wenig.

Als endlich das Gesicht Ferraros in der Tür auftauchte, schien es, als habe der Polizeichef seine ihm eigene Gelassenheit wiedergefunden, doch einem aufmerksameren Beobachter entging nicht, dass irgendetwas in ihm kochte.

»Schön, Ispettore, schöne Überraschung. Ich dachte, Sie seien schon für archäologische Ausgrabungen nach Belize entschwunden.«

Au weia, ein Zeni, der sich in Sarkasmus übt, ist schlimmer als ein wütender Zeni.

Ferraro versuchte, ruhig zu bleiben; er setzte sich dem Vicequestore gegenüber.

»Ich habe mich nicht für Archäologie eingeschrieben.«

»Ach, noch nicht? Ich dachte, Sie wollten noch einen zweiten Hochschulabschluss machen. Oder vielleicht eine Fortbildung ...«

»Dottore, ich … wie ich geschrieben habe …«

»Genau, eben …«, er fuchtelte ihm mit dem Brief vor dem Gesicht herum, »was soll dieses Theater eigentlich? Mussten Sie mich auf solch melodramatische Weise über Ihre Pläne informieren?«

»Ich habe mich nicht getraut, es Ihnen persönlich zu sagen.«

»Nicht getraut? Aber Verzeihung bitte, was sind Sie eigentlich von Beruf? Trappistenmönch? Was ist das für ein Polizist, der nicht den Mut für seine eigenen Handlungen aufbringt?«

»Vielleicht ist er kein guter Polizist.«

»Das entscheide ich, verstanden? Spielen Sie vor mir hier nicht den Selbstmitleidigen, denn ich biete Ihnen ganz gewiss nicht meine Schulter an, damit Sie sich an ihr ausweinen können.«

Er begann, Schubladen aufzuziehen und wieder zu schließen. Einen Moment lang dachte Ferraro, er suche nach der Pistole, um ihm in den Bauch zu schießen.

»Dottore, versuchen Sie doch, meine Lage zu verstehen … und außerdem haben Sie mir geraten, wieder zu studieren.«

»Reden Sie keinen Unsinn.«

»Haben Sie mir denn nicht gesagt, dass ich weiter studieren solle?«

»Natürlich sollen Sie, aber, zum Teufel, alles hat seine Zeit.« Er fuhr fort, wie ein Besessener nach etwas zu suchen. »Wo sind die Dinger denn, verdammt nochmal?« Er sagte das offenbar ganz gedankenlos, denn Schimpfwörter waren nicht der gewöhnliche Stil des Vicequestore, zumindest nicht des öffentlichen.

»Kann ich Ihnen helfen?«

»Ja, indem Sie aufhören, so halsstarrig zu sein … Ah, da sind sie ja.«

Er hielt ein Päckchen Pfefferminzbonbons in der Hand, nahm sich eines heraus und steckte es sich in den Mund. Sein Gesichtsausdruck änderte sich, seine Züge entspannten sich schlagartig; wenn Ferraro ihn nicht so gut gekannt hätte, hätte er vermutet, dass die grüne Farbe nicht von Pfefferminze herrührte, sondern von Marihuana. Andererseits hatte Ferraro im Leonka, einem von Mailänder Bullen oft aufgesuchten Ort, schon Ähnliche gesehen.

»Wollen Sie eins?«

Genau, jetzt sich eins lutschen, und dann das ganze Repertoire des Gebirgsjägerchors rauf und runter singen.

»Nein, danke.«

»Nehmen Sie eins. Die sind gut und beruhigen die Nerven. Das ist kein Marihuana.«

»Obwohl auch das die Nerven beruhigt.«

»Nehmen Sie jetzt eins oder nicht?«

Er nahm eins. Es war Pfefferminze.

4

»Ferraro, nur, damit wir uns verstehen: Ich sage ja nicht, dass Sie nicht wieder studieren sollen. Aber eine solche Entscheidung ... nun, von Ihnen hatte ich mir eigentlich ein wenig mehr Korpsgeist erwartet. Sie wissen, in welchem Zustand das Kommissariat ist. Ich versage Ihnen nichts, aber Sie müssen mir unbedingt entgegenkommen.«

»Soll ich das Studium aufschieben?«

»Hören Sie, ich kann Sie zu nichts zwingen, doch ich bitte Sie um einen persönlichen Gefallen. Wir haben schon keinen richtigen Kommissar mehr, jetzt, wo Lanza nicht mehr da ist, wenn Sie jetzt auch noch weggehen, wem soll ich denn die Fälle überantworten?«

»Comaschi ist auch noch da.«

»Er allein reicht nicht. Was soll ich tun, soll ich einen Streifenpolizisten nehmen und ihn vom Fleck weg befördern? Ja, glauben Sie denn, dass wir in einem amerikanischen Film sind? Ist Ihnen klar, in welche Lage Sie mich bringen? Mein Personalmangel hier ist absolut pathologisch.«

»Ja aber, was soll ich denn tun? Könnte es nicht sein, dass ich an einem ganz besonderen Punkt meines Lebens angekommen bin, an dem ich Bilanz ziehen muss?«

»Was erzählen Sie denn da? Überlassen Sie die Bilanzen den Buchhaltern. Hier stehen wir in vorderster Front.«

»Vielleicht halte ich es ja hier nicht mehr aus. Vielleicht habe ich ja keine Lust mehr, hier zu versauern.«

Der Vicequestore stöhnte hörbar. Dann steckte er sich ein weiteres Bonbon in den Mund. Er beruhigte sich augenblicklich, ein konditionierter Reflex, der eines Pawlows würdig war. Dann bekam er einen Gesichtsausdruck à la ›jetzt versuchen wir es mit Plan B‹.

»Schon gut, schon gut … und wenn ich Sie bitten würde, Ihr Studium zwar nicht aufzuschieben, aber, wie soll ich sagen, Teilzeit zu arbeiten?«

»Bei der Polizei gibt es keine Teilzeitarbeit.«

»Wir könnten uns die Schichten einmal gemeinsam anschauen, keine Nacht- oder Sonntagsschichten, ich könnte Ihnen hin und wieder eine Ausnahmegenehmigung erteilen … Außerdem gibt es das Recht auf Weiterbildung, wie viele Stunden sind das?«

»Hundert, hundertzwanzig, ich weiß es nicht genau.«

»Im Jahr?«

»Im Jahr.«

Er machte eine konzentrierte Miene, als rechnete er aus, wie viele Arbeitstage das sein würden. Schließlich war aber nicht ersichtlich, ob es ihm viel oder wenig erschien.

»Dann gibt es noch Urlaub, Krankheitstage …«

»Dottore, Sie wissen selbst ganz genau, dass man bei der Ermittlungsarbeit in einigen Fällen nicht nach dem Kalender gehen kann.«

»Wir könnten ja sagen, dass ich Ihnen die weniger wichtigen Fälle gebe, De Matteis wird sich sicherlich sehr darüber freuen. Aber ich will Sie hier haben. Für den Fall außergewöhnlicher Anforderungen ist es für mich wichtig, dass Sie mir zur Verfügung stehen.«

»Sie sind sehr freundlich …, aber ich weiß nicht, ob ich unter den Bedingungen, die Sie mir in Aussicht stellen, die Zeit finde, mich in angemessener Weise dem Studium zu widmen.«

»Aber hören Sie mal! Feilschen Sie? Glauben Sie, dass Sie sich das erlauben können?«

»Was sagen Sie denn da? Ich feilsche überhaupt nicht. Sie werden sehen, dass das Ministerium Ihnen vernünftigen Ersatz schickt. Wenn Sie ohne Lanza ausgekommen sind, dann können Sie auch ohne mich auskommen.«

Jetzt rauchte es aus Zenis Nüstern. Er schien bereit, ihn mit ›Plan C‹ auf die Hörner zu nehmen.

»Ferraro, ich werde nervös bei diesem Gerede.«

»Wenn ich es jetzt nicht mache, fürchte ich, mache ich es nie. Versuchen Sie doch zu verstehen … Sie haben doch De Matteis.«

»Der ist gut.«

»Für die Arbeit, die er tun muss, ist er hervorragend geeignet, dann ist da noch Comaschi … Fusco …«

»Fusco ist jung, zu jung.«

»Fusco ist gut, nur dass sie eben eine Frau ist.«

»Fangen Sie bei mir nicht mit dieser Debatte an!« Zeni stand wutschäumend auf. »Ich kann diesen recycelten Altfeminismus nicht leiden. Wenn ich sage, Fusco ist jung, dann soll das heißen, dass sie jung ist. Stellen Sie hier bitte nicht meine Professionalität infrage.«

Er schien wütender zu sein, als es die Situation hergab, es war, als würde er schauspielern.

»Dottore, das würde ich mir nie erlauben, nur dass die tatsächlichen Bedingungen für Frauen bei der Polizei …«

»Es reicht jetzt, machen Sie mal einen Punkt. Ja, glauben Sie denn, Sie sind ein Metzger, der, wenn er Urlaub machen will, seine Sachen packt und ans Meer fährt? Und bevor Sie den Abgang machen, halten Sie mir jetzt auch noch kommunistische Reden? Ja, wollen Sie etwa die Anarchie hier in diesem Kommissariat einführen?«

Jetzt übertrieb er aber wirklich.

»Was hat das mit dem Anderen zu tun, bitte?«

»Sagen Sie mir, was sind Sie eigentlich? Ein Kommunist, ein Anarchist?«

Ferraro musste lachen.

»Das ist unmöglich, Dottore, das wissen Sie gut. Wir Polizisten können keine Anarchisten sein. Die Anarchisten, die werfen wir doch aus dem Fenster.«

Plötzlich verstummte die ganze Welt. Es war, als hallten die Worte des Ispettore noch im Raum wider. Es war so still, dass man sogar das Atmen desjenigen zu hören schien, der an der Tür lauschte.

Zeni setzte sich mit dem zufriedenen Ausdruck eines ausgekochten Schlitzohrs wieder hin.

»Was Sie da gerade gesagt haben, Ispettore, ist gravierend. Es liegen Tatbestände für mehr als ein Disziplinarverfahren gegen Ihre Person vor. Zum einen Ihr Verhalten einem Vorgesetzten gegenüber und zum anderen die Art, wie Sie die Uniform, die Sie tragen, verunglimpft haben. Verstehen Sie, was ich sagen will?«

»Dass Sie, wenn ich Ihre Bedingungen nicht akzeptiere,

mir das Leben zur Hölle machen und ich es vergessen kann, in den nächsten zehn Jahren auch nur eine einzige Prüfung abzulegen?«

Ferraro hatte verstanden.

Zeni lächelte wie ein Kind.

»Genau.«

›Plan C‹ hatte funktioniert.

5

Er saß deprimiert hinter seinem Schreibtisch, der typische Schreibtisch des kleinen Angestellten, der einen Universitätsabschluss machen will, um ein Stockwerk höher zu klettern. Dass Comaschi sich vor ihm aufbaute, hatte er kaum bemerkt.

»Ciao, Ferraro.«

»Ciao«, grummelte dieser.

»Na? Und?«

»Sprach der Hund.«

»Donnerwetter, was für eine geistreiche Antwort. Du bist eine unerschöpfliche Ideenschmiede. Diesen Witz habe ich zuletzt im vorigen Jahrhundert gehört.«

Genau wie von seiner Immatrikulation an der Universität. Er verwandelte sich in einen sentimentalen Mann, voller Nostalgie für das vergangene Jahrhundert. Comaschi platzierte seine Pobacken auf dem Furniertisch (im Falle einer Beförderung würde dieser aus Lack sein, Schritt für Schritt würde er weiterkommen, und am Ende seines Weges durch dieses Tal der Tränen würde ihn endlich ein Schreibtisch aus heimischem Nussbaum erwarten).

»Was willst du?«

Comaschi lächelte und zündete sich ganz gemächlich eine

Zigarette an. Alles einstudiert, um dem Augenblick mehr Pathos zu verleihen. Dann beugte er sich ganz langsam zu seinem Kollegen, als wolle er nicht gehört werden.

»Sag die Wahrheit … Wer wusste davon?«

»Wovon?«

»Wer wusste, dass du kündigen wolltest?«

Ferarro stöhnte. Dann lehnte er sich in seinem Stuhl zurück (Gestell aus Metall, Lehne aus Resopal. Später würde ihn ein Damastpolster erwarten).

»Niemand.«

»Na, sag schon«, scheinheilig.

»Du nervst!«

Comaschi blies den Rauch nach oben, er sah zu, dass er den Freund nicht einnebelte, da er um die Reizbarkeit von Ex-Rauchern wusste.

»Du bist der Größte. So habe ich Zeni noch nie gesehen … Wirklich niemand?«

»Nun, ich sehe ja, dass der Flurfunk die Neuigkeit schon verbreitet hat.«

»Besser als das Intranet. Es gab Leute, die hätten eine Eintrittskarte bezahlt, nur um einmal ihr Ohr an Zenis Tür legen zu dürfen.«

»Und du hast sie natürlich zu Wucherpreisen vercheckt?«

»Na ja, man muss ja sehen, wo man bleibt …«

Der Sovrintendente änderte seine Körperhaltung. Er setzte sich anständig hin, denn Filmposen gehen einem nach der dritten Klappe ans Kreuz und auf den Sack. Dann fixierte er Ferraro in einem nervtötenden Schweigen, als wolle er zwischen den Zeilen lesen.

»Also, was zum Teufel willst du denn noch? Du weißt doch schon alles.«

»Ein Brief …«

Ferraro musste lachen.

»Ja, ein Brief, der der Kündigung beigelegt war.«

»Du solltest Fernsehserien schreiben …«

»Nein danke, du stillst meinen Bedarf an Melodramatik voll und ganz.«

»Gehen wir ein Bier trinken?«

»Ich habe noch ein bisschen zu tun, ich habe heute später mit der Schicht angefangen.«

»Du warst in der Uni.«

»Genau.«

Schweigen.

»Aber, was dachtest du denn, wie Zeni reagieren würde? Ich weiß nicht, du wirst dir das ja überlegt haben …«

»Ich dachte, er würde mich väterlich umarmen, mir einen Kuss auf die Stirn geben, damit ich dann befreit über die Wiesen tollen kann.«

»Vielleicht gar nackt mit Blumen im Haar.«

»Sonnenblumen.«

Comaschi rauchte immer noch. Dann hielt er nach einem Aschenbecher Ausschau, doch auf dem Schreibtisch stand keiner. Ohne zu zögern, warf er die Kippe auf den Boden und zertrat sie mit dem Absatz.

»Schlecht. Man darf sich die Reaktionen der anderen niemals ausmalen. Es wird dann nie so, wie man es sich ausgedacht hat. Schon weil du es dir genau so vorgestellt hast, kannst du darauf wetten, dass es in eine andere Richtung geht.«

»Wie weise du bist.«

»Dabei habe ich nicht einmal studiert.«

»Wenn du willst, kann ich dir einen guten Studiengang empfehlen.«

»Dann kündige ich. Aber du musst mich deinen tränenreichen Brief abschreiben lassen.«

Sie lachten, entspannt. Ferraro fuhr sich mit den Fingern durch die Haare.

»In welche Scheißsituation habe ich mich da gebracht.«

»Na komm schon ... De Matteis frohlockt bereits bei der Vorstellung, dir die erbärmlichen Fälle zuzuschustern, damit er sich die ruhmreichen angeln kann. Sieh zu, dass du ganz schnell mit der Uni fertig wirst, und dann machen wir ein Fest.«

»Für wen? Für mich oder für De Matteis?«

»Für De Matteis natürlich. Du wirst sehen, am Ende wird er nämlich vor Neid so gelb, dass wir damit das ganze Kommissariat streichen können.«

Auf seine Weise war das von Comaschi als Nettigkeit gedacht. Eine Art, Ferraro zu sagen, dass er stolz auf ihn und auf seine Entscheidung war.

»Danke.«

»Keine Ursache. Ich kann es gar nicht erwarten.« Comaschi grinste boshaft. »Wirklich niemandem?«

»Was?«

»Hattest du es wirklich niemandem gesagt?«

Ferraro trommelte ein wenig auf seinem Tisch herum, dann gab er sich geschlagen und antwortete: »Lanza.«

»Du hast es Lanza gesagt?«

»Ja.«

»Und er, was hat er geantwortet?«

»Er schien es gut zu finden. Er sagte, ich solle das nur tun ... Und dass Zeni mich erpressen würde, damit ich bleiben würde.«

»Das ist typisch für ihn. *Der Unfehlbare.*«

6

De Matteis kam angerauscht und plusterte sich auf.

»Comaschi, hast du deinen Bericht abgegeben?«

»Ich war gerade im Begriff, es zu tun.«

»Sehr schön. Ich habe hier eine Dame für Ferraro.«

»Ich gehe, nur einen Moment noch …« Dann zu Ferraro: »Was ist? Ein Bierchen bei den Navigli?«

»Nein, lass mal. Bei mir wird es spät.«

»Spiel jetzt nicht den einsamen Helden. Machen wir es so: Ich hole dich ab, und wir gehen bei dir um die Ecke in die Bar Quinto. Danach bringe ich dich ins Bett und stecke dir die Bettdecke fest.«

»Und was machst du dann? Gibst du mir einen Kuss auf die Nasenspitze?«

»Das kommt darauf an. Wenn ich mehr als vier Bier trinke, kann es sein, dass ich dir einen auf die Spitze von deinem Schniedelwutz gebe.«

»Comaschi! Wollen wir endlich gehen? Solange das Gegenteil noch nicht bewiesen ist, hat Ferraro in diesem Kommissariat eine Arbeit zu verrichten.«

»Herrgott, geht mir der auf den Sack«, zischte Comaschi. Dann sprang er mit einem gespielt athletischen Hechtsprung vom Tisch herunter. »Also, wir sehen uns dann heute Abend.«

»In Ordnung, ciao.«

Er ging hinaus. De Matteis ließ eine Frau um die fünfzig eintreten, sie mochte vielleicht auch jünger sein, jedenfalls schien sie nicht zu denen zu gehören, die viel Wert auf ihr Äußeres legten.

»Ispettore Ferraro, ich stelle Ihnen hier Signora Cappelli vor. Sie muss einen Angehörigen als vermisst melden.«

Er siezte ihn, um sich vor der Cappelli den Anschein einer Amtsperson und eines Ehrenmannes zu geben.

»Guten Tag«, sagte sie niedergedrückt.

»Bitte, setzen Sie sich doch.«

»Also, Ferraro, ich gehe. Ich bitte Sie, sich diesem Fall, den ich Ihnen hiermit anvertraue, mit größter Sorgfalt zu widmen.«

Er ging, und Ferraro konnte sogar von hinten sehen, dass er lächelte. Mephistophelisch.

7

»Personalien.«

»Von wem?«

»Von Ihnen, Signora. Ich muss diese Formulare mit den Personalien des Anzeigeerstatters ausfüllen.«

»Marisa Cappelli. Wohnhaft Via Pascarella 22. Geboren in Mailand, am dreizehnten dritten sechzig.«

Sie sah älter aus.

»Verheiratet?«

»Geschieden.«

»Personalien Ihres früheren Ehemannes?«

»Ist das notwendig?« Entsetzt über so viel Unsinnigkeit.

»Der Vollständigkeit halber.« Sie sagte es ihm. »Gut, sagen Sie mir: Wen zeigen Sie hier als vermisst an?«

»Meinen Sohn.«

»Personalien.«

»Von wem? Von meinem Sohn?«

»Selbstverständlich.«

Signora Cappelli streckte vor der enervierenden Bürokratie die Waffen: »Antonio Càrpano. Geboren in Mailand, am vergangenen fünfundzwanzigsten Juni ist er achtzehn geworden.«

»Sehr gut. Lebt er bei Ihnen?«

»Natürlich.«

»Seit wann hören Sie nichts mehr von Ihrem Sohn?«

»Seit zwei Tagen.«

»Ist es schon vorgekommen, dass er für eine so lange Zeit verschwunden ist?«

»Sie machen wohl Scherze? Er ruft mich sogar von der Arbeit aus auf dem Handy an.«

»Wann haben Sie das letzte Mal miteinander gesprochen?«

»Das habe ich Ihnen schon gesagt: Vor zwei Tagen, früh am Morgen. Er wollte gerade nach Deiva Marina losfahren.«

»Wie?«

»Er ist weggefahren, um zwei Wochen Ferien am Meer zu machen. Er hat das ganze Jahr über gearbeitet. Er ist Schreiner bei einem Cousin von mir in Novate, zurzeit gibt es nicht so viel Arbeit, also haben sie abgesprochen, dass Antonio wegfahren kann.«

»Entschuldigen Sie bitte, Sie erzählen mir gerade, dass Sie Ihren Sohn seit zwei Tagen nicht gesehen haben, weil er in Urlaub gefahren ist?«

»Ganz genau.«

Hier war er, De Matteis' Dolchstoß. Die klassische italienische *mamma,* in Sorge um ihren Sohn, der seinen Urlaub am Meer genießt.

»Aber wie können Sie dann sagen, dass er verschwunden ist? Er ist am Meer, er hat sicherlich viel Spaß mit seinen Freunden …«

»Er hat mich nicht angerufen. Das ist nicht seine Art. Und außerdem hat er keine Freunde.«

Das glaube ich gern, bei so einer *mamma.*

»Und haben Sie versucht, ihn anzurufen?«

»Natürlich. Aber es war nur die Mailbox dran.«

»Vielleicht gibt es dort, wo er ist, kein Netz.«

»Dann hätte er sich ein öffentliches Telefon gesucht.«

»Hm, wissen Sie, wo er unterkommen wollte?«

»Nein, leider nicht. Er hat mir gesagt, dass das mit dem Zimmer nicht schwierig sein würde, weil im Augenblick keine Hochsaison ist. Wenn er erst mal dort wäre, würde er sicher eine Pension finden.«

»Ah.«

»Ich war damit nicht einverstanden.« Das bezweifelte niemand. »Was denken Sie, was Sie tun werden?«

Ferraro dachte gerade überhaupt nichts.

Er drosch die üblichen Phrasen: »Sie brauchen sich keine Sorgen zu machen, wenn ihm etwas passiert wäre, dann hätten wir das längst erfahren. Ich werde aber zur Sicherheit eine Personenbeschreibung an alle zuständigen Polizeikommissariate schicken und werde in den Krankenhäusern nachfragen, hier und in Ligurien.«

Die Augen der Frau wurden feucht.

»Krankenhäuser?«

»Signora, das ist das übliche Verfahren. Aber Sie werden sehen, dass er von selbst von sich hören lässt, vielleicht schon heute Abend.«

»Ich hoffe es. Ich schlafe nachts nicht mehr … Dann ist da noch etwas.«

»Was?«

»Heute habe ich mir einen Kontoauszug geholt, auf der Bank.«

»Und?«

»Es fehlen tausend Euro. Wissen Sie, ich und Antonio, wir haben ein gemeinsames Konto. Und ich habe nichts abgehoben.«

»Ja, aber das ist doch eine gute Nachricht! Das heißt, dass er lebt und dass er den Bankautomaten benutzt.«

»Aber er ist mit Bargeld in der Tasche losgefahren, warum hat er noch mehr Geld abgehoben? Mit wem gibt er es aus? Ich will nicht, dass er irgend so eine Nutte kennen gelernt hat, wissen Sie, die Welt ist voll von solchen Leuten …«

Das also war es, was sie eigentlich wurmte. Dass ihr guter und hübscher Antonio, wenn er nicht gerade zu Hause war, wie jeder x-beliebige pheromongesteuerte, ausgeflippte Jugendliche auf die Pauke haute. Ferraro sah ihn schon vor sich, wie er sich auf Formentera unzählige Lines reinzog, während die arme Mammi ihn in der Pension Rosa wähnte, wo er sich zwischen vertrottelten Alten Fangopackungen machen ließ.

Er ließ sich die Daten ihres Bankkontos und ein Foto von dem Jungen geben, dann schickte er sie weg, wobei er ihr das Blaue vom Himmel herunter versprach. Kaum war sie zur Tür hinaus, vergaß er sie sofort.

8

Dann klingelte das Handy, es war seine Exfrau.

»Was ist, ist Giulia was passiert?«

»Sie hat dich zum Vater, reicht das nicht?«

»Haben sich denn heute alle gegen mich verschworen? Also, was willst du?«

»Ich will dich an das Schulfest in drei Tagen erinnern.«

»Das Fest? Was für ein Fest? Wir hatten doch erst eins vor vier Monaten.«

»Das war das Schuljahrsabschlussfest. Dieses jetzt ist die Feier zum Schuljahresbeginn.«

»Wie kommt es, dass es zu meiner Zeit nicht so viel Feste gab? Lernen diese Kinder denn nie?«

»Zu deiner Zeit gab es keine Feste, weil du in Quarto

Oggiaro zur Schule gegangen bist, wenn man das so bezeichnen kann. Deine Tochter ist aber an einer anständigen Schule. Die hat soziale Kontakte auf allen Ebenen, von den Allerkleinsten bis hin zu den Eltern.«

»Meine Tochter ist sieben Jahre alt und muss schon Öffentlichkeitsarbeit betreiben? Aber was für ein Leben stellst du ihr da eigentlich in Aussicht?«

»Ein besseres jedenfalls als das, was du ihr in Aussicht stellen könntest.«

Es war ein verlorener Kampf. Francesca hatte immer recht.

»In Ordnung, okay. Wann ist es?«

»Donnerstag. Ab fünfzehn Uhr bis zum Pizzaessen am Abend.«

»Den ganzen Nachmittag? Aber ich habe doch einen Beruf! Kann es sein, dass ich der Einzige bin, der in dieser Stadt arbeitet? Was tun denn die anderen Eltern? Kratzen die sich den Bauch?«

»Sie sind Freiberufler. Sie teilen sich ihre Zeit so ein, wie sie wollen! Und sie widmen sie ihren Kindern. Ich habe dich nur angerufen, weil es Giulia wichtig ist. Du weißt, dass mir überhaupt nichts daran liegt.«

Sie musste es ihm heimzahlen. Die ganzen Jahre schon musste sie es ihm heimzahlen, was, das wusste eigentlich keiner mehr von ihnen.

»Sag Giulia, dass ich da sein werde. Ganz sicher.«

»Sehr gut. Und zieh dich einigermaßen anständig an.«

Sie legte auf. Ferraro warf das Handy auf den Schreibtisch. Er war am Ende. Er sah auf die Uhr und beschloss, die Zeit zu vertrödeln und nur so zu tun, als täte er etwas. Dann stand er auf, um nach Hause zu gehen. Beim Ausgang traf er auf Fusco.

»Ferraro?«

»Jesus, was gibt es denn noch?«

»Nein, hör zu, ich wollte dir sagen …«

»Ich habe kein Geld. Kein Anpumpen.«

»Aber nein, du Blödmann …«, sie wurde rot, »ich wollte dir danken.«

»Wofür?«

»Für das, was du über mich zu Zeni gesagt hast.«

Nein, verflucht nochmal, jetzt bloß keine Sentimentalitäten!

»Zeni hat recht. Du bist zu jung.«

Er ging hinaus und ließ sie zurück, an die Scheibe des Eingangs geklebt. Er hatte etwas Gemeines tun müssen, um den aus den Fugen geratenen Tag wieder zurechtzurücken. Und Gemeinheiten lässt man eben an den Allerschwächsten aus.

Er ging zu Fuß nach Hause, wie immer. Das entspannte ihn. Diese Geschichte mit der Universität schien immer mehr zu einem unerreichbaren Hirngespinst zu werden. Was hatte er sich denn da nur in den Kopf gesetzt? Er war fast vierzig, hatte er geglaubt, dass die Welt ihm das durchgehen lassen würde?

Sein wahrscheinlicher Examensarbeitsbetreuer hasste ihn, Zeni hatte ihn gründlich festgenagelt, im Kommissariat lachten sie über ihn, De Matteis gab ihm die schwachsinnigsten Fälle, seine Exfrau demütigte ihn, und er selbst hatte eine Heidenangst, dass es ihm nicht einmal gelingen würde, die erste der für den Studienabschluss notwendigen Prüfungen zu machen. Was fehlte jetzt noch?

Es begann zu regnen. Vielmehr, zu hageln.

III

Baffo

1

Wenn man ihn heute so sieht, kann man sich nicht mehr vorstellen, dass er mit zwanzig Jahren die Herzen der gut situierten Mailänder Jugend höher schlagen ließ, jener Jugend, die, damit wir uns recht verstehen, innerhalb der Cerchia dei Navigli wohnte und die ihn in seiner Schönheit anschmachtete. Frauen (Mütter und Töchter konkurrierten um ihn) und Männer, vielmehr halbe Männer, wie manche sagen würden.

Heute sieht er älter aus als sein eigener Großvater. Ein Fremder mit verwildertem, schmuddeligem Bart, langem, struppigem und verfilztem Haar, das dünn geworden ist; zahllose Runzeln verunstalten sein Gesicht; im Mund nur das durch beständigen und missbräuchlichen Einsatz hart gewordene Zahnfleisch und ein einziger Schneidezahn, der in dem von seinen Kumpanen verlassenen Schützengraben Wache steht, wie jener Japaner, dem man nicht gesagt hatte, dass der Krieg schon lange vorüber war.

Ein Spiegel hätte ihm keine Ehre erwiesen, aber das war ihm gleichgültig, betrachtete er sich doch nie im Spiegel. Er hatte gar keinen Spiegel zu Hause. Denn ein Zuhause hatte er auch nicht. Zusammen mit zwei kleinen Mischlingshunden lebte er in einer Art Alkoven aus Blech, Lumpen und Gerümpel unter der Eisenbahnbrücke der Ferrovie Nord. Er gab niemandem die Schuld an seinem Zustand. Wie er so sagte, hatte er sich das selbst ausgesucht, aber es war klar, dass das nicht stimmte. Zu einem bestimmten Zeitpunkt vor einem Vierteljahrhundert hat die bürgerliche Welt ihn für tot erklärt, und er hat sich mit seiner neuen Existenz abgefunden, ohne große Klagen.

In seinem ganzen Leben hatte er nie länger als einen Monat am Stück gearbeitet; als man ihm sagte, er bekäme nun seine Rente, fand er das denen gegenüber, die sich jahrelang abgerackert hatten, ungerecht. Anfangs war er gar nicht zur Post gegangen, um das Geld abzuholen, und auch die Sozialarbeiter wussten nicht, wo sie es hinschicken sollten, da er keinen festen Wohnsitz hatte. Ferraro, der ihn schon seit Ewigkeiten kannte, konnte ihn schließlich davon überzeugen, dass ihm das Geld zustand. Er solle sich nicht zieren, schließlich brauche er das Geld, um sich über Wasser zu halten.

Man nannte ihn Baffo – ›Schnurrbart‹. Vermutlich weil er mit zwanzig beschlossen hatte, irgendeinem Hollywood-Schauspieler ähneln zu wollen, und sich ein Bärtchen wachsen ließ, sehr schmal und sehr verführerisch. Auch als der Schnurrbart im Vollbart verschwand, blieb ihm der Spitzname. Er war verdammt zur Erinnerung an seine ruhmreiche Vergangenheit.

In Wirklichkeit hieß er Oreste und gab damit an, ein richtiger Mailänder zu sein, in der siebten Generation oder noch länger. Er behauptete, aus *Tri Coo d'Aij* zu stammen, einem Ortsteil, den man in jedem Stadtplan, von Napoleons Zeiten bis heute, vergeblich suchen wird. Ferraro begann irgendwann zu ahnen, dass er sich irgendwo zwischen Villapizzone und Roserio befunden haben musste, als es dort noch Bauernhöfe, Kuhmist und Nebel gab, lange bevor alles für die Nachkriegsbebauung untergepflügt wurde. Vielleicht hatte Baffo deswegen beschlossen, in Quarto Oggiaro zu wohnen (wenn man das so nennen kann). Vielleicht würde irgendwann ein auf die Geschichte der Pechvögel spezialisierter

Archäologe die Reste der Trockenmauer des Bauernhauses finden, in dem Oreste seinen ersten Schrei ausgestoßen hatte, nachdem ihn der mütterliche Leib auf der Küchenbank hinausgepresst hatte.

Baffo war ein knallharter Faschist, Mussolini-Anhänger. Als der Duce abgesetzt wurde, war er acht Jahre alt, zehn, als dieser starb. Natürlich verstand er nichts von Politik, erinnerte sich aber sehr gut, dass sein Vater – ehemals Anhänger der Republik von Salò – während des Krieges Weißbrot nach Hause brachte, während die anderen Hungers starben. Der Faschismus gab ihm zu essen, während der Kommunismus ihm nach der Befreiung bei einer Vergeltungsaktion den Vater genommen hatte. Hatte er da eine Wahl gehabt?

Als sich seine Mutter schließlich mit einem verdammten Venezianer zusammentat, der riesig war wie ein Bär, lief er immer wieder von zu Hause weg. Nach einer Weile steckte man ihn in ein Institut für schwer erziehbare Jugendliche: in das Marchiondi Spagliardi. Es war der Stolz der aufgeklärten Mailänder Bourgeoisie, triumphierendes Schuldgefühl des Mailänder Adels. Ins Maternitt, in den Augen des kommunalen Paternalismus das Nonplusultra, konnte er nicht, da er keine Vollwaise war. Vielleicht wäre sein Leben dann anders verlaufen, wer weiß …

Das Marchiondi besuchte er, als es noch in der Via Rovello beheimatet war. Zu früh, um noch die stärkende Erfahrung der neuen Niederlassung in Baggio zu machen, die von der Architektur-Avantgarde jener Jahre im Geist der Strenge und im Stil des Brutalismus errichtet worden war. Zucht bis in die dürftigen, schnörkellosen Details. Wer dort herauskam, wusste fortan, dass das Leben gesund und hart zu sein hatte, die Grillen im Kopf hatte man ihm ausgetrieben. Aber Oreste war schon beim Militär, als die anderen Jungen in das neue Heim verfrachtet wurden, das in der östlichen Peripherie im Grünen lag. Somit lernte er den gigantischen Erziehungstempel nie kennen. Obgleich viel jünger als Oreste, fristet dieses Monstrum seinen trostlosen Lebensabend als unkenntliche zeitgenössische Ruine, hin und wieder von einem Japaner oder einem Deutschen fotografiert, der sich dann zu Hause fragt, wie man Italien immer noch als zivilisiertes Land bezeichnen kann.

Im Marchiondi lernte er die Regeln des Überlebens: wo man sein Geld versteckt, wie man sich unter der Dusche verhält, was man mit dem übrig gebliebenen Brot tut und wie man sich nachts die großen, wie rollige Kater maunzenden Jungen vom Leibe hält.

Dort lernte er ›Napoli‹ kennen, einen Süditaliener im gleichen Alter. Das war die Zeit, in der man noch kaum welche aus dem Süden auf den Straßen Mailands sah. Napoli war nett, temperamentvoll, unternehmungslustig. Es war kein Zufall, dass Baffo das erste Mal gemeinsam mit Napoli in den Jugendknast Beccaria kam, und es war auch sein Glück, denn sie wurden in dieselbe Zelle gesteckt. Sie wechselten sich nachts mit dem Schlafen ab und blieben somit unberührt.

Für eine Weile verloren sie sich aus den Augen, denn beide mussten sie zum Wehrdienst. Zwei Jahre. Napoli war allerdings nach drei Monaten wieder zu Hause, weil er den Irren gespielt und man ihn für geistig umnachtet erklärt hatte, eine Gefahr für sich und andere.

Doch dann fanden die beiden wieder zusammen. Oreste hatte zwei Wochen lang mit einem Freund seines Stiefvaters, der ihn das Handwerk lehren wollte, Parkett verlegt. Wenn er abends nach Hause kam, quälten ihn furchtbare Rückenschmerzen. Das Abschleifen war eine bestialische Tätigkeit, immer auf den Knien, mit dem Hobel in der Hand, bei einer Affenhitze, wie man sie sonst nur noch auf einigen Bildern des französischen Impressionismus sieht. Eines Morgens blieb er mit einer Rückenblockade im Bett. Der Stiefvater glaubte ihm nicht, beförderte ihn fluchend, wie nur einer aus dem Veneto fluchen kann, mit einem Fußtritt von der Matratze. Hatte Oreste vorher wirklich fingiert, so war das jetzt nicht mehr nötig: Er kugelte sich eine Schulter aus, und sein Rücken wurde nie mehr wie früher.

Er wünschte alle zum Teufel und beschloss, am Hauptbahnhof zu schlafen. Dort traf er Napoli wieder. Von diesem Tag an teilten sie für ein paar Jahre alles miteinander, angefangen bei der Bank, Rücken an Rücken, immer auf der Hut, denn es sind üble Gesellen unterwegs.

Ab und zu ging er nach Hause, die Mutter gab ihm Geld und etwas zu essen, dann bat sie ihn zu bleiben, aber er hatte sich geschworen, dass er nie mehr in diesem Haus schlafen würde, und er war ein Mann, der sein Wort hält.

Wenn Baffo und Napoli nicht über die Runden kamen, dann übernahmen sie auch kleinere Jobs, legale und illegale. Das Problem war, dass Erstere in der Regel Schwerstarbeiten waren, und sowohl Oreste als auch Napoli konnten sich gerade so eben auf den Beinen halten, und dann noch schwere Lasten tragen … Also gingen sie zu den illegalen Jobs über. Die waren einträglicher und kreativer. Immerhin bettelten sie nicht auf der Straße, zumindest nicht so, wie man es gemeinhin versteht.

Sie liefen von Pontius zu Pilatus, von Politikern zu Anwälten und Prominenten, den einen versprachen sie ihre Stimme, den nächsten falsche Zeugenaussagen und den dritten Dienste ganz unterschiedlicher Natur (versucht euch einmal vorzustellen, was das war).

Manchmal jedoch zerfraß ihnen der Hunger die Gedärme. Dann kramten sie ihre erprobten Schauspielkünste hervor: Beim Überqueren der Piazza del Duomo – auf der damals noch Autos fuhren – sackte einer von ihnen ganz plötzlich ohnmächtig zusammen und hielt den gesamten Verkehr auf, der andere vertrat die Sache dieses jungen Waisen, der seit Wochen nicht mehr richtig gegessen habe. Bevor noch der Krankenwagen kam, hatten sie schon so viel Geld gesammelt, dass sie sich erlauben konnten, sogar im Biffi in der Galleria Vittorio Emanuele zu essen.

Sie waren jung. Sie waren zwanzig Jahre alt, als die ganze Nation zwanzig Jahre alt war. Und Oreste war ein attraktiver junger Mann. So attraktiv, dass Napoli eine Idee hatte: Sie begannen, sich in gewissen Bars im Zentrum zu zeigen: im Cova, im Sant'Ambreus. Es dauerte nicht lange, und eine der gutbürgerlichen Mailänder Damen lud sie zunächst ein, an ihren Tisch zu kommen, dann offerierte sie ihnen ein Abendessen und schließlich sich selbst. Sie sahen Häuser, von deren Existenz sie keine Ahnung gehabt hatten, sexbesessene Frauen und gestrenge Familienväter, sublime Schwanzbläser. Einer von denen verliebte sich in Oreste und sorgte dafür, dass dieser in Viscontis *Rocco und seine Brüder* eine kleine Komparsenrolle bekam. Noch heute rühmt sich Baffo, beim großen Kino mitgewirkt zu haben: Visconti, Fellini, Antonioni. Einmal erzählte er, dass Ponti mit seiner Limousine bei der Wohnung seiner Mutter vorgefahren sei und ihn abholen wollte, um ihn mit nach Rom zu nehmen, *La dolce vita*. Vielleicht stimmte es ja. Aber Ponti traf ihn nicht an. Denn Baffo und Napoli saßen wegen eines idiotischen Raubüberfalls im Knast, den sie eigentlich gar nicht hatten machen wollen, aber, du weißt, wie das geht, man hatte sie um diesen Gefallen gebeten, weil die beiden, die eigentlich kommen sollten, krank geworden waren.

Sie bekamen drei Jahre ohne Bewährung, aber der Anwalt konnte zumindest Hafterschwernisse verhindern. Nach einem Jahr legte sich Napoli eine epileptische Krise zu, und als er auf die Krankenstation gebracht wurde, schnitt er sich mit einem Skalpell die Pulsadern auf. Eine Gefahr für sich und die anderen. Er wurde zu Hausarrest verurteilt. Tatsächlich war er offiziell noch in Neapel gemeldet, wohin die Familie nach ihrem Auswärtsspiel in Mailand zurückgekehrt war (der Vater war Eisenbahner oder etwas Ähnliches gewesen). Dort lernte er Maria Rosa kennen, die ihn umkrempelte wie einen Handschuh. Sie richtete ihn wieder auf, nahm ihn an die Kandare und zwang ihn, *babà al rum* und *sfogliatelle* zu machen. Mit der Heirat warteten sie jedoch, bis Baffo wieder rauskam. Er war der Trauzeuge des Bräutigams, und er wurde, solange er in der Stadt war, von vorne bis hinten verwöhnt. Einige Jahre lang verbrachte Oreste seinen Urlaub dort, stopfte sich mit süßem Gebäck und Limoncello voll, und dann, man weiß ja, wie das so geht, verloren sie sich langsam aus den Augen.

Baffo hatte gelebt, das war nicht zu leugnen. Ferraro ließ sich von ihm seine oftmals unglaublichen Geschichten erzählen. Die besten Regisseure aller Zeiten hatte er gekannt, die schönsten und reichsten Frauen der Stadt geliebt. Es schien, als sei er schon überall gewesen, als kenne er alle. Einmal, so erzählte er, sah er, wie König Faruk (ein wahrer König, nicht aus Pappe) in einer Spielhölle im Zentrum bei einer Partie Poker sein letztes Hemd verspielte. Als der Moment gekommen war zu erhöhen, hatte er kein Bargeld mehr, also fragte er, ob er mit einem Scheck bezahlen könne. Der Raum war so verräuchert, dass man die Karten fast nur noch erahnen konnte. Der Kartengeber erklärte ihm, dass in dieser Runde von Ehrenmännern Schecks nicht sehr willkommen seien. Er könne entweder mit Bargeld erhöhen, oder er lasse sich die Chance entgehen und verlöre alles. Der König ließ sich alles Geld aushändigen, das seine Schergen in den Taschen hatten, aber es war nicht einmal genug, um die Karten sehen zu können. Als wahrer König (nicht aus Pappe) erhob er sich mit Bestimmtheit, um höchstpersönlich den Scheck in einer Privatbank in der Nähe einzulösen. Er ließ einen seiner Lakaien zurück, damit dieser aufpasste, dass keiner die Karten anfasste. Als ob es das Normalste von der Welt wäre, ließ sich der Kartengeber einen Hammer und Nägel geben und nagelte die Karten am Spieltisch fest. Dies alles beeindruckte den König. Es beeindruckte ihn sehr. So sehr, dass er, als man schließlich die Nägel aus den Karten zog und er entdeckte, dass er alles verloren hatte, dem Kartengeber die Hand drückte, als stünde er vor dem Präsidenten der Vereinigten Staaten.

Baffo hatte gelebt. Intensiv. Dann bog das Leben in eine andere Straße ab, und er verstand die Welt nicht mehr. Piazza Fontana, die Austerity, der Bahnhof von Bologna, die Yuppies und die Globalisierung. Die Geschichte nahm ihren Lauf, und er fand sich wieder, zermahlen und ausgespuckt, wie Schutt. Er hatte gespielt und hatte verloren. Als wahrer Gentleman beklagte er sich nie über seine Karten. Für einen Spieler zählt das Spiel und nicht der Sieg.

2

Der Hagelschauer war bald vorbei. Er hielt gerade so lange an, dass er den ganzen Mist über Ferraro ausschütten konnte, während dieser sich auf dem Heimweg befand.

Ein paar Stunden später schleifte Comaschi ihn in die Bar und drückte ihm eine Flasche Bier in die Hand. Es war geradezu warm, fast wie an einem Spätsommerabend.

Ferraro und Comaschi tranken langsam und schweigend voller Genuss ihr Bier. Es war die zweite Flasche. Ab und zu sahen sie sich um und lächelten. Außerhalb des Dienstes war Comaschi nicht wiederzuerkennen. War er in Polizeiuniform gesprächig und spritzig (als würde er alles tun, um zu vergessen, dass er ein Ordnungshüter war), so verwandelte er sich in einen existenzialistischen Philosophen, sobald er in Zivil war.

Für Ferraro war das in Ordnung. Er hatte keine große Lust zu reden, höchstens über das unbedingt Notwendige: über das Wetter, über Fußball und Bier. Die Grundelemente eines Gesprächs unter Männern, das keine metaphysischen Komplikationen kennt.

Viele Leute hielten sich in und vor dem Lokal auf und ließen sich bewundern. Schönlinge mit Sonnenbrillen auf der Nase gingen blind umher, im Glauben, so charismatischer und mysteriöser zu wirken. Aufgeblasene Süditaliener stellten Goldketten in der Größe von Dobermann-Halsbändern zur Schau. Die wenigen Mädchen standen stark geschminkt und leicht übergewichtig in Gruppen zusammen. Sie trugen zerschnittene Jeans und eng anliegende T-Shirts, die den Bauchnabel freiließen. Wahrscheinlich sollte es eine provozierende Zurschaustellung sein, tatsächlich aber boten sich hier nur Fettrollen unter üppigen Busen den Blicken feil.

Einige der Jungen lachten laut, schlugen sich kräftig auf die Schultern und stießen einander aggressiv herum. Ihre Haare waren kurz und stachelig, so voller Gel, dass sie wie gefroren aussahen, für alle Ewigkeit in ihre Form gebannt. Der Eine präsentierte sich mit riesigen Pickeln, der Andere mit einem völlig abartigen Gang, der Nächste mit einer absolut unverständlichen Sprache. Sie glaubten, im Trend zu sein, die Welt zu Füßen liegen zu haben und alle Weiber auf dem Planeten bumsen zu können. In Wirklichkeit aber waren sie außerhalb der Herde, hinter dem Ponte Palazzi, bereits völlig eingeschüchtert. Denn wenn ihnen da eine dieser scharfen Miezen aus dem Stadtzentrum über den Weg lief, bekamen sie kein einziges Wort heraus, unzulänglich für diese Welt, so wie sie waren. Und die Mieze würde sich einen feuchten Kehricht um sie scheren. Ihre Art, sich zu kleiden, war zu absurd, als dass man so jemanden auch nur nach der Uhrzeit fragen würde.

Da sah einer von denen tatsächlich auf die Uhr. Dann sagte er etwas zu dem Kleinsten in der Herde, dieser löste sich von der Wand, an der er lehnte, und ging zielstrebig zum Pizzaimbiss im Nebenhaus. Es dauerte nicht lange, und Ferraro sah ihn mit einem Karton in der Hand wieder herauskommen und auf der anderen Straßenseite verschwinden.

»Du musst mir etwas erklären.«

Ferraro kam wieder zu sich: »Ja, was denn?«

»Warum nennst du die Bar Bar Quinto? Warum nennt ihr alle hier in Quarto die Bar Quinto?« Während er sprach, blickte Comaschi auf das Schild. »Draußen steht es nirgendwo dran ...«

Ferraro lächelte. In einem gewissen Sinn war die Tatsache, dass er die Antwort wusste, sein Ausweis als *quartoggiarese*, als Ureinwohner von Quarto Oggiaro. So nett und scharfsinnig Comaschi war, diese Jungen würde er nie wirklich verstehen. Weil er aus einem anderen Teil der Welt kam. Er war nicht in diesem Stadtviertel geboren. Ihm seine Frage zu beantworten, kam ungefähr der Aufdeckung eines Staatsgeheimnisses gleich.

»Früher einmal hieß sie so. Dann haben der Pächter und die Schilder gewechselt, aber der Name ist geblieben.« Gleichsam aufbewahrt im kollektiven Gedächtnis.

»Aber warum Quinto? War es die fünfte Bar in Quarto?«

»In der Via de Roberto gab es auch mal eine Bar namens Nunzio. Quinto ist ein Vorname.«

»Teufel, das stimmt. Der Name des Pächters ...«

Sie tranken weiter. Mindestens zehn Minuten lang fühlten sie sich frei von jeglicher Verpflichtung, etwas zu sagen. Dann war das Bier zu Ende.

»Willst du noch eins?«

»Ja, aber diese Runde bezahle ich.«

»Lass stecken. Ich lade dich ein. Du brauchst das Geld, um deine Studiengebühren zu zahlen.«

»Das habe ich schon.«

»Hast du viel bezahlt?«

»Lass uns nicht drüber reden.«

»Warte hier.«

Comaschi betrat die Bar und verschwand in der Menge. Ferraro sah sich wieder um. Das Kommen und Gehen der Menschen kam ihm eigenartig vor. Es waren mehr als sonst. Als genügte es nicht, dass die Autos, die in der Kurve oder gar in dritter Reihe geparkt waren, das Chaos noch vergrößerten und den Verkehr noch mehr behinderten. Der 57er Bus, der hier vorbeimusste, machte die absurdesten Manöver, ohne dass es irgendjemandem in den Sinn kam, sein Auto wegzufahren oder umzuparken. Das war für gewisse Kleingangster eine Art, ihr Revier zu markieren. Der Ispettore schüttelte bedauernd den Kopf. Nach einer Weile tauchte der Junge wieder auf, der mit der Pizza. Offenbar war sie nicht für ihn gewesen. Vielleicht hatte er sie nach Hause gebracht, zur kranken Mama oder zu einem gelähmten Onkel, und jetzt war er zurückgekommen, um wieder mit seinen Freunden Blödsinn zu treiben.

Comaschi kam wieder.

»Hier, schön kalt.«

»Danke.«

Ferraro trank, aber mit einem gewissen Widerwillen. Zu Hause hatte er ein Stück altbackenes Brot mit einem Käserestchen gegessen. Nicht gerade das Abendessen, das eine ausgiebige Sauferei zuließ. Auch Comaschi sah sich jetzt neugierig um.

»Meinst du nicht, dass hier ein bisschen zu viel Betrieb ist?«

»Das habe ich auch schon gedacht.«

»Also, heute ist Montag ... was machen die ganzen Leute auf der Piste?«

»Sie vertreiben sich die Zeit.«

»Am Montag?«

»Warum, darf man das nicht?«

Auf der anderen Straßenseite in der Schule hatte sich ein Menschenauflauf gebildet. Das waren aber keine Jugendlichen. Es schienen viel eher Familienväter zu sein. Einige hatten brennende Taschenlampen in der Hand.

»Hör mal, das mag ja Bullenparanoia sein, aber mir scheint, dort draußen geht etwas Merkwürdiges vor.«

»Ist doch egal. Du bist nicht im Dienst. Die Streife wird sich darum kümmern, sie wird schon nachsehen, was da los ist.«

Aus der Gruppe löste sich eine Gestalt, überquerte in demonstrativer Ruhe die Straße und kam auf die Bar zu. Hinter ihr her liefen zwei kleine Hunde. Ferraro erkannte ihn sofort.

»Baffo! Was machst du denn hier?«

»He, hallo Ciòd.«

Comaschi sah Ferraro an: »Wie hat er zu dir gesagt?«

Der Ispettore tat, als habe er ihn nicht gehört.

»Gehst du spazieren?«

»*Mi faccio i cazzi miei.* Ich mache meinen Kram. Im Park kann man ja nicht sein.«

»Und warum? Ist was passiert?«

»Ach, lass mal. *L'è na brütta storia.* Das ist eine schlimme Geschichte.«

»Warum erzählst du sie mir nicht?«

Baffo schnalzte mit der Zunge: »Ziemlich heiß heute.«

Ferraro begriff sofort. Er hielt ihm die Flasche hin.

»Hier, nimm einen Schluck.«

Comaschi sah sich die Szene an, er war bestürzt. Baffo stank wie ein brünstiger Schafbock. Allein die Vorstellung, dass der Penner aus derselben Flasche wie sein Kollege trinken könnte, jagte ihm eine Gänsehaut über den Rücken, obgleich es ja nicht mal seine Flasche war. Baffo nahm die Flasche, dann wischte er mit dem Ärmel seiner zerrissenen Jacke über die Öffnung, als befürchte er, sich irgendwelche ansteckenden Keime einzufangen.

»Tut gut.«

Er nahm schnell noch einen Schluck, bevor Ferraro sie zurückverlangen konnte. Dann tat er so, als vergäße er sie in seiner Hand.

»Also Baffo, was geht hier vor?«

»Sie wollen einen abmurksen.«

3

Kurz gefasst war die Geschichte folgende: Kaum eine Stunde zuvor war ein Mädchen durch den kleinen Park an der Bahnlinie nach Hause gegangen. Offenbar war sie unterwegs zwei sturzbetrunkenen Albanern begegnet, die nicht gezögert hatten, sie zu Boden zu stoßen und ihr ihre eregierten Glieder zu demonstrieren. Vielleicht hatte der Alkohol sie schwerfällig gemacht und ihre Bewegungen verlangsamt. Das Mädchen hatte sich jedenfalls befreien können und war nach Hause gelaufen.

Wie ein Lauffeuer hatte sich die Nachricht durch den ganzen Block verbreitet. Niemandem war in den Sinn gekommen, die Polizei zu rufen, man weiß ja, wie das so geht. Die nehmen sie mit, sperren sie ein, und nach zwei Tagen sind sie wieder draußen, um wieder überall Mädchen zu vergewaltigen. Hier musste ein schönes Exempel statuiert werden. Dann kapieren die endlich, dass sie hier nur Gäste sind und dass wir sie mit Tritten in den Arsch nach Hause schicken können.

Baffo hatte von Weitem mehr oder weniger alles mit angesehen. Er hatte gesehen, wie das Mädchen weglief und wie die beiden sich wieder auf eine Bank fallen ließen, als sei nichts gewesen. Er hatte die Gruppe der Rächer in der Nacht gesehen, grauhaarig und beleibt, hatte gesehen, wie sie Fußbreit für Fußbreit den Park durchkämmten, bereit zur Lynchjustiz.

Einer der beiden Betrunkenen hatte angesichts der brenzligen Situation schon vor einer Weile die Beine in die Hand genommen und hatte den anderen schnarchen lassen wie ein Nashorn. Es dauerte nicht lange, und einer der Suchenden bemerkte den selig Schlafenden und ließ einen Schrei los, um Verstärkung anzufordern, denn er hatte Schiss, den Mann alleine anzugehen. Als der Albaner merkte, was da geschah, bekam er eine solche Heidenangst, dass er sich schwor, bis ans Ende seiner Tage keinen Tropfen mehr zu trinken. Das Ende, das auch schon in dieser Nacht kommen konnte. Er floh durch die Bäume, noch bevor die anderen hatten herbeieilen können.

Ferraro und Comaschi hatten indessen überall angerufen. Innerhalb von drei Minuten wimmelte es von Streifenwagen und Polizisten, Zeni mittendrin. Um den Lynchmob aufzuhalten, die Ansammlung aufzulösen, die Gemüter zu beruhigen und den Albaner zu finden. Um ihn festzunehmen, natürlich. Aber auch, um zu verhindern, dass ihn die ehrenhaften Bürger von Quarto Oggiaro zuerst fänden.

Überall herrschte aufgebrachtes Durcheinander.

»Es reicht! So eine Schande! Los, wir kriegen ihn.«

»Geht nach Hause. Das machen wir schon.«

»Ich will sehen, was du machen würdest, wenn das deine Tochter wäre.«

»Gehen Sie nach Hause, bitte. Blockieren Sie nicht die Straße …«

»Halt's Maul, Nutte.«

»Wer war das? Wer hat das gesagt?«

Fusco war sauer. Und sie hatte recht. Da waren sie auf die Straße gegangen, um die Unschuld eines Mädchens zu verteidigen, aber sie verloren keine Zeit, um eine Polizistin als Nutte zu beschimpfen.

Ein Schlägertrupp war schon über das Absperrband der Polizei gestiegen und streifte unbehelligt durch den Park.

»Fusco«, sagte Zeni, »schick ein Team in diese Richtung. Haltet sie sofort auf, bevor sie sich noch in Schwierigkeiten bringen.«

»Zu Befehl, Dottore.« Sie gab einigen Grünschnäbeln den Befehl. Dabei schlug sie einen drohenden Ton an, um das Weibliche ihrer Stimme zu überspielen.

»Comaschi?«

»Ja, Dottore.«

»Wer ist der Zeuge?«

»Ich weiß nicht, er ist ein Penner. Ferraro kennt ihn.«

»Obdachloser.«

»Was?«

»Obdachloser. Nicht Penner.«

»Na ja, gut, aber wir haben uns ja verstanden.«

»Nein, wir haben uns nicht verstanden. Wo ist er?«

»Ich weiß nicht … er war gerade noch hier … mit Ferraro …« Er sah sich um. »Ich weiß nicht, er war hier.«

Zwei kleine Hunde beobachteten ihn neugierig aus der

Ferne. Dann, als sei nichts geschehen, liefen sie in Richtung Bahnlinie.

Zeni tobte: »Ferraro? Ispettore Ferraro?«

Er schrie es ein paar Mal, dann noch lauter und außer sich vor Wut: »Fusco! Such mir Ferraro. Sofort.«

Fusco fluchte leise in sich hinein.

»Immer ich. Scheiße, wer bin ich denn? Etwa seine Mutter?«

4

»Wo bringst du mich hin?«

»Komm hierher, Kamerad. *Credere obbedire combattere.* Glauben, gehorchen, kämpfen.«

»Ich bin kein Kamerad.«

»Aber ja doch. Du bist Bulle. Alle Polizisten sind Kameraden.«

Das musste er Zeni erzählen.

»Also, wohin gehen wir? Ich habe meine Kollegen auf der anderen Seite des Parks gelassen.«

»*Bei robb.* Fein. Von dort aus kriegen sie ihn nicht. Der Albaner ist dahingerannt.«

»Warum hast du mir das nicht gleich gesagt? Warte.« Er blieb stehen. »Ich hole jetzt Verstärkung.«

»Was heißt hier warten? *Pòdum minga stàa chì a guardàss adoss.* Können nicht hier stehen bleiben und glotzen. Entweder wir kommen zuerst, oder der ist schon tot.«

Er hatte recht. Zwar spielte Baffo nur Polizist, aber er hatte recht. Er lief entschlossen auf einen zum Park hinausgehenden Hinterhof zu. Da sahen sie, wie sich etwas bewegte. Ferraro schlug das Herz bis zum Hals.

»Oh, Scheiße.«

Er griff sich instinktiv unter die Achsel. Die Pistole hatte er natürlich nicht bei sich. Er trug sie fast nie außerhalb des Dienstes.

»Da, da ist er … *ciapum,* fangen wir ihn …«

Baffo machte sich an die Verfolgung. Auch der kleine Schlägertrupp wurde auf ihn aufmerksam und begann zu laufen. Alle liefen: der Albaner, Ferraro, Baffo, die Schläger.

»So eine Scheiße.«

Ferraro stieß es zwischen den Zähnen hervor, mehr zu sich selbst als zu seinem Begleiter, wie immer, wenn er nervös war. In seiner Innentasche fand er seinen Dienstausweis. Er zog ihn, als handle es sich um einen Revolver.

»Halt, nicht weiter, Polizei!«

Der Typ dachte nicht einen Augenblick daran, auf ihn zu hören. Er sprang über ein Tor und war im Hof.

Die hinter Ferraro schrien sich etwas zu, um sich Mut zu machen: »Da, da.«

Mittlerweile hatten alle gesehen, wohin der Mann gelaufen war. Ferraro wusste nicht, was er tun sollte. Er hielt den Leuten, die nur noch dreißig Meter hinter ihm waren, seinen Ausweis entgegen.

»Halt, stehen bleiben, verdammt nochmal, Polizei, ich bin Polizist.«

Als ob man im Dunkeln hätte sehen können, was er da in der Hand hatte. Die Typen rannten weiter, sie schienen zu sagen: »Bist du bescheuert, oder was? Jetzt, wo das Beste erst kommt?« Ferraro und Baffo waren am Tor angekommen. Ferraro lehnte sich einen Moment keuchend dagegen.

»Demm, demm, togliti la paglia dal cül … Los, los, rupf dir das Stroh vom Hintern.«

»Scheiße, Baffo, kannst du da etwa rüberklettern?« Er hoffte, dass der Nein sagen würde.

»Ach was, klettern ... *ven chì*, komm her.«

Sie gingen um die Ecke. Da war ein anderes Eingangstor. Baffo hantierte ein wenig an der Klinke herum. Das Tor ging auf.

»Wie hast du das gemacht? Bist du etwa der Zauberer Silvan?«

»Seit zwei Monaten kaputt, ist nie repariert worden.«

Sie gingen hinein. Ein paar bläuliche Lichtstreifen drangen aus den oberen Stockwerken und durchbrachen die absolute Finsternis. Unten waren alle Hinterausgänge der vorne liegenden Läden mit Metalltoren versehen, so wie man sie für Garagen verwendet.

»Wo ist er? Wo hat er sich versteckt?«

»Ich weiß nicht.«

Ferraro versuchte es: »Hey, du. Bleib stehen. Ich bin von der Polizei, ich will dir nichts tun. Zeig dich.«

»*Figüress* ... Ach was, das tut der nie.«

Man hörte ein Klirren. Die Verfolger waren am ersten Tor angekommen und kletterten darüber. Jetzt war die Kacke wirklich am Dampfen. Wenn die den Albaner nicht fanden, dann waren sie in der Lage und verprügelten stattdessen sie. Die beiden Freunde liefen an der Mauer des Gebäudes entlang und versuchten, jede Tür zu öffnen, die sie fanden. Nichts.

Von hinten schrie jemand: »Hey, los, klettert runter, ich hab sie gesehen, sie sind zu zweit.«

Während er das sagte, schlug er mit einem Stock gegen die Rollläden der Boxen. Das machte einen riesigen Lärm, zum Fürchten. Es hörte sich an wie das unvermeidliche Präludium zu einem langen Aufenthalt in der Orthopädischen Abteilung des Krankenhauses Galeazzi.

»Verflucht nochmal ... und ich bin nicht einmal im Dienst ...«

»*Fa no il piangina.* Jetzt heul hier nicht rum.« Es hatte den Anschein, als amüsiere Baffo sich. »Ich erinnere mich, früher …«

»Herrgott, Baffo, das ist jetzt nicht der richtige Augenblick!«

Plötzlich tat sich eine Tür auf. Ein sehr weißes Licht erhellte ein Stück vom Asphalt. Ein Gesicht schaute heraus.

»Bist du der Polizist?«

Vor lauter Schreck wuchs Ferraro ein ganzes Büschel grauer Haare. Dann zeigte er zitternd seinen Ausweis.

»Ja, ja … Polizei.«

Das Gesicht sah auch Baffo neugierig an.

»Und der, wer ist das, dein Assistent?«

»*Ehi ti, fa minga il pirla!* He du, spiel hier nicht das Arschloch!«

Das Gesicht lächelte. Ein schönes Lächeln, intelligent, schlau, gerissen. Der Mann sah aus wie ein Antonello da Messina in Fleisch und Blut.

»Los, rein. Bevor die anderen kommen.«

Zwei Sekunden später kehrte die absolute Dunkelheit zurück. Das blaue Licht von oben schaltete auf ein anderes Programm um.

5

Alles war weiß. Das Licht war weiß, die Wände waren weiß, der Mann, der sie vor dem Gelynchtwerden gerettet hatte, war weiß gekleidet. Die übereinandergestapelten Säcke, weiß.

»Was ist das, Mehl?«

Er hatte eine andere, weniger dämliche Frage stellen wollen, aber es rutschte ihm diese heraus.

»Nein, Kokain.«

»Ich bin Polizist. Es ist nicht gut, mir das zu sagen.«

»Das ist ein Trick. Wenn ich dir sage, das ist Kokain, dann glaubst du, ich mache Spaß, und prüfst es nicht nach. Aber es ist wirklich welches.«

Der Mann sprach fließend Italienisch, doch man konnte hören, dass es nicht seine Muttersprache war.

»Woher kommst du?«

»Aus Jugoslawien.«

»Jugoslawien gibt es nicht mehr.«

»Glaubst du, das weiß ich nicht? Ich sage Jugoslawien, weil ihr Italiener keine Ahnung von Geographie habt.«

»Ich habe ein bisschen Ahnung davon.«

Ferraro war pikiert. Als Kind war er mit seinem Atlas durch die ganze Welt gereist. In der einen Hand den Atlas, in der anderen das Kursbuch. Er kannte alle Zugverbindungen, er hätte ein Reisebüro eröffnen können. Die Hauptstädte der halben Welt, die Namen der Gebirge und der Meere konnte er auswendig aufsagen. Orte, die er noch nie gesehen hatte, aber die er wie seine Westentasche zu kennen glaubte.

Manchmal hatte sein Vater ihn in seinem Lastwagen mitgenommen, wenn er irgendetwas nach Deutschland oder Belgien liefern musste, und der Junge spielte den Navigator. Der Vater tat manchmal so, als habe er sich hoffnungslos verfahren. Der kleine Michele wurde dann ganz ernst. Er schlug die Karte auf, sah sich um, fragte manchmal in seinem Touristen-Englisch nach dem Weg, diese wenigen Sätze, die er aus seinem kleinen Reisewörterbuch gelernt hatte. Er fand auf die richtige Straße zurück, und sein Vater, ermutigt durch die beruhigende Gegenwart seines Lotsen, konnte wieder weiterfahren.

Der kleine Michele hatte sich immer gefragt, wie der Vater eigentlich seine Waren ausliefern konnte, wenn er nicht dabei war, da er sich ja dauernd verfuhr. Und so war es immer eine Tragödie für ihn, wenn sein Vater wegfuhr. Der Junge weinte dann voller Verzweiflung, weil er den Vater begleiten wollte, denn er war überzeugt, dass dieser ohne ihn nicht wieder nach Hause zurückfinden würde. Die Mutter war dann wütend auf ihren Mann und sagte ihm, er solle aufhören, dem Kind solche Flöhe ins Ohr zu setzen, und der Vater fuhr los, im Gesicht ein Lächeln voller Zärtlichkeit und Stolz. Wahrscheinlich stellte er sich vor, dass sein Sohn, wenn er groß war, Flugzeugpilot oder ein großer Reisender werden würde, der mit seinem Segelboot durch die Welt fuhr, umgeben von schönen Frauen. Väter übertreiben es immer mit ihren Söhnen.

»Sagen wir, dass ich aus Serbien komme.«

»Bist du Serbe?«

»Ich habe gesagt, ich komme aus Serbien. Ich bin Jugoslawe.«

Er bewegte sich ein Stück auf eine Tür zu.

»*Indue andémm adéss?* Wo gehen wir jetzt hin?«

»Kommt mit, gehen wir rüber, wir waren gerade dabei, die Brioches in den Ofen zu schieben.«

Baffo lief ihm begeistert hinterher. Ferraro wartete noch einen Augenblick. Er fasste mit einer Hand in einen offenen Sack und führte sie zum Mund. Mehl, natürlich.

6

Hinter der Tür tauchten sie in die Hitze ein. Zwei junge Männer machten sich an einem Ofen zu schaffen. Der Slawe gab ihnen in einer unverständlichen Sprache Anweisungen. Er konnte nicht älter als dreißig sein, verhielt sich aber, als sei das Treffen von Entscheidungen und das Erteilen von Befehlen in seine DNA eingeschrieben. Die beiden jungen Männer vor dem Ofen hingen an seinen Lippen. Der Chef ging zu einem Tisch, nahm zwei Teilchen und reichte sie seinen Besuchern.

»Hier, frisch aus dem Ofen.«

Baffo stürzte sich auf sein Cornetto: *»G'hoo una famm, fieou* ... Mann, hab ich einen Hunger ...«

Ferraro lehnte ganz professionell ab: »Nein, danke.«

»Na, komm schon. Dann kannst du mir sagen, ob das weiße Pulver oben drauf Kokain oder Mehl ist.«

Er drückte ihm ein Hörnchen in die Hand.

»Ich weiß ohnehin schon, was es ist.«

»Ich weiß. Dein Mund ist mit Mehl verschmiert.«

Der Ispettore wurde fast rot. Er wischte sich den Mund mit dem Jackenärmel ab. Der Mann drehte sich wieder zu seinen Angestellten um, und nach einigen Anweisungen wandte er sich wieder an seine Besucher.

»Was ist, magst du es nicht?«

Der Ispettore hielt sein Cornetto verlegen in der Hand. Baffo schielte mit erbarmungswürdigem Blick darauf, in der Hoffnung, der Ispettore würde es ihm abgeben. Doch Ferraro beschloss, nun doch zu probieren, und ließ Baffo mit seinen hyperaktiven Speicheldrüsen einfach stehen.

»Gut, sehr gut.« Das Cornetto schmeckte vorzüglich, es zerschmolz fast auf der Zunge.

»Gut.« Dann zu Baffo: »Und du, willst du noch eins?«

»Wenn du darauf bestehst.« Er spielte den feinen Herrn.

Ferraro aß sein Stückchen auf.

»Gut, wirklich, ...« Der Satz blieb in der Luft hängen. Er wusste noch nicht, wie sein Retter hieß.

Doch dieser stellte sich schon vor: »Zoran. Ich heiße Zoran.«

»Ispettore Ferraro.«

»Ist *Ispettore* der Vorname?«

»Michele. Ich heiße Michele Ferraro. Und du? Zoran ist der Vorname, nicht?«

»Zoran Gjomarkaj.«

»Gjomarkaj? Was ist das denn für ein Name?«

»Warum, findest du Ferraro schöner?«

Das hatte er sich selbst eingebrockt, daran war nicht zu rütteln.

»Nein, im Sinne von … ich dachte, er müsse mit -vic oder so etwas aufhören.«

Bei den Spielen der Nationalelf erhielt Ferraro über die Nachnamen immer wertvolle Informationen. Spielte die serbische Mannschaft, dann endeten die Namen immer mit -vic, gab es ein Freundschaftsspiel mit Island, dann endeten sie mit -sson.

»Aber doch nicht alle Nachnamen. Das wäre ein bisschen zu einfach, oder?«

Baffo hatte auch sein zweites Hörnchen verkrümelt. Er sah mit Tränen in den Augen auf den Tisch.

»*Mi me ciami Oreste.* Ich heiße Oreste. Aber wenn du willst, dann sag Baffo. *Tutti i mèe amìs me ciàmen Baffo.* All meine Freunde sagen Baffo.«

Er streckte eine Hand aus. Zoran zögerte nicht, sie zu drücken.

»In Ordnung, Baffo. Ich wette, du willst noch eins.«

»Na ja, weißt du, ist ja nicht für mich. Es ist, weil ich zwei kleine Hunde hab, *piscinin insci*, sooo klein, und wenn du vielleicht …«

Erst in diesem Moment merkte Ferraro, dass die Hunde gar nicht mehr dabei waren.

»Wo sind denn die Hunde?«

»*Goo dit di aspettarmi a ca'*. Ich hab ihnen gesagt, sie sollen warten. Mit den ganzen Leuten. Die sind so gut erzogen. Gehorchen aufs Wort.«

Zoran machte ein kleines Päckchen und gab es Baffo.

»Hier, nimm. Nimm das für deine Hunde mit.«

»*Grassie. Anca se cont i grass si fan i sant …*«

Zoran sah ihn zweifelnd an. Er sprach zwar ein hervorragendes Italienisch, aber der Mailänder Dialekt war für ihn wie das Serbische für Ferraro.

»A propos, Zoran. Auch ich wollte dir danken. Wenn du uns nicht reingelassen hättest, wären wir jetzt schon im Krankenhaus.«

Der Bäcker wedelte mit der Hand, als wolle er Fliegen verscheuchen.

»*Ostavi to burazeru …*«, rutschte es ihm auf Serbisch heraus, dann fing er sich wieder. »Ist schon in Ordnung. Kommt mit, gehen wir rüber in den Laden.«

Sie gingen durch den Raum, wo die beiden jungen Männer warme und duftende Brote aus dem Ofen holten. Dann traten sie durch eine Tür und standen hinter dem Verkaufstresen des Geschäfts. Von draußen drangen Schreie, Lärmen und Pfiffe durch den heruntergelassenen Rollladen. Die Polizei war dabei, wieder Ruhe und Ordnung herzustellen. Mit Mühe.

»Wir sollten noch ein wenig warten, bevor wir rausgehen.«

»Ja, aber dann nehmt ihr auch den mit.«

Sie betraten den Teil des Ladens, wo am Tage die Kunden standen. Auf dem Boden saß, die Hände hinter dem Rücken zusammengebunden und den Kopf zwischen den Knien, ein Mann.

»Aber, wer zum Teufel …«

»*L'è l'albanés.* Das ist der Albaner. Das sag ich dir. Das ist er, ehrlich.«

Ferraro sah Zoran fragend an.

»Ich mag Lynchen nicht. Ich habe es schon viel zu oft in meinem Leben gesehen.« Er wuchtete den Mann hoch, dann übergab er ihn dem Ispettore: »Bringt ihn weg.«

Der Albaner sah reuevoll auf. Sein ganzes Gesicht war grün und blau geschlagen.

»Himmel! Wer hat den denn so zugerichtet?«

Zoran zeigte ein bezauberndes Lächeln.

»Ich mag kein Lynchen. Vergewaltiger aber auch nicht.«

IV

Alltagsgeschäft

1

»Espresso?«

Comaschi hatte ein Geldstück in die Kaffeemaschine gesteckt, die seit Menschengedenken in der Eingangshalle des Kommissariats thronte. Überall um sie herum ein Kommen und Gehen von Menschen, wie nach einem Drehbuch.

»Gerne ... ja, aber ein bisschen *lungo.*«

»*Lungo*? Der schmeckt ja so schon grauenvoll, und dann willst du ihn auch noch mit mehr Wasser?«

»So bekomme ich wenigstens etwas Warmes in den Bauch. Ich habe bislang nur auf die Schnelle ein belegtes Brötchen gegessen.«

»Na gut, wie du willst.« Comaschi drückte die Taste. »Ich hab auch schon mal *caffé lungo* genommen und hatte dann das Gefühl, Spülwasser zu trinken.«

»Ab und zu ist er gar nicht schlecht. Man sollte nicht immer so puristisch sein. Es ist dann eben ein bisschen so, als würde man französischen oder deutschen Kaffee trinken.«

»Ja, und was heißt das schon? Das sind Barbaren, und es ist ganz bestimmt kein Kaffee, was die trinken!«

»Du musst dir einfach vorstellen, dass es ein Getränk mit Kaffeegeschmack ist, so ähnlich wie Tee.«

»Pfui Teufel. Einmal habe auch ich Tee genommen. Hätte ich auch gleich Zitronenspülmittel trinken können.«

Die Maschine hatte ihren *caffé lungo* ausgeschieden. Ferraro schob den Schieber nach oben und nahm den Plastikbecher heraus. Er war voller als üblich. Als hätte sich die

Maschine dem Ispettore gegenüber absichtlich großzügig gezeigt.

»Au, ist das heiß!« Er rührte ein paar Mal mit dem Löffel um und führte das Getränk zum Mund. »Gut!«

»Gut? Das kann ich nicht glauben!«

Comaschi hatte eine weitere Münze eingeworfen und die Taste ›Espresso‹ gedrückt.

»Der ist so heiß, dass ich gar nichts schmecke. Ich brauche ihn, um das belegte Brötchen zu verdauen.«

»Deine Essgewohnheiten sind widerlich, lass dir das gesagt sein.«

»Schon möglich.«

Die Kaffeemaschine schien unterdessen äußerst konzentriert zu arbeiten. Als müsse sie den besten Espresso ihres Lebens hervorbringen.

»Jedenfalls sollten wir meiner Meinung nach die Espressomaschine von zu Hause mitbringen.«

»Bloß nicht. Zeni würde zum Tier.«

Jetzt gab die Kaffeespenderin alles. Sie wrang ihre Eingeweide aus und versuchte sogar noch, eine zarte Kaffeecreme auf den Espresso zu setzen. Sie wollte der Situation gewachsen sein, zutiefst erschrocken über die Vorstellung, durch eine simple Espressomaschine ersetzt werden zu können. Dann ließ sie erschöpft den Plastiklöffel in den Becher fallen. Sie war fertig. Jetzt hing alles von der Laune Comaschis ab.

»Wann machst du Schluss?«

»Ich bin gerade erst gekommen. Ich muss noch den ganzen Nachmittag arbeiten.«

»Halber Tag?«

»Ja. *Part time.*«

Comaschi lächelte. Er nahm den Kaffeebecher und rührte um.

»Schaffst du es wenigstens zu lernen? Was hast du heute Vormittag getan? Im Grunde sind wir ja mit dem Hahnenkrähen ins Bett gegangen …«

»Breiten wir den Mantel des Schweigens darüber. Übrigens, wer hat heute den Fall des Albaners bearbeitet?«

»Zeni hat ihn Fusco gegeben.«

»Nein, wirklich?«

»Du hättest sehen sollen, wie sie den Albaner vernommen hat. Dann ist sein Rechtsbeistand gekommen, der Staatsanwalt …«

»Und sein Kumpel?«

»Verschwunden.«

»Den finden wir nicht mehr wieder.«

Ferraro warf seinen Plastikbecher weg. Comaschi schien den Kaffee in seiner Hand vergessen zu haben. Die Maschine wartete gleichmütig auf sein Urteil.

De Matteis kam dazu. Er wählte die Option ›Cappuccino‹. Comaschi verzog angewidert sein Gesicht.

»Ferraro. Du bist doch gerade erst gekommen und machst schon eine Pause?«

»Meine Schicht fängt in fünf Minuten an.«

»Aha, ich habe verstanden. Und du, Comaschi?«

»Mittagspause. Ich habe spät gegessen.«

»Du hast auf alles eine Antwort, was?«

»Schön wär's! Dann könnte ich einen Haufen Geld im Fernsehen bei den Quizshows verdienen.«

»Glaubst du eigentlich, du wirkst sympathisch?«

»Ich geb mir Mühe.«

»Das Problem ist, dass das nichts nutzt.«

Der Cappuccino, den die Maschine herausließ, bot einen deprimierenden Anblick. De Matteis schüttete zu dem bereits im Kaffee befindlichen Zucker noch drei Tütchen dazu.

»Bitter, das Leben, nicht wahr?«, meinte Comaschi sardonisch.

»Ich habe dir schon einmal gesagt, dass du mich nicht zum Lachen bringst.«

Der Vicecommissario kippte sein Heißgetränk auf einen Schluck hinunter. Worauf sein Gesicht umgehend eine violette Färbung annahm: Wahrscheinlich hatte er sich den ganzen Rachen mit diesem Macho-Getue verbrannt. Dann warf er den Becher fort. Er versuchte, etwas zu sagen, ließ es aber bleiben. Er machte Ferraro ein Zeichen, dass er ihn in seinem Büro sehen wollte, und verschwand.

»Was hat er denn?«

»Dem stinkt alles.«

»Warum?«

»Wie, warum? Erstens, weil er De Matteis ist, und der ist immer stinkig. Und dann, weil du dir herausnimmst, auch außerhalb deiner Arbeitszeit Vergewaltiger zu fangen, und als wäre das nicht schon genug ...«

»Ich habe niemanden gefangen ...«

»... als wäre das nicht schon genug, übergibt Zeni die Beweisaufnahme noch Fusco, weil De Matteis gestern Abend keinen Dienst hatte. Die Welt hasst ihn, und er weiß es!«

Der Satz hatte ihn befriedigt. Comaschi beschloss, dass es nun an der Zeit war, seinen Kaffee zu trinken. Die Maschine vor ihm wartete nervös auf das Urteil aus seinem Munde.

»Ich hab dir schon gesagt, dass ich niemanden gefangen habe. Das ist alles Baffo gewesen.«

Als er am Abend zuvor mit dem Albaner ins Kommissariat gekommen war, hatte er kein Wort über Zoran gesagt. Er hatte ihm einen Gefallen tun und ihm die Polizei vom Hals halten wollen. Er hatte ausgesagt, dass Baffo nach dem Vergewaltigungsversuch Zeuge der Flucht gewesen und dass der Albaner von Unbekannten niedergeschlagen worden sei.

»Wusstet du eigentlich, dass dein Freund ein ganz schön schräger Vogel ist? Du hättest ihn heute Morgen sehen sollen, als Fusco und der Staatsanwalt ihn verhört haben. Erst hat er sich über die Richter ausgelassen, die von Linken gekauft würden, dann hat er den Staatsanwalt um ein Schinkenbrötchen gebeten, aber bitte mit rohem Schinken, weil er gekochten nicht mag …«

Ferraro lächelte. Zeni trat auf. Er steckte eine Münze in den Schlitz und wartete auf seinen Tee. Die Kaffeemaschine bereitete ihn gewissenhaft zu, aber leidenschaftslos wie eine Prostituierte.

»Guten Tag, Comaschi.«

»Dottore …«

»Wie geht es, Ferraro?«

Er fragte dies mit einem kaum angedeuteten Lächeln.

»Danke, gut.«

»Studieren Sie eifrig? Wann ist denn die nächste Prüfung?«

Gerade mal zwei Monate war es her, dass er ihm von seinen Studienplänen berichtet hatte.

»Ich weiß es noch nicht. Ich muss die Prüfungstermine erst herausfinden.«

»Sehr gut, sehr gut, studieren Sie. Aber nicht, dass Sie zu lange brauchen …«

Er nahm seinen Tee mit und hatte immer noch diesen dümmlichen Ausdruck im Gesicht, der Ferraro sagen wollte: »Siehst du, dass ich recht damit hatte, dich hierzubehalten.« Sie sahen ihm nach, wortlos, denn sie wussten, sobald einer von ihnen auch nur den Mund aufmachte, würde auch der andere in Gelächter ausbrechen. Aus dieser Richtung sahen sie nun Fusco kommen. Erschöpft und glücklich.

»Himmel, ich brauche einen Kaffee, ich bin am Ende.«

»Wie ist es mit dem Albaner gelaufen?«

Sie strahlte, während sie ihren *caffé macchiato*, Espresso mit wenig Milch, wählte. Die Kaffeemaschine zeigte ihr ein wenig die kalte Schulter. Vielleicht, weil sie eine Frau war.

»Alles in Ordnung. Eher macht mir der Penner Sorgen. Er will mich zum Abendessen ausführen.«

»Nun, Baffo hat Geschmack, er würde dich in ein schönes Restaurant führen. Das Problem ist nur, dass man nicht weiß, wer am Ende die Rechnung bezahlt ...«

Fusco nahm ihren Kaffee, dann wandte sie sich an Ferraro: »Willst du auch einen?«

»Danke, ich habe gerade einen getrunken.«

Die junge Frau lächelte, warf ihren Becher in den Müll und grüßte die Kollegen.

»Sie strahlt ja richtig. Die wird doch nicht schwanger sein.«

»Meiner Meinung nach hat es Zeni gewurmt, dass du gesagt hast, Fusco würde diskriminiert, und er hat angefangen, sie anders zu behandeln.«

»Also wirklich! Von heute auf morgen?«

»Natürlich. Hast du nicht gesehen, wie dankbar sie dich angesehen hat? Wenn du mich fragst, dann kriegst du sie bald ins Bett.«

»Herrgott, Comaschi, du bist zum Fürchten.«

»Warum, wäre dir das etwa unangenehm?«

»Nein, das ist nicht die Frage. Es ist nur ... sie ist zu jung.«

»Was redest du denn da für einen Stuss? Wenn sie alt genug ist, um Polizistin zu sein, dann kann sie dir doch wohl auch einen blasen?«

»Scheiße, wenn du so weitermachst, dann nehme ich dich nicht mehr zur Herzogin von York zum Frühstück mit.«

»Die ist doch klasse! Als wir das letzte Mal zum Abendessen bei ihr waren, hat sie die ganze Zeit gefurzt.«

Als würde er sich erst jetzt daran erinnern, dass er noch immer den leeren Becher in der Hand hielt, warf Comaschi diesen ohne zu zögern in den dafür vorgesehenen Behälter.

»Gehst du?«

»Ja, ich gehe. Ist wohl besser so.«

»Und der Espresso?«

»Was?«

»Der Espresso … wie war er?«

»Der Espresso? Welcher Espresso? Das weiß ich wirklich nicht mehr.«

Die Maschine weinte den ganzen Nachmittag.

2

Er versuchte, seine Arbeit so gut zu machen, wie er konnte. Er kannte auch gar keine andere Art, sie zu erledigen. Gewiss, er war träge, unduldsam, er kam immer zu spät zu seinen Terminen und ließ seine Sachen überall herumliegen. Das tat er aber nicht absichtlich, es lag einfach in seiner Natur. Doch zumindest bei der Arbeit, bei jeglicher Arbeit, versuchte er, besser zu sein, als es ihm sein Wesen diktierte. Er wollte kein schlechtes Gewissen haben, wenn er auf seinen Gehaltszettel sah. Er wollte sein Geld mit dem Bewusstsein ausgeben, es nicht gestohlen zu haben. Jetzt mehr denn je, jetzt, wo Zeni ihm erlaubt hatte, ein bisschen nach eigenem Gutdünken zu handeln, spürte er, dass jeder Fall, auch der idiotischste, mit derselben Aufmerksamkeit verfolgt werden musste.

Er nahm die Anzeige der Signora Cappelli wieder zur

Hand und tat seine Pflicht. Er rief die Krankenhäuser, die Leichenschauhäuser, die Kommissariate in halb Ligurien und in der Lombardei an, versuchte es bei Pensionen und Hotels. Er erkundigte sich nach den verschwundenen Personen, nach den wieder Aufgetauchten, nach denen ohne Geld, ohne Papiere, ohne Gedächtnis. Er versuchte alles. Nichts. Oder besser gesagt, nichts Außergewöhnliches. Antonio Càrpano konnte überall sein. Theoretisch konnte er auch das Land verlassen haben. Wahrscheinlich investierte er Mamas Geld in Huren oder Ähnliches. Solange er nichts anstellte, würde Ferraro ihn nicht finden. Zumindest war er noch am Leben, das war sicher. Wenn er tot wäre, hätte er ihn sofort gefunden. Nur Profikiller können Leichen verschwinden lassen. Und es hatte nun wirklich niemand ein Interesse daran, den Schreinerlehrling Antonio Càrpano verschwinden zu lassen.

Im Handumdrehen war es Abend geworden. Ferraro machte noch eine rasche Runde durch die Geschäfte in der Nähe seiner Wohnung. Eigentlich kaufte er nicht gerne in den kleinen Läden ein. Die unpersönlicheren Supermärkte waren ihm lieber. Er ging gerne durch die Gänge, ohne die Sorge, jemandem darüber Rechenschaft ablegen zu müssen, was er kaufen wollte. Aber jetzt, wo der Supermarkt in Richtung Ponte Palizzi verlegt worden war, schaffte er es nicht mehr oft genug dorthin. Und damit nicht genug, sie hatten auch noch eine Wurst- und Käsetheke eingerichtet, man musste Nummern ziehen, und der Verkäufer schnitt das Gewünschte frisch auf. Eigentlich nichts Außergewöhnliches, doch Ferraro bereitete das Angst. Es erinnerte ihn an den Wurstverkäufer seiner Kindheit, der, kaum hattest du eine Sache verlangt, »Hundert Gramm Mortadella, bitte«, sofort hinzusetzte: »Sonstnochwas?« Und sogleich fühltest du dich schuldig, dass du nicht Sonstnochwas nehmen wolltest, und verlangtest hundert Gramm Coppa, und er, unerschütterlich, mechanisch: »Sonstnochwas?« Da kam Panik auf: »Ein Stück Gorgonzola«, »Sonstnochwas?«, »Einen Scamorza«, »Sonstnochwas?«, »Zweihundert Gramm Salami«, »Sonstnochwas?« So, das genügt jetzt wirklich, glaubst du denn, wir sind zu fünfzehnt zu Hause? Der kleine Ferraro sah schon die Verwirrung seiner Mutter, die schließlich nicht immer den Erwartungen des Wurstverkäufers und der Nachbarinnen entsprechen konnte, die die Frau und ihren so mageren Sohn ansahen, als gäben sie ihr für irgendetwas die Schuld.

Daher brach ihm jedes Mal der kalte Schweiß aus, wenn er in den Supermarkt kam und die Wursttheke sah. Beim letzten Mal hatte er in der Hoffnung, dass vor ihm noch genügend Leute seien, seine Nummer gezogen und angefangen, sich zu überlegen, was er haben wollte. Er sah sich die Auslagen in der Theke an und hoffte, nichts falsch zu machen. Er war bereit, zwei Sachen zu verlangen, nur zwei. Als er an der Reihe war, verhaspelte er sich und brachte die ganze Schlange zum Raunen. Und dann, kaum hatte er Käse und Schinken geordert, fragte der junge Mann hinter der Theke wie aus der Pistole geschossen mit metallischer Stimme: »Sonstnochwas?« Ferraro sah ihn verstört an. In den Gesichtszügen erkannte er den Mann wieder, den er seit zwanzig Jahren nicht gesehen hatte. Wahrscheinlich war das der Sohn des Wurstverkäufers, der bis ins Rentenalter hinein Scheiben absäbeln und »Sonstnochwas?« fragen würde.

Welchen Sinn hatte es da noch, auf dem Supermarkt zu bestehen? Da konnte er es sich auch bequemer machen und in den Läden im Viertel einkaufen gehen. So wie es seine Frau getan hatte, die alle kannten, die alle grüßten. Es gab keinen Ladeninhaber, der ihr nicht die frischesten Früchte oder die Angebote der Saison aufhob. Auch deshalb war

Ferraro vermutlich zunächst nicht in der Nähe seiner Wohnung zum Einkaufen gegangen. Er hatte es nicht ertragen, dass man ihn immerzu fragte, was denn aus seiner Frau geworden war, eine so anständige Frau, freundlich zu allen, eine so hilfsbereite Nachbarin und vorbildliche Mutter.

Er ging zu Don Ciccio und holte sich ein wenig Obst. Er ließ den Wurstverkäufer aus (man kann nie wissen)und ging bei Zoran vorbei. Um ehrlich zu sein: Er war ihm sympathisch. Er kaufte ein bisschen Brot und Nudeln, Zoran gab ihm ein süßes Stückchen zum Probieren. Sie redeten über Gott und die Welt, wie zwei alte Freunde. Dann beschloss Ferraro, mit der Tüte Einkäufe in der Hand einen Umweg zu machen und Signora Cappelli zu besuchen.

Er betrat den Hof ihres Wohnblocks. Ein paar Kinder spielten Fußball, wobei sie die Wand als Tor benutzten. Seit der Einführung der Mülltrennung waren die Höfe von Quarto Oggiaro vollgestellt mit farbigen Mülltonnen (Glas, Papier, Restmüll), die oft genug von einem wohl gezielten Ball getroffen umkippten. Andererseits ging das Gerücht herum, dass der Posten eines Hauswarts wieder eingeführt werden sollte, denn seit man diesen abgeschafft hatte, ließ die Wartung des Blocks wirklich zu wünschen übrig. Theoretisch sollte das Reinigungsunternehmen, das die Ausschreibung gewonnen hatte, die tägliche Reinigung des Wohnkomplexes sicherstellen, doch es war klar, dass das nicht zu schaffen war. Also wurde die Arbeit aufgeteilt: an einem Tag der Hof, am nächsten die Grünflächen, am folgenden wieder die Treppen und die Hauseingänge.

Ferraro näherte sich der Tür zu dem Treppenaufgang, in dem Signora Cappelli wohnte. Daneben führte vom Hof aus eine Treppe zu den Kellern hinunter. Dort unten lag alles Mögliche herum: Dosen, Zigaretten, vier Pizzakartons, Lumpen, diverser Abfall, als würde der mit dem Saubermachen Beauftragte diesen schmalen Gang als Teppich benutzen, den er hochhob, um den Schmutz des Hauses darunterzukehren.

Er hatte gar keine Zeit zu klingeln, denn die Frau öffnete sofort die Haustür.

»Ispettore!«

»Guten Tag, Signora. Ich wollte Sie sprechen.«

»O Gott, ist etwas passiert?«

»Nein, nein, keine Sorge ...«

Er kam sich ein wenig lächerlich vor, so mit der Einkaufstüte in der Hand mitten in einem Hof mit einer Unbekannten zu sprechen, während das Publikum auf den Balkonen der Szene zusah.

»*O madonna santa ...*« Die Frau legte sich eine Hand aufs Herz.

»Beruhigen Sie sich, Signora, es ist gar nichts passiert. Ich komme, um Ihnen eine gute Nachricht zu bringen.«

»Haben Sie ihn gefunden?«

»Ich habe überall nachgeforscht. Ihr Sohn ist in keinem Krankenhaus, und es gibt keine unbekannten Leichen, die die Kennzeichen des Jungen haben.«

»Was heißt das?«

»Das heißt, dass ich Ihnen mitteile, dass er am Leben ist. Dass er keinen Unfall hatte. Dass er nicht im Gefängnis sitzt und in keiner Leichenhalle liegt ...«

»Das weiß ich auch, danke.«

»Wie bitte?«

»Ich weiß selbst, dass er am Leben ist, dieser Bastard. Und wenn ich ihn zu fassen kriege, dann erwürge ich ihn mit meinen eigenen Händen.«

Über Ferraros Kopf schwebte eine Denkblase voller Fragezeichen.

»Was erzählen Sie mir da?«

»Ich bin auch heute auf die Bank gegangen. Es fehlen nochmal fünfhundert Euro.«

3

Ferraro schlief die ganze Nacht schlecht. Er kam nicht zur Ruhe. Der Fall mit dem verschwundenen Jugendlichen lief nicht gut. Irgendetwas war da, das sein inneres Bild, das er sich davon gemacht hatte, störte. Es war da, aber er konnte es nicht fassen.

Er wachte schlecht gelaunt auf und beschloss, sofort ins Kommissariat zu fahren. Dort hängte er sich sogleich ans Telefon.

»Mario?«

»Ja, wer ist da?«

»Ciao, Mario, ich bin's, Michele.«

»Michele?«

»Michele Ferraro.«

»Michele Ferraro, aber sicher ... ciao, sieh an, wer da mal wieder von sich hören lässt.«

»Störe ich?«

»Nein, ich bitte dich. Es ist eine Freude, deine Stimme zu hören. Du weißt ja, ich sitze immer hier, abgeschieden von der Welt ...«

Man konnte hören, dass am anderen Ende der Leitung etwas in eine Tastatur getippt wurde.

»Hör zu, ich weiß, ich müsste eine schriftliche Anfrage stellen, mit allen Unterschriften der mit dem Fall ...«

»Du hast letzte Woche in einer Pizzeria gegessen?«

»Ja.«

»Im Viale Monza.«

»Im Viale Monza.«

»Dann hast du Bücher gekauft. Und ein Puzzle ...«

Mario konnte einem Angst machen. Er las im Leben anderer Menschen wie in einem Buch.

»War's das?«

»Hat ihr das Geschenk wenigstens gefallen?«

»Wem?«

»Das Puzzle. Deiner Tochter. Ich kann mir nicht vorstellen, dass du Puzzles legst, du bist nicht der Typ dazu.«

Als Kind hatte er das gerne gemacht. Und diese Leidenschaft hatte seine Tochter geerbt. Doch in der Tat, als Mario ihn kennen gelernt hatte, Banknachbar auf dem Technikkolleg, war das schon Jahre her gewesen.

»Ja. Es hat ihr gefallen. Sehr. Und auch die Pizza hat ihr geschmeckt.«

Schweigen. Mario schien von etwas abgelenkt zu sein.

»Neiiin. Sag mir nicht ... ist das wahr, was ich da sehe?«

Puh. Ferraro hob die Augen zum Himmel. Deswegen rief er ihn nie an. Sie hörten nur in großen Abständen voneinander. Mario konnte man keine Neuigkeiten erzählen. Er wusste immer schon alles. Von allen.

»Was siehst du in deiner Kristallkugel?«

»Neiiin, ich glaub es nicht ... du hast dich wieder an der Uni eingeschrieben ...«

»Ja, das stimmt.« Es war sinnlos, das abzustreiten.

»Gratuliere ... Ah. Nun ... weißt du was?«

»Was denn?«

»Ich sehe, dass Francesca in Paris war. Im Louvre.«

»Wirklich?«

»Ja. Sie hat Souvenirs gekauft. Dann ist sie im Quartier Latin bei einem Japaner essen gegangen ...«

Das hätte sie ihm nicht antun dürfen. Das war ihr gemeinsames Restaurant. Dort hatten sie sich ewige Liebe geschworen. Ganz sicher war sie nicht alleine dorthin gegangen. Sie hatte dort mit einem anderen Mann rohen Fisch und Rettich gegessen und den Tempel seiner Erinnerung geschändet.

»Schon gut, schon gut. Hör auf. Ich habe dich nicht angerufen, um über meinen Kram zu reden.«

»Willst du den Kram von anderen wissen?«

»Ja.«

»Dazu braucht es eine offizielle Anfrage, das weißt du.«

»Hör auf, ich bitte dich. Es ist ziemlich eilig. Ich verfolge den Fall einer verschwundenen Person.«

»Wie heißt sie?«

»Antonio Càrpano. Ich habe Kontodaten.«

»Kannst du mir geben, wenn du willst, ich brauch sie aber nicht.«

Mario war in der Schulzeit ein pummeliger, unscheinbarer Junge gewesen, aber schon damals ein großer Tüftler. Er war auf der Welle der IT-Revolution mitgeschwommen und hatte, sein Diplom kaum in der Tasche, das wachsende Banken-Netzwerk administriert, das sich mit der Übermittlung von Daten von Kreditkarten und Bankautomaten in Italien befasste. Kein Bürger, keine Bank, kein Gewerbetreibender und kein Unternehmen, deren Daten nicht auf irgendeine Weise durch seine Hände gingen. Er tippte etwas auf seiner Tastatur, und einen Augenblick später wusste er alles von allen. Big Brother.

»Also, was kannst du mir sagen?«

»Nichts.«

»Hör auf, du Sadist.«

»Ich kann dir nichts sagen, das weißt du. Das sind persönliche Daten.«

»Du bist ein Voyeur, das ist die Wahrheit! Ein Spanner. Ich weiß, dass du die Daten, die ich brauche, direkt vor der Nase hast, also tu nicht länger rum von wegen Privatsphäre.«

»Was kriege ich dafür?«

»Soll ich ein Kalb auf deinem Altar opfern?«

»Das ist eine gute Idee.«

Er scherzte zwar, aber eigentlich nicht so richtig. Er fühlte sich als Priester des Gottes Geld. Als einziger Exeget seines Wortes. Als Diener des monetären Kults. Er sah Dinge, die wir Menschen uns nicht einmal vorstellen können. Den Kreislauf von Waren und Menschen kannte er nur zu gut. Er war der Apostel des Spätkapitalismus, die Sibylle des elektronischen Geldverkehrs.

»Okay, also …« Er war aber auch Mario. Der pummelige Ex-Banknachbar. »Willst du die Bewegungen der letzten drei Monate?«

»Nein, nein … das ist zu viel, mich interessiert nur, was er in den letzten vier Tagen gemacht hat. Und wo.«

»Hm. Hast du Papier und Bleistift?«

»Ja, ja natürlich.«

»Sekunde … er hat in den letzten vier Tagen tausendfünfhundert Euro abgehoben. Jeden Tag fünfhundert. Immer am selben Bankschalter. Er hat nie eine Kreditkarte für Einkäufe benutzt.«

»Wo hat er das Geld abgehoben?«

»In Rimini.«

»In Rimini?«

»Ja, in Rimini.«

Die Sache wurde interessant.

»Hör mal, Mario, würdest du mir noch einen Gefallen tun?«

»Brauchst du Geld? Soll ich eine Null an die Summe auf deinem Kontoauszug anhängen?«

»Warum? Kannst du das denn?«

»Das fändest du gut, was? Vielleicht zwei Nullen, was meinst du?«

Ferraro wurde schwindlig.

»Hör schon auf, sonst glaube ich das noch ... Ich wollte dich fragen, ob du die Bewegungen dieser Karte weiter beobachten und mir das Ergebnis mitteilen könntest.«

»Natürlich, in Echtzeit. Ist deine E-Mail-Adresse noch dieselbe? Hast du ICQ, MSN Messenger?«

»Kannst du mich nicht einfach anrufen?«

»O Gott, was für ein Steinzeitmensch!«

4

Rimini also. Von wegen Deiva Marina. Ein anderer Strand, ein anderes Meer. Rimini im Herbst. Es ging sicher nicht ums Baden. Vielleicht hatte Ferraro es ja richtig gesehen: Diskotheken, Pubs, Bier, Hochprozentiges, synthetische Drogen, Nutten. Das passte alles.

Der hübsche Antonio war volljährig, er konnte mit dem Geld machen, was er wollte. In gewisser Weise hatte Ferraro gar keine Berechtigung, ihn zu suchen. Er war nicht wirklich verschwunden. Doch zur Sicherheit telefonierte er noch einmal die Krankenhäuser und die Polizeistationen in und um Rimini ab. Nichts. Keine Festnahme, kein Verletzter, kein Toter.

Er trommelte ein wenig mit den Fingern auf dem Schreibtisch herum. Dann kam ihm etwas Offensichtliches in den Sinn, eine Tatsache von erschütternder Banalität, auf die er aber noch nicht gekommen war. Er öffnete die Akte mit der Anzeige und suchte die Handynummer des Jungen heraus. Er tippte sie ein. Es klingelte. Das Handy war nicht ausgeschaltet, es klingelte, da war jemand auf der anderen Seite des Äthers, der es angeschaltet hatte. Beim dritten Klingeln hörte er deutlich, wie die Verbindung hergestellt wurde.

»*Pronto, pronto ... pronto*, ist da jemand?«

Er vernahm ein lautes Geräusch, es hörte sich an wie das Dröhnen eines Motorboots oder eines Lasters, oder vielleicht lief gerade eine Herde Gnus vorbei, aber das schien ihm weniger wahrscheinlich.

Ferraro versuchte es noch einmal: »*Pronto?* Antonio? Antonio Carpàno? *Pronto?*«

Auf der anderen Seite war ein Lachen zu hören. Dann ein anderes Geräusch. Doch das war kein Dröhnen, es war ein Furzen erster Güte. Schließlich wurde die Verbindung unterbrochen.

»Jetzt zeig ich's dir!« Er war genervt.

Er rief bei einer direkten Durchwahl bei Càrpanos Handynetzbetreiber an, dort arbeitete einer seiner Bekannten. Polizist sein bedeutet oft, Beziehungen zu pflegen. Mit den seltsamsten Menschen, die die seltsamsten – oder die banalsten – Jobs haben. Man glaubt, ein Bulle habe dauernd mit Dieben und Nutten zu tun. In Wirklichkeit verkehrt er mit Banken, Kreditanstalten, Mobilfunkbetreibern, Angestellten des Katasteramts, Steuerberatern, technischen Büros. Er verbringt seine Zeit am Schreibtisch, am Telefon, wie ein Immobilienmakler. Die Arbeit eines kleinen Angestellten. Wahrscheinlich hatte er das Gesicht eines Büromenschen, eines Ministerialbeamten. Was er ja auch war.

»... Also, schick mir so schnell wie möglich die Aufstellung aller Anrufe. Ausgehende und eingehende.«

»Bis wann?«

»Bis jetzt, sofort.«

»Na, na? Ein bisschen höflicher, bitte. Ich tue dir ja schon einen Gefallen, wenn du jetzt auch noch diesen Arschloch-Ton anschlägst ...«

»Komm, ich bitte dich. Ich brauche die Information, so schnell es geht. Ich lade dich auf ein Bier ein, wenn wir uns das nächste Mal sehen.«

»Damit sind es schon drei Gefallen innerhalb eines Monats. Bestell schon mal eine Kiste Brunello di Montalcino.«

»Das ist übertrieben. Wenn ich dir eine große Flasche roten Hauswein besorge, ist das schon ein teurer Dank.«

»Ciao.«

»Ciao Mario, … und danke.«

Er hieß ebenfalls Mario. Rossi. Der andere Bianchi. Fleischgewordenes Stereotyp.

5

Comaschi kam rein. Er grummelte vor sich hin.

»Comaschi? Was ist los?«

»Ich ertrage das nicht. Die machen so einen Krach … wusstest du eigentlich, dass sie das absichtlich machen?«

»Was denn? Wovon sprichst du?«

»Hast du denn nicht das Motorrad vorbeifahren hören?«

»Nein, ich habe nicht darauf geachtet, ich war am Telefon.«

»Die Hersteller. Sie könnten sich die Auspufftöpfe vornehmen und diesen ganzen Lärm vermeiden.«

»Was redest du da für einen Scheiß, ich verstehe überhaupt nichts mehr.«

»Ich sage dir, dass sie das mit voller Absicht tun. Ich bin sicher, sie könnten verhindern, dass die Dinger den Leuten direkt ins Gesicht furzen. Sie machen das deshalb, damit sich der Fahrer als King fühlt. Aber er ist im Gegenteil ein Vollidiot!«

»Komm, du bist doch auch mal jung gewesen. Erzähl mir nicht, dass du nicht mit deinem Moped angegeben hast.«

»Ich bin mit einer Scheißfünfziger rumgefahren.«

»Und hast du dir eine geangelt?«

»Ja, natürlich, einen Schnupfen habe ich mir geangelt.«

Comaschi zündete sich eine Zigarette an.

»Wie kommt es eigentlich, dass du immer rauchst, wenn du bei mir im Büro bist?«

»Ich weiß es nicht, vielleicht stimuliert mich dein Ex-Raucher-Gesicht.«

»In deinem tiefsten Innern bist du ein Dreckskerl.«

»Aber außen ganz sympathisch, oder?«

»Nein.«

Das Telefon klingelte. Ferraro nahm sofort ab. Comaschi machte eine Geste, als wolle er sagen: »Ich gehe pinkeln«, und verschwand.

»Ja bitte?«

»Michele?«

»Mario?« Damit konnte er nichts falsch machen.

»Mailand.«

»Was?«

»Er hat noch einmal Geld abgehoben. Vor etwa einer Viertelstunde, in Mailand.«

Ferraro stand halb auf. Er suchte wie ein Verrückter nach dem Stift, obwohl er direkt vor seinen Augen lag.

»Scheiße, Scheiße, Scheiße … wo? An welchem Schalter? In welcher Gegend?«

»Lass sehen … im Viale Monte Cerini.«

»Danke, Mario, du hast dir den Brunello wirklich verdient.«

»Aber ich trinke doch gar keinen Alkohol.«

Er hatte die Marios verwechselt.

»Na gut, ich werde dir was anderes schenken. Ciao.«

Er blieb in dieser Haltung. Weder sitzend noch stehend. Verborgen in einem Winkel seines Hirns war etwas, das er zu fassen versuchte. Er konzentrierte sich, um es nicht zu verlieren.

»Es war ein Motorrad. Genau. Nicht der Motor eines Bootes …«

Comaschi kam wieder: »Nanu, was ist denn mit dir? Hast du einen Hexenschuss bekommen?«

Er sah Comaschi entgeistert an: »Er ist es, er ist zurück nach Hause gekommen.«

»Wie kannst du das wissen? Ich habe es gerade erst entdeckt.«

»Was?

»Er ist dort, in Zenis Büro.«

»Wer?«

»Hast du vielleicht was getrunken? Entweder setzt du dich oder du stehst auf. Es sieht aus, als müsstest du aufs Klo.«

Ferraro setzte sich. »Darf man erfahren, wer in Zenis Büro ist?«

»Lanza.«

V

Back Home

1

»Danke, dass Sie hier zusammengekommen sind, ich stehle Ihnen auch nur so viel Zeit, wie notwendig ist, um Ihnen anzukündigen, dass Ispettore Capo Augusto Lanza für die nächsten Monate wieder mit von der Partie sein wird. Er wird so lange hier bei uns arbeiten, wie es die ihm zugestandene Zeit erlaubt, bis er wieder zu seinen neuen Aufgaben zurückkehren muss.

Obgleich in der Theorie diesem Kommissariat angehörig, arbeitet der Ispettore, wie Sie wohl wissen, bereits seit drei Monaten an einem gemeinsamen Projekt für das zu bildende *European Bureau of Investigation*, für das man die besten Ermittler der europäischen Polizeieinheiten zusammengerufen hat.

Sie kennen ihn und wissen daher, dass seine Teilnahme nicht auf seine eigene Initiative zurückgeht, sondern aufgrund meiner Beharrlichkeit und der des Polizeipräsidenten erfolgt ist – und nun erweist er uns die Ehre, die Erfahrung, die er in diesen Jahren in Quarto Oggiaro gesammelt hat, in den Dienst der gesamten Europäischen Union zu stellen. Es war uns bewusst, dass wir auf einen hervorragenden Mitarbeiter würden verzichten müssen, doch weiß man andererseits auch: *ubi major minor cessat*. Eine so frühe Rückkehr war nicht vorgesehen, aber, wie der Ispettore mir soeben berichtet hat, ist das Projekt aus organisatorischen Gründen unerwarteterweise gestoppt worden. Ich bin mir sicher, dass es bald mit neuer Kraft fortgeführt werden wird. Bis zu diesem Zeitpunkt wird Ispettore Lanza bei uns bleiben und wieder seine alte Funktion ausfüllen, ich weiß nicht, ob ich mich verständlich ausdrücke …«

Zeni drückte sich verständlich aus, allzu verständlich. Man brauchte nur in De Matteis' gelbsüchtiges Gesicht zu blicken, denn dieser Posten hätte ihm gebührt. Wie ein Stratege war er vorgegangen. Um sein Ziel zu erreichen, hatte er sogar seine politischen Beziehungen ins Spiel gebracht, sowohl die in Rom als auch die in Mailand. Es war ihm auch gelungen, praktisch die gesamte Konkurrenz in Norditalien auszuschalten. Er hielt es nicht mehr aus in Quarto Oggiaro. Er wollte nach oben. Er wollte nach Brüssel, nicht, um dort zu bleiben, sondern um ein Sprungbrett für seine grandiose Rückkehr ins *Bel Paese* zu haben, vielleicht auf der Liste einer willfährigen politischen Partei.

De Matteis' Pech war es nur, dass ihm auf diesem Weg ein Typ wie Zeni begegnet war, ein romantischer Polizist alter Schule, wie man sie selten trifft, höchstens noch in Filmen oder in Romanen.

Zeni betete Lanza an, und er hatte alles in Bewegung gesetzt, damit dieser nach Brüssel gehen konnte. Er wusste, dass die anderen Länder ihre Besten schicken würden, keine Speichellecker. Und er hatte den skurrilsten, unglaublichsten und genialsten Ermittler, dem er je begegnet war, in seinem Kommissariat. Und da war es nur gerecht, ihn mit anderen zu teilen.

Ferraro beobachtete den stellvertretenden Polizeipräsidenten, wie dieser mit seiner Kampfesrede fortfuhr, während Lanzas Blick immer tiefer sank, als suche er etwas auf dem Fußboden. Seine Verlegenheit war offensichtlich. Er war ein schüchterner, unbeholfener Mensch, nicht dafür gemacht, im Rampenlicht zu stehen. Er tat seine Arbeit. Punkt. Ohne Flausen im Kopf. Wenn seine Schicht zu Ende war, widmete er sich anderen Dingen. Er war kein Rund-um-die-Uhr-Polizist. Er hatte auch andere Interessen im Leben.

Wahrscheinlich hatte Zeni die Verlegenheit Lanzas bemerkt, doch er schenkte dem absichtlich keine Beachtung. Er hatte ein gewisses sadistisches Vergnügen daran, die Menschen in unangenehme Situationen zu bringen. Nur dass er es jetzt auf De Matteis abgesehen hatte und Lanza dabei als Köder benutzte. Denn Zeni war kein unparteiischer Profi. Er war parteiisch, er war hyperparteiisch. Er ging nach Sympathie, auch wenn er dies niemals zugegeben hätte, nicht einmal auf dem Totenbett. Und in ebendem Maße, in dem er Lanza anbetete, verabscheute er De Matteis, den Vicecommissario, der von irgendwem in Rom hierher abkommandiert worden war, vielleicht, um Zeni und gewisse seiner Maßlosigkeiten, gewisse Unregelmäßigkeiten in Verfahrensdingen unter die Lupe zu nehmen.

Absurderweise hätte der ganze Rest des Kommissariats, Lanza inbegriffen, De Matteis sehr gerne nach Belgien fahren sehen. Aber in dieser Hinsicht war Zeni unbeugsam gewesen. Und daher fühlte sich De Matteis, ein wahrer Polizist, ein echter Bulle, einer, der sich vor einem Kriminellen nicht in psychologistischen Ausschweifungen in pseudointellektueller Tuntenmanier ergeht, einer, der, wenn er einem aufs Maul hauen muss, um eine Information zu bekommen, ihm eben aufs Maul haut, einer, der, wenn man Beweise vernichten muss, eben Beweise vernichtet, einer, der Verhöre macht, ohne auf den Anwalt zu warten, in der Hand ein nasses Handtuch, denn so sieht man die inneren Verletzungen nicht; also einer von den ganz Harten; einer, der liberale Staatsanwälte nicht leiden kann und dessen Korpsgeist so groß ist, dass ein Fußballspiel gegen die Carabinieri immer damit endet, dass man sich gegenseitig ins Gesicht spuckt;

also dieser arme Teufel, dieser Polizist par excellence, ideales Vorbild für jeden Neuling, fühlte sich immer mehr als Außenseiter unter den Außenseitern. Denn dies hier war eine Ansammlung von armen Schweinen, die das Ministerium oder wer auch immer an dessen Stelle (wer hat denn je schon etwas von Politik verstanden?) hierher versetzt hatte, an den Arsch der Welt. Ausgestoßene, Verhaltensauffällige, Geistesgestörte, ins Abseits Verwiesene. Und er war auch hier. Mit seinem wertlosen Studienabschluss in Politikwissenschaft, den er auf einer Arschbacke abgerissen hatte. Nicht wie Ferraro, der feine Herr, der selbst entscheidet, wann er studieren will. Das dreißig Punkte in seinem Studienbuch stehen haben will, weil ihm die achtzehn zu mies sind, die sich De Matteis ganz still und heimlich abgeholt hat, weil er nicht die Zeit hatte, geschwollen daherzureden. Hier war er also, mit seinen fünfzehn Jahren treuer Pflichterfüllung auf dem Buckel, mit einer Frau und zwei Kindern, zwei hübschen Jungs mit anständigen Schwänzen, ganzer Stolz von Papa. Hier war er also, mit seinem fetten Zwölffingerdarmgeschwür, und wartete krampfhaft darauf, die Flügel ausbreiten und sich über all diese Idioten erheben und ihnen leicht und fröhlich auf die Köpfe scheißen zu können.

»De Matteis, möchten Sie dem noch etwas hinzufügen?«

»Nein, Dottore, Sie haben ja schon alles gesagt. Sehr gut gesagt.« Während er das aussprach, spürte er, wie seine Zwölffingerdarmwand blutete.

»Gut. Jetzt aber alle an die Arbeit. Wir haben zu viel Zeit vertan.«

Nach und nach schwärmten alle davon. Ferraro ging zu Lanza und sah ihn an, wie man einen Auferstandenen ansieht.

»Lanza. Es ist nicht zu fassen … aber es stimmt wohl wirklich: Wer nicht stirbt, den sieht man wieder.«

Das war keine Floskel, das war ein Test.

»Nun, vom probabilistischen Standpunkt aus stimmt das. Andererseits könnte ein Mensch mit unerschütterlichem Glauben auch ein Wiedersehen im Jenseits für möglich halten.«

Das war kein Scherz. Lanza macht keine Scherze, er kann keine Scherze machen. Der Test war bestanden, er war es also wirklich. Lanza war nach Hause gekommen.

2

»Hast du es Zeni gesagt?«

»Ja.«

»Wann?«

»Vor ein paar Tagen.«

»Was? Nach mehr als fünf Monaten?«

»Ja. Ich habe nie die Zeit gefunden … oder den Mut, wie auch immer.«

»Und er?«

»Er hat so reagiert, wie du es vorausgesehen hattest.«

»Und ergo?«

»Ergo arbeite ich Teilzeit.«

»Es gibt keine Teilzeit bei der Polizei.«

»Ich weiß, ich weiß. Sagen wir, meine Arbeitszeit wird ein wenig großzügiger gehandhabt.«

»Jedenfalls studierst du?«

»Aber ja doch. Seit einem Monat bereite ich mich auf eine Prüfung vor.«

»Und wie kommst du voran?«

»Ach, vergiss es.«

»Was?«

»Wie, *was*?«

»Was soll ich vergessen? Im Übrigen kann ich nicht auf Befehl etwas vergessen, das kann niemand.«

»Lanza, fang nicht wieder damit an.«

»Womit?«

»Wie, *womit*?«

»Womit soll ich nicht wieder anfangen?«

»Damit, genau damit. Hör auf, den Idioten zu spielen. Außerdem: Wie läuft es denn in Brüssel?«

»Was?«

»Wie, *was*?«

»Was läuft in Brüssel?«

»Ich hasse dich! Wie sind deine Erfahrungen in der belgischen Hauptstadt? Ist es so recht?«

»Nun, wenn es das ist, dann würde ich sagen, ja, es ist alles in Ordnung. Ich habe sehr anständige Menschen kennen gelernt.«

»Italiener?«

»Europäer.«

»Puh, natürlich ... Aber waren auch Italiener da?«

»Natürlich. Warum? Sind Italiener denn keine Europäer?«

»Woher?«

»Aus Rom, aus Palermo, auch ein sehr netter aus Genua.«

»Mailand?«

»Ist eine Stadt.«

»Lanza! Waren da auch Kollegen aus Mailand?«

»Ja, einige.«

»De Matteis wird vor Wut platzen.«

»Himmel, das gibt aber eine Sauerei.«

»Das hat er verdient. Was ist das für eine Geschichte, dass sie dich zurückgeschickt haben?«

»Ich habe das Gefühl, dass es in Brüssel Druck von mächtigen Leuten gibt, die nicht sofort eine Koordination auf EU-Ebene wollen.«

»Aber wem nutzt das?«

»Irgendjemandem wird es nutzen, keine Sorge. Wie auch immer, es gibt immer noch bürokratische und politische Hürden, die das Projekt nicht in allerbester Weise beginnen lassen.«

»Na ... und bei dir, alles frisch da oben in Brüssel?«

»Nein, das kann ich nicht sagen. Kürzlich habe ich einen Fisch gekauft, der hat so ein bisschen komisch ...«

»Lanza! Wie geht es dir, wie steht es bei dir, nun, wie soll ich mich ausdrücken? Isst du gut, besuchst du angenehme Lokale, kennst du interessante Leute?«

»Ja.«

»*Ja*, was?«

»Ja, auf alle drei Fragen.«

3

De Matteis sah zur Tür herein.

»Nun, ich denke, der Augenblick des Austauschs von Höflichkeiten ist schon seit geraumer Zeit vorbei. Hier muss ein Kommissariat vorangetrieben werden. Los.«

Zeni war wahrscheinlich irgendwohin gegangen, um irgendeine Repräsentationsaufgabe zu erfüllen (die Eröffnung eines Vorzeigegefängnisses, eine Konferenz zum Thema kindliche Mikrokriminalität, eine Hochschulabschlussfeier *honoris causa* zu Ehren eines im Dienst gefallenen Frischlings), und jetzt schüttelte De Matteis die Eisenfaust. Nach oben buckeln und nach unten treten.

»Ispettore Ferraro hat mich über die Fälle, mit denen er befasst ist, in Kenntnis gesetzt.«

»Ispettore Ferraro ist nur mit einem einzigen Fall befasst, und er schafft es nicht einmal, diesen zu lösen.«

Als hätte man ihn in flagranti erwischt, tippte Ferraro indessen eine Telefonnummer ein.

»Entschuldigt bitte, aber ich muss ein dringendes Telefonat führen.«

Lanza erhob sich ganz ruhig von seinem Stuhl und ging auf De Matteis zu.

»De Matteis, wenn du mir sagen kannst, was ich arbeiten soll, machst du mir nur eine Freude damit.«

»Keine Sorge, es ist für alle genug da.«

Ferraro sah ihnen hinterher. Genau in dem Augenblick, in dem er sie miteinander sprechen sah, nahm jemand ab.

»*Pronto*?«

Einige Sekunden lang war er irritiert. Er hatte sogar vergessen, wen er hatte anrufen wollen. Er hatte die Nummer eher deswegen gewählt, damit De Matteis ihn nicht mit der Hand im Marmeladentopf erwischte, als aus einem wirklich dringenden Grund. Eine Schwäche, ja.

»*Pronto?*«, beharrte die Stimme.

»Sì, *pronto*. Guten Tag, Signora Cappelli, hier spricht Ispettore Ferraro.«

»Guten Tag, Ispettore.«

»Was können Sie mir über Ihren Sohn berichten?«

»He, was ist denn das? Sie machen sich doch nicht etwa über mich lustig? Sie müssen mir etwas über meinen Sohn erzählen, nicht ich Ihnen.«

»Wie, ist er nicht nach Hause gekommen?«

»Hören Sie, nehmen Sie mich hier nicht auf den Arm. Ich bekomme schon Herzrasen …«

Was war er nur für ein Idiot. Nur um sich nicht wie ein unaufmerksamer Schüler erwischen zu lassen, hatte er es geschafft, dass diese arme Frau fast einen Herzinfarkt bekam. Wie zum Teufel war ihm in den Sinn gekommen, dass das Motorrad, das er durch das Telefon gehört hatte, dasselbe Dröhnen gewesen sein musste, das Comaschi gestört hatte? Manchmal brachte sein Hirn völlig zufällige und unlogische Assoziationen hervor. Das Problem war, dass er noch immer, auch nach all den Jahren der Arbeit als Polizist, nicht die unwahrscheinlichen von den plausiblen Assoziationen unterscheiden konnte. Und er verhielt sich entsprechend, tat absurde Dinge wie zum Beispiel dieses Telefonat. Er war zu sehr von seinem Instinkt geleitet, ganz anders als Lanza, der jeden Fall wie eine Schachpartie anging. Ferraro hatte Schach nie gemocht. Er war nicht in der Lage, mehr als zwei Züge des Gegners vorauszusehen, und nach einer Weile verlor er auch die Lust daran. Da konnte man sich nicht gegenseitig zum Teufel wünschen. Es war eine Disziplin, die das Hirn beanspruchte, nicht den Bauch, und Ferraro war ein Bauchmensch, ein impulsiver Mensch. Einer, der lieber in Bars Karten spielte.

»Signora, bitte verzeihen Sie mir. Das ist wohl ein Missverständnis gewesen, ich habe mich völlig unverzeihlich verhalten. Entschuldigen Sie, wirklich …«

Er wusste nicht einmal, was er da sagte.

»Ja, sind Sie jetzt eigentlich auf der Suche nach meinem Sohn oder sitzen Sie in der Bar und spielen Karten?«

Als wüsste sie es.

»Aber nein, was sagen Sie denn da … vielmehr, ich kann Ihnen mitteilen, dass vor etwa einer Stunde eine weitere erhebliche Summe von dem als vermisst Gemeldeten abgehoben wurde. Vielleicht könnten Sie in Erwägung ziehen, mittels eines sofortigen Telefonats mit dem zuständigen Bankinstitut die Auszahlung von Geld zu unterbinden.«

»Was, entschuldigen Sie bitte? Können Sie nicht normal mit mir reden? Ich habe kein Wort verstanden.«

Polizisten bürokratisieren die Sprache, wenn sie nicht wissen, was sie sagen sollen. Ferraro hatte das nie leiden können, aber auch er tappte oft in diese Falle. Andererseits weiß man ja: Schlechte Beispiele verderben die guten Sitten.

»Ich sage Ihnen gerade, dass Ihr Sohn noch einmal fünfhundert Euro abgehoben hat. Meiner Meinung nach sollten Sie zur Bank gehen und die Karte sperren lassen.«

»Noch einmal? Er hat noch einmal Geld abgehoben? O Gott, o Gott ...«

Da, jetzt fing sie sogar noch an zu weinen.

»Signora Cappelli, ich bitte Sie, nicht doch.«

»O Gott, o Gott ... was soll ich denn jetzt machen? Vor morgen kann ich nicht zur Bank gehen. Ich habe Schicht in der Mensa. Und jetzt hat die Bank schon zu.«

»Versuchen Sie anzurufen, Sie werden sehen, dass Sie noch jemanden erwischen.«

»Ist gut, ist gut ...«, flüsterte sie. Dann klagte sie wieder. »O Jesus Christus, was habe ich Böses getan ...«

Ferraro versuchte, es kurz zu machen: »Signora, sagen Sie mir Bescheid, wenn Sie die Karte sperren lassen konnten. Ich mache mit der Ermittlung weiter. Ich bin sicher, dass ich ihn bald finde.«

Natürlich, klar. Absolut sicher. Er beendete das Telefonat und seufzte vor Erleichterung. Dann legte er die Stirn auf den Schreibtisch, als solle ihm jetzt der Kopf abgeschlagen werden. Und er fühlte, dass er es ein bisschen verdient hätte. Wenn er gekonnt hätte, hätte er sich im selben Augenblick selbst geohrfeigt.

»Du Idiot, du Idiot ...«, sagte er sich immer wieder und schüttelte den Kopf, wobei er in dieser absurden Position verharrte.

»Hast du etwas sehr Kleines verloren?«

Er hob den Kopf und sah zur Tür.

»Was?«

»Suchst du etwas?«

Ferraro lächelte. Nur Lanza schaffte es, ihn so aufzuheitern.

»Ich habe kontrolliert, ob die atomare Zusammensetzung des Holzes nicht irgendwelche auffälligen Abweichungen aufweist.«

»Na, dann hast du aber gute Augen. Glückwunsch.«

Es war sinnlos, ihm zu sagen, dass er nur Spaß gemacht hatte.

»Danke, du bist sehr freundlich.«

»Übrigens. De Matteis hat mir einen Auftrag erteilt. Wir müssen sofort in die Scuola Media in der Via Graf fahren, sie haben dort ein Problem …«

»*Wir?*«

»De Matteis ist überzeugt, dass du mit diesem ›Schwachsinnsfall‹, wie er sich ausdrückt, nur deine Zeit vergeudest. Und einer mehr oder weniger davon würde deine akademische Ausbildung auch nicht behindern.«

4

Wir möchten gern glauben, dass sich manche Dinge nie ändern. Das beruhigt uns, das versöhnt uns. Die Welt da draußen verändert sich, man wächst, wechselt die Wohnung, die Frau, die Laune, das Stadtviertel. Doch die Erinnerungen an unsere Kindheit, die wollen wir unbeschnitten, perfekt, unberührt. Ebenso die Orte, an denen wir aufgewachsen sind, an denen wir die Welt kennen gelernt haben. Eine mystische Beziehung verbindet uns mit unserer Jugend. Als Kinder merken wir das nicht einmal, doch wir stellen uns unsere innere Landschaft vor und verbinden uns für immer mit ihr. Ob uns das Leben nach oben auf einen Wolkenkratzer oder ins tiefste Innere eines Waldes führen mag – sicher wissen wir nur, dass wir als Kinder gewisse Gesichter geliebt haben und an bestimmten Orten gewesen sind.

Ferraro schwirrte der Kopf, als er vor dem Eingang der Schule stand. Es war alles, wie es immer gewesen war. Hier hatte er das Wunder erlebt, wie seine Stimme sich veränderte, von kieksend zu tief, hier hatte er auf dem Klo im ersten Stock die erste Zigarette geraucht. Zusammen mit Mimmo, der damit angab, schon seit sechs Monaten zu rauchen, und Raimondo, *il poeta* – dem Dichter, diesem fünfzehnjährigen Sitzenbleiber, der in die Italienischlehrerin verliebt war und der, so hieß es, sich seit mindestens einem Jahr Heroin spritzte, das konnte man an seinem verklärten Blick sehen. Es stimmte nicht. Noch nicht. Doch nachdem die junge Lehrerin versetzt worden war (vielleicht hatte sich etwas angesponnen, wer weiß, sie kam aus einem Dorf in den Marken, war ganz allein, ohne Freunde, sie betete Raimondo an, der so sensibel war und so aufmerksam), beschloss Raimondo, der Romantiker, der Melancholiker, dass die Frucht seiner Jugend vergeudet sei – als wolle er die bösen Gerüchte, die herumgingen, nicht enttäuschen. Und er starb. Aus Liebe und durch Heroin. Geschichten aus anderen Zeiten, aus dem vorigen Jahrhundert. Verlorene Geschichten, wären sie nicht in der beständigen Erinnerung Ferraros abgelegt worden.

In Wirklichkeit aber eine trügerische Erinnerung. Denn auch die Schule hatte sich verändert. Die Steinfliesen lösten sich von der Frontseite, Moos wuchs in den Regenrinnen. Ferraro kam hin und wieder beruflich hier vorbei, sein Gehirn nahm die kaum wahrnehmbare Veränderung auf und passte dann die Erinnerung an die neuen Bedingungen an. Ein bisschen wie seine Tochter, bei der er, da er sie stets vor

Augen hatte, nicht bemerkte, wie sie immer größer wurde. Aber man konnte nie wissen, vielleicht würde Giulia eines Tages von oben bis unten gepierct und mit lila und orange gefärbten Haaren einen tätowierten Schwachkopf mit nach Hause bringen, der seine Springerstiefel auf dem Sofa ablegen und sich über den ›Alten‹ lustig machen würde. Dabei würde er sie überall betatschen.

Auch die Lehrer waren andere, natürlich. Er konnte ja nicht darauf hoffen, noch den Gallo wieder zu treffen, der schon alt gewesen war, als er noch hier zur Schule gegangen war, oder die Tremonti, die sich mittlerweile vielleicht den Pfingstrosen im Altersheim am Lago di Lecco widmete.

Die Schulleiterin und der Italienischlehrer empfingen die beiden Polizisten.

Erstere war eine kleine, rundliche Frau um die fünfzig, ganz Lippenstift und Bigotterie. Sie hatte einen süditalienischen Tonfall, den sie in keiner Weise verbarg. Wahrscheinlich war sie in irgendeinem Kaff in der Region Molise geboren und aufgewachsen. Der Pfarrer hatte ein gutes Herz gehabt und sich ihrer angenommen, er hatte zu verhindern gewusst, dass sie ihr Leben lang Kühe melken musste, indem er sie in die Stadt zur Universität schickte (Rom? Neapel?). Dort hatte sie den Sex und den Atheismus kennen gelernt, war '68 auf die Straße gegangen, hatte Filmforen organisiert und im Namen des Proletariats Universitäten und/oder Fabriken besetzt. Dann hatte sie sich erfolgreich um eine Stelle beworben und war in ihr Dorf zurückgekehrt, um dort für anderthalb Millionen Lire im Monat Geschichte und Geographie zu unterrichten. Zehn Jahre, und man bleibt für immer gezeichnet. Hochzeit in der Kirche, Umzug nach Mailand, um dem Mann zu folgen, ein Kind mit Down-Syndrom, das Alter schlägt zu. Leninistin, Sozialistin, Anhängerin der Radikalen, der Republikaner, der Liberalen, Berlusconis. Sie war kein schlechter Mensch. Sie musste überleben.

Der andere nicht. Er war etwa so alt wie Ferraro, sah jedoch älter aus, denn eine beginnende Kahlheit arbeitete sich bereits von seiner Stirn aus nach oben. Seine Haare waren weder lang noch kurz. Sie ließen an eine Frisur denken, die seiner Lehrerrolle mittlerweile nicht mehr angemessen war. Er war der Typ, der zwanzig Jahre früher mit Haaren bis zum Hintern herumgelaufen war, das Holzfällerhemd offen über einem T-Shirt mit irgendeiner Heavy Metal Gruppe drauf, das sich über seine behaarte Brust spannte. Und der bis zum Abwinken kiffte. Nein, nein, der machte das wahrscheinlich heute noch, nur mit mehr Stil. Ohne dass er auf die Piazza Vetra gehen musste, um das Zeug zu kriegen. Jetzt brachten es ihm die Dealer direkt ins Haus.

Er hatte ein intelligentes Gesicht. Sehr intelligent, zu intelligent. Hätte er seine Intelligenz auf einträglichere Weise eingesetzt, vielleicht an der Börse oder im Waffenhandel mit der Dritten Welt, würde er jetzt im Geld schwimmen. Aber wahrscheinlich interessierte ihn Geld nicht. Er war einer dieser idealistischen Lehrer, eine schlimme Gattung, denn sie macht denen Hoffnung, die nie welche haben dürften, wenn man die festgesetzte Ordnung nicht allzu sehr durcheinanderbringen will.

Man müsste ihn in zehn Jahren noch einmal treffen und dann sehen, wer gesiegt hatte. Er oder die Schule, seine Idee oder die Welt. Oder nein. Baffo sagte ihm immer: Was zählt, ist mitzuspielen. Ein Spiel von außen zu beurteilen, ohne die Karten in der Hand zu haben, hat keinen Sinn. Wer hinter dem Tisch steht und den Spielern nur zuschaut, leidet unendlich viel weniger, das stimmt. Aber ihm fehlt das Vergnügen am Spiel.

5

Die Schule war praktisch verlassen, die Schüler waren nach Hause gegangen, nur hin und wieder hörte man die Hausmeisterin, die die Klassenzimmer aufräumte.

»Wie lange geht das schon mit dieser Geschichte?«

»Schon seit einem Jahr mittlerweile. Am Anfang habe ich nicht darauf geachtet. Vor der Schule ist ja ziemlich viel los. Da sind immer Autos und Menschen.«

Ohne ihren süditalienischen Einschlag hätte die Schulleiterin eine ganz gewöhnliche Stimme gehabt. Vielleicht hatte sie deswegen nie versucht, ihre Sprechweise zu verbessern, um sich so Persönlichkeit zu verschaffen.

»Aber haben Sie gesehen, dass gedealt wurde oder etwas Ähnliches?«

»Nein. Das ist nicht das Problem. Keiner hat gesehen, dass Tütchen oder so etwas weitergereicht wurden. Er ist schlauer, als die Leute sagen.«

»Nun, er hat keinen besonders guten Ruf.«

»Ja, sicher. Alle sagen, dass er der blöde Bruder der Familie ist. Sie wissen schon, was mit ›Familie‹ gemeint ist.«

Die Stimme des Lehrers dagegen hatte eine ganz eigene, unnachahmliche Klangfarbe.

»Ja, sicher. Die ›Familie‹ …«

»Mir ist aufgefallen, dass in der Klasse immer öfter sein Name fiel. Er wurde als ›scharfer‹, ›geiler‹ Typ bezeichnet.«

»Vito Russo. Ein geiler Typ.« Ferraro hatte da so seine Zweifel.

»Vito Russo.«

»Es gibt keine Religion mehr.«

»Wie? Ich habe den Religionslehrer doch soeben weggehen sehen …«

»Lanza!«

Die Hausmeisterin kam herein.

»Dottoressa, ich bin fertig.«

»Gehen Sie nur, Signora Elvira. Ist noch jemand unten am Eingang?«

»Luigi.«

»Gut, gut. Dann können Sie gehen. Sagen Sie Luigi, er soll noch ein bisschen warten.«

»Einen schönen Tag noch.«

Signora Elvira verschwand. Man hörte ihre müden Schritte die Treppe hinuntergehen. Gleich würde sie einkaufen gehen, dann mussten die Wohnung aufgeräumt, das Essen gekocht, die Kinder ins Bett gebracht werden. Dann morgen wieder Schule. Und immer so weiter. Die Lehrer und die Schüler würden wechseln, aber sie würde bleiben, für immer. Die Signora Elvira. Die Hausmeisterin ohne Nachnamen. Der man durch eine Kugelschreiberhülse Papierkügelchen in die Haare pustet, und die schimpft, wenn man über den frisch gewischten Boden läuft, die dich an den Ohren zieht, wenn sie dich vor dem Klassenzimmer antrifft, dich aber heimlich reinlässt, wenn du zu spät kommst und Luigi das Tor schon zugeschlossen hat.

»Wo waren wir stehen geblieben?«

»Er hat sich gewissermaßen ein Gefolge zusammengestellt.«

»Vito Russo.«

»Vito Russo. Jedes Mal, wenn er mit dem Auto kam, ist jemand bei ihm eingestiegen. Als ich das bemerkte, habe ich mit der Schulleiterin gesprochen.«

»Ich konnte nichts tun, verstehen Sie? Das ist kein Verbrechen. Außerhalb der Schule habe ich keine rechtliche Handhabe …«

Wahrscheinlich lagen hier Bürokratie und gesunder Menschenverstand im Widerstreit. Bekanntlich siegt immer die Bürokratie. Man muss warten, bis etwas geschieht, bevor man einschreiten kann. Bekämpfen ist einfacher als vorbeugen.

»Was war denn Ihr Verdacht? Wovor hatten Sie Angst?«

»Russo wurde zum Vorbild, verstehen Sie? Er ist zweimal sitzen geblieben, hat nie die Schule beendet. Er hat sich im Viertel herumgetrieben, die Taschen immer voller Geld.«

»Das bekommt er von seinen Brüdern, das ist bekannt.«

»Ja, aber Russo ist neunundzwanzig. Was tut er vor einer Schule mit Kindern von dreizehn, vierzehn Jahren?«

Ja, was tat er da? Es war offensichtlich, dass Vito keine Freunde hatte. Das wussten alle. Wenn er nicht der Sohn von Antonio Russo und der Bruder von Marco und Pasquale Russo gewesen wäre, wer hätte sich um ihn geschert? Er war ein kleines Arschloch, ein schlecht geratener *mafiosetto*, erdrückt von der kriminellen Energie seiner Familie. Er war geduldet, Achtung verschaffte ihm bestenfalls seine Herkunft, ganz gewiss nicht seine Verdienste. Vielleicht wollte er sich eine Bande aus Milchgesichtern zulegen, sie von klein auf erziehen, um sich endlich auch mal als Boss zu fühlen.

»Ich habe angefangen, ihn in den Klassen zu demontieren. Mit Witzen, Anspielungen, nichts Konkretem. Ich habe ihnen gesagt, dass ein Dreißigjähriger mit Dreißigjährigen zusammen sein sollte, dass es nicht normal ist, dass er sich mit Kindern abgibt.

»Und die Kids?«

»Manche haben mir recht gegeben. Andere nicht, das ist normal. Ich bin und bleibe der Lehrer, der Feind …«

»Und dann?«

»Und dann habe ich gesehen, wie die Gruppe um Vitos Auto ganz langsam immer größer wurde.«

»Aber was haben sie gemacht?«

»Nichts, was illegal wäre. Die eine hat Bier getrunken, der andere heimlich geraucht.«

»Das haben wir doch alle gemacht.«

»Ich weiß, ich weiß. Das haben wir alle gemacht.«

Lanza schaltete sich ein: »Ich nicht. Ich habe nie geraucht. Das heißt, ich rauche Pfeife, eine schöne Pfeife aus Wurzelholz, aber der Tabak, den ich rauche, der ist schwer zu bekommen. Jedenfalls rauche ich nicht ...«

»Lanza. Willst du vielleicht mit deiner Haarspalterei aufhören?«

Der Ispettore Capo sah verwirrt auf seine Hände.

»Wieso, ich tue doch gar nichts, das siehst du doch. Im Übrigen bräuchte man dafür eine menschenunmögliche Feinmotorik.«

Die Schulleiterin sah Lanza unterdessen mit begehrlichen Blicken an. Vielleicht fand sie es anziehend, dass er Pfeife rauchte. Oder vielleicht hatte sie seit Monaten keinen Sex mehr gehabt, weil ihr Mann seine Nächte vor Internetseiten mit geilen dünnen Miezen verbrachte, nicht so pummeligen, wie seine Frau es war.

Ferraro wandte sich wieder an den Lehrer: »Jedenfalls reicht das alles nicht ... Das wissen Sie.«

»Warten Sie, ich bin noch nicht fertig. Eines Tages bin ich zu ihm hingegangen und habe mit ihm gesprochen.«

»Au weia, das hätten Sie nicht tun sollen.«

»Warum, ist das verboten? Meine Kinder hängen da mit drin. Warum hätte ich das nicht tun sollen?«

Da war es. Meine Kinder. Nicht meine Schüler. Es würde ein hartes Leben für den Lehrer werden, ein Spiel bis zur letzten Karte, bis zum letzten Überbieten. Jedoch: Welch ein Gefühl, welch eine Liebe.

6

»Wie ist es ausgegangen?«

»Es ist nichts dabei herausgekommen, im Grunde war es ein Schuss in den Ofen.«

Lanza sah ihn verblüfft an. Die Vorstellung, dass jemand einer so unsinnigen Gewalttat fähig war, machte ihn sprachlos.

»In welcher Hinsicht?«

»Er hat so getan, als wenn nichts wäre, er war sogar freundlich zu mir, so als ob man meine Hysterie einfach geduldig ertragen müsse.«

Ferraro lächelte bitter: »Er spielt den Gerissenen … Sie haben es aber falsch angestellt, lassen Sie sich das gesagt sein. Solange Sie sich nicht eingemischt haben, war es ein Problem der Schule. Russo stellt sich nicht gegen eine Schule. Jetzt aber …«

»Sie brauchen nicht weiterzureden. Ich weiß, was Sie mir sagen wollen.«

»Was ich Ihnen sagen will, ist …«

»Warten Sie, lassen Sie mich fertig erzählen.«

»Gibt es denn noch etwas?«

»Das war erst die Vorspeise. Jetzt kommt der Hauptgang.«

Lanza sah auf die Uhr.

»Es ist tatsächlich schon Zeit zum Mittagessen. Aber ich habe keinen Hunger, danke.«

Wie stellte er es bloß an, dass er sich wirklich keine Albernheit entgehen ließ? Der Lehrer sah Lanza mit einer Mischung aus Neugierde und Überraschung an. Die Schulleiterin warf dem Ispettore immer noch laszive Blicke zu, es war widerlich.

Ferraro schüttelte ratlos den Kopf: »Lassen Sie nur … fahren wir fort.«

Dann warf er Lanza einen drohenden Blick zu, der schon dabei war, in seinen Taschen nach dem Autoschlüssel zu kramen. Der Kollege hob die Arme, so als wolle er sagen »Okay, ich habe verstanden«, blieb sitzen und hörte weiter zu.

»Von diesem Tag an habe ich immer das Gefühl gehabt, beobachtet zu werden. Sowohl in der Schule als auch außerhalb.«

»Das ist klar. Jetzt hatte er einen Feind mit einem Gesicht, nicht mehr nur eine Institution.«

»Dann kam das Schuljahresende, und es sah so aus, als ob es das damit gewesen wäre. Dann …«

»Dann?«

»Dann hat das neue Schuljahr angefangen. Seit gerade zwei Wochen, und die Situation hat sich verschärft, sehr verschärft.«

»Was heißt das genau?«

»Ein paar Schüler, die letztes Jahr mit der Schule fertig geworden sind, haben angefangen, sich mit Russo vor dem Schulgebäude zu treffen.«

»Um was zu tun?«

»Nichts. Rein gar nichts. Sie haben gelacht, geraucht, geschrien, Fußball gespielt. In Wirklichkeit aber haben sie mich beobachtet.«

»Wie kommen Sie dazu, das zu behaupten?«

»Jedes Mal wenn ich die Schule betreten oder verlassen habe, riefen sie jemanden an. Ich habe dieselben Gesichter dann an Orten wieder gesehen, an denen ich mich häufiger aufhalte, auch weit weg von der Schule. Einmal haben sie mir die Reifen meines Autos zerstochen. Ich habe es der Rektorin mitgeteilt …«

»Aber hören Sie, Signor Rapotti, es scheint mir nicht angebracht, dieses Thema jetzt nochmals aufzugreifen, wir hatten keine Beweise, das wissen Sie selbst …«

Der Rektorin war das Ganze unangenehm, wahrscheinlich fühlte sie sich schuldig.

»Und jetzt beobachte ich seit ein paar Tagen, wie immer wieder Schülerinnen bei Russo ins Auto steigen.«

»Aha, und wohin bringt er sie?«

»Genau. Wohin bringt er sie? Heute Morgen habe ich versucht, das herauszufinden. Ich habe die Schule früher verlassen, ohne jemandem etwas zu sagen. Doch Vito wusste es schon. Jemand aus der Schule hatte ihm Bescheid gesagt. Ich habe versucht, eine Runde durch das Viertel zu gehen, und sofort gemerkt, dass mir ein Auto gefolgt ist. Statt schneller zu gehen, bin ich stehen geblieben. Das Auto hat mich in langsamem Tempo überholt. Der, der neben dem Fahrer saß, hatte eine Pistole in der Hand. Er wollte, dass ich sie sehe, das ist klar.«

»Eine Warnung.«

»Genau. Wie in einem Film, nicht wahr? Ich habe der Rektorin davon erzählt …«

»… und jetzt sitzen wir hier zusammen, Signor Rapotti. Wie Sie sehen, lässt die Schule ihre Mitarbeiter nicht im Stich. Wir sind wie eine Familie, in der jeder seine Rolle ausfüllt, so gut er kann. Meine Rolle verlangte, dass …«

Die Rektorin versank in einem Selbstrechtfertigungsdelirium. Lanza tat nicht einmal so, als höre er ihr zu, er stand plötzlich auf und näherte sein Gesicht dem ihren.

»Signora Preside, ich brauche Sie …«

Die Frau verstummte. Sie hielt etwa acht Sekunden lang den Atem an.

»Aber gewiss, Ispettore. Alles, was Sie wollen«, hauchte sie.

Im Angesicht dieser Softporno-Szene sah Ferraro Rapotti verlegen an, als wolle er sich für die Wunderlichkeit seines Partners entschuldigen. Der Lehrer erwiderte seinen Blick und bat seinerseits für die peinliche Lüsternheit seiner Schulleiterin um Verzeihung.

»Ich würde gerne wissen, ob Sie eine Liste der Schüler von Signor Rapotti hier haben.«

Enttäuschung machte sich auf dem Gesicht der Frau breit. Sie konnte einem leidtun, wer weiß, was die Arme sich erhofft hatte. Vielleicht eine Einladung zum Abendessen, einen Kinobesuch, eine Rose. Ein bisschen Aufmerksamkeit, gottverdammt.

Als sie auf einen Schrank zuging, sah man, dass sie völlig unmögliche Schuhe trug.

»Hier, bitte schön.«

Sie reichte dem Polizisten die Liste.

»Gut.«

Lanza begann, die Listen durchzugehen, und vergaß die Anwesenden völlig. Eine unnatürliche, peinliche Stille stellte sich ein.

»Woher sind Sie, Rapotti?«

Ferraro hätte auch über das Wetter gesprochen, nur um etwas zu sagen.

»Aus dem Friaul. Warum, hört man das?«

»Nein, überhaupt nicht.«

Rapotti hatte die astreine Aussprache eines Synchronsprechers.

»Und wie kommt es dann, dass …«

»Ihr Nachname ist nicht lombardisch. Zumindest kommt er mir nicht so vor.«

»Nein, in der Tat nicht. Er ist im Faschismus italianisiert worden. Meine Familie hieß Rapotaz oder Rapoteč oder so ähnlich. Als die Österreicher dort waren, wissen Sie.«

»Ist es ein slawischer Nachname?«

»Ja. Kein seltener Name, da, wo ich herkomme.«

»Natürlich, natürlich, das weiß ich ... Von wo aus Friaul?«

»Nun, eigentlich bin ich aus Julisch Venetien.«

Lanza hörte nicht zu, er war in seine Überlegungen versunken, die Ferraro völlig unbekannt waren.

»Aus welcher Provinz?«

»Gorizia.«

Vor dem inneren Auge des Ispettore zogen in dieser Reihenfolge vorbei: Gorizia, Triest, Pordenone, Udine. Immer, wenn jemand eine Provinzhauptstadt nannte, kamen ihm die Nächte in den Sinn, die er als Kind vor dem Atlas verbracht hatte. Sofort sagte er sich alle Provinzen der Region auswendig auf.

»Ich bin nie dort gewesen. Ich habe Udine, Pordenone und Triest gesehen, doch Gorizia nie.«

All das, nur um zu zeigen, dass er die anderen Provinzen kannte.

»Schade, sehr schade. Es ist wirklich ein schöner Flecken. Vor allem das Land.«

»Ich werde früher oder später noch hinkommen.«

»Natürlich. Und Sie, Ispettore? Auch Ferraro ist kein lombardischer Name. Woher kommt Ihre Familie?«

Lanza tauchte aus seiner Trance auf.

»Gut. Alles in Ordnung. Ich würde sagen, wir können gehen.«

»Wie?«

»Wir gehen, Ferraro. Wir haben keine weiteren Fragen mehr, richtig?«

»Nein. Keine. Aber ...«

»Also ist es unsinnig, dem Professore noch weiter seine Zeit zu stehlen ...« Er reichte ihm die Hand. Rapotti drückte sie wenig überzeugt. »... und vor allem der Signora Preside ...« Er näherte sich der Rektorin und küsste ihr die Hand wie ein Gentleman der alten Schule. Sie bekam einen ernstlichen Herzanfall. Ferraro blieb stumpfsinnig stehen und sah Lanza nach, wie er zur Tür ging. Als dieser die Tür geöffnet hatte, drehte er sich um: »Also, gehen wir?«

»Natürlich, gehen wir.« Ferraro bewegte sich wie ein Zombie. »Aber was sagen wir ihnen?«

»Wie? Nichts, nichts, keine Sorge. Es ist alles unter Kontrolle.« Er sagte das leise, während er den Anwesenden zunickte.

In der Zwischenzeit beendete Luigi am Eingang gerade sein Kreuzworträtsel. Noch eine halbe Stunde, dann würde auch er Schluss machen, denn im Pay-TV lief heute Abend ein Fußballspiel, und er musste noch das Bier kaufen, das er mit zu seinem Schwager nehmen wollte. Der hatte nämlich einen richtig guten Fernseher, nicht so einen mickrigen wie er selbst.

7

»Wohin gehen wir?«

»Essen. Hast du keinen Hunger?«

»Doch, natürlich, aber ich dachte ...«

»Was?«

»Was stand denn in diesen Listen?«

»Vornamen und Nachnamen.«

»Danke, das weiß ich auch. Von wem?«

»Von den Schülern des Lehrers Rapotti, hattest du das nicht begriffen?«

»Natürlich hatte ich das begriffen. Was ich wissen wollte, ist ... He, aber wo gehst du denn hin?«

»Ich habe doch gesagt, essen.«

»Ich dachte, wir würden in die Bar gehen.«

»Genau.«

»In die Bar Quinto?«

»Nein, nein. Wir gehen in die Billard-Bar.«

»In die Billard-Bar? Aber das ist doch viel weiter.«

»Vertrau mir. Man isst dort sehr gut.«

»Du hast mir aber noch nicht geantwortet.«

»Wie, noch nicht? Ich habe dir gesagt, wir gehen essen.«

»Lanza, ich wollte sagen: Was hast du in diesen Auflistungen gefunden, in die du so versunken warst?«

»Versunken? Nein, du irrst dich. Schau doch mal, ich bin ganz trocken.«

»Lanza ...«

»Leoluca Grillo.«

»Wer?«

»Leoluca Grillo.«

»Und wer ist das?«

»Einer der Schüler von Rapotti.«

»Und? Kennst du ihn?«

»Mehr oder weniger. Ich kenne seine Familie.«

»Und was hat die Familie von Leoluca Grillo mit Vito Russo zu tun?«

»Nichts.«

»Ja, aber dann ... entschuldige, ich kapiere überhaupt nichts mehr. Versuch mal, ein bisschen deutlicher zu werden.«

»Wir gehen zu Grillo.«

»Aber hattest du nicht gesagt, dass wir essen gehen?«

»Genau.«

»Himmel nochmal, ich kriege gleich Fieber, ich spüre es schon ... Wo gehen wir hin? Zu Grillo oder zur Billard-Bar?«

»Nein, was hat der damit zu tun. Wir gehen nicht zu Leoluca. Wir gehen in die Billard-Bar.«

»Gleich erwürge ich dich.«

»He, ganz ruhig. Warum regst du dich so auf?«

»Wo zum Teufel bringst du mich hin?«

»Zur Billard-Bar, um dort ein Panino zu essen.«

»Und dann gehen wir zu Leoluca nach Hause.«

»Ich denke nicht im Traum daran.«

»Gut, okay, ich bringe dich um, es ist beschlossene Sache.«

»Der arme Junge. Was sollten wir ihm denn sagen?«

»Ich sage nicht, dass wir mit ihm sprechen sollten, aber vielleicht mit jemandem von seiner Familie.«

»Genau.«

»Genau, was?«

»Ferraro, ich glaube, du hast nichts von dem, was ich dir gesagt habe, begriffen.«

»Das kannst du laut sagen.«

»ICH HABE GESAGT, DASS DU NICHTS VON DEM BEGRIFFEN ...«

»LAAAANNNZZAAAA!«

»Du bist zu erregbar, ehrlich. Ich fange nochmal von vorn an, aber versuch zu verstehen, was ich sage: Jetzt gehen wir in die Billard-Bar, um ein Panino zu essen.«

»Das habe ich ja verstanden.«

»Gut.«

»Und danach?«

»Danach muss ich mit jemandem reden.«

»Mit wem?«

»Mit Leoluca Grillo.«

»Lanza, du verarschst mich, das ist offensichtlich. Aber wenn du mir doch vorhin gesagt hast, dass wir nicht zu dem Jungen nach Hause gehen.«

»Genau, wir gehen nicht zu ihm nach Hause. Wir gehen in die Bar.«

»Himmel, das ist ja zum Heulen. Ich gebe es auf.«

»Aber, was gibt es dann da zu verstehen. Wir gehen zur Billard-Bar, um dort ein Panino zu essen.«

»Lass es gut sein. Ich gebe es auf.«

»Die Bar gehört Leoluca Grillo.«

»Was? Dem Jungen?«

»Nein, was denkst du denn? Der ist doch noch minderjährig.«

»Ein Namensvetter.«

»Ein Verwandter.«

»Also, wer zum Teufel ist dieser andere Leoluca Grillo? Der Vater? Der Onkel? Der Bruder? Der Großvater?«

»Nein, nein, nein, ja.«

8

Lanza erzählte es ihm auf dem Weg. Ein bisschen unwillig und ein bisschen so, als müsse er ihm ein Geheimnis erzählen. Oder eine Geschichte von früher, eine von jenen erbaulichen Geschichten, die man in der Weihnachtsnacht ungläubigen Freunden vor dem Kamin erzählt, während es draußen Stein und Bein friert und die Kinder eine Schneeballschlacht machen.

Mit kaum sechzehn Jahren sah sich Leoluca Grillo senior, als er noch in dem kleinen Dorf zwischen Vibo Valentia und Tropea lebte, wider Willen in eine Familienfehde verwickelt, die sich bereits seit grauen Vorzeiten hinzog. Er musste die Familienehre reinwaschen, und er wusch sie mit Blut. Er tat dies, weil er es tun musste, ihn interessierten die Gründe für den Streit zwischen den beiden Familien nicht.

Er war das älteste männliche Familienmitglied, das noch am Leben war (die anderen, der Vater, die Brüder, der Onkel waren niedergestochen, verbrannt, erschossen worden), er hatte einen Auftrag auszuführen und er führte ihn aus. Weiter nichts. Am Tag darauf nahm er den Zug und fuhr nach Mailand, zu einer Schwester. Hier kümmerte sich die Familie (in Kleinbuchstaben) um ihn und stellte ihn einigen Mitgliedern der FAMILIE (in Großbuchstaben) vor. In der Zwischenzeit ging in seinem Heimatdorf die Fehde auch ohne die Hauptfigur weiter (da waren ja noch die Cousins, die Schwester, die Neffen), aber das war jetzt nicht mehr seine Sache. Er war jetzt in Mailand und hatte an anderes zu denken. Schlägereien, Drohungen, Schutzgelder, Raubüberfälle. Er machte seine Arbeit gut, er lernte schnell, der junge Grillo. Er wollte keine Karriere machen, er war ein einfacher Mann ohne besondere Ambitionen, doch er erledigte die Aufträge, die man ihm erteilte, stets mit großem Eifer, mit Hingabe und Opfergeist, und das gefiel den damaligen Bossen, es gefiel ihnen sehr. Ein treuer Junge, auf den man zählen konnte, wenn man ihn brauchte. Um ihm ein Geschenk zu machen (heute würde man sagen, einen Anreiz zu bieten, eine Erfolgsprämie zu geben), beschloss jemand in Mailand, dass der Fehde in Kalabrien ein Ende bereitet werden sollte. Und sie wurde beendet, auf die niederträchtigste Weise.

Leoluca blieb schließlich allein zurück, mutterseelenallein. Sein jahrhundertealtes Geschlecht, das unter den Griechen und den Bruttiern entstanden war, sein byzantinisches und spanisches Blut war unterdessen über die öde und trockene Erde eines von Gott vergessenen Dörfchens verspritzt, aus einem Grund, an den sich niemand mehr erinnerte. Doch der Junge machte unbeirrt weiter. Er heiratete die Tochter eines nicht unbedeutenden Angehörigen der

'Nrangheta, der kalabrischen Mafia. Menschen aus der Provinz Reggio, vom Aspromonte, starke Männer. Das Mädchen war jung und kräftig, und es war kein großes Problem für sie, sieben Kinder auszubrüten, vier Jungen und drei Mädchen (nicht mitgezählt die Fehlgeburten natürlich, denn Kinder sind ein Geschenk Gottes). Andererseits, wenn der Samen gut ist und die Leidenschaft vorhanden, was sollten die beiden Täubchen denn tun? Sich die ganze Zeit nur in die Augen schauen? Das sagte ihm sein Schwager immer und schlug ihm dabei voller Stolz auf die Schulter. Mann ist Mann. So ist seine Natur. Zum Glück verbrachte Leoluca hin und wieder ein paar Monate in San Vittore, denn, andernfalls – wie viele Kinder hätte es noch gegeben? Und sie lachten und prosteten einander zu. Wie auch immer, im Laufe einiger Generationen nahm die Sippe Gestalt an, mit allen Kindern, Enkeln und Urenkeln bildeten die Grillos in Quarto Oggiaro schon ein kleines Dorf, wesentlich zahlreicher als die, die in Vibo geblieben waren.

Mit vierzig Jahren beschloss Leoluca aufzuhören, einen Strich zu ziehen. Er organisierte einen Überfall, nach dem er für immer ausgesorgt haben würde. Mit von der Partie waren einige wenige vertrauenswürdige, äußerst vertrauenswürdige Personen. Aber wie Comaschi sagt: Die Dinge laufen nie so, wie wir sie uns vorstellen. Der Überfall an sich war ein Spaziergang, Leoluca, Don Leo für die Vertrauten, beherrschte sein Metier. Doch bei der Flucht ging irgendetwas schief. Jemand schoss von hinten. Er entkam von Schüssen durchsiebt, und dass er nicht starb, verdankte er der Madonna, nicht der Rosenkranzmadonna, die in Vibo angebetet wird, sondern der Schwarzen Madonna, die aus Seminara, zu der er einmal mit seiner Frau in einer Prozession gepilgert war, und er blieb immer ein frommer Anhänger ihres heiligen Bildes.

Was war geschehen? Das fragte er sich immer wieder im Krankenhaus, dann im Gefängnis, in den zehn Jahren, die er still und leise hinter sich brachte, als vorbildlicher Gefängnisinsasse. Die Kinder wurden groß, der Älteste heiratete (welche Unehre, nicht bei der Hochzeit dabei sein zu können, welche Schmach) und machte ihm sofort einen Enkel, den er … ratet einmal … ja richtig, Leoluca nannte. Der erste einer langen Reihe von Leoluca Grillos, die von da an mit dem Fahrrad durch die Straßen von Quarto Oggiaro fahren würden.

Was war geschehen? (Er hatte nie aufgehört, sich das zu fragen: Als er im Gefängnis in der Schlange anstand, um sein Essen zu holen, als er während des Hofgangs die Sportzeitung las, als er die schwülen Nächte mit einer Zigarette zwischen den Fingern verbrachte.) Beim Prozess kam heraus, dass es tatsächlich nicht die Bullen gewesen waren, die geschossen hatten. Also: Wer hatte geschossen? Wer war der Scheißkerl, der von hinten auf ihn geschossen und sich dann die Beute unter den Nagel gerissen hatte?

Es war seine Vergangenheit gewesen, die mit ihrer ganzen Anmaßung, Rachsucht, Irrationalität und Absolutheit zurückgekehrt war und auf ihn geschossen hatte. Eine grausame und logische Vergangenheit, die in der vor Jahren vom Blut verbrannten Erde einen Keim bewahrt hatte, den letzten, Tausende von Kilometern entfernt. Eine Vergangenheit im Stil einer Tragödie, die den Trieb des Hasses und des nüchternen Wahnsinns hatte weiterwachsen lassen. Sie hatte ihn vor Krankheit und Unglück bewahrt, sie hatte ihn groß werden lassen, gesund und stark wie eine Eiche.

Er brauchte Jahre, um das zu begreifen, aber er begriff es. Also beschloss er, etwas zu tun. Er bestellte den Ehemann seiner zweiten Tochter zu einem Gespräch ins Gefängnis.

Dieser war ein guter Junge, zurückhaltend und fleißig.

Er behandelte seine Frau wie eine Prinzessin, nie schlug er sie, nie fiel ein böses Wort. Er war bei der Überfallgruppe dabei gewesen, der Vertrauenswürdigste von allen. Sie sprachen miteinander. Der Junge gestand würdevoll und stolz seine Schuld. Er stellte klar, dass es ihm nicht um das Geld ging, das war noch unangetastet an einem sicheren Ort versteckt, und auch war der Angriff nicht gegen Don Leo persönlich gerichtet, der ihn immer wie einen Sohn behandelt hatte. Er hatte es getan, weil er es tun musste. Weil dies schon seit Anbeginn der Sinn seines Lebens gewesen war. Den Mann zu töten, der seine ganze Familie ausgerottet hatte. Er bettelte in keiner Weise um Gnade, er versteckte sich nicht hinter der Tatsache, dass er der Ehemann seiner Tochter war und der Vater des Kindes, das sie im Schoß trug. Er hatte nur eine einzige Bitte: Dass Don Leo selbst ihm den Schuss in den Kopf geben würde, wenn er aus dem Gefängnis komme. Dass die Geschichte mit ihnen beiden ein Ende haben solle.

Doch so kam es nicht.

Als Don Leo aus dem Gefängnis kam, holte ihn ebenjener Schwiegersohn ab. Er hatte sich mit den Schwagern gestritten, um alleine gehen zu können. Er präsentierte sich mit erhobenem Kopf, mit dem Stolz eines richtigen Mannes, der bereit für sein Schicksal ist. Er hatte eine geladene Pistole dabei. Doch Don Leo Grillo hatte genug von all dem Blut, das in einem sinnlosen Krieg vergossen worden war. Er beschloss, dass der Teufelskreis für immer durchbrochen werden müsse. Er beschloss, der Geschichte ein Ende zu machen. Er gab keinen Schuss ab, auch wenn dies sein Recht gewesen wäre. Er beschloss, dass der Schwiegersohn leben sollte, weil Kinder Kinder sind und einen Vater brauchen, nicht wie sie beide, die nie einen Vater gekannt hatten. Mit dem Geld aus dem Überfall eröffneten sie zunächst eine Bar, dann eine Konditorei und schließlich einen Billardsalon.

Leoluca Grillo durchbrach den Kreislauf, er gewann seine Unschuld wieder und führte ein vorbildliches Leben, immer in der Messe oder im hingebungsvollen Gebet vor der Schwarzen Madonna. Die Sippe arbeitete in den Familienunternehmen, und auf Anweisung des Alten machte keiner von ihnen mehr illegale Geschäfte. Don Leo hatte noch immer eine Autorität, die niemand im ganzen Viertel infrage stellte. Auch diejenigen nicht, die als Freunde der FAMILIE weiterhin Verbrecher waren. Wenn er nur gewollt hätte, hätte man diese für ihn aufgespürt und ihm die Schandkerle auf einem silbernen Tablett serviert, doch er setzte einen Grabstein auf dieses Thema. Genug. Er war aus dem Spiel, und er wollte keine Vendetta mehr. Er hatte vergeben, wie es Unser Herr Jesus Christus lehrt. Das Wichtigste war, dass niemand mehr seine Familie anrührte, der Rest interessierte ihn nicht.

Keiner oder fast keiner wusste jemals genau, wie die Sache gelaufen war, am allerwenigsten die Kinder. Die Geschichte blieb das Geheimnis einiger weniger Menschen, deren Respekt vor seiner Person sich gerade deswegen ins Unermessliche steigerte.

Ferraro sperrte Mund und Nase auf. Er hatte von Kindesbeinen an in diesem Viertel gelebt und nichts von alledem gewusst. Natürlich, er kannte die Billard-Bar und ging dort auch hin, aber das war auch alles. Halb Verrückte, Mitglieder der 'Nrangheta, Spieler, Arbeiter, normale Menschen, in einer Bar dieser Gegend findest du alles. Doch es schockierte ihn, dass hinter alledem eine solche Geschichte steckte, von der er rein gar nichts geahnt hatte, in Quarto Oggiaro, das schlimmer ist als ein Dorf, wo jeder alles von jedem weiß, das schockierte ihn.

Wie kam es, dass Lanza zu den Wenigen gehörte, die davon wussten? Wie kam es, dass er zu den Eingeweihten, zu einem so exklusiven Klub gehörte?

9

»Ja, was sehen meine Augen, ich kann es nicht glauben …«

»Don Leo, welche Freude …«

Der eigentliche Billardraum war unten, man musste nur die Treppe hinuntergehen, Ferraro erinnerte sich noch gut, die Bar hingegen war oben. Alle Tische waren besetzt, die Männer rauchten und spielten Scopa. Dahinter befand sich noch ein weiterer Raum mit Holztischen und Bänken für diejenigen, die etwas essen wollten. Da es mittlerweile nach zwei war, saß dort mit aller Wahrscheinlichkeit seit geraumer Zeit niemand mehr.

Don Leo erhob sich schwungvoll von seinem Spieltisch und ging mit ausgebreiteten Armen auf Lanza zu.

»Ispettore, das ist ja eine schöne Überraschung, die Sie mir da machen. Wenn ich das gewusst hätte …«

Die beiden umarmten sich.

»Sagen Sie nichts, Don Leo, wir sind nur hier, um ein Panino zu essen. Und dann gehen wir wieder.«

»Habt ihr Hunger?« Er wandte sich dem anderen Raum zu: »Acheropìta, leg noch zwei weitere Gedecke auf, wir haben Gäste.«

»Nein, aber was tut Ihr da? Don Leo …«

»Ispettore, in meinem Haus seid Ihr immer mein Gast, das wisst Ihr. Zu jeder Uhrzeit.«

Don Leo hatte, die Karten noch in der Hand, den Spieltisch und die Spieler verlassen, als existierten sie nicht. Niemand protestierte. Ferraro beobachtete die beiden Freunde verstohlen (Sind sie wirklich Freunde? Warum weiß Lanza von dieser ganzen Geschichte? Warum sind wir hier?). Sie sprachen sich mit Ihr an. Gut. Das war kein Problem, er war wegen Don Ciccio daran gewöhnt (ein anderer ›Don‹, doch der kam aus Sizilien, nicht vom Festland).

»Don Leo, ich wollte Euch meinen Kollegen vorstellen, Ispettore Ferraro.«

Der Alte streckte ihm eine Hand hin und gab Ferraro einen kräftigen Händedruck, senkte jedoch in spontaner, würdevoller Scheu den Blick.

»Ispettore, es freut mich sehr, Sie kennen zu lernen.«

»Don Leo, die Freude ist ganz auf meiner Seite.«

Ferraro siezte er. Ein Zeichen, dass er ihn höflich respektierte und die weltläufigen Umgangsformen beherrschte. Kein ›du‹ für die niederen Chargen, aber auch kein ›Ihr‹, das einem Menschen mit Format zusteht.

Er drehte sich wieder um: »Acheropìta!«

Von hinten hörte man eine Stimme: »Ich komme ja schon, ich war gerade beim Hühnchenrupfen ...«

Er ließ sie nicht einmal ausreden: »Sieh einmal, wer zu Besuch gekommen ist.«

Don Leo bebte vor Begeisterung. Im Gang zwischen den beiden Räumen erschien eine Frau, offensichtlich Grillos Ehefrau.

»*O madonna mia*. Der Ispettore Lanza.« Sie trocknete sich rasch die Hände an der Schürze ab. »*Chi scilu*! Wie schön! Was für eine schöne Überraschung, welch ein glücklicher Tag. Kommt nur, kommt!«

Sie wurden in das Hinterzimmer geschoben. Eine andere, viel jüngere Frau legte gerade neben den schon vorhandenen Gedecken auf dem Tisch noch zwei weitere auf.

»Isabella, wie geht es dir?«

»Ispettore, Ihr seid das? Das hatte ich nicht begriffen.«

Auch sie machte dieselbe Bewegung des Händeabtrocknens an der Schürze, obgleich ihre Hände ganz offensichtlich nicht nass waren. Ein DNA-Test hätte weniger Aufklärung darüber gegeben, wessen Tochter sie war. Die junge Frau näherte sich Lanza und drückte ihm mit gesenktem Blick die Hand. Ferraro vergewisserte sich somit auch der Vaterschaft.

»Alles in Ordnung zu Hause?«

»Ja, alles in Ordnung. Giorgino ist ein wenig aufsässig, aber Sie wissen ja, wie Kinder sind.«

»Ich freue mich. Und dein Mann? Wo ist der?«

»Er macht gerade die Konditorei zu. Gleich kommt er zum Essen.«

Don Leo drückte die Schultern der beiden Polizisten. Er hatte keine Hände, sondern Schaufeln.

»Setzt euch, setzt euch, im Stehen zu essen ist kein Vergnügen.«

»Aber Don Leo, wir wollten nur schnell eine Kleinigkeit zu uns nehmen. Wir müssen noch arbeiten …«

In der Zwischenzeit hatten sie jedoch Platz genommen.

»Schnell? Ja, sind wir hier denn in einem *fas futt?*« Er schenkte Wein in die Gläser. »Lasst uns wenigstens anstoßen.«

»Und ich, bekomme ich kein Glas?«

Es war die Stimme eines jungen Mannes.

»Giovanni, komm her, wir stoßen gerade an.«

Lanza machte Anstalten aufzustehen, doch der Mann legte ihm eine Hand auf die Schulter und drückte ihn wieder hinunter.

»Ispettore, bleibt sitzen, dieser Wein steigt einem schnell zu Kopf.«

Während er sich setzte, stellte er sich Ferraro vor, der den Gruß erwiderte. Dann sagte Don Leo etwas in einer für den

Rest der Welt unverständlichen Sprache (vielleicht waren es gute Wünsche für ein langes Leben auf Kalabrisch), dann hoben sie die Gläser, in denen sich ein kalter frischer Wein von strohgelber Farbe befand, und tranken sie aus.

»Sehr gut«, Ferraro versuchte, sich in die Gruppe zu integrieren, »was ist das für ein Wein?«

Giovanni antwortete: »Das ist ein Esaro. Er kommt aus unserer Gegend. Wir machen Roten und Weißen«, er lächelte, »aber der Weiße schlägt genauso zu wie der Rote.«

»Was heißt das?«

»Er hat einen Alkoholgehalt von etwa zwölf Prozent.«

Das hatte Ferraro schon bemerkt. Da er noch nichts im Magen hatte, kam es ihm vor, als flösse der Esaro direkt in sein Hirn und legte dabei die wenigen Synapsen lahm, die überhaupt noch funktionierten.

Don Leo, die Gabel in der Hand, ließ ein zugleich herrisches und fröhliches Brüllen hören.

»Acheropìta, ist das Essen fertig?«

Hinter der Tür hörte man die Stimme der Frau. Sie sprach von der Küche aus. »Einen Augenblick. Ich bin fertig. *Nu refulu e ncighiamo a russicari.*«

Ferraro litt. Sobald sie anfingen, Dialekt zu sprechen, kam er nicht mehr mit. Im Vergleich dazu kam ihm die Sprache Zorans wie ein Dialekt aus der Poebene vor. Mit dem Sizilianischen hatte er als Kind Bekanntschaft gemacht, aber Kalabrisch gehörte nicht zu den Sprachen, die in seinem Lebenslauf standen. Lanza hingegen ließ sich nicht ein Wort entgehen. Er lauschte dem Ganzen mit einem ekstatischen Blick, als müsse er zu jedem Wort einen etymologischen Vortrag halten. Vielleicht tat er das ja sogar.

Ferraro merkte, dass jemand sein Glas wieder gefüllt hatte. Um etwas zu tun, trank er noch ein bisschen. Er begann zu glühen.

Lanza wandte sich an das Kopfende des Tisches: »Was hat Eure Frau gekocht?«

»Etwas Gutes. Ihr werdet satt hier rausgehen, das versichere ich Euch.«

»Don Leo, schämt Ihr Euch nicht? Ihr lasst Eure Frau in ihrem Alter noch arbeiten? Wann darf sie sich denn endlich zur Ruhe setzen?«

»Was redet Ihr da, Ispettore? Acheropìta arbeitet nicht. Sie kocht nur für mich. Ich bin ein verwöhntes Kind, ich esse nur das, was meine Frau gekocht hat.«

Aus der Küche kamen die Frauen, müde und glücklich, sie trugen riesige Platten auf den Händen. Don Leo sah sie an, als stünde er vor einem Schaufenster mit Süßigkeiten.

»Bitte. *Scaffittuni ccu marozze.*«

Ferraro beugte sich zu Lanza, damit die anderen ihn nicht hörten.

»Was hat er gesagt?«

»*Scaffittuni ccu marozze.*«

»Das habe ich auch gehört. Aber was bedeutet das?«

»Rigatoni mit Schnecken. Setz dich gemütlich hin, lockere deinen Gürtel. Wir haben hier für ein paar Stunden zu tun.«

10

Sie aßen, als wären sie auf der Firmung des kleinen Leoluca. Ein paar Mal ging Lanza auch auf die Toilette. Vielleicht benutzte er sie als *vomitorium*, damit er danach erfrischt von Neuem beginnen konnte. Ferraro kam es vor, als sei er in den Ferien bei seinen Verwandten in Terronia: dasselbe Gefühl, kurz vor einer Herzattacke zu stehen, weil er zu viel gegessen hatte.

»Und das?«

»*Baccalà ara castruviddrara*, Stockfisch à la Castrovillari. Essen Sie, essen Sie, *mi sembra nu srencu*, Sie sind ja nur Haut und Knochen. Wenn Sie ihn vielleicht noch etwas anmachen wollen …«

Die Frau bot ihm ein bisschen Öl in der Farbe von Blut an. Allein der bloße Anblick ließ den Wunsch aufkommen, sich mit offenem Mund unter einen Wasserhahn zu hängen.

Sie kamen ganz langsam zum Ende. Nachdem sie *capocollo,* einen Schinken, und Silano-Käse probiert hatten, hatte es *bruschette* mit *'nduja*, geröstetes Weißbrot mit kalabrischer Streichsalami, Nachtisch, Kaffee und Likör gegeben. Ferraro wünschte sich mittlerweile nur, selbst auch ein *vomitorium* zu haben, wo er sich den Finger in den Hals stecken konnte, um sich zu erleichtern. Lanza vermittelte den Eindruck, als habe er weder die Speisen noch Alkohol angerührt, so nüchtern war er.

Zu einem gewissen Zeitpunkt machte Don Leo ein kaum wahrnehmbares Handzeichen, und auf einmal verschwanden alle. Dann steckte er eine Hand in die Tasche und zog ein Päckchen MS heraus.

»Ihr raucht immer Pfeife, nicht wahr?«

»Ja, aber nur ab und zu. Ich nehme sie nicht zur Arbeit mit …«

Der Alte zündete sich in Ruhe eine Zigarette an. Dann bot er Ferraro eine an.

»Nein, danke, ich rauche nicht.«

Dabei hätte er jetzt auch das ganze Päckchen aufrauchen mögen. Seit fast zwei Jahren hatte er keine Zigarette mehr angerührt, aber noch nie in der Zeit hatte er, wie jetzt nach diesem lukullischen Mittagessen, ein so dringendes Bedürfnis danach verspürt. Als müsse er eine Mahlzeit besiegeln, die mehr war als pure Nahrungsaufnahme (wie schon seit

Langem, wenn er alleine zu Hause aß), sondern ein in jeglicher Hinsicht kollektiver Ritus in der Familie und unter Freunden, gekrönt von gegenseitigem Respekt. Rauchen war, als würde man die Friedenspfeife unter den Dorfältesten herumgehen lassen, in dem Augenblick, in dem man über die für den Stamm wichtigen Dinge sprach.

Denn das Gesicht Don Leos hatte sich verändert. War er zuvor fröhlich und auf das Essen konzentriert gewesen, sah er nun ernst und nachdenklich aus. Er hatte die ganze Zeit gewusst, dass Lanza mit ihm über etwas Wichtiges, vielleicht auch Unangenehmes sprechen wollte. Doch zuvor hatte er seine unaufschiebbaren Pflichten als Gastgeber erfüllen müssen. Jetzt, wo das Essen vorbei war, war endlich der Moment für die Klärung gekommen.

»Was ist los, Ispettore?«

»Kennt Ihr Vito Russo?«

»Wer? Der von den Neapolitanern?«

»Nein, nein. Der Sohn von Antonio Russo.«

»Die aus Canosa?«

»Ja.«

»Der Sohn, ja, welcher? Er hat drei.«

»Der jüngste.«

Don Leo verzog das Gesicht zu einer Miene des Abscheus.

»Dass ich nur nichts sage. *Chi parra d'arriètu arrièti è tenuto*, wer von Abwesenden spricht, verdient keine Achtung.«

»Dann lasst mich sprechen, Don Leo. Hört mir ruhig zu.«

Lanza erzählte alles bis ins Detail. Don Leos Gesichtsmuskeln schienen gelähmt zu sein, sie zeigten keinerlei Regung. Er zündete sich nur hin und wieder eine Zigarette an, immer mit gesenktem, auf den Tisch gerichteten Blick, als würde er an etwas ganz anderes denken.

Dann hatte Lanza geendet. Er fügte nichts hinzu, keinen Kommentar, keinen Rat.

»*U sapite che ghia nu ci vainu a cantargli 'a pampina, veru? Nu ce parlu cu le furmiculedi, ghia ...*«

Waszumteufelredetderda?

»Hätte ich Euch das nicht erzählen dürfen?«

»Ihr habt das schon richtig gemacht. Ihr seid ein guter Freund. Wie kann ich diese Geschichte wieder ins Lot bringen?«

»Don Leo, ich vertraue Euch. Tut nichts, was die Russos nicht gutheißen.«

»*U sapu. Prima 'e ÿiri alla fera vidi si 'u ciucciu è alla stalla.*«

»Genau.«

Genau, was? Ferraro fühlte sich wie ein Lehrjunge, während die beiden Handwerker ihre Geschäfte besprachen. Völlig überflüssig und fehl am Platz.

Lanza stand auf, und sein Kollege tat es ihm sogleich nach.

»Don Leo, wir gehen nun. Ich komme Euch bald wieder besuchen.«

»*Chimmu*! Mein Haus steht Euch immer offen. *Ancu au vustru quotaru,* auch für Euren Jungen.«

Er reichte Ferraro die Hand, der den Gruß erwiderte.

Lanza lächelte: »Das ist kein Junge, das ist ein Familienvater.«

»Für mich ist er noch jung. *Ghia potrei essere paisa,* ich könnte sein Vater sein.«

Das verstand Ferraro mehr oder weniger.

»Auf Wiedersehen, Don Leo, auch ich werde Euch gerne besuchen kommen.«

»Immer zu Euren Diensten.«

Dann, während die beiden Polizisten weggingen, drückte

er kraftvoll die Zigarette im Aschenbecher aus. Er murmelte etwas vor sich hin wie: »*Ti devi scintari, lordu e contentu. Ti fazzu salari. A mea janìa nu 'a tucchi.*«

Was auch immer das heißen sollte, es machte Angst.

11

Auf dem Rückweg hatte Lanza es eilig.

»Los, gehen wir ins Kommissariat.«

Ferraro blieb auf dem Bürgersteig stehen.

»Lanza, warum?«

»Wie, warum? Wir sind spät dran.«

»Nein, Lanza. Das weiß ich auch. Warum sind wir zu Don Leo gegangen?«

»Ich musste mit ihm sprechen.«

»Lanza, hör auf. Ich weiß, dass du mit ihm sprechen musstest. Ich war dabei ... Ich frage dich, weil du ihm von Russo erzählt hast. Das ist Sache der Polizei und nicht die eines Ex-Sträflings.«

Der Ispettore Capo drehte sich um und ging auf Ferraro zu. Er nahm einen höflichen Gesichtsausdruck an.

»Hör zu. Wenn wir es nach den Vorschriften gemacht hätten, dann hätten wir erst einmal einen Streifenwagen auf Russo ansetzen und seine Bewegungen beobachten müssen, um dann, ich weiß nicht wie viele Tage, zu warten, bis etwas passiert. Mit dem Risiko, dass er in der Zwischenzeit Verdacht schöpft und einen anderen Weg findet, um seine Geschäfte zu machen. Wir haben keine Männer, Ferraro. Und es sind Kinder darin verwickelt.«

»Aber die Zeugenaussagen der Schulleiterin und des Lehrers ...«

»Ich will sie nicht mit hineinziehen. Dann müssten wir

auch sie schützen. Das ist eine Sache, die die ›Familien‹ des Viertels alleine regeln können.«

»Und wenn Grillo irgendetwas … ›Illegales‹ tut?«

»Illegal für wen? Das, was ich eben getan habe, *ist* illegal.«

»Genau. Weißt du, was du riskierst?«

»Ich riskiere gar nichts. Don Leo hat mir sein Wort gegeben, dass er das tut, was er tun muss, innerhalb der Grenzen, die ihm der Ehrenkodex setzt, der hier in der Gegend gültig ist.«

»Das heißt aber nicht notwendigerweise, dass es etwas Legales ist.

»Alles ist relativ, das weißt du. Ein Denkzettel wird Russo nur gut tun. Wenn wir ihm eine Strafpredigt halten, dann lacht er uns nur ins Gesicht. Wir haben für ihn keine Autorität. Don Leo schon.«

Er ging wieder weiter und Ferraro hinterher.

»Was sagen wir Zeni?«

»Das übernehme ich.«

»Wir werden einen Bericht schreiben müssen.«

»Ich mache das schon. Zeni wird es verstehen.«

»Man muss sehen, was De Matteis darüber denkt.«

»Ihn interessieren diese Geschichten nicht.«

Und doch war da etwas, was Ferraro nicht überzeugte. Er dachte darüber nach, dann drängte sich ihm die Frage auf: »Warum wolltest du, dass ich auch dabei bin?«

»Wobei?«

»Bei Don Leo. Du hättest auch allein hingehen können. Warum wolltest du, dass ich dabei bin?«

»Ich wollte, dass du ihn kennen lernst.«

»Warum?«

Jetzt blieb Lanza stehen. Er schwieg für einige Sekunden. Dann sah er seinen Kollegen an.

»Weil ich in etwas mehr als einem Monat wegfahren werde. Vielleicht für immer, das weiß ich noch nicht. Es ist besser, wenn du Don Leo kennst. Er kann dir helfen, wenn du ihn brauchst. Ich habe ihn dir vorgestellt, und das bedeutet ihm viel.«

Ohne Ferraro die Gelegenheit zu einer Entgegnung zu geben, spurtete er wie ein Hundertmeterläufer über die Straße. Allein die Idee zu rennen, so schwerfällig wie er jetzt war, bereitete Ferraro Schwindel. Er ließ ein paar Autos vorbeifahren, dann folgte er dem Kollegen.

»Himmel, Lanza, wie machst du das? Ich kann mich kaum noch auf den Beinen halten.«

»Du hast zu viel gegessen.«

»He, ich war doch nicht allein bei diesem Bankett.«

»Ich habe weniger gegessen, als du glaubst.«

Hast du diesen alten Fuchs gesehen? Während alle darauf bedacht waren, den neuen Gast zu mästen, hatte der alte nur so getan, als würde er essen, von wegen *vomitorium*.

»Aber hör mal, warum behandelt Don Leo dich so?«

»Wie behandelt er mich?«

»Als wärst du Gott auf Erden.«

»Wir respektieren uns, das ist alles.«

Er schien nur widerwillig zu antworten.

»Lanza. Tu nicht so blöd. Da ist noch etwas, oder?«

»Ja, da ist noch etwas anderes. Das ist eine lange Geschichte, und dies ist nicht der Moment, sie zu erzählen, denn wir sind da!«

Sie standen vor dem Kommissariat. Lanza öffnete ohne Zögern die Eingangstür. Ferraro blieb zwei Schritte davor stehen.

»Erzählst du sie mir eines Tages?«

Lanza hielt die Tür noch offen. Er lächelte.

»Ja. Eines Tages erzähle ich sie dir.«

VI

Was vom Tage übrig bleibt

1

Manche Tage enden nie. Wahrscheinlich würde er die dem Studium zugedachten Stunden verschlafen; von wegen Prüfungen vorbereiten!

Als er das Kommissariat betrat, kam Fusco mit einem Blatt Papier in der Hand auf ihn zu. »Ferraro, ich wollte dich gerade auf dem Handy anrufen.«

Lanza winkte ihm und ging in Richtung Zenis Büro.

»Ciao, Lanza, wir sehen uns später.« Dann zu Fusco: »Was ist denn?«

»Für dich ist ein Fax angekommen. Ich dachte, es sei vielleicht dringend.«

Unterdessen quälte Comaschi wieder einmal die Kaffeemaschine mit seiner männlichen Gleichgültigkeit, die die wahrhaft Liebende nicht zu schätzen weiß, weil sie lieber unerreichbaren Träumen von kurvenreichen Espressomaschinen berühmter Designer von jenseits der Alpen nachhängt. Ohne Kommentar und ohne Dank an jene, die so beflissen arbeitete, um die Gaumenfreuden des ganzen Kommissariats zu befriedigen, warf er den Plastikbecher in den Mülleimer und ging auf die beiden zu.

»Fusco, mein Mädchen, ich habe dich noch nie so aktiv gesehen wie in diesen Tagen.«

Die junge Frau errötete ein bisschen. Ferraro blitzte Comaschi an.

»Na ja, ich dachte nur, dass Ferraro das Fax gleich braucht …«

Sie wusste nicht, was sie sagen sollte. Es war klar, dass es ausgereicht hätte, das Fax auf Ferraros Schreibtisch zu legen, um den Pflichten einer guten kollegialen Beziehung Genüge zu tun. Ihm alles hinterherzutragen, war vielleicht allzu servil.

»Danke, Fusco. Du hast recht, ich warte schon eine ganze Weile auf dieses Fax.«

In Wirklichkeit hatte er nicht einmal einen Blick darauf geworfen. Er sagte das nur, um der jungen Polizistin aus der Verlegenheit zu helfen.

»Gut. Also, dann gehe ich wieder.«

Doch sie rührte sich nicht vom Fleck. Sie lächelte dümmlich und rührte sich nicht vom Fleck.

»Was ist? Wartest du auf Trinkgeld?«

Fusco tauchte aus ihrer Benommenheit auf: »Ach, leck mich doch am Arsch, Comaschi«, und ging.

Die beiden Freunde lachten.

»Hast du gesehen?«, fragte Comaschi leise.

»Was?«

»Hast du gesehen, dass ich recht hatte? Wenn du sie noch ein bisschen bearbeitest, springt ein schöner Fick für dich raus.«

»Herrjeh, Comaschi, hast du nichts anderes im Kopf?«

»Hör auf, den feinen Herrn zu spielen. Seit wann hast du keine Frau mehr angerührt?«

»Was geht dich das an?«

»Ich mache mir Sorgen. Ich will nicht, dass dir plötzlich einfällt, auf die andere Seite überzulaufen.«

»Und wenn es so wäre? Bist du etwa Sexist?«

»Ach was. Aber ich habe keine Lust, mich immer an die Wand drücken zu müssen, wenn ich dir begegne.«

In der Zwischenzeit las Ferraro das Fax. Es war die Aufstellung der Telefonate von Càrpanos Handy. Dort standen

Festnetznummern von Nachtlokalen in Rimini, einige Erotiknummern (mit denen hatte er seine Karte leertelefoniert) und dann Mailand.

»Comaschi, hast du gerade was zu tun?«

»Was ist, baggerst du mich schon an?«

»Hör auf, du Blödmann. Willst du mich begleiten?«

»Wohin bringst du mich? In ein Boudoir?«

»Hörst du jetzt endlich damit auf!«

De Matteis kam vorbei.

»Ihr seht aus wie das ›Monument des Müßiggangs‹.« Diesen Satz hatte er vorbereitet, er war nicht der Typ für spontane geistreiche Äußerungen. »Ferraro, ich weiß immer noch nicht, wie es mit der Anzeige von Signora Cappelli ausgegangen ist. Muss ich Zeni Bericht erstatten?«

Nach unten treten …

»Ich habe auf dieses Fax gewartet. Jetzt habe ich eine Spur, ich wollte gerade gehen.«

»Ja, ja, ist schon gut. Und du, Comaschi?«

»Der Kollege hat soeben den offiziellen Antrag gestellt, meine ermittlerischen Qualitäten in Reserve zu nehmen, damit ich im vorliegenden Fall für das Kontingent zur Verfügung stehen kann.«

»Comaschi, du verarschst mich, denkst du, das habe ich nicht begriffen?«

»Ich habe Ihre intuitiven Fähigkeiten schon immer geschätzt.«

De Matteis brauchte einen Moment, um zu entscheiden, ob das nun ein Kompliment war oder nicht. Da er kein Risiko eingehen wollte, beschloss er, dass es keines war.

»Comaschi, hör auf. Wenn du so weitermachst, dann stecke ich dir eines Tages einen Arm in den Hintern und lasse dich tanzen wie eine Handpuppe. Kapiert?«

Schön gesagt. Ein wirklich feiner Herr.

»Fragen Sie doch mal Ferraro, ich denke, er würde sich freuen.«

»Bist du völlig übergeschnappt?«

»Comaschi, du gehst mir wirklich …«

»De Matteis?« Zenis Stimme. Gebieterisch. »Kommen Sie sofort in mein Büro. Lanza und ich warten schon seit einer Viertelstunde auf Sie.«

Das war gelogen, es war nicht so lang gewesen. Wahrscheinlich mussten sie über Don Leo sprechen.

»Ich komme sofort, Dottore.«

… und nach oben buckeln, ein wahres Markenzeichen.

Die beiden nahmen ihre Bildsäulenhaltung wieder ein. Die des ›Müßiggang-Monuments‹, versteht sich.

»Also, kommst du mit?«

»Ich würde lieber mit Fusco ›kommen‹ als mit dir.«

»Du bist doch krank im Hirn.«

Ferraro las das Fax noch einmal.

Comaschi ergab sich: »Na schön. Jetzt habe ich es ja auch schon De Matteis gesagt. Aber nicht, dass du mich an einen dunklen Ort bringst und dort schlimme Dinge mit mir tust.«

»Wir gehen zur Bar Quinto.«

»Okay. Ich hole meine Jacke.«

In der Liste waren unter Mailand vier Telefonate mit der Bar Quinto aufgeführt und eines mit einer Person, die in der Via Pascarella 22 wohnte, ein gewisser Giuseppe Cortese. Der Kreis schien enger zu werden.

Comaschi kam in seiner Jacke und mit einem völlig idiotischen Gang zurück.

»Was tust du?«

»Ich gehe dicht an der Wand entlang. Man kann nie wissen …«

Sovrintendente Comaschi: Ein Varieté-Bulle.

2

Vor Ort herrschte reger Betrieb. Es schien niemanden zu interessieren, dass bereits Herbst war. Alle standen vor der Bar und tranken, alberten herum, sprachen über Fußball und schöne Mädchen. Es war dieselbe Fauna wie immer: kleine Rambos, Pokerspieler, Nichtstuer, Vorstadt-Schnepfen, Rentner, Alkoholiker ... Wie sie über die Runden kamen, war ein Rätsel. Es hatte fast den Anschein, als würden sie vom Folklorereferat der Stadt Mailand dafür bezahlt, die graue Peripherie ein bisschen bunter zu machen, und als erledigten sie diese Aufgabe mit großem Eifer.

Ferraro kannte den Inhaber, der die Bar erst vor Kurzem übernommen hatte, nicht. Als die beiden Polizisten ihm ihre Dienstausweise zeigten, schob er sie ins Nebenzimmer. Vielleicht, weil es in der Bar so laut war, dass man sein eigenes Wort nicht verstand. Oder weil er nicht wollte, dass man ihn öffentlich mit zwei Bullen sprechen sah. Alles war möglich.

»Was habt ihr gesagt, wie ihr heißt?«

Er sagte dies mit einem leichten Seufzen, als vertue er mit ihnen nur seine kostbare Zeit.

»Ispettore Ferraro und Sovrintendente Comaschi.«

»Polizisten.«

»Nein, Kricket-Spieler«, antwortete Comaschi.

»Was ist Kricket?«

»Ein Gegenstand, den ich benutze, wenn ich jemandem den Schädel einschlagen will.«

Der gute und der böse Bulle. Ein Muss. Comaschi gebührte standardmäßig die Rolle des bösen Bullen.

»Hey, Kumpel, mal langsam. Ich bin auf eurer Seite, ich bin sauber.«

Die typische Reaktion eines Menschen, der Dreck am Stecken hat. Viel Dreck.

»Gut. Hygiene ist eine sehr schöne Sache.«

»Was brauchst du denn?«

Er duzte Comaschi, spielte den Draufgänger.

»Können Sie mir etwas über Antonio Càrpano sagen?«

»Über wen?«

»Man antwortet nicht mit einer Frage auf eine Frage, das ist ein Zeichen von schlechter Erziehung«, sagte Comaschi.

»Pah, ich weiß nicht, von wem Sie reden.«

»Antonio Càrpano, ein Junge von achtzehn Jahren, groß, Locken, spindeldürr.«

»Wissen Sie, wie viele von der Sorte jeden Tag hierherkommen?«

Ferraro zog ein Foto hervor.

»Der hier.«

Der Barbesitzer sah es sich aufmerksam an.

»Ja, vielleicht ... ich weiß nicht. Ich habe kein gutes Gedächtnis, aber den, ja, den habe ich vielleicht schon mal gesehen. Ein paar Mal vielleicht, nicht öfter.«

»Stimmt das Gerücht, dass hier den ganzen Tag gedealt wird?«

Comaschi ging zum Angriff über.

»He, was wollt ihr eigentlich? Ich habe nichts damit zu tun. Ich mache hier nur meine Arbeit. Wer ist dieser Typ, verdammte Scheiße?« Er deutete auf die Fotografie. »Ein Dealer?«

»Ich weiß es nicht. Sag du es uns.«

»Den kenne ich nicht. Ich weiß nicht, wer das ist.«

Er versteifte sich.

»Was? Erst sagst du, dass du dich an ihn erinnerst, und jetzt willst du ihn nicht mehr erkennen?«

»Na ja, ich glaube, ich habe ihn schon mal gesehen, ja. Auch euch habe ich schon mal gesehen, glaube ich. Ich wusste nicht, dass ihr Polizisten seid.«

Er hatte ›Bullen‹ sagen wollen, doch er hatte gerade noch die Kurve gekriegt.

»Und wie sieht es mit der Lizenz und all dem anderen aus? Bezahlst du deine Flächennutzungsgebühr?«

Oft schlüpfte Comaschi zu tief in seine Rolle hinein. Er wurde dann zum Arschloch erster Güte.

»Was wollt ihr? Ich bezahle. Ich bezahle alle, keine Sorge. Die Guten ebenso wie die Bösen, wenn ihr wisst, was ich meine.«

Comaschi musste gebremst werden, die Unterhaltung nahm eine ungute Wende. Wenn es so weiterging, kamen noch die Namen der Wachleute ans Licht, die Schmiergelder kassierten. Das war nicht nötig. Was du nicht weißt, macht dich nicht heiß.

»Kommen wir auf Càrpano zurück. Wir wissen sicher, dass er Sie in den letzten Tagen hier angerufen hat. Mindestens vier Mal.«

»Mich?«

»Nein, meinen Onkel. Du verweigerst die Aussage, hör auf damit. Ich kriege gleich einen Hals.«

Comaschi holte eine Zigarette heraus und steckte sie sich in den Mund.

»Entschuldigen Sie. Es wäre mir lieber, wenn Sie hier nicht rauchen würden.«

Jetzt war er zum ›Sie‹ übergegangen. Das Terrain war abgesteckt.

»Was? Willst du mich verarschen? Alle rauchen doch hier. Hast du Angst, dass ich dir dann ein Strafmandat aufbrumme, weil Rauchen in Gaststätten verboten ist?«

»Nein, wirklich nicht, ich bitte Sie. Alle rauchen, das ist

schon richtig, aber nicht hier drin. Das ist der einzige Raum, der nicht nach Zigarettenrauch stinkt.«

Comaschi zündete sich seine Zigarette trotzdem an. Ferraro fand das übertrieben.

»Geh raus. Ich mache hier weiter.«

»Meinst du wirklich?«

»Ja, geh. Hol dir was zu trinken.«

Comaschi verließ kopfschüttelnd den Raum. Das gehörte zu seiner Rolle.

»Los, jetzt, wo wir allein sind: Was können Sie mir über diese Anrufe sagen?«

Er zeigte mit einem Stift auf die vier Telefonate, die auf dem Fax verzeichnet waren.

»Was soll ich sagen, Ispettore? Haben Sie eine Vorstellung, wie viele Leute hier von morgens bis abends anrufen? Die Gespräche sind ja nicht alle für mich. Oft ruft einer jemanden an, weil er weiß, dass dieser Jemand hier ist, aber sein Handy ausgeschaltet hat, oder es ist kein Netz, und dann rufe ich ihn zum Telefon. Ich frage nicht jeden nach seinem Personalausweis.«

»Sie stellen Ihr Telefon Fremden zur Verfügung?«

»Ja, aber es kann nur angerufen werden. Ich habe das Telefon gesperrt, damit niemand raustelefonieren kann.«

»Kommt das oft vor?«

»Fast jeden Tag.«

»Und sind es immer dieselben Personen?«

»Nein …, ja, das kommt darauf an.«

»Ja oder nein.«

»Es sind nicht zwei oder drei. Es sind bestimmt sieben oder acht, auch zehn. Alles junge Leute.«

»Alles junge Leute?«

»Ja. Die alten würden nie vom Tisch aufstehen. Jeder weiß, wer da anruft: die zeternde Ehefrau …«

Das sollte ein Scherz sein. Doch nur er lachte.

»Wissen Sie, wer Giuseppe Cortese ist?«

»Keine Ahnung. Haben Sie ein Foto?«

»Nein, ich habe keins.« Er hatte es probiert. Weiter: »Also, Sie sagen mir, dass Càrpano hier nie angerufen hat, um mit Ihnen zu sprechen.«

»Aber ich weiß ja nicht einmal, wer dieser Typ ist. Ich kenne sie vom Sehen, manche auch mit Namen, aber das war's dann auch schon. Ich kümmere mich um meinen eigenen Kram.«

»Könnten Sie mir die zeigen, die oft ans Telefon kommen?«

»Hm, ja, ich denke schon.«

Aber würde das etwas nützen? Vielleicht war es besser, gleich zu diesem Giuseppe Cortese, Via Pascarella 22, zu gehen. Das war wenigstens keine öffentliche Lokalität, kein Hafen am Meer mit all dem Kommen und Gehen.

»Gut. Gegebenenfalls werde ich Sie bitten, sie mir zu zeigen.«

Die beiden verließen den aseptischen Raum. Der Barbetreiber war schweißgebadet, als habe er einen Gattenmord gestanden. Kein schönes Leben, das eines Polizisten, niemand will an deiner Seite sein.

»Trinken Sie etwas?«, der Betreiber versuchte es auf die verführerische Tour.

»Nein, lassen Sie nur, ich bin im Dienst.«

»Auch Ihr Kollege ist im Dienst, aber ein Bierchen hat er sich trotzdem gegönnt.«

Comaschi stand vor der Bar und trank, eine Zigarette in der Hand, aus seiner Bierflasche. Er hörte aufmerksam einer Diskussion zwischen ein paar Jünglingen zu. Ferraro trat zu ihm.

»Was tust du da?«

»Wie ist es gelaufen?«

»Man antwortet nicht mit einer Frage auf eine Frage, das ist ein Zeichen von schlechter Erziehung.«

»Hör zu, Ferraro, scher dich zum Teufel. Ich spiele das Arschloch, und dann heulen sich die Leute an deiner Schulter aus. Was für einen Ruf handle ich mir da ein. Keiner will mehr mit mir ausgehen!«

»Da bin ja immer noch ich, keine Sorge, ich weiß ja, wie nett und sensibel du bist.«

»Du machst mir Angst, Junge. Du verwandelst dich vor meinen Augen noch in eine Schwuchtel. Steht bei dir zu Hause am Ende ein Topf unter dem Bett?«

»Ich sehe heute Abend nach.«

Unterdessen ging die Diskussion weiter. Zwei Jugendliche lümmelten auf Plastikstühlen herum. Zwei andere lehnten mit den Hintern am Kofferraum eines geparkten Autos, und ein weiterer saß auf einem Motorrad. Alle hatten etwas zu trinken in der Hand. Der Jüngste, der am Auto lehnte, aß eine Focaccia. Ferraro hatte ihn schon irgendwo gesehen, konnte ihn aber nicht einordnen.

Ferraro flüsterte seinem Kollegen ins Ohr: »Was ist? Warum hörst du ihnen zu?«

»Die reden wirklich den allergrößten Scheiß. Lass dir das gesagt sein.«

»Was habe ich damit zu tun?«

»Du bist doch auch aus Quarto, oder? Sieh zu, dass du etwas unternimmst, die ruinieren das Image des Viertels.«

»Was soll das? Ich bin doch nicht ihr großer Bruder.«

»Na, du könntest auch sagen: ihr Vater. Alt genug bist du ja mittlerweile.«

»Schon gut, aber was sagen sie denn überhaupt?«

»Da ist einer, der will beweisen, dass es sinnlos ist, einen Motorradhelm aufzusetzen.«

Ferraro fand das Thema völlig nebensächlich und uninteressant. Aber er sah, dass Comaschi der Unterhaltung folgte, und so hörte er aus Freundschaft ebenfalls zu.

»Wenn die Sonne knallt, hast du 'ne Ahnung, wie ätzend heiß das ist, mit Helm.«

Sehr ausgefeilte Argumentation, keine Frage.

»Sie sollten sie mit Klimaanlage machen.«

Alle lachten.

»Und dann, wenn du mit Helm rumfährst, dann siehst du aus wie einer, der den Frauen die Handtaschen von der Schulter reißt.«

»Was soll denn der Scheiß? Die machen das doch wegen der Sicherheit.«

Der auf dem Motorrad brachte sich ein: »Solange einer jung ist wie Filippo, da kapier ich das schon.« Filippo, der Focaccia-Esser, horchte auf. »Aber, fuck, nimm mal einen mit vierzig. Findest du das richtig, dass der einen Helm aufsetzen muss?«

Comaschi hob die Augen zum Himmel. Dann beschloss er, seine Flasche loszuwerden, indem er sie in den Mülleimer warf.

Ein Anderer aus der Gruppe mischte sich ein: »So ein Schwachsinn. Und wenn er einen Unfall baut?«

»Komm, piss mich doch an, wenn ich volljährig bin, entscheide ich selbst, was ich mache. Wie die Sache mit den Sprüchen auf den Zigarettenschachteln.«

»Das bringt Unglück.«

Alle fassten sich an die Eier und steckten sich eine an.

»Ich hab einen Pariser dafür.«

»Was?«

Einer der Sitzenden zog eine Art Hülle hervor, bunt mit vielen Blümchen, die die Todesdrohungen auf den Zigarettenschachteln verbargen.

Filippo warf das Ölpapier der Focaccia auf den Boden und kam näher, um sich den Gegenstand besser ansehen zu können.

»Fett, das ist ja zu geil … gibst du mir eine?«

»He, um den Staat zu bescheißen, bescheißt du jetzt mich, oder was!«

Ein paar lachten, andere nicht. Jedenfalls gab der Zigarettenbesitzer Filippo eine ab, wobei er aber aufpasste, dass dieser nicht mit seinen öligen Fingern seine wunderbare Zigarettenhülle berührte.

Der Motorradfahrer beschloss, dass die Diskussion noch nicht beendet war:

»Auf alle Fälle, Leute, ich bin fast zwanzig, und ich entscheide selbst, was ich mit meinem Leben mache. Wenn ich mich um einen Baum wickeln will, dann ist das doch meine Sache, oder?«

Comaschi sah plötzlich rot.

»Oh, nein, mein Lieber, das ist auch meine Sache, kapiert?«

»Wer ist das denn? Was hast du gesagt, sorry?«

Ferraro verlor die Übersicht. Was ging hier vor?

»Ich habe gesagt, dass es auch meine Sache ist, wenn du dich um einen Baum wickelst!«

»Wer bist du denn, verdammt nochmal, was willst du eigentlich?«

»Vielleicht will er sagen, dass du jemanden über den Haufen fährst, wenn du nicht aufpasst.«

Es ist immer ein Friedensstifter dabei, einer, der keinen Streit mag.

»Was ist denn das für eine Scheißbemerkung. Wenn ich ihn umfahre, dann tu ich das doch auch mit Helm, oder?«

Es ist aber auch immer einer dabei, der Streit liebt.

»Was für ein Arschloch du bist.«

»Hör zu, Typ, du gehst mir auf den Sack.«

Der Motorradfahrer stand drohend von seinem Sitz auf. Comaschi rührte sich keinen Millimeter.

Er sah den anderen angewidert an, dann sagte er: »Du willst ohne Helm fahren? Gut, gar kein Problem. Aber dann machen wir es so: Wir machen ein Gesetz, dass jeder einen Schrieb in der Tasche haben muss, auf dem steht: Wenn ich mich um einen Baum gewickelt habe und keinen Helm aufhatte und ich lebe noch, dann lasst mich auf der Straße krepieren, holt keinen Rettungswagen, bringt mich nicht ins Krankenhaus ...«

»Was redet der denn für einen Scheiß?«

Comaschi war in voller Fahrt.

»Ja, ja, mein Freundchen. Denn diesen Rettungswagen, den bezahle ich, mit meinen Steuern. Die Notoperation, die bezahle ich, die Rehabilitation, die bezahle ich, und wenn du dann noch Invalidenrente kriegst, bezahle ich die auch, du Idiot. Leck mich doch am Arsch. Du willst sterben? Dann stirb, aber mach's richtig. Wenn du dir ein Bein gebrochen und den Schädel zertrümmert hast, dann ist sogar das Geld für einen Gnadenschuss in den Kopf, wie bei einem Pferd, noch zu teuer für dich.«

Das Gesicht des Motorradfahrers war nur zwei Zentimeter von dem Comaschis entfernt.

»Du riskierst eine dicke Lippe.«

»Ich mach mir gleich vor Angst ins Hemd.«

Ferraro kam wieder zu sich. »Comaschi, es reicht, lass uns gehen.« Sie waren zwei gegen fünf, plus die anderen, die jetzt näher kamen. Entweder zogen sie die Pistolen oder sie waren die Gelackmeierten. Es war besser zu gehen.

»Du machst mir keine Angst. Du Arsch.«

Der Motorradfahrer hob den Arm, als wolle er zuschlagen, doch er ließ es bleiben. Comaschi bewegte sich nicht.

»Es reicht, verdammte Scheiße«, Ferraro schob Comaschi mit Gewalt weg. »Wir gehen jetzt, verflucht nochmal!«

»Ja, genau, nimm ihn mit. Was für ein Gesindel sich da rumtreibt …« Die beiden Polizisten traten langsam den Rückweg an, während der Motorradfahrer ihnen stolzgeschwellt hinterherrief. »So ein Fuck, da komme ich mal nach Quarto Oggiaro zurück und trete sofort in die Scheiße. Hier liegen zu viele Scheißhaufen rum.«

Comaschi machte Anstalten umzukehren, doch Ferraro hielt ihn zurück. Er befürchtete, dass er wirklich noch zuschlagen würde.

»Was machst du denn da, bist du bescheuert? Willst du wegen so einem Jüngelchen Ärger kriegen?«

»Der ist ein Idiot. Man muss einen bestrafen, um hundert zu erziehen.«

»Was kümmert dich das? Wenn er sich krankenhausreif fährt, ist das doch seine Sache.«

»Jetzt komm du mir nicht auch noch.«

»Aber, was hast du denn gegen Motorräder?«

»Ich habe nichts gegen Motorräder. Ich habe was gegen Schwachköpfe.«

3

Auf dem Weg brachte Ferraro Comaschi auf den neusten Stand, was den Fall betraf. In allererster Linie, um das Thema zu wechseln.

»Mir kommt diese Geschichte reichlich seltsam vor.«

»Ja, ein bisschen ist sie das … aber je mehr ich darüber nachdenke, desto mehr glaube ich, dass da was nicht stimmt.«

»Càrpano stimmt nicht, er will nicht zu seiner Mutter zurück.«

»Das habe ich auch gedacht. Aber einfach so verschwinden und nicht einmal ans Handy gehen?«

»Wenn ihn die Mutter erwischt, wird sie ihm ganz schön was blasen.«

»Früher oder später muss er doch nach Hause kommen. Ob er darüber nachgedacht hat, wie seine Mutter reagieren wird?«

»Vielleicht steckt er so im Schlamassel, dass er nicht einmal darüber nachdenken kann, wie seine Mutter reagieren wird. Oder er hat in Rimini die Liebe seines Lebens getroffen und will nicht mehr nach Mailand zurück.«

»Nein. Er ist in diesem Moment in Mailand. Er hat heute Geld abgehoben. Im Viale Monte Ceneri.«

»Also ist er ein Armleuchter. Und der Vater? Hat er keinen Vater?«

»Doch, hat er. Der hat sich von der Mutter getrennt, und sie haben sich seit Jahren nicht gesehen, soweit ich das verstanden habe.«

»Ich würde schon mal beim Vater vorbeigehen.«

»Ja, vielleicht hast du recht.«

Jetzt standen sie vor Giuseppe Corteses Tür. Sie klingelten. Ein dicker, ein wenig schwachsinnig dreinblickender junger Mann empfing sie an der Tür. Ihn auf zwanzig zu schätzen, wäre sehr optimistisch gewesen.

»Wer seid ihr?«

»Signor Cortese?«

»Mein Vater ist nicht da. Er kommt heute spät. Mama ist einkaufen gegangen.«

»Wir suchen Signor Giuseppe Cortese.«

»Das bin ich.«

Die beiden zeigten ihre Dienstmarken.

»Keine Sorge, Signor Cortese, wir müssen Ihnen nur ein paar Fragen stellen. Können wir hereinkommen?«

Giuseppe Cortese schnappte nach Luft.

»Aber … aber … ich … ich …«

»Kennst du noch andere Wörter außer aber und ich?«, fragte Comaschi bissig.

»Was?«

»Ja, ich würde sagen Ja. Du hast einen Teddybär gewonnen. Kannst du uns jetzt reinlassen?«

»Aber, ich …«

»Fang nicht schon wieder an, das ist nicht der Tag dafür.«

»Hörst du jetzt endlich auf. Siehst du nicht, dass er völlig verschreckt ist?«, flüsterte Ferraro seinem Kollegen zu. Dann sagte er laut zu dem Jungen: »Signor Cortese, keine Sorge, es handelt sich nur um eine Formalität. Wir benötigen Ihre Hilfe.«

Nach einigem Hin und Her hatte der junge Mann ein Einsehen. Er ließ sie im Wohnzimmer Platz nehmen. Eine kleine offene Küche, ein zwei Quadratmeter großes Bad und ein weiteres Zimmer – das war die ganze Wohnung.

»Jetzt kommt Mama gleich, und ich weiß nicht …«

»Hör zu, Giuseppe, ich darf dich doch Giuseppe nennen?«

»Ja, ja … so heiß ich.«

»Gut, hör zu. Keine Angst. Wir müssen dir nur zwei Fragen stellen.«

Ferraros Stimme war süßer als Akazienhonig. Comaschi steckte sich eine Zigarette in den Mund.

»Darf ich rauchen?«

»Mama will das nicht.«

»Mama will nicht, dass du rauchst. Aber ich darf doch?«

»Papa raucht auf dem Balkon.«

»Na gut, vergessen wir's. Das ist eine Verschwörung heute.«

»Hör zu, Giuseppe.«

»Pino.«

»Was?«

»Meine Freunde nennen mich Pino.«

»Also nenne ich dich auch Pino, okay? Bin ich dein Freund?«

»Ja, du bist nett.«

Als wolle er sagen, dass Comaschi der böse Ork war.

»Hör zu, Pino. Wann hast du zuletzt etwas von Antonio Càrpano gehört?«

»Antonio? Aber der ist doch weggefahren, ans Meer.«

»Ja, das wissen wir auch. Aber wann hast du ihn zuletzt auf dem Handy gesprochen?«

»Auf dem Handy? Er ruft mich doch nie vom Handy aus an. Mich ruft überhaupt nie jemand an.«

Hör sich einer das an. Hier müssten Sozialarbeiter her, keine Bullen.

»Und trotzdem wissen wir, dass er dich angerufen hat.«

»Mich? Wann?«

»Vielleicht warst du es ja gar nicht, der geantwortet hat, vielleicht ist ja die Mama drangegangen.«

»Aber wann? Wenn er angerufen hätte, hätte Mama mir das gesagt. Antonio ruft mich nie an. Er wohnt hier im selben Block. Aber er ruft mich nie an. Mich ruft nie jemand an.«

»Die CD hängt.«

Comaschi war nervös. Der anhaltende Nikotinentzug machte ihn verrückt.

»Hör zu, Pino. Gestern so etwa um sechzehn Uhr, das heißt, entschuldige, so um vier, hat Antonio angerufen. Erinnerst du dich?«

»Gestern?«

»O Jesus Maria!«

Comaschi stand auf und ging im Zimmer hin und her.

»Ja, gestern um vier.«

Pino konzentrierte sich. Er zog eine Schnute, um zu zeigen, dass er sich anstrengte.

»Ja, gestern hat jemand angerufen. Ja. War das Antonio?«

»O Jesus Maria.«

»Bist nicht du drangegangen?«

»Doch, ich bin drangegangen. Aber das war nicht Antonio, ich glaube jedenfalls nicht.«

Er lachte ein bisschen eigenartig.

»Wie, du glaubst nicht?«

»Weiß nicht. Das war die Stimme von einem Mädchen.«

Ferraro stellte die Antennen auf.

»Was hat dir dieses Mädchen gesagt? Erinnerst du dich daran?«

Pino grinste verlegen.

»Sie hat ... sie hat so ... unanständige Sachen zu mir gesagt.«

»Was hat sie denn genau zu dir gesagt. Schimpfwörter?«

»Nein«, jetzt war der Junge rot wie eine reife Paprikaschote, »sie hat gesagt, sie will Sachen mit mir machen, sie hat gesagt, ich gefalle ihr. Dann hat sie so gemacht: Ah, ah, ja, ja. Ich hab lachen müssen.«

Ferraro legte den Kopf in die Hände, verzweifelt.

»Erinnerst du dich an nichts anderes? Bist du sicher, dass es nicht Antonio war?«

Pino lachte lauthals.

»Aber Antonio hat doch nicht so eine Stimme. Weißt du, was sie zu mir gesagt hat? Sie hat gesagt: Stimmt es, dass du einen langen Schwanz hast? Kann ich ihn in den Mund nehmen? Antonio sagt nicht solche Sachen zu mir. Antonio ruft mich nie an, nie. Mich ruft nie jemand an.«

Und wieder die Leier. Comaschi wurde ungeduldig.

»Hör zu, ich gehe raus auf den Balkon, eine rauchen. Denn hier tut sich ja …«

»Rauchen ist ungesund. Vom Rauchen kriegt man Krebs.« Ein verständiges Bürschlein.

Der Sovrintendente fasste sich beim Hinausgehen ans Gemächt, um das Unheil abzuwenden.

»Pino, du kennst das Mädchen nicht, oder?«

»Nein, aber … sie hat diese Sachen zu mir gesagt … ich hab einen Steifen gekriegt, weißt du? Kann ich dir das erzählen? Regst du dich nicht auf? Mama hat sich aufgeregt, sie hat gesagt, das war ein böser Spaß. Mein Schwanz war steif, ich hab ihn überall angefasst, er war ganz steif. Ich hab einen großen Schwanz, weißt du. Alle im Hof sagen das.«

»Wer sagt das?«

»Die Jungen, im Hof.«

»Verarschen sie dich?«

»Keine Ahnung. Mama sagt, dass ich nicht mit ihnen reden soll, dass sie schlecht sind. Aber sie reden doch mit mir. Sie sagen: ›Pino hat einen Schwanz wie ein Esel‹, ›Pino, zeigst du ihn uns?‹ Da hab ich die Hosen runtergezogen, und alle haben mich angeguckt. Soll ich ihn dir zeigen?«

Er stand schon, führte seine Hand ganz eifrig an den Hosenschlitz und war bereit, seinen Schatz zu teilen, nur um von jemandem geliebt zu werden.

»Nein, lass nur. Ich glaube dir, ich glaube dir wirklich.«

»Ich bin sicher, sie hatte riesige Titten. Ich hab am Meer solche gesehen, mit riesigen Titten. Da war eine, die hatte supergroße Titten. Ich schwöre es dir, ich lüge nicht.«

»Hast du keine anderen Stimmen gehört, als ihr miteinander geredet habt?«

»Da war die, die mir diese Sachen gesagt hat. Und dann hat sie manchmal gelacht. Da habe ich auch gelacht. Aber Antonio war nicht da. Mama hat gesagt, dass es ein Spaß war. Aber Antonio macht keinen Spaß mit mir, zu mir ist er nett.«

»Behandelt Antonio dich gut?«

»Ja, er sagt immer Hallo. Er ist Schreiner, weißt du?«

»Ja, das weiß ich. Seine Mutter hat mir das gesagt.«

»Die Mama von Antonio hat auch große Titten. Das darf ich aber nicht sagen. Weil es nicht schön ist, wenn man sagt, dass eine Mama große Titten hat.«

Comaschi war wieder hereingekommen. Hinter dem Rücken des Jungen tippte er sich mit dem Finger gegen die Stirn, dann sah er betont auf die Uhr. Ferraro sah ein, dass es Zeit zum Gehen war.

»Wir sind schon fertig, Pino. Danke, du warst sehr freundlich.«

»Antonio ist in Ordnung. Einmal hat er mir einen Cappuccino mit einem Hörnchen bezahlt. Er ist in Ordnung, er verdient viel Geld. Das wissen alle, dass er viel Geld verdient.«

Ferraro setzte sich wieder.

»Wer weiß das?«

»Alle. Er sagt immer, dass er Schreiner ist. Dass wenn einer studiert, dass der dann am Hungertuch nagt. Aber er macht Möbel für die reichen Leute. Weißt du, dass er nicht mit Geld bezahlt?«

»Womit bezahlt er dann?«

»Er hat die *Gold Card*. Das sagt er immer. Dass wenn einer an der Uni studiert, der nicht so viel Geld hat wie er. Einmal hat er mich gefragt, ob ich mit ihm arbeiten will.«

»Und, willst du?«

»Ich weiß nicht. Die Mama weiß das. Sie hat gesagt, wenn ich anständig bin, dann schickt sie mich zu Antonio. Aber ich bin nicht anständig gewesen.«

»Nein?«

»Nein. Ich hab einen harten Schwanz gehabt, weißt du? Da hab ich ihn in die Hand genommen und hab eine Sauerei gemacht, und Mama hat sich aufgeregt. Weil sie reingekommen ist und gesehen hat, wie ich meinen Schwanz in der Hand hatte, und dann hat sie gebrüllt und hat mir das Telefon aus der Hand gerissen, und da hab ich eine Stimme gehört, eine andere Stimme, die hat gelacht und hat unanständige Geräusche gemacht, da hat Mama aufgelegt und hat gesagt, ich bin nicht anständig gewesen. Also weiß ich nicht, ob ich zu Antonio gehe. Ich glaube, sie hatte riesige Titten, gaaanz riesige.«

4

Die beiden Polizisten gingen entmutigt die Treppe hinunter.

»Mit dem kannst du überhaupt nichts anfangen, lass dir das gesagt sein.«

»Puh, ich weiß nicht, was ich sagen soll.«

»Dein Càrpano ist ein Arschloch, genau das solltest du sagen. Wer Telefonscherze mit so einem armen Schlucker macht, ich bitte dich, der ist wirklich ein Arschloch.«

»Ich weiß nicht, ich weiß nicht … woher willst du überhaupt wissen, dass er es war?«

»Stimmt, vermutlich war es mein Opa.«

»Vielleicht haben sie ihm das Handy ja auch geklaut, oder er hat es verloren.«

»In Rimini?«

Comaschi glaubte das kein bisschen.

»Vielleicht hat es ihm jemand in Mailand geklaut, und der, der es jetzt benutzt, ist nach Rimini gefahren.«

»Und Antonio hat seine Nummer nicht gesperrt.«

»Aber es ist doch ein Kartentelefon. Viele Leute verlieren ihr Handy, oder es wird ihnen gestohlen, und sie melden den Verlust nicht. Wenn die Karte leer ist, kann man sowieso nicht mehr damit telefonieren.«

»Nein, das glaube ich nicht. Da klaut ihm jemand das Telefon, und wen ruft er an, um einen Telefonscherz zu machen? Ausgerechnet einen, der im selben Block wie Càrpano wohnt. Das kann nicht sein. Das ist wie im Lotto gewinnen. Die Wahrscheinlichkeit ist genauso groß.«

Ja, das stimmte. In Ferraros Kopf herrschte absolute Konfusion; das war immer so, wenn er versuchte, logisch zu denken. Etwas passte nicht, aber er wusste noch nicht, was. Sie traten aus dem Haus und standen im Hof. Comaschi sah sich voller Abscheu um.

»Meine Güte, ist das widerlich. Wird hier denn nie sauber gemacht?«

»Aber ja doch, jeden Tag.«

»Das glaube ich kaum. Sieh mal, da unten.« Er zeigte zur Treppe, die zum Keller hinunterführte. »Da liegt bergeweise Müll, schau doch mal.«

Da lag wirklich ein Haufen Müll. Mehr als Ferraro beim letzten Besuch bemerkt hatte. Wenn man sich die ungewöhnliche Zahl an Bierdosen und Pizzakartons ansah, die dort in der Sonne lagen, hätte man meinen können, es habe dort eine Fete stattgefunden.

»Morgen oder übermorgen wird hier sauber gemacht.«

»Und woher weißt du das?«

»Morgen sind sie in meinem Block, und im Lauf der zwei folgenden Tage kommen sie hierher.«

Die beiden gingen auf die Straße.

»Ich jedenfalls sage dir: Der ist nach Rimini gefahren und hat dort, seiner Mutter zum Trotz, Bacchanalien gefeiert.«

Bacchanalien? Jetzt fehlten noch *Trinkgelage*, *Zechereien* oder *Herrenabende,* und man wäre im neunzehnten Jahrhundert.

»Das habe ich auch gedacht. Aber es ist schon komisch, dass er nirgendwo aufzutreiben ist.«

»Wenn einer nicht will, dass du ihn findest, dann findest du ihn auch nicht. Weißt du, wic viele junge Leute jedes Jahr verschwinden?«

»Ich weiß ja, ich weiß, ich sehe ja auch fern .... aber warum ist er dann nach Mailand zurückgekommen?«

»Was weiß ich. Es ist dein Fall, nicht meiner.«

»Genau.«

»Wie, genau?« Comaschi blieb stehen und sah Ferraro in die Augen: »He, was hast du vor?«

»Ich muss dich um einen Gefallen bitten.«

»Aha, der Pferdefuß ...«

Er hob die Augen zum Himmel. Dann ging er los, aber Ferraro hielt ihn an einem Arm fest.

»Mann, ich bitte dich, De Matteis sitzt mir doch im Nacken.«

»Und was habe ich damit zu tun?«

»Theoretisch habe ich morgen einen freien Tag.«

»Toll für dich, erhol dich gut.«

Comaschi machte seinen Arm los.

»Schön wär's. Mit dem Lernen und dem ganzen Rest wird das schlimmer als ein normaler Arbeitstag.«

»Also, was willst du von mir?«

»Bleib an dem Fall dran, nur morgen.«

»Hör doch auf. Es gibt ja gar keinen Fall. Du wirst die Geschichte bald zu den Akten legen.«

»Bitte. Ich habe das Gefühl, dass mir die Zeit wegläuft. Auch wenn es nur ein Tag ist. Ich bitte dich!«

»Ja, aber was soll ich denn überhaupt machen? Ich wüsste gar nicht, wo ich anfangen soll.«

»Du hast doch den Vater erwähnt, richtig? Das scheint mir eine gute Idee zu sein …«

»Willst du, dass ich ihn befrage?«

»Warum nicht? Und wenn du dann auch noch mitkriegst, dass ich ein Fax bekommen habe, entweder mit einer Liste der Abhebungen am Bankautomaten oder mit den Telefonaten, dann … Vielleicht kannst du ja auch noch zu dem Typ von der Bar gehen und dir die Figuren zeigen lassen, die da gewöhnlich die Anrufe entgegennehmen. Nun, du bist ja Polizist, du weißt selbst, was zu tun ist.«

»Du willst den Mist einfach auf mich abladen, das ist es. Du willst mir das heiße Eisen in die Hand drücken.«

»Bitte, Comaschi.«

Ferraro sah ihn mit Dackelblick an, gleich würden ihm überall kleine Herzchen sprießen, widerlich.

»Himmel nochmal, hör auf, wir sind hier an einem öffentlichen Ort, was sollen die Leute sagen?«

Ein Motorrad dröhnte vorbei. Darauf saß ihr alter Bekannter, ohne Helm. Als er sie erkannte, hob er die Faust, und sein Mittelfinger schnellte in eine unmissverständliche Position.

Comaschi zischte wütend: »Früher oder später baust du einen Crash. Dann will ich dabei sein, du Schwachkopf.«

»Also, was ist?«

»Meine Güte, Ferraro, du bist eine Nervensäge. Okay, okay, ich tu's.«

»Danke, du bist ein wahrer Freund.«

»Ja, ja, keine Panik. Ich tu das ja nicht für dich. Ich mache das nur, um ins Paradies zu kommen.«

»Jetzt kriegst du einen Kuss.«

»Du kannst mich mal, du Päderast.«

Er ging mit raschen Schritten weiter. Dann hielt er plötzlich an.

»Na, was ist?«

»Geh du voran, das ist besser. Ich will nicht noch einmal einen in den Arsch kriegen.«

5

Ein dünner Speichelfaden lief ihm aus dem linken Mundwinkel. Er hatte sich auf das Sofa geworfen und war einfach so liegen geblieben, in einer völlig unmöglichen Position. Im Fernsehen lief Werbung für Damenbinden und Autos, doch Ferraro hörte seit dem dritten Beitrag der Nachrichten nicht mehr zu – als nämlich einer der vielen Allround-Wissenschaftler völlig ernsthaft eine Untersuchung über die sexuellen Perversionen der Italiener zwei Monate nach der Rückkehr aus den Ferien kommentierte. Eine Nachricht, die einschlägt wie eine Granate, würde ich sagen, gehaltvoll genug, um jene über ein Bombenattentat im Mittleren Orient zu überbieten (die bringen sich da doch nur dauernd um) und die andere über die Friedensdemonstration in Rom (arbeiten diese Leute denn nie was?) auch noch.

Er erwachte ganz plötzlich, als hätte ihm der Todesengel etwas ins Ohr geflüstert, das ihn frösteln ließ. In Wirklichkeit stand nur das Fenster offen, und ungesunde Luft drang herein, ein widerwärtiger Luftzug, der sich im Nacken verfing, sein Halswirbelsyndrom stimulierte und schmerzhafte Verspannungen nach sich zog.

Ferraro schaltete den Fernseher aus. Das Geräusch nervte ihn. Stille. Sein Telefon meldete sich, heute in ausgesucht aggressiver Manier. Ferraro suchte es überall. Das Ding hatte sich unter einem Kissen vergraben. Er antwortete – mehr, weil er wollte, dass der Lärm aufhörte, als dass er Lust gehabt hätte, mit jemandem zu sprechen.

»Ja?«

»Chiodo?«

»Mmmh …«

Er ließ sich völlig erschöpft wieder auf das Sofa fallen.

»Himmel, Chiodo, was ist denn mit dir? Du hast eine Stimme wie ein Zombie.«

»Mmmh, … gleich … bin ich …«

»Ich hab dich geweckt, stimmt's? Du bist vor dem Fernseher eingeschlafen.«

»Aber nein, wie kommst du denn darauf?«

»Hältst du mich für blöd? Das ist doch nicht das erste Mal. Warum gibst du es nicht zu, ist denn was dabei?«

Genau, was war eigentlich dabei? Warum sollte er es nicht sagen? Warum nicht zugeben: »Ja, ich habe geschlafen. Kann ich dich später zurückrufen?« Warum immer so tun, als sei man wach, als müsse man sich dafür schämen, dass man sich nach einem harten Tag ausruht, als wäre das etwas Verwerfliches, was man nie zugibt, vor niemandem, auch bei Androhung der Todesstrafe nicht?

»Nein, ich schwöre dir, du hast mich nicht geweckt.«

In gewisser Weise stimmte das ja auch.

»Also, hast du geschlafen! Und wer hat dich geweckt?«

»Der Todesengel.«

»Wer? Spinnst du?«

»Lass stecken … Was willst du?«

»He, behandelt man so einen Freund? Wenn ich nicht anrufe, dann höre ich überhaupt nichts von dir.«

»Du hast ja recht, du hast recht, ich war ein wenig beschäftigt in diesen Tagen.«

»Man erzählt sich was über dich, weißt du das?«

Prima, jetzt auch noch Gerüchte. Ja, kümmert sich denn nie jemand einfach nur um seinen eigenen Scheiß?

»Ach ja? Was erzählt man sich denn?«

»Es ist ja nichts Schlimmes. Es ist etwas Schönes.«

»Was ist das für ein Gerücht?«

»Dass du wieder studierst.«

Warum wussten immer alle alles über alle, alle, außer ihm?

»Wer hat dir das erzählt?«

»Man spricht über die Sünde, doch nicht über den Sünder.«

Er hatte keine Lust weiterzubohren.

»Ja, das stimmt.«

»Sag das doch nicht in so einem Ton, als wäre es ein Unglück.«

Es wurde für Ferraro aber langsam zu einem. Er hatte für den Entschluss, sein Studium wieder aufzunehmen, Jahre gebraucht, und jetzt, wo er den großen Schritt gemacht und sein Bankkonto geplündert hatte, um die angestauten Gebühren abzubezahlen, jetzt hatte er das Gefühl, als hätte er den größten Fehler seines Lebens gemacht. Jetzt, wo er wirklich studieren musste und nicht mehr jammern konnte, dass er es nicht durfte. Wie viel bequemer ist doch das inaktive Klagen als das anstrengende Handeln.

»Wie soll ich es dir denn sagen? Singend?«

»Was hast du denn, bist du genervt?«

»Nein, nein, es hat nichts mit dir zu tun. Ich habe einen langen und schweren Tag gehabt.«

»Hast du schon was gegessen? Ich weiß, dass es schon ein bisschen spät ist, aber ich wollte dich zum Essen einladen, in eine Pizzeria, zum Chinesen …«

»Nein, wirklich, das ist sehr nett, aber ich kann nicht.«

»Dann komm zu mir. Ich sage Tiziana, sie soll etwas kochen. Auch bei ihr ist es heute spät geworden.«

»Nein, lass mal. Es ist nicht …«

»Du bist ein verfluchter Eigenbrötler, lass dir das gesagt

sein. Gut, einigen wir uns für heute darauf, dass du müde bist. Aber morgen hole ich dich ab und gehe mit dir ins California. Du und ich alleine. Tiziana geht morgen schwimmen. Mach jetzt keinen Ärger, ich habe Lust, ein bisschen zu feiern, okay?«

»Morgen?«

»Ja, morgen.«

Das ging.

»In Ordnung. Um wie viel Uhr?«

»Sagen wir halb neun? Ich hole dich ab.«

»Gut. Halb neun. Ciao, Mimmo, und … danke.«

»Ciao, Chiodo, bleib sauber …«

Sein großer Bruder, gewissermaßen. Auch wenn er nur zwei Monate älter war.

6

Nachdem Ferraro aufgelegt hatte, war er, ohne es zu wollen, endgültig wach. Zum Kochen hatte er keine Lust. Er hätte zu Mimmo gehen können, Tiziana hätte kein Problem damit gehabt. Doch ihm war nicht danach. Er wollte allein sein, wollte ein bisschen nachdenken, wollte sich geißeln.

Eigentlich hatte er auch gar keinen großen Hunger, denn bei Don Leo hatte er gefressen wie ein Schwein. Vielleicht eine Kleinigkeit, um das Löchlein, das sich da auftat, zu stopfen. Wie spät war es eigentlich?

So wie er war, verließ Ferraro das Haus, nur das Portemonnaie steckte er noch ein. Es war fast zehn Uhr abends. Der Plan sah vor, zum Pizzaimbiss um die Ecke zu gehen und dann ein bescheidenes Mahl bei irgendeiner idiotischen Fernsehsendung einzunehmen, Bier inklusive.

Er betrat die Pizzeria und fluchte. Es war mittlerweile

affenkalt geworden, und er war nicht mehr in dem Alter, in dem man trotzdem im Hemd herumlaufen kann. Die Pizzeria war fast leer, die Stoßzeit war schon seit einer Weile vorbei. Vor ihm waren noch zwei Kunden. Noch eine Viertelstunde, und er würde sich vor dem Fernseher zusammenrollen können; welcher Tag war heute, Mittwoch, richtig, was gibt es mittwochs im Fernsehen? Das Pokalspiel? Um diese Uhrzeit ist das Spiel schon vorbei, Mist. Aber es gibt ein Kabarett-Programm. Doch bei dem kann man nicht lachen, da kann man nie lachen.

Nun kamen die Bleche mit den Pizzas. In Mailand gibt es Pizza *al trancio*, runde Pizza in ›Kuchenstücke‹ geschnitten. Nicht zu verwechseln mit der Pizza, die man in Neapel isst, sie haben nichts miteinander gemein. Letztere gibt es natürlich auch in Mailand – bei den vielen Neapolitanern! Doch die ist etwas ganz anderes. Sie hat auch nichts mit dieser knusprigen Angelegenheit zu tun, die man in Rom zubereitet – da hat man das Gefühl, in eine Hostie zu beißen. Das macht sicher die Nähe zum Vatikan, wer weiß … Ganz ehrlich, die römische Pizza ist furchtbar. Versuchen wir uns einen japanischen oder amerikanischen Touristen vorzustellen, der nach Rom kommt und eine Pizza isst, im Glauben, es wäre der Gipfel des Pizzagenusses (denn wir befinden uns ja in der Hauptstadt). Nein, Irrtum. Man müsste sie verbieten. Gebt den Touristen keine Pizza zu essen, es geht um unser Image im Ausland. Pizza *al taglio* ist da schon besser, die in rechteckige Stücke geschnittene Pizza vom Blech zum Mitnehmen. Die Pizza *al taglio* in Rom ist sehr gut. Man bekommt sie mit vielen verschiedenen Belägen in den Schnellimbissen, und dazu noch eine Reihe von leckeren Kleinigkeiten, die perfekt dazu geeignet sind, den Cholesterinspiegel innerhalb von zwei Tagen in astronomische Höhen zu treiben. Aber wer eine wirklich anständige Pizza will, der muss nach Neapel gehen. Und nach Mailand, wo es von Neapolitanern nur so wimmelt. Selbstverständlich muss es die runde Pizza sein, mit Holzofen und allem Drum und Dran.

Die Pizza *al trancio* ist etwas völlig anderes. Sie verhält sich zur neapolitanischen Pizza wie ein deutscher Kaffee zum Espresso. Ein Rad von etwa neunzig Zentimetern Durchmesser aus dickem Teig – wenn er gut durchgebacken ist, ist er weich und luftig –, obendrauf Tomaten und Käse, manche fügen noch Sardellen hinzu und einen kräftigen Spritzer Olivenöl. Es heißt, die Pizza *al trancio* ist von Toskanern erfunden worden, die vor etwa fünfzig Jahren nach Mailand emigriert sind und in null Komma nichts Schnellbratereien eröffnet haben. Zu dieser Zeit gab es wenig Pizzerien in Mailand. Es heißt, dass die erste in den Dreißigerjahren in Mailand eröffnet wurde, stellt euch das einmal vor. Die Mailänder hatten nie das Bedürfnis danach. Sie haben mit ihrer Polenta auch ganz gut gelebt.

Diese Toskaner jedenfalls (Sind es wirklich Toskaner gewesen? Ist die Geschichte dieser Leute jemals aufgeschrieben worden? Hat jemand ein Interesse daran, sich an diese Männer, Emigranten, Arbeiter, Erfinder kleiner kindlicher Freuden zu erinnern?) machten eine Pizza, die alle zufriedenstellte. Sie war natürlich rund, mit Tomaten (ist eine Pizza ohne Tomaten denkbar?) und Mozzarella (wenn es denn Mozzarella ist) und aus dem Holzofen – damit war der Tradition Genüge getan. Doch eigentlich war sie eine große Focaccia, so wie man sie in ihrer Herkunftsgegend bäckt, und sie war außerdem schnell zubereitet, ein Fast Food *ante litteram*. Perfekt für die immer eiligen Mailänder geeignet. Das Blech kommt, und der Pizzabäcker macht acht Portionen daraus. Acht mit einem einzigen Blech glücklich gemachte Menschen. Wenige Ausgaben und viel Ertrag. *Milano docet.* Damit macht man das große Geld.

Ein philologischer Irrtum, eine schlechte römische Kopie des griechischen Originals, gewiss. Aber auch eine einzigartige Mischung aus Innovation und Tradition, aus Lokalpatriotismus und Kreuzungen. Lecker jedenfalls, so wie man sie nur in Mailand bekommt.

Das Blech kam, und der Pizzabäcker teilte die Pizza in Stücke. Der Erste in der Reihe nahm zwei Portionen. Ferraro sah ihn sich gut an. Es war Filippo, der junge Focacciaesser bei der Diskussion mit Comaschi. Jetzt erinnerte sich Ferraro wieder, wo er ihn schon einmal gesehen hatte. Zwei Tage zuvor in der Bar, wo er mit seinen Freunden herumgealbert hatte. Doch das waren nicht dieselben wie heute gewesen. Oder doch? Wer kann sich schon an so etwas erinnern? Jetzt sah er ihn zum dritten Mal, einmal hatte er eine Focaccia gegessen, die beiden anderen Male war er mit Pizzakartons in der Hand herumgelaufen. Eine Diät, die jeden umbringen würde, aber in diesem Alter verdaut man alles, selbst Steine.

Der Junge drehte sich um und erkannte ihn. Er sah hinter sich, wie um zu prüfen, ob er den Rücken gedeckt hatte. In Wahrheit hatte er Angst, so ganz alleine. Die Herde ist schon eine gute Sache. Jetzt wo das Jüngelchen allein vor diesem Mann stand, der doppelt so alt war wie er, machte es sich ins Hemd. Ferraro tat so, als sei nichts. Das war jetzt nicht sein Problem, sondern das von Comaschi. Filippo ging hinaus, und Ferraro bestellte seine Portion. Eine große Portion. Denn die Pizza *al trancio* muss groß sein, dann schmeckt sie besser.

VII

Szenen einer Ehe

1

Der Wecker hatte sich zu einem rituellen Selbstmord entschlossen. Jahrelang hatte er hingebungsvoll seinen Dienst getan – nie ein gutes Wort, nie ein Gedanke an ihn und seine undankbare Arbeit. Er hatte eine Weltreise gemacht, um auf Ferraros Nachttisch zu gelangen: Von China über Indien und Osteuropa bis schließlich auf den Verkaufstisch des Standes auf dem Mittwochsmarkt, an dem billiger Schund verkauft wurde. Eine Weltreise! Und Ferraro war es egal. Kein Morgen verging, ohne dass der Schlaftrunkene ihn mit Schlägen traktierte oder einen Pantoffel nach ihm warf, um ihn zum Schweigen zu bringen. War das seine Schuld? Hatte er sich diese Arbeit etwa ausgesucht? Kam es diesem Menschenwesen nicht in den Sinn, dass er vielleicht lieber auf dem Schreibtisch eines Bankchefs stehen würde – oder auch auf dem der Sekretärin des Bankchefs, denn die sind oft nett und freundlich – oder auf dem eines Universitätsprofessors (aha, ein Faible für die Kultur …)?

Natürlich, er war nur ein popliges Kästchen aus orangefarbenem Kunststoff (wer hatte sich bloß diese Farbe ausgesucht? Ein Farbenblinder?). Nichts wirklich Technologisches, nichts, was auch nur in die Nähe jener tickenden Edelgeräte kommt, die bis in die intimsten Details von raffinierten Designern entworfen werden. Aber sein schmutziges Geschäft erledigte er, wie es sich gehörte. Hatte er da die Hausschuhe im Gesicht verdient? Er war es doch nicht, der entschied, zu welcher Uhrzeit er klingeln musste. Es ist leicht, die eigenen Frustrationen an jemand anderem auszulassen. Sieben Uhr? Also klingle ich um sieben. Hättest du zehn Uhr gesagt, dann hätte ich um zehn geklingelt, glaubst du denn, ich finde es toll, dich aus dem Bett zu schmeißen?

Also *Seppuku*. Man hat doch seine Würde. Ehrlich. Auf der anderen Seite hatte er ja auch nichts zu verlieren. Er war der Typ Wecker, den niemand beachtet, den keiner mag. Sie benutzen dich, dann werfen sie dich weg. In den gelben Sack, denn es gibt ja die Mülltrennung. Keine Heilung, keine Reparatur. Weg damit, zu den Plastikbergen, bereit, wenn Gott es will, recycelt und wiedergeboren zu werden, vielleicht beige oder bordeaux, vielleicht als Teil einer Stehlampe oder als Toilettensitz (was nichts Schlimmes ist, solange man seine Arbeit gewissenhaft erledigt).

Der Entschluss fiel ihm schwer. Um 7 Uhr 28 Minuten 26 Sekunden zitterte er noch bei der Vorstellung, diese Welt, die er kannte, zu verlassen. Er hatte sich daran gewöhnt, ein Nachttisch-Wecker zu sein. Wenn er aber vielleicht gar nicht recycelt werden würde? Wenn nach diesem Leben doch nichts mehr kam? Wenn der gelbe Sack in die Müllverbrennungsanlage kommen würde? War es da nicht besser, in aller Bescheidenheit das weiterzumachen, was er konnte? Um 7 Uhr 29 Minuten 17 Sekunden blickte er gerührt auf Ferraro, der wie ein Kind schlief. Schließlich war er ein sensibler und anhänglicher Wecker. Dieser Mann war ja nicht wirklich schlecht. Er war müde, das war alles. Um 7 Uhr 29 Minuten 34 Sekunden bekam er Panik. Er wusste, dass es in wenigen Sekunden Zeit war, wie ein Irrer zu klingeln. Er hatte sich diese Stimme nicht ausgesucht, die hatte man ihm auferlegt. Es war nicht seine Schuld, das war es nicht, nein, nein, schlag mich nicht, schlag mich nicht, Papa …

Kurz und gut, es reicht! Die Würde zu behalten, das war die Hauptsache. Was bleibt denn den armen Schluckern, wenn man ihnen auch noch das Recht nimmt, selbst zu entscheiden, auf welche Weise sie die Bühne verlassen?

Um 7 Uhr 29 Minuten 57 Sekunden (er hätte auch noch zwei Sekunden warten können; aber ganz ehrlich, auch das ist Stil) hörte er auf zu existieren, zumindest in dieser Form. Schläge und Erniedrigungen würden ihm nichts mehr anhaben können. Er starb, ganz einfach. Keine Batterie der Welt würde ihn mehr zum Leben erwecken. Er war endlich frei. Und traurig.

2

Das Kopfweh weckte ihn. Er bewegte sich so langsam, dass man nicht sehen konnte, ob er lebte oder tot war. Dann saß er endlich auf der Bettkante, die nackten Füße auf dem Boden. Der Wecker zeigte auf halb acht. Doch der Sekundenzeiger ruckte nicht mehr. Draußen war ein schöner Herbsttag, der Wind hatte die Wolken vom Himmel gefegt, und eine warme Sonne schien ins Zimmer. Es konnte nicht halb acht sein, das merkte Ferraro sofort, es war zu hell dafür. Er suchte nach dem Handy, um nachzusehen, wie spät es war. Das Handy war aus. Er hatte vergessen, den Akku zu laden. Alles dazu Notwendige lag in Reichweite, mühsam beugte er sich zum Stecker hinunter, steckte das Ladegerät ein, dann schaltete er das Telefon an.

»Na gut«, dachte er, »und jetzt heißt es aufstehen.«

Die Kniescheiben knirschten. Schnaufend erreichte er das Bad, seine Morgensitzung war reif für das Guinnessbuch. Gerade als er das Gesicht unter den kalten Wasserstrahl des Waschbeckens hielt, klingelte etwas. Eingetaucht in sein eisiges, belebendes Nordmeer hörte er, wie von weit her die sonoren Töne zu ihm drangen. Er zog seinen Kopf aus dem Wasser und lief, das Handtuch in der Hand, zu seinem Mobiltelefon.

»Ja, bitte.«

Niemand antwortete. Das Telefon klingelte auch nicht mehr. Ferraro stellte fest, dass es gar kein Anruf gewesen war, sondern nur einige SMS.

Wo bist du? Deine Fest-Nr besetzt.
Mic, warum antw du nicht?

Ferraro sah zum Festnetz-Telefon. Am Abend zuvor hatte er beim Einschlafen das Buch nach dem Lesen so auf den Apparat gelegt, dass der Hörer verrutscht und die Leitung unterbrochen war.

»Scheiße, auch das noch …«

Er legte auf. Dann lauschte er, ob das Freizeichen kam. Es kam nicht. Dafür aber noch eine weitere SMS.

Ferraro, Neuigkeiten. Ruf an.

Das war Comaschi. Er würde sich noch die Zeit für einen Kaffee nehmen, danach würde er sich ans Telefon hängen, vorher aber Kaffee, der hebt die Schmerzgrenze. Denn der Kopf tat ihm weh, und zwar ziemlich. Wie spät war es wohl? Halb neun? Neun? Er sah auf das Handy. 10:47 Uhr. Er hatte fast den ganzen Vormittag wie ein Murmeltier geschlafen. Er hatte einen Vormittag mit wahnsinnigem, intensivem Lernen geplant, und der Wecker hatte ihn zwei Sekunden vor dem Läuten einfach im Stich gelassen. Er nahm ihn zornig in die Hand.

»Du blödes Ding.«

Er hantierte ein bisschen an ihm herum, doch es kam nichts dabei heraus. Der Wecker war tot. Ferraro bekam kalte Füße. Er zog Hausschuhe an und ging mit dem Wecker in der Hand in die Küche. Er hob den Deckel des Mülleimers und warf ihn weg, in den Restmüll, nicht in den Recycling-Müll.

Er machte Kaffee. Dann holte er Milch aus dem Kühlschrank und ein Päckchen Kekse aus dem Schrank.

Kein Grund zu verzweifeln. Natürlich hatte er den Vormittag vertan, doch wenn er ihn verschlafen hatte, dann doch nur, weil er Schlaf brauchte. Es war sinnlos, sich über die Bücher zu setzen, wenn man noch todmüde war. Außerdem blieb ihm ja immer noch der Nachmittag. Wenn er nichts Schweres aß, konnte er in einem Schwung bis zum Abend durcharbeiten. Ja, das war wirklich eine gute Idee. Er frühstückte voller Hoffnungen, dann rief er Comaschi an.

»Also, was wolltest du mir sagen?«

»He, ›guten Tag‹ sagt man wohl nicht mehr?«

»Mit dir bin ich nicht so formal«, antwortete Ferraro.

»Mit guten Manieren bekommt man alles, sagt meine Tante. Kennst du meine Tante?«

»Natürlich! Eine echte Respektsperson. Immer wenn sie mir einen bläst, fragt sie vorher ganz höflich ›darf ich, bitte?‹.«

»Es ist hoffnungslos, du wirst als Rüpel sterben.«

»Auch du wirst sterben, wir alle sterben.« Er trank seine Tasse bis zur Neige aus. »Geht das jetzt den ganzen Vormittag so weiter, oder machen wir einen Schnitt?«

»Schon gut, okay. Ich bin bei Càrpanos Vater gewesen.«

Auf Comaschi war Verlass. Wenn er einen Job übernahm, dann erledigte er ihn auch.

»Und?«

»Nichts. Er ist aus allen Wolken gefallen. Seit mehr als zwei Jahren hat er seinen Sohn nicht gesehen und auch nichts von ihm gehört, seit er von zu Hause weggegangen ist.«

»Er hat seinen Sohn seit zwei Jahren nicht gesehen?«

»Er hat ihn rausgeworfen. Der Vater ist Säufer. Ich habe im Archiv einige Anzeigen wegen Ruhestörung und wegen Verprügelns der Ehefrau gefunden. Da ist sogar die Zeugenaussage des minderjährigen Sohnes, die ihn überführt hat.«

»Entschuldige mal. Könnte es nicht sein, dass der Vater ihn hat verschwinden lassen, um sich zu rächen?«

»Was für Filme siehst du denn im Fernsehen? Dieser Mann ist ein Wrack, der könnte nicht einmal einen Zwergpudel verschwinden lassen, geschweige denn seinen Sohn. Und selbst wenn er es könnte, warum sollte er? Aus Rache? Du hättest ihn sehen sollen. Als ich ihm gesagt habe, dass sein Sohn verschwunden ist, hat er angefangen zu flennen.«

»Aber er hat ihn in zwei Jahren nie besucht. Das scheinen mir eher Krokodilstränen zu sein.«

»Du weißt doch, wie Väter sind ...«

»Nein, weiß ich nicht!«

»Sie vergessen vielleicht den Geburtstag ihrer Kinder, das heißt aber nicht, dass sie sie nicht lieben.«

»So ein dummes Geschwätz.«

»Jedenfalls hat der Mann ein schönes Alibi.«

»Prima. Dann ist er mit Sicherheit schuldig.«

»Warte, du Idiot, lass mich doch ausreden. Er war die ganze Woche nicht in Mailand, Tag und Nacht, er war auf einer Baustelle. Es gibt zig Zeugen. Ich habe schon mit seinem Vorarbeiter gesprochen.«

»Aha.«

Ferraro setzte sich auf die Armlehne seines Sofas.

Comaschi sprach weiter: »So, und was mache ich jetzt?«

»Such ihn weiter. Er ist hier in Mailand, wir müssen nur herausfinden, wo.«

»Wenn er nicht tot ist.«

Da. Endlich hatte es jemand ausgesprochen.

»Wie? Gestern hast du mir gesagt, dass es diesen Fall gar nicht gibt, und jetzt …«

»Was hat das damit zu tun? Gestern war es dein Fall. Heute bearbeite ich ihn und überdenke alle Alternativen.«

»Glaubst du, dass er tot ist?«

»Ich glaube nichts, ich ziehe nur die verschiedenen Möglichkeiten in Erwägung.«

»Und der Bankautomat? Hat er noch mehr Geld abgehoben?«

»Noch nicht.«

»Vielleicht ist die Mutter ja in die Bank gegangen und hat das Konto sperren lassen.«

»Ich versuche, sie zu erreichen. Dann sage ich es dir.«

»In Ordnung. Bis später.«

»Ciao, sei fleißig, auf dass ich stolz auf dich sein kann.«

»Ciao, Comaschi, und danke für alles.«

Er beendete das Gespräch. Ihm war, als würde er nie wieder aus dieser Geschichte herauskommen. Er sah auf die Uhr. Mit dieser ganzen Scheiße war es jetzt schon halb zwölf geworden. Es würde besser sein, gar nicht an die Arbeit zu denken, sondern sich gleich ans Lernen zu machen. Er schlug das Buch auf. Zwei Sekunden später kam eine neue SMS. Dann wieder eine.

Die erste war eine Nachricht von seiner Mailbox. Jemand hatte versucht, ihn anzurufen, während er mit Comaschi telefoniert hatte. Es war nicht schwer zu erraten, wer das gewesen war, es genügte, die zweite SMS zu lesen:

Mic! Telst immer noch! Denk dran heute 15 h Giulia Schule.

So sind Väter, Comaschi hatte recht. Er hatte das Schulfest vollkommen vergessen. Ade Studiennachmittag. Es blieben ihm allerdings noch ein paar Stunden, er musste sich darauf stürzen. Genau achtzehn Sekunden nachdem er dieses schöne Vorhaben formuliert hatte, klingelte das Handy erneut.

»Hallo, wer ist es denn jetzt schon wieder?«

»Hey, ganz ruhig. Wenn du nicht willst, dann brauche ich dich auch nicht mehr über die neuesten Entwicklungen zu informieren. Oder besser: Wenn du willst, lasse ich dich bis zum Hals in der Scheiße stecken!«

»Oh, entschuldige, Comaschi. Was willst du mir mitteilen?«

»Es ist wieder etwas abgehoben worden. Ich habe gerade ein Fax von deinem Freund bekommen. Fünfhundert Euro.«

»Herrgott.«

Er war fast glücklich. Solange der Junge Geld holte, hieß es, dass er noch lebte. Oder nicht?

»Und willst du wissen, wo er sie abgehoben hat?«

»Wo denn?«

»In Rimini.«

3

Er arbeitete, so viel er konnte, und aß fast nichts. Um drei schob er die Blätter zusammen, über denen er gebrütet hatte, und raste wie ein Irrer zur Schule seiner Tochter. Mit der üblichen akademischen Dreiviertelstunde Verspätung kam er dort an. Er erwartete eine Standpauke erster Güte, doch vor der Schule war niemand. Einen Augenblick lang glaubte er, sich im Gebäude, in der Straße, in der Stadt geirrt zu haben. Dann kamen nach und nach die festlich gestimmten Eltern. Es war klar. Francesca hatte ihm eine falsche Uhrzeit genannt. Sie kannte ihn gut, ihren Exmann, so gut wie vermutlich keine andere Frau. Es war keine Bösartigkeit von ihr und auch kein Scherz, bestenfalls ein Gefallen. So stellte sie sicher, dass der Vater ihrer Tochter pünktlich zu der Aufführung erschien, die die Kinder für ihre Eltern eingeübt hatten.

Francesca saß schon in der ersten Reihe, doch keiner der Plätze neben ihr war frei. Ferraro setzte sich drei Reihen dahinter. Die Kinder deklamierten von der improvisierten Bühne aus im Chor ellenlange Verse. Giulia war natürlich die Schönste von allen.

Als das gemeinsame Gedichtaufsagen beendet war, verschwanden die Kinder fröhlich und ausgelassen hinter einem Vorhang. Ferraro näherte sich der ersten Reihe.

»Ciao, Francesca.«

Francesca stand auf. Alles an ihrer Kleidung und ihrem Verhalten war perfekt, eine Perfektion, die sie völlig mühelos lebte. Jahrelang hatte sie an sich gearbeitet, hatte sich ihre Schönheit antrainiert. Sie war nicht immer so gewesen, es war, als hätte sie an einem bestimmten Punkt ihres Lebens beschlossen, so zu sein. Und sie hatte es geschafft.

»Michele, ciao. Ich wusste, dass du pünktlich kommen würdest.«

Das war nicht ironisch gemeint. Sie hatte es so eingerichtet, dass er pünktlich kommen musste. Ferraro beugte sich zu ihr, um ihr einen züchtigen Kuss auf die Wange zu geben.

»Gut siehst du aus, wunderschön.«

»Danke, sehr nett von dir.«

Doch sie gab das Kompliment nicht zurück. Ferraro sah Mitleid erregend aus. Er war gekleidet, wie dies nur ein Polizist zu bestimmten Anlässen hinkriegte. Die Kinder schwärmten zu ihren Eltern.

Von Weitem hörte man schon ihre Stimme: »Papa, Papaaa.«

Sie lief auf den Polizisten zu, der sich so hinstellte, dass er seine Tochter auffangen und sie dann über seinem Kopf herumwirbeln konnte. Vielleicht musste er Giulia bei Gelegenheit erklären, dass er es nicht mehr schaffte, sie wie ein Flugzeug über seinem Kopf kreisen zu lassen, doch nicht heute, ein andermal.

»Meinst du nicht, du übertreibst?«

Francesca behagten die neugierigen Blicke der anderen nicht.

»Was ist denn dabei, entschuldige bitte?«

»Hast du gemerkt, dass du der Einzige bist, der so etwas tut?«

»Ja, das glaube ich gern, die anderen Väter sind ja auch lauter Schlappschwänze!«

»Hör auf, den Macho zu spielen, hier beeindruckst du niemanden damit.«

Die Lehrerinnen schlugen vor, in den Schulhof zu gehen, dort hatten sie auf Tischen eine Wohltätigkeitslotterie, eine Tombola und Spiele vorbereitet, die man zusammen mit den Kindern spielen konnte.

»Lässt du mich reiten, Papa?«

»Giulia, ich weiß nicht, vielleicht später …«

»Oooch, Papa, bitteee.«

Wie konnte er da Nein sagen? Er nahm sie sich auf die Schultern, und sie trabten gemeinsam zur Grünfläche im Hof. Francesca sah ihnen nach und schüttelte den Kopf. Einige Kinder blickten voller Neid auf Reiterin und Pferd.

»Pa', nimmst du mich auf die Schultern?«

»Aber Gianluca, was soll denn das?«

Wenigstens auf einige der Kinder machte er Eindruck. Wahrscheinlich aber nur auf sie.

Der Schulhof war eine einzige prachtvolle Parade an Jacken und Röcken, wie man sie nicht einmal im Foyer des

Piccolo Teatro zu sehen bekam. Die Frauen trugen offenbar dieselbe Kleidung wie zu Hause auch. Zu Hause in Montecarlo, wohlverstanden. Sie plapperten über Kinder, Verpflichtungen, Sonnenbäder und Fitnesscenter. Die Väter schienen sich im Büro freigenommen zu haben. Der ein oder andere Anwalt hatte seine Krawatte gelockert und gab so zu verstehen, dass er immer noch ein unkonventioneller und alternativer Typ sei. Als wollte er die anderen daran erinnern, dass er als Junge ein Leben als Draufgänger geplant hatte, ein Leben wie Steve McQueen, wie Vasco Rossi gesungen hatte. Einer von ihnen trug eine rechteckige Brille, granatrote Samthosen und eine schwarze Lederjacke. Architekt, das war so sicher wie der Tod.

Am Eingang standen hinter Gewächsen mit seltenen Namen (Buchsbaum, Liguster, Akanthus, keine Ahnung), die Babysitter und philippinischen Kindermädchen und rauchten und redeten darüber, was sie noch alles zu tun hatten, wie viel Geld sie nach Hause schicken mussten, wie lieb die Kinder der Signora doch waren, ein bisschen verwöhnt, aber so süß.

Francesca war überall. Kein Spiel, keine Vergnügung, keine Gruppe, wo sie nicht ihre Meinung sagte, etwas einwarf oder einen Rat gab. Ein großes Talent für Public Relations. Ferraro hatte ihr gegenüber immer das Gefühl, zu spät dran zu sein. Nie wusste er, was er tun sollte, kam er ihr näher, war sie schon woanders, unerreichbar.

Dann entschloss sie sich, beim Sackhüpfen für Mamas mitzumachen. Lachen, hochhackige Schuhe wurden ausgezogen, ein fröhliches Hüpfen, wie bei einem Volksfest auf dem Dorf. Es erübrigt sich zu sagen, wer gewann.

Am Ende des Wettkampfs reichte Ferraro ihr ein Glas mit Limonade.

»Hier.«

»Danke.«

Sie war offenbar nicht einmal verschwitzt.

»Mama, Mama, was hast du gewonnen?«

Francesca machte den Siegerpreis auf, es war irgendein versilbertes Ding.

»Gefällt es dir?«

»Es ist schön.«

»Willst du es haben? Ich schenke es dir.«

»Danke, Mama«, Giulia gab ihrer Mutter einen Kuss, »ich zeige es Beatrice. Aber dann bringe ich es wieder, keine Angst.«

Sie rannte zu ihren Freundinnen.

»Wie läuft es bei der Arbeit?«, fragte Ferraro, nur um etwas zu sagen.

»Gut, würde ich sagen. Ich habe eine Gehaltserhöhung bekommen.«

»Schön. Ich freue mich für dich.«

»Aber keine Sorge, den Unterhalt musst du mir schon weiterbezahlen.«

Sie lächelte und nahm noch einen Schluck. Das war scherzhaft gemeint, aber nicht allzu sehr. Für sich würde sie natürlich nicht einen Cent nehmen, das war nicht ihr Stil. Sie war eine unabhängige Frau, ihr ganzes Leben hatte sie darauf hingearbeitet. Sie wollte das Geld ihres Exmannes, weniger weil sie es brauchte, sondern weil sie es richtig fand, dass auch er für den Unterhalt der Tochter aufkam. Damit man ihr die bestmögliche Jugend garantieren konnte, auf dass sie nicht das Leben führen musste, das sie selbst gehabt hatten.

»Schade, ich hatte gehofft, dass du es jetzt nicht mehr brauchst.«

»Wofür brauchst du es denn? Wenn du mir sagst, dass du es für Kleidung ausgeben willst, dann überlasse ich es dir. Zumindest legst du dir dann mal etwas Neues zu.«

Zog er sich wirklich so schlimm an? Konnte es sein, dass er es nur nicht bemerkte?

»Ich werde mich bei meinem Schneider beschweren.«

»Sehr gut«, sie trank aus, » … und bei dir, was Neues?«

Er hätte ihr gerne gesagt, dass er wieder studierte. Das war doch etwas Neues, oder? Eine schöne Neuigkeit.

»Nein, nichts Neues.«

Er konnte es ihr nicht sagen. Er konnte sie nicht wieder enttäuschen und ihr falsche Hoffnungen machen.

Eine von Giulias Lehrerinnen kam vorbei.

»Das ist ein schönes Fest, findest du nicht, Francesca?«

»Sehr schön.«

»Und was meinen Sie, Signor Ferraro?«

Ferraro meinte diesbezüglich gar nichts. Er konnte es nicht abwarten, endlich zu gehen.

»Natürlich, sehr schön.«

»Was meinen Sie, wollen Sie sich nicht für das Tauziehen melden?«

»Was?«

»Ich organisiere ein Tauziehen für die Eltern. Wollen Sie nicht der Erste auf der Liste sein?«

Um Himmels willen. Aber wo glaubten die denn zu sein? Irgendwo mitten im Apennin?

»Nun, ich weiß nicht …?«

»Los, was kostet dich das denn? Du machst dem Kind eine Freude.«

Ferraro sah Francesca verärgert an. Das war glatte Erpressung.

»Sehen Sie doch einmal, ob sich noch andere Väter finden. Dann überlege ich es mir …«

Die Lehrerin zog enttäuscht von dannen.

»Warum bist du so? Das ist ein Spiel, du musst doch gar nichts beweisen.«

»Genau. Ich muss meiner Tochter nicht beweisen, dass ich sie mag.«

»Was ist das denn für ein Argument? Kann es sein, dass du einfach nicht mit anderen Menschen zusammen sein kannst?«

Er kam nicht dazu, ihr zu antworten. Francesca sah zum Eingang hinüber. Ein Mann, so zwischen vierzig und fünfundvierzig, kam mit flotten Schritten auf sie zu.

»Hallo, Francesca, entschuldige, ich glaube, ich bin zu früh.«

»Ciao, Walter.« Sie küssten sich. Ferraro schäumte. »Michele, das ist Walter. Walter: Michele, mein Exmann.«

»Sehr erfreut. Walter Scarpi.«

Ferraro zwang sich zu einem Lächeln. »Michele Ferraro.«

»Entschuldigt, ich dachte, es wäre schon später. Wenn du willst, komme ich nachher nochmal vorbei, um euch abzuholen ...«

Wie es aussah, hatte Francesca sich einen Mann geangelt, der zu früh zu Verabredungen erschien. Bisweilen viel zu früh. Giulia kam zurück.

»Ciaooo, Walter.«

»Hallo, Kleine.«

Er beugte sich herunter, um ihr einen Kuss zu geben. Ferraro hatte große Lust, ihn umgehend zu köpfen. Die Lehrerin kam wieder vorbei.

»Also, Signor Ferraro, es fehlen noch zwei Männer, dann sind die Mannschaften vollständig.«

»Nun, ich weiß nicht ...«

Diese dämlichen Väter. Sonst ist es für sie der Gipfel an körperlicher Betätigung, wenn sie im Büro Papierbälle in den Papierkorb werfen; und ausgerechnet jetzt müssen sie Ärger machen!

»Marisa, Walter ist auch noch da, wenn du willst.«

»Wovon sprichst du denn?«, fragte Scarpi und lächelte begeistert.

»Sie wollen ein Tauziehen veranstalten.«

»Nein, ich möchte mich da nicht einmischen, wirklich nicht.«

Giulia jubelte: »Au ja, au ja, Tauziehen!«

Scarpi schüttelte väterlich seinen Kopf.

»Na, ich weiß nicht ... Michele, was sagst du dazu ... Es ist schwer, Nein zu Giulia zu sagen, meinst du nicht?«

4

Zu Ihrer Rechten, meine Damen und Herren, die blaue Mannschaft. Ich bitte Sie, sehen Sie sich unsere Athleten aufmerksam an. Sehen Sie ihre Willensstärke, ihre Muskelkraft. Meißeln Sie sich ihre Namen für immer ins Gedächtnis, als wertvollstes aller Güter, zur ewigen Erinnerung für die kommenden Generationen. Hier sind sie also, die fünf Unerschrockenen: Mario Schwabbelbauch, Dr. Morello Werbefuzzi, Ing. Flavio Messina, Doppelkinn Stefano, Sohn des verstorbenen Luigi, und Walter der Usurpator Scarpi.

Und zu Ihrer Linken die Herausforderer, die rot aufgeschirrte Mannschaft: Geheimratsecken-Dario, Claudio das vierzehnte Monatsgehalt, der Anonyme Fettwanst, Alessio Benefit & Profit und Bullen-Michele.

Betrachten Sie ihre Körper, sehen Sie tief in ihre klaren Augen, leiden Sie mit ihnen, nehmen Sie Anteil an ihrer psychischen Anspannung. Ihr wässriger Blick, ihre schlaffen Bizepse zeugen von jahrelang ausgefallenen Fitnessstunden – damit die Ware ja vertragsgemäß geliefert werde –, von riesigen, gleich nach dem Verlassen des Vertriebsbüros hinuntergeschlungenen belegten Brötchen, von Anmeldungen für Schwimmkurse, die vergessen in der Schublade liegen, von Tausenden im Bus zurückgelegten Kilometern, von durchgesessenen Fernsehsesseln. Helden unserer Tage, die sich überzeugt und unschuldig in die Menge werfen, um ihr Vaterland und ihre Ehre zu retten. Krieger des ›ich war zuerst da‹, Kämpfer des ›das ist ja eine Schande‹, Aktivisten des ›wer weiß, wo das enden soll‹. Väter also. Ein Haufen Idioten, bereit, sich der Lächerlichkeit preiszugeben, im Namen ihrer Kinder, denen das scheißegal ist, weil sie ihre eigenen Kinderleben leben, weit entfernt von diesen deprimierenden Vorbildern.

Warum tun sie das? Sie hätten sich weigern können, Entschuldigungen vorbringen. Wodurch wird ihr Wille beeinflusst? *Cui prodest*?

Was bedeutet dieses Lachen, dieses Zuzwinkern, dieses Schulterklopfen? Wen wollt ihr hier für dumm verkaufen? Bei einer Eigentümerversammlung würdet ihr euch gegenseitig die Köpfe einschlagen und das Blut eures aktuellen Mannschaftskollegen schlürfen, wie kommt es, dass ihr ihn jetzt wie einen Waffenbruder behandelt, dem ihr euer Leben anvertrauen würdet?

Meint ihr wirklich, dass ihr glaubhaft seid? Warum tut ihr so, als wäret ihr der Meinung, das sei alles nur ein Spiel, nichts weiter als ein Amüsement? Welche Bestie tobt in eurem Innern? Blickt in den Abgrund, na los! Welcher Dämon flüstert euch ins Ohr, welche Kräfte werdet ihr gleich entfalten, in wessen Namen, Herrgott nochmal?

Ich habe euch gesehen: Ich kenne euch doch, Freunde! Ich sehe, wie ihr die Schultern spannt, euch männlich das Gemächt zurechtrückt, an der Gabardinehose zerrt, als wäre es eine Uniform, von der ihr in eurem tiefsten Inneren träumt.

Primitive Tiere: Hunderttausende von Jahren kehren wieder, brodeln in eurem infizierten Blut, kommen wieder ans Licht. Eure atrophierten Muskeln geraten ins Träumen. Sie erinnern sich an die Äxte im Wald, an die Jagd nach dem weißen Wildschwein, das Feuer, das Dunkel, die Götter!

Links und rechts, positiv und negativ, *aut aut*, mit mir oder gegen mich, *mors tua vita mea.* Keine Vermittlung, kein Kompromiss, keine parlamentarische Demokratie. Krieger, Männer. Und die Frauen warten auf die Entscheidung, bebend, feucht unter Seide und Organza, mit harten Brustwarzen, die sich unter den Blusen abzeichnen, trunken von der hormongeschwängerten Luft.

Fasst das Tau an, Männer, spürt seine Festigkeit, die phallische Form. Versucht es. Zieht daran in kollektiver Masturbation. Achtung, jetzt kommt die Jungfrau, stellt euch auf, Ritter, Gleiche unter Gleichen, jetzt hebt sie das Banner, das Taschentuch der Desdemona. Schweißbeperlt die Augen auf das Tuch gerichtet. Auf dass der Tanz beginne, die Spiele eröffnet werden. Unerschrockene Herzen, euch bleibt die Wahl: Tod oder Ehre. Und das Massaker beginne.

5

Sie hätten eigentlich warten müssen, bis das Mädchen das Taschentuch fallen ließ. Doch während die blaue Mannschaft sich schon aufgestellt hatte, musste die rote sich noch sortieren. Nur Ferraro an vorderster Front hielt das Seil fest in den Händen. Er wusste, dass Spielregeln höchstens im Film befolgt werden.

Die Lehrerin hob das Tüchlein, um die Aufmerksamkeit aller auf sich zu ziehen. Sobald es den Boden berührt haben würde, konnte man nur noch ziehen und hoffen, dass das Ganze so schnell wie möglich vorbei sein würde. Doch die andere Mannschaft spielte unfair. Als hätten sie sich abgesprochen, begannen sie noch vor dem verabredeten Zeichen, am Seil zu ziehen. Ferraro merkte plötzlich, dass er ganz allein gegenhalten musste. Er stemmte das rechte Bein in den Boden und stieß einen Fluch aus, der den Himmel erschütterte. Da nahmen seine Genossen rasch ihre Positionen ein. Jetzt gab es wirklich keine Bedenken mehr: Auch sie zogen wie die Verrückten.

In Walters Gesicht prangte ein sinnloses, falsches Lächeln. Oder vielleicht sah Ferraro es nur so. Vielleicht amüsierte Walter sich wirklich. Was sollte er im Grunde auch beweisen? Er hatte keine Kinder, die ihn anfeuern konnten, und Francesca war nicht die Sorte Frau, die derartige Zurschaustellungen von Muskelkraft besonders schätzte. Er würde sie mit seinem Lachen umgarnen, und alles würde sich in Wohlgefallen auflösen. Sicherlich würde er sie heute Abend noch vögeln.

Aber Ferraro nicht. Ferraro kochte vor Wut. Ferraro würde sich heute Abend bestenfalls einen runterholen, während er sich einen Kalender mit einer dieser Schlampen ansah, die dann im Fernsehen erklärt, dass der Mann, den sie sucht, intelligent und nicht reich sein muss.

Ferraro war ein verletztes Tier, allein, ohne Familie, ohne Clan.

Das Tau schwenkte ein wenig nach rechts und links. Einer zog etwas fester. Die Hände umfassten das Seil und scheuerten sich wund dabei. Jetzt lächelte niemand mehr. Walter schwitzte, eingeschüchtert von so viel kollektiver Aggression.

Das Seil bewegte sich wieder, die Blauen machten Terrain gut. Ferraro hörte den schweren Atem des Schmerbauchs hinter sich und die Klage des Bankiers am hinteren Ende.

Sie waren im Begriff zu verlieren, das war klar. Die Blauen plusterten sich auf. Der Ingenieur brüllte mit verzerrtem Gesicht, wie vielleicht der Großvater seines Großvaters auf dem Kirchweihfest seines Heimatdorfes gebrüllt hatte. Die Hose des Werbefuzzis zerriss, aber der merkte es nicht. Sie gewannen, sie würden gewinnen, es war klar, dass sie gewinnen würden. Walter war groß, schön, siegreich, göttlich.

Nein, verdammte Scheiße, nein.

Ein Stolz, ein süditalienischer Stolz, ein gewaltsamer, ein plebejischer und bäuerlicher Stolz explodierte in Ferraros Brust. Er wand das Seil um seinen linken Arm und zog wie irre mit seinem ganzen Körper: mit Armen, Schultern, Becken, Beinen, fest stemmte er die Füße in die losgetretenen Erdschollen. Das Ganze kam in Bewegung. Die Blauen verloren das Gleichgewicht. Noch ein Ruck. Ferraro hörte, wie es in seinem rechten Knie vernehmlich ›krack‹ machte, als würde man ein Stück trockenes Holz zerbrechen. Aber das war ihm jetzt scheißegal. Noch ein Ruck. Und noch einer, kräftig! Da purzelten alle Roten auf ihre Hintern. Die Blauen fielen mit dem Bauch in den Matsch. Ferraro lachte, glücklich wie ein Kind.

Freudenschreie wurden laut. Die Roten umarmten sich, als hätten sie Montecassino erstürmt und alle Nazis massakriert. Später, nach dem Verlassen der Schule würden sie sich wahrscheinlich nicht einmal mehr grüßen, wenn sie sich auf der Straße trafen.

Ferraro blieb auf dem Boden sitzen. Er spürte sein Knie und wollte es nicht belasten. Walter kam zu ihm und streckte ihm die Hand hin, um ihm beim Aufstehen zu helfen. Manchmal ist Sportlichsein etwas völlig Idiotisches.

»Na, das war doch lustig, oder?«, fragte Scarpi.

»Klar doch, das sollten wir drei Mal die Woche machen.«

»Ich würde das nicht schaffen. Ich warte lieber, bis mein Kind auf der Welt ist, bevor ich das noch einmal mache.«

Was sollte denn das heißen?

Ferraro befand sich jetzt in der Vertikalen. Er stellte sich so hin, dass sein Gewicht auf dem linken Bein lag, eine unwillentliche Schurkenpose à la John Wayne, der gerade vom Pferd gestiegen ist.

»Papa, du hast gewonnen! Du bist der Allerstärkste von allen!«

Sie gab ihm einen Kuss. Manchmal reißt man sich ein Kreuzband, nur um den Preis eines Kusses.

Nach dem Essen, dem Trinken, den vielfältigen Preisen und den Gesellschaftstänzen neigte sich das Schuljahrsanfangsfest seinem Ende zu.

Francesca kam zu Ferraro: »Wie geht es dir?«

»Wie soll es mir gehen, was soll die Frage?«

»Du humpelst.«

»Ach was, das ist nichts, ist gleich vorbei.«

»Was wolltest du beweisen?«

»Wie? Was willst du eigentlich von mir?«

»Ich habe dich vorhin beobachtet. Du hast wie ein Irrer ausgesehen.«

»Wann?«

»Herrgott, Michele, hör auf. Niemand kennt dich besser als ich. Warum hast du den Macho gespielt? Du hast ausgesehen wie Conan der Barbar.«

An Ironie hatte es ihr noch nie gemangelt, das musste man sagen.

»Das stimmt nicht, das war nur ein Spiel, weiter nichts. Ein bisschen Kampfgeist tut niemandem weh.«

»Es ist dein Knie, das dir wehtut. Wenn du willst, werfen wir einen Blick darauf, wa…«

»Und, wie soll ich das meiner Tochter erklären?«

»Sag mal, spinnst du?«

»Natürlich. Ich gewinne, und du bringst mich zum Notarzt. Walter verliert, und den nimmst du mit in dein Bett. Wie willst du ihr das erklären?«

»Ich sage ihr, dass sie einen Idioten zum Vater hat. Das ist ja offensichtlich.«

»Du hast kein Taktgefühl. Musstest du ihn heute hierher mitbringen?«

»Soll ich deiner Meinung nach mein ganzes Leben als Nonne verbringen?«

»Warum nicht? Ich hätte nichts dagegen.«

Francesca lächelte, ein schönes, plebejisches Lächeln. Dann nahm sie sich wieder zusammen.

»Na gut, lassen wir das, das führt ja zu nichts. Ich gehe jetzt.« Sie beugte sich zum Ispettore und küsste ihn auf eine Wange. »Auf Wiedersehen, Michele. Lass dir dein Knie ansehen, ich bitte dich. Nicht wie sonst immer.«

Sie strich ihm mütterlich über die Wange. Vielleicht liebte sie ihn nicht mehr. Vielleicht hatte sie ihn einfach gern, wie einen Bruder oder wie einen Freund, mit dem man seine Jugendzeit verbracht hat. Vielleicht war es seine Schuld. Keiner wusste eigentlich mehr, wessen Schuld es gewesen war. Oder besser: Sie wusste es sicher noch, er nicht, er hatte es lieber vergessen.

Wie auch immer, wenn es nach ihm ginge, hätte er sie am liebsten jetzt gleich gevögelt, gegen die Wand des Schulhauses gelehnt, wie sie es als Jugendliche getan hatten, abends hinter dem kleinen Bahnhof, denn ein Auto hatten sie nicht und mussten sich daher anders behelfen.

6

Die Legende erzählt, dass hier der Zirkus von Buffalo Bill vorbeikam. Es war ein nebliger Abend, und man konnte die Hand nicht vor Augen sehen. Die Karawane machte am Bauernhof Halt, um zu essen und sich auszuruhen. Sie mussten ja am nächsten Tag in guter Verfassung sein, wenn der Zirkus in die Stadt einziehen würde, um das ›spektakuläre Spektakel‹ zu zeigen: die Rennpferde, das exotische Rodeo und die mutigen Pistoleros.

Die Piazza d'Armi hinter dem Schloss wartete darauf, sie zu empfangen. Am folgenden Tag würde eine fröhliche Menschenmenge den Mythos des wilden Westens bejubeln. In einer, wie man sich zuraunte, fantasmagorischen Aufführung würde er sich und seine Cowboys präsentieren, zumindest wenn man denjenigen Glauben schenkte, die die Schau bereits in einer anderen europäischen Hauptstadt gesehen hatten.

Das Bürgertum verachtete vermutlich solcherlei rohe Darbietungen. Belustigung für das niedere Volk, natürlich. Was an einem Trupp bäuerlicher, wie Kuhhirten gekleideter Amerikaner interessant sein sollte, blieb ein Geheimnis. Das alte Europa hatte andere Dinge im Kopf, das junge Italien träumte von Kolonien in Afrika. Nie würde es Amerika gelingen, die tausendjährige Geschichte unserer Väter zu imitieren.

Hier war man noch, wie der erbärmlichste aller Allgemeinplätze besagt, auf dem platten Land. Der Hof war offenbar eine obligatorische Etappe der Post, dort konnten sich die Pferde der Reisenden aus dem Norden ausruhen. Ein warmes Essen schlug niemand aus. Polenta wahrscheinlich, wenn man Glück hatte, mit Käse oder, noch besser, mit einem Singvogel. Am Sonntag vielleicht auch Risotto mit Fröschen, die man im Graben gefangen hatte. Und ein schönes Glas Roten.

Die Zirkustruppe blieb einen guten Monat auf dem Hof. Tagsüber die Darbietungen, abends saß man todmüde um die Feuerschale herum. Was glaubt ihr, was dabei herauskam? Aller Wahrscheinlichkeit nach ließ sich einer der Jungen der Truppe mit einer jungen Bäuerin (gesunde lombardische Abstammung, stark wie eine Stute) in inniger Umarmung im Heuschober erwischen. Den Rest kann man sich denken: Lieber Buffalo, wie schaffen wir hier Abhilfe? Glaubst du, ich behalte das Mädchen unter solchen Umständen hier? Wer nimmt sie denn jetzt noch?

Die Sache lief besser, als erwartet. Vielleicht, weil der junge Cowboy vom Cowboysein die Nase voll hatte. Die Gegend war schön, die Stadt in der Nähe, und Rosina hatte zwei ordentliche Titten. Unser Jack (oder Dick oder John oder vielleicht auch Rodrigo, wer weiß) hatte eine wunderbare Idee: Er würde hierbleiben, bei diesen vom Skorbut entstellten Bauern, die doch den zu Hause in Nevada und Arizona zurückgelassenen so ähnelten, und so wichtig war es ihm auch nicht mehr, den Revolverhelden zu spielen.

Dem *pater familias* gefiel diese Idee nicht schlecht. Viel zu viele Menschen gingen schon zum Arbeiten in die Stadt, und niemand wollte mehr die Felder bestellen. Der alte Gino verhielt sich als wahrer Mailänder, der nicht fragt: ›Woher kommst du?‹, sondern: ›Was kannst du?‹.

Jack wusste viel über Tiere, und Gino ließ ihn die Pferde striegeln. Vielleicht wurde er schließlich auch eine Attraktion des Hofes, wenn jemand kam.

Ich sehe es vor mir: »Wohin geht's?«

»Ich geh zum Essen zum Gino, der hat einen, der redet ein Kauderwelsch, dass es zum Lachen ist.«

»Ja wer, der Amerikaner?«

»Joo, ich weiß nich, is der a Merikaner oder a Mexikaner.«

»Das sag ich dir, der is a Merikaner, aus Kalifornien.«

Und so wurde die *cascina*, der Hof, innerhalb kürzester Zeit zur Cascina del California und dann schließlich zur Cascina California. Das Gebäude lag fraglos in einer strategisch günstigen Lage, denn die Eisenbahn *Gamba da Legn* fuhr direkt dort vorbei, ruckelnd und schnaufend brachte sie jeden Morgen die Arbeiter in die Stadt zur Arbeit. Manch einer sprang um die Mittagszeit vom Wagon und blieb zum Essen. Rosina kochte bestimmt gut. Und so dauerte es nicht lange, und die Cascina California wurde zur Trattoria California.

Wenn ihr sie auf einem Mailänder Stadtplan sucht, dann legt den Finger auf Niguarda. Heute ist sie eine vulgäre und arrogante Stadt aus Bürohäusern mit verspiegelten Glasfronten, Fertigbau-Lagerhäusern und Parkplätzen, sogar die alte Bahnlinie wird abgebaut. Doch die Trattoria folgt ihrer nutritiven Mission: Kein Elektriker, Maurer, Klempner, LKW-Fahrer, der nicht vorbeischaut, um einen Happen zu essen, wenn er in der Gegend ist.

Sogar Angestellte kommen jetzt manchmal, nachdem sie ihre anfänglichen Vorbehalte abgelegt haben. Zunächst haben sie nach einer Bar gesucht, die ihnen *panini trendy* anbietet (lasst euch das auf der Zunge zergehen: *panini trendy*, trendige belegte Brötchen!). Dann haben sie sich, aber nur widerwillig, mit dem California zufriedengegeben. Und sie kommen erst um eins, halb zwei, wenn die Masse der Arbeiter schon zu ihren Baustellen zurückgekehrt ist.

Ein wirkliches Erlebnis ist es aber, das ist klar, wenn ihr um zwölf Uhr essen geht. Vorausgesetzt, ihr findet einen Platz. Wenn ihr hereinkommt, werdet ihr auf eine Wand aus Rauch stoßen, der euch die Kleider für den restlichen Tag verpesten wird. Wenn ihr euch umschaut, könnt ihr die Gesichter der letzten echten Arbeiter Mailands sehen, wie in einem Indianerreservat. Menschen, die wirklich arbeiten, die nicht nur so tun als ob. Ihr seht Mailänder, Rumänen, Ägypter, Kalabresen, Brianzoler, Nigerianer, Bergamasker alle zusammen essen. Ihr seht die riesigen Weinflaschen, die von einem Tisch auf den anderen wandern und in null Komma nichts leer sind. Ihr seht das schmierige und fettige Karopapier, auf dem von Hand das Tagesmenü geschrieben steht: zwei oder drei Nudelgerichte als Vorspeise, genauso viele Hauptgänge, Beilagen. Ihr könnt hier die besten *michette,* Brötchen von ganz Mailand essen.

Wundert euch nicht, wenn der Inhaber des Lokals überall gleichzeitig zu sein scheint, oder wenn er die Bestellung zweimal aufnimmt. Er ist weder verrückt noch vergesslich. Die Mission der Rosina selig erfüllte sich darin, dass es der Wille unseres Herrn Jesus Christus war, Zwillinge auf die Erde zu senden, damit die Menschen anständig äßen und tränken (viel tränken). Sie glichen sich wie ein Ei dem anderen. Versucht bloß herauszufinden, wer euch bedient, damit ihr hinterher nicht blöd dasteht.

Setzt euch, wo Platz ist. Vielleicht neben einen Singhalesen, der von oben bis unten voller Farbe ist, oder neben einen aus Bari, schwarz vom Maschinenöl. Christlich teilt ihr Brot und Wein miteinander.

Am Ende der Mahlzeit bestellt ihr Kaffee, aber so, als sei es ein Gefallen, keine Pflicht. Und dann macht ihr euch vom Acker, denn da stehen noch Leute an. Wir sind ja nicht hier, um Müßiggang zu pflegen! Wenn ihr nach dem Bezahlen (es kostet ungefähr so viel wie eins dieser *panini trendy,* von denen oben die Rede war) und dem Verlassen des Lokals nicht gerührt seid, wenn euch nicht das

Herz bei dem Gedanken aufgeht, dass es noch Menschen gibt, die in der wahren, verschwitzten Wirklichkeit leben, nicht in jener aseptischen, virtuellen, wenn ihr jetzt nicht umgehend an die UNESCO schreiben wollt, dass sie diesen Schatz der Menschlichkeit vor der Ausrottung schützen soll, dann seid ihr keine Menschen, das lasst euch gesagt sein, dann seid ihr Monster. Hedonisten, lobomatisierte Arschlöcher. Dann verdient ihr eure Webdesigner, die Matrix, das große M, das Empire.

7

Mimmo schenkte Wein ein.

»Was ist, stoßen wir an?«

»Hör auf. Ich sehe keinen Grund zum Anstoßen.«

»Himmel, Chiodo, wie ist es bloß möglich, dass du immer so ein Gesicht machst? Lächle doch mal ab und zu, der Arzt wird es dir doch nicht etwa verboten haben.«

Er hob das Glas. Dann umfasste er die Hand Ferraros mit kräftigem Griff und ließ ihn dasselbe tun. Und wenn Mimmo etwas ›mit kräftigem Griff‹ tut, dann widerspricht niemand.

»Prost«, sagte Mimmo.

»Schon gut, schon gut. Prost.«

Sie tranken die Gläser in einem Zug aus.

»Sehr schön, mein Junge.«

Mimmo schlug ihm so heftig auf die Schulter, dass Ferraro überzeugt war, außer dem Wein auch noch sein Gebiss ausgespuckt zu haben.

»Verdammt, Mimmo, reiß dich zusammen, ich will noch heil und gesund bis zur Pension kommen.«

»Wenn du diesen Scheißjob weitermachst, dann weiß ich

nicht, in welchem Zustand du da ankommst. Und selbst wenn du es schaffst, was glaubst du denn, wie viel du kriegst. Eine Mickerrente.«

»Oh, Scheiße.«

Ferraro fasste sich beschwörend an die Genitalien.

»Ja, fass nur hin, man kann ja nie wissen. Hör mal ... paukst du eigentlich?«

»Wie kommt es eigentlich, dass ihr alle so ein großes Interesse an meinem Studium habt? Ihr bringt mir nur Unglück!«

»Sag so etwas nicht, nicht einmal im Spaß. Ich bin stolz auf dich, das ist alles. Dann hörst du auf, ein Bulle zu sein, und hilfst mir bei der Buchhaltung.«

Vom Bullen zum Schmuggler, eine brillante Karriere, keine Frage.

»Hör zu, Mimmo. Es ist nicht so, dass einer beschließt zu studieren, und am Tag drauf macht er sofort sein Examen, so einfach ist das nicht.«

»Na gut, jedenfalls ... bleib dran, ja. Dann machen wir ein Fest. Wie dieser Typ, erinnerst du dich?«

»Wer?«

»Der aus der Via Lopez, aus der sieben. Erinnerst du dich nicht? Der Vermessungstechnik studiert hat.«

»Ingenieur, nicht Vermessungstechniker, Ingenieur.«

»Das ist doch dasselbe.«

»Das ist nicht dasselbe. Um Vermessungstechniker zu werden, macht man ein Diplom an einer Fachoberschule, für den Ingenieur macht man ein Hochschuldiplom.«

»Und du, was machst du?«

»Ein Fachoberschuldiplom.«

»Du bist also Vermessungstechniker? Und du studierst, um was zu tun?«

»Du treibst mich noch zum Wahnsinn, Mimmo.«

Einer der beiden Zwillinge brachte zwei Teller mit Maccheroni all'arrabiata.

»Hallo, Jungs.«

Mimmo jubelte: »Sehr gut, es gibt etwas zu essen.«

Die Maccheroni hatten nicht die Zeit, sich der Umgebungstemperatur anzupassen, denn sie machten sofort Bekanntschaft mit Mimmos Verdauungsapparat.

Nach einer Weile fing Ferraro an: »Heute habe ich Francesca getroffen.«

»Und wie geht es ihr?«

»Wie soll es ihr gehen? Blendend.«

»Das Mädchen hat Stil.«

»Sie war mit einem Typen da.«

»Mit was für einem Typen?«

»Einem Typen eben. Der Mann, mit dem sie jetzt zusammen ist.«

»Ha! Typisch Francesca! Was für ein Typ ist er denn, was macht er?«

»Wie, was macht er? Er atmet, er bewegt sich, er scheißt, schläft … was soll die Frage?«

»Du bist aber genervt. Bist du angepisst, weil Francesca mit einem anderen zusammen ist?«

Ferraro trank langsam seinen Wein. Er suchte nach einer angemessenen Formulierung, um entsprechend auf die Frage antworten zu können.

»Ja. Ich bin angepisst.«

Besser ging es nicht.

»Und warum, entschuldige bitte? Was soll sie denn tun? Sich zunähen lassen?«

Mimmos gewählte Ausdrucksweise ist im gesamten Mailänder Bezirk 8 berüchtigt.

»Aber Mensch, Scheiße, sie hätte ja auch …«

»Herrjeh, ich verstehe dich nicht. Ihr habt euch getrennt.

Ja. Gut. Welchen Sinn hat es dann, diese alte Leier immer wieder zu spielen?«

»Du hast gut reden. Ich wollte dich sehen, wenn Tiziana ...«

»Was hat die damit zu tun? Tiziana und ich sind ja nicht einmal verheiratet.«

»Was soll das heißen? Wenn du sie siehst, wie sie ihre Zunge in den Mund eines anderen steckt.«

»Dann breche ich ihr alle Knochen.«

»Aha, siehst du!«

»Aber ich liebe sie. Ich breche ihr alle Knochen, und dann schiebe ich sie bis ans Lebensende in einem Rollstuhl herum, weil ich sie liebe.«

Das war Mimmos Art von Logik.

Er wischte seine Soße mit Brot auf. Der Teller brauchte nun eigentlich nicht mehr gespült werden.

»Und außerdem, entschuldige ...«, er schluckte den letzten Brocken hinunter, » ... hattest du nicht was mit dieser Frau, mit dieser Modetussi?«

»Nein, seit deinetwegen dieses ganze Chaos passiert ist, haben wir uns nicht mehr gesehen.«

Er sagte das, weil er wollte, dass Mimmo sich schuldig fühlte, einfach nur, weil er wütend war.

»He, Mann. Ich war überhaupt nicht schuld ...«

Mimmo füllte schmollend sein Glas. In diesem Moment trat der Bedienungsengel an ihren Tisch.

»Also, was soll's denn sein, Jungs?«

Alle waren Jungs für ihn; wenn der Präsident der Republik vorbeikäme, würde er den auch noch als Junge bezeichnen, ohne jeden Zweifel.

»Was gibt's heute Abend denn Gutes?«

»Ossobuco mit Bohnen, Hase aus dem Ofen mit Kartoffeln oder ein Schnitzel alla Valdostana mit Püree.«

»Mmmh … was meinst du, Chiodo?«

»Ich weiß nicht.«

»Also, Jungs«, schnaubte der Kellner, »ich komme gleich noch mal, und dann sagt ihr mir, was ihr wollt.«

»Womit war das Schnitzel?«

»Mit Püree.«

»Aha … und das Ossobuco?«

Der Kellner gab ihm den Zettel, auf dem die Speisekarte stand.

»Hier, du kannst ja lesen. Wenn du dir was ausgesucht hast, melde dich.«

Mimmo tat, als läse er. Dann hielt er den Kellner fest, bevor dieser wirklich weggehen konnte.

»Hör mal … jetzt sind wir ja schon mal hier. Warum bringst du mir nicht alles drei?«

8

Wenn man Mimmo essen sah, bekam man entweder Hunger, oder es wurde einem schlecht, je nachdem, wie es um die Empfindlichkeit des Magens bestellt war.

»Wirklich, du hast, wie hieß sie gleich noch … Luisa … nicht mehr wiedergesehen! Der hast du gefallen. Ich habe nie kapiert warum, aber du hast ihr gefallen.«

»Wieso, bin ich so hässlich?«

»Na ja, schön bist du nicht gerade.«

Mimmo verschlang ein Brötchen. Dann noch eines. Und noch eines. Ferraro ließ seine Augen durch den Raum schweifen, als wolle er nicht, dass sein Blick dem des Freundes begegnete. Dann stellte er fest, dass er nicht den ganzen Abend so weitermachen konnte.

»Also gut, ich habe sie wiedergesehen.«

»Ah, du altes Ferkel, du schwindelst mich an.«

»Nur einmal.«

»Und das war's dann?«

»Ja, das war's dann. Wir sind zu verschieden … Und außerdem hat es mich zu viel gekostet.«

»In welcher Hinsicht?«

»Ich habe sie zum Abendessen ausgeführt und mein ganzes Juligehalt dort gelassen.«

»Hast du sie wenigstens gevögelt?«

»Was redest du denn da? Wenn ich eine Frau zum Essen ausführe, muss ich sie dann unbedingt vögeln?«

»Natürlich.«

»Was ›natürlich‹? Warum denn, kannst du mir das erklären?«

»Sorry, aber du hast sie doch eingeladen?«

»Ja.«

»Also musst du sie vögeln.«

»Sie ist doch keine Nutte, die mir einen bläst, wenn ich sie zum Abendessen einlade … sag mal, wo lebst du eigentlich?«

»Halt, entschuldige bitte. Wenn du mit einer Kollegin ausgegangen wärst, hättest du sie dann eingeladen?«

»Was soll das? Dann hätte jeder seinen Teil selbst bezahlt.«

»Warum?«

»Nun, weil, na ja, es ist galant, eine Frau zum Abendessen oder zum Kino einzuladen, wenn man mit ihr ausgeht.«

»Warum?«

»Herrgott, Mimmo, was willst du eigentlich von mir?«

»Versteh mich richtig, die verdient mindestens zehn, was sage ich, zwanzig, dreißig Mal so viel wie du, und sie lässt dich bezahlen. Kommt dir das richtig vor?«

»Das ist schon immer so gewesen, das weißt du doch.«

»Genau. Sie wollte vögeln, das sage ich dir.«

»Wie kannst du das behaupten?«

»Sonst hätte sie zumindest ihren Teil bezahlt. Dann hättest du kapiert, dass bei ihr nichts zu holen sein würde.«

»Du spinnst völlig.«

»Nein. Sie haben doch die Gleichheit der Geschlechter gewollt, richtig?«

»Was soll das denn hier?«

»Haben sie sie gewollt?«

»Natürlich haben sie sie gewollt. Hast du was dagegen?«

»Aber nein. Sie haben richtig gehandelt. Meinst du denn, wenn ich als Frau geboren wäre, würde ich mir von jedem hergelaufenen Arschloch den Hintern betatschen lassen …«

Mimmo bei seinen Argumentationen folgen zu wollen, war manchmal schlimmer, als bekifft Foucault zu lesen. »Aber jetzt ist es nun mal so: Wenn wir schon gleichberechtigt sind, wenn wir uns also auf gleicher Höhe befinden, warum sollte ich für dich das Essen bezahlen?«

»Nun, das ist eine Frage von Anstand, von …«

»Red nicht so einen Käse. Wenn ein Mann eine Frau zum Essen einlädt, dann ist er ein arrogantes Arschloch, und wie.«

»Was?«

»Natürlich. Himmel nochmal, du willst das nicht verstehen, oder? Warum sollte ich einer Frau die Aufzugtür aufhalten? Ich rede nicht von einem Opa, von einem armen Tropf, der nicht mehr selbst die Kraft dazu hat, oder von einer Schwangeren oder einer Frau mit vielen Taschen, die meine ich nicht. Ich wäre ein riesengroßes Schwein, wenn ich nicht denen helfen würde, die Hilfe brauchen. Ich sage aber: Warum soll ich einer hübschen Tussi die Aufzugtür oder die Autotür, egal, aufhalten? Was soll das? Hat sie keine Hände? Hat sie Angst, sich einen Fingernagel abzubrechen? Wenn ich dir die Tür aufhalte, wenn ich dich zum Essen einlade, dann ficke ich dich hinterher. Und du hältst still, denn du willst es ja auch!«

»Du bist krank.« Ferraro überlegte: »Und wenn das Gegenteil passiert? Wenn sie bezahlen würde?«

»Dann will sie dich vögeln. Wenn sie dich mit all diesen Aufmerksamkeiten überschüttet, dann nur, weil sie etwas von dir will. Sind wir gleichberechtigt, haben wir dieselben Rechte. Sehr gut, ich bin dabei.«

Ferraro aß ein bisschen von seinem Schnitzel alla Valdostana. Obwohl Mimmo wie ein Wasserfall redete, hatte er schon seine zweite Hauptspeise verschlungen und machte sich nun über die dritte her.

»Aber entschuldige … Was hat Arroganz damit zu tun?«

»Sie hat viel damit zu tun. Wenn ich dir die Autotür aufhalte, wenn ich dir das Kino bezahle, was soll das beweisen?«

»Ich weiß es nicht, sag du es mir.«

»Dass ich dir überlegen bin. Dass ich es tun kann, dass ich die Mittel dafür habe, dass ich ein Gott bin. Und du bist mein mir unterlegenes Weibchen. Meins, mein Eigentum.«

So betrachtet hatte das Ganze eine gewisse Logik.

»Du übertreibst.«

»Hältst du einem Freund die Autotür auf?«

»Na ja, hin und wieder.« Das war gelogen.

»Hin und wieder. Wenn du Lust hast, wenn du nichts anderes zu tun hast. Ansonsten kann man das auch selbst tun. Wir sind Männer, wir sind gleich, wir brauchen keine Kindermädchen. Richtig? Also, wer eine Frau zum Essen einlädt, will sie entweder aufs Kreuz legen, oder er ist ein Scheiß-Chauvi.«

»Na ja, du scheinst mir aber trotzdem kein Feminist zu sein.«

»Was redest du da, du Affenkopf? Ich bin mehr Feminist als alle Feministinnen zusammen. Für mich haben die Frauen dieselben Rechte wie ich. Aber wenn du deine Titten zur Schau stellst, dann gucke ich hin.«

»Was sollen sie denn tun? Verschleiert durch die Gegend laufen?«

»Aber nein, du hast einen Scheiß kapiert. Mir gefällt es, wenn sie in Miniröcken herumlaufen und viel Busen zeigen, keine Sorge. Aber frag dich einmal, warum sie das tun?«

»Was?«

»Warum sie sich so anziehen?«

»Vielleicht, weil es bequem ist.«

»Mit diesen bescheuerten Absätzen? Glaubst du das wirklich? Blanke Waden mitten im Winter?«

In diesem Augenblick meldete sich Ferraros Handy. Es war Comaschi.

»Störe ich?«

»Ich sitze beim Essen in einem Lokal.«

»Ein netter Käfer?«

»Das kommt auf den Geschmack an. Sie ist sehr behaart.«

»Mmmh, behaarte Frau geht ab wie Sau.«

Ferraro fühlte sich in die Enge getrieben. Die Rückkehr der Männer, nach vielen Jahren des Schlummerns. Oder vielleicht waren sie die beiden letzten Exemplare einer bereits ausgerotteten Rasse.

»Was wolltest du mir sagen?«

»Ich weiß, wer die Telefonate an der Bar entgegennimmt.«

Großartiger, sagenhafter Comaschi.

»Und, wer ist es?«

»Diese hirnlose Bande ohne Helm.«

Es war fast, als hätte er so inbrünstig gebetet, dass sein Schutzengel ihm die Gnade erwiesen hatte, ihm den Motorradfahrer auf einem Silbertablett zu servieren. Fertig für ein Verhör erster Güte.

»Was gedenkst du zu tun?«

»Wenn du willst, gehe ich jetzt zu ihm und bringe es zu Ende.«

»Weiß er, dass du von ihm weißt?«

»Der weiß gar nichts. Er ist ein Vollidiot, erinnerst du dich?«

»Also, hör zu, mach keine Dummheiten. Morgen ganz früh holen wir ihn aus dem Bett, aber zusammen. Du und ich.«

»In Ordnung. Zu Befehl, o Käpt'n, mein Käpt'n!«

Ein Schmierenkomödiant. Man wusste nicht, ob man lachen oder weinen sollte.

9

Der Kaffee kam. Mimmo holte ein Päckchen Zigaretten heraus und zündete sich eine an.

»Francesca war eine Klassefrau. Sie war wirklich das, was man ein erstklassiges Weib nennt.«

»Ich habe nie verstanden, warum sie mich geheiratet hat.«

»Weil sie dich geliebt hat vielleicht?«

»Keine Ahnung. Ich glaube nicht, dass ich ihr Beuteschema war.«

»Wie bitte? Wie sprichst du denn?«

»Ich weiß nicht, sie war immer anders als wir. Sie hat in Quarto gelebt, aber es war, als wäre sie in der Stadt geboren.«

»Das stimmt nicht, komm. Wir haben viel gelacht zusammen. Sie war nicht eine von diesen snobistischen Ziegen, wie diese Freundin von dir ... Luisa ...«

»Francesca wollte immer nach oben. Sie wollte ein anderes Leben. Sie wollte immer nur das Beste. Was sie da mit mir wollte, weiß ich nicht.«

»Mit wem denn sonst? Du *warst* ›das Beste‹.«

Er zog die Vokale bei »das Beste« übertrieben in die Länge, so dass es allzu schräg klang.

»Red keinen Scheiß.«

»Aber entschuldige bitte ... Gigi *lo zoppo* ... der Name sagt alles. Vito *Manidiporco*, Mimmo *'O animalo* ... kapierst du? Wer blieb übrig?«

Gigi *Hinkebein,* Vito *Dreckspfote* und Mimmo *das Tier.*

»Da war noch ein Haufen anderer Jungen, was soll das. Sie hat in Quarto Oggiaro gewohnt, nicht auf einer einsamen Insel.«

»Kannst du dir Francesca mit Paolo, dem Sohn vom Metzger vorstellen? Oder mit Franchino?«

»Ich habe dir gesagt: Es gab noch andere Jungen.«

»Puh, du gehst mir auf den Sack. Du hattest immer ein Buch dabei. Und deine Gitarre ...«

»Meinen Bass.«

»Na ja, das ist ja dasselbe. Du hast immer geredet, du hast am laufenden Band Schwachsinn geredet. Es war schön, dir zuzuhören, das sage ich dir. Du bist damals, zu dieser Zeit, der Beste gewesen, der da war.«

»Du übertreibst.«

Ferraro war zum Weinen zumute, er suhlte sich in Selbstmitleid. Er wollte, dass ihn jemand streichelte und liebkoste. Vielleicht war er schon zu lange allein. Vielleicht konnte er die Vorstellung nicht akzeptieren, dass ein anderer die Säfte dieser Frau kostete, dass ein anderer in sie eindrang. Seine

Frau. Seine! Mimmo hatte im Grunde recht, was Ferraros Chauvinismus betraf.

»Aber verflucht, Chiodo. Denk einmal an all die Jungen, mit denen wir im Hof gespielt haben. Die Hälfte von denen ist an Drogen gestorben, die andere Hälfte dealt oder sitzt im Knast. Du warst der einzig Saubere. Du warst der Beste. Dann wolltest du studieren. Ihr seid zusammen in die Bibliothek gegangen, glaubst du, ich erinnere mich nicht mehr? Kurz und gut: Sie war die Tochter eines Arbeiters, nicht die von Gianni Agnelli!«

»Denn wenn, hätte sie sich wohl kaum mit mir zusammengetan, richtig?«

»Chiodo, jetzt reicht es. Du bist ein alter Jammerlappen heute Abend, das bist du.«

Er stand plötzlich auf und bat um die Rechnung. Dann ging er mit ärgerlicher Miene zur Kasse. Nach einer Weile kam Ferraro ihm nach, er war geknickt.

Der Inhaber-Kellner-Kassierer (oder war es sein Zwillingsbruder?) ließ seine Synapsen arbeiten: »Also, Jungs, das sind … hattet ihr Kaffee?«

»Ja.«

»Also, das macht … vierundzwanzig Euro.«

»Seid ihr teurer geworden?«

Was für eine teuflische Courage. Sie bezahlten eine läppische Summe, und Mimmo wagte es noch, nachzurechnen.

»Nein. Das warst du, du hast dir drei Hauptgerichte eingefahren und zwei Kilo Brot! Ganz zu schweigen vom Nachtisch!«

»Das stimmt«, sagte Mimmo, »ich habe ein wenig übertrieben.«

Ferraro schickte sich an, seinen Geldbeutel zu zücken. Mimmo hielt ihn fest: »Lass mal, ich zahle das«, dann beugte er sich zum Ohr des Freundes, »das soll aber nicht heißen, dass ich dich ficken will, keine Bange.«

»Das freut mich. Ich habe nämlich kein Kondom dabei.«

»Wenn's weiter nichts ist, ich habe welche in der Tasche. Wenn ich der bin, der zahlt, dann bist du der, der den Hintern hinhält, richtig?«

10

Sie beschlossen, das Auto abzustellen und einen kleinen Spaziergang zu machen. Es war kalt – eine schöne Kälte, die redselig machte.

»Was du nicht kapierst, Chiodo, ist, dass du dich nicht fragen solltest, warum Francesca mit dir gegangen ist, sondern: Warum zum Teufel hast du dich mit uns abgegeben?«

»Was meinst du damit? Wir sind zusammen aufgewachsen, im selben Block.«

»Ja, aber du warst anders als wir, so viel ist klar. Du bist uns immer furchtbar auf die Nerven gefallen mit deinen Grübeleien. Und dann, wie alt warst du da? Fünfzehn? Als du angefangen hast, Musik zu machen, erinnerst du dich?«

»Sechzehn, ich war in der Elften.«

»Genau. Du warst in dieser Schule, du hattest mit diesen Jungen aus der Innenstadt zu tun, einmal bin ich gekommen, um dir bei der Probe zuzuhören, erinnerst du dich?« Mimmo sah seinen Freund an: »Was hast du eigentlich? Humpelst du?«

»Nein, nein, es ist nichts, keine Sorge.«

»Was hast du angestellt?«

»Lass mal, es ist nichts.«

»Wenn du willst, bleiben wir ein bisschen stehen.«

»Aber nein, es ist nichts, es ist gleich vorbei.«

»Na gut, na gut … Wo war ich?«

Mimmo hatte den Nagel auf den Kopf getroffen. Er rührte an Ferraros wunden Punkt, den dieser vor allen zu verbergen suchte. Mimmo war, ohne es zu wollen, zum Kern des Problems vorgedrungen. Zum Glück merkte er es nicht, denn er hatte schon vergessen, worüber er gerade noch gesprochen hatte. Sonst hätte ihm der Ispettore seine Empfindungen beschreiben müssen, die sich ihm mit zunehmender Deutlichkeit aufdrängten, wenn er über sein Leben nachdachte.

Ferraro hatte das Gefühl, als habe er eines schönen Tages entschieden, einen Fluss zu überqueren. Ein vertrautes Ufer zu verlassen, bevölkert mit Menschen, Gesichtern, Situationen, Verhaltensweisen, die er gut kannte, die er im Blut und in den Chromosomen hatte, um aufzubrechen und andere Gestade zu erforschen. Das Problem war, dass er plötzlich mitten im Fluss spürte, wie ihm der Boden unter den Füßen schwand. Hatte er die falsche Furt erwischt? Was sollte er tun? Umkehren? Aber umkehren wohin?

Er konnte nicht mehr zurück, und das Stück Weg, das vor ihm lag, schien unendlich lang zu sein. Weder Fisch noch Fleisch. Weder hier noch dort. So fühlte er sich. Unzulänglich. Für die Welt und die Menschen. Außerhalb ihrer Gesetzmäßigkeiten. Er wusste nicht mehr, von welchem Ufer er aufgebrochen war, er sah die Landestelle nicht mehr, sie war vom Nebel verschluckt worden. Auch wusste er nicht mehr, ob es der richtige Weg war und ob er ihn wirklich gehen sollte. Er spürte nur, wie ihn der Schlamm und der Treibsand nach unten zogen. Francesca war vielleicht auf die andere Seite gekommen. Vielleicht war es genau das, wofür sie ihn bezahlen lassen wollte: Dass er sie auf seine Reise mitgenommen und sie dann irgendwo im Nebel verloren hatte. Sie war jetzt dort drüben, in Sicherheit, aber allein.

»Was zum Teufel habe ich gerade gesagt, ich erinnere mich nicht mehr«, beharrte Mimmo.

»Ich sage es dir: Einen Haufen Mist hast du geredet, und was für einen!«

»Nein, nein, es war wichtig … puh, ich habe viel zu viel gegessen.«

Er blieb stehen und befühlte seinen Magen. Und dann kam ein Rülpser, der weit über das Himmelsgewölbe hinaus zu hören war. Um nicht zurückzustehen, lud Ferraro auch einen. Er legte Leidenschaft und Enthusiasmus hinein. Er glaubte daran. Bevor er ihn ausstieß, hellte sich seine Miene auf. Er beschloss, einen sprechenden Rülpser von sich zu geben.

»Leeeckmichamaaarsch.« Er war zufrieden, ein Viersekundenrülpser, eine gute Darbietung. »Na, was sagst du dazu?«

Mimmo nahm die Herausforderung an. Er sog eine beachtliche Menge Luft ein und bereitete sich geistig auf den Siebensilber vor, den er deklamieren wollte.

Er brachte vor: »Aaarschgesiiichtsfotzenscheiiißeee.«

Sieben Sekunden. Der Saisonrekord, nicht jedoch der Jahresrekord, den immer noch der amtierende Champion, Gigi *lo zoppo*, hielt. Trotz seines Alters und der vier Kinder war und blieb er der Meister dieser edlen Kunst. Neun Sekunden am Stück. Ein Champion eben.

»Ja, aber das zählt nicht, du hast wie ein Schwein gefressen, das gilt nicht.«

»Was soll das denn? Das ist mein natürliches Talent.«

»Bei Gigi ist es natürliches Talent.«

»Hör mal, mein Bester, als wir jünger waren, hat mich niemand geschlagen.«

Doch Ferraro hörte nicht hin, er war abgelenkt.

»Was ist denn da los?«

Ihr Spaziergang hatte sie in die Nähe der Eisenbahnbrücke geführt. Jemand warf von oben brennende Gegenstände hinunter, die in der Dunkelheit aufflammten. Man hörte Lachen, als fände dort ein Fest statt. Auch Mimmo sah interessiert hinüber, ohne zu begreifen, was da vor sich ging.

»Was tun die denn da?«

Das Dunkel unter der Brücke wurde plötzlich taghell. Ferraro begriff sofort. Er rannte los, ungeachtet seines Knies, das sich anfühlte, als steckten tausend Nadeln darin.

Mimmo setzte sich in Bewegung, auch wenn er nicht genau wusste, wohin. Wahrscheinlich dachte er, sein Freund wolle die Idioten oben auf der Brücke stoppen. Er sah Ferraro humpeln und beschloss, ihm zuvorzukommen. In Lichtgeschwindigkeit nahm er die Treppe. Doch Ferraro wollte gar nicht nach oben.

Der Ispettore lief voller Verzweiflung dem riesigen brennenden Bündel entgegen und schrie dabei wie ein Verrückter.

»Baffo, Baffooo, Himmel nochmal, Baffooooo …«

Er hörte ein Winseln, hörte eine Stimme von da drinnen, ein Heulen, Fluchen, Weinen. Es war die Hölle live, die absolute Panik, der Tod in Direktübertragung. Die Unterseite der Brücke schwärzte sich vom Ruß der brennenden Lumpen und Planen, die den Unterschlupf des Stadtstreichers gebildet hatten. Ferraro probierte es von der anderen Seite aus. Dort diente ein Blech als provisorische Wand, er versuchte, es mit bloßen Händen wegzuschieben, doch unter diesen Bedingungen war das unmöglich. Er suchte nach etwas, das ihm als Werkzeug dienen konnte. Dabei rief er immer noch mit lauter Stimme nach seinem Freund. Das Winseln wurde zu einem herzzerreißenden Heulen. Jetzt erreichte die Panik auch Ferraros Kopf.

»Baffo, Baffo, antworte! Bitte …«

»Hilfe … Hiiilfe, Jesus, hilf mir doch«, war von drinnen zu hören.

Unterdessen war auch Mimmo da, Entsetzen im Gesicht.

»Scheiße, was machen wir jetzt?«, schrie er.

»Ich weiß es nicht, ich weiß es nicht, da drinnen ist Baffo, der stirbt, kapiert?«

Er schrie jetzt auch. Alle schrien sie jetzt, drinnen, draußen, alle hatten sie Angst, der Tod triumphierte.

»Was machen wir? Rufen wir die Feuerwehr?«

»Scheiße, Scheiße, Scheiße, Baffo, ich bin's, ich, Ferraro …«

Von drinnen war jetzt nichts mehr zu hören. Ferraro war zum Heulen zumute. Ohnmächtig. Unzulänglich.

Man hörte es zweimal husten.

»Baffo, Baffo, ich bin's, Chiodo …«

Mit einem großen Stock versuchte er, so viel verbrannte Fetzen wie möglich wegzuschieben.

»*Ciòd, Ciòd, gho paüra, Ciòd, ghe la fu no* … ich hab Angst, ich schaff das nicht …«

Das war ein Röcheln, keine Stimme.

Mimmo zog sich plötzlich seine voluminöse Jacke aus.

»Okay, gut, machen wir's so …«

Er wickelte sie sich um die rechte Hand. Ferraro ahnte, was er vorhatte.

»Warte, ich helfe dir.«

Jetzt versuchten vier Hände, zumindest ein wenig vor den hohen Temperaturen geschützt, die Blechwand wegzuzerren. Verrückte Idee, völlig sinnlos. Zwecklos, es wäre besser, die Feuerwehr zu holen.

Alles richtig. Aber es war Mimmo, der hier zog. Beim dritten Versuch gab das Blech nach.

11

Die Feuerwehr kam, wahrscheinlich von jemandem gerufen, der die Flammen gesehen hatte.

Baffo war halb verbrannt, aber lebendig und mehr oder weniger bei Bewusstsein. Ferraro saß auf dem Boden, hielt seinen Kopf in seinem Schoß und streichelte ihn wie ein liebender Vater.

»Du hast mir vielleicht eine Angst eingejagt, Baffo.«

»*Cusa 'lè stàa*? Was ist passiert? Ich hab geschlafen …«

»Jetzt ist alles vorbei, hab keine Angst.«

Baffo ließ sich nicht beruhigen: »Aber ich hab doch gar nichts gehabt, was gebrannt hat. Die Kerze war aus, ich schwör es, Ciòd …«

Als wäre es seine Schuld. Er hustete grauenvoll.

Dann kam der Streifenwagen, aus dem Fusco stieg.

»Ferraro, was ist hier los?«

»Ein paar Idioten haben Baffos Lager in Brand gesetzt.«

Fusco beugte sich zu den beiden hinunter.

»Wie geht es Ihnen, Signor …«, dann wandte sie sich an Ferraro: »Ich weiß nicht mehr, wie er heißt.«

»Oreste.«

»Wie geht es Ihnen, Signor Oreste?«

Aus der Ferne hörte man die Sirene eines Krankenwagens immer näher kommen. Ein Winseln erregte ihre Aufmerksamkeit.

»Chiodo … die Hunde … meine Ninetta, Black …«

Von seiner Position aus konnte Baffo nicht sehen, wie die Feuerwehrleute den halb verbrannten Körper eines der Hunde auf den Boden legten. Besser so, beim Hinsehen kam es einem hoch. Der Gestank von verbranntem Fleisch verpestete die Luft. Ebenfalls mit Wunden übersät, näherte sich der andere Hund seiner Freundin. Er leckte ihr über das Maul, den Nacken, die Ohren. Dann stupste er sie ein paar Mal mit der Schnauze an, als wollte er sie wieder zum Leben erwecken. Plötzlich schien der Hund begriffen zu haben, dass nichts mehr zu machen war, und begann vor Trauer zu heulen. Immer wieder schluchzte er, beugte sich zu seiner verlorenen Kameradin hinunter, hob dann wieder ruhig den Kopf, als zelebriere er ein jahrhundertealtes Ritual, das in seinen genetischen Code eingeschrieben war, und zerriss mit seinem Heulen den Menschen das Herz.

Baffo wurde unruhig. »Das ist Black. Was ist, Chiodo, was ist los?«

»Ganz ruhig, Baffo, hab keine Angst.«

»*Indua 'lè la Ninetta?* Wo ist die Ninetta?«

Die Sanitäter kamen herbei. Ferraro half ihnen, Baffo auf die Trage zu legen.

»Ruhig, Baffo, jetzt bringen sie dich ins Krankenhaus.«

»Ciòd, wo ist die Ninetta? Wo bringt ihr mich hin?«

Er hustete, unruhig.

»Ich bitte dich, Baffo, halt still. Die Ärzte müssen dich untersuchen.«

»Ciòd, die Hunde, Ciòd ...«

Er war nun im Krankenwagen, der sofort abfuhr. Ferraro trat zu Fusco. Die Polizistin sah ihn beunruhigt an.

»Wie geht es dir?«

»Mir geht es gut, keine Sorge.«

»Bist du sicher? Ich habe gesehen, dass du humpelst.«

»Das ist nichts.«

»Willst du dich nicht von einem Arzt untersuchen lassen?«

»Herrgott nochmal, ich habe gesagt, es ist nichts, verstehst du nicht, was ich dir sage?«

Mimmo trat dazu.

»Beruhige dich doch, sie kann doch nichts dafür.«

»Und wer sind Sie, bitte?«

»Domenico Jodice.«

»Er ist ein Freund. Wir waren heute Abend zusammen. Wenn er nicht gewesen wäre, wäre Baffo jetzt sicher tot.«

Die Polizistin nickte. Dann holte sie ihr Notizbuch heraus.

»Also, erklärt ihr mir, wie das abgelaufen ist? Was genau ist passiert?«

Sie schilderten ihr die Vorgänge. Die junge Frau hörte aufmerksam zu und machte sich Notizen.

»Tut mir leid wegen der Jacke«, sagte Fusco und schien das wirklich zu bedauern.

»Egal, die hat mir sowieso nicht mehr gefallen. Ich hatte sie von einem Marokkaner auf der Straße. Morgen kaufe ich eine neue.«

»Noch eine Frage: Als Sie die Treppe zu diesen Irren hinaufgelaufen sind, haben Sie nicht zufällig ihre Gesichter gesehen?«

»Es war dunkel. Wie sollte ich da etwas sehen?«

»Nun, die Brücke ist beleuchtet.«

Mimmo schnaubte.

»Es waren zwei Männer. Es sah aus, als wären sie gut angezogen gewesen, aber ich weiß nicht genau. Jung, zwanzig … Es ging alles so schnell … Sie hatten ein Riesenauto, einen Geländewagen.«

»Haben Sie das Nummernschild gesehen?«

»Sonst noch was? Ob sie am rechten Backenzahn Karies hatten? Ich habe das Schreien gehört und bin hier runtergerannt.«

»Es reicht, Fusco. Wir sind fertig«, sagte Ferraro.

»Ich weiß, du hast recht. Ich versuche, per Funk die Verkehrspolizei und die Streifenwagen abzufragen, ob sie irgendwelche verdächtigen Fahrzeuge gesehen haben. Sie sind in Richtung Litta Modignani gefahren, vielleicht nehmen sie die Schnellstraße Mailand-Meda ... ja, wenn wir noch ein paar Details mehr hätten ... Bist du sicher, dass es dir gut geht?«

»Ja, keine Sorge, es geht mir gut. Jetzt fahre ich nach Hause und genehmige mir eine schöne Mütze Schlaf.«

Beruhigt verabschiedete sich Fusco von den beiden und ging zum Funkgerät in ihrem Wagen.

Mimmo hatte den Freund unterdessen einer genauen Musterung unterzogen.

»Na, was ist?«

»Wer ist das, die habe ich noch nie gesehen?«

»Eine Kollegin. Sie ist schon über ein Jahr dabei.«

»Hübsch. Wie alt ist sie?«

»He, was interessiert dich das denn?«

»Mich nicht. Mir schien aber, als sei sie sehr nett zu dir gewesen.«

»Ach, scher dich zum Teufel, du Dämlack.«

Er musste jetzt dringend einen Witz machen. Ein lebensnotwendiges Bedürfnis.

Black rührte sich nicht vom Fleck. Ein Feuerwehrmann hatte sich ihm genähert, um nachzusehen, in welchem Zustand er war, doch der Hund, überzeugt, dass man den leblosen Körper Ninettas wegbringen würde, fletschte die Zähne in furchterregender Weise.

»Braver, Hund, brav, komm her, und du bekommst ein Leckerli ...«

Der Feuerwehrmann ließ nicht locker. Er streckte eine Hand aus, um den Hund zu streicheln. Es fehlte wenig, und Black hätte sie ihm abgebissen. Dann lief der Hund um den Kadaver herum, als markierte er damit eine unüberwindbare Grenze.

Mimmo wandte sich an Ferraro: »Was machen wir mit diesem Hund? Er hat am ganzen Körper Verletzungen, wenn er sich nicht anfassen lässt, stirbt er auch …«

Ferraro sah zu dem Hund hinüber. Dann rief er ihn mit ruhiger, fester Stimme.

Black drehte sich ganz plötzlich um und fixierte Ferraro. Er schien ihn zu erkennen. Dann senkte er den Blick, ließ die Ohren hängen und kam winselnd auf den Polizisten zu. Ein freundschaftliches Gesicht mitten im Chaos. Ein Rudelführer, zu dem man gehen und den man um Rat fragen konnte.

»Na gut, Black, sei schön brav, jetzt kurieren wir dich.«

Er wollte den Hund streicheln, doch er wusste nicht wo, so übel war das Tier zugerichtet.

»Ich nehme ihn mit nach Hause«, sagte Mimmo entschieden.

»Wie bitte?«

»Sieh dir an, in welchem Zustand der ist! Ich nehme ihn mit nach Hause und pflege ihn.«

»Wenn du willst, kann ich ihn auch …«

»Nein. Du bist ja nie zu Hause. Man muss sich um ihn kümmern. Wenn Tiziana ihn entdeckt, bringt sie mich um. Du weißt doch, wie sie ist, mit Hunden.«

Ein Polizist steckte den Kadaver Ninettas in einen Plastiksack. Ferraro sah traurig zu, er dachte an Baffo, der sie nicht einmal tot gesehen hatte, der sich nicht von ihr hatte verabschieden oder sie begraben können. Wer weiß, wo man sie hinbringen würde. In eine Beseitigungsanstalt für Tierkadaver oder wohin auch immer. Wenn Baffo aus dem Krankenhaus kam, würde er keinen Ort haben, an den er gehen und sie beweinen konnte. Das Schicksal hatte für Ninetta eine Beerdigung ohne Tränen vorgesehen.

VIII

Ein hoher Preis

1

Kein Eindringen in eine Wohnung ohne Durchsuchungsbefehl. Da war Ferraro unerbittlich. Comaschi musste sich damit abfinden, er kannte das Gesetz schließlich ebenfalls.

»Hast du denn etwas über diesen Motorradfahrer herausgefunden?«

»Er heißt Aldo Centi. Er ist der Sohn anständiger Leute. Arbeiter. Er ist neunzehn, macht Gelegenheitsjobs, zuletzt ist er Lagerarbeiter gewesen. Er ist ein Hallodri, Halali, Trara.«

»Kannst du nicht mal zehn Sekunden lang ernst sein?«

»Was gibst du mir, wenn ich es bin?«

Ferraro schlich gedankenverloren durch den Eingangsbereich des Kommissariats.

»War er der Einzige, der ans Telefon gegangen ist?«

»Gestern ja, aber der Barbesitzer hat mir noch zwei andere Typen gezeigt, die zu der Bande gehören. Sie sind mehr oder weniger alle gleich alt, außer dem Jungen, Filippo. Er ist sechzehn, sein Bruder ist auch Mitglied in der Clique.«

»Der Focaccia-Esser.«

»Ja, der. Das sind alles Kinder von unbescholtenen Bürgern, keine Vorstrafen. Abgesehen von Filippos Vater.«

»Weswegen?«

»Kinkerlitzchen. Als Jugendlicher hat er ein paar Tage gesessen, weil er im Stadion einen verprügelt hat.«

»Weißt du, wo er jetzt ist, dieser … Was hast du gesagt, wie er heißt?«

»Aldo Centi? Der mit dem Motorrad?«

»Ja, genau der.«

»Wo soll der schon sein? In der Bar.«

Ferraro sah instinktiv auf die Uhr.

»Um die Uhrzeit? Muss er denn nicht zur Arbeit?«

»Er hat keine mehr. Seit Juli arbeitet er nicht mehr im Lager. Er sitzt auf der Straße.«

»Er könnte sich Arbeit suchen.«

»Warum sollte er? Er lebt bei seiner Familie, die es ihm bestimmt nicht am nötigen Kleingeld fehlen lässt, das ist so sicher wie der Tod. Würdest du dann in einem Lager arbeiten?«

»Gut. Reden wir mit ihm.«

»Bringen wir ihn hierher?«

»Nein, warum? Hast du irgendetwas gegen ihn vorliegen? Wir gehen nur hin und halten ein freundschaftliches Schwätzchen.«

»Càrpano und er nehmen diese arme Frau aus. Man muss sie stoppen.«

»Das wissen wir noch nicht. Wir wissen noch nicht, ob dieser Centi in die Sache verwickelt ist oder nicht. Vielleicht hat er ja gar nichts damit zu tun.«

»Der ist schuldig. Ich weiß nicht, wofür, aber schuldig ist er. Anthropologisch schuldig.«

»Wer zum Teufel bist du denn? Cesare Lombroso?«

Comaschi grinste heimtückisch.

»Ich habe ermittelt, weißt du, reine Neugierde ...«

»Was ermittelt?«

»Weißt du, wo Centi bis vor zwei Tagen war? In Rimini. Ich habe ihn auf der Gästeliste einer Pension in Viserbella gefunden.«

»Allein?«

»Das ist das Problem.«

»Welches?«

»Sie waren zu zweit, aber der Pensionsinhaber hat nur den Ausweis von Centi registriert.«

»Das ist illegal.«

»Das weiß er auch. Als ich ihm gesagt habe, ich sei von der Polizei, hat er sich ins Hemd gemacht. Meiner Meinung nach hat er es nur vergessen. Vielleicht hat der andere auch gesagt, er würde ihm den Ausweis später bringen, und hat es dann nicht getan.«

»Càrpano.«

»Ja, Càrpano ... Also, was machen wir?«

Ferraro dachte nach. Er dachte, dachte, dachte, wie Pu der Bär, der herausfinden muss, wie er an den Honigtopf kommt. Wie hatte Pu der Bär Giulia gefallen! Jetzt nicht mehr so sehr. Das heißt, er gefiel ihr eigentlich immer noch, aber das ist doch was für Kinder, oder, Papa?

In diesem Augenblick ging Fusco vorbei.

»Fusco!«

Die junge Frau drehte sich zu ihren Kollegen um.

»Was ist, Ferraro?«

»Weißt du irgendwas über Baffo?«

»Ich komme gerade aus dem Krankenhaus. Es geht ihm gut, könnte man sagen. Er hat nach dir gefragt. Ich habe ihm gesagt, dass du ihn bald besuchen kommst.« Dann lächelte sie verschwörerisch. »Er hat mir auch erzählt, warum du Chiodo heißt.«

»Weiß man etwas über diese beiden Idioten?«

Er wechselte das Thema. Peinlich berührt.

»Überhaupt gar nichts. Die kriegen wir nicht mehr.«

Das war sehr wahrscheinlich. Entweder stellten sie noch einen solchen Blödsinn an, oder der Abend würde für sie eine lustige Erinnerung an jugendlichen Übermut bleiben, die sie am Heiligabend vor dem Kamin ihren Enkeln erzählen würden. Ungläubig würden diese den Geschichten über die jugendlichen Heldentaten dieses Opas lauschen, der sich jetzt kaum noch auf den Beinen halten konnte und sabberte, wenn er seine Brühe schlürfte.

»Hör mal, hast du etwas zum Umziehen hier?«

»Wie, etwas zum Umziehen?«

»Bist du in Uniform gekommen, oder hast du Zivilkleidung im Spind?«

»Ich komme nie in Uniform. Es ist mir peinlich.«

Er hatte das nie bemerkt.

»Gut. Ich habe Arbeit für dich.«

Vielleicht hatte Winnie der Pu seinen Honigtopf gefunden.

2

In ihren Alltagskleidern sah sie aus wie eine x-beliebige junge Frau. Was sie schließlich auch war. Man ist nicht vierundzwanzig Stunden am Tag Polizistin, jedenfalls nicht in Fuscos Alter.

»Hör gut zu. Comaschi und ich gehen jetzt los, um mit einem Typen zu reden, in der Bar Quinto. Weißt du, wo die ist?«

»Ja, das weiß ich. Sie ist gleich um die Ecke. Du weißt aber, dass die Bar nicht so heißt? Ich habe das Schild gelesen und ...«

»Schon gut, hör auf, das ist jetzt nicht die philologische Viertelstunde.«

»Okay, entschuldige.«

Die junge Frau strahlte und sah Ferraro voller Dankbarkeit an. Sie war zur Polizei gegangen, um Ermittlerin zu sein, das hatte sie schon als Kind gewollt, und sie hatte sich oft mit ihrem Bruder gezankt, der sie wie ein kleines Mädchen behandelt hatte. Sie war es ein bisschen leid, in dieser unbequemen, wenig kleidsamen Uniform im Streifenwagen zu sitzen. Sie wollte zeigen, dass sie auch etwas konnte.

»Zehn Minuten, nachdem wir in die Bar gegangen sind, gehst auch du rein. Du setzt dich an den Tresen und bestellst ein Bier.«

»Ein Bier? Zu dieser Uhrzeit? Ist das nicht ein bisschen früh? Außerdem bin ich im Dienst ...«

Sie wollte gewissenhaft und kooperativ sein, es war rührend.

»Bestell dir, was du willst, Bier oder Limonade, egal.«

»Espresso?«

»Nein, keinen Espresso. Wer einen Espresso nimmt, kommt herein, trinkt aus und geht wieder. Du musst eine Weile dort am Tresen sitzen. Wenn wir gegangen sind, bleibst du da und wartest.«

»Worauf?«

»Darauf, dass der Typ etwas tut. Wenn er dableibt, dann bleibst du auch da. Wenn er geht, dann folgst du ihm.«

Fusco verbot sich, ihm einen Kuss zu geben, doch man sah ihr an, wie glücklich sie war.

»Werden wir die ganze Zeit per Funk in Kontakt sein?«

Was für Kriminalfilme hatte dieses Mädchen denn gesehen?

»Selbstverständlich. Hast du meine Handynummer?«

»Natürlich nicht ...«

Sie wurde rot.

Comaschi schaltete sich ein: »Wenn du willst, gebe ich dir meine.«

»Hör auf, den Idioten zu spielen, Comaschi.«

Ferraro diktierte Fusco seine Nummer. Sie hatte ihr Handy gezückt und speicherte sie.

»Fertig. Vielleicht gebe ich dir auch meine, man kann ja nie wissen.«

Ferraro speicherte seinerseits ihre Nummer auf seinem Handy.

»Gut. Jetzt hör mir zu: Verlier ihn nicht aus den Augen. Lass ihn nicht merken, dass er verfolgt wird. Sobald du etwas Seltsames oder Verdächtiges bemerkst, rufst du mich an. Wir sind in der Nähe. Tu nichts, was wir nicht besprochen haben.«

»Aber warum? Was soll denn Verdächtiges passieren? Wer ist dieser Typ?«

»Niemand Besonderes, aber man kann nie wissen. In Ordnung?«

»In Ordnung.«

»Gut. Wir sehen uns später. Zehn Minuten, denk daran …«

Die beiden gingen hinaus. Comaschi grinste vor sich hin.

»Was gibt es da zu grinsen?«, fragte Ferraro.

»Also, das ist ja wirklich mal originell …«

»Wovon sprichst du?«

»Eine wirklich originelle Methode, um an die Handynummer eines Mädchens zu kommen. Du hast Talent, das muss man dir lassen.«

»Red doch keinen Stuss. Das ist doch für den Job.«

»Und warum hat sie dann nicht auch meine Nummer gespeichert?«

»Weil sie kapiert hat, wer von uns beiden hier das Sagen hat. Außerdem bist du schwul, das wissen doch alle.«

»Was soll das denn heißen?«

»Über dich geht das Gerücht im Kommissariat um, dass du ein Arschhinhalter bist.«

»He, du Affenkopf, ich bin ein Arschficker, kein Arschhinhalter. Wer hat denn dieses falsche und tendenziöse Gerücht verbreitet?«

»Ich natürlich. Um die Konkurrenz auszuschalten.«

Sie lachten und alberten herum, bis sie fünf Minuten später die Bar erreichten. Aldo Centi stand an einem Videospiel, einen Stoß Münzen wie eine Sanduhr vor sich, eine Sanduhr, die ihm den Tag einteilen sollte. Ferraro baute sich rechts von ihm auf, Comaschi links. Da drehte sich Centi, neugierig geworden, um.

»Hey, wer …«

Er erkannte sie. Comaschi stieß die Münzen an, so dass sie auf den Boden fielen, um schon mal klarzumachen, dass er auf hundertachtzig war.

»Oh, entschuldige, wie ungeschickt.«

Der Junge ging instinktiv in die Knie, um das Geld vom Boden aufzusammeln, er fluchte.

»Ihr blöden Arschlöcher, was wollt ihr, verdammt nochmal?«

Als er sich wieder aufgerichtet hatte, bereit zum Zuschlagen, hatte er zwei Dienstmarken vor seinem Gesicht.

»Hast du ein bisschen Zeit, Aldino? Wir müssten dich etwas fragen.«

Der Junge sagte kein Wort.

»Komm, setzen wir uns.«

Dann saßen sie um einen Tisch herum, als wollten sie eine Partie Karten unter Freunden spielen.

»Was wollt ihr?«

»Du hast überhaupt keine Farbe bekommen.«

»Was?«

»Ich dachte, du wärst nach Rimini gefahren, um dort ein wenig in der Sonne zu liegen. Eigentlich ist es ja nicht die richtige Jahreszeit, aber, na ja …«

Centi wurde blass. Vielleicht hatte er bisher noch geglaubt, dass es nur um die Motorrad-Geschichte ging. Das hier war natürlich etwas ganz anderes.

»Was redet ihr da?«

»He, mein Freund, wir sind von der Polizei. Wenn ich sage, dass du in Rimini warst, dann warst du da. Oder hast du irgendwelche Zweifel an meinen Worten?«

Fusco kam herein. Ein wenig früher als vereinbart. Ferraro beobachtete sie aus den Augenwinkeln, ließ sich das aber nicht anmerken.

»Ich war in Rimini, das stimmt. Na und?«

»Mit wem warst du dort? Mit Tony?«

»Mit wem?«

»Mit Antonio, Tonino, Tonio, Tony, Antò, wie nennst du ihn denn?«

»Was erzählt der denn da?«, fragte der Junge und sah Ferraro an.

»Er erzählt dir, dass du zusammen mit Antonio Càrpano dort warst.«

Das war wie ein Dolchstoß. Aldo schien der Ohnmacht nahe zu sein.

»Mit ww …wem?«

Jetzt war Comaschi an der Reihe: »Arschloch. Hör gut zu, denn ich wiederhole mich nicht: An-to-nio Càr-pa-no. Und tu nicht so, als wüsstest du nicht, wer das ist. Ihr wohnt im selben Block.«

»Ja … ja … ich weiß, wer das ist … aber, aber … er ist nicht da … er ist in Urlaub gefahren.«

»Nach Rimini.«

»Nein!« Er sagte dies, als wäre es ein Glaubensbekenntnis. »Nein. Er ist nicht nach Rimini gefahren, das wissen alle.«

»Alle, wer?«

»Alle! Er hat gesagt, dass er nach Ligurien fahren würde, ans Meer.«

»Ach, sieh mal einer an. Und ich dachte schon …«

Ferraro stieß Comaschi unter dem Tisch mit dem Fuß an. Er war jetzt dran.

»Also weißt du, dass er in Ligurien ist.«

»Das wissen alle. Als er weggefahren ist, bin ich nicht da gewesen.«

»Und wo warst du?«

»Wie ich schon sagte. Ich war in Rimini.«

»Und da hast du Antonio nicht getroffen?«

»Warum sollte ich? Er war … ist in Ligurien.«

»War oder ist?«, jetzt hatte Comaschi den Ball wieder.

»Was wollt ihr damit sagen?«

»Ich weiß es nicht. Sag du es mir. *War* er in Ligurien oder *ist* er in Ligurien?«

»Was weiß ich?«

»Wieso weißt du das nicht? Und wenn er dich anruft, worüber redet ihr dann?«

»Was? Ich habe doch kein Handy, das ist kaputt.«

»Ach, sieh an. Aber er ruft dich ja auch hier an, in der Bar. Gestern hast du auf einen seiner Anrufe geantwortet.«

Die linke Hand des Jungen begann leicht zu zittern.

»Ich, ich … das war ein Scherz. Ein Telefonscherz, ich weiß gar nicht, wer dran war …«

»Herrjeh, das ist ja hier ein einziges Scherzemachen, nicht wahr, Ferraro?«

»Wie bei Giuseppe Cortese. Wusstest du, dass auch mit ihm jemand einen Telefonscherz gemacht hat?«

Aldo schien mittlerweile Parkinson zu haben. Er stand auf. Wie einer von diesen Springteufeln, die hochschnellen, sobald man die Schachtel öffnet. Ganz plötzlich stand er senkrecht.

»Ihr könnt nicht … ich, ich … das, was ich sagen konnte, habe ich gesagt.«

Er steuerte auf den Ausgang zu. Ferraro rührte sich nicht.

»Was soll das? Er war doch fast schon weichgeklopft …« Comaschi verstand das nicht.

»Lass ihn gehen.«

Dann wandte Ferraro sich zum Tresen, um zu sehen, wo Fusco war. Sie war verschwunden. Und sie hatten es nicht einmal bemerkt. Gut so.

Durch das Fenster der Bar sahen sie, wie Centi auf sein Motorrad zuging. Als er aufgestiegen war, ließ er den Motor einmal aufbrüllen. Vor dem Losfahren setzte er, mit einem Gesicht, als wäre er gerade noch einen Schritt vom Schafott entfernt, den Helm auf.

»Braver Junge«, sagte Comaschi, »bring nur deinen Kopf in Ordnung, es wird dir zum Wohle gereichen.«

Das Motorrad verschwand. Vier Sekunden später fuhr ein Auto mit Fusco an Bord vorbei. Gut. Sehr gut. Mit der Frau war was anzufangen.

3

Kommissariat/vor der Kaffeemaschine
Innenraum/Tag
Comaschi und Ferraro mühen sich mit der Maschine ab.

FERRARO Lass uns das Ganze rekapitulieren, sonst verlieren wir noch den roten Faden. Càrpano ist vor sechs Tagen verschwunden.

COMASCHI Er verreist, soweit man weiß. Offiziell fährt er nach Ligurien.

FERRARO Aber das stimmt nicht. Wir wissen, dass er stattdessen nach Rimini gefahren ist. Das bezeugt das dort abgehobene Geld.

COMASCHI Zur selben Zeit ist auch Centi in Rimini. Wahrscheinlich in derselben Pension.

FERRARO Erste Frage: Sind wir sicher, dass sie zusammen gewesen sind? Wir haben keine stichhaltigen Beweise dafür.

COMASCHI Das ist eine Schlussfolgerung, sicher, andernfalls wäre das aber doch ein gewaltiger Zufall, oder nicht?

FERRARO Zweite Frage: Ist Càrpano tot?

Comaschi nimmt als Erster seinen Espresso.

COMASCHI Wenig wahrscheinlich. Warum auch? Warum sollte ihn jemand töten? Wem würde das nützen?

FERRARO Vielleicht war es einfach ein Lump, der ihm den Geldbeutel klauen wollte.

COMASCHI Nein, das haben wir schon ausgeschlossen. Wir hätten ja von der Leiche erfahren, ganz sicher. Einen Toten verschwinden zu lassen, ist nicht so einfach. Und selbst wenn es so gewesen wäre, versucht jemand in solchen Fällen doch, die Kreditkarte auch zu benutzen. Doch die ist nie verwendet worden. Nur der Geldautomat.

FERRARO Er hat seinen Geldbeutel verloren.

COMASCHI Dann wäre er schon nach Hause zurückgekommen. Oder hätte die Bank verständigt. Und außerdem: Um Geld abzuheben, braucht man eine Geheimzahl. Entweder ist deine Karte geklont worden, oder du bist der *Zauberer von Aversa*, wenn du gleich beim ersten Mal die richtige PIN erwischst.

Nun ist die Reihe an Ferraro, sich am Kaffee zu bedienen.

FERRARO Er ist Mönch geworden. Er ist in ein Klausurkloster eingetreten. Er ist in Indien bei einem hinduistischen Asketen. In Afrika, um dort Leprakranke zu retten.

COMASCHI Gibt es in Afrika Leprakranke? War das nicht in Indien?

FERRARO Okay, diese Hypothese lassen wir fallen. Dann sind da noch diese Anrufe aus Rimini.

COMASCHI Die tätigt er. Oder Centi. Ja, Centi. Sie werden sich irgendeine Nutte geangelt haben, und zwischen einer Dosis Kokain und einem Arschfick ohne Vaseline haben sie sich auf Kosten dieses armen Teufels, Giuseppe Cortese, amüsiert.

FERRARO Pino.

De Matteis tritt auf, er hat ein Geldstück in der Hand.

DE MATTEIS Comaschi, wo ist Fusco?

COMASCHI Sie hilft uns, einen Verdächtigen zu beschatten.

DE MATTEIS War das deine Idee?

FERRARO Nein, es war meine Idee.

DE MATTEIS Du hast Ideen, Ferraro? Glückwunsch … und, verzeih mir, aber hast du nicht daran gedacht, dass ich sie zufällig auch brauchen könnte?

COMASCHI Wieso, muss das Büro gefegt werden?

DE MATTEIS Ich habe ein Auge auf dich, Comaschi. Das weißt du, nicht wahr?

COMASCHI Ich weiß. Ich weiß alles. Ich bin allwissend.

De Matteis wählt einen Espresso.

FERRARO Wir sind nur noch einen Schritt von der Lösung des Falls entfernt.

DE MATTEIS Wie, es gibt einen Fall? Das hat mir aber noch keiner gesagt. Wann kriege ich denn meinen schönen kleinen Bericht? Und was hat Fusco damit zu tun?

Sie hat in solchen Sachen keine Erfahrung, das weißt du doch.

COMASCHI Das stimmt nicht. Sie hat schon Beschattungen für mich gemacht.

FERRARO Außerdem kennt uns der Verdächtige, deshalb können nicht wir ihm folgen. Und ich wollte nicht ein weiteres Mal in die Personalstruktur eingreifen, indem ich mich hoch spezialisierter Beamter bediene, die mit Sicherheit für deine Ermittlungen viel wichtiger wären.

DE MATTEIS Du verarschst mich doch gerade?

COMASCHI Ja, er verarscht dich. Ich bin Zeuge.

De Matteis nimmt seinen Espresso. Lanza tritt dazu.

LANZA Ferraro, hier ist ein Fax für dich.

Er gibt es Ferraro, der es rasch überfliegt.

FERRARO Oh, Scheiße.

COMASCHI Was ist los?

FERRARO Càrpano hat noch einmal versucht, Geld abzuheben.

Comaschi zündet sich eine Zigarette an.

COMASCHI Was heißt ›versucht‹?

LANZA (*zu Comaschi*) Das ist das Partizip Perfekt des Verbs ›versuchen‹: sich an etwas machen, etwas angehen, unternehmen, wagen; zusehen, ob man etwas fertig bringt. In diesem Fall bedeutet es …

FERRARO (*unterbricht ihn*) Der Bankautomat hat die Karte eingezogen. Wahrscheinlich hat die Mutter sie sperren lassen.

COMASCHI Gut, das ist ja schon mal etwas.

Comaschi hantiert nochmals an der Kaffeemaschine herum.

LANZA Aber du hast doch gerade schon einen getrunken …

COMASCHI Ich habe ihn nicht genießen können. Und dann, weißt du, mit einer Zigarette …

DE MATTEIS Hör mal, wir sind hier nicht in einer Bar.

LANZA Das stimmt, wir sind in einem Kommissariat. Ich denke aber, das weiß er wohl.

DE MATTEIS Lanza, du, du … ach, lassen wir das.

De Matteis geht genervt ab.

LANZA (*neugierig*) Du, was? (*Dann zu Comaschi*) Was wollte er denn sagen?

FERRARO Wollt ihr wissen, wo das gewesen ist?

COMASCHI Wo denn?

FERRARO In Rimini.

COMASCHI Das wussten wir doch, das hat er doch gestern auch schon getan, erinnerst du dich nicht mehr? Es ist klar, dass er vorgestern wieder mit Centi nach Mailand gekommen und dann allein nach Rimini zurückgefahren ist.

FERRARO Warum?

Comaschi denkt nach. Er nimmt sein Handy. Ein Pfeifen weist ihn darauf hin, dass sein Espresso fertig ist.

COMASCHI Mir kommt da etwas in den Sinn.

Er sucht eine Nummer in seiner Nummernliste. In der Zwischenzeit meldet sich das Handy von Ferraro.

FERRARO Pronto.

MARIO ROSSI (*Off*) Ich rufe dich an, weil mir da etwas interessant zu sein scheint. Dein Freund hat nicht wie sonst ein Festnetz-Telefon angerufen, sondern ein Handy.

FERRARO Dasselbe wie beim anderen Mal?

MARIO ROSSI (*Off*) Nein, ein anderes. Es gehört einem gewissen Aldo Centi.

FERRARO Gute Arbeit. Danke.

MARIO ROSSI (*Off*) Bestell schon mal den Brunello. Ciao.

Ferraro steckt das Handy ein und sieht die Anwesenden an. Comaschi nimmt seinen Kaffeebecher.

COMASCHI Wer war das?

FERRARO Mein Freund von der Telefongesellschaft.

COMASCHI Was sagt er?

FERRARO Càrpano hat gerade Centi angerufen.

COMASCHI Er wird ihm die Geschichte mit dem Geld erzählt haben. Komisch aber, dass er ihn auf dem Handy anruft.

LANZA Wenn er es überhaupt gewesen ist.

Ferraro sieht Lanza fragend an.

COMASCHI Das habe ich mich auch gerade gefragt. Ist Càrpano alleine aus Rimini zurückgekommen?

FERRARO Wie könnten wir das rausfinden?

COMASCHI Ich weiß nicht, vielleicht ist es eine blödsinnige Idee. Aber ich habe mir überlegt, man könnte in der Pension von Viserbella anrufen. Wenn du innerhalb von zwei Tagen in dieselbe Stadt kommst, dann übernachtest du wahrscheinlich wieder am selben Platz, oder nicht?

Comaschi wählt eine auf seinem Handy gespeicherte Nummer. Dann drückt er eine weitere Taste.

COMASCHI Ich schalte die Freisprechanlage an, dann könnt ihr alles mithören.

Das Freizeichen ist zu vernehmen. Comaschi wirft seine Zigarette weg, die nur noch ein Stummel ist, und nippt an seinem Espresso.

ARRIGO (*Off*) Pension Arrigo, guten Tag.

COMASCHI Guten Tag, Signor Arrigo. Hier ist Sovrintendente Comaschi, von der Mailänder Polizei, erinnern Sie sich?

ARRIGO (*Off*) Guten Tag, Sovrintendente, guten Tag. Ist etwas vorgefallen? Sie wissen, dass das nur ein Versehen meinerseits war. Das passiert mir sonst nie. Ich hoffe, dass nicht durch meine Schuld …

COMASCHI (*unterbricht ihn*) Beruhigen Sie sich, Signor Arrigo. Es gibt gar keine Probleme. Ich muss Sie aber um einen Gefallen bitten.

ARRIGO (*Off*) Wenn ich kann, gerne.

COMASCHI Haben Sie Ihr Gästebuch vor sich?

ARRIGO (*Off*) Ja, natürlich. Wissen Sie, ich registriere alle, die kommen. Vorgestern hatte ich Bauchschmerzen, und deswegen …

COMASCHI (*schärfer*) Arrigo, es ist ja gut. Hören Sie mir zu: Ist in diesen Tagen jemand aus Mailand angekommen?

Auf der anderen Seite ist ein Blättern zu hören.

ARRIGO (*Off*) Ja. Fünf Personen. Eine Familie mit Kind und zwei junge Männer.

Alle horchen auf. Ferraro geht sogar mit dem Ohr näher ans Telefon heran.

COMASCHI Sagen Sie mir ihre Namen. Nicht die der Familie, sondern die der jungen Männer. Die Namen und die Adressen.

Ferraro blickt sich suchend um. Lanza zieht ruhig ein Notizbuch und einen Bleistift aus der Tasche.

ARRIGO (*Off*) Also, dann schauen wir mal ... Luca Caccia, Via Trilussa 14 und ... Federico Borghi, Via Capuana 3.

Die Polizisten sehen einander verblüfft an. Ferraro macht Lanza ein Zeichen, wie um zu fragen, ob er alles aufgeschrieben hat. Der Kollege nickt und zeigt das Notizbuch.

COMASCHI Scheiße.

ARRIGO (*Off*) Wie bitte? Ist etwas nicht in Ordnung? Muss ich mir Sorgen machen? Hören Sie, wenn das Verbrecher sind, dann rufe ich sofort die Polizei und ...

COMASCHI (*wütend*) Sie tun überhaupt nichts, sonst werde ich sauer. (*Er beruhigt sich.*) Entschuldigen Sie, Signor Arrigo. Machen Sie sich keine Sorgen, es ist alles unter Kontrolle. Behalten Sie sie im Auge, aber lassen Sie sich nichts anmerken. Wenn wir Sie brauchen, sagen wir Ihnen rechtzeitig Bescheid.

ARRIGO (*Off*) Aber ich, ich ... Nicht, dass dann etwas passiert.

COMASCHI Auf Wiederhören, Signor Arrigo. Keine Sorge. Es wird nichts geschehen, das versichere ich Ihnen.

Comaschi beendet das Gespräch abrupt. Dann sieht er die Umstehenden an.

LANZA Die beiden sind aus Quarto Oggiaro. Das kann kein Zufall sein. Und Càrpano ist nicht bei ihnen. Die Frage ist: Ist er überhaupt dort gewesen? Ist Càrpano je nach Rimini gefahren?

Ferraros Miene hellt sich auf.

FERRARO O mein Gott, jetzt verstehe ich alles! (*Zu Comaschi, drängend*) Schnell, einen Streifenwagen, nein, zwei. Wir fahren sofort zu Centi, bevor er weg ist.

Ferraro holt wieder sein Handy heraus.

COMASCHI Fusco ist an ihm dran.

FERRARO Ich rufe sie an.

COMASCHI Darf man erfahren, was du verstehst? Spuck's aus.

LANZA (*angeekelt*) Igitt, aber doch nicht hier auf den Fußboden!

FERRARO Fusco, wo bist du?

FUSCO (*Off*) Im Hof der Via Pascarella 22. Hier passiert etwas, ich wollte dich gerade anrufen. Der Junge hat einen Anruf bekommen, der ihn nervös gemacht hat. Gleich darauf hat er über die Haussprechanlage mit jemandem gesprochen. Jetzt stehen sie zu dritt an einer Treppe, die zum Keller hinunterführt. Einer von ihnen hat eine Tasche.

FERRARO Wir kommen sofort. Verlier sie nicht aus den Augen. Wir kommen mit den Streifenwagen. Hast du deine Pistole dabei?

FUSCO (*Off*) Ja, habe ich.

FERRARO Gut. Halte sie griffbereit, man kann nie wissen.

Ferraro beendet das Gespräch. Dann wendet er sich Comaschi zu.

FERRARO Los, bewegen wir uns.

COMASCHI Bewegen wir uns wohin? Kannst du mir das vielleicht erklären?

FERRARO Ich erklär's dir auf dem Weg.

Ferraro geht zu einigen uniformierten Polizisten hinüber.

COMASCHI (*zu Lanza*) Verstehst du irgendwas?
LANZA Ja.
COMASCHI Da siehst du's mal wieder ...

Comaschi trinkt seinen Espresso aus. Dann wirft er seinen Becher in den Mülleimer.

COMASCHI (*gedankenvoll*) Lecker. Heute war er gut.

Lanza sieht seinen Kollegen nach, die das Kommissariat verlassen. Dann dreht er sich zur Kaffeemaschine um, die vibriert. Unter ihr läuft Wasser heraus, als hätte sie sich vor Glück in die Hose gemacht.

4

Die Einsatzwagen fuhren mit geblähten Segeln einer glänzenden Zukunft entgegen. Der Gesang der Sirenen ließ jeden erstarren, der durch die Straßen ging. Kein Polizist, der diese Macht nicht als erotisch erlebt, wenn er in seinem Fahrzeug sitzt. Die Stadt verharrt bebend in der Erwartung der heulenden Krieger, der Mächte des Guten (des Guten?), die sich kopfüber dem Ruhm (dem Ruhm?) entgegenstürzen, dem unausweichlichen Sieg über das Böse (das Böse?). Befriedigend; das Ego schwillt an, im Übermaß. Geiler als ein schöner Fick.

»Ispettore?«

Ferraro hatte die Hände nicht frei, also nahm Comaschi das Mikrophon des Funkgerätes.

»Hier spricht Comaschi, was ist los?«

»Wie vereinbart trennen wir uns hier. Wir gehen zum zweiten Ausgang.«

»Macht so wenig Lärm wie möglich. Zieht auch die

Waffen; ihr müsst alle erschrecken, an denen ihr vorbeikommt.«

»Sollten wir nicht mit Umsicht handeln?«

»Wo hast du denn diesen Ausdruck gelernt? Im Kurs für Hilfspolizisten?«

»Entschuldigen Sie, Sovrintendente. Ich werde die Befehle ausführen. Auch wenn ich die Vorgehensweise nicht verstehe.«

»Du wirst nicht dafür bezahlt, etwas zu verstehen, sondern dafür, meine idiotischen Befehle auszuführen.«

Der Polizist auf der anderen Seite hielt die Luft an. Wie alt mochte er sein? Neunzehn, zwanzig? Wie soll man da antworten, wenn sie so mit einem sprechen? Besser den Mund halten.

»Unsere Strategie ist eine psychologische«, sagte Ferraro, um ihn zu beruhigen, »wir beabsichtigen natürlich nicht, die Waffen einzusetzen.«

»Ach nein?«, wunderte sich Comaschi. »Schade.«

»Hör auf, du Idiot. Nachher erzählen sie noch alles Zeni.«

»Wie bitte, Ispettore?«

»Nichts, nichts.«

Comaschi sprach wieder: »Wo seid ihr jetzt?«

»Wir sind fast angekommen.«

»Gut. In genau dreißig Sekunden geht ihr runter, dringt von hinten in den Hof ein und erschreckt die Bewohner. Verstanden?«

»Ja, Sovrintendente.«

»Hervorragend. Rot eins an Gold eins. Over and out.«

Ferraro schüttelte den Kopf.

»Kannst du nicht einmal zehn Minuten am Stück ernst sein?«

Comaschi grinste: »Wieso sollte ich?«

Sie könnten uns in die Stirn schießen, wir könnten von einem auf den anderen Augenblick tot sein, wir könnten für immer gelähmt sein, deine Tochter könnte eine Waise werden … Wieso sollte ich da ernst bleiben? Das wollte Comaschi sagen. Doch er sagte es nicht, weil sie jetzt aus dem Fahrzeug steigen und mit gezückten Waffen in den Hof rennen und Lärm machen mussten. Das war eine einzige Inszenierung, klar. Sie mussten ja keinen Mafiaboss fassen. Bei denen hätte man im Gegenteil mit äußerster Vorsicht vorgehen müssen. Hier ging es aber nur darum, ein paar kleinen Jungen Angst einzujagen. Wenn sie unschuldig waren, dann würden sie einfach dableiben, erstarrt und zu Tode erschrocken über die vom Himmel gefallenen Furien. Wenn ihnen jedoch der Kittel brannte, wenn sie irgendwelche Leichen im Keller hatten, dann würden sie ganz sicher losrennen. Wie aufgescheuchte Hühner. Mafiosi rennen in einem solchen Fall nicht. Sie warten ganz ruhig auf die Handschellen.

Gesagt, getan. Eine wilde Massenflucht begann. Der Erste rannte zum Hinterausgang. Als er dort die Truppe des zweiten Einsatzfahrzeugs mit aufgepflanzten Maschinenpistolen vor sich sah, hob er die Hände und fiel auf die Knie, vielleicht in der Hoffnung, dass man ihn hier sofort begnadigen würde. Der Hilfspolizist ließ ihn aufstehen, fast ein bisschen verlegen, und beruhigte ihn, während er ihm die Handschellen anlegte.

Dem Motorradfahrer dagegen war eine Zukunft in der Leichtathletik-Mannschaft des Gefängnisses von Opera sicher. Mit ein paar Sprüngen erreichte er sein Motorrad und ließ den Motor an. Comaschi hätte ihn sicherlich aufhalten können, doch er hatte schon immer Sinn für Theatralik gehabt. Er wusste, was ein Knalleffekt ist. Das Motorrad spielte mit seinem panischen Reiter verrückt und warf ihn nach kaum fünf Sekunden ab. Der Junge fiel hinunter, wobei er böse mit dem Schädel aufschlug. Comaschi näherte sich hämisch grinsend und mit klirrenden Handschellen.

»Na, wie geht's? Hast du dir wehgetan?«

Er riss dem Jungen die Hände hinter den Rücken und legte ihm die Handschellen an.

»Hilf mir. Ich blute.«

»Ach wirklich? Und wo ist dein Helm?«

Auf diesen Moment hatte Comaschi seit Tagen gewartet. Jetzt hatte er seine Genugtuung.

Blieb noch Filippo. Ohne einen logischen Grund rannte er zur Kellertreppe. Ferraro hielt ihn auf, wobei sie beide auf dem Müllberg aus Pizzakartons und anderem Zeug ausrutschten.

»Halt, Filippo, bleib stehen … Los, sag mir, wo er ist. Wo habt ihr Antonio Càrpano eingesperrt?«

Filippo weinte, er hatte Angst.

»Ich hab es nicht gewollt, ich habe es nicht …«

Geständnis garantiert, jede Wette.

5

Wenn die Geschichte nicht wahr wäre, hätte man meinen können, sie stamme aus einem Roman.

Mit Hilfe von Kreuzverhören, Aussagen, Drohungen, Ohrfeigen, Anwälten, Staatsanwälten, freiwilligen Geständnissen (völlig freiwilligen, damit wir uns richtig verstehen, keinen erpressten, niemals!) wurde alles innerhalb eines Tages rekonstruiert.

Antonio Càrpano hatte sich offenbar damit gebrüstet, einen Haufen Geld auf der Bank zu haben. In Wirklichkeit war es eine lächerliche Summe, wenn man das Konto ansah, außerdem bestand sie eher aus den Ersparnissen der Mutter als aus dem, was Antonio selbst verdient hatte. Er sagte das nur, um in der Bar damit angeben zu können. Bei seinem überaus intelligenten Gesichtsausdruck interessierten sich die Mädchen nicht besonders für ihn. Einige seiner Freunde (schöne Freunde, keine Frage!) beschlossen, ihn dieses Geld wirklich einmal ausgeben zu lassen.

Sie waren zu fünft. Zwei wohnten im selben Block wie Càrpano, die anderen waren Freunde aus der Bar.

Càrpano hatte wirklich nach Deiva Marina fahren wollen. Daher war es kein Zufall, dass er am Samstagmorgen in aller Herrgottsfrühe, um etwa sechs Uhr, das Haus verließ (der Zug fährt um sieben Uhr fünfzehn vom Mailänder Hauptbahnhof ab; um mit dem 57er Bus pünktlich dort anzukommen, muss man mindestens eine Stunde vorher aus dem Haus gehen), den Geldbeutel prall gefüllt mit dem Geld, das er am Tag zuvor abgehoben hatte. Es war praktisch noch dunkel, und niemand war unterwegs.

Ganz plötzlich stürzte sich das Überfallkommando auf ihn, er sah sich innerhalb kürzester Zeit gefesselt und spürte, wie man ihm eine Kapuze über den Kopf zog. Dort, wo sie ihn gefangen hielten, gaben ihm zwei dieser Schwachköpfe mit vermummten Gesichtern und verstellter Stimme zu verstehen, dass sie ihn abmurksen würden, wenn er nicht mit der Geheimnummer für den Bankautomaten rausrückte. Die Vereinbarung war folgende: Zehn Tage habe er verreisen wollen, und zehn Tage würden sie ihn festhalten. Wenn die Geheimnummer für den Bankautomaten stimme, würden sie ihn nach Hause gehen lassen. Wenn er ihnen die falsche Nummer gäbe, würden sie ihn auf der Stelle um die Ecke bringen. Unglaublich, was für ein beschissener Plan das war!

Càrpano machte sich ins Hemd und verriet die Nummer.

Der, der ihn fragte, war Càrpano theoretisch unbekannt (vielleicht theoretisch, praktisch aber kannte in Quarto Oggiaro jeder jeden), auch wenn er laut Aussage die eine oder andere Stimme zu erkennen glaubte (wie bitte hätte er sie denn nicht erkennen können?).

Wie auch immer, die beiden aus dem Block, die beiden Schlaueren (oder die weniger Dummen, das hängt vom Standpunkt ab), darunter Comaschis Freund, der Motorradfahrer, setzten sich nach Rimini ab und ließen dort ein paar Tage lang die Korken knallen. Dann kamen sie wieder zurück, denn nun waren die anderen beiden an der Reihe. Allein der arme Filippo blieb am Basislager zurück, Filippo, der Kleinste und Allerdümmste, der für die Lebensmittelversorgung des Gefangenen zuständig war. Er sollte auch noch drankommen. Um es kurz zu machen, Càrpano stopfte sich eine Woche lang mit Pizza *al trancio* voll und füllte sich mit Bier ab, wie die Kartons und Dosen vor dem Kellereingang stumm bezeugten. (Wie kann man nur so blöd sein! Nicht einmal in der Lage, die Beweise zu vernichten.) Von diesem Tag an würde Antonio sicherlich nur noch in chinesische Restaurants gehen und Jasmintee trinken.

Càrpano hatte also in Wirklichkeit die Via Pascarella nie verlassen. Die Polizisten fanden ihn im Keller unterhalb seiner Wohnung, gefesselt und mit verbundenen Augen in einem Raum, dessen Wände mit Postern von Rockgruppen, Schallisolierung und Eierkartons bedeckt waren. Wahrscheinlich hatte vor Jahren der große Bruder eines der Gangmitglieder Schlagzeug in einer Heavy-Metal-Band gespielt und den Keller in einen schallisolierten Raum verwandelt, in dem er sein jugendliches Missgelauntsein gemeinsam mit Freunden ausleben konnte.

Warum hatten sie das getan? Waren ihre Väter Säufer und Gewalttäter, die sie von morgens bis abends schlugen? Hatten sie eine schwierige Kindheit? Eine Nutte zur Mutter, die es mit allen trieb? Einen an Polio erkrankten Bruder? Litt ihre Tante an einer seltenen Krankheit, und sie versuchten verzweifelt, das Geld für die Medizin zusammenzubekommen? Waren sie eine politisch orientierte Gruppe, die die Macht des Geldes so sehr hasste, dass sie einen Mann ausraubte, um sein Geld unter den Armen des Viertels zu verteilen? Gab es irgendeinen Scheißgrund, einen einzigen nur, irgendein Argument? Folgte das Ganze einer Logik? War eine mögliche Bedeutung zu erkennen, war dies vielleicht ein Protestschrei, eine Demonstration des Unbehagens, ein Appell an die ›Erwachsenenwelt‹, gab es eine soziologische oder psychologische Erklärung, ein Fetzchen Material, das man den Sozialarbeitern an die Hand geben konnte, einen winzigen, mikroskopisch kleinen mildernden Umstand für diesen schwachsinnigen Plan?

Nein, nein, nein!

Nichts, überhaupt gar nichts.

Keinem von ihnen mangelte es an Aufmerksamkeit, und sei sie noch so gering. An Geld hatten es die Eltern – Leute, die sich von morgens bis abends den Arsch aufreißen – nie fehlen lassen. Männer und Frauen mit so großen Werten, gottesfürchtig, aufrichtig, liebevolle Väter und Mütter, immer präsent in den Leben ihrer Kinder, nie eine erhobene Hand, nie ein Akt der Gewalt. Anständige Menschen, die nie mit dem Gesetz hadern, nie Probleme mit der Polizei haben. Menschen, die die Steuern bezahlen, die sich nicht drücken, wenn für eine missionarische Initiative Geld nach Afrika gespendet werden soll. Die zu den Lehrern gehen, um sich nach den Fortschritten des Sohnemanns zu erkundigen, die ihn zum Schwimmen anmelden, ihn in den Ferien ans Meer schicken, die bis drei Uhr nachts auf ihn warten und, sobald sie ihn von der Diskothek zurückkehren hören, sich klammheimlich ins Bett legen, um ihn nicht in Verlegenheit zu bringen.

Trotzdem fühlten sie sich schuldig. Das drückten ihre Gesichter aus, als sie im Kommissariat zusammen mit dem Anwalt das Verhörzimmer betraten (Pflichtverteidiger natürlich, noch nie vorher einen Anwalt gesehen): Sie sahen aus, als seien sie die Verbrecher.

Schuldig, Euer Ehren. Schuldig, diesen Abschaum hervorgebracht zu haben. Ich verlange die Höchststrafe, keine Gnade, Euer Ehren. Schuldig der Unbewusstheit, der Unwissenheit, der Reinheit. Schuldig, alles hingenommen zu haben, die Terrorakte mit Staatsbeteiligung, den politischen Filz, die mediale Verdummung, hingenommen wie Schlachtvieh. Schuldig, sich nie von der unbewussten Masse zum selbstbewussten Volk entwickelt zu haben. Schuldig. Denn die Schuld der Söhne fällt auf die Väter zurück.

O große Hand Gottes, die du so mächtig,
steig nieder, Hand Gottes, und offenbare dich!

IX

Massaker

1

Mit Leib und Seele war er dabei gewesen. Er hatte die Geisel befreit, die beiden Kretins festnehmen lassen, die sich nichts ahnend von den Ereignissen in Mailand in Rimini amüsiert hatten, er hatte die Schuldigen der Anklage übergeben, die Mutter des Jungen informiert. Auch den Vater, den armen Teufel, denn womöglich hätte ihm sonst niemand Bescheid gegeben.

Und jetzt, wo er gerne ein Schulterklopfen gehabt hätte, ein ›Gut gemacht!‹, ein Zuckerli, einen Kuss auf die Stirn, da scherte sich kein Mensch um ihn. Zeni war nicht da, De Matteis war nicht da, Lanza war nicht da. Außer Comaschi und Fusco, die den ganzen Tag mit ihm zusammen verbracht hatten, war die ganze Polizeistation in der Hand von Neulingen und Erbärmlingen. Zum Verrücktwerden.

»Was geht hier vor? Wo ist Zeni?«

Comaschi schüttelte den Kopf: »Ich habe nicht die geringste Ahnung.« Er fuhr den Beamten in der Telefonzentrale an. »He, Grünschnabel, hör mal …«

»Ja, Sovrintendente.«

»Wo zum Teufel sind die denn alle?«

»Wie meinen Sie das, ich verstehe nicht.«

»Wo ist Zeni? Und De Matteis?«

»Ja, wissen Sie es denn noch nicht? Mittlerweile ist es schon überall im Fernsehen …«

»Wenn ich es schon *wüsste*, hätte ich dich dann gefragt?«

Der Mann an der Zentrale schluckte. Comaschi hätte

sich hervorragend als Ausbilder der Marines geeignet. Es mangelte ihm nicht an spontanem Sadismus Neulingen gegenüber.

»Es hat eine Schießerei gegeben. Zwei Tote ganz sicher, wie viele Verletzte weiß man nicht.«

Die beiden Polizisten wurden blass. Ferraro ging zu dem Jungen hin.

»Wo ist das passiert?«

»Hier in Quarto.«

»Ja, aber wo?«

»Ich habe es nicht richtig mitgekriegt. Ich bin nicht dort gewesen. Alle sind hingegangen, die von der Mordkommission, natürlich. Nur die vom Betrugs- und vom Raubdezernat sind hier im Kommissariat geblieben.«

Ferraro und Comaschi sahen einander perplex an. Sie waren so mit ihrem Fall beschäftigt gewesen, dass ihnen völlig entgangen war, dass zur selben Zeit etwas Schwerwiegenderes, etwas sehr viel Schwerwiegenderes quasi vor ihren Augen geschehen war.

»Wann ist das passiert?«

»Heute Vormittag.«

»Aber wie kommt es, dass …«

Er beendete den Satz nicht. Fusco rief nach ihnen.

»Ferraro, Comaschi!«, sie sprach *Ferraro* weicher aus als *Comaschi*.

»Fusco, was ist los?«

»Ein Wahnsinn. Los, kommt her. In den Sitzungssaal. Es gibt eine Fernsehübertragung.«

2

»Aber, was ...«

»Sei still, lass mich zuhören.«

»... wir warten auf die letzten Berichte aus Mailand, wo, wie Sie schon wissen, heute Vormittag eine Schießerei stattgefunden hat, die deutlich die Handschrift der Mafia trägt. Zwei Personen wurden getötet und vier weitere verletzt. Die Zahl der Verletzten ist leider noch vorläufig, denn die Nachrichten, die uns erreichen ...«

»Hallo, Rom, Rom, hört ihr mich?«

»Ich höre unseren Korrespondenten aus Mailand. Doch ich sehe ihn nicht. Wenn die Regie vielleicht das Bild einblenden könnte ...«

»...«

»Leider sehen wir die Bilder unseres Kollegen zwar, doch wir können ihn nicht hören ... einen Augenblick nur, entschuldigen Sie ... ja, hallo ... man teilt mir mit, dass die Verbindung so schnell wie möglich wiederhergestellt wird. Ich bitte nochmals um Entschuldigung für das Durcheinander.

In der Zwischenzeit wenden wir uns einem völlig anderen Thema zu: *Die Italiener machen es gerne im Bett.* Eine Studie der Universität Camerino, finanziert durch Gelder der Europäischen Union, ist nach dreijähriger Forschungsarbeit in der Lage, eine Rangliste der Orte zu veröffentlichen, an denen die Italiener am liebsten ›süße Zärtlichkeiten‹ austauschen.

Rang zehn, Regie, bitte das Schaubild, danke: in Fahrstühlen; Rang neun: auf hoher See; Rang acht – überraschenderweise: zwischen Supermarktregalen; Rang sieben ...«

»Hallo, Rom, hallo, hört ihr ...«

»Ich sehe, dass die Verbindung wiederhergestellt ist. Ich übergebe sofort an den Kollegen in Mailand.«

»...«

»Mailand?«

»...ehen. Die Menschen hier sind von der Tragödie vollkommen erschüttert. Die Stadt ist erstarrt. Aus den Erklärungen des Bürgermeisters hört man immer wieder den Stolz über eine arbeitsame Stadt heraus, in der ein solches Ausmaß an Kriminalität nichts zu suchen hat. Ihr könnt den Film ablaufen lassen. Nur ein Augenblick noch ... jetzt:

›*Die gesamte Stadtverwaltung und auch ich selbst sind den Angehörigen der Opfer nahe, und wir wollen ihnen unsere ganze Solidarität aussprechen, wir sprechen uns auch gegen eine derartige Gewalt aus, die der Kultur und der Tradition der Männer und Frauen dieser Stadt fremd ist. Die Ordnungskräfte tun ihr Bestes, damit solche Verbrechen in unserem zivilen Zusammenleben bald zur fernen Erinnerung werden.*‹

Also, wie Sie gehört haben, spricht aus den Worten des Bürgermeisters die ganze Entschlossenheit der Behörden den traurigen und tragischen Ereignissen gegenüber. Doch nun senden wir das Exklusivinterview mit Commissario De Matteis aus der nahen Polizeistation:

›*könne... ni... ...rete... übe... Tä... ...gen, w... ...beiten nach Kräften daran.*‹

›Aber haben Sie schon eine Vorstellung? Handelt es sich um ein Attentat von Seiten der Mafia?‹

›Sie entschuldigen, aber eine derartige Information kann ich Ihnen nicht geben, denn diese unterliegt dem Untersuchungsgeheimnis. Doch ich möchte den Bürgerinnen und Bürgern versichern, dass wir nicht einen einzigen Hinweis vernachlässigen werden, auch wenn wir bereits eine Spur haben, die uns mit hoher Wahrscheinlichkeit weiterführt.‹

›Danke, Commissario, und viel Erfolg.‹

›Ich danke Ihnen.‹

Leider erreicht mich in diesem Augenblick eine schlechte Nachricht. Eine der Verletzten, eine zweiunddreißigjährige Frau, ist den Verletzungen erlegen, die sie während des Schusswechsels erlitten hat. Die Ärzte im Krankenhaus Fratebenefratelli haben über vier Stunden lang im Operationssaal alles in ihrer Macht Stehende getan, doch das Herz des Opfers hat dem Stress nicht standgehalten. Wenn es jetzt nichts Neues mehr gibt, gebe ich an Rom zurück. Rom?«

»Hallo, Mailand, hier sind wir. Während wir auf weitere Entwicklungen warten, fahren wir mit den Nachrichten fort. Natürlich stellen wir die Verbindung zu unserem Korrespondenten her, sobald es Neuigkeiten gibt.

Diejenigen, die erst jetzt eingeschaltet haben, wollten wir darüber informieren, dass heute Vormittag im Mailänder Wohnviertel Quarto Oggiaro eine Schießerei stattgefunden hat, bei der zwei Männer auf offener Straße niedergeschossen wurden. Ihre Namen kennen wir noch nicht. Und, wie wir soeben gehört haben, ist eine zweiunddreißigjährige Frau, wahrscheinlich eine Passantin, ihren tödlichen Verletzungen erlegen. Weitere weniger schwer verletzte Personen befinden sich augenblicklich in ärztlicher Behandlung im Krankenhaus Fratebenefratelli.

Wir kommen zu einem neuen Thema: *Schwuler Pastor verliebt sich in lesbische Nonne.* Diese unglaubliche Nachricht erreicht uns aus Sulmona, dessen Bischof eine Bitte um Exkommunikation an den Heiligen Vater geschickt hat. Sie betrifft einen jungen Pastor, Don Alfio, von der Pfarrei Santa Brigida. Es scheint, dass im nahen Schwesternkloster ...«

»Rom, hallo, Rom ... Hier Mailand ... Rom?«

»... die Oberschwester energisch abstreitet ...«

»Rom? Hört ihr mich?«

»... Die Neigungen Don Alfios jedenfalls ... Was? ... Entschuldigen Sie, aber die Regie sagt mir gerade, dass der Kollege aus Mailand dringend darum bittet, eingeblendet zu werden. Hallo, Mailand, ich übergebe. Mailand?«

»...«

»Mailand? Wir hören nichts ...«

»...«

»Puh, Scheiße ... Was? Ich bin auf Sendung? Sehr geehrte Zuschauerinnen und Zuschauer, die Verbindu...«

»...ation. Damit wird der Ablauf der Bluttat deutlicher. Ein Kommando, bestehend aus drei Männern mit Schusswaffen, wahrscheinlich russisches Fabrikat, hat das Feuer eröffnet und einen Mann, den neunundzwanzigjährigen, vorbestraften Vito Russo, erschossen. Er wird mit der apulischen Mafia, der Sacra Corona Unita, in Verbindung gebracht.

Das Attentat wurde auf einem Parkplatz vor einer Reihe von Einzelhandelsgeschäften verübt. Das Kommando hat ohne Gnade auch auf ahnungslose Passanten geschossen. Hier ein Exklusivinterview mit einem Augenzeugen:

›*Ich habe die Schüsse gehört und bin auf den Balkon raus.*‹

›Hatten Sie Angst?‹

›*Natürlich hatte ich Angst. Heilige Madonna. Da lagen Menschen auf der Straße, zwei Kinder.*‹

›Haben Sie die Mörder gesehen?‹

›*Ach was, ich habe nur das Auto gesehen, aber das war schon weit weg.*‹

Der Name der zweiunddreißigjährigen Frau, die später im Krankenhaus gestorben ist, ist Daniela De Rosa. Sie hat offenbar mit ihrem Körper ihren Sohn geschützt, der nur leicht am Bein verletzt ist. Wie wir wissen, ist sie leider nicht durchgekommen. Wir zählen noch drei weitere, allerdings leichter verletzte Personen, deren Identität wir nicht kennen, und leider noch einen weiteren Toten: den Inhaber der Bäckerei, ein junger Zuwanderer mit einer gültigen Aufenthaltsgenehmigung. Die Zeugen sagen, er sei auf dem Weg zu seiner Arbeitsstätte über den Parkplatz gegangen. Rom? Rom?«

»Wir nehmen die Verbindung mit Mailand in Erwartung neuer Entwicklungen wieder auf. Doch jetzt wenden wir uns entschieden einem anderen Thema zu: *Zellulitis. Wie Sterne helfen können.* In Vincenza fand ein Treffen zwischen Astrologen und Experten …«

»Mach aus.«

»Nein, warte, das interessiert mich.«

»… die neuen Wissenschaften stehen im Dienste des Verbrauchers, der …«

»Mach aus, oder ich schieße auf den Fernseher. Und dann verpasse ich dir einen Kopfschuss.«

3

Ferraro hasste in aufsteigender Reihenfolge:

1. Journalisten
2. Sportjournalisten
3. Fernsehjournalisten
4. Fernsehsportjournalisten

Aus Gründen, die sich dem menschlichen Verständnis entziehen, war die Übertragung aus Mailand just einem Fernsehsportjournalisten überantwortet worden, vielleicht, weil er gerade vorbeigekommen war oder weil die anderen damit beschäftigt waren, irgendwelche Schwachköpfe zu interviewen. Ferraro jedenfalls ärgerte sich grün und blau.

Doch das war es nicht allein, um ehrlich zu sein. Ferraro war wütend, weil diese Frau, eine Mutter, auf so absurde Weise gestorben war. Nein, dummes Geschwätz. Das war es nicht, was ihn aus der Fassung brachte. Es war die Tatsache, dass dieser Fall, den er mit Lanza verfolgte, dieser Fall mit Vito Russo, ihm in der Hand explodiert war. Richtig? Nein, wahrscheinlich auch das nicht. Ferraro war deprimiert, weil ein Mensch, den er gekannt hatte, Zoran Gjomarkaj, ein anständiger Mensch, einer, mit dem er in seinem Leben gerne weiter zu tun gehabt hätte, mit dem er gerne einmal auf ein Bier in eine Bar gegangen wäre, auf so idiotische Weise ums Leben gekommen war. Der Bäcker von nebenan, der ein so knuspriges Brot gebacken und ihn vor dem sicheren Gelynchtwerden gerettet hatte, was nicht wenig war. Und er war wütend, weil der Korrespondent in der Nachrichtensendung nicht gezögert hatte zu sagen, dass das Opfer ein Zuwanderer mit einer Aufenthaltsgenehmigung war. Und hätte er keine Aufenthaltsgenehmigung gehabt, wäre er wohl nicht der Erwähnung wert gewesen, oder wie? Journalist. Sport- und Fernsehjournalist. Idioten mit der Lizenz, Schwachsinn zu verbreiten.

Niemand verließ das Kommissariat, um nach Hause zu gehen, auch wenn die Arbeitszeit der Meisten schon längst vorbei war. Die Telefone klingelten wie verrückt. Es kamen weitere Polizisten. Doch vom Tatort war noch keiner wieder zurückgekehrt. Irgendwann konnte Ferraro Fusco überreden, nach Hause zu gehen. Er machte sogar seinen Dienstgrad und seine Autorität geltend, um die junge Frau zu überzeugen, dass es keinen Sinn hatte zu warten. Sie hatte schon einen ganzen Arbeitstag hinter sich und sollte es gut sein lassen. Comaschi und Ferraro blieben zurück. Keiner sagte etwas, es gab nichts zu sagen.

Eine Stunde später kamen Zeni, De Matteis, Lanza und der Richter mit finsteren Mienen von den Vorermittlungen zurück. Sie gingen direkt ins Zimmer des stellvertretenden Polizeichefs und schlossen sich dort ein.

»Scheiße, hast du gesehen, was die für Gesichter gemacht haben?«, fragte Comaschi.

»Hier ist die Kacke am Dampfen, bei allen.«

»Warum denn, entschuldige bitte? Wir haben schließlich keine Kristallkugel. Was wissen wir denn schon, was im Kopf von gewissen Leuten vorgeht?«

»Du verstehst das nicht. Du weißt gar nicht, was dahintersteckt.«

»Was steckt denn dahinter? Willst du es mir sagen, oder soll ich unwissend sterben?«

Ferraro versuchte, die ganze Geschichte zusammenzufassen. Die Schule, der Lehrer, Vito Russo, der kleine Leoluca, Don Leo Grillo, Lanza.

»Scheiße nochmal!«

Comaschi war die Verblüffung in Person.

»Genau.«

»Mannomann. Ich möchte jetzt nicht in Lanzas Haut stecken. Wissen Zeni und De Matteis davon?«

»Ich glaube, ja. Zumindest Zeni.«

»Verfluchte Kacke. Wie ist denn dieser Don Leo? Ist er der Typ, der ein Blutbad anordnet?«

»Ich weiß es nicht, ehrlich nicht, ich schwöre es. Auf mich hat er einen anständigen Eindruck gemacht.«

»Na ja, das würde ich nicht gerade sagen. Bei dem, was du mir von seiner Vergangenheit erzählt hast.«

»Versuch doch zu verstehen. Er ist ein Verbrecher gewesen, das stimmt, aber einer mit Ehrenkodex.«

»Alles Quatsch. Das ist höchstens Stoff für einen Film.«

»Ich glaube, der Mann ist in Ordnung.«

Comaschi schüttelte ungläubig den Kopf. Er beschloss, dass dieser Augenblick eine Zigarette verdiente. Sein Brustkorb dehnte sich umgehend bis zum Maximum aus. Dann zog er sich langsam wieder zusammen.

»Wen ich nicht verstehe, ist Lanza«, beharrte Comaschi. »Ein solches Verhalten sieht ihm gar nicht ähnlich.«

»Was ist denn typisch für Lanza, bitte sehr? Hast du ihn schon einmal irgendetwas *Normales* tun sehen?«

»Und du?«

»Und ich, was?«

»Na ja, du bist ja dabei gewesen, als er mit diesem Don Dingsbums …«

»Don Leo.«

»… Don Leo gesprochen hat. Sie haben vereinbart, wie man Vito Russo um die Ecke bringt, und du hast nichts dazu gesagt?«

»Comaschi, du bringst mich noch auf die Palme! Sie haben nicht vereinbart, dass dieser Idiot Russo umgebracht werden soll, in Ordnung? Sie suchten nach einer … nach einer Lösung, nach einer … wie soll ich es sagen, mir kommt das Wort nicht …«

»Kriminell?«

»Unsinn … nach einer besonderen, einzigartigen, außergewöhnlichen Lösung, wie sagt man denn?«

»Idiotisch?«

»Ach, rutsch mir doch den Buckel runter!«

Ferraro ging stöhnend weg.

»Was ist? Spielst du beleidigte Leberwurst?«

In Wirklichkeit suchte Ferraro nach dem Wort. Manchmal gibt es einfach kein passendes Synonym. Wir wollen genau dieses Wort. Wir spüren, dass nur genau dieses eine Wort in angemessener Weise das ausdrückt, was wir meinen. Manchmal versöhnt uns eine Formel, eine Wendung oder eine Redensart wieder mit der Welt.

»Ferraro?«, beharrte Comaschi, »schmollst du jetzt? Muss ich dir einen Blumenstrauß schenken, damit du mir verzeihst?«

»Unorthodox.«

»Was?«

»Lanza hatte einen *unorthodoxen* Weg gefunden, um das Problem der Schule in der Via Graf zu lösen.«

»Daran besteht gar kein Zweifel. Es ist, als hätte er zum Nägelschneiden eine Motorsäge benutzt. Eine sicherlich wenig orthodoxe Methode.«

Konnte Ferraro ihm da unrecht geben, so wie die Dinge gerade standen?

4

Gedankenversunken lag er auf seinem Sofa. Da klopfte jemand an die Tür. Wer, zum Teufel, war das? Er erwartete niemanden. Widerstrebend ging er zur Tür, um zu öffnen, auch wenn er spürte, dass er es ganz schnell tun musste. (Warum eigentlich? Warum diese Eile?)

Es war Fusco, mit einer Flasche in der Hand.

»Ferraro, ich konnte nicht schlafen, weißt du, ich wollte wissen, was es Neues gibt.«

Sie kam in die Wohnung, ohne dass er etwas gesagt hätte. Das Mädchen zeigte eine gewisse Dreistigkeit, eine Art zu handeln, die irgendwie nicht zu ihr passte. (Vielleicht hatte sie getrunken, vielleicht war sie es leid, das brave Mädchen zu spielen, wer weiß.)

Ferraros ganzer rechter Arm war taub. Wahrscheinlich hatte sich aufgrund seiner Haltung auf dem Sofa das Blut gestaut, und jetzt spürte er, wie tausend Ameisen in seinem Arm kribbelten. Er öffnete und schloss die Faust und versuchte so, das unangenehme Gefühl so schnell wie möglich loszuwerden.

»Was ist?«, fragte Fusco.

»Mein Arm ist ganz taub.«

»Ach je! Hast du geschlafen? Habe ich dich gestört?«

»Nein, nein.«

Ferraro spürte, wie ihn die Situation immer verlegener machte.

»Hast du einen Korkenzieher?«

Fusco hielt ihm die Flasche wie einen Fetisch hin.

»Ja, warte.«

Ferraro ging in die Küche. Er öffnete eine Schranktür und holte den Korkenzieher heraus. Mit der linken Hand.

Der Kontakt mit dem Metall, aus dem das Werkzeug bestand, war seiner noch tauben Hand unangenehm. Das Utensil fiel ihm aus der Hand.

»Verfluchter Mist«, brummte er.

»Warte, ich hebe ihn auf.«

Die junge Frau beugte sich mit einer athletischen Bewegung hinunter. Sie nahm den Korkenzieher und reichte ihn Ferraro. Die beiden Hände berührten sich ein wenig länger als nötig.

Ferraro schwitzte, er begriff gar nichts mehr. Ein Lied ging ihm im Kopf herum, doch er erinnerte sich nicht an den Titel.

Völlig natürlich ließ Fusco aus ihrer gebückten Haltung heraus ihre ausgestreckte Hand, die nur einen Moment zuvor noch das kalte Metall geschwenkt hatte, zum kalten Metallreißverschluss von Ferraros Jeans gleiten. Der Kopf des Mädchens war weniger als eine Handbreit von seinem Glied entfernt.

Sein Penis drückte gegen die Jeans, es tat weh. Er befürchtete fast, dass die junge Frau beim Aufziehen des Reißverschlusses etwas falsch machen könnte. Wenn sie ihn womöglich einklemmte, welch ein Schmerz.

Doch sie tat alles ganz sanft. Sie ließ sein Glied aus der Hose gleiten und nahm es sofort in ihrer Mundhöhle auf. So formuliert ist es fast eine hässliche Angelegenheit, so medizinisch. Doch zu sagen, dass sie mit ihm Fellatio praktizierte, ist genauso gefühllos. Und einen blasen, ist etwas für Pornoheftchen, wie er sie als Junge zusammen mit Mimmo und dem ganzen Club der Wichsneulinge auf dem Schulklo angesehen hatte.

Ferraro war wie in Trance. Er fand sich auf dem Sofa liegend wieder und erinnerte sich nicht mehr, wie er dorthin gekommen war. Die junge Frau machte erfahren weiter. Hatte Comaschi recht gehabt? Wenn du alt genug bist, um Polizistin zu sein, dann bist du auch alt genug, um mir einen zu blasen?

Schließlich ließ sie von seinem Penis ab und begann, ihren Körper an seinem zu reiben. Dann setzte sie sich auf ihn und knöpfte ihre Bluse auf. Sie hatte große, pralle Brüste, Ferraro hatte das noch nie bemerkt. Es schienen dieselben zu sein wie die der mit ihrem Kommilitonen knutschenden Studentin an der Uni. Vielleicht waren die beiden gleich alt.

Fusco bewegte nun ihr Becken. Ferraros linker Arm war immer noch taub. Das war ganz schön lästig. Und er wusste immer noch nicht, welchen Titel das Lied hatte.

Sie sagte: »Oh, ja, ja, Michele, ja.«

Wie schön sie das sagte. Sie sagte ›Michele‹, genau wie seine Frau es gesagt hatte. Sie schien denselben Tonfall, dieselbe Stimme zu haben.

Sie sagte es immer wieder: »Michele, ja, Michele, weiter, weiter, Michele.«

Es war kein italienisches Lied. Er erinnerte sich an kein einziges Wort mehr. Sie aber sagte so schön ›Michele‹. Wie seine Frau. Sie bewegte sich genau wie Francesca. Er sah ihr ins Gesicht. Sie war es. Es war Francesca, die nun den Rhythmus beschleunigte, wollüstig, verdorben, wie nur sie sein konnte.

»Francesca«, sagte er zu ihr.

»Ich bin nicht Francesca«, antwortete sie ruhig.

»Liebste, Liebste«, sagte er.

Das Mädchen wurde schneller. Ferraro befand sich an der Grenze des Erträglichen. Es war ein amerikanisches Lied, aber welches? Er erinnerte sich an kein einziges der Wörter, wie konnte er da wissen, dass es ein amerikanisches Lied war? Der Arm tat ihm weh, er musste seine Stellung wechseln, doch er hatte keine Lust, es war so schön unter der Bettdecke.

»Liebste, Liebste«, sagte er.

Ich könnte ihr älterer Bruder oder ihr Onkel sein. Und ich bumse sie. Sie gleicht Francesca. Könnte ich ihr Vater sein? Nein, jetzt übertreib mal nicht. Könnte ich ihr Vater sein?

»Liebste, Liebste.«

»Papa, Papa«, antwortete Giulia.

Er ejakulierte, ausgiebig. Er spürte, wie das Bettzeug feucht wurde. Ganz plötzlich wachte er auf, schweißgebadet und mit Herzjagen. Völlig konfus.

5

Da klopfte wirklich jemand an der Tür. Doch es war nicht Fusco. Es war Lanza, mit Trauermiene.

»Lanza. Was tust du denn hier?«

»Heute Morgen um fünf haben sie Don Leo bei sich zu Hause festgenommen.«

Ferraro war noch nicht ganz wach. Ein Teil seines Gehirns befand sich noch im Traumstadium. Vielmehr im Albtraumstadium. Er rieb sich die Augen.

»Wie spät ist es denn? Warte, komm rein, ich mache uns Kaffee …«

»Ich habe die Erlaubnis für ein Gespräch mit Don Leo. Zeni will, dass du auch dabei bist …«

»Komm rein, los.«

»… vielleicht will er, dass du mich überwachst, ich weiß es nicht …«

Ferraro war ins Schlafzimmer gegangen, um sich etwas überzuziehen. Es war kalt. Lanza machte schweren Herzens einen Schritt in die Wohnung.

»Wenigstens auf einen Kaffee«, beharrte Ferraro.

»Nein, kein Kaffee. Es ist schon spät. Du holst dir in San Vittore einen Kaffee.«

»Haben sie ihn dorthin gebracht?«

»Ja.«

»Wer hat ihn festgenommen?«

»De Matteis.«

»Warte einen Moment.«

Ferraro tauchte sein Gesicht in das mit kaltem Wasser gefüllte Waschbecken. Er benutzte die Seife nur sparsam und überlegte, dass er sich eigentlich am Bidet waschen sollte, aber es war keine Zeit mehr.

Sie verließen das Haus in aller Eile.

»Was hast du?«, fragte Lanza.

»Wie meinst du das?«

»Du humpelst. Hast du dir etwas verstaucht?«

»Nein, keine Sorge, es ist nichts. Übrigens, Lanza, gestern … was da passiert ist …«

»Ferraro, ich würde lieber nicht darüber sprechen, wenn du nichts dagegen hast.«

Sie sagten jetzt nichts mehr. Es war offenbar nichts mehr zu sagen.

In San Vittore angekommen, ließen die Kollegen von der Gefängnispolizei sie in einem Raum Platz nehmen, der zu Gesprächen diente.

»Setz dich«, sagte Lanza und schob ihm den Stuhl hin, »dir tut das Knie weh.«

»Woher willst du wissen, dass es das Knie ist? Es könnte doch auch der Fuß oder der Knöchel sein.«

»Du würdest anders humpeln. Warte hier …«

Er verließ den Raum. Ferraro war allein. Er dachte an den Traum, den er vor einigen Stunden geträumt hatte, und ihn fröstelte am ganzen Körper. Vielleicht hatte er ja Fieber.

Lanza kam mit einem Kaffee in der Hand zurück.

»Hier.«

»Danke. Den brauche ich jetzt. Hast du dir keinen genommen?«

»Ich habe schon zwei getrunken. Besser nicht übertreiben.«

Er setzte sich. Er schien nicht er selbst zu sein. Sein Tonfall war kalt, düster.

Eine Tür ging auf. Zwei Polizisten kamen mit Don Leo in der Mitte herein. Sie ließen ihn sich setzen und gingen dann weg. Der Alte hielt etwas in der Hand, eine Kordel vielleicht, man konnte es nicht gut erkennen. Er murmelte vor sich hin. Lanza sagte nichts. Er blieb still sitzen und sah Don Leo an. Dieser murmelte seine Litanei weiter und fixierte dabei seinerseits Lanza.

Ferraro fühlte sich überflüssig. Er sah zuerst Lanza und dann Don Leo an. Es war, als existiere er für die beiden nicht. Er probierte den Kaffee, nur um etwas zu tun. Endlich beschloss er, dass er das Eis brechen musste. Doch genau in diesem Moment schien Don Leo aus seinem Koma zu erwachen. Er bekreuzigte sich ausgiebig und steckte den Rosenkranz in die Tasche, den Ferraro erst in diesem Moment als solchen erkannte. Lanza hatte sofort begriffen, dass Don Leo betete, da er ihn gut kannte, und er hatte gewartet, bis dieser sein *Gloria Patri* beendet hatte. Gut. Jetzt würden sie miteinander sprechen.

Nein. Schweigen. Die beiden sahen sich weiterhin nur in die Augen. Doch das war keine Herausforderung, es war eher eine telepathische Unterhaltung.

Dann legte Don Leo seine Hände auf den Tisch, der zwischen ihm und den Polizisten stand, und öffnete den Mund:

»Ich war es nicht.«

Einfach so. Ruhig, in einem akzentfreien Italienisch, als wolle er, dass auch Ferraro verstehe.

Eine Sekunde später erhob sich Lanza von seinem Stuhl.

»Gut. Komm, Ferraro, wir gehen.«

Und er bewegte sich auf den Ausgang zu. Ferraro war jetzt vollkommen verwirrt.

»Aber, aber … Lanza … aber …«

»Gehen wir, los, wir haben keine Zeit zu verlieren.«

»Entschuldige bitte, aber sollten wir ihm nicht noch ein paar Fragen stellen? Sollten wir ihn nicht vielleicht verhören?«

»Er hat gesagt, dass er es nicht gewesen ist. Und ich glaube ihm. Warum sollte er mich anlügen?«

Der Wachmann öffnete die Tür von außen, und Lanza ging hinaus, während die beiden Gefängnisaufseher zu Don Leo kamen, um ihn wieder in seine Zelle zu bringen. Ferraro saß noch, über all das völlig verwirrt.

»Lanza, Lanzaaa!«

Jetzt war auch Don Leo aufgestanden.

»Ispettore, ich war es nicht.«

»Aber wie soll ich Euch das glauben, bitte? Ist Euch klar, was da gestern für ein Schlamassel passiert ist?« Auch Ferraro stand nun auf, er war wütend. »Wisst Ihr, was Lanza riskiert, ist Euch das klar? Ich weiß nicht, was Ihr für eine Beziehung habt, aber ich sage Euch, dass …«

»*A mea vita è soia.*«

»Was?«

»Mein Leben ist seines. Sagen Sie das Lanza. Mein Leben gehört ihm. *Ghia ci vaiu sutta volentieri pe' idu.* Für ihn lasse ich mich gerne einsperren. Ich bleibe, so wie ich hier stehe, Tag und Nacht, ja, auch das ganze Leben im Gefängnis, wenn er einen Schuldigen braucht.«

6

Im Billardraum befand sich kein einziger Gast. Nur die Verwandten waren da: die Söhne, die Töchter, die Schwiegersöhne, die Schwiegertöchter, die Nichten und Neffen Don Leos. Ein richtiges Familientreffen.

Sie empfingen Lanza und Ferraro respektvoll und höflich, ohne lange Gesichter oder misstrauische Blicke. Giovanni fehlte. Sie sagten, sie sollten dort im Hinterzimmer auf ihn warten, er würde jeden Moment kommen. Offenbar fungierte er als Senatspräsident. In Abwesenheit des Alten waren die präsidialen Funktionen in seine Hände übergegangen. Bevor Lanza sich setzte, ging er noch auf die Toilette. Es war dort wohl sauber und freundlich, denn jedesmal, wenn sie das Lokal betraten, stattete er dem Örtchen einen Besuch ab.

Auch Giovanni kam (oder musste man ihn jetzt Don Giovanni nennen?)

»Wir haben Don Leo gesehen.«

Lanza sprach, der Einzige, der dies in dieser Situation wahrscheinlich tun durfte.

»Er war es nicht.«

»Ich weiß, er hat es mir gesagt.«

Wenn Lanza jetzt aufgestanden wäre, um zu gehen, hätte Ferraro ihm einen Faustschlag ins Gesicht versetzt, das hatte er beschlossen. Doch Lanza stand nicht auf.

»Er hat uns gesagt, dass wir uns ruhig verhalten und auf Euch vertrauen sollen«, sprach Giovanni weiter.

»Gut, besser so. Können Sie mir sagen, was passiert ist?«

»Vor zwei Tagen habe ich ihn zu einer Verabredung mit dem Vater von Vito Russo begleitet.«

»Was haben sie gesprochen?«

»Ich bin draußen geblieben. Ich habe kein einziges Wort gehört.«

»Don Leo wird dir berichtet haben, wie das Treffen war, oder nicht?«

»Natürlich, Ispettore. Er war ruhig. Er sagte, dass Russo seine Gründe verstanden habe und dass er tun müsse, was richtig sei.«

»Also wusste Russo Bescheid?«

»Ja.«

»Was ist danach geschehen?«

»Wir haben getan, was wir tun mussten.«

»Wer war dabei? Warst du dabei?«

»Nein. Don Leo wollte das nicht, Sie wissen, wie er ist.«

»Wer war es?«

»Freunde der Familie.«

Eine verschlüsselte Sprache, nur für Eingeweihte. Es hatte den Anschein, als sagten sie einander nichts Konkretes, auch wenn sie sich gegenseitig bestens verstanden.

»Was haben sie genau getan?«

»Sie haben vor der Schule gewartet. Und sie haben ihn vor allen Kindern erniedrigt.«

Was sollte *erniedrigt* heißen? Hatten sie ihn zu einem Akt der Unterwerfung gezwungen, hatten sie ihn verhöhnt, gedemütigt, in Verlegenheit gebracht? Was sollte das heißen?

»Entschuldigen Sie, Giovanni, aber was soll das heißen: Sie haben ihn erniedrigt?«

Der junge Mann und Lanza sahen einander an, erstaunt über die Einmischung Ferraros.

Lanza sagte zu seinem Kollegen: »Mach dir keine Gedanken. Wir sprechen nachher darüber.«

Als wolle er sagen: »Nerv nicht rum, halt den Mund, das regle ich hier.«

Isabella kam herein. Auf einem Tablett brachte sie drei

Kaffee und ein paar Kekse. Giovanni (Don Giovanni) verputzte sofort einen davon. Die Frau ging hinaus.

»Entschuldigt, ich habe noch nicht gefrühstückt.«

Es war nach elf Uhr. Sicherlich hatte er einen schwierigen Vormittag gehabt. Er bot die Kekse auch seinen Gästen an. Lanza lehnte ab.

»Danke«, sagte Ferraro, »ich nehme gerne einen. Ich habe heute auch noch nicht gefrühstückt.«

»Donna Acheropìta bäckt sie. Das sind die besten Kekse in ganz Mailand.«

Er übertrieb vielleicht ein wenig, doch sie waren wirklich gut. Donna Acheropìta backte sie seit über vierzig Jahren jeden Morgen eigenhändig für ihren Mann, ihren Gatten, ihren Herrn, ihren Gott. Don Leo aß jeden Morgen welche; auch wenn er im Gefängnis war, verging kein Tag, ohne dass er sie in seine Zelle geliefert bekam. So auch heute Morgen. Sie waren noch besser als sonst, vielleicht, weil die heißen Tränen seiner armen Frau hineingeknetet worden waren.

Die drei Anwesenden tranken ihren Kaffee aus.

»Um wie viel Uhr ist das passiert?«

»Um die Zeit, als die Schüler in den Unterricht gegangen sind.«

»Drei Stunden später fand die Schießerei statt.«

»Wir haben nichts damit zu tun.«

»Das habe ich verstanden. Du brauchst es nicht zu wiederholen.«

»Verzeiht, Ispettore, ich habe es an Respekt fehlen lassen.«

Was hatte er vor? Wollte er ihm auch noch die Schuhsohlen lecken? Wo Lanza jetzt schon da war, konnte er ihn auch zum Präsidenten *pro tempore* des Clans ernennen, für die Zeit, bis der Große Chef nach Hause zurückkehren würde.

»Keine Angst, keine Angst«, sagte Lanza beruhigend.

Dann nahm er seine Fragen wieder auf: »Hat Don Leo Antonio Russo nach der Schießerei gesehen?«

»Das ist das Problem, Ispettore. Seit gestern versuchen wir, mit ihnen zu sprechen, aber sie wollen nicht. Ich bin auch heute Vormittag zu ihnen gegangen, allein, aber Russo will nicht mit mir reden …«

»Das hättest du nicht tun sollen, du bist ein großes Risiko eingegangen. Weiß Don Leo das?«

»Nein, er weiß es nicht.«

Lanza blieb unbeweglich sitzen, in Gedanken versunken. Ferraro hätte ihm manchmal gerne den Schädel geöffnet, um nachzusehen, was in diesem Hirn vorging. Worüber zum Teufel dachte er nach? Warum sah er dabei so verloren aus, fast schon enttäuscht? Vielleicht, weil die Dinge nicht so liefen, wie er sich das vorgestellt hatte, folgerte Ferraro. Es war, als hätte es eine irrationale Revolte der Welt gegen die logischen Vorhersagen Lanzas gegeben. In Wirklichkeit entglitt Lanza die Situation, und das war er nicht gewohnt. Er, der jedes Geschehen rational im Voraus erkannte, hatte den Flügelschlag des Schmetterlings im Amazonas-Gebiet, der einen Tornado in den USA auslösen konnte, nicht vorhergesehen.

Er musste von der klassischen Physik zur Quantenphysik übergehen, er musste das Analyseregister wechseln, oder dieser Wirbelsturm würde alle innerhalb kürzester Zeit mit sich reißen. Und er wusste es.

7

Auf dem Weg versuchten sie, die Situation zu rekapitulieren.

»Also, das Ganze verhält sich so: Don Leo gibt Antonio

Russo zu verstehen, dass er seinem Sohn eine Lektion erteilen möchte. Russo gibt sein Einverständnis, einige Leute gehen zu Vito Russo und verhauen ihn vor der Schule, als Exempel für alle.«

»Entschuldige, wenn ich dich unterbreche, aber was für eine Sorte Vater ist dieser Russo? Da kommt ein Typ an und sagt ihm, dass er seinen Sohn vermöbeln lassen will, und er willigt ein?«

»Antonio Russo ist auch *Geschäftsmann*, nennen wir es einmal so ... Wahrscheinlich waren das Verhalten und die Manien seines Sohnes unkalkulierbar und haben auch den Vater schon seit längerem geärgert. Wenn jemand diesem Sohn die Löffel lang zog, jemand, den der Sohn nicht wiedererkennen würde, tat er damit vielleicht auch ihm einen Gefallen.«

Eine perverse Logik, das musste man schon sagen.

»Wer hat Vito Russo denn verprügelt?«

»Genau, das ist es. Gute Frage. Bestimmt niemand von Don Leos Familie. Das hätte er nicht gestattet.«

»Wen also hat er die Drecksarbeit machen lassen?«

»Irgendeinen seiner alten Kampfgenossen. Er wird jemanden von der 'Nrangheta, von der kalabrischen Mafia um einen Gefallen gebeten haben.«

»Es ist ja nicht so, dass diese Leute sich so einfach herumkommandieren lassen. Die sind doch keine Serviceagentur.«

»Don Leo kann verlangen, was er will. Er weiß zu viel. Wenn er eines Tages beschlösse zu reden, würde er einen Haufen Leute in Schwierigkeiten bringen.« Lanza sah seinen Kollegen an. »Soll ich langsamer gehen?«

»Was?«

»Du humpelst sehr.«

»Nein, danke. Wenn ich eine Weile gelaufen bin, dann spüre ich es nicht einmal mehr.«

»Du solltest es nachsehen lassen. Vielleicht ist es ja nur eine leichte Entzündung, aber du darfst so etwas nicht unterschätzen ...«

Ferraros Gesundheit schien alle zu interessieren, alle, außer ihn selbst.

»Gehen wir weiter, Lanza, mach weiter mit deinen Überlegungen.«

»Von diesem Moment an geschieht etwas Unvorhergesehenes, etwas, das die Spielregeln ändert. Und genau das müssen wir herausfinden. Das Verhalten von Antonio Russo gegenüber Don Leos Familie macht mir Sorgen. Giovanni ist alleine hingegangen, um mit ihm zu sprechen, und er hat ihn nicht einmal empfangen. Das heißt, dass er ihn irgendwie für den Tod seines Sohnes verantwortlich macht. Solange es nur ums Verprügeln ging, um eine Warnung, war es in Ordnung. Seinen Sohn umzubringen, ist ein Affront ihm und seiner Familie gegenüber – und der Macht, die er in seinem Gebiet ausübt.

»Ein geopolitischer Mord also.«

»Genau.«

»Vielleicht haben die kalabrischen ›Freunde‹ Don Leos unter dem Vorwand, ihm einen Gefallen zu tun, den Jungen willentlich umgebracht.«

»Warum sollten sie?«

»Ich weiß es nicht. Eine offene Rechnung, von der wir nichts wissen. Um einen Krieg auszulösen. Um Don Leo aus dem Spiel zu nehmen, ich weiß es nicht ...«

»Hm, ich verstehe das nicht, ... warum haben sie ihn dann nicht sofort getötet? Warum verprügeln sie ihn erst und erschießen ihn drei Stunden später? Was ist in diesen drei Stunden passiert?«

»Lanza, ich ... eigentlich habe ich heute Nachmittag gar keinen Dienst, aber wenn ich dir helfen kann ...«

»Nein, lass mal. Mach du nur deine Sachen.«

»Aber sieh mal, das ist gar kein Problem für mich.«

»Nein, nein. Das muss ich alleine lösen.«

Er musste den Schmetterling allein fangen. Bevor er wieder mit den Flügeln schlug.

8

Wenn man nicht will, braucht man es sich im Ospedale Maggiore nie auf den Kopf regnen zu lassen. Wenn man die erhabenen faschistischen Bögen durchschritten und den dahinter liegenden Platz überquert hat, kommt man in das erste Gebäude. Dort wendet man sich entweder nach rechts oder nach links. Ein weiter Ring von Korridoren, Bogengängen und Überdachungen gewährleistet, dass kein Besucher sich bei Regen erkälten kann. Ich glaube, das war das Gebot, welches sich der Architekt damals selbst auferlegt hat: zu vermeiden, dass die Verwandten, die zu Besuch kommen, nicht dasselbe Ende nehmen wie die ans Bett Gefesselten. In der Tat sind alle Gebäude, zumindest die des ursprünglichen Projekts, das eine schwülstige faschistische Angelegenheit war, untereinander durch diesen Ring verbunden. Zu Fuß ist es ein ordentliches Stück, denn das Krankenhaus ist riesig; eine richtige Stadt des Leidens, in der man sich leicht verlaufen kann. Wenn man will, kann man auch einen Kleinbus nehmen, aber dann muss man eine Viertelstunde warten. Jedes Mal, wenn Ferraro hier war, sah er ihn abfahren, bevor er sich entschließen konnte einzusteigen.

Außerdem würde ein Spaziergang kein Schaden sein, er würde ihm beim Nachdenken helfen.

Er prüfte, ob er beim richtigen Gebäude angelangt war,

stieg hinauf in den zweiten Stock und betrat ein riesiges Zimmer mit unnötig hohen Wänden, in dem sechs Personen lagen. Baffo schlief. Sie hatten ihn ganz schön gestriegelt. Seine Haut hatte jetzt die Farbe von Haut, und seine Haare sahen wie Haare aus.

Ferraro setzte sich still neben ihn, legte eine Schachtel Pralinen, die er im Kiosk unten gekauft hatte, auf den Nachttisch, zog ein Buch aus der Tasche, schlug es auf und begann zu lernen. So saß er schweigend eine halbe Stunde.

»*Te set adrée a legger cus'è?* – Was liest du denn da?«

Baffo war zu den Lebenden zurückgekehrt.

»Ach, nichts.« Peinlich berührt steckte Ferraro das Buch wieder in die Tasche. »Die hier habe ich dir mitgebracht.«

Er nahm die Pralinenschachtel und gab sie dem Kranken.

»Danke, danke.« Dieser machte die Schachtel sofort auf. »Mmmh, die sind gut ... willst du welche?«

»Nein danke, die sind für dich.«

»*Daaiii, rumpa minga i ball.* Mach bloß keinen Ärger.«

Aber ja, Schokolade macht gute Laune.

»Wie geht es dir?«

»Wie es mir geht? Ich weiß nicht. Ich fühle mich gut. Jetzt warten wir mal, was der Doktor sagt.«

In der Tat, die Pralinen waren gut!

»Ich nehme noch eine.«

»*Ciapa, ciapa,* nimm nur, nimm, das freut mich.«

Auch Baffo nahm noch eine, gierig wie ein Kind.

»Hör zu, Baffo, ich wollte dir sagen ... also, die Hunde ...«

»Ich weiß, ich weiß, ich weiß schon alles. Dein Freund war schon hier.«

»Wer?«

»Mimmo. Mit seiner Freundin, Tiziana.«

»Was hat er dir gesagt?«

»Dass er Black hat. Und dass Ninetta … die Ninetta …«

Seine Augen wurden feucht.

»He, Baffo, nicht, ich bitte dich …«

»*L'era insci brava*. Sie war so brav. Niemandem hat sie was getan.«

Er zog lautstark die Nase hoch. Ferraro reichte ihm ein Papiertaschentuch.

»Los, schneuz dich.«

Er behandelte ihn wie seine Tochter, mit derselben autoritären Zärtlichkeit. Baffo trompetete ins Taschentuch, dass es in der ganzen Abteilung zu hören war.

»*Robb de matt* … Unglaublich …«

»Das Wichtigste ist, dass du am Leben bist.«

Baffo beruhigte sich. Dann beschloss er, noch eine Praline zu essen.

»Langsam, du musst sie nicht heute schon alle aufessen«, sagte Ferraro und lächelte.

»Man kann nie wissen, vielleicht werden sie mir heute Nacht geklaut.«

Das war das Syndrom eines Menschen, der auf der Straße lebte, ein Leben, das aus Verdächtigungen, Diebstählen, Ängsten und Sorgen bestand.

»Ach was. Was soll denn einer mit deinen Pralinen?«

»*Me piasen*. Die schmecken mir. Wenn ich rauskomme, zeigst du mir, wo du sie gekauft hast.«

Nicht einmal dreißig Meter von hier entfernt.

»Übrigens, Oreste …«

»Eieiei … Wenn du mich so nennst, dann ist es was Ernstes …«

Ein feinsinniger Psychologe, dieser Baffo.

»Hör zu. Du kannst nicht weiter so leben, das weißt du, nicht wahr?«

»Und wo soll ich hin? *A ca' tua*? Zu dir etwa?«

Der Ispettore wurde blass. Das hatte er sich selbst eingebrockt.

»Na ja, wenn du willst …«

»Ach was.«

»Jedenfalls … Es gibt da Möglichkeiten … Aufnahmehäuser …«

»Neinneinnein, kein Wort davon … keine Sorge, ich will nicht zu dir in deine Wohnung. *A ca' di uno sbirro, ti te se foeura de coo* … In die Wohnung zu einem Bullen, du spinnst wohl. Wenn du wenigstens ein hübsches Mädel wärst …«

Baffo war ermüdend. Diese Diskussion führten sie alle zwei Jahre, ohne dabei zu einem Ergebnis zu kommen.

»Entschuldige, aber dein Freund Napoli. Warum versuchst du nicht, zu ihm Kontakt aufzunehmen? Ich bin sicher, dass …«

»Hör zu, lass mal. Der Napoli hat eine Frau, eine Tochter und drei Enkel. Ich will denen nicht zwischen den Füßen sein.«

»Aber warum denn? Vielleicht will er …«

»Ciòd. Er hat eine Familie. Ich wäre eine Belastung. Er hat mir schon gesagt, ich soll zu ihm kommen, er hat da ein Zimmer für mich. Aber ich will nicht. Ich bin ein Mann, verstehst du? Ein Mann. Frei wie ein Vogel.«

Ende der Diskussion. Noch eine Praline.

»Na gut, los, gib mir auch noch eine.«

»Hier, nimm.« Er reichte ihm die Schachtel. Dann fügte er hinzu: »Habt ihr sie gekriegt?«

»Wen?«

»*I doo merdùs fioeu de lôgia*! Die beiden dreckigen Hurensöhne!«

Temperament hatte er, da konnte man nichts sagen.

»Nein, Baffo, noch nicht. Fusco bearbeitet den Fall.«

Aber bearbeitete sie ihn wirklich? Wo wollte sie diese beiden dreckigen Hurensöhne denn jetzt noch fassen?

»Wer ist Fusco?«

»Meine Kollegin. Erinnerst du dich nicht?«

»Ah, ja ... sie ist vorgestern hier gewesen ... ein hübsches Mädchen. Wie heißt sie?«

Wie aufs Stichwort betrat Fusco in diesem Augenblick das Zimmer. Sie trug Zivilkleidung, ein neckisches Röckchen, das die Knie frei ließ, und ging Arm in Arm mit einem jungen Mann. Das war garantiert ihr Freund. Der, der sie in der Wirklichkeit bumst, nicht nur im Traum.

»Anna, Signor Oreste, ich heiße Anna. Anna Fusco. Wie geht es Ihnen?«

9

Endlich Sonntag.

Zeni hatte Wort gehalten. Urlaubstage, halbe Tage, Schichttauschen ... wenn er wollte, fand er die Zeit zum Studieren. Natürlich verdiente er etwas weniger Geld, aber vielleicht war das besser so. Wovon hätte er leben sollen, wenn er gekündigt hätte? Wer würde ihn dann einstellen, und was würde er dann tun?

Der Tagesplan sah vor allem Folgendes vor: kein Telefon zu Hause (ausgesteckt), kein Handy (ausgeschaltet), kein Fernsehen (Fernbedienung in einer Schublade), nach einem ausgiebigen Frühstück wenigstens drei Stunden am Stück über den Büchern. Er brachte sein eingerostetes Hirn wieder in Gang, es machte Spaß. Mit zwanzig hatte er geglaubt, dass er damit nur seine Zeit verplemperte, dass es eine sinnlose Anstrengung sei. Jetzt war es fast schon entspannend.

Wir glauben, immer dieselben zu sein, uns nie zu ändern,

doch wir wissen, dass das nicht stimmt. Mit zwanzig konnte er achtzehn Stunden am Stück schlafen oder drei Tage hintereinander wach sein, er konnte Backsteine essen und sie verdauen, die abstrusesten Dinge rauchen und wie ein Loch saufen. Er war zwanzig gewesen. Für sich hatte Ferraro zumindest gelernt, dass die Jahre vergangen waren, und wie schnell! Er tat nicht so, als sei er ein Hyperjugendlicher. Er fand die Vierzigjährigen peinlich, die mit ihrem eitlen Gehabe auf ihrer Jugendlichkeit beharrten. Tatsächlich wurden sie dicker, grauer, verloren ihr Haar, aber sie besuchten noch immer die Lokale der Jugendlichen, kleideten sich wie sie, überzeugt von ihrer Unsterblichkeit. Doch wir sterben, wir sterben alle, Ferraro wusste das, denn in seiner Laufbahn als Polizist hatte er schon scharenweise Tote gesehen.

Die Hyperjugendlichen nicht. In Wahrheit sieht keiner mehr die Toten, außer den Polizisten und den Ärzten. Und den Leichenbestattern, natürlich, aber für die sind die Toten ein Produkt, eine Investition, könnte man sagen.

Die Hyperjugendlichen exorzieren. Wenn ihnen die Haare ausgehen, dann lassen sie sich eine Glatze scheren und glauben so, *trendy* und unkonventionell zu sein, nicht etwa kahl. Schade, dass man trotz aller Rasur sieht, wo die Haare noch wachsen und wo seit Jahren schon nichts mehr sprießt. Peinlich. Wenn man in bestimmte Kneipen geht, meint man von Marsianern umgeben zu sein, alle glatzköpfig, mit Springerstiefeln an den Füßen und in zerrissenen Jeans. Und am nächsten Morgen sieht man alle wieder in der Bank. Sie glauben, hyperjugendlich zu sein, weil sie keine Kinder haben. Kinder geben dir Distanz zu den Dingen, sie sind wie Sanduhren, sie rhythmisieren die Zeit. Giulia.

Noch eine halbe Stunde, dann musste er sie abholen. Aber nicht mit dem Auto. Trotz der Schmerzen im Knie.

(Vielleicht ging er vorher noch in der Apotheke vorbei und holte sich etwas Entzündungshemmendes.)

Wie alt war Fusco? Mindestens fünfzehn Jahre jünger als Ferraro. Fünfzehn. Das sind nicht wenige. Warum hätte sie mit ihm ins Bett gehen wollen?

Einmal, als Ferraro in der neunten Klasse war, erstes Jahr Lyzeum, wurde er erwischt, wie er Wasserbomben aus dem Fenster auf Passanten warf.

Er besuchte eine angesehene Schule im Stadtzentrum. Seine Mutter hatte ihn dort angemeldet, weil sie wusste, dass dort die Kinder der Signora hingingen, bei der sie putzte. Also musste es wohl eine gute Schule sein, oder? Vielleicht würde er dort die Kinder der feinen Herrschaften kennen lernen und sich mit ihnen anfreunden, das kann im Leben nützlich sein …

Der junge Michele stand um sechs Uhr dreißig auf, damit er pünktlich kam. Es war eine lange Fahrt von Mailand nach Mailand, mitten durch chaotischen und ohrenbetäubend lauten Verkehr. Er war vierzehn. Wenn er morgens einen Platz im Bus bekam, schlief er sofort ein. Da er sowieso an der Endhaltestelle aussteigen musste, ging er gar kein Risiko ein. Weil Ferraro aus Quarto Oggiaro kam, brachte er von dort eine Tendenz zu gewissen Ausschweifungen mit, die von den Lehrern nicht besonders geschätzt wurden. In jenem Schuljahr hatte er es darauf ankommen lassen. Schon nach den ersten vier Monaten hatte er eine schlechte Note in Betragen, und es galt schon als sicher, dass er sitzen bleiben würde. Seine Mutter litt sehr darunter. Sie ging zu den Lehrern und sprach mit ihnen. »Wie kann das sein«, fragte sie, »in der Mittelschule war er Klassenbester!« Das stimmte. Die Lehrer in der Mittelschule hatten zu den Ferraros gesagt: Lasst ihn die höhere Schule besuchen, er schafft das. Er ist der Klassenbeste. Aber der Beste einer

Klasse aus Quarto Oggiaro. Hier konnte er es sich erlauben, als kleines Genie aufzutreten. In der Schule im Zentrum dagegen war er ein schräger Vogel mit absolut lächerlichen Klamotten und mit den Gewohnheiten und Gepflogenheiten eines Höhlenmenschen, der Meinungsverschiedenheiten auf allzu drastische Weise löste. Fehl am Platz, um die Wahrheit zu sagen. Also bewarf er die Lehrer mit Kreide, schmiss Wasserbomben aus den Fenstern, prügelte sich in den Gängen mit seinen Klassenkameraden.

Kurz und gut: Eines Tages erwischte ihn ein neuer Lehrer, ein Vertretungslehrer, mit dem Luftballon voller Wasser in der Hand, gerade als er ihn fallen lassen wollte. Er zog ihn am Ohr vom Fenster weg.

»Ferraro, was soll das? Treibst du immer noch solchen Unsinn? Wie alt bist du eigentlich?«

»Vierzehn.«

Der Lehrer hatte ihn lächelnd angesehen und hinzugefügt: »Denk mal, ich bin genau doppelt so alt wie du.«

Doppelt so alt. Zum Fürchten. Achtundzwanzig, in Micheles Augen praktisch ein alter Mann. Ein kleiner Junge, wenn er heute daran dachte. Ein frisch von der Uni kommender Grünschnabel bei seiner ersten festen Anstellung.

Warum hätte Fusco mit ihm ins Bett gehen wollen? Wenn eine Frau sich dir gegenüber nett verhält, vielleicht, weil sie dich als Profi schätzt, oder weil sie von sich aus höflich ist, warum denkst du dann sofort, dass sie mit dir ins Bett gehen will? (Seit wann hast du keinen Sex mehr?)

Es war Zeit zu gehen. Er musste zu Francesca fahren, um Giulia abzuholen und mit ihr zu Mustafa im Viale Monza zu gehen. Pizza. Nicht die *al trancio*, sondern neapolitanische Pizza. In Mailand wird diese von Apuliern gemacht (so lala), von Neapolitanern (die Beste, aber teurer), von Chinesen (unglaublich, aber wahr) und von Ägyptern. Die Beste im

Preis-Leistungs-Verhältnis. Außerdem war Mustafa inzwischen ein guter Freund, er fand immer noch einen Platz für Ferraro und seine Tochter.

Mit dem Takt eines lebenserfahrenen Ermittlers versuchte Ferraro den Puls der Familiensituation zu ertasten. Er spielte auf Walter Scarpi an, fragte nach. Nichts. Anständig, nett, gebildet, sympathisch. Noch eine Weile, und sie nannte ihn *mein zweiter Papa*!

»Weißt du denn, was er für einen Beruf hat?«

»Das weiß ich nicht, Papa. Ich weiß nur, dass er morgens arbeiten geht.«

»Was soll das heißen? Ich gehe auch arbeiten!«

»Nein, du gehst nicht arbeiten. Du bist Polizist.«

Am Nachmittag gingen sie in den Park der Porta Venezia. Ein aus strategischen Gründen gewählter Ort. Wenn es regnete oder zu kalt war, konnte man ins Naturkundemuseum ausweichen. Ab und zu gingen sie dorthin. Um die Dinosaurier anzusehen, aber auch die Säugetiere im ersten Stock. Das riesige Skelett des Pottwals. Giulia tippte dann etwas auf einer Computertastatur, und man hörte den Ruf der Wale, den Gesang der Buckelwale. (Lanza gefällt das, es rührt ihn.)

Den Abend verbrachte er wieder über den Büchern. Ja, es war schön. Es wäre schön, so zu leben. Zurückgezogen, ohne alltägliche Sorgen, versunken in Papier und edle Gedanken.

Um zwei Uhr morgens beschloss er, dass es Zeit war, schlafen zu gehen.

Vielleicht ging er noch schnell ins Internet. Mails checken, sehen, ob es Neues gibt.

Er machte eine Nachrichtenseite auf: »Schießerei in Mailand. Ein Toter.« Ferraro klickte auf den Link. Dann las er:

Die Phase der Schießereien und des Mafia-Terrors scheint in Mailand kein Ende zu nehmen. Das dicht bevölkerte Stadtrandviertel Quarto Oggiaro, natürliches Anbaugebiet zeitgenössischen urbanen Unbehagens, hat einen weiteren Tag im Zeichen von Angst und Blut erlebt. Ein vermummter Mann drang in eine Eisdiele gegenüber der Kirche Santa Lucia ein – einem von den Jugendlichen des Viertels viel besuchten Ort – und tötete vor den fassungslosen Augen der Umstehenden Gaetano Falbo mit drei Pistolenschüssen. Die verbrecherische Tat nahm nur wenig Zeit in Anspruch, angeblich niemand der Anwesenden konnte den Killer identifizieren. *Omertà*? Angst?

Gaetano Falbo, kalabrischer Herkunft, war ein vorbestraftes Mitglied einer der Familien der Verbrecherwelt, die das Viertel in krimineller Hinsicht kontrollieren. Die Ermittlungsbeamten bringen den brutalen Mord mit dem Blutbad vor zwei Tagen in Verbindung. Ist nun ein Krieg zwischen den ›Familien‹ in Quarto Oggiaro ausgebrochen? Wohin wird dieser Teufelskreis noch führen? Wo sind die Ordnungskräfte?

Ferraro hasste die Rhetorik der Journalisten. Und seine eigenen bibliophilen Fantasien. Ende des Zurückgezogenseins. Ende des Feiertagsabends. Er musste zurückkehren, mitten in Blut und Scheiße.

X

Disziplin und Ordnung

1

»Ich hatte keine Wahl«, sagte Zeni halblaut.

Das schien zu stimmen. Er hatte keine Wahl. Er sagte das traurig, niedergeschlagen.

Ferraro konnte nicht still sitzen. Er ging im Büro des stellvertretenden Polizeipräsidenten hin und her.

»Himmel nochmal, ich kann mir nicht vorstellen, was für ein Gesicht Lanza gemacht hat.«

»Lanza hat nichts gesagt. Er hat die Entscheidung, die wir, der Richter und ich, getroffen haben, ganz professionell akzeptiert.

»Lanza ist ein Ehrenmann. Er hat es nicht verdient, vom Dienst suspendiert zu werden.«

»Ich hatte keine Alternative, Ferraro, versuchen Sie doch, meine Lage zu verstehen. Die Entscheidung kommt von oben. Die Medien blasen schon zum Halali. Wir hätten hier alle der Meute zum Opfer fallen können.«

»Und da haben Sie also beschlossen, Lanza zum Abschuss freizugeben.«

»Nein! Machen Sie mich nicht dümmer, als ich bin.« Zeni wurde wütend. »Es sind alle Voraussetzungen für ein Disziplinarverfahren gegen Lanza erfüllt, ich kann nicht so tun, als wüsste ich das nicht.«

Ferraro setzte sich schließlich. Sein Knie knirschte ein wenig. Dieses Verfahren musste sein, das stimmte, doch er war trotzdem wütend.

»Sie wissen, was Lanza riskiert, nicht wahr? Er hatte nur

für ein paar Monate hier bei uns bleiben sollen, um dann nach Brüssel zurückzukehren. Mit einem Disziplinarverfahren und einer Suspendierung vom Dienst am Hals, wer will ihn denn dann noch? Diese Geschichte kann seine ganze Karriere ruinieren! Das wissen Sie, oder?«

»Ja, ich weiß das. Ich weiß das besser als Sie, hören Sie auf, den Ritter ohne Furcht und Tadel zu spielen: Ich habe getan, was ich tun musste.«

Schweigen. Ferraro rieb sich das Gesicht mit den Händen. Er war noch nicht ganz wach.

»Wem haben Sie den Fall übergeben?«

»De Matteis.«

»Na prima! Dann ist ja alles in bester Ordnung.« Er stand wütend auf. Das Knie hasste ihn dafür. »Warum nicht Torquemada? De Matteis konnte es gar nicht abwarten, Lanza rauszukicken! Und bekommt ihn jetzt auf einem Silbertablett serviert.«

»Es reicht, Herrgott nochmal! Setzen Sie sich, Ispettore, das ist ein Befehl.«

Zeni schäumte. Ferraro gehorchte dem Befehl. Dem des Knies, um die Wahrheit zu sagen.

Der Vicequestore versuchte, den Ton der Auseinandersetzung ein wenig zu mäßigen: »De Matteis hat den höheren Dienstgrad. Ich musste eine unangreifbare Entscheidung treffen, sonst hätten sie uns den Fall weggenommen. Verstanden?«

Schweigen.

»Verstanden?«

»Verstanden.«

»Er ist ein guter Polizist, er versteht sich auf seinen Job. Verstanden?«

Schweigen.

»Verstanden?«

»Verstanden, verstanden …«

»Er ist jedenfalls nicht allein damit. Er wird den Fall nicht alleine bearbeiten.«

»Signor Zeni, ich habe kein Problem damit, meinen Teil …«

»Sie tun überhaupt gar nichts. Sie wollten doch Zeit für Ihr Studium haben. Nehmen Sie sie sich, und verhalten Sie sich ruhig. Sie können hier nicht einfach kommen und gehen, als wären Sie hier zu Hause.«

»Aber, ich …«

Scheiß auf die Uni, hätte er gerne gesagt. Doch er sagte es nicht.

»Aber was?«

»Wen haben Sie denn nun De Matteis zugeteilt?«

»Comaschi.«

Ferraro musste sich sehr zusammennehmen, um ihm nicht ins Gesicht zu lachen.

»Aber … die beiden können sich doch nicht ausstehen!«

»Genau. Selbst ich habe ein bisschen Sinn für Humor, meinen Sie nicht?«

Jetzt lachten beide.

»Comaschi versteht sein Handwerk«, sagte Ferraro zufrieden.

»Gut. Zumindest darin sind wir einer Meinung. Sie konnten wir nicht auch noch De Matteis zur Seite stellen, nicht mit den Arbeitszeiten, die Sie momentan haben.«

»Wollen Sie, dass ich mich schuldig fühle?«

»Ja, natürlich.«

Das war ihm gelungen, und wie.

»Was kann ich tun?«

»Kätzchen retten, die nicht mehr von den Bäumen herunterkommen, das Archiv sortieren, Berichte korrigieren, ans Telefon gehen.«

Ferraro wurde blass.

»Sie machen Witze, oder?«

»Glauben Sie?«

»Sie haben Lanza nicht mehr, Comaschi und De Matteis sind mit dem Fall befasst ... und Sie setzen mich ...«

»Fusco ist doch noch da. Sie haben sie mir doch ans Herz gelegt, nicht wahr?« Sein Lächeln war zum Fürchten. »Wissen Sie, ich habe ihren Bericht über den Entführungsfall des jungen Càrpano gelesen. Ich habe den Eindruck, dass Fusco sich gut geschlagen hat. Warum sollte man nicht auf sie bauen?«

»Und ich?«

»Und Sie leisten Ihre Stunden ab. Ihre schöne Teilzeit. Dann gehen Sie nach Hause und studieren. Jedenfalls nehme ich das an. Wenn Sie, statt zu lernen, Ihre Zeit mit anderem verbringen, dann weiß ich selbstverständlich nichts davon. Ich kann es nicht wissen.«

Haben wir uns verstanden?

2

Da war zunächst die Frau, der man die dritten Zähne gestohlen hatte. Da gibt es nichts zu lachen, haben Sie eine Vorstellung, was ein Gebiss kostet?

Die Geschichte war so: Unser armes Omilein hatte festgestellt, dass die Haftcreme für ihre dritten Zähne zur Neige ging. Also beschloss sie, in die Apotheke zu gehen und sich neue zu holen, um nicht irgendwann auf dem Trockenen zu sitzen. Wenn sie schon einmal dort war, so überlegte sie, könnte sie auch gleich noch eine Freundin besuchen, bei der der Fahrstuhl kaputt war und die seit Tagen nicht aus dem Haus ging (»*Wissen Sie, Ispettore, sie wohnt im fünf-*

ten Stock. Runter, das schafft sie ja noch, aber hoch …«) und daher keinen Spaziergang in den Park machen konnte, wo sich die alten Frauen trafen (»*Wir tratschen ein bisschen, wie man das so macht unter alten Leuten …*«) und die Tauben mit Brosamen fütterten.

Da war es doch besser, das Gebiss mitzunehmen. Sicherlich würde ihr die Freundin (»*Die Signora Pina. Eine nette Frau. Sie ist Witwe, ihr Mann ist vor drei Jahren gestorben. Eine anständige Person. Es sind immer die Besten, die gehen.*«) einen Tee anbieten. Und wenn es dann dazu Kekse gab, wie sollte sie die sonst essen?

Also, das Gebiss in die Dose und die Dose in die Handtasche gesteckt.

Die arme alte Frau (»*Ich heiße Rosa Assunta. Assunta ist der Vorname, verwechseln Sie das nicht, denn dann geht es Ihnen so wie dem bei der Krankenkasse, der mich nie in seiner Liste findet. Rosa ist mein Mädchenname. Wollen Sie auch den von meinem Mann? Nein, denn sein Nachname war Paderno, wie der Ort. Doch er war nicht aus Paderno Dugnano, nein, er war aus Brescia … er ist auch da gestorben, es sind immer die Besten, die gehen … was? Sie brauchen ihn nicht?*«), also, die arme alte Frau war nicht einmal bis zur Apotheke gekommen, als ihr ein Junge die Handtasche von der Schulter riss (»*Ja, er war zu Fuß, nicht auf dem Motorrad … tja, mein lieber Ispettore, früher einmal bin auch ich gelaufen wie der Wind, aber jetzt kann ich das nicht mehr!*«).

Ein absolut dämlicher Raubüberfall. Der Typ musste ein Vollidiot sein, denn wer klaut schon einer alten Frau die Handtasche? Wie viel Geld kann sie schon dabeihaben? Die unbedingt notwendige Summe für die Haftcreme, vielleicht noch ein bisschen mehr für einen Kaffee oder ein Schokoladenei für die Enkeltochter (»*Sie ist ein so hübsches Kind, Ispettore … ganz der Papa, nicht, weil er mein Junge ist, aber …*«).

Da gibt es wirklich nichts zu lachen. Wenn man ihr die Rente geklaut hätte, hätte sich die arme Signora Assunta (»*Tina für meine Freunde*«) vermutlich weniger aufgeregt. Versucht einmal, ohne Zähne zu essen, wenn euch das gelingt. Versucht einmal, euch dieses Martyrium vorzustellen: Erst das Warten beim Hausarzt, um den Überweisungsschein zu bekommen, dann zur zuständigen Gesundheitsbehörde gehen, die Selbstbeteiligung noch einmal bezahlen, die Abdrücke machen, darauf warten, dass die neuen Zähne kommen. Wie lange? Sechs Monate? Ein Jahr?

Manchmal würde Ferraro lieber Fälle mit Toten bearbeiten als solche mit Lebenden. Die Toten sind tot, sie klagen nicht, sie weinen nicht, sie rühren einen nicht. Sie erregen kein Mitleid. Signora Tina, die ehrenhafte Signora Assunta Paderno geborene Rosa, genannt Tina, die keine Träne vergoss, sich nicht beklagte, wenn es regnete und die Regierung die Gesellschaft bestahl, die sich schon fast wegen der Störung entschuldigte, tat ihm leid. Schlimmer als die Toten.

Dann war da die Geschichte von dem, der nicht zur Arbeit gegangen war (»*Lumbosacralarthrose. Das hat auch der Arzt geschrieben, hier, lesen Sie … Es ist ja nicht meine Schuld, sagen Sie das meiner Frau, sie brüllt immer wie eine Verrückte herum.*«). Seine Ehefrau war nicht sehr glücklich darüber (»*Du kriegst doch immer gerade dann deinen Hexenschuss, wenn ein Fußballspiel ist, so ist das nämlich. Aber eines Tages feuern sie dich, das sage ich dir … und das wäre auch ganz richtig so!*«). So hatte eins das andere ergeben, und es hagelte Schläge, aber richtig. Die Nachbarn erschraken (»*Sie hätten hören sollen, wie die Signora gebrüllt hat, zum Fürchten. Ich habe mich gefragt: Bringt das Vieh sie jetzt um, ach ja, er ist wirklich ein Vieh, das kann ich Ihnen sagen … Sie müssen wissen, einmal …*«) und riefen die Ordnungshüter (»*Können die sich nie um ihren ei-*

genen Kram kümmern! Ich weiß genau, wer das war, wenn ich die auf der Treppe treffe, dann kann sie …«). Der Vollständigkeit halber sei gesagt, dass die Herzensmannschaft eins zu drei verlor. Wenn es in der Verlängerung wenigstens noch ein Tor gegeben hätte. Ja, wenn! Es war jedenfalls nur ein Hinspiel im Viertelfinale. Nichts, was sich nicht noch wieder hinbiegen ließe. *(»Und außerdem zählt ein Tor beim Auswärtsspiel doppelt, es genügt ein zwei zu null, und es ist geschafft. Für welche Mannschaft sind Sie, Ispettore?«)*

Und schließlich gab es auch einen Höflichkeitsbesuch. Es war Signora Cappelli, die mit ihrem Antonio vorbeikam, um dem Ispettore dafür zu danken, dass er ihren Sohn befreit hatte.

»Ich wollte Ihnen dies hier geben. Es ist nur eine Kleinigkeit. Nehmen Sie es nicht krumm …«

»Signora, was tun Sie denn da, Sie scherzen. Sie sollten doch nicht …«

»Wissen Sie, leider haben wir viel Geld verloren, ich hätte Ihnen gerne ein …«

»Signora Cappelli, ich kann das nicht annehmen, das ist gegen das Gesetz …«

»O Jesusmaria, gegen das Gesetz? Das sind Tomaten in Öl, doch kein Schmiergeld!«

Ferraros Blick wurde weich. Er liebte Tomaten in Öl.

»Nehmen Sie sie, Ispettore«, sagte der Junge, »Sie werden es nicht bereuen.«

»Das Öl ist gut, es ist aus meiner Heimat. Ich bin aus Pistoia, kennen Sie das?«

Pistoia. Toskana, Florenz. Und außerdem sind da noch: Prato, Siena, Lucca, Pisa, Livorno, Massa-Carrara, Arezzo und … und … Was noch? Es fehlt eine Provinz … Ach ja, Grosseto.

»Wie geht es dir?«

»Gut. Danke. Heute habe ich wieder angefangen zu arbeiten.«

»Das war doch nicht notwendig. Vielleicht hättest du ein bisschen warten sollen, ein bisschen Urlaub machen, richtigen, meine ich!«

Die Mutter war nicht einverstanden: »Nein, nein, mein Lieber. Einmal hast du alleine in Urlaub fahren wollen, und du siehst, was dabei herausgekommen ist.«

»Das stimmt, Mama hat recht. Außerdem muss ich arbeiten, wir müssen ja die Miete zahlen.«

»Nun, es wird eine Verhandlung geben, mit einem guten Anwalt bekommen Sie vielleicht Schadenersatz, wer weiß …«

»Abwarten und Tee trinken.«

Sie standen auf. Die Frau reichte dem Ispettore das Päckchen.

»Nehmen Sie es.«

»Signora. Ich kann wirklich nicht.«

»Nehmen Sie es. Es ist nicht vergiftet.«

»Und Pino?«, fragte der Ispettore, an den Jungen gewandt.

»Was?«

»Pino, dein Nachbar …«

»Was ist mit Pino?«

»Brauchst du noch Hilfe in der Schreinerei, oder nicht?«

»Hm, ich weiß nicht … ich müsste meinen Onkel fragen …«

»Eigentlich ist er mein Cousin, aber er nennt ihn Onkel. Wissen Sie, er hat ihn großgezogen …«, beeilte sich die Frau hinzuzufügen.

»Frag ihn, ob ihr noch eine Hilfe braucht, und nimm Pino mit in die Werkstatt …«

»In Ordnung. Ich will tun, was Sie sagen …«

Der Junge verstand nicht, welches Interesse Ferraro in dieser Sache hatte, schien aber bereit, ihm diesen Gefallen zu tun.

»Lass mich wissen, wie es ausgegangen ist.«

»In Ordnung.«

»Auf Wiedersehen.«

Die beiden gingen. Das Päckchen blieb da.

Gegen Abend erschien eine barmherzige Seele im Kommissariat. Sie hatte die Handtasche der Signora Tina gefunden. Das Geld war weg, aber die Papiere waren alle noch da. Und auch das Gebiss. (*»O Jesus Christus … Danke, Danke, Ispettore, Sie sind ein Engel … Ich habe mir gerade eine Brühe gemacht …«*) Manchmal können die Lebenden einem auch Befriedigung verschaffen, das können die Toten nicht. Nie.

3

Wenn man es sich genau überlegt, ist und bleibt der Parco Lambro der schönste Park in Mailand. Gewiss, statt Eichhörnchen, wie im Park von Schönbrunn, laufen hier Wasserratten herum, die zum Fürchten sind, aber wenn sie nicht gestört werden, tun sie normalerweise niemandem etwas. Es sind geschützte Tiere.

Außerdem gibt es auch im Garten der Villa Reale in der Via Palestro Wasserratten. Dieser Garten ist zwar ein Traum, aber zu klein, und es sind viel zu viele Menschen dort.

Die Gärten der Porta Venezia sind – obgleich vornehm und durchtränkt vom bürgerlichen Gesundheitsbewusstsein des ausgehenden neunzehnten Jahrhunderts – nur Gärten und kein Park. Dann gibt es noch den Parco Sempione, das stimmt. Aber unter uns gesagt, von der guten Lage abgesehen, ist er nicht mehr derselbe wie vor dreißig Jahren. Ein Trauerspiel vielmehr. Vom Parco delle Basiliche gar nicht zu reden. Nur ein Makler hätte diese kahle Wiese als Park bezeichnen können. Dazu braucht man entweder Mut oder Bösartigkeit, je nachdem. Der neue Zaun hat daran wenig geändert. Die Dealer sind ein paar Meter weiter gezogen, die Stadtstreicher schlafen jetzt unter den Arkaden des Finanzamts, und die Apsis von San Lorenzo – eine der außergewöhnlichsten architektonischen Meisterleistungen der Welt – kann man jetzt nur noch aus der Ferne bewundern. Aber die interessiert sowieso niemanden, also hat der Zaun praktisch nichts verändert.

Dann gibt es noch den Parco del Trenno, der ziemlich groß ist. Außerdem den kleinen britischen Soldatenfriedhof, einen Ort der Meditation. Dann natürlich der Monte Stella: aufgehäuftes Kriegsgeröll, symbolische Beerdigung der Vergangenheit, urbaner Mythos Mailands, eines Mailands, das inmitten einer topfebenen Landschaft oben in der Höhe wiedergeboren werden will. Alles schön, ja, ja. Aber der Parco Lambro ist der schönste. Der Fluss ist echt, kein künstlicher Kanal mit künstlichen Gänsen; das Auf und Nieder des Bodens, die Senken, die Erhebungen, die Bauernhöfe, die Felder … du gehst kreuz und quer, und die Landschaft verändert sich ständig. Er ist nicht klein, der Parco Lambro. Auch nicht riesig, nur nicht übertreiben, in Mailand bedeutet Grün Zeitverlust, hinausgeworfenes Geld; weißt du, wie viel du für den Quadratmeter bekommst, wenn du ihn als Bauland ausweist? Immerhin ist er nicht klein. Ein richtiger Park.

Dort neben dem Park gibt es ein ganzes Wohnviertel, Feltre, dessen Lungen noch sauber sind, weil man neben einer Grünoase lebt. Ehemalige INA-Casa-Bauten. Überall in

Italien findet man diese kleinen neorealistischen Wohnviertel, die in den Fünfziger- und Sechzigerjahren voller nostalgischer Sehnsucht nach Sichtbackstein, nach Landhäusern und nach dem schönen Leben von früher gebaut wurden. Stadtviertel, die das Moderne verabscheuen und die Stadt fürchten. Ein wenig eitle Wohnquartiere, die nichts zu tun haben mit jenen Mietskasernen-Utopien aus Stahlbeton, die man in allen Peripherien der Welt findet.

Wenn es Sozialwohnungen gab, in denen Ferraro gerne zur Miete gewohnt hätte, dann war es hier, in Feltre. Leider kann er das mittlerweile vergessen, denn das ganze Viertel ist an seine Bewohner verkauft worden. Und hier wohnt Lanza, praktisch seit er als Junge nach Mailand gekommen ist. Im Laufe der vielen Jahre ehrenhafter Ableistung seines Dienstes hat er ein bisschen Geld auf die Seite gelegt und die Wohnung gekauft. Eine Investition, sagt seine Frau. Und das Bedürfnis, Wurzeln zu schlagen. Einen sicheren Hafen zu haben, in dem man im Falle eines Sturms Schutz findet. Nicht zufällig hält sie dort Ordnung und Sauberkeit, als handle es sich um einen Tempel. Kein Buch tanzt aus der Reihe, kein Bild hängt schief, keine Fotografie liegt vergessen unter einem Sessel. Ein Tempel mit Wäldern von Symbolen erbaut, die ihn betrachten mit vertrauten Blicken.

4

»Ispettore, wie schön, Sie zu sehen!«

»Guten Tag, Signora, entschuldigen Sie die Störung … Ist Ihr Mann da?«

»Ja.«

Die Frau sagte nichts mehr. Sie blieben beide in der Tür stehen. Sie drinnen, er draußen. Sie lächelte heiter und rührte sich nicht. Nicht, dass sie ihn nicht hineinbitten wollte. Doch sie war Lanzas Frau, das darf man nicht vergessen. Mit einem solchen Mann wirst du entweder verrückt oder du gleichst dich ihm an. Eine Frage – eine Antwort. Keine Anspielung, kein Doppelsinn, keine übertragene Bedeutung. Erinnere dich, du betrittst die Höhle des Wahnsinns, benutze die richtigen Worte.

»Kann ich hereinkommen?«

»Natürlich, gerne.«

»Danke, Signora.«

Er trat ein. Die Frau nahm ihm seinen Mantel ab.

»Wenn es Ihnen nichts ausmacht, dann wäre es schön, wenn Sie sich diese anziehen würden.«

Filzüberschuhe. Seit 1976 hatte Ferraro keine Filzüberschuhe mehr gesehen. Seine Mutter hatte versucht, die Familie zu zivilisieren, denn alle Nachbarinnen benutzten auch welche. Nach weniger als einer Woche schichtete sein Vater die Schuhe zu einem schönen, furchtbaren Scheiterhaufen auf, und man sah die Flammen zum Himmel lodern. Damit kehrten sie wieder zum Althergebrachten zurück und hinterließen, ohne Rücksicht auf Mutters Rücken, überall im Haus Schlammspuren, denn Hausschuhe kommen nicht infrage, das ist was für Reiche.

Ferraro schlitterte also durch Lanzas Wohnung, er hing fast am Arm der Frau, die leicht über den spiegelglatten Boden glitt. Das Knie des Ispettore war von dieser neuen Art Belastung nicht angetan. Ferraro hielt sich an Türklinken und Sessellehnen fest. Wie in einem Fantasy-Film fühlt er sich. Als sei er auf den Mars katapultiert worden und müsse nun lernen, sich unter den neuen Gravitationsbedingungen fortzubewegen und sich nicht von den Marsianern fangen zu lassen. Nur dass die Marsianer in diesem Fall seine Freunde waren.

»Ferraro, was tust du hier?«

Lanza saß in einem Sessel, vielmehr fläzte er sich. Auf den Knien hatte er ein Buch, und er rauchte in aller Ruhe eine große Pfeife.

»Ich lasse euch jetzt allein«, sagte die Frau, »ich muss mein Origami fertig machen.«

Sie ging hinaus. Ferraro fragte sich, warum zum Teufel diese Frau um zehn Uhr morgens ein Origami machen musste und nicht eine Klöppelarbeit oder die Wäsche, irgendeine für eine Frau mittleren Alters normale Tätigkeit jedenfalls.

»Hallo, Lanza, ich kam gerade vorbei …«

Natürlich. Von Quarto aus einen Umweg über Feltre zu machen, ist so normal, wie über Moskau nach Rom zu reisen.

»Ach ja? Und warum, hast du dich verfahren?«

»Nein, das heißt, ich habe einen Spaziergang im Park gemacht und habe gedacht, ich besuche dich einmal.«

Dienstags vormittags um zehn Uhr? Im Lambro-Park? Hätte er sich nicht etwas Besseres einfallen lassen können?

»Das war eine gute Idee, setz dich doch.«

Ferraro ließ sich in den Sessel fallen, der seinem Kollegen gegenüberstand. Das Knie pochte.

»Was rauchst du?«

»Eine Pfeife.«

Offensichtlich, oder? Präzisere Fragen, bitte.

»Natürlich. Ich meinte, welchen Tabak? Ein guter Duft.«

»Aroma.«

»Ist das nicht dasselbe?«

»Nein. Duft ist spezifisch für den unverbrannten Tabak. Das Aroma ist eine Charakteristik des Rauchs, der vom Geruchssinn wahrgenommen wird … Es sind flüchtige Substanzen, wie die ätherischen Öle …«

Er konnte sich jetzt mindestens eine Stunde lang bei diesem Thema aufhalten. Nach »flüchtige Substanzen« hörte Ferraro nicht mehr zu.

»Na ja, jedenfalls gut.« Er versuchte, die Sache abzukürzen.

»Es ist eine Komposition aus Virginia, Black Cavendish und Burley. Er hat gute Raucheigenschaften, mit Cherry-Geschmack.«

»Aroma.«

»Nein. Geschmack. Das ist das, was man mit der Zunge und dem Gaumen wahrnimmt. Er wird von der Zusammensetzung der Mischung bestimmt. Du musst auch wissen, dass …«

Schon gut, du hast es so gewollt. Man darf Lanza niemals widersprechen, höchstens im Notfall. Wenn er einmal loslegte, war er nicht mehr zu stoppen. Besser, nicht auch noch nach dem Pfeifenmodell zu fragen, denn sonst saßen sie hier noch bis in die Nacht.

»Was liest du da?«

»Ein Buch.«

»Ehrlich? Ich dachte, es wäre eine Pralinenschachtel.«

Lanza war erstaunt. Er blickte auf das Buch, nahm es in die Hand, dann sah er seinen Freund an.

»Wirklich? Dabei ist es tatsächlich ein Buch. Die Form ist vielleicht ähnlich, doch ich versichere dir, dass sich in einer Pralinenschachtel keine gedruckten Seiten befinden, die in aufsteigender numerischer Folge angeordnet sind. Nicht, dass sich in einer Pralinenschachtel nichts Interessantes befände. Die chemische Zusammensetzung …«

»Lanza, ich weiß, dass du ein Buch gelesen hast. Ich habe nur einen Scherz gemacht.«

Lanza schien wieder versöhnt zu sein. Wahrscheinlich würde er Ferraro gleich einen Besuch beim Augenarzt empfehlen. Er legte das Buch auf ein Tischchen neben dem Sessel und zog mehrmals intensiv an seiner Pfeife.

»Ach, du hast einen Scherz gemacht. Gut ... aber hör einmal, ich schweife immer wieder ab ... Wolltest du mir nicht eigentlich etwas sagen?«

»Nein, nein, ich habe es dir doch schon gesagt ... ich kam hier vorbei und wollte ein wenig plaudern. Über alles Mögliche, Gott und die Welt ...«

»Wolltest du über Theologie reden?«

Himmel, hilf!

5

Es war sinnlos, den anderen an der Nase herumzuführen. Ferraro hatte Lanza besucht, weil er sich schuldig fühlte.

Die ganze Geschichte mit Russo hatte er ihm allein überlassen, ohne jemals einzugreifen. Und jetzt bezahlte der Kollege dafür. Auf seine Weise hatte der so brillant gelöste Càrpano-Fall dazu geführt, dass er, Ferraro, wieder fest im Sattel saß, während Lanza die diversen Toten der letzten Tage für beide bezahlte.

Kurz gesagt, Ferraro war nicht nur hier, um seine Solidarität zu bekunden. Er war hier, weil Zeni vielleicht doch ein wenig recht hatte. Außerhalb seiner Arbeitszeit konnte er machen, was er wollte, der Ritter ohne Furcht und Tadel. Also gut, hier war er!

»Apropos Pralinen ....«

Lanza stand aus seinem Sessel auf und glitt leichtfüßig um den Tisch auf eine gegenüberliegende Vitrine zu.

»Lanza, ich ... ich wollte dir sagen ... nun, es ist sinnlos, um den heißen Brei herumzureden.«

»Ich habe nicht von Brei, ich habe von Pralinen gesprochen, und um sie zu holen, muss ich um den Tisch herumgehen.« Er öffnete eine Vitrinentür. »Die hat mir jemand aus dem Piemont mitgebracht. Ganz vorzüglich. Hier, nimm dir eine.«

Baffo, Lanza, überall wurde Schokolade gegessen.

»Danke …«

»Wie sind sie?«

»Sehr gut, wirklich.«

Aber er sagte lieber nichts über den Geschmack oder das Aroma oder über sonst etwas, denn dann würde er hier nicht mehr wegkommen.

Lanza setzte sich wieder.

»Was wolltest du sagen?«

»Hör zu, Lanza. Ich finde, dass das, was sie mit dir im Kommissariat tun, eine Schande ist.«

»Du übertreibst.«

»Nun, nicht allein das Disziplinarverfahren, sondern auch die Suspendierung …«

»Das war ein notwendiger Akt. Zeni konnte nicht anders handeln.«

»Ich weiß, ich weiß. Ich habe mit ihm darüber gesprochen. Aber ich glaube, dass du nicht hier herumsitzen und nichts tun kannst.«

»Es stimmt nicht, dass ich nichts tue. Ich rauche, ich lese, ich esse Pralinen … Möchtest du noch eine?«

»Nein, danke … Ich meinte *nichts* im Sinne von …« Er war dicht daran, wieder hineinzugeraten. »Nein, warte, ich will nicht wieder hineingeraten …«

»Wo hinein?«

»In diesen Teufelskreis.«

»Welchen?«

»Diesen.«

»*Diesen*, welchen?«

»Den, bei dem ich dir zu erklären versuche ...«

Er war schon mittendrin.

Gut, ordnen wir die Gedanken neu. Was wollte ich sagen?

»Was wolltest du sagen?«

»Lanza, du setzt viel aufs Spiel. Deine Karriere könnte Schaden erleiden. Ich finde das nicht richtig. So wie ich es nicht richtig finde, dass du allein dafür bezahlst.«

»Wofür bezahlen?«

»Lanza, bitte!«

»Ich bezahle nichts. Es gibt ein Disziplinarverfahren gegen mich, das ist alles. Ich vertraue auf die Gerechtigkeit und auf meine Kollegen.«

Das Problem war, dass Lanza ihnen wirklich vertraute, das war nicht nur so dahergesagt.

»Ja, aber meinst du nicht, dass man etwas unternehmen sollte?«

»Was?«

»Ich weiß nicht ... Hast du mit einem Anwalt gesprochen?«

»Warum denn? Ich habe nichts Böses getan.«

»Lanza, du weißt selbst, dass wir im Fall Russo mit unorthodoxen Methoden ermittelt haben.«

»Ich. Du hast nichts getan.«

»Genau. Ich habe nichts getan. Ich hätte dir davon abraten sollen, ich weiß nicht ... ich hätte etwas tun können.«

»Hör zu: Don Leo war es nicht. Du musst mir glauben. Die Wahrheit wird herauskommen, und alles wird sich klären.«

In welcher Welt lebte Lanza? De Matteis stand wahrscheinlich schon mit dem Strick bereit, und er sprach von Wahrheit und Gerechtigkeit. Wie konnte er nur so ruhig und friedlich bleiben, als sei er im Urlaub, als gäbe es keine Probleme?

»Komm schon, gib mir noch eine.«

Mangel an Zuneigung, wahrscheinlich.

»Greif nur zu.«

Lanza reichte dem Kollegen die Schachtel. Ferraro nahm eine weitere Praline. »Mmmh, vorzüglich ... Nektar ...«

»Aber nein, keine Sekretion von Angiospermen. Es sei denn, du dachtest an den Olymp, aber das war ein Getränk ... dies ist ein Gianduiotto, eine Nusspraline aus Turin, sie hat eine andere Konsistenz ...«

»Lanza, manchmal weiß ich nicht genau, ob du ein Genie, ein Spinner oder ein Idiot bist!«

Die Stille war ohrenbetäubend. Glückwunsch, Ispettore. Da kommst du, um deine Solidarität zu erklären, und beschimpfst denjenigen, dem sie zugedacht war. Ein richtiger moderner Held.

»Verzeih mir, Lanza. Entschuldige ... Ich weiß nicht, was mich gepackt hat.«

»Dich hat gar nichts gepackt. Ich sehe nichts.«

Er hat gar nicht darauf geachtet, er hat nur vor sich hin gesehen, und schon war es vorbei. Das war echter Stil.

»Was ich dir zu sagen versuche, wenn es mir gelingt, ist, dass ich dir gerne zur Seite stehe ...«

»Das ist aber auf Dauer ein wenig hinderlich.«

Ferraro tat so, als habe er das nicht gehört. »... ich will dir irgendwie helfen.«

»Mir wobei helfen?«

»Ich dachte, wir könnten parallel zu der offiziellen Untersuchung ermitteln. Beweise finden, um dich zu entlasten.«

»Du arbeitest, du kannst keine parallelen Ermittlungen führen.«

»Ich arbeite Teilzeit.«

»Und außerdem studierst du. Wieso solltest du sonst Teilzeit beantragt haben?«

»Lanza, du kannst diese olympische Ruhe nicht wirklich empfinden. Du weißt, was auf dem Spiel steht, nicht wahr?«

»Ich bin ruhig. Don Leo war es nicht. De Matteis und Comaschi werden herausbekommen, wie die Dinge wirklich waren.«

»Glaubst du das wirklich?«

»Und wenn ich es nicht glaubte? Sollte ich dir das sagen? Was würde das nützen?«

Wieder Stille. Diese Reaktion hatte Ferraro nicht erwartet.

»Aber Lanza … wir sind doch Freunde.«

»Sind wir Freunde? Wir sind Kollegen, richtig … aber Freunde?«

»Nun, entschuldige, aber ich dachte, dass …«

»Hör zu. Wir sind keine Freunde. Sind wir jemals zusammen ins Theater oder ins Kino gegangen? Kennst du meine politische Einstellung? Kennst du meine kulinarischen Vorlieben, meine Leidenschaften? Weißt du, wohin ich im Sommer in Urlaub fahre, was ich samstagsabends mache, ob ich Kinder habe oder Enkel, was ich lese, was mir gefällt und was nicht?«

In der absoluten Stille zog er an seiner Pfeife. Das Aroma war gut. Ferraro glich einer Mumie aus dem Ägyptischen Museum.

Lanza sprach ruhig weiter: »Überleg einmal, wir reden uns mit dem Nachnamen an, wie in der Schule. Hast du noch Kontakt zu deinen Schulkameraden? Nein, nicht wahr? Und doch hast du sie jeden Tag gesehen, sie waren *Freunde von dir* … Die Arbeit ist wie die Schule. Sie tut einem Zwang an, sie zwingt uns, miteinander umzugehen. Aber was weißt du von Augusto Lanza? Dass ich ein ulkiger Typ bin, dass ich lauter Manien habe, eine Witzfigur, einer, von dem man sich beim Abendessen als Kuriosität erzählt, offenbar ein Autist. Aber kennst du mich wirklich? Wie ich außerhalb des Kommissariats bin? Glaubst du, dass meine Karriere so fundamental wichtig für mich ist? Fühlst du dich solidarisch oder willst du dein Gewissen beruhigen? Im ersten Fall nehme ich deine Solidarität an, aber hab Vertrauen, alles wird wieder in Ordnung kommen. Im zweiten Fall ist es mir egal, ob du deine Zeit für mich vertust, denn es lohnt sich nicht. Nicht unter Kollegen.«

Das war schlimmer als ein Stich ins Herz. Ferraro ließ es sich nicht anmerken, aber unter seinen Mumienbinden blutete er.

6

Na dann, leck mich doch am Arsch. Ja, leck mich am Arsch, wer glaubst du zu sein, du blöder Idiot. *Wir sind keine Freunde*, ja, ist ja gut, ist ja schon gut, scher dich doch zum Teufel, kümmere dich um deinen eigenen Scheiß, sieh selber zu, wie du klarkommst, anderen Gutes tun willst du? Papa hatte recht, *kümmere dich um deinen eigenen Scheiß, dann lebst du länger*, kann man denn so ultrabescheuert sein? Er und dieser Scheißkalabrier, den man mit keinem Wort versteht, wenn er redet, er scheint einem Film entsprungen zu sein, er scheint der Pate, Teil zwei zu sein, siehst du, so ist das, wenn man den Menschen helfen will. *Was ich samstagsabends mache …* woher, verflucht nochmal, soll ich wissen, was du machst, ich weiß ja nicht mal, was ich samstagsabends mache. Wo ist denn dieser Schlüssel, verfluchter Mist? Herrjeh, was für eine Geschichte, du schmorst also in deinem eigenen Saft, aber was geht das mich an, hä? *Wir sind keine Freunde.* Ha, das glaube ich, du Scheiß-Marsianer, hast du überhaupt irgendeinen Freund? Na? Pass auf deinen Schlüssel auf, sonst kommt er noch weg, ah, hier, wenigstens etwas. Nichts im Haus, ich muss einkaufen gehen, so ein Scheiß. Ich würde gerne eine rauchen. Comaschi raucht wie ein Schlot, warum nenne ich ihn Comaschi? Warum nennen wir uns beim Nachnamen, warum nenne ich ihn nicht Antonio? Antonio, Antonio wie Càrpano, dann war da noch Pino, *meine Freunde nennen mich Pino*, vielleicht sind ja Mails gekommen, wie hieß der noch gleich, der mit dem Motorrad? Warum hasst Comaschi (Antonio, Antonio, warum nenne ich ihn nicht Antonio), warum hasst er Motorräder? Ich weiß überhaupt nichts über Comaschi, über diesen Spaßvogel, diesen Komiker. Comaschi, wie in der Schule. Aber Mario nenne ich Mario. Auch in der Schule habe ich ihn Mario genannt. In der Schule. Die Uni, verflucht. Wann setze ich mich endlich auf den Hintern? Es kommt noch so weit, dass ich im Jahr mal gerade eine Prüfung mache, Francesca hat schon recht, das ist die Wahrheit. Mario, *the Digitalman*, sehe ich nie. Wer sieht Mario schon? Hat er Freunde? Hab ich einen Hunger, ich muss was einkaufen gehen. *Sonstnochwas*? Zweihundert Gramm Salami. *Sonstnochwas*? Was ist eigentlich im Gefrierfach, vielleicht taue ich mir was auf. *Wir sind keine Freunde*. Ich habe auf etwas Lust. Jetzt gehe ich runter und hole mir Zigaretten, jawohl. Ich setze mich endlich auf den Hintern und mache bis zum Ende des Jahres zwei Prüfungen, soll ich für diesen auf die Erde gefallenen Vulkanier noch meine Zeit vertun, der ist mir doch scheißegal. Verflucht, das geht nicht auf, es ist zu viel los auf der digitalen Autobahn. Scheißrhetorik. Warte, da war doch noch ein Päckchen in der Schublade ganz unten. Ja, warte. Aua, tut das weh. Ich hätte Eis drauftun sollen, jetzt spielst du den Hyperjugendlichen, du bist fast vierzig, sieh zu, dass du damit aufhörst. Wo zum

Teufel sind die denn? Ich hatte sie hierhin getan. Giulia. Sie hat sie weggeworfen, ich weiß es genau. Immer hat sie ihre Finger überall. *Papa, du darfst nicht rauchen, davon wird man krank.* Jetzt rufe ich sie an. Nein, später. Habe ich Mails bekommen? Ich habe auf etwas Lust. Passwort. Mausebaer. Ich habe auf etwas Lust. Scheiße, niemand schreibt mir, niemals. Niemand. *Wir sind keine Freunde.* Wer sind meine Freunde? Keine Schokolade, Finger weg, davon wird man abhängig, ich würde gerne einen Riesenjoint rauchen, aber hallo … hier öffnen, ja, wie lange braucht der denn? *Die Arbeit ist wie die Schule, sie tut einem Zwang an.* Wer zum Teufel sagt ›tut einem Zwang an‹? Zwang antun. Zwang an-tun. Was für eine Scheiß-Website. Ich hasse diese Werbung. Ich tue Eis drauf, ich habe keine Lust, zum Arzt zu gehen, dann geht es vorbei, das weiß ich. *Was wolltest du beweisen? Du hast ausgesehen wie Conan der Barbar.* Willst du lieber diesen Vollidioten, wie heißt er nochmal? Ist das denn überhaupt ein Name: Walter? *Ich warte lieber, bis mein Kind auf der Welt ist.* Was soll das heißen? Einer, der Walter heißt, hat bestimmt Geld. Ein Kind. Was soll das heißen? Wie willst du ihn nennen? Efebo? Wir sind keine Freunde. Gigi *lo zoppo,* Vito *Manidiporco,* Mimmo *'O Animalo,* schöne Freunde. *Warum hast du dich mit uns abgegeben*? Nicht einmal Mimmo mag mich, schnallst du es endlich? *Chiodo-Nagel,* was für ein Scheiß-Spitzname. Sieh dir diese Titten an, Fusco hat nicht so große, die hier sehen aus wie die von dieser Nutte in der Uni, na, du Flittchen, komm her, ich zeig dir, wie man richtig vögelt, lass die Finger von deinem Freund, der ist nur ein pickliger Knilch. *Du hast geglaubt, du bist Conan.* Wenn sie sich einmischt, kann sie eine ganz schöne Zicke sein. *Ich habe eine Gehaltserhöhung bekommen.* Schön für dich. Verfolge deine Karriere nur schön weiter. Zeni. *Von Ihnen hatte ich mir mehr Korpsgeist erwartet.* Erst sagt er, ich soll studieren, und dann macht er Ärger. *Du willst bei der Polizei bleiben, du willst in Quarto Oggiaro bleiben, ich will unsere Tochter nicht hier aufwachsen sehen.* So eine Zicke. Fick dir doch deinen Scheiß-Walter. Was sollte das heißen? Welches Kind? Erwarten sie ein Kind? *Wir sind keine Freunde.* Zwang an-tun. Ich habe auf etwas Lust. Sieh mal her, meine Sahneschnitte, sieh mal, was für ein Schwanz, er ist ganz deiner, nimm ihn in den Mund, einen Teufel werd ich tun und das Programm herunterladen, und dann lasst ihr mich nach Katmandu telefonieren, ihr blöden Arschlöcher, die sollten sie alle einsperren, eines Tages komme ich und schicke euch alle in den Knast. Wir kommen, ich und Comaschi (Antonio, Antonio) ... warum nennt er mich nicht Michele? Schöner Arsch, jetzt verpass ich dir einen, ah, das gefällt dir, was, du Nutte, so einen Schwanz hast du noch nie gesehen, was? Ach ja, drin, drin, ah, ja, schrei nur, schrei nur, dich hört niemand, ah, ja, ja, wo ist das Taschentuch, ich will nicht, ah, ja, ja, ich wi..., ja, alles ... alles ... versaa... versauen, ja, ja, du Hure, du, saug du nur, saug ihn, jetzt, jetzt, ja, ja, nimm ihn, nimm ihn, das gefällt dir, he, gefällt dir ... ja, ja, ich komme, ich kooo .... ahh, mmmmh. *Seit wann hast du keine Frau mehr angerührt?* Fragt Comaschi. Antonio. Seit wann? Ist er mein Freund? Ist er mein Freund? Habe ich überhaupt einen Freund? ... Was für ein Scheißleben. *Wir sind keine Freunde.* Du bist fast vierzig, Michele. Du hast keine Freunde, du hast keine Familie, du lebst allein, du hast einen Scheiß-Job. Gott, was für ein Scheißleben, was für ein Scheiß-Leben, o Gott, Gott, was ... für ... ein ... Herr im Himmel, Jesus im Himmel, auch das noch, du bist ein Vollidiot ... heulen mit raushängendem Schwanz, was für ein Scheiß ... leben ... was für ein, nein, du Idiot, was machst du denn da? Das Taschentuch ist eingesaut, jetzt fehlt nur noch, dass du dir die Tränen abwischst und dir das Zeug ins Gesicht schmierst ... Scheiße, was für ein Scheiß ..., warum sind Tränen eigentlich salzig? Lanza wüsste das. *Wir sind keine Freunde.* Himmel, was für ein Scheißleben, Francesca, Giulia, Mimmo, Lanza ... mein Gott, Elì, Vater, mein Herr, Schwein, mein Gott, verflucht, ... warum hast du mich verlassen?

7

Am Ende des zweiten Tages war es dann vorbei, recht oder schlecht, aber es war vorbei. Das Leben tut einem Zwang an, sicher, aber es anästhetisiert auch. Wegen ein paar Senegalesen, die sich vor einem Handyladen prügelten, und alten Leuten, die ihren Hausschlüssel verloren hatten, hatte Ferraro den ganzen Tag lang nicht eine Minute Zeit gehabt, um über seine qualvolle Existenz als Mann in seines Lebensweges Mitte nachzudenken. Besser so. Gegen Abend war er konzentriert damit beschäftigt, ein paar schöne Berichte zu schreiben. Eine Arbeit für Bürohengste, von tödlicher Langeweile. Doch sie füllte die Zeit aus. Was glaubte er denn im Leben noch erreichen zu können? Worauf hoffte er nach dem Studienabschluss? Kaviar und Champagner? Würde er vielleicht erkennen müssen, dass dieser Universitätsprofessor, diese bärtige Pinciobüste, es im Grunde richtig gesehen hatte? Der Fetzen Papier, das Büro einen Stock höher ... Jetzt wurde er schon wieder depressiv, ein schlechtes Zeichen.

»Was tust du?« Comaschi, der Retter des Vaterlandes.

»Ich denke über meinen Selbstmord nach.«

»Aber zuerst schreibst du die Berichte fertig. Sonst muss ich das noch tun.«

»Würdest du das nicht für mich machen?«

»Bist du verrückt? Bevor du stirbst, bezahl erst alle Schulden!«

»Aber wenn einer alle seine Schulden bezahlt, weshalb sollte er sich dann umbringen? Das ergibt keinen Sinn.«

Comaschi öffnete ein neues Päckchen Zigaretten und zündete sich eine an. Mit diesem Päckchen hatte er seinem Tabakhändler wahrscheinlich dazu verholfen, sich eine Wohnung am Meer kaufen zu können (in den Bergen hatte er schon eine, dank der Beiträge Comaschis vom Vorjahr).

»Musst du noch lange arbeiten?«, fragte dieser qualmend.

»Nein, ich bin fast fertig.«

»Gehen wir ein Bierchen trinken?«

»Es ist kalt. Besser eine heiße Schokolade.«

»Leidest du an Liebesentzug?«

»Kann sein.«

Zehn Minuten später standen sie auf der Straße.

»Wo gehen wir hin?«, fragte Ferraro.

»Wir gehen in die Bar Quinto.«

»Hast du dich in dieses Lokal verliebt?«

»Aber nein, es ist nur, weil sie hier um die Ecke ist.«

»Aber pass auf, deine Motorrad-Freunde sitzen im Kittchen, ich weiß nicht, mit wem du dich heute schlagen könntest …«

»Irgendein Idiot findet sich immer, keine Sorge.«

Es war wirklich kalt, unsinnig, da weit zu gehen. Innerhalb einer Woche hatte sich das Wetter drastisch verschlechtert. Auf dem Bürgersteig vor der Bar standen mittlerweile nur noch wenige Jugendliche, die meisten hatten sich ins Lokal verkrochen. Der Inhaber machte gute Miene zum bösen Spiel, als er die beiden Polizisten sah: Er räumte einen Tisch frei und war diensteifriger als nötig. Von den beiden ließ er sich nicht mehr ärgern!

»Wolltest du nicht eine Schokolade nehmen?«

»Nein, besser nicht, das schadet meinem Image.«

»Wieso, hast du ein Image, das du verteidigen musst?«

»Jeder hat eins, oder etwa nicht? Befinden wir uns nicht in der Imagegesellschaft?«

»In der Imaginationsgesellschaft vielleicht. Es hat den Anschein, als gäbe es nichts Reales mehr. Alles ist virtuell.«

»Kacken müssen doch bestimmt auch die von der Imagegesellschaft. Oder kacken die nicht?«

»Ich kann mir Naomi Campbell und Claudia Schiffer nicht beim Kacken vorstellen. Oder den Präsidenten der Republik oder den Papst. Siehst du sie vor dir, wie sie auf dem Klo sitzen?«

»Sie werden schon müssen müssen.«

»Was für eine Scheiß-Unterhaltung ...«

»Das war aber jetzt ein platter Spruch, Comaschi.«

Warum nennt er ihn Comaschi? Warum nennt er ihn nicht Antonio?

»Was hast du? Du machst plötzlich so ein Gesicht.«

Was würde Lanza antworten? »Gesichter kann man nicht machen« oder »Ich bin kein Schönheitschirurg« oder ... egal, nur Lanza weiß, was er geantwortet hätte. *Wir sind keine Freunde.*

»He, Ferraro, bist du noch da? Was ist? Ist deine Katze gestorben?«

»Warum nennen wir uns beim Nachnamen?«

»Was?«

»Warum nenne ich dich Comaschi? Warum nenne ich dich nicht Antonio?«

»Was haben sie dir denn ins Glas getan?«

»Ich meine das im Ernst.«

Comaschi runzelte die Stirn. Er trank von seinem Bier, als müsse er seine Gedanken ordnen.

»Was ist los, Ferraro? Seit Tagen schon rennst du mit Leichenbittermiene herum.«

»Warum nennst du mich Ferraro? Ich heiße Michele, das weißt du doch, oder?«

»Wo ist das Problem?«

»Man antwortet nicht mit einer Frage auf eine Frage. Das ist ein Zeichen von schlechter Erziehung.«

»Ach, leck mich doch am Arsch, du Affenkopf.« Comaschi lächelte. Dann wurde er wieder ernst: »Sag schon, was ist los?«

Ferraro erzählte ihm in Kürze von Lanza, und wie dieser ihn abserviert hatte. Comaschi hörte aufmerksam zu.

»Also, versuchen wir einmal, ein wenig Ordnung und Disziplin in dieses Chaos zu bringen. Erstens: Ich finde es schön, dass wir uns beim Nachnamen nennen, so habe ich das Gefühl, dass ich noch in der Schule bin.«

»Da, siehst du … die Arbeit tut einem Zwang an …«

»Scher dich doch zum Teufel, die Welt tut einem Zwang an! In der Schule hat man Spaß, richtig? Mir gefällt es, wenn noch so ein bisschen dieser lockere Ton zwischen uns herrscht. Ich sehe meine Klassenkameraden nicht mehr, das stimmt. Aber auch viele meiner Freunde aus der Kindheit sehe ich nicht mehr. Nicht einmal das erste Mädchen, das ich gevögelt habe. Eines Tages wird mein Sohn aus dem Haus gehen, und er wird nach Australien ziehen, weil er sich in eine Aborigine-Frau verliebt. Und ich werde ihn nicht mehr sehen. Ende, Amen. Ich sehe dich häufiger als meine Frau, das ist die Wahrheit. Auch De Matteis sehe ich häufiger, das stimmt, aber mit ihm gehe ich nicht Bier trinken, mit ihm mache ich keinen Unsinn …«

»Aber wenn du wählen könntest …«

»Wenn, wenn, wenn … wenn meine Oma Räder hätte, wäre sie ein Autobus: Ich wähle immer, wenn ich kann. Und es ist nicht so, dass die Auswahl so groß wäre. Ich wähle das weniger Schlimme, so ist das …«

»Ich bin also das weniger Schlimme.«

»Auch ich bin es für dich. Und das ist doch schon was, was glaubst du denn?« Er trank noch einmal. »Wie nennt dich dein Penner-Freund …«

»Wer, Baffo?«

»Chiodo, richtig? Und du nennst ihn Baffo … kommt dir das normal vor?«

»Na ja, das ist ein Spitzname, es ist freundschaftlich.«

»Ja, aber du heißt Michele, nicht Chiodo. Und er heißt nicht Baffo. Ihr habt euch Spitznamen gegeben. Und ich auch. Ich nenne dich Ferraro. Ist das nicht legitim? Und nicht weil er dich Chiodo nennt, weiß er mehr Dinge über dich, als ich über dich weiß …«

»Das ist nicht das Problem. Ich dachte, Lanza würde mich als Freund betrachten. Ich weiß, ich bin pathetisch, aber ich bin gerade in einer schwierigen Phase, und ich sage dir: Lanza hat recht. Was weiß ich schon über ihn?«

»Du weißt, was du wissen musst, um ihn zu respektieren oder eben nicht. Es ist ja schon schwer, über uns selbst etwas zu wissen, dann erst über andere.«

»Du machst es dir leicht.«

»Nein. Ich bin nur ein pragmatischer Typ. Ich mache die *Koffer-Probe.*«

»Die was?«

»Der Koffer mit einer Million Dollar.«

»Was zum Teufel redest du da?«

»Denk dir einfach, du hättest einen Koffer mit einer Million Dollar.«

»Das fällt mir schwer.«

»Tu einfach so, los, streng dich an, aber ohne dir dabei ins Hemd zu machen.«

»Du bist wirklich ein feinsinniger Komiker. Ist gut, also … ich habe den Koffer, und dann?«

»Gut. Jetzt musst du ihn jemandem geben, ich weiß nicht warum, nimm einfach an, du musst weg, und jemand muss ihn für dich auf die Antipoden bringen.«

»Aber entschuldige, ich nehme ihn einfach mit, geht das nicht einfacher?«

»He, verfluchte Scheiße! Ich habe gesagt, du sollst so tun als ob. Fang nicht an, Rabulistik zu betreiben.«

»Was tue ich?«

»Du sollst keine Haarspalterei betreiben! Also, Disziplin und Ordnung: Du musst zu den Antipoden reisen und kannst den Koffer nicht mitnehmen, okay?«

»Okay.«

»Gut. Wem würdest du den Koffer geben? Von wem kannst du sicher sein, dass er ihn an seinen Bestimmungsort bringt? Wer, auch wenn wir letztendlich alle im Innersten ganz schöne Dollarliebhaber sind, würde das Flugzeug nehmen, um dir den Koffer unangetastet auf die andere Seite der Erdkugel zu bringen?«

Schweigen.

»Puh, ich weiß nicht … ich müsste darüber nachdenken …«

»Denk nach. Würdest du ihn De Matteis geben?«

»Du machst Witze.«

»Gut, einer weniger … Würdest du ihn Zeni geben?«

»O Gott, dann müsste ich ihm erklären, warum ich ihn habe … nein, besser nicht.«

»Würdest du ihn Fusco geben?«

»Ich weiß nicht, ich kenne sie nicht, nein, ich glaube nicht. Weil sie eine ist, von der …«

»Das Warum interessiert mich nicht die Bohne. Ihr würdest du ihn nicht geben! Mich nenne ich nicht, weil Anwesende natürlich nicht infrage kommen. Wem würdest du ihn geben?«

Würde er ihn Mimmo geben? Und Francesca?

»Ich, ich …«

»Hör zu: Würdest du ihn Lanza geben? Würdest du ihm den Koffer mit der Million Dollar geben?«

Schweigen. Ferraro lächelte ein wenig. Fast zärtlich.

»Ja. Ich glaube, Lanza würde ich den Koffer wirklich geben.«

»Gut. Also ist Lanza ein Freund. Der Grund dafür interessiert mich nicht. Ihm würdest du den Koffer anvertrauen. Das reicht mir schon.«

Und vielleicht nicht nur ihm.

8

»Die ganze Situation hier ist chaotisch. De Matteis lässt sich auf keine Diskussionen ein, er will seinen Kopf durchsetzen; der die Ermittlungen leitende Staatsanwalt unterstützt ihn voll und ganz.«

»In welcher Hinsicht?«

»Sie haben eine ganze Reihe von Leoluca Grillos Jugendsünden aufgedeckt, die Jack the Ripper bleich werden lassen würden. Diebstahl, Schutzgelderpressungen, Morde …«

»Ich weiß, ich weiß, aber das ist doch alles schon Jahre her.«

»Und wer sagt das? Was wissen wir denn, ob der Alte nicht noch immer in diese alten Bindungen verstrickt ist? Ich muss leider sagen, dass es nicht falsch ist, was De Matteis macht. Es hat seine Logik. Hier geht es um die Frage, wer von ihnen das Gebiet kontrolliert, die Russos oder die Grillos.«

»Don Leo ist seit damals nicht wieder im Knast gewesen, und auch niemand von seiner Familie.«

»Vielleicht sind sie ja einfach nur gerissener geworden.«

»Nein. Wir haben sie gebrandmarkt. Sie sind genetische Kriminelle, daran ist nicht zu rütteln, nicht wahr?«

»Jetzt werd nicht dramatisch. Die Russos haben mit der ganzen Clique zu tun, die um die Sacra Corona Unita rotiert, und die Grillos mit der 'Nrangheta, das ist einfach, man muss nur hinschauen.«

»Warum ist dann bis jetzt nie etwas passiert? Die sind doch schon seit Jahrzehnten hier.«

»Bis jetzt haben sie sich als gute Nachbarn den Kuchen geteilt. Doch wir befinden uns in der Rezession, und die Raubtiere kriegen sich wegen der Krümel in die Haare.«

»Don Leo ist zu Russos Vater gegangen, um ihn um die Erlaubnis zu bitten, seinem Sohn eine Lehre zu erteilen.«

»Wo zum Teufel lebst du? Glaubst du, wir sind in einem Hollywood-Film?«

»Er hat es getan, da bin ich sicher.«

»Und Russos Vater hat das akzeptiert? Glaubst du das wirklich?«

»Warum nicht? Der Sohn war schließlich auch für ihn eine Belastung. Ihn kannten wir von der ganzen Familie am besten, denn er war immer unterwegs und hat Dummheiten gemacht, das ist sicher kein Verhalten, das die Privatsphäre der Familie schützt.«

»Er war ein Idiot ersten Grades, das weiß ich wohl. Wenn er nicht der Sohn dieses Vaters gewesen wäre, hätte er sich vielleicht auch um seinen eigenen Kram gekümmert und wäre niemandem auf den Sack gegangen.«

»Genau. Der Vater wird gedacht haben, dass eine Abreibung von Männern, die nicht aus seinem Umkreis stammten, ihm den Kopf wieder geradesetzen würde.«

»Das kommt mir alles ein bisschen inkohärent vor.«

»Inkohärent? Was ist, hast du ein neues Wort gelernt und willst es jetzt überall anwenden?«

»Ich bin ein Meister beim *Boggle*, du solltest mich mal an Weihnachten sehen ... Wie auch immer, die Ermittlungen haben diesen Weg eingeschlagen, und ich glaube nicht, dass wir die Richtung ändern, zumindest nicht, solange es keine bedeutenden neuen Erkenntnisse gibt. Ich erinnere dich daran, dass De Matteis der Chef ist, mehr als ihn aufziehen kann ich nicht.«

»Was sagen deine Informanten?«

»Nichts. Sie sind stumm wie die Fische. Hier herrscht dicke Luft, ganz schön dicke Luft. Die Reihen sind geschlossen.«

»Der Krieg hat begonnen. Hier oder dort. Aber was ist zu gewinnen? Das mit dem Territorium heißt gar nichts.«

»Sklaven.«

»Was?«

»Das geht mir die ganze Zeit durch den Kopf. Der Sklavenmarkt, die Unglücksraben, die vor der kalabrischen oder der apulischen Küste abgeladen werden. Sie sammeln sie auf und verschieben sie. Mailand ist perfekt dafür. *In Mediolanum*, richtig? Wir liegen auf halbem Weg nach überallhin. Europa ist unser!«

»Und die Camorra?«

»Pah, ich glaube nicht, dass die Neapolitaner an diesem Markt interessiert sind. Die Camorra existiert nicht, zumindest nicht so, wie man immer in den Zeitungen liest. Raffaele Cutolo gehört ins vorige Jahrhundert. Das *System* funktioniert dort, bei ihnen zu Hause.«

»Das *System*.«

»Ich habe es dir ja gesagt, die Camorra existiert nicht. Keiner schließt mehr Blutpakte oder macht ähnlichen folkloristischen Unsinn. Die sind jetzt eher zu Managern geworden. Sie interessieren sich für Abfall, Müllentsorgung, Uran. Da geht es um Milliarden, weißt du? Und wenn sie es bei sich machen …«

»Also glaubst du, dass Don Leo …«

»Ich glaube einen Scheißdreck. Ich weiß nur, dass De Matteis konsequent vorgeht. Wenn dein Freund sauber ist, werden wir das vielleicht herausfinden, sicher, aber vielleicht erst in vier Jahren oder vielleicht nie.«

»Und Lanza steckt mittendrin. De Matteis wird jubilieren.«

»Ich sage nicht, dass er es sich auf die Fahnen geschrieben hat, Lanza aus dem Weg zu räumen, nein, aber sagen wir einmal, dass seine Meinung eine … präjudizierte ist.«

»Präjudiziert? Ich will wirklich beim *Boggle*-Weihnachtswettbewerb dabei sein.«

»Komm bloß nicht. Ich würde dich vernichtend schlagen.«

»Dieser Idiot von Lanza. Manchmal weiß ich wirklich nicht, ob er nun ein Genie oder ein Idiot ist.«

»Du bist der Idiot! Du hast wie immer nichts begriffen. Wenn du aufhören würdest, dich selbst zu bemitleiden, würdest du Lanzas Verhalten verstehen.«

»Was redest du da für einen Scheiß?«

»Lanza will dich draußen halten, er schützt dich. Er will nicht, dass du neben den offiziellen Untersuchungen Ermittlungen anstellst, weil er weiß, dass De Matteis es auch auf dich abgesehen hat. Zeni hat dir das gesagt, nicht wahr? Vielmehr, nein, er hat es dir nicht gesagt, aber er hat es dir zu verstehen gegeben. Absurderweise bist du viel freier als ich. Du hast einen größeren Handlungsspielraum. Andererseits ist klar, dass du viel mehr riskieren würdest, du hast kein Netz, wenn du fällst, brichst du dir alle Knochen, und das will Lanza nicht. Wenn du aufhören würdest zu glauben, dass du der einzige Mensch auf der Welt bist, der leidet, der einzige, der eine integre Moral hat, wenn du aufhören würdest, dich in deinem Unglück zu suhlen, dann würdest du all das sehen. Dir kommt es zugute, dass Lanza sich wie ein Arschloch verhält, so kannst du ihm die Schuld geben …«

»He, was erlaubst du dir da …«

»Ach, hör doch auf. Deine Leier über die Freundschaften, die Einsamkeit, das Unglück … Glaubst du, du bist der Einzige, dem das Leben in den Arsch getreten hat? Willst du mal meinen Hintern sehen? Der sieht aus wie eine Mondlandschaft.«

»Du weißt einen Scheiß über mich und über mein Leben, wie kannst du dir herausnehmen …«

»Ach, ich weiß einen Scheiß? Aber du weißt alles, richtig? Jetzt erzähle ich dir mal was … Willst du wissen, warum die Typen, die keinen Helm aufsetzen, mich austicken lassen? Willst du es wissen?«

»Was soll das denn jetzt hier?«

»Also, willst du es wissen oder nicht? Du jammerst die ganze Zeit darüber, dass wir uns nicht beim Vornamen nennen, dass wir nichts voneinander wissen, du kommst mir vor wie Don Giovanni Bosco, gut, also hör dir meine Beichte an, und dann vergib mir …«

»Es ist sinnlos, dir zu sagen, dass mir das scheißegal ist. Du erzählst es mir ja trotzdem, stimmt's?«

»Halt doch den Mund, meinst du, ich weiß nicht, dass du fast stirbst vor Neugierde, weil du es unbedingt wissen willst?«

XI

Offenbarungen

1

Rapotti ließ ihn im Lehrerzimmer Platz nehmen. Er räumte einen Stapel Zeitungen weg, der an einer Ecke des Tisches lag, und füllte die Lücke sofort wieder mit einem Stoß Klassenarbeitshefte auf. Sie setzten sich, Rapotti auf die eine, Ferraro auf die andere Seite. Als müsse er eine Prüfung ablegen; Ferraro hatte Lust, sein Studienbuch herauszuholen und es seinem Gegenüber auf den Tisch zu legen.

»Ich hoffe, ich störe Sie nicht.«

»Kein Problem. Ich habe ein paar Freistunden. Es reicht gerade, um die Hefte zu korrigieren.«

»Ich versuche, Sie nicht allzu lange aufzuhalten.«

»Möchten Sie vielleicht einen Kaffee?« Der Lehrer stand auf und ging zu einer Kaffeemaschine, die im Zimmer stand. »Ich würde sagen, es ist die richtige Zeit dafür, oder?«

»Machen Sie ruhig einen.«

Der dritte heute Vormittag.

»Wie viel Zucker?«

»Einen und ein bisschen.«

»Etwas Milch, Ispettore … Ferrante, richtig?«

Also bitte: Einigt euch! Ferraro war ja bereit, seinen Nachnamen zu ändern; er würde zur Stadtverwaltung gehen und die ganze Verwaltungsprozedur absolvieren, um seine Identität zu ändern. Schließlich hatte er keine heraldische Tradition zu verteidigen. Zumindest aber sollten sich alle einigen, wie sie ihn nennen wollten, verflucht nochmal! Er hieß ja nicht Schostakowitsch oder Mirabeau oder Gjomarkaj (armer Zoran … aber schrieb sich sein Nachname überhaupt so? Vielleicht war es ja auch Giomarkai oder Djomarkey). Er trug auch keinen dieser polnischen Namen voller Xe, Ks und Ws ohne einen einzigen Vokal dazwischen, einen dieser Namen, die eine Optiker-Sehtabelle glücklich machen würde. Ferraro. Wie kann man sich bei einem Namen von solch erschütternder Banalität nur so vertun? Die ganze westliche Philosophie diskutiert über das Problem des Subjekts, über das Verschwinden des Autors, über das Andere des Selbst, über die Krise der Identität, ohne zu bemerken, dass Ferraro für die Auslöschung des Ichs zum Studieren an die Universität gegangen war. Es wäre besser, er hieße Rossi, diesen Namen würde wenigstens niemand verunstalten.

»Ferraro.«

»Wie?«

»Ferraro, ich heiße Michele Ferraro, nicht Ferrante.« Er reagierte pikiert.

»Ah, ja, entschuldigen Sie … ich muss mir immer so viele Namen merken, da ist es normal, dass ich sie mal falsch sage. Meine Schüler nehmen mich deswegen immer auf den Arm.«

»Und was tun Sie dagegen?«

»Ich gebe ihnen Spitznamen. Bis sie sich schließlich untereinander auch mit ihren Spitznamen anreden. So kann ich mir alle merken, und es bildet sich eine weniger formale Gemeinschaft heraus … ich weiß nicht, ob Sie mich verstehen …«

Vorschlag für ein ministerielles Programm. Unter dem Kapitel *Gesellschaftliche Erziehung*, Paragraph *Soziale Beziehungen*.

»Was ich sagen wollte, Professore …«

»Duzen wir uns doch. Hier nennen mich zu viele *Professo-*

re.« Er streckte Ferraro eine Hand hin. »Ich heiße Francesco, Franz für meine Freunde.«

Sind wir Freunde?

»Ich wollte sagen, *Franz,* ich weiß, dass du bereits von meinen Kollegen befragt worden bist ...«

»Ich will die Wahrheit sagen, ich dachte, dass du und dein Kollege, wie heißt er noch ... Lanza, richtig, den Fall bearbeiten würdet.«

Wie kommt es, dass sich bei Lanzas Namen nie jemand vertut? Ob daran die Metrostation schuld ist?

»Ja, Lanza, richtig. Nur dass aus Gründen, die ich dir nicht erklären kann, Lanza im Augenblick verhindert ist, und daher ...«

Was zum Teufel sollte er ihm erzählen? Dass ihm Comaschi die Augen geöffnet hatte? Dass es an der Zeit war, mit dem Jammern aufzuhören und schleunigst nach einer Lösung zu suchen, weil sonst sein Freund, dem er eine Million Dollar anvertrauen würde, bald auf der Schnauze liegen würde? Und scheiß auf die Prüfungen! Er hatte die ganzen vielen Jahre gewartet, jetzt konnte er auch noch ein paar Tage länger warten, oder?

»Jedenfalls kann ich nicht so viel mehr sagen, ich weiß nicht, ob deine Kollegen dir bereits berichtet haben ...«

Gar nichts hatten sie berichtet. Er dürfte in diesem Augenblick nicht einmal hier sein.

»Ja, sicher, aber es wäre gut, wenn du es noch einmal wiederholen könntest.«

Dann trank er seinen Kaffee in einem Zug aus, als wolle er den Blick seines Gegenübers meiden.

»Gut, wie du willst, also, was soll ich dir sagen ... als ich an jenem Morgen an der Schule ankam, habe ich nicht gleich kapiert, was da passiert, ich war in Gedanken.«

Woran er wohl gedacht haben mochte? An den Frieden

in der Welt? Daran, wie man das Problem des Hungers in der dritten Welt lösen könnte? An ein Treffen zwischen den monotheistischen Religionen? An den Aufstand der unterdrückten Massen? Warum nicht an die Miete, die er bezahlen musste? Warum stellte sich Ferraro Rapotti immer als Paladin vor, der in unzähligen humanitären Kämpfen an vorderster Front stand? Warum fühlte sich Ferraro ihm gegenüber immer so befangen? Es war fast, als würde er Rapotti bewundern und ihn gleichzeitig wegen dieser Bewunderung, die er in ihm hervorrief, verabscheuen.

»Jedenfalls habe ich erst im letzten Augenblick bemerkt, was da passierte.«

»Was hast du gesehen?«

»Da standen drei Typen um Russo herum. Ein Stück entfernt haben ein paar andere Jungen wortlos zugesehen.«

»Was haben die drei Typen gemacht?«

»Sie haben ihn verarscht. Ich sollte wohl besser sagen, sie haben sich über ihn lustig gemacht, sie haben ihn verspottet ... doch keine dieser erhabenen Vokabeln beschreibt die Lage wirklich. Sie haben ihn vor den Augen aller nach Strich und Faden fertiggemacht. Genau. Es war eine wirklich peinliche Situation für ihn ...«

Es war nicht klar, ob er das spöttisch sagte oder es wirklich so meinte. Ferraro blickte auf die Tasse in den Händen des Lehrers.

»Trinkst du deinen Kaffee nicht?«

»Nein, ich warte, ich mag ihn gerne lauwarm.«

Seltsamer Geschmack. Welchen Sinn hat es, lauwarmen Espresso zu trinken?

»Wie auch immer ... Was ist dann passiert?«

»Ja, weißt du, ich habe gedacht, es ist besser, sie nicht weiter zu beachten. Ich habe einen Moment zugesehen, dann bin ich weitergegangen. Ich bin zu den anderen Schülern gegangen und habe sie daran erinnert, dass sie in zehn Minuten in den Klassenzimmern sein mussten.«

»Einen Augenblick. Hast du zufällig darauf geachtet, was die drei gesagt haben?«

»Um ehrlich zu sein: nein. Das heißt, ich wollte gar nicht hören, was sie sagten, und offen gesagt haben sie eine derart absurde Sprache gesprochen, dass ich nur die Hälfte verstanden habe.«

»Waren es keine Italiener?«

»Doch, doch ... in jedem Fall Italiener. Doch sie haben Dialekt gesprochen.«

»Welchen Dialekt?«

»Nun, ich bin kein guter Linguist ... ich kann dir nur sagen, dass es ein süditalienischer Dialekt war. Aber nicht Neapolitanisch oder Apulisch, weiter im Süden.«

»Kalabrisch?«

»Sehr wahrscheinlich.«

Wenn man gar nichts verstand, war es mit Sicherheit Kalabrisch. Dieser Dialekt ist der unverständlichste auf der ganzen Welt, nach Bergamaskisch, versteht sich.

Rapotti schluckte die lauwarme Brühe hinunter. Es sah wirklich so aus, als ob es ihm schmeckte. Seltsame Vorliebe.

»Und dann?«

»Nun, ich wollte sagen ... ich war schon am Eingang angelangt, als ich Schreie hörte. Ich drehte mich um und sah, dass die Lage sich zugespitzt hatte.«

»Inwiefern?«

»Ich weiß nicht ... es sah so aus, als würden einige Jungen die drei anfeuern, sie standen im Kreis um sie und Russo herum. Von dort, wo ich war, konnte ich nichts Genaues sehen.«

»Und was hast du dann getan?«

»Ich bin zurückgegangen, wenn da einer meiner Jungen hineingeraten wäre …«

Meine Jungen. Dem könnte keiner mehr seinen Heiligenschein streitig machen.

»Und was hast du genau gesehen?«

»Russo hat sich gewehrt, und die drei fingen an, ihn zu verprügeln. Aber, ich weiß gar nicht, wie ich es ausdrücken soll … es sah nicht aus wie eine wirkliche Prügelei, es war eher so wie im Film … hast du die Filme von Scorsese vor Augen?«

»Mehr oder weniger.«

»Na ja, sie haben ihn geohrfeigt wie ein unartiges Kind.«

»Und Russo?«

»Ich kann dir sagen, er hat getobt. Ich war noch ein Stück entfernt, aber ich habe gesehen, dass er sich irgendwann auf einen von ihnen gestürzt hat, er hatte ein Messer in der Hand.«

»Oh, Scheiße.«

»Aber entschuldige, haben deine Kollegen dir das nicht berichtet?«

»Natürlich, natürlich, nur, du erzählst es so gut.«

»Nimmst du mich auf den Arm?«

2

Eine ältere Frau trat ein, vermutlich eine Kollegin.

»Rapotti, entschuldige, ich wollte dir sagen … oh, Verzeihung, ich wusste nicht, dass du Besuch hast …«

»Macht nichts, was ist denn?«

»Kannst du einen Augenblick kommen? Die Santi richtet gerade ein Chaos an.«

Der Lehrer sah Ferraro an.

»Geh nur. Kein Problem. Ich warte hier auf dich«, sagte der Ispettore.

»Es dauert nur einen Moment«, beeilte sich die Kollegin hinzuzufügen.

Rapotti ging. Ferraro hing seinen eigenen Gedanken nach. Draußen regnete es, und die Feuchtigkeit drang in die Knochen. Ferraro prüfte seine körperliche Verfassung. Alles normal, außer, um die Wahrheit zu sagen, dem Knie, das sich immer wieder meldete. Vielleicht hatte Francesca recht, er musste zu einem Arzt gehen. Er befühlte seine rechte Schulter, als wolle er sich versichern, dass seine Muskeln noch dort waren. Ein leichter, kaum wahrnehmbarer Schmerz erinnerte ihn daran, dass es besser war, keine schlafenden Hunde zu wecken.

Nach einer Weile kam Rapotti wieder.

»Entschuldige, Michele, diese Kollegin, Santi, ist wirklich eine anständige Person, aber manchmal rastet sie aus ...«

Michele, wenigstens den Vornamen hat er richtig gesagt. Niemand nennt ihn Michele. Das heißt, Francesca, ja, vielleicht nur sie (nein, Mario auch noch). Aber seine Freunde? Wer sind seine Freunde? Reicht es, dass man sich mit Vornamen anredet?

Rapotti setzte sich.

»Wo waren wir stehengeblieben?«

Ferraro kam wieder zu sich. »Beim Messer.«

»Genau, das Messer ...«

»Du hast gesagt, Russo hat sich mit einem Messer in der Hand auf einen der drei gestürzt.«

»Es ist alles sehr schnell gegangen. Ich brauche mehr Zeit, um es zu erzählen, als es in Wirklichkeit passiert ist.«

»Keine Sorge, das ist normal. Erzähl mir einfach alles, woran du dich erinnerst, deine Eindrücke, auch wenn du sie konfus findest.«

»Wie auch immer: Russo hat einen der drei am Arm verletzt. Es sah nicht nach einer wirklich schlimmen Verletzung aus. Natürlich ist der Verletzte fürchterlich wütend geworden. Er schien sich aber mehr über seine zerschnittene Jacke aufzuregen als über alles andere.«

»Und wie hat er reagiert?«

»Genau, an diesem Punkt änderte sich was: Sie fingen an, Russo ernsthaft zu verprügeln. Ich habe meinen Jungen zugerufen, sofort da wegzugehen.«

»Hast du gebrüllt?«

»Ja.«

»Haben sie dich gesehen?«

»Wer?«

»Die drei Kalabrier.«

»Darüber habe ich noch gar nicht nachgedacht ... ja, vermutlich. Natürlich: Sie haben mich ganz sicher gesehen. Jetzt fällt es mir wieder ein ... ja, einer hat mir genau in die Augen geblickt. Aber ich habe ihn nicht wirklich angeschaut.«

»Wie meinst du das? Was hast du denn getan?«

»Ich habe auf Russo geachtet, der auf dem Boden lag und aus dem Mund blutete. Ich habe gedacht, dass ich sofort die Polizei rufen müsse.«

»Wie bitte? Damit ich richtig verstehe: Da waren drei Typen, die deinem täglichen Albtraum eine Abreibung verpassen, und du wolltest die Polizei rufen?«

»Wofür hältst du mich, entschuldige? Das war nicht die Lösung des Problems. Ich bin Pazifist, ich will nicht alle Araber tot sehen, weil es unter ihnen Selbstmordattentäter gibt, und auch nicht alle Amerikaner, weil sie die arabischen Länder überfallen. Es gibt das internationale Recht, das Gesetz ...«

Ferraro lächelte sardonisch.

»Über die Amerikaner hast du also auch schon nachgedacht. Keiner von den Leuten deines Schlages mag die Yankees wirklich.«

»Aber was redest du da?«

»Ihr protestiert immer gegen die Vereinigten Staaten und gegen die Todesstrafe, aber ihr vergesst, dass in China viel mehr Menschen umgebracht werden.«

Rapotti schien enttäuscht zu sein. Über Ferraro, über seine Unterstellung, darüber, dass er auf so banale Weise Polizist war.

»Hör zu. Wenn ich einen großen Bruder habe, der einen falschen Weg eingeschlagen hat, dann sage ich ihm das. Auch wenn er für mich ein Mythos war, weil er mir beigebracht hat, eine bestimmte Art Musik zu hören, bestimmte Bücher zu lesen oder bestimmte Filme zu sehen, auch wenn ich mir seine Klamotten anziehe, die immer ›in‹ sind. Doch wenn er Unsinn anstellt, wenn er vielleicht Drogen nimmt oder dealt, dann versuche ich, immer alles zu tun, damit er damit aufhört. Weil ich ihn liebe, verstehst du? Natürlich kannst du sagen, der aus dem Haus gegenüber dealt doppelt so viel, nimmt doppelt so viel Drogen. Stimmt, du hast recht. Aber ich muss ja irgendwo anfangen, oder? Wo denn, wenn nicht bei meinem Bruder? Ich will einen Bruder haben, der ein Vorbild ist, richtig? Weißt du, was sie sonst zu mir sagen? Du kommst hierher, um Ärger zu machen, und kümmerst dich nicht darum, was dein eigener Bruder tut. Verstehst du?«

Lehrreich und didaktisch hervorragend, ein vorzüglicher Lehrer, zu dem man Giulia schicken kann, wenn sie etwas größer ist, vorausgesetzt, ihre Mutter hat sie nicht bei den Ursulinen angemeldet, klar. Ferraro fühlte sich jedenfalls wie ein wandelnder Kotzbrocken.

»Okay, entschuldige … verzeih mir, Franz …« (als wolle er

fragen: Sind wir noch Freunde?) »... diese Bemerkung war nicht angebracht. Kommen wir auf diesen Vormittag zurück: Was hast du getan, als du die Lage erfasst hattest?«

»Ich habe es dir schon gesagt, es ging alles so schnell. Ich hatte gar nicht die Zeit, das Handy herauszuholen, als die drei Schläger schon verschwunden waren.«

»Und du?«

»Ich bin zu Russo gegangen, um zu sehen, wie es ihm ging. Ich habe ihm gesagt, dass ich einen Krankenwagen rufen würde, aber er wollte nicht. Ich konnte ihm noch aufhelfen, und dann ist er abgehauen; er war sehr wütend.«

»Und *deine* Jungen? Waren die noch da?«

»Du wirst sie doch nicht aussagen lassen! Sie sind minderjährig, ich will nicht, dass sie in Schwierigkeiten kommen.«

Sie waren also noch da.

»Los, sag es mir. Was haben sie gemacht?«

Rapotti lächelte, fast verlegen.

»Gar nichts, wir sind ins Klassenzimmer gegangen.«

»Los, hör auf, es ist offensichtlich, dass du nicht lügen kannst.«

Rapotti schlug die Augen zur Decke. Jetzt lächelte er, ohne Scham.

»Gut. Ich sage es dir. Ja, sie waren noch da. Als ich Russo aufgeholfen habe, haben sie applaudiert.«

»Wem, dir?«

»Das täten sie nicht einmal, wenn ich Rockstar wäre.«

Sie mussten beide lachen.

»Und dann?«

»Und dann, als sie Russo mit hängenden Ohren davonschleichen sahen, haben sie angefangen zu pfeifen und ihm Buhrufe hinterhergeschickt. Himmel, er konnte einem fast leidtun.«

Die beiden lachten, endlich von ihren Rollen befreit. Freundschaftlich.

»Manchmal funktioniert es also.«

»Was?«

»Das entschiedene Auftreten.«

»Du brauchst nicht darauf zu hoffen, dass ich dir recht gebe. Ich falle nicht darauf herein!«

3

Er belagerte Comaschi, der ihm alles in allen Einzelheiten erzählte. Es gab keinen Ausweg. Die Anwälte der Russos ließen niemanden heran. Es gab nicht eine Sekunde in den vergangenen Tagen, für die sie kein Alibi hatten.

»Und alle sind plausibel, verstehst du? Antonio Russo lag wegen einer Untersuchung in der Poliklinik …«

»Was hat er? Einen Pickel auf dem Schwanz?«

»Verdacht auf Zwölffingerdarm-Tumor.«

»Teufel. Und die Söhne?«

»Pasquale und Marco saßen die ganze Zeit am Bett des Vaters. Stell dir mal vor, sie haben mir sogar einen Vortrag gehalten, dass die Polizei nicht genug tut, um die Mörder zu finden.«

»Sie sind es gewesen.«

»So sicher wie der Tod. Doch wir können nichts tun. Keiner sonst macht den Mund auf, und die Spurensicherung hat nichts gefunden, was uns helfen könnte. Der Einzige, der uns ins Netz gegangen ist, ist dein Don Leo, die anderen sind frei wie die Vögel im Himmel und die Lilien auf dem Feld.«

»Der einzige Unschuldige.«

»Da sei mal nicht so sicher.«

»Was macht De Matteis?«

»Er gräbt in Grillos Vergangenheit. Er hat nichts anderes in der Hand. Ein Chaos, das kannst du dir nicht vorstellen. Zeni wird vom Präfekten, von der Regierung, von allen unter Druck gesetzt.«

»Scheiße, wann ist das denn passiert? Letzten Freitag, richtig? Es ist ja nicht einmal eine Woche vergangen, was wollen die denn? Wunder?«

»Ja, genau das. Die öffentliche Meinung kennt keine Geduld. Es ist ihr egal, dass eine Ermittlung Zeit braucht. Sie will das Ende vom Film so schnell wie möglich, dann hat sie wieder anderes zu tun. Wenn es uns gelingt, diesen Knoten zu lösen, sagen wir mal in zwei Jahren, dann interessiert das niemanden mehr. Dann werden sie mit anderen journalistischen Skandalen beschäftigt sein.«

In diesem Augenblick ging De Matteis vorbei, hochmütig.

»Was tut ihr beiden hier?«

»Wir proben für das Krippenspiel. Dieses Jahr ist unser Kommissariat an der Reihe.«

»Es sind noch zwei Monate bis Weihnachten.« De Matteis kniff die Augen zusammen und sah Comaschi an. »Nicht, dass du etwa unsere vertraulichen Ermittlungen an Ferraro weitergibst?«

»Und wer hat die Vertraulichkeit verhängt?«

»Ich, in diesem Moment!«

Ferraro brachte sich ein: »Keine Sorge, De Matteis, wir haben über Privatangelegenheiten gesprochen.« Was ja schließlich auch stimmte.

»Na gut, aber dann tut das außerhalb der Arbeitszeit.«

Und er ging, so aufgeblasen, dass es aussah, als würde er gleich platzen.

»Hör zu, gehen wir hier weg.«

Die beiden gingen in Richtung Sitzungssaal. Comaschi knipste das Licht an, und sie traten ein.

»Gut, hier ist niemand, der uns stören könnte.«

»Was wolltest du sagen?«

»Hm, ich weiß nicht mehr ...« Comaschi dachte einen Augenblick nach. »Nein, ich erinnere mich wirklich nicht mehr ... aber, weißt du, was ich dir sage?«

»Nein, ich kann ja keine Gedanken lesen.«

»Ich sage dir, dass du recht hast, irgendetwas stimmt nicht an dieser ganzen Geschichte. De Matteis wirkt wie eine Dampfwalze, er sagt, ich sei ein alter Zweifler, aber ...«

»Was sagt Zeni?«

»Vordergründig stimmt er mit De Matteis überein. Aber ich weiß, dass er nicht wirklich überzeugt ist.«

»Und warum sagt er das dann nicht klar und deutlich?«

»Weil die Begründungen, die Beweise und die Zusammenhänge, die De Matteis vorbringt, nicht zu beanstanden sind. Er hat jemanden in der Hand, der das Loch stopfen kann.«

»Was sagst du da, ich verstehe das nicht!«

»Der Name Leoluca Grillo ist den Journalisten noch nicht zum Fraß vorgeworfen worden. De Matteis und der Staatsanwalt halten ihn warm. Wenn der Druck von außen zu groß wird, ziehen sie den Joker aus der Tasche.«

»Das Ganze könnte Don Leo zerstören, das weißt du?«

»Natürlich weiß ich das. Doch was interessiert das De Matteis? Willst du, dass er seine Beförderung nicht bekommt?«

Ferraro wurde nachdenklich. Oder zumindest warf er sich dazu in Positur, denn in Wirklichkeit fiel ihm nichts ein. Er hatte nichts in der Hand. Nur das Wort des alten Kalabriers. Ganz ehrlich: Hätte er dem Vicecommissario unrecht gegeben, wenn er nicht gerade wüsste, was er wusste?

Comaschi nahm einen Stift, der vor der Weißwandtafel lag.

»Was machst du?«, fragte Ferraro.

»Nun, ich habe noch keine Zeit gehabt nachzudenken.«

»Und das tust du mit dem Stift in der Hand? Und wenn du keinen hast, was tust du dann? Nimmst du das Nudelholz?«

»Nein, ich fasse mir an den Sack. Er hat dieselbe Größe.«

Der Sovrintendente schrieb etwas an die Tafel.

VITO RUSSO ⟶ LEOLUCA JR.

»Ich versuche immer, mir ein Schema zu machen. Es hilft mir beim Nachdenken.«

»Tust du dasselbe, wenn du zu den Frauen gehst?«

»Nein, dann brauche ich das nicht, ich kenne den Ablauf, ich habe das schon häufig geübt.«

»Sicherlich allein, auf dem Klo.«

Comaschi schrieb weiter.

VITO RUSSO ⟶ LEOLUCA JR. ⟷ DON LEON

»Als ich auf dem Gymnasium war, haben mir diese Schemata sehr geholfen.«

»Du hast das Gymnasium besucht?«

»Das technische. Weißt du, ich habe geglaubt, ich hätte einen analytischen Geist. Wir hatten einen Experimentierkurs in Informatik. Ich habe Hunderte von Flussdiagrammen gemacht.«

»Was ist das denn?«

»Etwas, das jetzt niemand mehr macht.«

»Und, hat es dir geholfen?«

»Offensichtlich nicht. Die Schule hilft niemandem, richtig? Ich habe nur die Gewohnheit beibehalten, solche Übersichten anzufertigen.«

Comaschi hielt inne, um seine Grafik ausgiebig zu bewundern.

»Bist du fertig?«, fragte Ferraro.

»Nein, noch nicht: Machen wir einen ersten Schritt. Vito Russo führt sich vor der Schule des kleinen Leoluca arschlochmäßig auf. Russo gehört zu den Apuliern, der kleine Junge ist der Enkel des alten Boss vom Clan der Kalabrier. Richtig?«

»Richtig.«

»Gut. Was geschieht dann?«

»Don Leo bittet einen seiner ehemaligen Waffenbrüder darum, Vito Russo zu ›bestrafen‹.«

Comaschi zeichnete einen schönen diagonalen Pfeil:

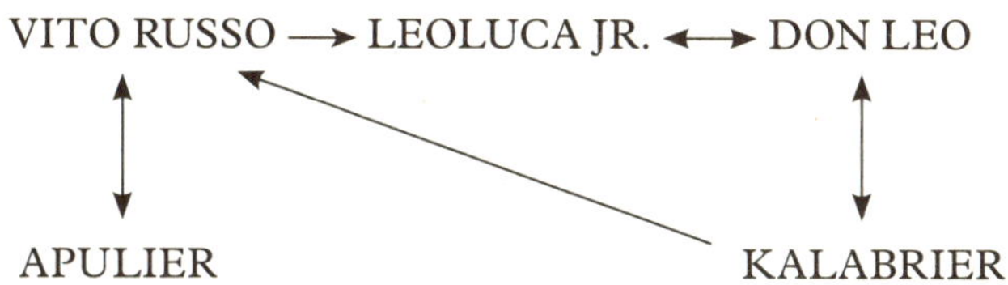

»Gut. Hier gehen die Versionen auseinander. Don Leo sagt, dass er nur angeordnet hat, den Jungen zu versemmeln. Stattdessen richtet jemand ein Blutbad an. Er tötet Vito

Russo, zusammen mit dieser armen Frau und dem Albaner. Von den Verletzten ganz zu schweigen.«

»Er war kein Albaner, er war Serbe.«

»Mit diesem Namen? Aber enden nicht alle serbischen Namen mit ›ic‹?«

»Das wäre doch allzu einfach, nicht?«

»Pah, na ja, was tut also der Clan der Apulier?«

Und noch ein schöner Pfeil.

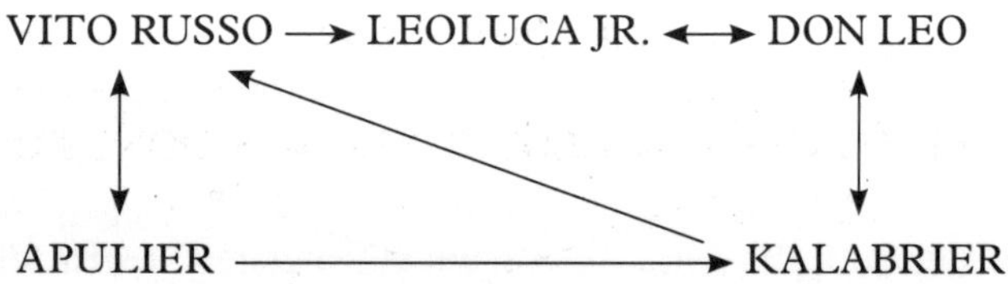

»Sie bringen Gaetano Falbo um, den Mann der 'Nrangheta, der vorbestraft und vermutlich auf Auftragsmorde spezialisiert ist.« Comaschi hielt wieder inne und betrachtete sein Schema. »Woran liegt es, dass das Ganze seltsam ist?«

»Keine Ahnung.«

»Herrgott, Ferraro, du bist mir nicht gerade eine große Hilfe!«

»Ich weiß es eben nicht, sag du mir doch, woran das liegt.«

Comaschi kaute konzentriert auf seinem Stift herum. Ohne es zu merken, hatte er um den Mund herum lauter grüne Striche. Ferraro sagte nichts, zum einen, weil er ihn nicht irritieren wollte, und zum anderen, weil er in seinem tiefsten Inneren ein Arschloch war.

»Ich sage dir, woran es liegt … daran, dass diese Zeichnung asymmetrisch ist.«

»Soll ich ein Lineal für dich suchen? Dann kannst du besser zeichnen.«

»Schweig still, du Idiot … Warum bringen die Russos Falbo um und nicht einen Verwandten von Don Leo oder gar ihn selbst?«

Ja, warum?

»Ich weiß nicht, vielleicht die Autorität von Don Leo …«

»Hör mal, das ist doch alles Unsinn. Dein Sohn wird umgebracht, und was tust du? Anstatt den Auftraggeber zu töten, tötest du den, der den Auftrag ausgeführt hat? Der Pfeil muss von hier nach da gehen.«

Er wischte weg und zeichnete erneut.

»Verstehst du? Jetzt ist das System im Gleichgewicht. Aber so ist es nicht gewesen … Was heißt das?«

»Dass du besoffen bist?«

»Hör auf!«

Ferraro beschloss, dass er jetzt ernst werden musste. In der Zwischenzeit hatte Comaschi mit dem Schwämmchen das vorige Schaubild wiederhergestellt. Das asymmetrische selbstverständlich.

»Vielleicht bedeutet es, dass …«

»Los, Ferraro, mach schon …«

»Es bedeutet, dass Antonio Russo Don Leo geglaubt hat. Russo hat ihn nicht umgebracht, weil er weiß, dass dieser nicht für den Tod seines Sohnes verantwortlich ist.«

»Und dass er aber überzeugt ist, dass der Clan der Kalabrier unter dem Vorwand, Don Leo einen Gefallen zu tun, eine offene Rechnung hat begleichen wollen. Wenn dann dein sympathischer Alter dabei auf der Strecke blieb – sein Problem.«

»Und warum haben sie Vito Russo nicht gleich getötet? Du weißt, dass die ›Bestrafung‹ vor der Schule wirklich stattgefunden hat.«

»Ja, warum?«

»Dann, als genüge das nicht, sind die Russos nicht darauf reingefallen. Sie haben der Familie Grillo keinen Schaden zugefügt. Nein, das funktioniert nicht …«

»Weißt du was?« Comaschi fixierte das Schaubild. »Weißt du was?«

Er bewegte sich nicht mehr und starrte ins Leere.

»Nein, ich weiß es nicht, ich weiß einen Scheißdreck. Willst du es mir sagen oder nicht? Ich kriege beim Versuch, dir zu folgen, noch ein Magengeschwür!«

Comaschi zog die Kappe vom Stift.

»Dass das System vielleicht gar nicht geschlossen ist. Kein Gleichgewicht … das System ist offen … Derjenige, der die Lunte angezündet hat, gehört gar nicht dazu … ein neuer Faktor kommt dazu …«

Er legte nochmals Hand an das Schema.

? ·····→ VITO RUSSO → LEOLUCA JR. ↔ DON LEO

↕ (VITO RUSSO ↔ APULIER) ↕ (DON LEO ↔ KALABRIER)

APULIER ————————→ KALABRIER

»Kapiert?«

»Was kapiert? Bist du jetzt völlig meschugge?«

»Hast du das nicht kapiert? Derjenige, der Russo erschossen hat, ist keiner von der 'Nrangheta, beileibe nicht. Jemand wollte vielleicht einen Krieg anzetteln zwischen den

Anführern, die sich das Terrain zu teilen versuchen, und hat die Geschichte von Don Leo als Vorwand genommen.«

»Und warum sollte er dann Falbo umbringen?«

»Vielleicht hat er Vito Russo faktisch umgebracht. Vielleicht hat er für die Konkurrenz gearbeitet, oder ... oder es ist jemand, der irgendwie eine Beziehung zu den Kalabriern hat.«

»Scheiße. Das ist keine gute Nachricht. Schon bei den Leuten, die wir haben, bekommen wir nichts heraus, und jetzt kann es plötzlich irgendwer gewesen sein.«

»Jemand, der entweder mit den Kalabriern in Verbindung steht oder ihren Platz einnehmen will.«

»Wer?«

»Keine Ahnung. Eine erste Einschätzung ergibt folgende Liste: Mafia – glaube ich kaum; Camorra – du kennst meine Zweifel; andere Organisationen: Albaner, Slawen, Nigerianer, Türken, Chinesen ...«

»Scher dich doch zum Teufel mit deinem Nachdenken! Jetzt wissen wir noch weniger als vorher.«

»Genau. Du hast recht. Jetzt weitet sich das Problem ins Unendliche aus. Welchen Namen müssen wir anstelle dieses Fragezeichens hinschreiben?«

4

Sie schossen mit äußerster Konzentration, kein Schuss ging daneben. Im Verlauf weniger Minuten war überall Blut.

»Guten Tag, Ispettore, wie geht es Ihnen?«

»Ich habe schon bessere Tage gehabt ... Wir alle, denke ich.«

»Ja, ich weiß, ich weiß ... Was soll ich Ihnen sagen, wir sind in der Hand des Herrn.«

»Und in der Hand der Schwarzen Madonna, richtig?«

»Mein Schwiegervater war der Madonna sehr ergeben. Lachen Sie nicht, das sind Dinge, die in schwierigen Momenten wie diesen, die wir gerade erleben, Trost spenden können.«

»Haben Sie eine Minute Zeit für mich?«

»Auch eine Stunde, das ist kein Problem. Kommen Sie, machen wir es uns bequem.«

»Ich folge Ihnen ...«

Plötzlich wurde alles schneller, es fehlte nicht viel, und die Gegner würden sie erwischen. Erst eine Verletzung am Arm, dann am rechten Bein, Blutspritzer überall.

»Möchten Sie einen Kaffee?«

»Ja, gerne ...«

»Isabella, machst du uns einen Kaffee?«

»Natürlich. Eine Minute nur, dann bringe ich euch einen. Giovanni, du magst ihn stark, nicht wahr? Und Sie, Ispettore, wie möchten Sie ihn haben?«

»Einen normalen Espresso, danke, mit ein bisschen mehr Wasser.« Er brauchte Koffein.

»Wissen Sie, wir versuchen, ruhig zu bleiben, wir tun so, als sei nichts geschehen, aber das ist nicht einfach.«

»Das Leben geht weiter, nicht wahr?«

»Nicht wegen uns, es ist wegen der Kinder. Wir wollen nicht, dass sie da mit hineingezogen werden.«

»Ich verstehe ... Sagen Sie mir die Wahrheit, Giovanni, wie geht es Don Leo?«

»Er betet.«

Als Erstes erwischte es den Jüngeren (weniger Erfahrung natürlich), der andere hielt sich noch zehn Sekunden, doch das Spiel war gelaufen. Eine Granate schleuderte ihn, in tausend Stücke zerrissen, gegen die bröckelnden Mauern der Stadt. Eine grauenvolle Szene, man würde noch Tage lang kotzen.

»Er betet, und weiter nichts?«

»Man muss Geduld haben, sagt er mir dauernd.«

»Das ist sicher nicht einfach.«

»Er setzt großes Vertrauen in Ispettore Lanza.«

»Der ist vom Dienst suspendiert worden, wussten Sie das nicht?«

»Wir wissen das. Er hat uns besucht.«

Einer der beiden toten Terroristen näherte sich.

»Papa, hast du noch zwei Münzen?«

»Jetzt reicht es, ich will nicht, dass ihr die ganze Zeit vor diesem idiotischen Spiel sitzt.«

»Ooch, Papa, nur noch einmal. Wir haben jetzt erst raus, wie wir das Level fertig kriegen …«

»Puh, na ja, gut. Aber das sind die letzten, dann macht ihr Hausaufgaben, verstanden?«

»Verstandeeeen …«

Der Junge nahm die Münzen und rannte glücklich neuen Blutbädern entgegen.

»Man kann doch nie Nein sagen … Haben Sie Kinder, Ispettore?«

»Eine Tochter.«

»Wie heißt sie?«

»Giulia.«

»Ein schöner Name.«

»Ihre Mutter hat ihn ausgesucht.« Er sah zu den beiden Jungen hinüber. »Sind alle beide Ihre?«

»Nein, nur Giorgino, der andere ist mein Neffe, sein Cousin … Leoluca.«

»Leoluca?«

»Ja, genau der.«

Leoluca war ein hübscher, flinker Junge, mit großen Augen und schlauem Blick. Und ausdrucksvollen, fleischigen Lippen; in ein paar Jahren würde er vielen jener Mädchen den

Kopf verdrehen, die er jetzt noch voller Verachtung mied und stattdessen lieber zusammen mit seinem älteren Cousin seine virtuellen Schlachten schlug. (Dieser war höchstens ein, anderthalb Jahre älter. Dicke Freunde vermutlich, Blutsbrüder, kein Mädchen würde sie je auseinanderbringen.)

Auf seine Weise war er ohne es zu ahnen der Grund für dieses ganze Chaos, das um ihn herum herrschte. Er war das Auge des Zyklons, reglos und unwissend. Er hatte das Pech, Leoluca Grillo zu heißen und der Liebling seines Großvaters zu sein; auch wenn die Enkel für Don Leo natürlich alle gleich sind (Aber willst du den Kleinsten etwa mit den anderen vergleichen? Der, der denselben Namen trägt wie man selbst?); das Pech, der Faszination jenes Vito Russo erlegen zu sein, seiner Pistole, die er dir eines Tages sogar mal in die Hand gegeben hat, und du konntest spüren, wie schwer sie ist, im Vergleich dazu sind diese Videospiele ein Dreck, denn wenn du eine Kugel in den Bauch bekommst, hast du sooo ein großes Loch …

»Wissen Sie nicht über ihren Großvater Bescheid?«

»Nein, noch nicht. Sie glauben, er sei auf einer Geschäftsreise.«

»Das können Sie aber nicht unendlich lang verschweigen. Hier in Quarto gehen schon Gerüchte herum, ich weiß nicht, wie man das kontrollieren …«

»Wenn der Moment kommt, dann finden wir eine Lösung. Ein Problem nach dem anderen, Ispettore. Schon so ist es ziemlich schwierig weiterzumachen.«

Isabella kam mit den Espressotassen. Sie stellte sie auf den Tisch und ging wieder hinaus.

»Giovanni, reden wir nicht um den heißen Brei herum: Der, der jetzt die Ermittlungen leitet, hat seinen Schuldigen schon gefunden!«

»Mein Schwiegervater war es nicht.«

»Das sage ich ja auch nicht. Ich bin auf Ihrer Seite, versuchen Sie, das zu verstehen. Nur, dass Lanza aus dem Spiel ist und ich offiziell gar nicht hier sein dürfte. Ich bin nicht mit dem Fall betraut.«

»Ich weiß. Ich habe Ihre Kollegen kennen gelernt.«

Er verzog das Gesicht. Wie man es drehte und wendete, Polizisten waren nicht sein bevorzugter Umgang. Ferraro gegenüber verhielt er sich mehr als höflich, er schien ihn fast zu mögen.

»Sie müssen mir helfen«, beharrte Ferraro, »Sie müssen mir alles sagen, was Sie wissen, auch wenn es Ihnen kompromittierend vorkommen mag.«

»Ispettore, ich habe Ihnen schon alles gesagt, was ich weiß.«

Ferraro glaubte ihm nicht: »Kannten Sie Gaetano Falbo?«

»Ja ich kannte ihn. Er kam häufig hierher in die Billard-Bar.«

»Und sonst?«

»Ispettore, treiben Sie keine Spielchen mit mir, bitte. Wir waren es nicht. Wenn Sie möchten, sage ich Ihnen die Namen der Männer, die Russo verprügelt haben. Anständige Jungs, Leute, die wissen, wie man eine Warnung aufzieht. Falbo hätten wir nie darum gebeten, er war ein Mörder, ein gefährlicher Mann. Außerdem hätte er meinem Schwiegervater diesen Gefallen nie getan. *Era nu mpillosu figghiu di ndròcchia*, er war ein aufgeblasener Hurensohn.«

Er sagte diesen Satz in kalabresischem Dialekt, als sei er ihm herausgerutscht. Vielleicht bedeutete das, dass er sich Ferraro mittlerweile so vertraut fühlte, dass er seine gewohnte Sprache benutzen konnte. Oder er wurde nervös und hatte sich nicht mehr in der Hand.

»Was glauben Sie, warum haben die Russo umgebracht?«

»Wer sagt Ihnen, dass die es gewesen sind?«

»Warum, wissen Sie, wer es war?«

»Ich weiß nichts ... nicht, dass ich es nicht sage, weil ich mich der *Omertà* verpflichtet fühle ... Eines aber weiß ich.«

Mit einem Schluck trank er seinen Espresso aus. Ferraro tat es ihm nach, er hatte den Kaffee vollkommen vergessen, jetzt war er lauwarm. Ferraro schüttelte sich. Wie konnte man nur lauwarmen Espresso trinken?

5

»Möchten Sie eine Zigarette?«

Ja, gerne!

»Nein, danke.«

»Stört es Sie?«

»Machen Sie nur keine Umstände.«

Der Präsident des Familiensenats zündete sich eine MS an und sog nachdenklich den Rauch ein.

»Das beruhigt die Nerven. Seit diese Geschichte angefangen hat, rauche ich zwei Päckchen am Tag. Das Zeug ist übel, ganz übel, ich weiß, aber ... ich weiß nicht, wie ich es erklären soll ...«

Ferraro wurde kribbelig: »Giovanni, ich bin Exraucher, sie müssen mir nichts erklären. Sie wollten mir etwas sagen, vorhin ... lassen Sie uns keine Zeit verlieren.«

Giovanni machte noch einen Zug. Die Zigarette wurde in Windeseile kürzer.

»Vorgestern habe ich mit Antonio Russo sprechen können.«

Alle Achtung!

Er zog noch einmal. Die Zigarette war fast zu Ende. Beim

letzten Zug fraß sich die Glut in den Filter, er drückte sie angewidert aus. In der Zwischenzeit hatten die beiden kleinen Terroristen das dritte Level geschafft. Jetzt befanden sie sich mitten in Beirut, oder war es Sarajevo – aus dieser Entfernung war das nicht gut zu erkennen.

»Sagen wir, dass gemeinsame Freunde ihm eine Nachricht von mir übermitteln konnten. Wir haben uns bei der Autowaschanlage getroffen, wissen Sie, die in der Via Amoretti.«

»Das ist das Territorium der Russos.«

»Genau. Wir haben uns ausgesprochen. Er hat mir versichert, dass meiner Familie nichts geschehen wird. Dass er Don Leo und seinem Wort vertraut.«

»Und warum haben sie Falbo umgebracht?«

»Das konnte ich ihn nicht fragen. Dieses Thema anzusprechen, ist nicht Teil der Vereinbarung, das wäre unhöflich gewesen.«

Im Vergleich damit ist die Diplomatie der UNO dilettantisch.

»Und dann?«

»Das war's. Dann bin ich zurück nach Hause gegangen. Unversehrt.«

Giovanni zündete sich ganz automatisch die nächste Zigarette an. Diese ganze Geschichte war auch für ihn eine Nummer zu groß. Er fühlte sich unter Druck, er durfte nichts falsch machen, seine Rolle verbot ihm das.

Jedenfalls hatte Ferraro recht behalten. Die Apulier machten Grillo nicht für den Mord an Vito Russo verantwortlich. Irgendwie waren die Kalabrier darin verwickelt. Also wusste vielleicht Grillo selbst nicht so recht, an wen er sich wenden musste, um aus dieser Geschichte wieder herauszukommen.

»Und was denken Sie?«

»Worüber?«

»Wer Vito Russo getötet hat?«

Zug an der Zigarette.

»Falbo.«

»Warum?«

»Das wüsste ich gerne. Das wüsste ich wirklich gerne.«

»Was sagen eure ›Freunde‹?«

»*M'u dici? Sunu Nzallanutu.*«

»Wie bitte?«

Noch ein Zug.

»Oh, entschuldigen Sie …« Das war kein Zeichen von Vertrautheit. Er war nervös, daher verfiel er in den Dialekt! »Das ist eines der Probleme, die ich nicht lösen kann. Niemand sagt etwas. Alle zeigen sich Don Leo gegenüber solidarisch, aber tatsächlich schweigen sie alle. Es sieht so aus, als wisse niemand etwas, als würden sie auf Befehle von oben warten, oder ich weiß nicht … ich spare mir meine Worte.«

Er war aufrichtig, das konnte man sehen.

»Hm, und Falbo, wer hat Falbo umgebracht?«

Megazug.

»Sie waren es.«

»Wer, sie?«

»Die Apulier«, er sah ihm in die Augen, »Ispettore, Sie wissen doch, sie geben alles zu, sie streiten alles ab, und am Ende sagen sie gar nichts. Aber alle wissen, dass sie es gewesen sind.«

»Auch die 'Nrangheta weiß das.«

»Ja, auch sie.«

Die Zigarette war aufgeraucht. Sollte er noch weiter fragen? Ferraro begriff nicht wirklich viel.

»Entschuldigen Sie, Giovanni, aber wieso sollte Falbo denn ein solches Blutbad veranstalten? Er war doch ein Killer, kein Verrückter. Jemand hat ihn beauftragt, oder? Kann es nicht sein, dass es darum ging, Don Leo in Schwierigkeiten zu bringen?«

»Keiner der Kalabrier hätte das anordnen können. Dann wäre es besser gewesen, meinen Schwiegervater gleich zu töten. Er weiß zu viel, wenn er auspackt, dann wandern alle ins Gefängnis.«

»Aber Herrgott nochmal, irgendjemand muss diesen Auftrag doch erteilt haben, oder nicht?« Er schwieg einen Augenblick und dachte nach. »Wer steht den Kalabriern nahe?«

»Hier bei uns in Quarto?«

»Ja.«

»Die Türken. Und die Nigerianer.«

»Und bei den Apuliern?«

»Die Slawen und die Albaner. Doch von denen hätte es keiner tun können. Ich glaube nicht, dass sie zu sehr viel in der Lage sind. Können Sie sich vorstellen, dass ein Schwarzer einem wie Falbo einen Auftrag gibt? Das sind Leute, die mit den Clans arbeiten oder für sie, aber sie haben nicht genügend Macht, um auf diesem Territorium gegen die Krieg führen zu können, die es kontrollieren.«

Die Terroristen stiegen ein weiteres Level auf. Welche Stadt war das? Von hier aus konnte man das nicht erkennen. Es war das erste Mal, dass sie hineingingen. Es ist wichtig, das Territorium zu kennen. Andernfalls pusten sie dich um wie einen Anfänger.

6

»Wir müssen warten, Ispettore, warten und beten.«

»Aber worauf warten, bitte?«

»Auf Ispettore Lanza.«

Ferraro war kurz davor zu explodieren.

»Begreifen Sie doch, Lanza ist aus dem Spiel! Er ist vom Dienst suspendiert worden. Es würde mich nicht wundern, wenn sie einen Mann auf ihn angesetzt hätten. Sobald er einen falschen Schritt macht, haben sie ihn endgültig am Wickel!«

»Don Leo hat gesagt, dass wir warten sollen, also warten wir.«

»Wissen Sie was? Wissen Sie, was mir Ihr Schwiegervater gesagt hat?« Ferraro ereiferte sich. »Er hat mir gesagt, dass er bereit ist, für Lanza sein Leben lang im Gefängnis zu bleiben. Verstehen Sie das? Vielleicht trägt er Ihnen auf, nichts zu tun, weil er nicht will, dass etwas getan wird. Er bleibt lieber im Gefängnis, ist Ihnen das klar?«

»Wenn das seine Entscheidung ist, dann respektiere ich sie.«

»Ach, Scheiße!« Ferraro stand wütend auf. »Glauben Sie vielleicht, Sie sind in einem Film? Sie und ihre beschissenen theatralischen Posen! Was soll das heißen, darf man das erfahren? Sie treiben mich noch zum Wahnsinn!«

Alle drehten sich um und starrten den Ispettore an. Die beiden Jungen wurden sofort massakriert. Giovanni blieb sitzen. Er nahm das Zigarettenpäckchen, dann schob er es wieder von sich weg. Vielleicht wurde ihm gerade bewusst, dass er Kette rauchte. Wenn er so weitermachte, würde er bald bei drei Päckchen pro halbem Tag angelangt sein.

Er drehte sich den beiden Jungen zu: »Kinder, raus, aber sofort!«

»Aber Papa …«

»Ich habe gesagt, raus. *Non vogghiu mi sentu rijatari.* Ich will nichts hören.«

Die beiden Jungen verließen mit hängenden Ohren den Raum. Ferraro wurde bewusst, dass er zu weit gegangen war. Dieser Mann versuchte, die Wahrheit von den Kindern fernzuhalten, und er posaunte sie in alle vier Winde hinaus, als sei es nichts.

»Entschuldigen Sie, Giovanni.«

Schuldbewusst setzte er sich wieder.

»Wissen Sie, Ispettore, Lanza ist Isabellas Patenonkel.«

Der Kalabrier schien auf dem Bekenntnistrip zu sein.

»Was?«

»Ja, Sie haben richtig verstanden. Der Firmpate meiner Frau war Ispettore Lanza.«

Ferraro war erstaunt.

»Lanza und Don Leo kennen sich schon so lange?«

»Ja, ein ganzes Leben lang, könnte man sagen.«

»Wie haben sie sich kennen gelernt?«

»Ach, ich dachte, das wüssten Sie schon. Lanza hat sehr gut über Sie gesprochen. Wie über einen Freund …« Sein Tonfall änderte sich, er wurde härter.

»Bedenken Sie, wenn es nicht für ihn wäre, würde ich jetzt nicht hier sitzen und mit Ihnen sprechen …«

»Was soll ich tun? Soll ich Ihnen danken?«

»Nein, Sie scherzen. Wenn Don Leo beschlossen hat, im Gefängnis zu bleiben, um Lanza einen Gefallen zu tun, dann muss man seinen Willen respektieren. Denn schließlich ist er ihm noch einen Gefallen schuldig, seit über dreißig Jahren.«

»Welchen Gefallen?«

Giovanni sah sein Zigarettenpäckchen an. Er war nahe dran, psychisch zusammenzubrechen. Er wollte rauchen, aber das war nicht der richtige Augenblick. Er nahm das Päckchen und steckte es sich in die Tasche.

»Hat er Ihnen die Geschichte von dem Raubüberfall erzählt, Ispettore Lanza?«

»Ja, ja … von der Schießerei und von Don Leo, der wie durch ein Wunder am Leben geblieben ist.«

»Durch die Fürsprache der Schwarzen Madonna von Seminara. Und durch das rechtzeitige Eingreifen eines jungen Streifenpolizisten, der vor dem Eintreffen des Krankenwagens die Wunden Don Leos verbunden und ihm eine Herzmassage gemacht hat. Er hat ihm praktisch das Leben gerettet. Don Leo war tot. Das haben ihm die Ärzte im Krankenhaus gesagt ... Seit diesem Tag weiß Don Leo, dass sein Leben dort enden sollte, auf dem Schotter jener Straße, vor der Bank. Aber er ist nicht gestorben. Weil die Madonna von Seminara ihm einen Engel geschickt hat, der ihn gerettet hat. Ein Engel namens Augusto Lanza. Seit diesem Tag gehört das Leben Don Leos ihm.«

Hätte ein Student der Brera in diesem Moment ein Porträt von Ferraro gemacht, dann hätte er es sicherlich *Schwachsinniger mit offenem Mund* genannt.

7

Wieder zurück zu den verschwitzten Heften. Der Zeitplan sah vor, dass er den Freitagnachmittag im Kommissariat verbrachte. Er gewöhnte sich langsam an die Halbtagstätigkeit, an die viertrangigen Fälle. Warum im Dienst den Helden spielen, wenn man das auch illegal außerhalb der Arbeitszeit tun, dabei die Karriere aufs Spiel setzen und kostbare Zeit für die Vorbereitung der Prüfungen verlieren konnte, obwohl man viel Geld investiert hatte, um sich erneut an der Uni einzuschreiben?

Fusco kam mit ein paar Mappen in der Hand vorbei.

»Die sind für dich, Ferraro, wirf mal einen Blick drauf. Ich mache Schluss.«

»Schicht zu Ende?«

»Ich bin seit gestern Abend hier, ich kann nicht mehr.«

»Dann haust du dich ein bisschen aufs Ohr?«

»Höchstens ein paar Stunden, heute Abend gehe ich aus.«

Zum Chinesen, ins Kino, ein Bierchen, ein Fick. Sie ist übrigens zwanzig.

»Gehst du mit deinem Freund aus?«

Sie lächelte verliebt.

»Ja, ich gehe mit Gustavo aus.«

»Gustavo, was ist das denn für ein Name? Gibt es wirklich noch Leute, die so heißen?«

»Es ist der Name seines Onkels, der auch sein Patenonkel ist, er schämt sich ein bisschen dafür. Aber so schlimm ist er nun auch wieder nicht!«

»Die werden ihn in der Schule ganz schön gehänselt haben. Das Problem ist, dass es keine Kurzform gibt, wie nennst du ihn denn? Gustl?«

»Du bist ein Idiot.«

»Ist er ein Kollege?«

»Nein!«, sie sagte das sehr bestimmt. »Es reicht mir schon völlig, dass ich den ganzen Tag über Polizisten sehe, ich habe keine Lust, auch noch einen im Bett zu haben.«

Klare Argumentation.

»Was macht er dann?«

»Er arbeitet in einer Autowerkstatt, die außerdem ... seinem Onkel ...«

»Das glaube ich nicht.«

Sie wurde ein bisschen rot.

»Doch.«

»Was steht draußen auf dem Schild? Gustavo und Gustavo?«

»Idiot.«

Sie boxte ihm leicht auf die rechte Schulter, kaum spürbar. Doch der Schlag kam unerwartet, und Ferraro winkelte aus Versehen sein Bein unter dem Tisch ab. Das Knie erwachte wieder. Der Ispettore verzog das Gesicht.

»Was ist denn? Ich habe dich doch nur ein bisschen berührt.«

»Es ist das Knie, es tut weh ...«

»Was hast du, Arthrose?«

»He, glaubst du, ich bin hundert? Ich habe es mir verrenkt, und jetzt tut es weh, das ist alles.«

»Mann, bist du empfindlich. Ich weiß, dass dir das Knie wehtut, seit einer Woche humpelst du. Aber hast du es wenigstens mal nachsehen lassen?«

Von irgendjemandem, von einem Arzt, einem Homöopathen, einem Pranotherapeuten, einem philippinischen Asketen, einem indianischen Schamanen, einem indischen Guru. Nein. Ferraro wartete, dass es von selbst aufhörte, doch es hörte nicht auf. Man hätte meinen können, er täte das absichtlich, dass es nicht nur an seiner angeborenen Trägheit lag. Vielleicht war es auch eine absurde Art, sich dauernd an seine Frau zu erinnern, wer weiß.

»Besser, du gehst jetzt zu deinem Gustavo.«

»Wenn du mal was am Auto hast, sag es mir, er macht dir sicher einen guten Preis.«

»Einen guten Preis für Bullen?«

»Nein, für Freunde. Wenn alles gut geht, überlässt der Onkel ihm den Laden, und dann sage ich Tschüss.«

»Du wirst Automechanikerin?«

»Warum nicht? Die Polizei ist was für Männer.«

»Ach, und Automechaniker ist was für zarte Mädchen.«

»Nein, aber bei der Polizei werde ich nie Karriere machen.«

Fusco war gut. Doch im Laufe von zwei Wochen war ihr Enthusiasmus der Ernüchterung gewichen. Bei diesem Job brauchte man Geduld. Und sie würde trotz des Chauvinismus im Polizeikorps Karriere machen können. Vorausgesetzt, sie würde sich nicht in ein paar Jahren eine hübsche Kugel in die Stirn einfangen. Vielleicht von einem dieser Jungen, die gerade in Beirut oder Sarajevo ausgebildet werden oder in jener anderen virtuellen Stadt, die Ferraro auf dem Bildschirm nicht hatte erkennen können. Aber, wie sagte Comaschi immer so schön? Wieso sollte sie?

»Geh nur, geh. Hier vertust du nur deine Zeit. Geh zu Gustavo.«

»Ciao, Ferraro«, sie übergab ihm die Mappen, »häng dich nicht allzu sehr rein, das lohnt sich nicht. Und sieh zu, dass du auch ab und zu mal rauskommst. Du machst ein Gesicht seit ein paar Wochen, zum Fürchten …«

Sie ging hinaus. Vielleicht gab es für sie ja noch Hoffnung. Für Ferraro weniger. Vielleicht war das Spiel ja schon lange vorbei. Alle wussten, dass er bluffte, nur er war der Einzige, der es noch nicht bemerkt hatte.

8

Er ging nach Hause. Er wollte unter die Dusche, er stank wie ein Bock.

Es war noch nicht spät, nicht zu spät für einen raschen Einkauf im Supermarkt. Was er zum Abendessen haben wollte, wusste er noch nicht. Zuerst aber duschen. Danach würde er sich beim Schieben des Einkaufswagens ein kleines anständiges Menü überlegen. Er betrat seine Wohnung, legte die Schlüssel auf den üblichen Platz, das Wandbrett in der Küche. Dann beschloss er, seine Tochter anzurufen und ein bisschen mit ihr zu quatschen.

»Ciao, Mausebär, was machst du gerade?«

»Ich mache meine Hausaufgaben.«

Kaum in der Schule, und schon kriegen die Kinder Hausaufgaben. Ist das eine nazistische Erziehungsanstalt?

»Und, macht es Spaß?«

»Nein.«

Ganz richtig.

»Ach doch, komm schon ... wenn du dich auf den Hosenboden setzt (ob sie weiß, was ›auf den Hosenboden setzen‹ heißt?), dann wirst du sehen, dass es am Ende wirklich Spaß macht.«

Na klar, sicher. Genauso spaßig, wie mit den Fingern in eine Steckdose zu fassen.

»Nein, das glaube ich nicht. Es ist langweilig. Außerdem sitze ich die ganze Zeit hier und schreibe ... das ist blöd ... ich habe gar keine Zeit, mit meinen Freundinnen zu spielen.«

Da hatte sie gerade angefangen zu leben, und schon fehlte es ihr an Freizeit.

»Was machst du denn im Augenblick?«

»Ich muss eine Menge Äpfel von einer Menge Bananen unterscheiden und dann gucken, ob da eine Menge Steine dazu passt.«

O Gott, Mengenlehre, die hatte er nie kapiert.

»Und, passt sie?«

»Aber nein, Papa! Wie sollen denn Steine und Bananen zusammenpassen?«

»Wie Kirschkuchen und englischer Senf.«

»Was? Warum, isst du Kirschkuchen mit Senf?«

Die Frage seiner Tochter erinnerte ihn an Lanza. Wenn man es sich überlegte, dann war die Intelligenz seines Kollegen vielleicht tatsächlich rein, infantil, noch nicht von der Welt verdorben.«

»Na ja, das kommt darauf an ... wie viele Steine sind es?«

»Sieben.«

»Und Bananen?«

»Warte … eine, zwei … acht!«

»Aha. Und wie viele Äpfel?«

»Puh, … warum kommst du nicht her und machst die Hausaufgaben mit mir zusammen?«

Wenn sie wüsste, wie gerne er das täte. Nach Hause kommen, sich Hände und Gesicht waschen, Hausaufgaben mit seiner Tochter machen, nach dem Abendessen ein wenig auf dem Sofa spielen … Und dann: Ab ins Bett, Zähne putzen, Schlafanzug anziehen, denn morgen ist Schule!

»Also, wie viele sind es?«

»Sieben.«

»Ah ja, genau.«

»Genau was?«

»Überleg selbst. Und wenn du es herausbekommen hast, sagst du mir die Antwort.«

»Och, nöö, das gilt nicht!«

Sie telefonierten noch weitere zehn Minuten, plauderten über alles und nichts, tauschten verbale Zärtlichkeiten und lachten. Dann mussten sie Schluss machen, Francesca rief aus dem anderen Zimmer, es war Zeit für das abendliche Bad.

Jetzt war er an der Reihe. Er zog sich gemächlich aus und stellte die Dusche an. Das Wasser hatte nun die ideale Temperatur. Endlich. Die Haare waren nass und voller Schaum, klebten ihm im Gesicht. Nicht einmal sieben, und schon keine Freizeit mehr. Woran erinnerte ihn das? Er hielt sein Gesicht unter den heißen Wasserstrahl. Comaschi kam ihm in den Sinn: »Meinst du, ich weiß nicht, dass du fast stirbst vor Neugierde, weil du es unbedingt wissen willst?«

9

Es war einer dieser Scheiß-Nachmittage, du weißt schon. So einer, an dem du nichts zu tun hast, du hockst mit deinen Freunden unter den Arkaden und machst Quatsch. Nein, nichts von historischem Wert, einfach Arkaden von einem Brianzer Architekten, mit Geschäften – Apotheke, Bäcker, Kiosk, Bar. Wir waren, wie viele waren wir denn? Vier, fünf? Wir hingen da herum und beklagten uns darüber, dass wir keine Zeit mehr für nichts hatten, weil diese idiotischen Lehrer uns mit Hausaufgaben vollmüllten. Nie gemacht, nie gelernt, immer am Morgen noch eben abgeschrieben, bevor der Lehrer in die Klasse kam. Wir hatten einen Streber, weißt du, so eine Bohnenstange mit einer Brille aus Glasbausteinen. Ja, wie in den Filmen mit Pierino, genau so. Ein anständiger Junge, der immer seine Hausaufgaben machte, bei ihm standen alle Schlange zum Abschreiben, schlimmer als die Kopisten im Mittelalter. Dabei haben wir ihn immer wie den letzten Dreck behandelt, wir haben immer die absurdesten Späße mit ihm gemacht. Einmal haben wir ihm einen Porno in ein Buch gesteckt. Was ist das schon? Kannst du mir das sagen … Ach was! Egal … der Vater war ein ganz Bigotter, immer in der Kirche, die Mutter eine Betschwester. Wenn er erwischt wurde, war es das Mindeste, dass sie ihn nackt auf dem Balkon, nur mit der Kutte bekleidet, seine Sünden büßen ließen. In Wirklichkeit ist das nie passiert, und er hat nie irgendwelche Geschichten gemacht. Meiner Meinung nach ist er blind geworden, weil er sich pausenlos einen runtergeholt hat, diese Zeitschrift wird er verschlungen haben …

Jedenfalls, was wollte ich sagen? Wir waren also zu viert und haben Hully Gully getanzt. Ist schon gut, ich werde jetzt ernst. Wir hingen da also herum. Wir hatten alle Zeit der Welt und wussten es nicht. Erinnerst du dich an diese Jahre? Erinnerst du dich, wie wir auf die nächste Platte unseres Lieblings-Rocksängers warteten, die ewig nicht rauskam? Erinnerst du dich, dass es eine Unendlichkeit war, wenn sie erst in einem Jahr erscheinen sollte? Erinnerst du dich? Dieses Jahr ging nie zu Ende. Wenn heute nach dem letzten Album von Ichweißnichtwem drei, vier Jahre vergehen, sagen wir: Sag bloß, schon vier Jahre vorbei? Weißt du, warum die Zeit nicht verging? Weil wir einen Scheißdreck gemacht haben, null, gar nichts, das ist es. Von wegen mit der Schule ausgelastet. Einen Scheißdreck. Wenn man das gewusst hätte. Heute habe ich nicht einmal Zeit, mir in der Nase zu bohren. Die Wahrheit ist, dass die Zeit nicht verging, weil wir in diesem Scheißkaff immer nur dasselbe gemacht haben. Eins von diesen Käffern, die du überall zwischen Turin und Udine findest, weißt du, was ich meine? Eines von denen, die mit -ate aufhören oder die an einem Fluss oder einem Kanal liegen, Marke: Sankt Gestank am Urin oder Weinen an der Lache, so ein Kaff ohne Vergangenheit, ohne Zukunft, ohne historisches Zentrum, ohne Peripherie. Ein Haufen hingestreuter, anonymer, geometrischer, faschistischer Häuser mit Veranda, Garten und Kellerbar. Das hässliche, vorherrschende, mehrheitliche Regierungsitalien. Du hast kapiert, ja? Meine Eltern hatten so ein Haus. Unglaublich, meine Mutter hat mein Zimmer so gelassen, wie es war, als ich von zu Hause fortging, kannst du dir das vorstellen? Ich bin vor fünfzehn Jahren nach Mailand gekommen, um hier zu leben, und sie glaubt immer noch, ich sei ihr Kind. Die italienische Mamma ist ein Monster, overprotective, phagozytisch …

Jedenfalls waren wir dort, um uns eine Tüte zu bauen, eine riesige, gut geladene. Das Zeug hat immer Max besorgt, er kannte einen, einen Nachbarn, der es aus der Schweiz mitbrachte. Es war das Beste, nicht mit irgendeinem Mist gestreckt. Wir standen da also rum und rauchten friedlich unseren Joint. Du weißt ja, wie das auf dem Dorf so ist. Da ist der, der dann Schreiner wird, der andere Anwalt, und ich, wer hat damals schon geahnt, dass ich bei der Polizei landen würde? Und Piero, der jetzt in Rom Regisseur bei der RAI ist. Auf dem Dorf ist das so, man wächst zusammen auf, das ist nicht wie hier, da gibt es nicht das Viertel der sozial Schwachen und das der Milliardäre. In der Bar trinken der Bürgermeister und der Anstreicher zusammen Kaffee. Jetzt, wo ich darüber nachdenke, fällt mir ein, dass einer von ihnen Fixer geworden ist. Einer von vieren, ein schöner Schnitt, oder? Das heißt, es ist gar nicht so, dass ein Joint dich gleich schon zum Fixer macht, richtig? Einer von vieren, nicht vier von vieren. Ich habe gekifft wie ein Idiot, von morgens bis abends. Du hättest mich sehen sollen, zum Fürchten. Ich weiß nicht, was meine Mutter dachte: Armer Junge, er ist verliebt, immer schwebt er auf Wolken. Ach was, das waren die Joints. Und jetzt bin ich Bulle. Ab und zu baue ich mir ein kleines Tütchen, um es mir nicht ganz abzugewöhnen, aber ich bin kein Fixer. Keine Scheiße in den Adern.

Am Himmel stand eine kränkliche, blasse Sonne. Das ist eine Redensart, ich weiß, ein bisschen literarisch, wie in einem existenzialistischen Roman. Doch es war so, eine kalte Sonne. Halte dir vor Augen, dass das Gebäude mit den Arkaden sich gegenüber von einem Parkplatz befand. Kein Platz, kein Kirchplatz oder so was. Die Durchgangsstraße teilt das Dorf in zwei Teile, da fährt alles durch, Lastwagen, die Autos der Pendler, der Anwohner, Motorräder, ein verrückter Verkehr, eine Mauer aus Karosserien und Reifen, hin und wieder ein Traktor, der eine kilometerlange Schlange hinter sich her zieht, dann biegt er in eine Seitenstraße ab, und alle rasen weiter. Der Parkplatz seinerseits lag an einer Straße – sie wurde die Große Straße genannt –, die dann wiederum auf die Durchgangsstraße mündete. Das tut sie noch heute, denn es gibt auch heute keine Unterführung, keine Brücke oder was weiß ich. Auch heute noch, wenn ich manchmal am Wochenende zu meinen Eltern fahre, stecke ich in diesen Staus, dann habe ich schon keine Lust mehr. Wir hingen da rum, die Jungen von der Mauer, die Rabauken des Dorfes, die Kiffer der Provinz, die pickligen Jugendlichen, die unverbesserlichen Wichser, die milchbärtigen Revoluzzer.

Wie auch immer, jedenfalls fährt mein Bruder vorbei. Ja, ich weiß, ich habe dir das nie erzählt. Ich war der Kleinere, drei Jahre jünger. Also, lass mich mal rechnen, wenn ich sechzehn war, war er schon volljährig. Er hatte ein Motorrad, das einem Angst machen konnte. Weißt du, was Penisneid ist? Ich fuhr mit einem abgewrackten Mofa herum und er mit einer Enduro. Genau das ist Penisneid. Außerdem ging er mit Mädchen ins Bett, und ich nicht. Zumindest erzählte er mir, dass er mit Mädchen ins Bett ging, dass er mit seinen Freunden zu den Mädchen ging, mich hat er nie mitgenommen, in diesem Alter sind drei Jahre ein Abgrund, das ist nicht wie jetzt, wo du keinen Unterschied mehr siehst. Die Zeit vergeht langsamer, drei Jahre sind drei Jahre, keine Peanuts. Jedenfalls hatte er sich den Arsch aufgerissen, um sich das Motorrad kaufen zu können, er hatte den ganzen Sommer Äpfel gepflückt, oder war das im Herbst? Wann ist Apfelernte, ich weiß es nicht mehr … Er war in eines dieser Dörfer in Südtirol gefahren, die alle den Zusatz ›an der Weinstraße‹ haben, aber in Deutsch. O Gott, vielleicht war er auch dort, um Trauben zu ernten und keine Äpfel. Also im Herbst, richtig?

Er fährt vorbei und sieht mich, wie ich auf dem Bürgersteig liege und wie ein Verrückter lache. Du weißt doch, wie das ist, wenn es dich packt, und du kannst nicht an dich halten, kennst du das? Und du lachst und lachst, du lachst einfach über alles. Du siehst jemanden vorbeifahren und lachst ihm ins Gesicht, du liest einen Nachruf und lachst wie ein Verrückter, einer sagt, dass er dringend aufs Klo muss, und du machst dir vor lauter Lachen in die Hose. Valerio kommt her, ja, Valerio Comaschi, und er fragt mich, ob er einmal ziehen kann. Ziehen? Woran? Ich rauche nichts! Er war drei Jahre älter als ich und bestimmt kein Idiot. Er hat drei Jahre vorher angefangen, Marihuana zu rauchen, für ihn war ich ein Milchgesicht. Er nahm meine Hand und zog. Aber ernsthaft, als wolle er die chemische Zusammensetzung testen. Es gibt Leute, die rauchen so, ohne Freude. Das sind die, die essen, um sich zu ernähren, nicht weil es schön ist, an einem gedeckten Tisch zu sitzen. Ich will dich aber nicht auf die Folter spannen. Plötzlich sagte er: Ich gehe. Nein, warte, Valerio, darf ich eine Runde fahren? Glaubst du, er hätte mich das machen lassen? Mich, seinen minderjährigen Bruder? Stoned wie ein Geröllfeld? Geh nach Hause, du kannst ja gar nicht mehr stehen, sagt er zu mir. Komm, eine Runde, eine kleine Runde, ich fahre zweimal um den Block, dann gebe ich es dir wieder. Vergiss es, weißt du, was so ein Motorrad kostet? Wir kommen zu einem Kompromiss (er hat mich gern, er ist ja auch mein großer Bruder). Er soll fahren, ich sitze hinten drauf, zu wie eine Strandhaubitze. Wir drehen eine Runde. Die ganze Große Straße entlang mit Vollgas, hin und wieder zurück. Ich halte mich an ihm fest, vielleicht lässt er das Motorrad ja auch steigen. Mein Bruder ist ein Crack in solchen Sachen, er hat sogar Trials gefahren, weißt du, was das ist? Was guckst du so? Hast du's schon kapiert? Warte, jetzt kommt das Schönste.

Er sagt: In Ordnung, die Große Straße hin und wieder zurück. Und ich: Fahren wir auch auf die Durchgangsstraße? Fahren wir drüber und kommen wieder zurück? Und er: Nein, vergiss es. So oder gar nicht. Okay, ich bin dabei. Ich war dabei. Besser als nichts. Und er: Setz dir den auf. Er gibt mir seinen Helm. Ein Helm, so ein Scheiß. Du hättest mich sehen sollen, ich hatte lange Haare bis hier. Ja, ich schwöre es dir, ich habe ausgesehen wie ein schlecht gemachter Rasta. Nein, keinen Helm! Setz dir den Helm auf, und nerv nicht rum. Ich setze ihn auf. Er hat mir seinen Helm gegeben. Ich habe einen, er nicht. Weil ich seinen Helm habe. Seinen. Ich hatte noch nie einen, auf der Fünfziger fährst du ohne, du brauchst keinen, du brauchst überhaupt keinen Helm, ich bin unsterblich, doch jetzt habe ich einen, seinen. Seinen Helm. Er hat keinen. Hast du kapiert, ja? Hast du kapiert? Wir fahren los, mit Vollgas. Zum Fürchten. Echt geil. Da ist niemand, die Große Straße ist frei, keiner ist da. Er bremst, er wendet, fährt ein U. Er ist Trials gefahren, und gar nicht schlecht. Ich sehe, wie die Arkaden näher kommen, meine Freunde springen auf, sie jubeln, als wären wir in Monza. Jetzt macht er es, jetzt macht er es, er bäumt sich auf, er bäumt sich auf, ich weiß es, ich weiß es. Er sagt: Pass auf! Wir fahren nur noch auf einem Rad, zu zweit. Ich schwöre dir, das war in null Komma nichts vorbei, aber es war irre. Mir schlug das Herz im Hals. Toll. Er kommt wieder runter, auf das andere Rad, wir sind in der Mitte der Großen Straße. Es ist vollbracht, mein Bruder hat schnelle Reflexe, er hat nur ein ganz kleines bisschen an dem Joint gezogen, das war fast schon getürkt, nur Tabak, er ist ein taffer Typ.

Dann läuft dieser Hund auf die Straße. Oder war es ein Kind? Oder ein Mann, ein Auto, ein Laster, ein Raumschiff? Was zum Teufel ist es gewesen? Ich erinnere mich nicht mehr. Wir fliegen. Ich schwöre es, WIR FLIEGEN. Aber ich hatte den Helm, den von Valerio. Er hatte keinen. Verstehst du?

Manchmal fahre ich am Wochenende zu meiner Familie. Dann füttere ich ihn, wasche ihn, ziehe ihn um und spreche mit ihm. Er hört mir zu. Zumindest glaube ich das. Ich hatte einen Helm. Seinen Helm. Er hatte keinen.

XII

Überwachen und Strafen

1

Nur noch die Schuhe zubinden, und er war bereit, seine Aufgabe als Jäger und Sammler im Supermarkt um die Ecke anzugehen. Doch in diesem Moment klingelte es an der Tür. Es war Mimmo.

»Bist du fertig?«

»Wofür denn, bitte?«

»Komm mit, wir gehen einen Aperitif trinken.«

»Aber ich kann nicht, ich muss noch einkaufen gehen.«

»Das machst du morgen, ich will Gesellschaft haben.«

»Ich habe nichts mehr im Kühlschrank, wenn ich nicht einkaufe, dann habe ich heute Abend nichts zu essen.«

»Mach dir keine Gedanken, ich bringe dich an einen Ort, wo du wie ein Schwein fressen kannst.«

Der Tonfall erlaubte keinen Widerspruch. Es war, als habe Mimmo das dringende Bedürfnis, mit ihm zu sprechen, vielleicht musste er ihm etwas anvertrauen. Am Ende erhob Ferraro keine Einwände mehr, auch er hatte Lust, mit einem Freund zusammen zu sein, einem, dem er den Koffer geben würde, damit wir uns richtig verstehen. Die wieder aufgeflammte Erinnerung an Comaschi und seinen Bruder hatte ihn ein wenig traurig gemacht; er fürchtete das Alleinsein am Abend.

Auf der Straße ging Mimmo auf sein Auto zu.

»Los, steig ein.«

»Wohin fährst du mich? Ist es weit?«

»Keine Sorge, du wirst es nicht bereuen.«

Im Auto sagte er kein Wort. Irgendwie war die Atmosphäre angespannt und beklemmend. Nach der Ponte Palizzi begann sich Ferraro zu fragen, was zum Teufel sie wirklich vorhatten. War ihr Ziel wirklich der Aperitif?

»Wohin fahren wir?«

»Ich habe es dir doch gesagt, wir gehen einen Aperitif trinken.«

»Und wo ist dieses verfluchte Lokal? Bei Jesus daheim?«

Mimmo antwortete nicht. Hinter der Piazzale Accursio nahm er den Ring in Richtung Lotto. Er überfuhr auch einige rote Ampeln.

»Entschuldige, wenn ich nachhake, aber hätten wir den Aperitif nicht bei mir um die Ecke trinken können?«

»Ich habe es dir doch gesagt, du brauchst dir keine Sorgen zu machen, es handelt sich um ein neues Lokal, das sehr *en vogue* ist.«

»Seit wann interessieren dich Lokale, die *en vogue* sind?«

»Ich bin nicht so hinterwäldlerisch wie du, Chiodo. Ich halte mich über die Moden und Tendenzen auf dem Laufenden.«

»Du verarschst mich.«

»Natürlich, klar. Bei dir gelingt mir das immer besonders gut …«

In der Via Brunelleschi überquerten sie die Navigli und kamen nach San Christoforo. Jetzt fuhr Mimmo etwas aufmerksamer. Es war nicht klar, ob er einen Parkplatz oder etwas anderes suchte.

»Sind wir da?«

»Warte, es müsste hier irgendwo sein.«

»Warst du noch nicht hier?«

»Nein, für wen hältst du mich? Ich gehe doch nicht in solche Idiotenlokale!«

»Und mich willst du jetzt dorthin führen? Spinnst du?«

»Mit dir ist es etwas anderes, da habe ich wenigstens ein bisschen Spaß.«

Puh, es war sinnlos zu versuchen, das Ganze zu verstehen, er musste es nehmen, wie es kam.

Mimmo parkte in irgendeiner Straße. Sie stiegen aus, und als sie um die Ecke bogen, befanden sie sich am Naviglio Grande Richtung Ripa di Porta Ticinese.

Es war Freitag am Spätnachmittag; von überall her strömten zweitklassige Schauspieler ohne Engagement, künstlerische Mitarbeiter, Nichtstuer der Modebranche, Stricker am World-wide-web, einfallslose Werbefuzzis, verkappte Kleinbürgerinnen und antikonformistische Banker der vergoldeten Welt der *happy hour*, der *hora feliz*, der Speis und dem Trank entgegen. Das war der Ort, der Tag, die Stunde. Vor einem kleinen Lokal, das nicht einmal ein Fenster zur Straße raus hatte, drängte sich eine Schar von Getreuen, eine wirkliche und echte Anhängerschaft auf dem Gehsteig zusammen. Alle standen sie dort, in Paradeuniform, um den kollektiven Ritus der Selbstversicherung der eigenen Existenz in dieser Stadt zu zelebrieren. Alle treue Jünger der Religion des Scheins; eine der härtesten spirituellen Disziplinen, bei der echter Mystizismus verlangt wird.

Mit beinharter Übung muss es dir gelingen, eine absolute Leere in dir zu erzeugen. Und dann musst du alles tun, um zu verhindern, dass sie sich mit etwas füllt, was nicht inhaltsleer, eitel und idiotisch ist.

2

Früher einmal waren es ein Schälchen Erdnüsse, ein paar Chips, höchstens zwei oder drei Essiggürkchen. Mehr nicht, die Geschmacksnerven sollten ja nur stimuliert, sie sollten eingeladen werden, danach etwas Bitteres zu trinken, einen Magenbitter oder einen Wermut. Dann ging man nach Hause zur getreuen Ehefrau, die einem ein köstliches Abendessen zubereitet hatte, mit ihren gesegneten Hausfrauenhänden, voller Dankbarkeit dem Manne des Hauses gegenüber. Es hieß ja nicht zufällig Aperitif, ›Eröffner‹. Er eröffnete das familiäre Abendessen. Oder beendete den Theaterabend vor dem Abendessen im Biffi.

Es gehörte sich nicht, die Schälchen auf dem Bartresen leerzufuttern, das war ungehobelt, hatte etwas von Penner. Man war ja nicht zum Essen hier, bewahre. Man stand an der Theke oder saß am Tisch, für ein schönes nachmittägliches Schwätzchen nach getaner ehrenvoller und einträglicher Arbeit.

Richtig, man ging – und geht heute noch – in einige Bars der Peripherie, um einen Weißwein zu trinken. Das sind die Nachkommen der Schankstuben, der Weinschänken, in denen man nach der Arbeit auf der Baustelle oder in der Fabrik bis zur Bewusstlosigkeit trank, gerade so lange, um ein bisschen Geld beim Kartenspiel zu verlieren. Dann ging man nach Hause, gerade im rechten Maß schlecht gelaunt, um mit Wonne seine Frau zu verprügeln. Doch im Stadtzentrum, in der Galleria Vittorio Emanuele, würde es niemals jemand wagen, mehr als einige wenige Gramm feste Nahrung zu sich zu nehmen.

Vor langer Zeit fand sich Mimmos Clique, als ihr Chef die Freuden des Aufenthalts im Jugendgefängnis von Beccaria noch nicht kennen gelernt hatte, in einer kleinen Bar bei der Metro an der Piazza Cardusio wieder. Alle waren sie da: *O'Animalo, Lo Zoppo, Manidiporco, Chiodo.*

Der Inhaber der Bar hatte den Tresen schön hergerichtet, elegante Teller mit Schnittchen und Schüsselchen mit fleischigen grünen Oliven. Die vier Burschen traten ein, weil sie ein Glas trinken wollten. Als sie feststellten, dass das ganze Zeug nicht zur Verzierung da war, sondern gratis geknabbert werden durfte, beschlossen sie, den Tresen in eine Tatarenwüste zu verwandeln. Es war ein Schlachtfest. Sie aßen alles auf, als müssten sie Vorräte für die Zukunft anlegen, schlimmer als Kamele in einer Oase. Ihr Hunger war ein atavistischer, volkstümlicher, der aus den Tiefen ihrer süditalienischen, bäuerlichen, anämischen, pellagrösen Gene stieg. Sie konnten nicht mehr aufhören: Essenessenessen, Bescheißenbescheißen, Allesistumsonst, Schnellbevorsiesmerken …

Der Barman hatte ihnen voller Abscheu zugesehen. Wenn Ferraro heute daran denkt, will er am liebsten im Erdboden verschwinden. Zum Glück war Francesca nicht dabei gewesen. Wenn sie das alles mit angesehen hätte, hätte sie nie wieder ein Wort mit ihm gesprochen. Aber ganz ehrlich: Er hatte sich wie blöd amüsiert. Sie verließen das Lokal in guter Stimmung, denn sie glaubten, sie hätten die ganze Welt ins Knie gefickt. Für den Preis von vier Limonaden hatten sie Zeug für vierhundert gegessen. Natürlich vergingen sie fast vor Durst, doch vorn auf dem Platz war ein Brunnen.

Wahrscheinlich hat sich von diesem Tag an in Mailand etwas verändert. Wahrscheinlich hat der Barbesitzer nachgerechnet und beschlossen, dass er seine Strategie den Kunden gegenüber ändern müsse, dass er ihnen nämlich die Reste vom Tag (die man am selben Abend ansonsten wegwerfen würde) kostenlos zum Verzehr hinstellen und dafür das Doppelte für die Getränke verlangen müsse.

Es wäre schön, wenn man das glauben könnte. Es wäre schön, sich vorzustellen, dass diese Gruppe von Vorstadtlümmeln für das Entstehen des modischsten Rituals von ganz Mailand seit den späten Achtzigerjahren verantwortlich ist. Aber so ist es natürlich nicht gewesen.

Es ist viel einfacher gewesen, nämlich so, dass die Arbeiter, die noch eine Fabrik hatten, oder die Arbeitslosen, je nachdem, immer noch hingingen und Weißwein tranken und die Frau schlugen (in manchen Schichten wandelt sich der Lebensstil nur langsam). Aber für die anderen, für die Abkömmlinge der Kleinbürger, für die Studenten, für die Generation X, für das Mode-Mailand, für den gehobenen Dienstleistungssektor, für die Welt der Angestellten gab es keine lockenwicklergeschmückten Ehefrauen mehr, deren alleinige Aufgabe es war, zu Hause zu sitzen und den dominanten Mann zu bewundern. Es war nicht einmal mehr Zeit, um nach Hause zu gehen. Alles war schneller geworden, immer schneller. Alles musste in aller Eile erledigt werden: Büro, Computer, Panino, Hörsaal, Einkaufen, Kino, Diskothek, Kokainlines, Exstasy. Kochen? Was für alte Säcke. Lieber eine nette kleine Modenschau in einem kleinen Lokal, wo du zusammen mit einem großen Getränk (am besten alkoholisch) auch noch schillernde essbare Ausschussware bekommst. Die fröhliche Stunde, in der man ›schau mal, wer da ist‹, ›hast du ihn auch erkannt?‹, ›weißt du, wen ich gesehen habe?‹, ›im Fernsehen sieht sie viel dicker aus‹ spielt!

Alle zeigen sich dann ihrer Überzeugung nach in dem exklusivsten Lokal (das so exklusiv ist, dass alle hingehen, Hinz und Kunz), als gebe ihnen das die Gewissheit einer stattlichen Rente in künftigen Jahren, wenn nicht sogar, aufgrund der Nähe zu den Fernsehstars, der Unsterblichkeit.

Doch wie man weiß, kann man nicht auf Nahrung verzichten, unsinnig, das zu probieren. Der Körper existiert, er braucht chemische Energie, damit er sie in Bewegung, Wärme, Gedanken umwandelt. Da ist es besser, das ganz schnell zu tun, im Stehen, wie zufällig, wie eine Pflichtveranstaltung zwischen einem Klatsch und einem Tratsch.

Die Theken fuhren nun also ganz festlich auf, Tische, Konsolen, Servierwagen wurden dazugestellt und ergänzt, sie bogen sich unter Schnittchen, Brötchen, Salami, Käse, Sushi, Tacos, frittierten Wan Tans, Dampf-Ravioli, Meeresfrüchten, Spaghetti mit Hackfleischsoße, Fleischspießen, Fischröllchen; alles wunderschön, bunt, reichlich, und alles gleichermaßen nach nichts schmeckend.

Die erlesene Schar der Exklusiven schlang alles hinunter, genau wie die Schönlinge aus Quarto Oggiaro, um den aufgrund seiner atavistischen genetischen Beschaffenheit für die virtuellen Neuerungen des beginnenden Jahrtausends noch ungeeigneten Magen zu beruhigen.

So war es, so ist es.

Das Paradox ist, dass Francesca alles getan hatte, um ihrem Mann gute Manieren beizubringen, was ihr so gut gelungen war, dass Ferraro jetzt sogar Scham empfand, diese ganzen Göttergaben zu essen, ohne dafür zu bezahlen. Er, der vielleicht (es wäre schön, es sich so vorzustellen, nicht?) der wahre unwissende Initiator dieser gefräßigen Mode war. Er ging nie aus, um einen Aperitif zu trinken (ist es eigentlich noch sinnvoll, ihn so zu nennen?); er erlebte dieses ganze Gelage mit großem Unbehagen. Und sich selbst als unzulänglich, wie immer.

3

Mit ein wenig Drängeln erreichten sie das Innere der Bar.

»Was nimmst du? Einen Mojito, eine Bloody Mary, eine Margarita, einen Negroni?«, fragte Mimmo.

»Sag mal, wie sprichst du denn eigentlich?«

»Wo hast du bist jetzt gelebt? In einem Kloster?«

»Ein Bier wäre sehr gut.«

»Okay, okay …« Dann wandte er sich der Kasse zu: »Zwei Bier, bitte.«

»Mexikanisches? Minzbier? Doppelmalz? Lager? Weißbier? Ale?«

O mein Gott, dachte Ferraro.

Mimmo sah den Kassierer an, ohne ein Wort zu sagen. Eloquentes Schweigen.

»Schon gut, ich habe verstanden, zwei Helle vom Fass …«

Er gab die Bestellung auf der Tastatur seiner Kasse ein.

»Braver Junge.«

'O Animalo nahm den Kassenzettel und drängelte sich durch die Menge. Kurz darauf kam er mit den beiden Biergläsern wieder zurück.

»Belade deinen Teller, womit du willst, ich komme gleich wieder.«

»Aber wo gehst du denn hin? Lässt du mich einfach hier, allein wie einen Deppen?«

»Ja«, und er ging weg.

Ferraro verspürte langsam einen leichten Ärger über das Verhalten seines Freundes. Jedenfalls hatte er Hunger bekommen, und er beschloss, sich den Teller mit allerlei Fressalien zu beladen. Dann verließ er das Lokal und setzte sich in eine Ecke, drinnen war es nicht auszuhalten, eine erdrückende Enge, es war ihm egal, dass es schon ziemlich kalt war, draußen waren überall Leute, sie wärmten sich mehr oder weniger erfolgreich an den riesigen Gasheizstrahlern; er begann, langsam zu kauen, und nippte ab und zu an seinem Glas.

Um ihn herum herrschte das Chaos. Ein Kommen und Gehen von Kahlköpfen mit Ohrringen und Miniröcken mit Militärstiefeln. Er sah, wie sich Mimmo in der Menge einem Typen näherte, einem Kellner vielleicht, der Aufmachung nach sah er zumindest so aus. Sie sprachen eine Weile miteinander. Dann zeigte der Kellner Mimmo eine Tür im hinteren Teil des Lokals, und Mimmo verschwand.

Der Kellner räumte weiter ab. Er sammelte überall leere Gläser ein, auf den Tischen, das ging ja noch an, aber viel schlimmer: auf dem Gehsteig, in den Blumenkübeln, auf den Fensterbänken. Je mehr er aufräumte, umso mehr schien die Masse überall Kippen, leere Kartons, Brotreste, Flaschen fallen zu lassen.

Eine Gruppe aus besseren Kreisen lachte völlig unangebracht, zufrieden über die eigene Existenz. Im selben Augenblick starben zehn Menschen in Bangladesch im Elend.

Das schrillste Lachen kam von einer Frau, nicht älter als fünfundzwanzig, die in erster Linie in ihrer eigenen Vorstellung schön war. Von seinem Platz aus konnte Ferraro die junge Frau mit ihren Freunden, einer Blondine und zwei selbstbewussten jungen Männern, tipptopp im Sakko, plappern hören. Der Kellner näherte sich der Gruppe, um den Müll, den das Quartett fabriziert hatte, zu entsorgen. Das Mädel bekam plötzlich Schuldgefühle.

»Scheißjob, was?«, sagte sie an den Kellner gewandt.

»Wie?« Er spielte natürlich den Ahnungslosen.

»Ich sagte: Scheißjob …«

»Aber nein, warum?«

»Na ja, wir sitzen hier und lachen, und du räumst den Müll weg.«

Vielleicht wollte sie sich solidarisch zeigen. Ihre Bemerkung war jedoch nur deplatziert.

»Jemand muss es ja tun, oder?«

»Na gut, du sagst das so, aber es ist nicht richtig. Jedenfalls gucken dich die Leute an, als würdest du nicht existieren …«

Die Tatsache, dass sie das festgestellt hatte, genügte,

um vor sich selbst in ihrer Achtung zu steigen. Der Mann machte ein wenig genervt mit seiner Arbeit weiter.

»Besser so, dann störe ich auch niemanden.«

»Aber verflucht, die Leute müssen doch merken, dass da andere sind, die arbeiten, die sich abrackern ...«

Und während sie das sagte, warf sie die Zigarette auf den Boden, obwohl ein Aschenbecher auf dem Tisch stand.

»Was soll ich sagen? Es ist eben so ...«, schloss der Kellner kurz angebunden.

Die Freunde sahen die junge Frau an, als sei sie eine arme Irre. Insbesondere die beiden Männer lächelten ähnlich idiotisch, als lauschten sie einem Dialog von Ionesco.

»Aber nein, Scheiße, was heißt hier, es ist eben so ...«

Einer der Männer schaltete sich ein: »Was willst du denn, willst du die proletarische Revolution ausrufen?«, und er lachte.

»Was lachst du denn, du Schwachkopf? Vielleicht hat der da nicht einmal eine Aufenthaltsgenehmigung und wird jetzt hier ausgebeutet ...«

Da lachte auch der Kellner.

»Keine Sorge, meine Papiere sind in Ordnung.«

»Ja, aber du ...« Eine Serviette fiel ihr auf den Boden, doch sie bemerkte es nicht, »du musst mehr Bewusstsein für deine Situation aufbringen.«

»Ich beklage mich nicht, es könnte mir schlechter gehen.«

Er wollte schon weggehen.

»Da irrst du dich. Wenn ich dir sage, dass dein Job hier ein Scheißjob ist, dann musst du mir das glauben.«

Sie versteifte sich, sie konnte die Vorstellung nicht ertragen, dass sie ihre Zeit und ihre Solidarität an jemanden verschwendet hatte, der das nicht pflichtschuldigst zu schätzen wusste.

Die Blondine neben ihr streckte dem Kellner ihr leeres Glas hin: »Hier, nimm das auch noch mit.«

Der stellte es zu den anderen.

Die Revolutionärin ließ nicht locker: »Siehst du? Siehst du, dass ich recht habe? Sklavenhaltung ... und wie viel kriegst du bezahlt, sag? Einen Hungerlohn, stimmt's? Das ist wirklich ein Scheißjob.«

Der Kellner richtete sich auf und sah der jungen Frau lächelnd in die Augen.

»Nein, ich würde nicht sagen, dass das ein Scheißjob ist. Erst recht nicht, wenn dir das Lokal gehört.«

Ferraro nebenan prustete unkontrolliert los und verursachte damit einen Sprühregen aus Salami- und Käsestückchen. Der Inhaber des Lokals ging weg und ließ *la Pasionaria* betroffen zurück, die nicht wusste, ob sie ihren hasserfüllten Blick auf Ferraro werfen oder der verirrten proletarischen Ikone hinterherschicken sollte, die so schnell zum Kapitalisten aufgestiegen war.

Mimmo kam zurück, eilig.

»Komm mit.«

»Was ist denn hier los? Warte, ich bin noch gar nicht fertig.«

»Trink dein Bier aus, und dann gehen wir, wenn du noch Hunger hast, gehe ich nachher mit dir in eine Pizzeria.«

Mimmo bewegte sich auf den hinteren Bereich des Gebäudes zu. Ferraro hatte Mühe, ihm zu folgen.

»Hörst du jetzt vielleicht endlich auf, den Geheimnisvollen zu spielen? Wo zum Teufel bringst du mich hin?«

Doch Mimmo antwortete nicht. Als sie um eine Ecke gingen, drückte ihm ein Typ, auch er schien ein Kellner des Lokals zu sein, einen offenbar randvollen Benzinkanister in die Hand. Die beiden gaben sich die Hand, dann verschwand der junge Mann.

»Los, beweg dich, wir haben nicht viel Zeit.«

Er bog in ein Sträßchen ein. Ferraro ging diese Heimlichtuerei völlig auf den Sack.

4

Mimmo bog in eine andere Straße ein. Sie waren nun ein ganzes Stück vom Lokal entfernt, auf einer breiten Straße waren einige Autos geparkt. Mittlerweile war es dunkel geworden, eine Niederdruck-Natriumdampf-Straßenlaterne warf ihren gelben Kegel auf das Pflaster des Parkplatzes.

»Also, schauen wir einmal …«

»Mimmo, aber was …«

»Da ist es.«

Er hielt befriedigt an. Aus seiner Jacke zog er einen großen Hammer, der aussah wie der eines Steinmetzes. Ferraro wurde blass.

»He, was hast du vor?«

»Geh zur Seite, ich will nicht, dass du etwas abbekommst.«

Das alles passierte nicht so schnell, dass Ferraro es nicht hätte begreifen können. Aber er war so fassungslos, dass er zwischen dem, was er sah, und dem, was diese immer unsinnigeren Aktionen bedeuten mochten, keine Verbindung herstellen konnte. Das gab Mimmo die Zeit, auszuholen und mit einem kurzen Schlag das Seitenfenster eines großen Geländewagens einzuschlagen. Die Alarmanlage heulte sofort los, Mimmo glitt katzengleich ins Auto, hantierte einen Moment herum, und schon war es wieder still.

»Verflucht nochmal, Mimmo, was machst du denn, darf man das erfahren? Was du da tust, ist gegen das Gesetz, Mensch! Ich bin Polizist, hast du das vergessen?«

Mimmo schien ihm nicht zuzuhören, nicht aus Überheblichkeit, sondern weil er zu beschäftigt war. Konzentriert goss er das Benzin überall hin, ins Wageninnere und außen herum.

»Scheiße, Mimmo, hör auf!« Er schrie. »Ich habe gesagt, hör auf!!!«

Er versuchte, *'O Animalo* aufzuhalten, in bester Absicht.

»Warte einen Augenblick, Chiodo, ich bin fast fertig.«

»Hör auf mit dem Scheiß! Weißt du, was passiert, wenn sie uns sehen? Darf man erfahren, warum du das machst? Schulden sie dir Geld? Hast du mit Schutzgeldern zu tun? Mimmo? Mimmo, Scheiße, lass mich nicht die Pistole ziehen müssen, Scheiße …«

Er steckte die Hand unter die Achsel. Ganz instinktiv. Da war natürlich nichts, er nahm nie die Pistole mit, wenn er nicht im Dienst war.

Mimmo musste lachen: »Ach was, Schutzgeld, hör auf … Fantasie hast du ja …«

Ferraro fühlte sich ausgelaugt. Er sah sich erschrocken um und zog den Reißverschluss seiner Jacke hinauf, bis sein Mund bedeckt war, als wolle er sich vermummen.

»Mimmo, ich bitte dich, lass uns gehen … hör auf, das kannst du nicht machen, nicht wenn ich dabei bin, Herrgott nochmal!« Seine Stimme wurde schrill, hysterisch.

»Himmel, du kommst mir vor wie meine Tante.«

»Mimmo, verflucht nochmal, wenn ein Kollege vorbeikommt, bin ich am Arsch. Die feuern mich!«

»Umso besser, dann hast du wenigstens Zeit zum Studieren, wärst du nicht froh darüber?«

Ferraro baute sich wie ein Schild vor ihm auf.

»Hör auf, lass uns weggehen, ich tue so, als hätte ich nichts gesehen.«

»Geh zur Seite, sonst ruinierst du noch alles.«

»Mimmo!«

Er steckte die Hand unter die Achsel, er bluffte. *'O Animalo* schob ihn mit einer Hand weg.

»Ach leck mich doch am Arsch, du Idiot ...«

Er ließ den letzten Rest Benzin auf die Motorhaube tröpfeln, stellte den Kanister sorgsam weg und kramte in den Taschen seiner Jeans.

»Gut«, sagte er und zog ein Feuerzeug heraus, »jetzt vollenden wir das Werk.«

Er reichte seinem Freund das Feuerzeug. Das hatte Ferraro nicht erwartet.

»Hör gut zu, Chiodo. Wenn du willst, dann überlasse ich dir die Ehre, dieses Auto zum Teufel zu jagen. Aber wenn du es nicht tust, dann tue ich es, das versichere ich dir, versuch nicht, mich aufzuhalten.«

Ferraro begriff gar nichts. Zur Sicherheit streckte er aber die Hand aus und nahm das Feuerzeug, ganz ruhig, um Mimmo nicht zu sehr zu irritieren.

»Aber ... warum?«

»Das ist der Geländewagen der beiden Hurensöhne, die aus reinem Spaß versucht haben, Baffo zu verbrennen.«

Ferraros Augen wurden so groß wie Golddublonen.

»Was? Und woher weißt du das?«

»Ich habe meine Informanten. Ich habe ein bisschen herumgefragt. Seit einer Woche suche ich sie, und jetzt habe ich sie gefunden und lasse sie nicht mehr entwischen.«

»Aber ... aber ... wie konntest du wissen ...«

»Das Nummernschild.«

»Aber zu Fusco hast du gesagt, dass du es nicht ...«

Mimmo schnaubte vor Ungeduld.

»Hör zu, ich habe keine Zeit für Erklärungen, okay? Wenn ihr sie gefasst hättet, die beiden Arschlöcher, dann wären sie sicherlich davongekommen. Siehst du das Auto? Die sind bestimmt nicht älter als fünfundzwanzig, was glaubst du denn, wer das bezahlt hat? Der liebe Papa, oder nicht? Derselbe, den es nicht viel kostet, um für die beiden Ärsche ein schönes Alibi zu finden und eine Schlange von Anwälten anzustellen, die länger ist als die am Heiligabend vor der Caritas.«

»Bist du dir ganz sicher?«

»Du kennst mich doch. Ich habe ein Gedächtnis wie ein Elefant. Sie sind es, ich habe sie in diesem Lokal wiedererkannt. Und das ist ihr Auto.«

Ferraro war wie gelähmt, seinen Arm hielt er immer noch ausgestreckt. Er starrte auf das Feuerzeug.

»Mimmo, ich kann nicht …«

Sein Freund wollte ihm schon das Feuerzeug wegnehmen, doch Ferraro zog die Hand weg.

»Chiodo, gib mir das Feuerzeug.«

»Nein.«

»Chiodo!«

»Nein«, setzte der Polizist hinzu und ging zu dem Auto, »ich habe Nein gesagt … ich habe doch die Ehre, oder?«

Er beugte sich hinunter, um ein Stück Zeitungspapier aus den Brombeerranken zu pflücken, die aus den Ritzen zwischen den Pflastersteinen wuchsen. Mimmos Gesicht verzog sich zu einem breiten Grinsen, das von einem Ohr zum anderen ging. Zwei Sekunden später flog eine Rakete aus brennendem Papier in den Fahrgastraum des Geländewagens und entweihte ihn für immer.

5

»Gut, ich würde sagen, jetzt ist die Zeit für ein schönes Zigarettchen. Willst du auch eine?«

»Du weißt, dass ich nicht mehr rauche, du brauchst es

nicht jedes Mal wieder zu versuchen! Du kannst mich aus der Liste deiner treuen Kunden streichen.«

»Soll das heißen, dass ich dir keine Weihnachtskarten mehr schicken soll?«

Sie saßen friedlich auf einer Bank, nicht weit entfernt von den Flammen, die den ganzen Parkplatz erhellten. Mimmo steckte eine Hand in die Tasche und holte eine Zigarette heraus. Ferraro suchte das Feuerzeug. Doch Mimmo zauberte noch ein weiteres hervor.

»Du Arschloch, du hattest nicht nur eins.«

»Na und? Wenn du mir das eine nicht gegeben hättest, hätte ich dieses benutzt.«

»Du Hurensohn.«

»Sprich nicht so über meine Mutter, sie hat dich immer gemocht.«

»Ich weiß, die arme Frau, du hast recht. Du hast sie auf dem Gewissen, sie ist vor lauter Kummer gestorben ...«

Es tat einen ernomen Schlag, als die Scheiben des Autos explodierten. In der Zwischenzeit wischte Mimmo seelenruhig mit einem Taschentuch die Fingerabdrücke ab, die er auf dem Benzinkanister hinterlassen hatte.

»Glaubst du, dass sie es vom Naviglio aus gehört haben?«

»Es wird wohl besser sein, wir machen uns vom Acker.«

»Aber nein. Machst du Witze?«

Von Weitem hörte man die klassische Sirene des Feuerwehrautos.

»Wer zum Teufel hat die gerufen?«

»Die aus dem Lokal; ich habe ihnen gesagt, dass sie die Feuerwehr rufen sollen, sobald sie den Rauch riechen.«

»Und sie ... aber ...«

»Mensch, Chiodo, was ist los? Du scheinst mir lobotomisiert zu sein!«

Ferraro musste lachen, aus vollem Herzen.

»Was für ein Arschloch du bist, du bist wirklich ein Arschloch der galaktischen Art.«

Das war ein Ehrentitel, den sie sich gerne als Jungen auf dem Hof gegenseitig verliehen hatten.

»Und du bist der Furz, der durch dieses Arschloch fährt.«

Und sie lachten alle beide, wie nach ihren schönsten Lausbubenstreichen, die immer damit geendet hatten, dass ihre Hintern Bekanntschaft mit dem Gürtel machten.

Es dauerte nicht lange, und um sie herum versammelten sich so viele Schaulustige, dass die Feuerwehrleute Mühe hatten, ihre Arbeit zu tun.

»Was meinst du? Sollen wir näher rangehen?«

»Warum nicht?«, sagte Ferraro. »Ich bin immer noch ein Hüter der Ordnung, und da ist es nur angebracht, wenn ich nach dem Rechten sehe.«

Mimmo drückte die Zigarette aus und warf die Kippe weit von der Bank weg. Einige Sekunden später befanden sie sich schubsend und drängelnd mitten im Geschehen. Der Brand war ziemlich schnell gelöscht, aber das Fahrzeug war nur noch Schrott.

Hinter dem Zuschauerring hörte man jetzt Schreie: »Scheiße, Scheiße, das Auto, das Auto …«

Auf der Bühne des Dramas erschienen jetzt die beiden sakkotragenden Freunde der Revolutionärin aus der Zone eins. Ferraro musste sich sehr zurückhalten, um ihnen nicht direkt ins Gesicht zu lachen. Der Jüngere von ihnen fiel auf die Knie und raufte sich die Haare.

»O Scheiße, Scheiße, wer sagt das jetzt Papa, wer sagt ihm das?«

»Was ist denn passiert?«, fragte der andere, »was ist denn passiert?«

»Ein Feuer«, schaltete sich Mimmo ein, »ist meiner Meinung nach sehr schmerzhaft.«

»Aber warum, warum denn?«

»Ist das dein Auto?«

Der auf Knien heulte immer noch wie ein Kind.

»Scheiße nochmal, wer soll ihm das sagen? Der bringt uns um, der bringt uns um …«

»Man sieht, dass ihr euch Feinde gemacht habt … das sind Profis gewesen.«

Der Ältere der beiden, der mit dem Gesicht des eingebildeten Bocconi-Studenten, sah Mimmo entgeistert an.

»Wer zum Teufel bist du?«

»Ich bin hier vorbeigekommen, ich habe die Feuerwehr gerufen …«

Der Bocconi-Student war völlig verstört, er verstand überhaupt nichts mehr: »Ja, danke, danke …«, und drückte Mimmo die Hand.

Ferraro kamen die Tränen vor lauter Lachen.

»Was für eine Schande«, machte Mimmo weiter, »es ist wirklich eine Schande, da laufen Leute herum, man sollte sie alle an die Wand stellen …«

Doch der andere hörte gar nicht mehr zu, so hypnotisiert war er von diesem Schauspiel in Flammen aufgegangener achtzigtausend Euro.

Ferraro hakte sich bei seinem Freund unter.

»Gehen wir, los, ich kann nicht mehr, ich gestehe sonst noch, dass ich es war, allein um des Spaßes willen zu sehen, ob er einen Herzinfarkt bekommt.«

Er zog Mimmo durch die Menge, der immer noch seine Pfeile abschoss.

»Eine Schande ist das, ja, wirklich eine Schande. Wo ist denn die Polizei, wenn man sie braucht?«

6

Sie waren fast schon zu Hause.

»Wir haben unseren Spaß gehabt, oder?«

»Du bist ja wohl völlig durchgedreht. Ist dir eigentlich klar, dass du mich zum Komplizen einer Straftat gemacht hast?

»Hör doch auf ... wie hieß das noch? ›Einen treffen, um hundert zu erziehen‹, oder?«

»In Wirklichkeit haben wir zwei getroffen.«

»Gut, also haben wir zweihundert erzogen.«

Mimmo hatte eine Vorstellung von staatsbürgerlicher Erziehung, die im Hause Rapotti sicherlich keinen positiven Anklang gefunden hätte. Doch so war er einfach, auf seine Weise verhielt er sich korrekt.

Er parkte vor dem Haus, die beiden Freunde stiegen aus.

»Chiodo, aber warum zum Teufel ...«

»Was ist los?«

»Du humpelst ja immer noch.«

»Aber nein, das ist nur ein bisschen unangenehm.«

»Du meine Güte, du kommst mir vor wie Bettler in der Metro.«

»Hör zu, hast du nicht auch ein bisschen Hunger? Ich habe nicht besonders viel gegessen.«

»Man lebt nicht vom Brot allein.«

»Hast du nun Hunger oder nicht?«

»Natürlich, aber nicht nur auf Brot. Ich würde auch ein bisschen Schinken drauflegen, was meinst du?«

Ein paar Minuten später waren sie bei Mimmo.

»Wo ist Tiziana?«

»Sie ist zu ihrer Schwester gefahren, der geht es nicht gut. Sie schläft heute Nacht dort.«

Mimmo machte sich methodisch an die Zubereitung der belegten Panini. Ferraro zog in der Zwischenzeit mit der vertraulichen Geste eines Menschen, der sich wie zu Hause fühlt, die Kühlschranktür auf.

»Du hast ja überhaupt nichts zu trinken da … und was ist das? *Mecca Cola*?«

Er holte eine Plastikflasche mit arabischen Schriftzeichen aus dem Kühlschrank.

»Die schmeckt so gut wie Coca Cola und kostet die Hälfte.«

»Bist du etwa einer von diesen *No Logo*-Typen?«

»Nein, ich bin einer von den *No Kohle*-Typen.«

Die Panini waren fertig. Sie aßen sie mit Appetit. Ferraro nippte an seinem Glas.

»Na ja, stimmt aber nicht, dass sie genauso gut schmeckt.«

»Aber sie kostet die Hälfte, jetzt mach keinen Stress. Wenn du willst, gibt es immer noch Gänsewein.«

Er zeigte auf den Wasserhahn.

»Ist ja gut, meine Güte, bist du empfindlich.«

Noch zwei Bissen, und das Panino war verschwunden. Mimmo bereitete unterdessen ein zweites zu.

»Willst du noch eins?«

»Nein, nein, das eine reicht mir.«

Mimmo setzte sich wieder und biss lustvoll in sein zweites Brötchen.

»Lrnns d flßs?«

»Wie? Was sagst du? Du weißt doch, dass man nicht mit vollem Mund spricht. Hat dir das nie jemand gesagt?«

Mimmo schluckte herunter.

»Doch, meine Großmutter, die blöde Kuh, hat das immer gesagt!«

»Die Arme … wahrlich eine heilige Frau!«

»Um Himmels willen, die war immer stinkig wie meine Socken nach einem Fußballspiel.«

Ferraro lachte, und Mimmo tat es ihm nach.

»Wie kommen dir die immer? Ich muss dich doch einmal mit Comaschi bekannt machen, ihr würdet im Cabaret einen Haufen Geld verdienen.«

»Wer, dein Kollege? Den habe ich doch schon kennen gelernt, erinnerst du dich nicht?«

»Ach ja, stimmt.«

Mimmo wischte sich mit dem Ärmel seines Hemdes über den Mund.

»Also, willst du es mir jetzt sagen?«

»Was?«

»Lernst du fleißig?«

Sie hatten ihn offenbar alle adoptiert. Zum Glück hatte er es seiner Mutter noch nicht erzählt, denn sonst würde sie jeden zweiten Tag anrufen und die dazwischen liegenden Tage auch noch. Francesca hatte er es eigentlich auch nicht erzählt, wenn er es sich recht überlegte. Doch bei ihr lagen die Gründe woanders.

»Herrgott, das kannst du mich doch nicht jedes Mal fragen, wenn du mich siehst. Da kriege ich es ja mit der Angst!«

»Ich habe verstanden: Du lernst also nicht.«

»Spielst du vielleicht gerade Psychologe?«

»Hör doch auf, ich kenne dich seit Jahren. Ich weiß genau, wenn dir der Kittel brennt.«

»Na ja gut. Nein, ich lerne nicht, die Arbeit nimmt mich ziemlich in Anspruch.«

»Aber arbeitest du nicht halbtags?«

Er vergisst nie etwas, wahrlich ein Elefantengedächtnis!

»Ja, das stimmt, nur dass ich außerhalb der Arbeitszeit, wie soll ich sagen, einem … Kollegen einen Gefallen tue.«

Er hatte ›Freund‹ sagen wollen, doch er war sich noch immer nicht wirklich sicher.

»Wem? Comaschi?«

»Nein, nein. Einem anderen ...«

'O Animalo stand auf: »Willst du noch Sardellen in Öl? Tiziana hat sie gemacht ...«

»Was bist du eigentlich? Ein wandelnder Fresssack?«

»Willst du jetzt welche oder nicht?«

»Röstest du mir dann noch ein wenig Brot im Ofen?«

Es war praktisch unmöglich, zu Tizianas Sardellen in Öl Nein zu sagen.

»Gierschlund!«

7

Sie stanken nach Knoblauch. Ferraro war sich sicher, dass eine weitere Portion Sardellen ihm eine schlaflose Nacht bescheren würde. Doch er hatte ein unsterbliches Verlangen nach einer zweiten Scheibe apulischem Brot.

»Hör auf, das Brot so anzustarren, du kommst mir vor wie ein Kind aus Biafra. Los, nimm schon.«

Ferraro hatte nichts anderes erwartet.

Dann durchschoss ihn ein Gedanke.

»Sag mal, wo ist eigentlich der Hund?«

»Welcher Hund?«

»Black.«

»Gestern ist Baffo vorbeigekommen und hat ihn abgeholt.«

»Wie, ist er schon aus dem Krankenhaus entlassen?«

»Wusstest du das nicht?«

»Nein, ich wusste das nicht. Ich habe ihn nirgendwo gesehen.«

»Er hat mir gesagt, dass er einen neuen Platz gefunden hat, wo er hingehen könnte. Ich habe ihm gesagt, dass ich einen Schlafplatz für ihn finden könnte, ich habe Freunde im Obdachlosenheim im Viale Ortles, Geld könnte ich ihm geben, aber du weißt ja, wie er ist.«

»Er ist einfach ein schlechter Mensch, das ist er! Er ist so beschissen stolz.«

»Ja, na klar, wenn du ihm auch noch seinen Stolz nimmst, was bleibt ihm denn dann?«

Die zweite Scheibe geröstetes Brot mit Sardellen, Öl, Petersilie, Chili und Knoblauch war im Handumdrehen verputzt. Ferraro schenkte sich noch ein Glas *Mecca Cola* ein.

»Die schmeckt dir, was? Erst tust du so wählerisch, und dann …«

»Na ja, dieses Zeug ist so salzig, dass man umkommt …« Lahme Ausrede.

Mimmo zündete sich eine Zigarette an.

»Du willst keine, richtig?«

»Nein, und du weißt es genau, Satan!«

In Wahrheit gierte er danach. Doch dieses Opfer musste er bringen. Was blieb ihm denn sonst von seiner Würde?

Mimmo machte ein paar genießerische Züge.

»Und was ist das für ein Gefallen?«

»Ich helfe einem Freund«, (das kam ihm so selbstverständlich über die Lippen) »…wegen der Schießerei auf der Straße. Erinnerst du dich?«

»Ja, natürlich erinnere ich mich, alle haben darüber geredet. Hier konnte man sich ja tagelang vor dem ganzen Journalistenpack nicht retten.«

»Es gibt eine offizielle Untersuchung, die meinen Freund in Schwierigkeiten bringt.«

»Mensch, das ist ja ein Ding. Und ist er schuldig?«

Gute Frage.

»Nein … nein … das heißt, in gewisser Weise ist er verantwortlich, aber nicht so, wie du denkst.«

»Ich denke gar nichts. Mir tut es nur leid für die Passanten, die sterben mussten, aber nichts damit zu tun hatten, es war sogar eine Familienmutter dabei, das weißt du, oder?«

»Natürlich weiß ich das.«

»Aber Vito ist mir egal. Er war ein Scheißkerl.«

»Kanntest du ihn?«

»Wie kann ich ihn nicht kennen? Seine Familie war lange vor mir in der Branche.«

»Kennst du auch Antonio Russo, den Vater, persönlich?«

»Natürlich! Vor ein paar Jahren, acht oder neun werden es sein, hat er mich gefragt, ob ich seinen Sohn nicht zu mir nehmen und den einen oder anderen Transport machen lassen will. Meiner Meinung nach wollte er ihn loswerden.«

»Und du?«

»Nichts. Zu dieser Zeit war ich nicht gut auf ihn zu sprechen.«

»Und wie ging es aus?«

»Ja, weißt du, Vito hatte doch diese Waffenmanie, Rambo und so weiter. Dann hat er sich freiwillig gemeldet … nein, warte, nicht acht Jahre, es ist länger her, zehn, zwölf, weil er dann mit der Armee nach Bosnien gegangen ist.«

»Nach Bosnien?«

»Ja, erinnerst du dich nicht? Die UNO-Mission. Als er wiederkam, war er noch ausgetickter. Meiner Meinung nach ist er dort in Sarajevo völlig verrückt geworden.«

»In Sarajevo?«

»Ja, ich erinnere mich noch gut an ihn. Er fuhr auch später ein paar Mal dorthin, als er nicht mehr wehrpflichtig war.«

Ferraro konnte sich nicht dauernd wundern. Früher oder

später würden ihn all diese Emotionen noch ins Grab bringen.

Mimmo schüttete unterdessen die ganze Flasche *Mecca Cola* in sich hinein. Dann betastete er konzentriert seinen Bauch.

»Er kommt, er kommt … ich spüre es.«

Ferraro kehrte in die Realität zurück, es war der entscheidende Moment, das wusste er. Er nahm die Uhr in die Hand.

»Also?«

»Er kommt … Chiodo … er kommt …«

Und er rülpste: »Leecktmichamaaaarschiiihrscheißaarschlöcherfickteuchdooochinskniee.«

Die Küchenfenster erzitterten vor Schreck. Ferraro sah seinen Freund an, in den Augen Tränen der Rührung.

»Fantastisch, zwölf Sekunden. Absoluter Rekord!«

XIII

Ein Offizier und Gentleman

1

Wenn man es sich recht überlegte, ähnelte er seiner Mutter kaum. Sie war Sardin, einen Meter und ein bisschen groß, ein feuriges Weib. Mit vierzehn Jahren kellnerte sie im Sommer schon an der Costa Smeralda. Nach drei Jahren hatte ihr Chef ein anderes Touristenzentrum auf dem Festland eröffnet und beschloss, sie für die Saison mitzunehmen. Sie hatte zwar Feuer, war aber, um die Wahrheit zu sagen, auch ein bisschen einfältig. Sie kam mit einem schönen romagnolischen Bademeister zusammen, obgleich sie nicht eine der schönen deutschen Walküren war, die die Touristenflut aus dem Norden anschwemmte. Im vierten Monat der Sommersaison war alles, was ihr von ihrem schönen geflüchteten Lockenkopf blieb, ein immer weniger zu verbergender dicker Bauch. Ins Dorf zurückzukehren, davon konnte nicht die Rede sein, abtreiben sowieso nicht, wir sind ja keine Tiere. Sie spuckte in die Hände und packte ihr Leben an, und ein paar Jahre später wohnte sie in Quarto Oggiaro, in einer Einzimmerwohnung im siebten Stock eines jener Plattenbauten in der Via de Pisis (Richtung Schwimmbad, versteht sich).

Sie putzte bei einigen Familien in der Gegend der Piazza Firenze, und am Abend verdiente sie noch etwas in Büros hinzu. Dort lernte sie Ferraros Mutter kennen. Die beiden arbeiteten abends zur selben Zeit, und nach der Arbeit warteten sie an der Bushaltestelle aufeinander, damit sie die Heimfahrt nicht alleine antreten mussten (man weiß nie, wer abends unterwegs ist). Wenn eine krank wurde, vertrat sie die andere. Eine wirkliche Hilfe, die auf Gegenseitigkeit und auf beruflichem Respekt beruhte, auf der Gewissheit, dass die Arbeit sorgfältig erledigt werden würde (in diesen Zeiten kann man ja niemandem mehr vertrauen). Und außerdem das Vergnügen, im Bus der Linie 57 ein bisschen zu plaudern oder zusammen Kaffee zu trinken, zu Hause, versteht sich, denn in einer Bar fühlten sie sich immer ein bisschen unbehaglich.

Ihrem Sohn ließ sie es an nichts fehlen. Sie hatte ihm den Namen Raoul gegeben. Der Familie zum Trotz, die ihn nach dem Großvater Bastiano nennen wollte. Doch ihr war das egal. In den Augen ihrer Familie blieb eine Nutte sowieso eine Nutte, auch wenn sie ihn Jesus Christus riefe. Sie nannte ihn lieber Raoul, nach seinem Vater. So trug der Sohn einen ziemlich absurden Namen: Raoul Melis. Das schien gar kein italienischer Name zu sein. Raoul hatte seinen Vater nie gesehen und vermisste ihn daher auch nicht. Er hasste ihn aber auch nicht besonders. Seine Mutter sprach praktisch nie über ihn, und wenn sie es tat, dann stets ohne Reue. Sie hatte ihn geliebt, und er hatte ihr das Schönste in ihrem Leben geschenkt: das Leuchten seiner Augen, und alles andere war ihr gleichgültig. Sie spuckte in die Hände und packte ihr Leben an. Denn das Leben ist, wie es ist, es hat keinen Sinn, sich zu beklagen. Sie hatte andere Männer (sie hatte Feuer und weibliche Kurven), doch sie hatte dazugelernt. Jeder blieb bei sich wohnen, und man blieb befreundet wie zuvor.

Raoul wollte Botaniker werden. Seine Mutter schuftete sich halb tot, damit er studieren konnte. Er war gescheit, hatte ein Faible für die Wissenschaft. Einmal musste Michele in Mathematik eine Nachprüfung machen. Die Trigonometrie wollte einfach nicht in seinen Kopf (oder vielleicht waren es die Joints, die Rockmusik, die Mädchen, die seinen Kopf allzu sehr beschäftigten). Die Mütter sprachen darüber, und es wurde beschlossen, dass Raoul Michele Nachhilfestunden geben sollte, gegen Bezahlung natürlich. Geld war sowieso keins da, und man fuhr dieses Jahr ohnehin nicht in Ferien, da konnte man das wenige, was man hatte, auch Raoul geben, der es für sein Studium brauchte.

Es war das einzige Mal in seinem Leben, dass Ferraro Spaß daran hatte, über mathematische Paradoxa, über den schnellfüßigen Achilles, über Grenzwerte und Ableitungen, Tangenten und Kotangenten zu sprechen. Raoul war wirklich gut, daran zweifelte niemand im Viertel.

Sie sahen einander nicht häufig, doch die Erinnerung an diesen durch einige sonntägliche Ausflüge aufgelockerten Sommer, bei denen Raoul mit derselben Begeisterung über Botanik sprechen konnte wie der andere über schöne Mädchen, diese Erinnerung war wie ein persönlicher, unantastbarer Schatz. Manchmal genügt so etwas. Mit sechzehn Jahren einen Freund zu haben, ein Geheimnis zu teilen, eine Erinnerung. Manchmal genügt ein Atemzug, um sich an einen Menschen zu binden.

Wenn man es sich recht überlegte, ähnelte er, wie schon gesagt, seiner Mutter kaum. Er war groß und sehr kräftig (ein gutes Viertel von einem Ochsen), stark behaart, schüchtern und zurückhaltend. Ganz der Vater vermutlich. Als seine Mutter in jeglicher Hinsicht aufhörte, sich abzuschuften, als sie also vor der Zeit dieses Tal der Tränen verließ (und wie viele davon vergoss Ferraros Mutter am Tag der Beerdigung, an dem ein kläglicher Haufen hinter dem Leichenwagen herlief), hatte Raoul keine Lust mehr, sein Studium fortzusetzen. Er hatte niemanden mehr. Seine Verwandten in Sardinien hatte er nie kennen gelernt, und er wusste nicht einmal, wie sein Vater mit Nachnamen hieß. In Wahrheit hatte er Angst. Bei null anfangen wollte er nicht, er hatte nicht den Atem, nicht das Feuer, das Leben seiner Mutter in Mühsal und Einsamkeit zu wiederholen.

Als er die Nachricht bekam, dass seine Mutter krank sei, war er gerade Unteroffizier in der Armee (natürlich eine Idee seiner Mutter: Du machst ein bisschen länger, legst dir ein bisschen Geld auf die Seite, damit du dein Studium fertig machen kannst). Er entschied, einen weiteren Dreijahresvertrag zu unterschreiben, genug Zeit, um seine Gedanken zu ordnen. Sein Studium brachte er auch zum Abschluss, aber nach zehn Jahren war er immer noch bei der Armee, der verrückteste Hauptmann von allen; während der Übungen pflückte er Margeriten und war so freundlich mit der Truppe, dass mehr als einer im Laufe der Jahre vermutete, er sei homosexuell. Er brauchte eine Weile, um seine bösartigen Züge zu entwickeln. Jetzt war er das größte Arschloch, als entspränge er einem Film über den Scheiß-Krieg in Scheiß-Vietnam.

Ferraro hatte schon lange nichts mehr von ihm gehört, schon sehr lange nicht. Das war an sich nicht besonders schlimm. Es kam vor, keiner machte sich deswegen Gedanken. Ein Anruf genügte, eine Pizza, und der Zauber jenes Sommers war sofort wieder da.

Sein Geheimnis, das er weder seinen Freunden im Hof noch Francesca erzählt hatte: An einem magischen Sommertag – es waren die Hundstage gewesen, die Hitze wurde durch das Laub der Weiden, durch einen Sprung in den Alpenbach kaum gemildert – hatte Ferraro in einem einzigen intensiven und unzerstörbaren Augenblick ins tiefste Innere eines Menschen geblickt. Eines Menschen, der es wagte, ihm seine Andersartigkeit zu offenbaren; der ihn scheu küsste und sich dabei schämte wie eine Jungfrau. Ein feuchter, staunender und reiner Kuss. Dann ging jeder seiner eigenen Wege, folgte den persönlichen Neigungen. Niemals rührten sie wieder daran, und es gab kein Bedauern.

Das war Ferraros Geheimnis. Nein, ihr gemeinsames Geheimnis. Des einen Geheimnis, dass er geliebt, des anderen, dass er keinen Abscheu empfunden hatte.

2

»Raoul?«

»Ach nee, Michele … ja, wen hört man denn da …«

»Störe ich? Quälst du gerade wieder einen Rekruten?«

»Nein, keine Sorge, es ist Samstag, hier ist fast niemand.«

»Gut, besser so.«

»Was brauchst du?«

»Wer hat gesagt, dass ich etwas brauche?«

»Stimmt das etwa nicht?«

»Vielleicht habe ich auch einfach angerufen, um zu hören, wie es dir geht.«

»Schwindler.«

Raoul war nicht dumm. Er kannte die Menschen gut, und das ist nicht ironisch gemeint.

»Ist ja schon gut, du hast recht, du musst mir einen Gefallen tun.«

»Ja, ich weiß, also, worum geht es?«

Ferraro war eingefallen, dass auch Raoul in Bosnien gewesen war. Während seiner Zeit als Lieutenant in der Garibaldi-Kaserne in Caserta hatte er ein Truppenkontingent geführt. Er hatte Ferraro aus Sarajevo eine riesige Wasserpfeife aus handgeschnitztem Holz als Souvenir mitgebracht. Ein echtes Kunstwerk. Die ganze Mailänder Bande hatte einen Monat lang bis zum Umfallen gekifft. Die Zigaretten brachte wie immer Mimmo mit. Ferraro war für die Filter zuständig. Bosnien konnte eine Spur sein, warum nicht? Andererseits: Was hatte er in der Hand? Kein Ass, nur eine Reihe von Luschen. Er musste seine Karten ausspielen und auf eine Glückssträhne warten. Letzten Endes ist dem Kühnen das Glück hold.

Ferraro erzählte Raoul von dem Massaker und von allem anderen. Raoul hatte nur wenig Erinnerung an Russo.

»Machen wir es so«, schloss Raoul, »gib mir eine Stunde. Ich versuche, etwas für dich herauszufinden.«

»Dann rufe ich dich nachher an.«

»Nein.«

»Nein? Rufst du mich an?«

»Nein.«

»Was ist das? Ein Rätsel?«

»Das ist eine Einladung zum Mittagessen. Ich will, dass du in einer Stunde hier in Brera bist. Wir essen im Offizierskasino.«

Das hatte Ferraro nicht vorhergesehen. Mit Hinfahrt, Mittagessen und Rückfahrt verlor er gut und gern drei Stunden. Die Prüfung rückte in immer weitere Ferne.

»Muss ich wirklich?«

»Habe ich eine andere Möglichkeit, einen alten Freund wiederzusehen? Du bist der einzige Mann, den ich erpressen muss, damit er mit mir isst, weißt du das?«

Im Grunde war Raoul ein Bild von einem Mann, er hatte es nicht nötig, irgendjemanden zu bitten. Möglicherweise die Faszination der Uniform ... Das funktionierte jedoch nicht bei allen. Als Ferraro die Uniform getragen hatte, war sein Sexappeal gleich null gewesen (nicht, dass er danach wesentlich gestiegen wäre).

»In Ordnung, du hast mich rumgekriegt. Wo soll ich hinkommen?«

»Komm zum Palazzo Cusani. Am Empfang fragst du nach mir.«

»Ihr habt ein Restaurant, eine Bar, einen Empfang ... vermietet ihr auch Zimmer? Gibt es Gruppenermäßigung?«

»Wenn du ein Carabiniere wärst, könnten wir darüber reden. Aber du bist ein Bulle, tut mir leid.«

Eine knappe Viertelstunde nach dem Telefonat fuhr Ferraro los. Er musste den Verkehr einberechnen, denn die Leute kamen für den samstäglichen Stadtbummel in die Stadt und suchten verzweifelt nach Parkplätzen. Es gibt Menschen, die kommen an, und wie durch ein Wunder wird direkt vor ihnen ein Parkplatz frei, während die anderen Autofahrer neidisch und fluchend vorbeifahren. Ferraro gehörte zu denen, die fluchten. Es endete immer damit, dass er an den unmöglichsten Stellen parkte, außerdem hatte er das Handicap, dass er sich bei der Rückkehr nicht mehr erinnerte, wo zum Teufel er das Auto gelassen hatte.

Dieses Mal lief alles glatt, und er fand im Foro Bonaparte direkt einen freien Parkplatz, auf dem er das Auto abstellte. Da er zu früh dran war, hatte er noch ein bisschen Zeit. Er beschloss, es gemütlich angehen zu lassen und wie ein Tourist durch die Gassen Breras zu spazieren, wobei er immer in eine neue Straße einbog, wenn er Lust dazu hatte. Er ging in die Kirche San Simpliciano, warf einen Blick in die Apsis von San Marco. Dann nahm er die Via Brera, denn er wollte vor dem Weitergehen noch einen Blick auf Napoleons Pimmel im Hof von Richini werfen. Das machte er jedes Mal, aus welchem Grund, wusste er nicht mehr. Als er die Akademie verlassen hatte, stand er nach ein paar Schritten schon vor dem Palazzo Cusani. Er sah auf die Uhr. Ihr habt es schon geahnt, nicht wahr? Er war eine Viertelstunde zu spät. Im üblichen Rahmen also.

3

»Was hast du?«

»In welcher Hinsicht?«

»Ich weiß nicht, du humpelst …«

»Ach, das ist nichts, keine Sorge.«

»Wie hast du dir das zugezogen? Im Dienst?«

»Könnt ihr euch nicht einfach um euren eigenen Kram kümmern?«

»O je, was sind wir heute empfindlich … Wenn du willst, dann zeigen wir das einem Arzt. Es gibt hier einen Major, der …«

»Mach dir keine Gedanken, ich habe es dir schon gesagt, es ist nichts.«

»Na gut, wie du willst.«

Sie setzten sich an den Tisch. Der Saal war prachtvoll und elegant, Ferraro fühlte sich gänzlich fehl am Platz.

»Entschuldige, Raoul, ich habe nur wenig Zeit …«

»Du wirst aber wohl essen müssen, oder? Heute gibt es Kürbistortellini.«

»Keine Kutteln?«

»Kutteln?«

»Donnerstag Gnocchi und Samstag Kutteln, war es nicht so?«

»Das hier ist das Offizierskasino der italienischen Armee, glaubst du etwa, hier gibt es Kutteln?«

Ein Kellner, der sich auffällig in den Hüften wiegte, kam herbei.

»Guten Tag, Capitano, was kann ich Ihnen bringen?«

Raoul bestellte für beide. Ferraro ließ ihn machen. Der junge Mann ging selbstsicher und hinternwackelnd weg.

»Ich ertrage ihn nicht«, sagte der Hauptmann.

»Wen?«

»Den Kellner, er benimmt sich wie die letzte Tunte.«

»Und wo ist das Problem?«

»Er müsste Haltung haben, wir sind hier bei der Armee, in erster Linie.«

»Bist du das, der da gerade spricht?«

»Ja, ich bin das. Wenn er so weitermacht, werden sie ihm das Leben zur Hölle machen.«

»Vielleicht ist es genau das, was er will. Er hat sich absichtlich eine Arbeit gesucht, bei der er es mit vielen schönen Männern zu tun hat.«

»Dann hätte er auch in eine Fabrik gehen können. Oder in den Bergbau.«

»Gibt es noch Leute, die im Bergbau arbeiten?«

Die Tunte kehrte mit einer Flasche zurück. Er entkorkte sie und ließ den Hauptmann am Korken riechen, der nickte.

»Wir müssten eigentlich einen Garda von den Mantovaner Hügeln trinken, aber ich habe einen Falanghina vorgezogen, 2003 ist ein hervorragender Jahrgang.«

Hätte er Ferraro Wein im Tetrapack angeboten, hätte es für diesen keinen Unterschied gemacht. Er tat jedoch so, als koste er ihn sorgfältig, um vor seinem Freund keine allzu schlechte Figur zu machen. Der Kellner verschwand wieder.

»Du hast recht. Er wackelt wirklich übertrieben mit dem Hintern. Da musste er ausgerechnet beim Militär landen.«

»Hör zu, Michele, es ist nicht so, dass es in der Armee an Homosexuellen mangelt, im Gegenteil, unter uns gesagt: Es wimmelt geradezu von Schwuchteln.« Er betonte das Vulgäre mit einer gewissen Lust am Paradoxon.

»Andererseits findest du sie sowieso überall, oft da, wo du sie am allerwenigsten erwartest. Es ist nur eine Frage der Statistik.«

»Nun, in bestimmten Bereichen gibt es vielleicht wirklich mehr. Zum Beispiel in der Modeszene.«

»Das ist kompletter Unsinn. Dort müssen sie nur einfach ihre Natur nicht verbergen. Und ich sage dir, dass ganz im Gegenteil viele von denen nur so tun, als wären sie schwul.«

»Wie bitte? Aber was erzählst du da?«

»Natürlich, Schwulsein liegt doch viel mehr im Trend.«

»Du sagst mir doch nicht etwa, dass es Heteros gibt, die so tun, als wären sie Homos, um bei der Arbeit nicht ausgegrenzt zu werden?«

»Genau. Der Mensch ist ein seltsames Tier, findest du nicht?«

»Aber also, warum hast du dann diesen armen Lümmel auf dem Kieker? Er folgt doch nur seiner Natur, oder nicht?«

»Das hier ist die Armee. Und die Armee ist die Armee!«

Tautologisch. Kann man einer solchen Argumentation wirklich etwas entgegensetzen? Raoul war das lebende Beispiel dafür, wie eine Institution eine Seele formen kann, wie sie sie in beständigem Widerspruch leben lassen kann, ohne dass sich das auf die operative Leistungsfähigkeit im Feld auswirkt. Kurz, er zeigte, dass sich niemand aus den Klauen des Berufes, den er ergriffen hat, wirklich retten kann. Ferraro dachte an sich selbst und erschrak ein wenig.

Die Pasta kam; sie war sehr gut, und die beiden Männer aßen mit Appetit. Dann der Hauptgang. Sie plauderten ein wenig über dies und das. Ferraro spielte mit, das war der Preis, den er bezahlen musste, doch innerlich war er sehr ungeduldig.

»Wie geht es deiner Tochter? Wie lange schon enthältst du sie mir vor? Ein Jahr? Anderthalb Jahre?«

»Raoul, ich bitte dich … ich schwöre dir, ich nehme mir

einen ganzen Abend nur für uns allein Zeit, aber ich meine, jetzt ist der Zeitpunkt gekommen, über Anderes zu reden, findest du nicht?«

Sein Freund lächelte. Er schien nichts anderes erwartet zu haben, er hatte wohl nur Ferraros Geduld auf die Probe stellen wollen.

»Na gut, du hast ja recht. Nimmst du einen Kaffee?«

»Ja, gerne.« Er hatte resigniert.

Der Hauptmann machte eine Geste, die der Kellner sofort verstand.

»Was ich gerade sagen wollte … nein, ich hatte dir ja noch gar nichts gesagt, richtig?«

»Raoul, hör auf, komm zum Thema.«

»Ich habe ein paar Telefonate gemacht. Vito Russos Profil war nicht besonders positiv, die Akte spricht da eine deutliche Sprache.«

»Hast du sie hier?«

»Nein, natürlich nicht. Sie ist dort, wo sie sein soll, in der Kaserne.«

»Kann ich sie sehen?«

»Natürlich. Wenn du eine hübsche Reise von achthundert Kilometern machen willst.«

»Gut, ich habe verstanden. Also, mach du mir ein Resümee.«

»Da gibt es nicht viel zu resümieren. Er war ein Arschloch wie so viele andere. Unsere Armee ist traditionsgemäß eine Ansammlung von Arschlöchern. Eine Anhäufung von Pechvögeln, Mittellosen und Arbeitslosen und einigen Verrückten. Wir hoffen auf die neue Berufsarmee. Mittlerweile ist es mit all diesen Auslandsmissionen an der Zeit, dass wir uns zusammenreißen, findest du nicht auch?«

Die Berufsarmee ging an Ferraro irgendwo vorbei.

»Kann sein … erzähl weiter …«

»Jedenfalls … Nichts besonders Schwerwiegendes, weder in disziplinarischer noch, wenn es darum geht, in heldenhafter Hinsicht. Wie alle, also. Er gehörte zur Eskorte von Oberst Lari, einem Toskaner, sehr sympathisch …«

Der Espresso kam. Der Rekrut stellte die Tassen vorsichtig ab. Ferraro sah, dass er den Hauptmann eher mit Begierde als mit Ehrerbietung anblickte. Vielleicht war es das, woran sich sein Freund störte. Die Vorstellung, dass ihn jemand entdeckt haben könnte, dass seine Fassade bröckelte und unter der Tünche die einfachen Ziegelsteine hervortraten.

»Gut, wenn es dir nichts ausmacht, kannst du jetzt gehen. Du kannst nachher abräumen.«

Er sagte das drohend. Der Junge schlich mit hängenden Ohren davon.

»Warum behandelst du ihn so?«

»Das habe ich dir schon gesagt.«

»Du hast mir nicht die Wahrheit gesagt.«

Raoul führte die Tasse an den Mund. Dann sah er seinen Freund an. Er stellte die Tasse wieder auf dem Unterteller ab.

»Na schön … es stört mich, wie er mich ansieht, reicht das?«

»Wo ist denn das Problem? Du bist ein attraktiver Mann, du solltest zufrieden sein.«

»Das ist völliger Blödsinn, was du da sagst. Ich bin der Capitano, sein Vorgesetzter, verstehst du?« Er beugte sich näher, als wolle er nicht, dass man ihn hörte, obgleich der Raum praktisch völlig leer war. »Ich bin schwul, das stimmt. Das heißt aber noch lange nicht, dass ich mich von allen Schwulen einwickeln lasse, nur weil ich es auch bin. Ich habe das Recht zu wählen, richtig? Ich ertrage diese ganze Gruppensolidarität nicht, das kommt mir rassistisch vor.«

Ferraro versuchte gar nicht, das zu verstehen. Deswegen war er nicht hier.

»Was wolltest du über Russo sagen?«

Raoul trank seinen Kaffee aus.

»Was wollte ich sagen, also ... Ach ja, Oberst Lari ... Sie fuhren mit ihm in ganz Sarajevo herum.«

»Wer?«

»Russo und seine Mannschaft.«

»Kann man mit diesem Lari sprechen?«

»Wenn du mit Okkultisten zu tun hast, wahrscheinlich.«

»Was willst du damit sagen? Ist er tot?«

»Seit drei Jahren. Sieh mich nicht so an. Er hatte schon etliche Jahre auf dem Buckel, die Mission in Bosnien war seine letzte. Er ist kurz danach in Pension gegangen.«

»Scheiße!«

Jetzt trank Ferraro seinen Kaffee in einem Zug aus. Er war lauwarm. Seit einiger Zeit gelang es ihm nicht mehr, ihn so zu trinken, wie er sein sollte.

»Ja, das muss man in dieser Situation sagen. Aber keine Sorge, dein Raoul hat auch daran gedacht.«

»Was soll das heißen?«

Raoul holte ein Blatt Papier aus seinem Köfferchen.

»Das ist eine Liste der Mitglieder des Bataillons. Ich habe die Namen aller aus der Eskorte unterstrichen. Personalien, Adressen, Telefonnummern. Ich muss nicht dazusagen, das das vertrauliche Informationen sind.«

»Nun, ich führe eine Ermittlung durch, ich könnte sie auch so bekommen.«

»Natürlich! Eine legale Ermittlung im Auftrag eines Staatsanwaltes, richtig?«

Michele lächelte. Raoul auch. Wie vor über zwanzig Jahren. Ihr Geheimnis.

4

Süditaliener. Ein Haufen Männer aus Apulien, Kalabrien, Sizilien, aus der Campania. Wenige aus dem Veneto und dem Piemont. Sehr viele aus der Provinz Caserta. Männer, die sich in der Garibaldi-Kaserne, einer Operationsbasis, verkrochen hatten, nicht weit weg von zu Hause, die sich aber von einem auf den anderen Tag in Bosnien wiederfanden, ohne genau zu wissen, warum.

Die Begleitmannschaft Laris hatte aus drei Personen bestanden. Einem Korporal, Mario Pascale, wohnhaft in Sparanise, und zwei einfachen Soldaten, Vito Russo und Cataldo Lazzaro, aus Taranto. Nein, einen Augenblick, der war doch vor sechs Jahren nach Mailand gezogen, in die Via Odazio, ins Viertel Giambellino. Glücksgriff!

Er ließ Raoul dort anrufen, um sicherzugehen, dass Lazzaro zu Hause sein würde. Er verabredete sich mit ihm für den Nachmittag.

»Raoul, danke, ich hoffe, ich finde dort etwas heraus.«

Sie umarmten sich.

»Verschwinde. Abschiede machen mich immer ganz rührselig.«

»Das ist doch kein Abschied.«

»Ich weiß, doch der Satz war ziemlich schwul ... weißt du, ich muss doch die Rolle ausfüllen, die mir die Gesellschaft auferlegt hat.«

»Du hast ja einen Schuss!«

Als er das Stadtzentrum verließ, war nicht viel Verkehr. Innerhalb kürzester Zeit parkte er in der Via Lorenteggio.

Er betrat den Hof. Eine Madonna aus Plastik in einer Grotte aus Pfahl-, Jakobs- und Miesmuscheln beschützte die Bewohner des unwissenden Viertels vor den übernatürlichen Dämonen. Die Tür stand offen, vielmehr, sie war kaputt. Ferraro stieg nur ein paar Stufen hoch, die Wohnung Lazzaros lag im Erdgeschoss.

Er klingelte, und eine Frau öffnete ihm. Sie konnte nicht älter als dreißig sein, auch wenn sie so alt aussah wie seine Großmutter. Zum Fürchten mager, mit einem Gesicht wie ein ordentlich ausgewrungener Putzlappen.

»Ja?«

»Ich bin wegen Lazzaro Cataldo hier.«

»Komm rein.« Sie drehte sich um und ging in die Zimmermitte, dann schrie sie: »Catavede, da ist dein Freund. Catà!!!« Sie drehte sich zu Ferraro um: »*Nnu sente u curnute.* Der hört überhaupt nichts.«

»Störe ich? Schläft er?«

»Ach was, schlafen! Er steckt immer unter diesen Kopfhörern!« Sie ging zu der Tür, die zum anderen Zimmer führte: »Catà, beweg dich, ein Freund ist da.«

Aus dem anderen Zimmer hörte man eine Stimme: »*U pesce d'mamete*, beim Schwanz deiner Mutter, was schreist du denn so?«

»*Strunze caccate a forza, lavete lle recchie.* Verdammte Scheiße, putz dir doch die Ohren!«

»Carmèl, *nnu me spacche le cugghiune*, geh mir nicht auf den Sack!«

Sie beschimpften sich so einige Minuten lang, in tarantinischem Dialekt. Das heißt, in der vulgärsten Sprache der Welt. Wahrscheinlich war das ihre Art zu turteln.

Dann wurde beschlossen, dass Ferraro in das andere Zimmer gehen sollte, denn Carmela musste den Boden des Wohnzimmers wischen. Er trat ein. Bevor er den Mann erkannte, sah er zwei riesige Rockkonzert-Lautsprecher und eine endlose Reihe von Aufnahmegeräten, DVDs, CD-ROMs, Stereoanlagen, Monitoren und so weiter. An den

Wänden hingen verblasste Poster von den unglaublichsten oder bereits seit vielen Jahren toten Sängern. Er, Cataldo, saß in einem motorisierten Rollstuhl, einer Art Cyborg im Stadtviertel Giambellino, zwischen Kabeln und Technik, mit einem Kopfhörer, der ihm auf die Schultern gerutscht war. Er war gerade dabei, etwas in eine Konsole einzutippen.

»Komm nur, komm her, ich mache gerade noch etwas fertig, dann bin ich bei dir.«

Ferraro wusste nicht, wo er sich hinsetzen sollte. Die eine Hälfte des Zimmers wurde von Cataldos chaotischem Equipment eingenommen, die andere von einem Ehebett. Er hatte noch seine Jacke und den Schal an, doch sah er keine Notwendigkeit, sie auszuziehen.

»Setz dich, setz dich aufs Bett, ich komme gleich.«

Cataldo stülpte sich die Kopfhörer wieder über, drehte die Lautstärke auf, Ferraro konnte es auch von seinem Platz aus hören, wahrscheinlich ruinierte sich dieser Mann gerade das Trommelfell. Oder vielleicht waren seine Trommelfelle schon kaputt, vielleicht hatte Carmela recht, was die mangelnde Sorge ihres Lebensgefährten um sein Hörorgan betraf. Dann änderte sich Cataldos Gesichtsausdruck, als seien ihm Zweifel gekommen. Er hob den Kopfhörer auf der rechten Seite an.

»Willst du was? Einen Kaffee?«

»Nein, danke, ich hatte schon einen.«

»Aber ehrlich, du musst dich nicht genieren.«

»Nein, wirklich nicht, danke.«

»Ein Bier.«

»Nein.«

»Gar nichts?«

»Also gut: ein Glas Wasser.«

»Wasser?«

»Ja.«

»Puh.« Er schien nicht überzeugt. »Du bist der Chef …« Er hob die Stimme: »Carmèl … Carmè …« Nichts, keine Antwort. »*Uagneeedde*!«

Der Putzlappen trat ein.

»*Ce ue' mo, pizzarone.* Was ist los, Arschloch?«

»*Mò te n'agghia da une.* Jetzt lang ich dir gleich eine.« Er rauchte wütend.

»*Ma vide nu picche stu pacche de merde.* Da schau ihn dir an, diesen Scheißhaufen.« Sie ließ seine Drohungen an sich abgleiten.

»Still, du Hure, bring mir einen Kaffee. Und für den da ein Glas Wasser.«

»Wasser?«

»Was habe ich denn gesagt? Wasser! Haben wir keins?«

»Doch.«

»Was ist? Was stehst du hier noch rum? *Men bell mè, spizz e min n'guerpe*, beweg dich, Frau, mach schon, trödel hier nicht rum.«

Sie ging aus dem Zimmer. Cataldo wandte sich wieder seinen Aktivitäten zu. Ferraro merkte, dass es kalt war, aus seinem Mund kamen Dampfwölkchen. Dann bekam Cataldos Gesicht einen zufriedenen Ausdruck.

»*Agghie da fatià n'otre e tre ore!* Das braucht noch mindestens drei Stunden, aber den Großteil habe ich geschafft.«

Mittels eines Hebels an der rechten Armlehne vollbrachte er ein Wendemanöver, es sah aus, als würde er ein Videospiel spielen, und fuhr mit dem Rollstuhl auf Ferraro zu.

»Also, der Capitano hat gesagt, dass du mich was fragen willst.«

5

Cataldo war nicht mehr zu stoppen. Er redete und redete wie ein Wasserfall. Völlig sinnloses Zeug. Den ganzen Tag hockte er hier, in diesem Scheißzimmer, und duplizierte CDs. Auf der ganzen Welt luden sich die Menschen die Musik direkt aus dem Internet, und er saß noch immer hier, wie ein kleiner lombardischer Racheengel, wie ein japanischer Soldat, der auf einer mikronesischen Insel verlorengegangen war, überzeugt, so den Staat ins Knie gefickt und gut verdient zu haben. Wie lange es wohl noch dauern würde, bis er sich eine neue Beschäftigung ausdenken musste? Doch vielleicht wusste er das gar nicht. Er fuhr motorisiert durch die Wohnung und kopierte. Nie sprach er mit jemandem, er schrie höchstens Carmela an. Ferraro war ein gefundenes Fressen, endlich einer, mit dem er sprechen konnte.

»Weißt du was, Chef? Die haben sich gehasst, die haben sich alle gehasst ... In Sarajevo durftest du nicht auf der falschen Straßenseite gehen. Wir mussten die Serben aus der Stadt eskortieren. Und die Kroaten haben sie mit blutroten Augen angesehen.«

Wenn er eine Weile gesprochen hatte, ging er von seinem Touristenitalienisch zum Dialekt über.

»Ich wollte dich nach deinen Kameraden fragen ...«

Cataldo ließ ihn nicht ausreden: »*Teneveme tutti na paura*, Angst hatten wir, und wie ... Wir waren eine Armee von Idioten. Die Franzosen, die hatten was drauf ... *nuje nunn'ereme bbuene a nudd*, aber wir haben zu nichts getaugt. Die Russen waren immer besoffen. Und wie die gehungert haben! Schlimmer als wir, Chef. Da waren serbische Frauen, die ihnen Kartoffeln gegeben haben, damit sie zu essen hatten. Die Amerikaner, die haben richtig gegessen, mit Besteck.«

»Warum, wie habt ihr denn gegessen?«

»*U ssai addò mangeve je*? Weißt du, wie ich gegessen habe? Sie haben uns pro Tag zwei Tüten gegeben, Einkaufstüten, du weißt schon ... in einer war Wasser, in der anderen das Essen. *L'aneme e citemmuerte,* bei den Seelen der Toten, kein Teller, kein Glas! Wie die Viecher haben wir gegessen. Wir haben Schnee genommen und geschmolzen, um uns zu rasieren. So haben wir uns das Wasser zum Trinken aufgespart. Ich war wegen dem Geld nach Bosnien gegangen, weißt du? *Ma, vafangule*, Scheiße nochmal, behandelt mich anständig! Weißt du, wann es uns gut gegangen ist? Wenn das Fernsehen da war. Ehrlich. Da war dann ein Marschall, verrecken soll er, der hat mit Handschuhen am Tisch serviert. Das war dann wie im Restaurant von Santa Maria di Leuca. Wenn die Reporter weg waren, haben sie uns wieder in den Arsch gefickt!«

Die Frau kam mit einem improvisierten Tablett herein. Cataldo nahm seine Tasse und schüttete den Espresso mit einem Schluck hinunter. Wahrscheinlich brauchte er ihn, um sich innerlich zu wärmen. Die Kälte war so beißend, als befände man sich gar nicht in einer Wohnung. Ferraro nahm sein Glas Wasser, auch wenn er keine Lust darauf hatte. Er trank einen Schluck, um nicht blöd dazustehen. Wieder stieg zu seiner Verwunderung ein Dampfwölkchen aus seinem Mund.

Die Frau bemerkte das: »Wir haben keine Heizung.«

»Ist sie kaputt?«

»Nein. Wir haben die Wohnung besetzt, sie haben sie nie angeschaltet.« Sie zeigte auf den Behinderten. »*Stu stueteche nu vvo pagare l'affite.* Dieser Hurensohn will die Miete nicht bezahlen.«

»*Mudù, uagnedde, ce ue'*. Meine Güte, Mädchen, was willst du denn? Mir steht eine Wohnung zu, ich bin behindert ...«

Ferraro sah den Mann an: »Was ist dir passiert? Ist das bei einer Mission passiert?«

Die Frau lachte höhnisch.

»Was lachst du, du blöde Kuh?«

»*Ha da cunte mò piccè stè addè!* Das musst du erzählen, was mit dir ist!«

Der Mann senkte gedemütigt den Blick: »Nein, keine Mission. Ich habe hier in Mailand einen Autounfall gehabt.«

»Und du warst auch noch schuld. Keinen Cent von der Versicherung. *Je proprie vere, a cci mozzeche u can? Au strazzate!* Es ist doch wahr, wer wird denn vom Hund gebissen? Der Bettler!«

»Wenn ich ein Bettler bin, dann ist deine Schwester eine Hure.«

»Fängst du schon wieder an? Besser eine Hure als ein apulischer Holzkopf. Wenn ich bei meiner Schwester geblieben wäre, würde ich jetzt nicht frieren. Ich habe ehrlich einen schlechten Tausch gemacht.«

»*Uagnè, mo te donghe nu sckaffe.* Du kriegst gleich eine gescheuert.«

Er hob die Hand und versuchte, nach der Frau zu schlagen, die instinktiv zurückwich. Er verlor das Gleichgewicht, eine peinliche Szene. Ferraro wurde es langsam zu bunt. Cataldo konnte sich gerade noch im Rollstuhl halten. Die Frau wurde blass.

»Pass auf, du fällst raus!«

Sorge lag in ihrer Stimme. Sie hasste ihn. Die beiden hassten einander. Doch sie brauchten sich; sie hatten jemanden gefunden, den sie das ganze Leben lang hassen konnten, sie würden einander nie verlassen.

»Lazzaro, wollt ihr endlich aufhören! Ich kann nicht den ganzen Tag hier herumsitzen!« Dann wandte er sich der Frau zu: »Bitte, noch eine Minute, und dann gehe ich.«

»Das glaubst du …, der hält dich noch eine gute Stunde hier fest.«

Ferraro wurde bei der Vorstellung, noch eine weitere Stunde diesen Wahnsinn aushalten zu müssen, blass.

»Red jetzt bloß keinen Unsinn. Das erledigen wir ganz schnell, geh du rüber, mit ihm komme ich schon klar …«

»Wenn du es so willst …«, sagte sie genervt, »*Mo m' lleve subbite di nnanze all'cugghiune.* Dann kannst du dich aber gleich verpissen.«

Sie ging hinaus. Ferraro fühlte sich mit Cataldo solidarisch, auch er hätte sie gerne geohrfeigt.

»Also, Cataldo, kommen wir mal zum Kern der Sache …«

Doch Cataldos Erinnerung kam wieder in Fahrt: »Einmal sind wir rausgefahren, um eine Steinbrücke in Mostar anzusehen. *Nu ce steve cchiù nudd.* Jetzt ist da nichts mehr. Die Moslems waren …«

»Verflucht nochmal, Cataldo, das ist mir scheißegal, willst du das endlich verstehen? Ich habe dich nach Vito Russo gefragt, verstanden? Vito Russo!«

»Was soll ich dir sagen? Wir drei sind immer mit Lari gegangen. Ich, Mario und Vito. Nur dass Vito seinen eigenen Stiefel gemacht hat.«

»Was willst du damit sagen?«

»Wenn er keinen Dienst hatte, ist er auf Tour gegangen, er kannte einen Haufen Leute.«

»Und was hat er gemacht?«

»*Ce ne saccia je*? Was weiß ich denn? Er hat seine Geschäfte gemacht … Er war ein Mafioso. Wollte mit dem Krieg Geld machen, er war nicht gerade der Beste von allen.«

»Mit wem hat er Geschäfte gemacht? Mit Leuten von dort?«

»*Da solo nu faceva nudd. Tand era jerte, tand era fesse.* Allein hätte der gar nichts gemacht. Der war so dumm, wie er groß war. Er hat auf dem Schwarzmarkt gehandelt mit einem Typ, einem jungen, der war schlau und gescheit. Einer von da, aus Sarajevo. Der hat sowieso immer den größten Teil vom Geld eingesteckt. Vito hat sowieso nichts kapiert. *Attaccava u ciuccie addò ghiva u patrone.* Der hat den Esel da festgemacht, wo der Herr hinging.«

»Und hat Lari etwas davon mitbekommen?«

»*Naa, ce ne futtiva jidde*? Nein, was sollte den das scheren? Der hat seine eigenen Geschäfte gemacht, viel größere …«

»Erinnerst du dich, wie der Typ hieß, mit dem Russo die Geschäfte gemacht hat?«

»Er war kein Italiener.«

»Das habe ich kapiert. Erinnerst du dich an den Namen?«

»Ja, das heißt, an den Spitznamen: Zorro.«

»Zorro?«

»Ja, Vito hat seinen Namen abgewandelt: Zorro Giovanni Marco. So hat er ihn sich merken können.«

»Das verstehe ich nicht.«

»Das ist ein Trick: Zorro stand für Zoran. Aber Giovanni Marco, da kann ich mich nicht mehr erinnern.«

In Ferraros Kopf begannen die Glocken zu läuten, wie auf einem Dorffest. Es gibt keinen Zufall, es gibt keinen Zufall. Er wiederholte immer wieder: es gibt ihn nicht, es gibt ihn nicht …

»Cataldo, hieß er vielleicht Zoran Gjomarkaj?«

»*Si, cumpà,* genau der. Zorro Giovanni Marco, Zoran Giomarcai. Eins zu null für dich. Woher hast du das gewusst?«

6

Als Ferraro das Kommissariat betrat, vermittelte er den Eindruck eines Geistesgestörten.

»Comaschi … Antonio …«

»Ferraro, was ist mit dir?«

Er sah sich vorsichtig um.

»Komm mit, wir gehen in mein Büro.«

Sie gingen.

»Darf man erfahren, was los ist?«

»Hör zu … Wie ist der Stand der Ermittlungen?«

»Wir machen nicht weiter. De Matteis genügt das, was er hat, er stellt Nachforschungen über Don Leos Vergangenheit und seine Beziehungen mit Lanza an. Meiner Meinung nach will er ihn abschießen. Ich weiß nicht, ob du weißt …«

»Lass mal, das interessiert mich nicht. Ich muss dir etwas erzählen.«

»Dann sprich.«

»Hör gut zu. Meine Schicht fängt jetzt an. Bis heute Nacht um zwei sitze ich hier fest.«

»Herzlichen Glückwunsch. Ich dagegen höre in einer halben Stunde auf.«

»Unterbrich mich nicht. Erinnerst du dich an dein Schaubild? Weißt du noch?«

»Ja, natürlich.«

»Nun, vielleicht müssen wir es vergessen.«

Comaschi holte eine Zigarette aus dem Paket.

»Ferraro, beruhige dich. Ich habe das Gefühl, du stehst unter dem Einfluss von Rauschmitteln.«

So war es auch. Es war das Adrenalin.

»Was wissen wir über die Toten?«

»Ist das eine philosophische oder eine theologische Frage?«

»Über die Toten von der Schießerei, meine ich.«

Der Sovrintendente zündete ein Streichholz an.

»Was sollen wir wissen?«

»Was wissen wir über Zoran Gjomarkaj?«

»Über wen?«

»Herrgott, Comaschi! Zoran Gjomarkaj, eines der Opfer dieses Schlachtfestes.«

»Der Bäcker? Dass er Pech hatte. Dass er zur falschen Zeit am falschen Ort war.«

»Irrtum.«

Comaschi warf mit einer ärgerlichen Geste das Streichholz in den Aschenbecher.

»Ferraro, du gehst mir auf den Sack. Kannst du vielleicht ein bisschen genauer sein, ich kann keine Gedanken lesen.«

»Vito Russo war bei der UNO-Mission in Bosnien dabei, vor zwölf Jahren. In seiner Freizeit hat er mit der örtlichen Unterwelt irgendwelche Schiebereien oder etwas Ähnliches gemacht. Eines ist sicher: In Sarajevo hat er Zoran Gjomarkaj kennen gelernt, mit dem er in verschiedene Geschäfte verwickelt war.«

»Scheiße.«

Comaschi fiel die Kinnlade runter. Die Zigarette blieb nur wie durch ein Wunder an seiner Unterlippe hängen.

»Verstehst du? Verstehst du, was ich dir sagen will? Gjomarkaj ist nicht zufällig umgekommen. Vielleicht war er sogar das eigentliche Ziel bei der Schießerei. Vielleicht war Russo der Pechvogel. Oder man wollte alle beide zusammen aus dem Weg räumen. Das muss man herausfinden.«

»Verfluchte Kacke. Du bist dir sicher, was du da sagst, richtig?«

»Ganz sicher. Man muss in der Vergangenheit dieses Gjomarkaj suchen, man muss herausfinden, wer er wirklich war, seit wann er in Italien gelebt hat, was seine eigentlichen Aktivitäten waren. Denn jetzt ist klar, dass seine Bäckerei nur Tarnung war.«

»Was soll ich mit De Matteis machen?«

Ferraro stockte. Daran hatte er nicht gedacht.

»Nichts. Wenn du kannst, wenn es dir gelingt, dann sag ihm nichts. Vielleicht ist das ja nur ein Windei. Besser, wir geben uns keine Blöße.«

Er war sich nicht sicher, ob er ein Ass im Ärmel hatte oder nur eine jämmerliche Lusche.

»Und Zeni?«

Er hatte solche Lust zu rauchen! Eine verzweifelte Lust, ein paar ordentliche Züge zu machen, ein paar Züge, die den Rauch auch noch in den letzten Winkel der Lungen saugen und die Bronchien vergiften würden. Was für eine Lust auf einen solch albernen, sinnlosen, dummen, befreienden Akt.

»Nein.«

»Nein?«

»Besser nicht. Sieh zu, was du rausbekommst.« Er warf einen Blick in seinen Kalender auf dem Schreibtisch. »Ich habe morgen frei. Dann klemme ich mich dahinter und …«

»Morgen ist Sonntag. Musst du nicht deine Tochter abholen?«

Giulia. Er hatte die ganze Woche darauf gewartet, sie wiederzusehen, wie ein Verdurstender in der Wüste, der davon träumt, unter einem Palmenhain Wasser in sich hineinzuschütten. Und jetzt musste er vor sich selbst zugeben, dass ihn die Vorstellung, zu seiner Tochter zu fahren, störte. Dass er an diesem Fall weitermachen wollte, dass seine Arbeit definitiv sein Privatleben beherrschte und dass Francesca verflucht recht hatte.

»Giulia, stimmt ja …«

»Hör zu, Ferraro, mach keinen Quatsch. Du verbringst den Tag mit deiner Tochter. Du hast den Fall ja gar nicht. Über den Toten stelle ich Nachforschungen an, keine Sorge. Trau einmal deinem Nächsten. Du bist nicht der einzige Polizist hier drinnen.«

Er hatte recht. Zum Glück.

7

Ferraro schlief länger, als er gewollt hatte. Da er noch keinen neuen Wecker gekauft hatte, lag der Zeitpunkt des Erwachens in der Hand des Schicksals. Er sah furchtbar aus, nahm sich nicht einmal die Zeit, sich zu rasieren, sondern vertraute einfach auf die töchterliche Liebe. Draußen hing eine fahle Sonne am Himmel, es war kalt, und er hatte keine Lust, eine halbe Stunde in der Kälte auf den Bus zu warten. Er beschloss, seine Tochter mit dem Auto abzuholen, auch wenn er sonntags nicht gerne Auto fuhr. Das heißt, er fuhr eigentlich überhaupt nicht gerne Auto. Immer ließ er sich ablenken, verfuhr sich, außerdem vermisste er das Busfahren. Nie hatte er so viel gelesen wie im 57er Bus, wenn er zur Schule oder zurück gefahren war. Pro Strecke konnte er garantiert mindestens eine Stunde lesen. Er hatte ganze Universitätsprüfungen auf diesen Fahrten vorbereitet. Im Auto kann man nicht lesen.

Doch im Grunde fuhr er deshalb nicht gerne Auto, weil ihn das an die Arbeit seines Vaters erinnerte. Reisen war schön, vergnüglich, wer reiste, war frei, wer ein Fahrzeug lenkte, nicht. Wer ein Fahrzeug lenkte, arbeitete, er war an die Fahrtroute gebunden, an die Lieferung, an die Strapazen. Sein Vater hatte einen Fehler gemacht, als er ihn, er war fast noch ein kleiner Junge, ans Lenkrad des Lastwagens gelassen hatte. Er ließ ihn auf dem offenen Land fahren, sie fuhren in die Gegend von Novara. Michelino konnte schon Auto fahren. Wenn es galt, den Lastwagen aus der zweiten Parkreihe vor der Bar in der Via Lopez wegzufahren, und sein Vater die Kartenrunde nicht verlieren wollte, gab er seinem Sohn die Schlüssel und brüstete sich damit vor seinen Freunden, die ihn beglückwünschten, wie gut er diesen Jungen erzog. Das Kind warf sich in die Brust, spielte den richtigen kleinen Mann und tat ganz ernsthaft, die Zungenspitze rechts oben zwischen den Lippen. Er drehte den Zündschlüssel herum, betätigte die Pedale und fuhr ein Stück weiter nach vorn. Die Orangenlimonade war garantiert, und auch das Schulterklopfen der Männer in der Bar. Doch der Laster machte ihm Angst, er war riesig. Zum Fürchten. Er hatte eine Servolenkung, natürlich, es bestand keine Gefahr, der Vater war dort, in der Nähe, bereit, einzugreifen, aber, wie man weiß, zählen die Dimensionen. Der Junge spürte die Anstrengung, er spürte die Arbeit.

Auto fahren bedeutete für Ferraro also Arbeit. Auch später, in den ersten Jahren bei der Polizei, wenn er stundenlang in der Stadt Streife fuhr. Wann immer er also konnte, sah er davon ab. Wenn er konnte, jetzt konnte er eben nicht.

Er klingelte an der Tür der Wohnung seiner Exfrau. Über den, der ihm die Tür öffnete, war er gar nicht glücklich.

»Wo ist Francesca?«

»Ciao, Michele, komm rein … Francesca duscht gerade, aber sie ist gleich fertig.«

»Walter, wer ist da? Papaaa …«

Seine Tochter flog ihm in die Arme. Er wirbelte sie ein bisschen herum, dann ließ er es aber sein, denn sein Knie war kurz davor, ihm seinen Dienst zu versagen. Er stellte

Giulia ganz nonchalant auf den Boden und tat alles, um seine Schmerzen am Kniegelenk vor Scarpi zu verbergen. Dem war das, um die Wahrheit zu sagen, völlig gleichgültig. Er war in Hemdsärmeln und gerade im Begriff, eine beträchtliche Anzahl Plüschtiere aufzuräumen.

»Aber, Giulia, wenn wir das nächste Mal spielen, dann musst du mir versprechen, dass du nachher aufräumst.«

»Aber natürlich, Walter.«

Ja, klar. In sechs Jahren hatte Ferraro das nicht geschafft, und jetzt kommt dieser Typ daher, als wenn nichts wäre, und will Regeln einführen, will den Vater spielen. Schon beim bloßen Gedanken kochte Ferraro vor Wut. Da kam Francesca aus dem Bad, im Bademantel, ein Handtuch wie einen Turban um den Kopf gewickelt. Sie war zum Anbeißen schön.

»Michele, na endlich …«

»Entschuldige, Francesca, ich muss dir etwas sagen.« Bestimmt.

»Nur zu. Brauchst du etwas?«

»Ich muss mit dir sprechen … allein.«

Francesca zog zweifelnd die Augenbrauen hoch.

»In Ordnung, gehen wir rüber in die Küche.«

Sie gingen. Scarpi, auf allen vieren, räumte auf, während Giulia hinter seinem Rücken schon wieder Spielsachen auf den Boden warf, der kleine Teufel.

»Nun sag schon. Was ist los?«, fragte Francesca.

»Das müsstest du mir sagen.«

Francesca war das Staunen in Person.

»Was willst du denn eigentlich? Ich verstehe nicht.«

»Was macht der hier?«

»Das geht dich gar nichts an.«

»Francesca, bring mich nicht auf die Palme. Jetzt gehst du mit dem auch schon hier zu Hause ins Bett? Sehr gut,

Glückwunsch … wann fängt Giulia an, ihn Papa zu nennen?«

Francesca fehlten die Worte. Sie wollte reden, aber es sah so aus, als hätte jemand den Lautstärkeregler auf null gedreht.

»Das ist nicht richtig, Francesca, das durftest du mir nicht antun. Seit wann läuft diese Geschichte? Ich habe mir nie erlaubt …«

»Sei still, du Idiot.« Regler auf vier.

»Nein, Francesca, jetzt lässt du mich ausreden, auch weil ich …«

»Ich habe gesagt, du sollst still sein, du Schwachkopf. Du verfluchter Scheiß-Macho, sei still, bevor ich dir noch diesen Schuh auf deinen Hohlkopf haue!« Regler auf zehn, ohrenbetäubend.

Jetzt verschlug es Ferraro die Sprache.

»Also, Francesca, ich …«

»Ruhe! Du bist fast drei Stunden zu spät, ist dir das klar? Ich habe auf dich gewartet, ich musste duschen, ich wollte das Kind nicht alleine lassen, heute Morgen ist sie ein bisschen weinerlich, ich wollte es also nicht. Ich habe auf dich gewartet. Nachdem du sie mitgenommen hättest, hätte ich ein bisschen Zeit für mich gehabt, dann wäre Walter gekommen, und wir hätten in aller Ruhe eine Pizza essen gehen können. Aber du, mein Lieber, du aufmerksamer Papa, du warst zu spät … ein seltenes Vorkommnis! Als dann vor einer halben Stunde Walter gekommen ist, *pünktlich*, habe ich ihn gebeten, sich um das Kind zu kümmern, und bin unter die Dusche gegangen. Und jetzt kommst du und machst mir eine Szene? Spinnst du total? Was hast du eigentlich im Kopf? Meinst du vielleicht, dass ich wie im Kloster leben soll? Ich habe ein Leben, ich habe einen Mann, na und? Wenn du keine Freundin finden kannst, ist das dann meine

Schuld? Mir ist das völlig egal, verstanden? Mich interessiert nur Giulia. Wie soll ich Vertrauen zu dir haben? Ich musste mich scheiden lassen, um zu erleben, dass der Vater meiner Tochter mit ihr am Sonntag etwas unternimmt, das ist die Wahrheit. Halte mir also bloß keine Predigt, verstanden? Das erlaube ich dir nicht!!!«

Ferraro fühlte sich wie ein wirbelloses Tier, mit länglichem weichen Körper ohne Beine.

8

Im Wohnzimmer war Sibirien. Eine eisige Stille hatte sich herabgesenkt, man hätte einen Pelzmantel überziehen wollen. Giulia kam mit hängendem Kopf auf ihn zu.

»Papa, du und Mama, habt ihr euch gestritten?«

Ferraro sah ihr in die Augen. Keine Lügen, versuchen wir es mit Ehrlichkeit, wie unter Erwachsenen. Er ging in die Knie, um ihr besser in die Augen sehen zu können. Das Knie dankte es ihm nicht.

»Ja, mein Schatz, wir haben uns gestritten. Aber du musst dir keine Sorgen machen. Es ist nicht deine Schuld.«

»Und von wem ist es die Schuld?«

Es war deine, du Scheißbulle. Deine. Du hast deine Familie verloren, weil dein Blut mit Machtgelüsten vergiftet war, mit den Verhören in dicken Rauchwolken, mit ermittlerischer Besessenheit, mit Chauvinismus, mit beruflichen Erfolgen, mit der Mentalität einer armen Sau, mit der ganzen Polizistenscheiße.

»Es ist die Schuld von niemandem. Passiert es dir nicht auch manchmal, dass du nervös bist?«

»Wie meinst du das?«

»Ich weiß nicht, ... dass du keine Lust hast, bestimmte

Sachen zu tun, oder du verstehst sie nicht, oder du tust sie und kriegst sie aber nicht hin, und dann wirst du wütend und möchtest am liebsten weinen …«

»Ja, das passiert mir manchmal.«

»Eben. Heute ist es mir so gegangen, und der Mama vielleicht auch ein bisschen.«

»Stimmt das, Mama?«

Francesca zog ein wenig die Nase hoch. Sie tat, als sei sie stark, aber im Grunde war sie ein Sensibelchen. Scarpis Gegenwart passte jetzt hierher wie eine Sardelle auf ein Stück Kuchen.

»Ja, Häschen, wir waren ein bisschen nervös.«

»Aber jetzt ist es vorbei?«

»Es ist vorbei, du brauchst dir keine Sorgen zu machen.«

Der Vater nahm die Jacke des Kindes von der Garderobe.

»Los, Mausebär, zieh dich an, wir gehen zu Mustafa.«

»Ich habe keine Lust.«

Auweia, jetzt bekomme ich es zurück.

»Los, Häschen, zieh dich an, und geh mit Papa.«

»Ich will nicht. Ich will hierbleiben.«

»Aber Walter und ich müssen weggehen, das weißt du doch«, sagte Francesca ratlos.

Scarpi versuchte verzweifelt, seine Hautzellen mimetisch zu verwandeln, mit dem absurden Wunsch, sich der Tapete anzugleichen, was ihm jedoch nicht gelang.

»Draußen ist es kalt, ich will hier essen.«

»Giulia, Liebes …«

»Schätzchen …«

Sie befanden sich in einer Sackgasse.

Scarpi versuchte zu vermitteln: »Giulia, das nächste Mal, wenn ich komme, spielen wir den ganzen Abend, aber jetzt ziehst du dich besser an.«

Ferraro durchbohrte ihn mit Blicken. Zum Glück hatte er seine Dienstpistole nicht dabei.

»Nein. Ich will hier essen.«

Francesca und Ferraro sahen einander unsicher an. Dann nahm Ferraro bedrückt seine Jacke vom Kleiderhaken.

»Na gut, Mausebär, wenn du nicht rausgehen willst, dann heißt das, dass ich …«

»Ich will hier essen. Mit dir und Mama!«

Panik.

»Nein, Schätzchen, ich habe nichts eingekauft, das weißt du doch.«

Lüge. Francesca hatte den Kühlschrank immer voll.

»Das stimmt nicht. Wenn du willst, kannst du Pasta machen. Du willst nur nicht, du bist böse.«

Sie steigerte sich in ein launisches Delirium.

»Aber entschuldige, Häschen … und Walter? Was sollen wir mit ihm machen? Er wollte in ein Restaurant essen gehen. Ich kann ihn doch nicht alleine dorthin schicken.«

Das Mädchen lächelte wie eine Putte Raffaels oder ein Kind von Caravaggio: volkstümlich und edel, elegant und komisch, intrigant und schlicht.

»Aber Mama! Du kochst einfach ein bisschen mehr Pasta. Ich decke den Tisch, ich stelle vier Teller hin.« Sie sprang wie ein Gummiball zum Geschirrschrank. »Los, mach schon, wir haben Hunger!«

Die sich kreuzenden Blicke der Erwachsenen schienen die dreier Menschen im Kokaindelirium zu sein, die gerade einen traurigen und verwirrenden Flash erlebten. Die Panik stieg.

»Was ist, Mama?« Die Freude in Verkörperung eines Kindes. »Ich will Spaghetti. Magst du Spaghetti, Walter? Papa isst sie immer. Weißt du, dass er einen Löffel nimmt, um sie aufzudrehen? Nimmst du auch einen Löffel?«

»Ja aber, ich weiß nicht recht …«

Eine völlig bescheuerte Situation, keine Frage.

»Nimmst du einen Löffel oder nicht?«

»Nein, ich nicht … aber …«

Ferraro sah seine Exfrau an. Und dann seine Tochter; sie strahlte. Vielleicht war es Zeit für einen Waffenstillstand.

Sie blieben den ganzen Tag zusammen. Wie zwei Supermächte am Verhandlungstisch auf neutralem Boden. Ein bisschen guter Wille, Herrgott nochmal. Nicht so sehr wegen der Verhandlungen, sondern wegen der so bewundernswerten Gastgeberin.

Am Abend fuhr er nach Hause. Auf der Treppe merkte er, dass sein Handy ausgeschaltet gewesen war. Nichts, keine Nachricht, umso besser. Erst einmal aufs Klo zum Pinkeln, dann würde er Comaschi anrufen. Beim Öffnen der Tür schlitterte ein Briefumschlag über den Fußboden. Er hob ihn auf und öffnete ihn. Das Handy konnte er nun wieder ausmachen, Comaschi war vorbeigekommen.

9

Ich mache mir während der Arbeit Notizen, so verliere ich den Faden nicht. Viel Spaß beim Lesen.

1. Du bist ein Idiot. Von allem anderen abgesehen.
2. Ich wiederhole, du bist ein Idiot. Der Grund: Gjomarkaj ist kein serbischer Name, ich hatte recht. Man muss nur ein bisschen im Internet recherchieren. Gjomarkaj ist ein nordalbanischer Nachname. Ein wichtiger Nachname, wie es aussieht, ein Adelsname oder so ähnlich. Es ist nur so, dass ich schon viele Bettler mit Adelsnamen kennen gelernt habe, kommt dir die Sache nicht seltsam vor?

3. Ich habe im Polizeipräsidium um die Einwanderungsakte unseres Mannes gebeten. Zoran Gjomarkaj. Vor sechs Monaten mit einer legalen Aufenthaltsgenehmigung in Italien eingereist. Er hatte einen regulären Arbeitsvertrag, der es ihm erlaubte, Italien durch den Haupteingang zu betreten. Er war nicht der Eigentümer der Bäckerei, offiziell hat ihn ein Serbe eingestellt, der schon seit vier Jahren in Italien ist. Ein gewisser Bozidar Georgevic (wohlgemerkt: er endet auf vic. Serbischer Nachname. Blödmann.).
4. Die Sache wird interessant. Gjomarkaj hatte einen kroatischen Pass. Also: Serbischer Vorname, albanischer Nachname, kroatischer Pass. Wenn die Tante Mazedonierin und der Großvater Bulgare waren, ist es perfekt.
5. Ich habe einen Freund bei der Armee gefragt. Russo gehörte zur Begleitmannschaft eines Oberst. Ein gewisser Lari (er ist vor drei Jahren gestorben). Zu dieser Mannschaft gehörten noch zwei andere Typen: Lazzaro Cataldo (aus Mailand, ich habe versucht, ihn anzurufen, aber er war nicht da) und Mario Pascale (ein Süditaliener aus der Provinz Caserta). Ihn habe ich ans Telefon bekommen. Er hat sich an Zoran erinnert. Er war ein unternehmungslustiger Junge. Das Alter stimmt. Pascale hat mir versichert, dass Zorro (sein Spitzname) Serbe sei. Er ist sich dessen ganz sicher. Er hat mir gesagt, dass man sich in diesen Tagen nicht irren konnte, denn wenn einer ins falsche Viertel kam, wurde er allegemacht, und der kleine Zoran hat eben im serbischen Gebiet operiert.
6. Ich habe überall recherchiert. Keine Vorstrafen bei uns. Ich habe auch bei der Polizei in Belgrad und in Zagreb eine Anfrage lanciert, aber Gott weiß, wann wir etwas erfahren. Ich habe versucht – genau in dieser Reihenfolge – den Staatsanwalt, Zeni und De Matteis zu umgehen

(sie wissen nichts), also hat mein Fax nicht gerade die notwendigen Zutaten im Sinne des internationalen Rechts.

7. Sprechen wir von derselben Person? Oder handelt es sich nur um eine Namensgleichheit? Einer, der den Namen eines anderen benutzte? Vielleicht den Namen eines Toten oder eines Menschen, der noch dort lebt? Pascale hat mir gesagt, dass er ihn erkennen würde, wenn ich ihm ein Foto zeigte. Bei der Einwanderungsbehörde herrscht Chaos, ein Foto gibt es dort nicht. Ich könnte eine Exhumierung beantragen. Mit aller Geduld würden wir von einem Arzt dem Leichnam die Augen öffnen lassen, noch ein Foto machen und es ihm schicken können. Aber: Soll ich eine Exhumierung verlangen? Wie erkläre ich das Zeni? Sollen wir mit Zeni sprechen? Und wenn es ein Schuss in den Ofen ist?
8. Du bist ein Idiot. Von allem anderen abgesehen.

Bis morgen. Gute Nacht, träum was Schönes.

XIV

Ende des Spiels

1

»Was machen wir?«

»Wir müssen es ihm sagen, das weißt du, oder?«

»Puh ...«

»Hör auf, wir müssen es ihm sagen. Zeni muss es wissen.«

»Ich will nicht. Vielleicht ist das eine Macke von mir, aber wir haben nicht genug Fakten zusammen, um ...«

»Hör mir gut zu, Ferraro, über den Mord an Falbo kriegen wir nichts heraus. Die Apulier scheinen die besten Alibiproduzenten in der ganzen Gegend zu sein, da gibt es kein Loch, in das man einhaken könnte. De Matteis fiebert. Er hat Lanza am Wickel. Wenn er ihn abschießt, dann heißt das für ihn unter anderem: Ein Lanza weniger, die Beförderung und vielleicht auch Brüssel.«

»Aber soll ich zu Zeni gehen und einfach sagen: Exhumiert eine Leiche, einfach so, damit wir in Übung bleiben?«

»Das ist so nicht richtig. Es gibt mehr als einen Grund, mehr als einen Anhaltspunkt. Wir müssen es ihm sagen. Wenn es dich zu sehr belastet, dann sage ich es ihm, keine Sorge. Ich arbeite offiziell an dem Fall mit, er muss mich anhören.«

»Nein, nein. Ich will dich nicht auf dem Gewissen haben.«

»Sag mal, spinnst du? Wir wollen ihn ja nicht fragen, ob wir jemanden erschießen sollen, um ihn dann fotografieren zu können! Was hat dich denn gepackt? Wir haben doch schon Schlimmeres getan, ich begreife das nicht!«

»Du hast recht, ich weiß. Aber, es ist … ich weiß nicht … etwas an der Sache klingt schief.«

»Für mich ist das kein Problem, ich habe kein musikalisches Gehör.«

»Aber wie machst du das?«

»Was?«

»Wie fallen dir nur immer die ganzen Sprüche ein? Hast du einen Kurs gemacht?«

»Ich habe es dir schon gesagt, ich bin ein Naturtalent.«

»Ein vergeudetes Talent.«

»Das stimmt nicht. Ich heitere eure grauen Tage auf und verdiene mir so einen Platz im Paradies.«

»Schon gut, lassen wir das.«

»Ferraro.«

»Was willst du?«

»Lass uns zu Zeni gehen.«

»Nein.«

»Spiel jetzt nicht den Idioten.«

»Ist De Matteis im Kommissariat?«

»O Gott, jetzt begreife ich … Du willst nicht, dass De Matteis es erfährt. Du bist krank, lass dir das gesagt sein.«

»Ich weiß nicht, was er damit macht. Wenn es ein Schuss in den Ofen wird, dann lässt er es uns büßen, und wenn wir recht haben, lässt er es uns ebenfalls büßen.«

»Und was macht das für einen Unterschied, entschuldige bitte? Wenn der Zahn raus ist, ist der Schmerz weg.«

»Hm … ich glaube, du hast recht.«

»Hör zu, es ist früh am Morgen, es ist saukalt, du verabredest dich mit mir in einer stillen Ecke vor dem Kommissariat. Wie sehen aus wie ein verliebtes Pärchen. Und das ist die dritte Zigarette, die ich rauche, seit wir hier stehen.

Es endet noch damit, dass ich einen Tabakladen plündere, noch bevor es Abend wird, und dich dann verpfeife!«

»Ist schon gut, du hast recht, gehen wir rein.«

»Jesus im Himmel, ich segne dich. Mein Schwanz ist schon eingefroren!«

2

Zeni drehte sich mit enervierender Langsamkeit in seinem Chefsessel. Er schien sich nicht zu bewegen, und doch drehte er sich. Ganz, ganz langsam. Es hatte dazu bestimmt jahrelanger Übung bedurft, immer vor und zurück, um die richtige Position im Sessel zu finden, den richtigen Schub aus der Hüfte, das fein abgestimmte Spiel der Beine, die perfekte Berechnung von Gewicht und Gegengewicht. Ferraro war wie hypnotisiert. Er glaubte, die kleinen mechanischen Figuren des Kirchturms von Messina vor sich zu haben, die präzise, millimetergenau aus dem Törchen kommen, ihre Runde drehen und wieder verschwinden. Zeni wirkte wie eine lebensgroße Krippenfigur, der staunende Hirtenknabe mit einer Halterung am Rücken, der sich hierhin und dorthin drehte, punktgenau, unveränderlich und unabwendbar. Vielleicht war es eine Körpertechnik, die die Anwesenden erstarren ließ, ihnen Unbehagen bereitete, eine Technik, die er auf einer Führungsakademie gelernt hatte, wer weiß. Vielleicht lag es auch daran, dass Ferraro immer weniger schlief, da er versuchte, der Nacht die Stunden zum Lernen abzuringen, und dass er sich morgens reif für die Tonne mit dem organischen Abfall fühlte.

Genau zwei Wochen waren vergangen, seit er seinen Studienplan mit dem Pinciobüsterich abgestimmt hatte, ewig weit weg, so schien es ihm, zeitlich und räumlich, ein schöner Jugendtraum, schon vorbei, gestorben, noch bevor er das Licht der Welt erblickt hatte.

Jedenfalls bewegte die Wachsfigur in Gestalt des Vicequestore keinen Muskel und hörte sich alles mit einer Konzentration an, die an tibetanische Meditation grenzte. Ferraro erwartete schon zu entdecken, dass Zeni sich Augen auf die Lider gemalt hatte, dass er in Wirklichkeit schlief und sich dabei wiegte, hin und her … Diese Vorstellung zauberte dem Ispettore den Hauch eines Lächelns auf die Lippen, das dort sofort unter dem eisigen Blick Zenis gefror. Er drehte seine Augäpfel gerade so weit in Ferraros Richtung, dass dieser wieder in den dem Fall gebührenden Trübsinn verfiel.

»In Ordnung«, sagte das lebende Krippenspiel.

»In Ordnung?« Comaschi sprach, das war besser.

»Ja, ja … Wir haben ja nichts anderes in der Hand, oder?«

»Nein, Dottore, wir stecken fest.«

»Nur eines noch.«

»Ja?«

»Man muss es De Matteis sagen.«

Ferraro schaltete sich ein: »Dottore, es wäre besser, wenn De Matteis …«

»Sie sagen gar nichts mehr, Ferraro. Sie existieren nicht, das wissen Sie. Bei diesem Fall dürften Sie nicht einmal wissen, wo im Archiv die Akte steht.«

»Aber entschuldigen Sie …«

»Genug jetzt. Dieser Fall ist De Matteis übertragen, Sie wollen doch nicht, dass ich Doppelspiele, gegenseitiges Hintergehen, Unregelmäßigkeiten im Verfahrensablauf oder persönliche Antipathien gestatte, oder etwa doch?«

»Ja, das heißt, nein …«

»Ja oder nein?«

»Nein, natürlich nein …«

»Also, Comaschi, Sie gehen zu De Matteis und legen ihm die Neuigkeiten des Falls dar. Dass Ihre persönlichen Nachforschungen, und ich betone, Ihre Nachforschungen, die Sie allein, ohne Zutun eines anderen durchgeführt haben, zu dieser Möglichkeit geführt haben. Stimmen Sie den Antrag auf Exhumierung der Leiche und alles Weitere mit dem Vicecommissario ab. Stellen Sie auch Ermittlungen im Heimatland dieses … wie hieß er nochmal, an.«

»Gjomarkaj, Zoran Gjomarkaj.«

»Genau, dieses Zoran Gjomarkaj. Woher kam er noch? Der Nachname scheint mir albanisch zu sein …«

Man musste nur Zeni fragen, so schien es.

»Wir wissen es nicht mit Sicherheit, der Pass ist kroatisch.«

»Kroatisch? Nun, das erscheint mir eigenartig … Halten Sie mich jedenfalls über alles auf dem Laufenden, die Lage spitzt sich zu, Sie wissen gar nicht, welchem Druck ich ausgesetzt bin.«

Sie standen auf, wie aus den Stühlen geschleudert.

»Dann gehen wir jetzt, Dottore …«

»Ferraro, setzen Sie sich bitte, ich habe Sie noch nicht verabschiedet.«

Ferraro sah Comaschi Hilfe suchend, um Solidarität flehend an, er fühlte sich, als habe der Schulrektor nach der Standpauke für die beiden Missetäter beschlossen, dass nur einer bestraft werden solle. Sie hatten gelost, und er hatte den Schwarzen Peter gezogen. Das übliche Glück.

Comaschi verließ Zenis Büro wie einer, der aus dem Gefängnis kommt und seinen kleinen Bruder zurücklässt. Ferraro setzte sich seufzend wieder auf den Stuhl dem Vicequestore gegenüber.

»Worum geht es, Dottore?«

»Ich sehe, Sie sind nicht glücklich ... wollten Sie mich vielleicht etwas fragen?«

»Dottore, bei allem Respekt ... ich hatte gehofft, dass Sie mich wieder in den Fall einbinden würden. Nicht, dass ich mich hervortun möchte, aber, was Russos Geschäfte betrifft, wenn ich nicht gewesen wäre, mit dem Mist, den De Matteis ...«

»Schscht, schweigen Sie ... Wie läuft es mit dem Studium?«

Ferraro riss verblüfft die Augen auf.

»Entschuldigung, wie bitte?«

»Wir haben Ihnen doch einen schönen Stundenplan zusammengestellt, scheint mir, oder? Sie haben viel Freizeit. Kommen Sie denn zum Lernen?«

Ferraro hatte gute Lust aufzustehen und seinem Gegenüber einen Faustschlag ins Gesicht zu versetzen.

»Dottore, nehmen Sie mich auf den Arm?«

»Sie sitzen nicht über Ihren Büchern? Nun, ich weiß natürlich nicht, was Sie außerhalb Ihrer Arbeitszeit tun, ich hatte Ihnen das schon einmal gesagt, wenn Sie sich erinnern, nicht wahr?«

Jetzt war er völlig übergeschnappt, das war offensichtlich.

»Wie, Sie wissen das nicht! Aber Verzeihung, ich ...«

»Ferraro, hören Sie mir ein für alle Male zu. Ich weiß nicht, ich darf nicht wissen, was Sie außerhalb Ihres Dienstes tun. Und das ist meine und Ihre Stärke, verstehen Sie? Wenn ich Sie in den Fall einbinde, dann wird De Matteis die völlige Kontrolle über die ganze Operation haben. Ich brauche einen Libero. Wenn Comaschi scheitert, wenn diese Geschichte mit dem Leichnam nirgendwohin führt, dann wird es ein Sieg für De Matteis sein. Glauben Sie, ich weiß nicht, welche Interessen hier im Spiel sind? Sie dürfen weiterhin im Kommissariat nichts überstürzen, Sie müssen bei Ihrem Schreibkram bleiben und dürfen niemandem einen Grund zur Besorgnis liefern. Und was Sie dann tun, wenn Sie hier draußen sind, wen Sie treffen, wie Sie Ihre Zeit verbringen, davon will und darf ich nichts wissen.«

»Was Sie mir da vorschlagen ist eine Unregelmäßigkeit im Verfahrensablauf, so scheint mir.«

Er legte alle Boshaftigkeit in diese Worte, die ihm seine Position erlaubte. Zeni lächelte unerwartet.

»Das ist die einzige Möglichkeit, die ich in meinem kleinen Rahmen habe, etwas zu tun … Es ist mein Versuch, Lanza herauszuhauen. Wenn Sie es nicht für mich tun wollen, dann tun Sie es für ihn. Er ist doch Ihr Freund, oder nicht?«

3

Er brachte den Tag herum, so gut es ging. Von Comaschi hörte er nichts. Am Abend setzte er sich über seine Bücher. Auch der Dienstag schien ohne weitere Dramen vorüberzugehen. Im Kommissariat die alte Leier, Alltagsgeschäft.

Da gab es diesen Streit, auf dem Markt im Viertel. Es hatte zuerst so ausgesehen, als sei es eine Sache für die Stadtpolizei: Ein Straßenhändler hatte sich auf dem Platz seines Nachbarn ausgebreitet. Dann war es zu Ohrfeigen gekommen, Tritten, Fingern in Augen, und die Stadtpolizei konnte nichts mehr ausrichten. Ferraro und Fusco wurden hingeschickt, sie brauchten eine Weile, um die Angelegenheit zu rekapitulieren, um herauszufinden, wer angefangen hatte und aus welchem Grund. Das Schwierigste war allerdings, die beiden Straßenhändler zu trennen. Sie hatten sich die ganze Via Pascarella auf dem Asphalt entlanggewälzt, unter den fassungslosen Blicken der Beginen, die auf dem Markt waren, um Artischocken und Kartoffeln zu kaufen.

Die Situation bereitete Ferraro Unbehagen, er wohnte hier um die Ecke, und er hatte sich nie daran gewöhnen können, bei sich im Viertel als Bulle aufzutreten. Es war ihm unangenehm, dass ihn seine Nachbarn als Ordnungshüter in Aktion erlebten; er konnte schon sehen, wie sie hinter seinem Rücken lästerten oder gar auf den Boden spuckten, wenn er vorbeiging. Überbleibsel einer Kultur der Straße, die Polizisten, Gesetzeshütern und Staatsdienern immer mit Misstrauen begegnete.

Am Ende hatte seine Frau recht behalten, wirklich. Was tat er eigentlich hier? Wenn er doch nur ein bisschen auf sie gehört hätte.

In den ersten Jahren ihrer Ehe, als sie in den Bergen gelebt hatten, war es ihnen auch gut gegangen, sie waren eine reizende Familie gewesen, wie aus der Werbung. Natürlich hatte Francesca auf den Studienabschluss ihres Mannes gehofft und war überzeugt gewesen, dass die Polizei nur eine vorübergehende Periode sein würde (sie war ja auch aus Quarto, und obwohl sie es abstritt, konnte sie Polizisten nicht ausstehen). Als Michele nach Mailand versetzt wurde, konnten sie nicht ahnen, was dann passieren würde.

Ferraro zog mit seiner Frau und der kleinen Giulia wieder in die elterliche Wohnung (gesetzlich geregelte Miete, das war nicht zu verachten, wo findet man sonst in Mailand eine Mietwohnung zu einem solchen Preis?). Die beiden Alten hatten sich außerhalb von Mailand eine Zweizimmerwohnung gekauft, ohne irgendjemandem davon zu erzählen. Darauf war Michele nicht gefasst gewesen. Vor allem nicht darauf, dass die beiden Geld gespart und beschlossen hatten, nicht in ihr Heimatdorf zurückzukehren (in welches auch, in das der Mutter oder das des Vaters?), sondern freiwillig in ein Dorf nicht weit von Mailand zu ziehen. Eine knappe Stunde mit dem Auto in Richtung Comer See.

Als junge Leute waren sie offenbar hin und wieder an ›den See‹ gefahren, wo auch die Wiege ihrer jugendlichen und leidenschaftlichen Liebe stand (eine Liebe, die so jugendlich nicht gewesen war, da seine Mutter erst mit vierundzwanzig Jahren geheiratet hatte, in der damaligen Zeit galt sie damit schon als alte Frau). Seine Eltern kehrten also gewissermaßen dorthin zurück, wo seiner Vermutung nach alles begonnen hatte, von einem Liebeszauber ergriffen, an den man nicht glauben mochte, da sie sich seit fast vierzig Jahren von morgens bis abends stritten. Und doch taten sie es. Mit fast jugendlicher Spontaneität überließen sie die Wohnung der Wohnungsgesellschaft den Kindern (wenn man recht überlegte, so hatte Ferraro erst mit dreißig geheiratet, wie konnte er da für seine Mutter immer noch ein Kind sein?). So würden diese sich ein wenig Geld auf die Seite legen können, um schließlich selbst eine Wohnung kaufen zu können.

Selten war eine Entscheidung so liebevoll gemeint gewesen und hatte so katastrophale Folgen gehabt.

Francesca bekam allein bei der Vorstellung Zustände. Sie hatte aus Quarto Oggiaro fliehen wollen, zurückzukehren kam nicht infrage, auch nicht für ein paar wenige Jahre. Es währte auch tatsächlich nicht lange. Sicherlich gab es auch noch andere Gründe für die Scheidung, aber dieser war nicht zu gering zu bewerten.

Vermutlich war diese Trennung seit Menschengedenken die erste, bei der der Mann die Wohnung behielt und nicht die Frau. Francesca machte das bei dem Richter praktisch zur Bedingung. Sie nahm all ihre Sachen mit, ihre Kleider, ihre Bücher (auch ein paar von Ferraro). Du meine Güte, wie viele Kartons. Sie nahm alles mit. Auch Giulia.

Es war unsinnig, sich in Erinnerungen zu verlieren, wenig professionell, hier galt es, zwei Männer auseinanderzubringen, die einander wie Schraubstöcke umklammerten und die bei den Regionalwettkämpfen im Ringen im griechisch-römischen Stil alle Ehre gemacht hätten. Das war gewiss nicht der Moment für die Pose des nostalgischen, spätromantischen Dichters.

Die beiden Männer hatten einander ordentlich verprügelt, daran war nicht zu rütteln. Und später im Kommissariat wurde auch klar, dass die Vereinnahmung des Platzes nicht der eigentliche Grund für den Streit war. Vereinnahmt worden war, mit ihrer Zustimmung vereinnahmt, nämlich eigentlich die Frau eines der beiden. Ihrem Wesen nach eine Nutte, so hieß es. In Wirklichkeit war sie über die besondere Aufmerksamkeit erbost gewesen, die ihr Mann der Wurstverkäuferin von gegenüber – seit wenigen Monaten Witwe – entgegengebracht hatte. Man hatte einander also gewissermaßen im Kreis herum die Hörner aufgesetzt, ein lustiger Schwank, den man in der Bar erzählen konnte (sofern man selbst nicht der Gehörnte war).

Ferraro konnte sich jedenfalls kaum mehr auf den Beinen halten, als seine Schicht schließlich zu Ende war. Er zog sein Handy heraus; es war Zeit, Comaschi anzurufen, steckte es aber sofort wieder ein. Ein Telefonat war nicht nötig, denn Comaschi und De Matteis betraten gerade in diesem Augenblick das Kommissariat, einer sah verwirrter aus als der andere.

Ferraro blickte seinen Freund fragend an. Dieser konnte gerade noch, verborgen vor den Blicken des Vicecommissario, den Zeigefinger in horizontaler Position kreisen lassen, wir sprechen uns später. Die beiden gingen in Zenis Büro und ließen Ferraro mitten in der Eingangshalle stehen, wie eine Skulptur, die man soeben gekauft hatte, von der man aber noch nicht wusste, wohin man sie stellen sollte.

4

Es dauerte eine gute Viertelstunde, eher halbe Stunde, bis die beiden wieder herauskamen. Zuerst De Matteis, der äußerst wütend in sein Büro stürzte, dann Comaschi.

»Und? Was ist passiert?«

Comaschi sah sich um.

»Komm, lass uns gehen, es ist Zeit für ein Bierchen.«

Auf der Straße stießen beide gewaltige Dampfwolken aus. Die Sonne war untergegangen, und es war bestialisch kalt, der Jahreszeit keineswegs angemessen. Innerhalb von zwei Wochen war der Sommer in Winter umgeschlagen. Das Wetter war auch nicht mehr wie früher, das musste man schon sagen.

»Mensch, Comaschi, was ist denn los? Du siehst aus wie …«

»Wir stecken in der Scheiße, Ferraro.«

Da siehst du's mal wieder, nie eine gute Nachricht.

»Was soll das heißen?«

»Dieser Gjomarkaj, der scheint gar nicht zu existieren.«

»Was willst du damit sagen?«

»Aus Ex-Jugoslawien erfahren wir nichts. Gjomarkajs gibt es viele, vor allem in Serbien … aber Zorans, mit diesen Charakteristika, praktisch niemanden.«

»Niemanden?«

»Na ja, einer könnte passen, Alter, Beschreibung, alles …«

»Aber?«

Sie betraten die Bar. Der Inhaber wurde blass.

»Was nimmst du?«, fragte Comaschi.

»Bier?«

»Nein, ich nicht, es ist kalt. Ein Glas Rotwein, was meinst du?«

»Na, dann bestell du, ich kenne mich da nicht aus.«

Der Sovrintendente wandte sich dem Tresen zu. »Zwei Gläser Barbaresco.«

Der Barbesitzer sah ihn an, als habe er nach dem Namen des fünfzehnten Papstes in der Geschichte des Vatikans gefragt.

»Was? Das … das haben wir nicht.«

»Himmel, sind wir aber gut sortiert. Ich hätte es ja verstanden, wenn ich einen Schioppettino oder einen Taurasi verlangt hätte, aber einen Barbaresco bekommst du auch im Supermarkt um die Ecke!«

Ferraro sah ihn an, als müsse er die Frage bezüglich des sechzehnten Papstes beantworten.

»Tut mir leid …«, beharrte der Barmann.

»Na gut, was hast du denn? Hast du einen Chianti?«

»Ja, einen Chianti, ja.«

»Gut. Dann bring uns den, und zweimal Bruschetta, ich habe Hunger.«

Er setzte sich, ohne die Antwort abzuwarten, und Ferraro tat es ihm nach.

»Was wollte ich sagen?«

»Dass es einen gibt, der passt.«

»Ja, einen gibt es. Doch der ist so sauber wie weißes Laken. Keine Vorstrafen.«

»Wo habt ihr ihn ausfindig gemacht?«

»Nicht wir haben ihn ausfindig gemacht. Tatsächlich hat die Belgrader Polizei in den Archiven des jugoslawischen Heers die Akte des Vaters gefunden, eines Militärarztes. Er ist vor Jahren gestorben. Dort waren auch Personenbeschreibungen seiner Familienangehörigen. Zoran, wenn er es ist, war der Sohn. Eine anständige Familie jedenfalls …«

»Hast du Belgrad gesagt? Aber hatte Zoran nicht einen kroatischen Pass?«

»Genau. Auf Zagreb warten wir noch.«

Die Bruschette und der Wein kamen. Comaschi biss in sein geröstetes Brot. Ferraro hatte keinen großen Hunger, er beschloss, nur etwas zu trinken. Der Wein war schwer, einer von der Sorte, die einen mit der Zunge schnalzen lässt. Er spürte, wie seine Ohren heiß wurden, als sei das Blut sofort dorthin geschossen.

»Was erwartet ihr?« Dann fiel ihm ganz plötzlich etwas ein: »Und die Exhumierung?«

»Eben.«

Ferraro beschloss, doch etwas zu essen. Der Wein höhlte ihm Kopf und Magen aus.

»Eben, was?«

»Der Leichnam von Zoran Gjomarkaj ist nicht mehr in Italien. Er wurde in sein Heimatland zurückgeschickt, auf Bitten seiner Familie, wie es aussieht.«

»Scheiße!«

»Ja, das hast du gut ausgedrückt. Ich habe, wenn man das so sagen kann, mit der dortigen Lokalpolizei gesprochen. Du hättest mich und den kroatischen Polizisten hören sollen, wie zwei Idioten.«

»In welcher Sprache?«

»Europanto.«

»Was?«

»Ja, eine Mischung aus Englisch, Französisch, Deutsch, Spanisch und was du sonst noch willst.«

»Und habt ihr euch verstanden?«

»Sicherlich besser als ich mich mit De Matteis. Du hättest sein prachtvolles Englisch hören sollen, da konnte es einem schlecht werden.« Er lächelte. Dann biss er noch einmal in seine Bruschetta. Als wahrer Kenner nahm er darauf einen Schluck Wein. »Puh, solchen Chianti bekommt man sonst höchstens in einer viertklassigen Osteria.«

»Was hat der Kroate gesagt?«

»Dass sie die Exhumierung sobald wie möglich durchführen würden. Es klang wenig begeistert. Und dann, dass auch sie Material über Zoran Gjomarkaj suchen würden.«

»Gut, oder nicht?«

»Nein.«

»Warum nicht?«

»Es sind alle verschwunden.«

»Wer, alle?«

»Hast du es noch nicht gemerkt? Die Bäckerei ist seit dem Tag der Schießerei geschlossen und hat nicht wieder aufgemacht. Bozidar Georgevic, der Eigentümer, ist weg.«

»Vielleicht hat er den Sarg in das Heimatland zurückbegleitet.«

»Welches Heimatland? Er war Serbe, kein Kroate.«

»Ich weiß nicht, ich verstehe das nicht. Und die anderen Jungen, die Aushilfen im Laden?«

»Keine Ahnung. In Luft aufgelöst. An den Grenzen kann man mir nichts sagen. Verschwunden. Keiner ist mehr da. Das ist nicht normal.«

Das war es sicher nicht. Ferraro trank nachdenklich seinen Wein aus. Denken, denken, denken … los, Pu der Bär, denk dir was aus. Nichts.

»Nichts, mir fällt nichts ein.«

»Genau das ist das Problem, Ferraro. Wir haben keine Zeit mehr. Der Weg, der nach Ex-Jugoslawien führt, ist eine Spur, doch man kann nicht in so kurzer Zeit eine Straße dorthin planieren. De Matteis fährt auf der Autobahn, er hat keine Lust mehr zu warten.«

»Warten worauf?«

»Einige seiner Informanten haben Alarm geschlagen. Apulier und Kalabrier rüsten sich, der Krieg kann von einem auf den anderen Moment wieder anfangen.«

»Bist du sicher?«

»Ich sage dir die Wahrheit ...« Er fuhr sich müde mit der Hand durch das Haar. »Auch ich glaube das ziemlich sicher. Auch ich habe Informationen über verdächtige Bewegungen.«

»Verfluchte Kacke.«

»De Matteis will mit harter Hand durchgreifen. Er will einen Präventivkrieg führen.«

»Was zum Teufel hat er vor? Will er Quarto Oggiaro bombardieren?«

»Er will ein paar Razzien machen, er will Aufruhr verursachen, er will verhindern, dass sie sich organisieren. Und ein klares Signal setzen.«

»Das heißt?«

»Lies morgen die Zeitung. Don Leo ist angeschmiert. Und Lanza vielleicht auch.«

5

Mailand. Das Blutbad von Quarto Oggiaro.
Erste Namen.

Vicecommissario Ruggero De Matteis hat anlässlich einer Pressekonferenz am gestrigen Abend in den Räumlichkeiten des Kommissariats des Viertels der Presse die ersten Ergebnisse der polizeilichen Ermittlungen über die Bluttaten bekanntgegeben, die in diesen letzten Wochen das Brennpunktviertel in der Mailänder Peripherie erschüttert haben. (Siehe Artikel auf Seite 15)

Eine undankbare Rolle.

Wir sind auf der Seite der Polizei, wir sind es immer gewesen. Es ist zu einfach, Schwarzmalerei zu betreiben, jene anzugreifen, die jeden Tag mit großer Opferbereitschaft, für einen Hungerlohn womöglich, so viel aufs Spiel setzen. Unser Beruf ist zwangsläufig ein schwieriger Beruf, weil unsere eigene Ethik von uns verlangt, jene mit einem kritischen Blick zu bedenken, die wir in Wirklichkeit zutiefst respektieren.

Wir konnten nicht schweigen im Angesicht der immer wieder verübten Gesetzeswidrigkeiten. Gerade in dieser Stadt, die für sich selbst in Anspruch nimmt (und das nicht zu Unrecht), die Stellung einer moralischen Hauptstadt für die gesamte Nation innezuhaben.

Wir haben einen Schmerzensschrei ausgestoßen, die Entrüstung des Familienvaters geteilt, des rechtschaffenen Mannes, des ehrlichen Arbeiters, der ein deutliches Signal von jenen erwartet, die ihn vor der Barbarei schützen sollen.

Es kann nur in unserem Sinne sein, dass all das keine leere Forderung geblieben ist, kein sinnloses Handeln eines Verrückten, der den Vollmond anheult. Unsere Flaschenpost, die wir ins riesige Meer der Gleichgültigkeit der Institutionen geworfen haben, hat in dem von Vicecommissario Ruggero De Matteis (*auf dem Foto rechts*) geführten Team die Empfänger gefunden, die wir gesucht haben.

Sie sind nicht untätig geblieben, unsere Jungs. Sie haben emsig gearbeitet, so dass wir wieder in dem Bewusstsein durch die Stadt gehen können, dass sie immer präsent sind, wie Schutzengel. Engel aus dem Nachbarhaus.

Engel mit Pistole, versteht sich. Hüter des Gesetzes.

In der Pressekonferenz von gestern Abend hat der Vicecommissario uns, den Presseleuten – Engel auch wir, möchte ich da gerne sagen, aber Engel mit der Feder, in unserem bescheidenen Rahmen auch Hüter der Gesetze, der Demokratie – die ersten Erfolge der Operation *Sicheres Stadtviertel* aufgezählt.

In erster Linie sind das verstärkte Streifengänge durch die Straßen, die das ganze Quartier sicherer machen. Und dann die Suche nach den Schuldigen, die wie blutende Raubtiere aus ihren Lagern aufgescheucht wurden.

Und hier die Überraschungen, die ersten Wahrheiten (*Genaueres lesen Sie auf Seite 15*): Der friedliche Inhaber eines Lokals, das von der Jugend des Viertels besucht wird, sich in Wirklichkeit als Mafiaboss herausstellt, der bereit ist, eine Fatwa zu verhängen, eine Vendetta im Namen einer Idee anzuordnen, die ganz eigenen Gesetzmäßigkeiten folgt. Nämlich den Gesetzmäßigkeiten eines Menschen, der einer kriminellen Tradition folgen muss. Sie stammt aus dunklen Zeiten, aus einem tiefen Süden, von dem wir eigentlich glaubten, dass wir ihn hinter uns gelassen hätten.

Sein Name – jetzt kennen wir ihn, das Grauen überläuft uns bereits, wenn wir ihn aussprechen – ist Leoluca Grillo, Don Leo für die Eleven seines Clans. Er wurde dem staatlichen Gefängnis anvertraut. So wie es nur recht und billig ist.

Dottore De Matteis hätte es dabei belassen können. Doch weil er ein Mann mit Gewissen ist, ein Mann des Rechts, hat er uns Hintergründe enthüllt, die völlig außerhalb unserer Vorstellungskraft lagen. Doch wir sind Journalisten und haben eine undankbare Rolle. Wir haben die Pflicht zu drängen, zu fragen, zu informieren, auch wenn die Information, die Nachricht uns menschlich zutiefst trifft.

Die Information, mit der wir eigentlich nicht ans Licht der Öffentlichkeit treten wollten, besagt, dass im Kommissariat selbst jemand in ungesetzmäßiger Weise vorgegangen ist, seiner Funktion nicht angemessen. De Matteis hat nicht mehr zur Sprache gebracht als das, er wollte keine Namen nennen, das muss in aller Deutlichkeit gesagt werden, weil er seinen Berufsstand verteidigen will, und er folgt auch nicht einer lobbyistischen Logik. Es ist offensichtlich, dass der Vicecommissario ein Mann ist, der die Regeln achtet, der nicht will, dass ein Kollege an den medialen Pranger gestellt wird, wenn noch nicht völlig bewiesen ist, welche Rolle dieser dabei spielte und inwieweit er, willentlich oder nicht, in den Fall, in die Schießerei verwickelt ist.

De Matteis spricht nicht, sein Mund ist versiegelt. Doch meine, unsere Rolle ist nun einmal undankbar. Vielleicht müssen wir den Namen, den De Matteis aus seiner heiklen Position heraus nicht sagen kann, diesen Namen, der durchsickert, der von Mund zu Mund geht, vielleicht müssen wir ihn sagen.

Und wir werden ihn sagen. Wir fragen erhobenen Hauptes, im vollen Bewusstsein unserer Rolle als Moralisierer, wir fragen den Ispettore Capo des Polizeikommissariats Augusto Lanza: Welche Rolle spielen Sie bei dieser ganzen Angelegenheit? Warum sind Sie vom Dienst suspendiert worden? Was haben Sie zu Ihrer Verteidigung zu sagen?

Wir fragen ihn, weil wir die Wahrheit wissen wollen. Damit er sich so gut wie möglich verteidigen kann. Wie es das Gesetz für alle seine Bürger vorsieht. Damit nicht erzählt wird, dass es geschützte Bereiche gibt, Bürger ersten und zweiten Grades. Im Namen der Demokratie. *Francesco Crespi*

6

»Ciao, Lanza, ich bin's, Ferraro, störe ich?«

(Bitte jetzt keine deiner surrealen Idiotien, bitte, bitte nicht, das ist jetzt nicht der richtige Augenblick.)

»Aber nein. Ich bin gerade dabei, meiner Frau zu helfen, sie ist bei der siebten Falte des Straußes und weiß nicht, wie sie sie lösen soll.«

(Er hat das wirklich gesagt, ist das vorstellbar?)

»Hör zu … hast du heute früh die Zeitung gelesen?«

»Welche Zeitung? Du weißt doch, dass ich mehr als eine Zeitung lese, um eine Nachricht besser beurteilen zu können, um eine ausgewogenere Meinung dazu haben zu können.«

(Du bist in jeder Zeitung, tu nicht so, als wüsstest du das nicht.)

»Na ja, dieser Bericht über die Schießerei. Ich wollte dir sagen, dass dieser Journalist, dieser Crespi… (dieser unfähige Schmierfink, dieses niederträchtige Aas, diese Pissrinne, dieses wandelnde Stück Scheiße.) »Du darfst dem keine Bedeutung zuschreiben.«

»Warum sollte ich?«

»Nun, das war …« (maßvoller Ausdruck) »… überstürzt.« (Eine Hyäne, ein Geier, ein Blutsauger, ein Vampir.) »Er hat Dinge über dich und Don Leo geschrieben, die nicht korrekt sind.«

(Ich würde ihm das Gesicht zu Brei schlagen, würde ihm die Beine brechen, und wenn ich ihn auf der Straße träfe, würde ich ihn in eine dunkle Gasse zerren und ihn von vier Marokkanern in den Arsch ficken lassen.)

»Du weißt, wie Journalisten sind. Sie neigen zur Übertreibung, sie stellen oftmals nicht gerechtfertigte Vermutungen an, das ist ihre Arbeit.«

(Aber berührt dich denn gar nichts? Wo zum Teufel lebst du? Die wollen dir ans Leder, verstehst du das nicht?)

»Vielleicht solltest du dir von einem Anwalt helfen lassen, vielleicht gibt es Tatbestände, um …« (ihm den Arsch aufzureißen, ihn in eine Zelle voller türkischer Vergewaltiger zu werfen, ihn und dieses eingebildete und wurmige Stück Scheiße von De Matteis.)

»Nein, wieso denn einen Anwalt? Du wirst sehen, die Ermittlungen werden alles ans Licht bringen.«

(Ja, genau. Warte und hoffe.)

»Lanza, ich will kein vorschnelles Urteil aussprechen, aber vielleicht ist De Matteis nicht wirklich daran interessiert, deine und Don Leos Situation zu euren Gunsten zu lösen, daher, wenn du … (endlich aus deinem Stumpfsinn aufwachen würdest, du Idiot, wenn du aufhören würdest, lateinische Klassiker zu lesen, und auf die Erde zurückkehren würdest, verdammt nochmal, denn die wollen keine Gefangenen machen, kapierst du das nicht? Ist dir das nicht klar?)

»Nein, nein, sag so etwas nicht. Ich habe Vertrauen in die Institutionen. Alles wird sich auflösen.«

(Ja, und ich bin der Weihnachtsmann. Scheiße! Wachaaauuuuf. Die schicken dich in den Vorruhestand, verstehst du? Die kicken dich raus! Dann kannst du von morgen an höchstens noch Boccia im Park spielen.)

»Lanza … Augusto … ich bitte dich, hör ein einziges Mal auf mich. Du musst dich wehren, du musst etwas tun. Ich will …«

»Ferraro … Michele … entschuldige, aber hat Zeni dir den Fall gegeben?«

»Nein, das weißt du selbst.«

»Also, dann hör auf das, was dir der Vicequestore sagt. Er ist ein Mann mit großer Erfahrung, er weiß, was er tut. Ich vertraue ihm und seinen Ratschlägen. Hör auf ihn. Und jetzt entschuldige mich. Ich habe zu tun, meine Frau kommt wirklich nicht mit der siebten Falte zurecht. Wir hören uns bald wieder. Auf Wiedersehen.«

7

Wie er es drehte und wendete, es kam nichts dabei heraus. Nichts. Sein Hirn war leer. Keine Lösung, keine Idee. Die Kacke war am Dampfen. Aber richtig.

Ferraro saß da, ohne sich zu rühren, den Stift in der Hand. Vor einer halben Stunde schon sollte er einen Bericht unterschrieben haben. Völlig reglos, wie einer dieser

Mimen in der Innenstadt, die mit ihren geschminkten Gesichtern erstarrt wie barocke Statuen auf der Straße stehen und sich nicht bewegen, auf Biegen und Brechen nicht, nur wenn man sie bezahlt, dann bewegen sie sich, sie sagen Dankeschön, verbeugen sich artig vor den Umstehenden und erstarren wieder. Nie konnte Giulia vorbeigehen, wenn sie auf einen von ihnen stießen, ohne ihm eine Münze zu geben.

»Was ist mit dir los, bist du gelähmt?«

Die Stimme Comaschis ließ Ferraros Astralleib wieder in seinen physischen Körper zurückkehren. Er schüttelte leicht den Kopf und unterschrieb wie in einem konditionierten Reflex den Bericht. Das Papier war durch die Hand, die zu lange reglos darauf gelegen hatte, ein wenig feucht.

»Nein, nichts, ich war in Gedanken. Komm rein ... und mach die Tür zu.«

Comaschi trat ein, schloss die Tür, setzte sich und zündete sich eine Zigarette an.

»Hast du die Zeitung gelesen?«

Als Antwort auf die Frage zog Ferraro die auf der entsprechenden Seite aufgeschlagene Zeitung unter einem Stapel Papiere hervor.

»Bist du auf der Pressekonferenz gewesen?«

»Natürlich. Es ist mir furchtbar unangenehm, aber ich war da.«

»Und Zeni?«

»Nein, der nicht. Der Staatsanwalt war da, aber Zeni nicht. De Matteis hat es auf die ganz schmutzige Tour gemacht. Gestern hatten sie einen Kompromiss getroffen. Die Pressekonferenz sollte stattfinden, ohne Zeni, aber Lanza sollte in keiner Weise genannt werden.«

»So ein Hurensohn.«

»Weißt du, wenn man den Artikel liest, dann hat De Matteis formal keinen Namen genannt.«

»Verarschst du mich?«

»Natürlich hat De Matteis dem Journalisten alle Namen genannt, aber in einer gesonderten Sitzung.«

Ferraro warf einen Blick auf die Zeitung: »Wer ist dieser Francesco Crespi?«

»Ein Hai. Ein Aufsteiger. Entscheide selbst. Ich denke, dass er zu einem Klüngel gehört, der unserem heiß geliebten Vicecommissario politisch sehr nahesteht.«

»Und Zeni?«

»Du warst heute Vormittag nicht hier. In Zenis Büro war der Krieg ausgebrochen! Ich glaube, er verschießt gerade seine letzte Munition.«

Er sog auf übertriebene Weise den Rauch ein, als wolle er seine Zigarette mit einem Zug aufrauchen.

»Was für ein Gesicht du machst, da kriege ich es ja mit der Angst«, sagte Ferraro.

»Ich mache mir Sorgen. Wenn De Matteis seine Karten so offen ausspielt, dann ist klar, dass auch Zeni nicht so viel Macht hat, wie er glaubt. Es wird immer deutlicher, dass De Matteis auf Lanza zielt, um Zeni zu treffen.«

»Scheiße.«

»Und wenn er das tut, dann heißt das, dass er es tun kann. Dass er eine Möglichkeit gefunden hat, es zu tun.«

»Was soll das heißen?«

»Dass irgendjemand, von dem wir noch nichts wissen, ein Politiker oder so, Zeni abschießen will. Und De Matteis ist seine Waffe.«

»Bist du hergekommen, um mir das zu sagen? Bist du vielleicht ein Sadist?«

»Geteiltes Leid ist halbes Leid.«

»Ein wahrer Weiser. Besser als dieser Idiot Lanza.«

Comaschi trat die Zigarette mit dem Absatz aus. Dann schaute er Ferraro interessiert ins Gesicht.

»Hast du ihn gesehen?«

»Nein, nein. Ich habe heute Vormittag mit ihm telefoniert.«

»Und was hat er gesagt?«

»Dass er *Vertrauen in die Institutionen* hat.«

»Was hätte er sonst sagen sollen?«

»Dass er stinksauer ist, vielleicht. Dass er De Matteis den Hintern hinhält, etwas in der Art, etwas Menschliches.«

Comaschi schüttelte den Kopf mit einem sanften Grinsen auf den Lippen, für das er vermöbelt gehörte. Er zündete sich eine weitere Zigarette an. In diesem Augenblick klingelte es seinem glücklichen Tabakhändler in den Ohren.

»Jetzt machst du diesen Job schon seit so vielen Jahren … hast du denn gar nichts kapiert?«

»Was, dass er ein Vulkanier ist? Das weiß ich schon lange.«

»Nein, du Schwachkopf. Lanza konnte nicht sprechen. Sein Telefon wird abgehört.«

Ferraro wurde blass. Wie kam es, dass er daran nicht gedacht hatte? Vielleicht hatte er geglaubt, dass Comaschi es ihm dann gesagt hätte.

»Warum hast du mir das nicht gesagt?«

»Weil ich es nicht weiß, ich glaube es aber. De Matteis lässt mich nur an das schmückende Beiwerk. Er ist ein einsamer Jäger.« Er sprang ganz unvermittelt auf. »Ich gehe. Wir müssen eine Razzia organisieren.«

»Entschuldige … und mit Kroatien? Was ist damit? Nichts?«

Comaschi schlug sich kräftig gegen die Stirn.

»Ah, Mist, deswegen war ich doch gekommen … es ist aus, Ferraro.«

»Was sagst du da?«

»Keine Fotos.«

»Die Kroaten wollen nicht.«

»Nein, die armen Schweine würden uns sogar helfen, aber wenn du möchtest, mache ich dir ein Phantombild.« Er schnippte ein bisschen Zigarettenasche vor Ferraro auf den Schreibtisch. »Hier.«

»Bist du jetzt völlig abgedreht?«

Comaschi starrte Ferraro ins Gesicht, sogar sein Grinsen verschwand.

Dann redete er weiter: »Zoran Gjomarkaj ist gleich, nachdem der Sarg dort angekommen war, eingeäschert worden. Kein Foto, keine Gegenüberstellung. Entweder haben wir Glück, oder wir werden nie wissen, ob der Tote wirklich er war oder einer, der nur vorgab, er zu sein. Wenn es jetzt überhaupt noch eine Rolle spielt, das zu wissen.«

Ferraro riss die Augen auf.

»Eingeäschert ... verflucht nochmal.«

Comaschi ging auf die Tür zu, seine Haltung drückte Niedergeschlagenheit aus.

»Es ist aus, Ferraro. Aus. Wir haben gespielt, und wir haben verloren. De Matteis hat gewonnen.«

Er verließ theatralisch den Raum. Wie es übrigens seiner Natur entsprach.

Ferraro verfiel wieder in seine pantomimische Haltung, als sei es nun, nach der Verbeugung, nachdem der großzügige Passant gegangen war, an der Zeit, wieder den schwachsinnigen Gesichtsausdruck anzunehmen, der typisch für den Mimen ist. Reglos und erstarrt dachte er, dass nun alles aus, dass nichts mehr zu machen war. De Matteis im Triumph, Don Leo im Gefängnis, Lanza am Arsch, Zeni am Rand des Abgrunds, Comaschi mit gebundenen Händen, Zoran Gjomarkaj zu Asche verbrannt und seine Kumpanen in Nichts aufgelöst.

Jemand klopfte an der Tür.

»Ferraro, entschuldige, kann ich reinkommen?« Es war Fusco, in der Hand ein paar Aktendeckel. »Ferraro, hörst du mich? Hast du den Bericht unterschrieben?«

Ferraro starrte sie mit glasigem Blick an, es war zum Fürchten, er sah sie, aber er hörte sie nicht. Er wiederholte sich immer wieder: Lanza aus dem Spiel, Comaschi aus dem Spiel, Zeni aus dem Spiel, Gjomarkaj tot, seine Freunde in Nichts aufgelöst.

»Ferraro, was hast du? Hörst du mich?« Sie trat näher heran, verstört über die Erstarrung ihres Kollegen. »He, was ist das, soll das ein Scherz sein?«

Nichts, gar nichts, es ist aus. Lanza k.o., Zeni k.o., Comaschi k.o., Zoran in Asche, alle verschwunden.

»Ferraro, ich bekomme es mit der Angst.«

Alle verschwunden. Alle. Niemand. Niemand mehr. Ende des Spiels.

Fusco ging um den Schreibtisch herum und versuchte, ihn an der Schulter zu berühren.

»Ferraro, Herrgott, was ist denn los?«

Niemand, niemand, niemand mehr.

Nein!

Nein … einer!

Einer noch. Einer ist vielleicht noch da.

XV

Deus ex Machina

1

Er hatte eine Theorie. Wahrscheinlich war es die Hellsicht des Ertrinkenden, der mitten im Ozean Strände und Handtücher sieht; vielleicht war es auch die Ultima Ratio des abgebrühten Pokerspielers, der vier von fünf Karten auslegt und auf eine Glückssträhne hofft. Friss oder stirb. Entweder die Bank oder eine Kugel in den Kopf. Es war nicht einmal eine richtige Theorie, es war ein wirrer Gedanke, eine Intuition, würde mancher sagen. Das hatte nichts mit Logik zu tun. Während er das dachte, formte es sich in seinem Geist, es kamen Ableger hinzu, Gliedmaßen, Knochen, Fleisch. Kaum mehr als eine Skizze, vier Kohlestriche auf einem Stück Papier, aber es war besser als gar nichts.

»Ferraro?«, Fusco fragte nochmals, angstvoll.

Der Mann richtete seinen Blick auf die junge Frau, als sei er von einer langen Reise zurückgekehrt, als erwache er aus einem jahrelangen Koma.

»Fusco.«

»Herrgott, Ferraro, das war aber ein blöder Scherz, bist du denn völlig …«

»Komm mit.«

Er stand auf, entschieden.

»He, aber …«

»Komm, los, wir haben keine Zeit zu verlieren.«

Fünf Minuten später spazierten sie wie ein Pärchen über den kahlen Rasen der ehemaligen Baumschule, der ›grünen Lunge‹ von Quarto Oggiaro, Überbleibsel eines ehemaligen

Landguts (als hier noch überall Felder waren, wie man so schön sagt), von dem noch die Ruinen der Gutsherrenvilla, der Villa Scheibler, am Ende des Parks zeugen.

Als Junge war Ferraro oft mit seiner Bande in der Villa gewesen, sie hatten sie von oben bis unten durchstöbert. Schon damals war sie eine Ruine gewesen. Sie waren die zerfallenen, noch an den Mauern klebenden Treppen hinaufgeklettert, immer darauf bedacht, nicht in die gähnenden Abgründe der morschen Zwischenböden zu fallen. Ein kleines architektonisches Juwel, das dem Zerfall, den Graffitisprühern und den Drogenabhängigen überlassen blieb. Einige Jahre zuvor hatte eine Intelligenzbestie vorgeschlagen, die Villa in ein ›Modemuseum‹ zu verwandeln. Mailand beherbergte schon immer fantasievolle Geister. Ein Modemuseum. In Quarto Oggiaro. Nicht, dass die Bewohner des Stadtteils das nicht gern gesehen hätten, im Gegenteil. Aber soll man ernsthaft annehmen, dass Leute, die kaum die Innenstadt Mailands kennen, die glauben, der Friedensbogen läge schon in der Peripherie, die nicht mehr in die Scala gehen, seit sie nach Bicocca umgezogen ist, weil es zu weit von zu Hause weg ist (als läge das in Kasachstan), Leute, deren Jahreseinkommen dem einiger kleinerer asiatischer Länder vergleichbar ist, soll man wirklich glauben, dass diese Leute, Modeschöpfer, Modeunternehmer und ihr ganzes Gefolge wie in einem populistischen Traum (die Kultur dem Volk, die Mode der Peripherie) ihre kostbaren Kollektionen in diesen Schrottkasten in die Peripherie der Peripherien gebracht hätten, Lichtjahre entfernt von ihrer Welt, ihren Konditoreien, ihren Boutiquen, ihren Attikawohnungen? Was wäre auch dabei herausgekommen? Sie hätten die Villa in eine Bonbonniere verwandelt, in ein extraterritoriales Gebiet, wo sie mit ihren Hubschraubern gelandet wären, um ihre japanischen oder amerikanischen

Freunde ein bisschen herumzuführen, und dann ab in die Villa am Comer See. Das Volk der Kiffer, Fixer, Gammler, das schon immer in diesem Park gelebt hat, hätte das sicherlich nicht gutgeheißen.

»Ferraro, du machst mich wahnsinnig ... kann ich vielleicht erfahren, was hier vor sich geht?«

»Ich wollte dich um einen Gefallen bitten.«

»Ja, natürlich, wenn ich dir helfen kann, klar ... aber mussten wir hier herkommen, damit du mich das fragen kannst?«

Unter einer Platane tauschte ein Pärchen trotz der Kälte engagiert und methodisch Speichel aus.

Ferraro lächelte: »Keine Sorge, ich habe keine unsittlichen Absichten.«

»Das ist auch besser für dich, du weißt: Gustavo ist zwei Meter groß und ebenso breit!«

Sie sagte das voll verliebten Stolzes. Ferraro schämte sich fast dafür, dass er davon geträumt hatte, wie sie über seinem Penis thronte, als sei es seine Schuld, wenn sein Unbewusstes sich als großes Schwein entpuppte.

»Okay, Botschaft angekommen. Ich werde meine Hände bei mir behalten.«

»Das fehlte noch ... also, was ist, was willst du?«

»Du sollst dich an was erinnern. Du musst die Akte über einen Typen für mich finden.«

»Hier? Was soll das? Machen wir eine Schnitzeljagd?«

Jetzt musste der Ispettore lachen, wobei er die ganze in den letzten Stunden angesammelte Anspannung von sich abschüttelte.

»Nein, natürlich nicht hier. Die Akte ist im Archiv.«

»Und warum hast du mich dann hierher gebracht?«

Weil Ferraro zwar ein Einfaltspinsel war, aber rasch lernte. Wenn Lanzas Telefon abgehört wurde, dann konnte niemand Ferraro verbieten, den Argwohn zu haben, dass auch in seinem Umfeld eine Wanze installiert war, unter seinem Stuhl oder auf dem Männerklo. Besser, man vermied Überraschungen, man kann nie wissen. Es war illegal, natürlich, es war die Angst, eingekreist zu werden, das Verdächtigungssyndrom, aber man weiß ja, dass es nie schaden kann, immer vom Schlechtesten auszugehen.

»Ich will nicht, dass es alle wissen.«

»Was ist das für eine Geschichte? Darf ich es niemandem erzählen?«

»Nein, besser nicht.«

»Auch nicht Zeni?«

»Nein.«

»Und warum nicht?«

Er hätte ihr eine Lüge auftischen können, doch ihm fiel keine ein.

»Das kann ich dir nicht sagen. Du musst Vertrauen haben.«

»Geht es um eine geheime Ermittlung? Erzählst du es mir, wenn ich dir geholfen habe?«

Sie schien sich wieder berappelt zu haben. Wahrscheinlich hatte sie sofort schon den Verdacht gehabt, dass etwas faul war. Sie besaß Intuition und Talent. Es wäre schade gewesen, sie zu verlieren.

»Ja, ich schwöre dir, du wirst die Erste sein, die es erfährt.«

»Dann schieß los.«

Ferraro sortierte seine Gedanken: »Erinnerst du dich an den Albaner, den du festgenommen hast, wann war das … vor fast drei Wochen, der fast gelyncht worden wäre?«

»Ja, der mit der versuchten Vergewaltigung. Und?«

»Den Fall hast du bearbeitet. Könntest du mir seine Personalien verschaffen?«

»Ja, kein Problem … Ich muss nur ins Archiv gehen, auswendig weiß ich sie nicht.«

»Und kannst du mir außerdem sagen, in welchen Knast er gewandert ist?«

Die Augen der jungen Frau verengten sich: »Und warum?«

»Wir hatten doch gesagt, keine Fragen, richtig?«

2

Er hatte eine Theorie. Die mittlerweile auch eine Form angenommen hatte. Mehr oder weniger.

Ferraro war überzeugt, dass der Vergewaltiger nicht einfach so in diese Richtung gelaufen war. Er war plötzlich auf der Bank erwacht, hatte bemerkt, dass Gefahr im Verzug war, und war instinktiv zu einem Ort geflohen, den er kannte. Es war kein Zufall gewesen. Zufälle gibt es nicht. Der Albaner gehörte zu der Clique. Und er war in die Bäckerei gelaufen, um dort Zuflucht zu suchen. Ferraro und Baffo waren die eigentlichen Eindringlinge gewesen.

Als er durch die Hintertür hineingekommen war, hatten Zoran und seine Genossen ihn nach Strich und Faden verprügelt. Wie, wird der Chef sich gedacht haben, ich versuche hier, nicht aufzufallen, und du gehst rum und begrabbelst die Mädchen der Gegend? Und ab mit der Tracht Prügel. Und dann war draußen dieser Polizist, der schrie und brüllte. Da war eine Entscheidung fällig, genau in einem solchen Augenblick zeigt sich, wer das Zeug zum Boss hat. Und die Entscheidung war folgende gewesen: Besser, den Jungen ins Kittchen schicken, als sich eine Haussuchung der Italienischen Staatspolizei aufzuhalsen.

Wenn es wirklich so gelaufen war, dann bewies das, dass

Zoran ein wirklich fähiger Typ war, ein wendiger Geist. Er hatte dem Verprügelten Schweigepflicht auferlegt und dann mit bewundernswerter Gelassenheit dem Polizisten aufgemacht.

Ferraro kam nun zugute, dass niemand von dieser Verbindung zwischen Zoran und dem Vergewaltiger wusste. Keiner. Weder Comaschi noch Lanza, weder Zeni noch De Matteis, der am allerwenigsten. Nur Baffo, also im Grunde wirklich niemand.

Jetzt, da alles in sich zusammengefallen war, da alle aus dem Spiel waren, blieb vielleicht wirklich nur er, der Fast-Vergewaltiger, der Verprügelte. Gemäß Ferraros heimlichem Plan musste er den Albaner jetzt einfach nur finden, ihn ein bisschen verprügeln (er war es ja gewohnt) und sich eine Straße zeigen lassen, die er planieren konnte.

»Also, erinnerst du dich, wo sie ihn eingesperrt haben?«

»Ja, natürlich, aber ...«

»Wo?«

»Im Opera, aber sieh mal, es ...«

»Gut. Jetzt musst du mir seine Daten verschaffen, aber ich bitte dich, versuch so ...«

»Ferraro, sei still, sei eine Sekunde lang still. Sieh mich an, und hol einmal Luft.«

Ferraro war still. Er sah sie an. Er holte einmal Luft.

»Erledigt. Was willst du mir sagen?«

»Er ist draußen. Er sitzt nicht mehr.«

»Was?«

»Also: Der Albaner ist nie wirklich angezeigt worden. Keiner von denen, die ihn lynchen wollten, ist dann für die Anzeige ins Kommissariat gekommen, also haben wir ihn ohne den Beweis, ohne auch nur ein Indiz, dass er der Angreifer war, vielmehr dafür, dass überhaupt ein Übergriff stattgefunden hat, festgenommen.«

Das war das Volk, das war *la gente*. Bereit zur Selbstjustiz, bereit, den Strick in die Hand zu nehmen, das rituelle Opfer vorzunehmen, doch nie ging man zur Polizei, niemals hatte man Vertrauen in die Institutionen. Mir doch egal, war doch nicht meine Tochter. Ich weiß doch, wie das geht, die behalten mich dann einen ganzen Tag da, ich muss im Laden weitermachen, ich hab doch keine Zeit zu verschenken. Wer hat der Tussi auch gesagt, dass sie um diese Uhrzeit im Park rumlaufen soll? Am Ende hat die es sogar selbst gewollt, das Hürchen. Und außerdem kenne ich den Vater gerade mal vom Sehen, guten Tag, guten Abend, das war's. Ich hab keine Lust, dass sie mir Fragen stellen, ich kenne die Bullen, am Ende stecken sie ihre Nase auch noch in meine Angelegenheiten, nein danke …

»Herr im Himmel, sagst du das im Ernst?«

»Natürlich!«

»Und woher wusstest du, dass er im Opera war?«

»Wir haben ihn wegen Widerstands gegen die Staatsgewalt dort hingeschickt. Während wir ihn verhört haben, hat er versucht, einen Polizisten zu schlagen.«

Ferraro tat so, als denke er nicht über den Grund für die Reaktion des Albaners nach.

»Na gut, und nach weniger als einem Monat ist er schon wieder draußen?«

»Eben, hier wird die Sache kompliziert, das heißt eigentlich wird sie einfach, das hängt vom Standpunkt ab.«

»Sprich hier jetzt nicht in Rätseln. Erklär dich deutlich.«

Er war stinksauer. Er hatte eine Idee gehabt, und die verpuffte jetzt einfach so, wie ein Furz im Wind. Vielleicht konnte er ihn suchen. Doch wo konnte er hingegangen sein? Seine Freunde sind verschwunden, er wird umherirren wie ein ausgesetzter Hund.

»Am Anfang hat er uns falsche Angaben über seine Person gemacht, aber über die Fingerabdrücke haben wir seine wahre Identität entdeckt. Er hat schon dreimal seinen Namen geändert. Aber das ist eine andere Geschichte … Ich wollte sagen, dass sein Anwalt ein verkürztes Verfahren gefordert hat. Mit Untersuchungshaft und Strafe hat er insgesamt zehn Tage gesessen, dann haben sie ihn rausgelassen.«

»Und weißt du, wo er ist? Ich meine, weißt du, ob sie ihn in ein Wiedereingliederungszentrum geschickt haben, oder ob …«

»Warte, warte, ich bin noch nicht fertig.«

»Scheiße«, sagte Ferraro.

Dann hielt er an. Einerseits hatte er keine Lust mehr, wie ein Irrer durch den Park zu rennen, andererseits schwirrte ihm der Kopf von all diesen Informationen, die wie ein Holzhammer die tragenden Mauern seiner Theorie einschlugen und sie zu Trümmern machten. Sein Hirn tat alles, um mit der Maurerkelle in der Hand eine plausible Alternative zu konstruieren, doch unter erheblicher Anstrengung.

Er setzte sich auf eine Bank, und Fusco sich neben ihn. Sie rückte dicht an den Ispettore heran, als wolle sie ihm ein Geheimnis anvertrauen. Wenn Gustavo in diesem Moment vorbeigekommen wäre, wäre es schwierig gewesen, ihm zu erklären, dass er da etwas falsch verstand.

»Seine Taten haben für eine Zwangsausweisung ausgereicht. Kein Ausweisungsbescheid, und außerdem die Illegalität. Er war gerade aus dem Knast draußen, da haben sie ihn gepackt, in ein Flugzeug gesetzt und nach Albanien geschickt, oder wohin auch immer, ich weiß es nicht mehr.«

Das war der ultimative Hammerschlag. Die Mauern stürzten ein, der strukturelle Kollaps riss alles mit sich. Im Vergleich damit war die Villa Scheibler ein Vorbild architektonischer Restaurierungsarbeit. Vorbei, jetzt war wirklich nichts mehr zu machen. Es war fast als Ironie zu bezeichnen, dass der Eifer, mit dem ein Kollege das Gesetz angewendet hatte, ihn jetzt auf dem Trocknen sitzen ließ. Wie oft er wohl selbst so gehandelt hatte, so unwissend, und damit vielleicht jemand anderen irgendwo auf dem Stiefel in Schwierigkeiten gebracht hatte. Er hätte gerne geweint, aber dann kam es noch so weit, dass Fusco ihn umarmte und tröstete, und zehn zu eins würde dann, wie in den italienischen Komödien der Sechzigerjahre, Gustavo mit der Pistole in der Hand kommen.

»Vorbei, es ist nichts mehr zu machen …«

»Herrgott, Ferraro, ist das denn so schlimm? Warum wolltest du ihn denn unbedingt finden, kannst du mir das jetzt sagen?«

»Lass einfach, es ist nicht der Mühe wert … los, gehen wir.«

Er stand auf, sehr bedrückt, und ging in Richtung Ausgang, als folge er einem Sarg.

»Ach, komm schon, kann es denn so wichtig gewesen sein? Also, wenn ich dir helfen kann … an den Namen erinnere ich mich nicht mehr, aber wenn es dir hilft, dann suche ich ihn raus. Ich sehe zu, dass mich niemand sieht, keine Sorge, ich weiß noch gut, wo die Akte ist, ich habe sie vorgestern rausgeholt, wirklich, ich helfe dir gerne.«

Der Ispettore drehte sich argwöhnisch zu seiner Kollegin um.

»Und warum?«

»Wie, warum? Wir sind doch Kollegen. Wenn du Hilfe brauchst, kann ich …«

»Nein, nein, das meine ich nicht, ich wollte wissen: Warum hast du vorgestern die Akte geholt?«

3

Sie verließen den Park und überquerten die Via Lessona.

»Wann wird das gewesen sein? Vor ein paar Tagen, ich weiß es nicht mehr genau … jedenfalls teilt mir die Zentrale mit, dass jemand aus Rom etwas von mir will.«

»Aus Rom?«

»Ja, ein Kollege. Das heißt, genauer gesagt, eine Kommissarin.«

»Eine Frau?«

»Ja, eine Frau. Sie hatte eine sehr schöne, warme Stimme …«

»Schon gut, ihre Stimme ist mir schnuppe, sag mir, was sie wollte.«

»Nun, sie sagte mir, sie habe von der Festnahme des Albaners erfahren, und dann hat sie mir mehr oder weniger dieselben Fragen gestellt wie du. Ich habe ihr alles erzählt, von dem Vergewaltigungsversuch, über die Lynchjustiz, bis zur Festnahme.«

Ferraro begriff nicht. Er hörte zu, doch er begriff nicht. Mittlerweile waren sie fast schon beim Kommissariat angelangt, besser nicht hineingehen …

»Gehen wir in die Bar, es ist Zeit, einen Kaffee zu trinken.« Er nahm die junge Frau am Arm und zog sie mit sich. »Los, komm schon. Was wolltest du sagen?«

»Na ja, da gibt es nicht viel zu sagen. Ich habe ihr die ganze Geschichte erzählt, doch dann hat sie mich gefragt, in welches Gefängnis er gekommen ist, genau wie du, ulkig, nicht?«

Wer zum Teufel war diese Frau? Wieso interessiert sich eine aus Rom für einen kleinen Fisch aus Albanien?

Sie betraten die Bar.

»Magst du einen Kaffee?«

»Ich hätte lieber einen Fruchtsaft.«

»Pfirsich?«

»Birne.«

Er wandte sich dem Tresen zu. »Bringen Sie uns bitte einen Espresso und einen Birnensaft.«

»Also Fusco, wo warst du stehen geblieben?«

»Gefängnis. Die Kommissarin hat mich nach dem Gefängnis gefragt.«

Sehr gut, Fusco, aufmerksam, nie zerstreut, sie hatte Talent für diesen Job.

»Erzähl weiter.«

»Nichts. Ich habe ihr dasselbe gesagt wie dir. Dass man den Typ aus dem Gefängnis entlassen hat und dass er jetzt nicht mehr in Italien ist.«

»Und die Kollegin?«

Die Bestellung kam. Ferraro bezahlte sofort, damit er den Kellner loswurde.

»Ich glaube, ich habe ihr Gesicht gesehen. Heute.«

»Was erzählst du denn da?«

»Sie hörte sich jedenfalls ziemlich enttäuscht an, meiner Meinung nach hat sie dasselbe Gesicht gemacht wie du, als ich dir gesagt habe, dass der Albaner nicht mehr in Italien ist.«

Sie trank einen Schluck von ihrem Saft, zufrieden über ihren Scherz. Ferraro hatte keine Zeit zu lachen.

»Und dann? Was hat sie dir dann gesagt?«

»Sie wollte, dass ich ihr per Fax die ganze Akte schicke. Ich habe eine gute Stunde dafür gebraucht.«

»Kannst du mir sagen, wie sie heißt?«

»Natürlich. Also, ich erinnere mich nicht mehr an den Namen, aber ich habe ihn irgendwo aufgeschrieben. Auch ihre Telefonnummer, sie hat sie mir gesagt.«

»Jetzt gehen wir zurück. Dann gibst du mir mit aller Diskretion alle Daten des Albaners und die der Kommissarin aus Rom, okay?«

»Keine Sorge, ich werde schon diskret vorgehen … aber dann erzählst du mir, worum es geht?«

»Ich habe dir schon gesagt, wenn alles so läuft, wie ich hoffe, dann bist du die Erste, die es erfährt.«

Er lächelte und beschloss, den Espresso endlich einmal heiß zu trinken. Der Wohlgeschmack lenkte ihn für ein paar Sekunden von seinen Gedanken ab und schenkte ihm einen unvermuteten Augenblick des Glücks. Doch vielleicht war es auch nicht der Kaffee. Vielleicht konnte er, wie ein Archäologe, der alle seine Stücke nummeriert und unverdrossen mittels Anastilosis das zerbrochene Fundstück wieder rekonstruiert, aus den Trümmern seiner Theorie noch etwas bauen. Er hatte das Gefühl, dass diese römische Kommissarin die archäologische Kollegin einer anderen Universität war, die nach Jahren verrückter und verzweifelter Studien endlich ihre Arbeit publiziert, die die gängigen archäologischen Theorien revolutioniert. Die Ferraros mit inbegriffen.

4

Sie gingen hinein, erst Fusco und dann einige Minuten später Ferraro. Comaschi lief ihm über den Weg.

»Wo ist Zeni?«

»Er ist nicht hier. Er ist mit De Matteis beim Präfekten.«

»Aha, und warum?«

»Das wüsste ich auch gerne.«

Schlimme Sache.

»Na gut … ich gehe dann mal …«

»Was hast du?«

»Nichts, nichts, keine Sorge.«

Comaschi war zwar nicht überzeugt, fragte aber nicht weiter nach.

»Wann machst du Schluss?«

»Bald.« Ferraro sah auf die Uhr. »Noch ein Stündchen. Und du?«

»Ich muss noch länger hierbleiben. Ich muss auf De Matteis warten.«

»Meinen Glückwunsch.«

»Ferraro.«

»Ja, was ist?«

»Was ist los?«

»Nichts, ehrlich. Ich habe über meinen eigenen Kram nachgedacht.«

Er ging in sein Büro. Es tat ihm ein bisschen leid, seinem Kollegen nichts sagen zu können, doch es war vielleicht besser, ihm nicht zu viel zu verraten. Denn Ferraro hatte nichts in der Hand, und er wollte nicht schon wieder einer falschen Einschätzung erliegen.

Er trödelte ein bisschen herum, wobei er so tat, als arbeite er. Nach etwa einer Viertelstunde kam Fusco in sein Büro. Die Tür blieb offen, als habe sie nichts zu verbergen.

»Ferraro, unterschreibst du mir das?«

Sie sagte es laut, als wolle sie gehört werden. Der Ispettore unterschrieb gedankenlos. Fusco nahm die Unterlagen wieder an sich und verließ ihn mit einem Lächeln auf den Lippen. Auf Ferraros Schreibtisch lag nun ein Blatt Papier.

Berosh Aliai war der Name des Vergewaltigers. Und Elena Rinaldi hieß die Kommissarin. Mit allem, Anschrift, E-Mail-Adresse, Telefonnummern von Büro und Handy. Gut. Braves Mädchen.

Instinktiv nahm er den Hörer in die Hand, dann legte er

sofort wieder auf. Er wartete besser, es dauerte nicht mehr lange, bis seine Schicht zu Ende war.

Schließlich verließ er das Kommissariat. Draußen war es feucht und kalt, Ferraros Knie schmerzte ein wenig. Vielleicht war es wirklich an der Zeit, dass er zu einem Arzt ging, es war völlig unsinnig, mit dieser Machotour weiterzumachen. Er betrat seine Wohnung und legte die Schlüssel an die übliche Stelle. Im Kühlschrank waren noch die Reste von Resten, er bekam umgehend einen Knoten in den Magen. Francesca kochte umwerfend. Sie arbeitete, war Ehefrau, Mutter, Geliebte, sie bügelte und kochte. Wie zum Teufel stellte sie das an?

Er rief bei Mimmo an, aber niemand ging dran. Vermutlich war sein Freund mit Tiziana zum Essen gegangen.

Ferraro nahm einen verbliebenen Salamizipfel und riss die Pelle herunter, dann biss er davon ab wie von einem Stück Brot. Zu trinken fand er nichts. Also drehte er das Wasser auf und trank direkt aus dem Hahn.

Er vertrödelte die Zeit. Er wollte anrufen und wollte nicht. So viele Hoffnungen legte er in dieses Telefonat, und zugleich hatte er eine fürchterliche Angst, dass dies wieder einmal ein Schuss in den Ofen sein würde, diesmal der letzte, endgültige.

Er versuchte alles, um Zeit zu schinden, aber es war natürlich sinnlos, länger um den heißen Brei herumzulaufen. Er nahm den Hörer und tippte die Handynummer der Kommissarin.

»Pronto?«

»Pronto? Commissario Rinaldi?«

»Ja, das bin ich, mit wem spreche ich?«

»Guten Abend, Commissario, Sie kennen mich nicht. Ich bin ein Kollege aus Mailand, Ispettore Ferraro.«

»Wer hat Ihnen meine Nummer gegeben?«

»Anna Fusco. Sie arbeitet mit mir im Kommissariat von Quarto Oggiaro.«

»Ach ja, ich erinnere mich. Ich erinnere mich gut … wie bitte?« Sie sprach jetzt nicht mit ihm. »Nein, warte einen Augenblick, ich komme gleich.«

Fusco hatte recht. Sie hatte eine schöne Stimme. Warm, schmeichelnd.

Ferraro sah auf die Uhr: »Commissario, störe ich Sie? Soll ich ein andermal anrufen?«

»Ist es dringend?«

»Ehrlich gesagt, ich weiß es nicht.«

»Na wunderbar! Hören Sie, machen wir es so, ich rufe Sie in zehn Minuten an. Geben Sie mir die Zeit, noch eine Sache zu erledigen.«

»In Ordnung. Ich gebe Ihnen meine Telefonnummern.«

Dies tat er. Dann schaltete er den Fernseher an und wartete. Er zappte mit der Fernbedienung herum und ließ sich schließlich von einer Show einfangen, bei der ein Mann, an einer Gummischnur von einem mittelalterlichen Turm hängend, der Frau laut schreiend seine Liebe erklären musste. Sie aber war nicht leicht zu überzeugen, denn er hatte sie schon mehrfach betrogen. Würde dieser Liebesbeweis ausreichen? Großeinblendung seines vor lauter Schreien und Angst verzerrten Gesichts; das ihre zeigte Skepsis und Genugtuung. Also, was ist, verzeihst du ihm? Kommst du wieder mit ihm zusammen?

Das Telefon klingelte. Ferraro sprang erschrocken auf. Er machte den Fernseher aus, wobei es ihm ein wenig leidtat, dass er nun nie erführe, ob die beiden wieder zusammenfanden oder nicht – als würde ihn das wirklich interessieren.

»Pronto?«

»Ispettore Ferraro, richtig?«

»Ja, am Apparat.«

»Gut, hier ist Elena Rinaldi. Entschuldigen Sie mich wegen vorhin, ich musste die Pasta abgießen.«

Noch eine, die arbeitet, kocht und so weiter und so weiter. Wie die Frauen das anstellen, bleibt ein Rätsel.

»Ja, aber vielleicht müssen Sie jetzt essen.«

»Nein, keine Sorge, ich habe schon gegessen, die Pasta war nicht für mich. Also? Was ist passiert? Worum geht es?«

»Ich brauche eine Information, vielleicht können Sie mir helfen.«

»Sprechen Sie nur.«

»Berosh Aliai.«

»Wie bitte?«

»Berosh Aliai. Was können Sie mir über ihn sagen?«

Einen Augenblick lang herrschte Schweigen, sie schien verwirrt zu sein.

»Entschuldigen Sie, aber Sie haben ihn festgenommen, Sie müssten alle Informationen haben, die Sie brauchen.«

»Ja, das ist richtig, Fusco hat ihn festgenommen. Ich habe seine Akte gelesen. Was ich gern wissen würde, wäre, warum er Sie interessiert. Hatten Sie schon mit ihm zu tun?«

»Warum fragen Sie mich das? Wissen Sie, wo er ist?«

Ihre Stimme klang jetzt anders, Misstrauen hatte sich eingeschlichen.

»Nein, ich habe überhaupt keine Ahnung. Er ist in Albanien, zwangsausgewiesen.«

»Ja, genau. Wie kann ich Ihnen da helfen?«

»Was wissen Sie von seiner Vergangenheit, was ich nicht weiß?«

Schweigen.

»Das kommt darauf an. In der albanischen Unterwelt ist er ein kleiner Fisch. Er wurde einmal in Rom und einmal in Bologna festgenommen.«

»Wenn er ein kleiner Fisch ist, warum interessieren Sie sich dann für ihn?«

»Ispettore, Ihr Ton gefällt mir nicht. Sie sagen etwas und sagen es nicht. Ich war an Aliai interessiert, weil ich ein gewissenhafter Mensch bin, gut? Jetzt sagen Sie mir aber, warum Sie ihn suchen, vielleicht verstehen wir uns dann besser.«

Eine resolute Frau, schwer auf Draht. Was sollte Ferraro tun? Er konnte es hierbei bewenden lassen. Wenn sie ihn auseinandernahm, würde sie bald entdecken, dass Ferraro auf eigene Faust ermittelte, ohne einen offiziellen Auftrag. Doch sie war auch seine letzte Hoffnung, konnte er die einfach so sausen lassen, als wäre nichts?

»Ispettore? Sind Sie noch dran?«

»Ja, Dottoressa, ich bin noch dran …«

»Was tun wir jetzt? Däumchendrehen? Wollen Sie mir den Grund Ihres Anrufes nicht erklären?«

Schweigen.

»Zoran Gjomarkaj.« Dieser Name schien im Hörer zu explodieren. Auf der anderen Seite hörte man nicht einmal eine Fliege summen. »Dottoressa, hören Sie mich?«

»Ja, ich höre Sie.«

»Ich wiederhole. Zoran Gjomarkaj. Kennen Sie diesen Namen?«

Schweigen.

»Ja, ich kenne diesen Namen.«

»Es gibt eine Verbindung zwischen Aliai und Gjomarkaj, richtig?«

»In welcher Sache ermitteln Sie, Ispettore?«

»Na, na. Sie antworten ja mit einer Frage auf eine Frage.«

Auf der anderen Seite hörte man Lachen.

»Sie haben recht, Sie haben recht … Das gehört sich

nicht … Ja, es gibt eine Verbindung. Aber ich frage mich, wie Sie davon wissen können.«

»Vielleicht weiß ich Dinge, die Sie nicht wissen, und umgekehrt.«

»Was wissen Sie, was ich nicht weiß?«

Puh. Was wusste Ferraro? Er hatte es ja gerade so geschafft, Zoran mit dem Blutbad vor zwölf Tagen in Verbindung zu bringen, eine äußerst zarte Verbindung, alles in seinem Kopf. Was konnte er einer Polizistin, die so schwer auf Draht war, wohl noch sagen, was sie noch nicht wusste?

Moment mal, vielleicht wusste die Kommissarin absurderweise eines noch nicht. Die offensichtlichste Tatsache.

»Er ist tot.«

»Wer? Aliai?«

»Nein, nein. Gjomarkaj. Er ist bei einer Schießerei ums Leben gekommen, vor rund zwei Tagen, hier in Quarto Oggiaro.

Schweigen.

»Sind Sie sicher?«

»Mehr oder weniger.«

»Haben Sie Gjomarkaj jemals von Angesicht zu Angesicht gesehen?«

»Ja, ich habe ihn persönlich kennen gelernt.«

Schweigen. Immer noch Schweigen.

»In Ordnung, in Ordnung, machen wir es so. Holen Sie mich morgen früh am Flughafen Linate ab. Ich komme mit dem Flugzeug um acht.«

»Was?«

»Der Flug um acht von Fiumicino … Seien Sie pünktlich am Ausgang, ich komme um acht Uhr an. Ich hasse Menschen, die zu spät kommen. Ich denke, wir werden uns morgen einiges zu erzählen haben.«

5

»Ispettore Ferraro, richtig?«

Sie war ein erfreulicher Anblick, frauliche Hüften und wohlgeformter Busen. Sie mochte um die vierzig sein, vielleicht ein wenig jünger. Männer schätzen Frauen immer älter, als sie eigentlich sind, und dann ziehen sie aus Galanterie zehn Jahre ab und machen so eine gute Figur.

»Ja, ich bin es, aber wie haben Sie …«

»Nach all diesen Jahren hoffe ich nun wirklich, dass ich einen Bullen erkennen kann.«

»Ich hätte Sie nicht erkannt.«

Sie lächelte. Ein schönes, selbstbewusstes Lächeln.

»Außerdem«, sprach die Frau weiter, »haben alle, die jemanden treffen sollten, ihre Partner gefunden. Nur Sie waren noch übrig. Ich habe gesehen, wie Sie angerannt kamen, Sie sind verspätet, wissen Sie das?«

Sie steuerte auf den Ausgang zu.

»Sie wissen gar nicht, was hier für ein Verkehr auf den Straßen herrscht«, sagte Ferraro, der hinter ihr her lief.

»Ich komme aus Rom. Erzählen Sie mir nichts von Verkehr.«

»Das Auto steht dort. Folgen Sie mir.«

Die Frau hielt einen Augenblick inne, sie sah nach oben.

»Was meinen Sie? Wird es regnen?«

Auch Ferraro sah zum Himmel. »Nein, nein. Es könnte Wochen so bleiben.«

Das Wetter in Mailand ist wie ein zickiges Mädchen. Es lässt dich schnuppern, aber dann lässt es dich nicht ran. Wochenlang, monatelang vergehst du fast vor Lust. Doch nichts passiert. Nur drückende Schwüle und großer Durst. Wenn du dich endlich damit abgefunden hast, wenn du nicht mehr daran denkst, dann trifft dich der erste Regenguss ganz unvorbereitet. Das Mädchen hat sich gehenlassen und ist jetzt die Schärfste in der Klasse. Es macht dich auf pornographische Weise nass, bis an den Rand der Erschöpfung.

»Er ist grau.«

»Wie bitte?«

»Der Himmel. Er ist grau. In Rom war heute ein herrlich blauer Himmel. Der Ponentino ist dafür verantwortlich.«

»Der aus dem Lied *Roma nun fa' la stupida stasera*?«

»Ja, genau.«

Sie fuhren los. Ferraro legte ein zügiges, männliches Tempo vor. Der Viale Forlanini, der kerzengerade wie ein Zäpfchen in die Eingeweide Mailands eindringt, machte das möglich.

Die Frau sah hinaus, dann drehte sie sich plötzlich um.

»Was ist los, Dottoressa?«

»Nichts, nichts, jedes Mal, wenn ich nach Mailand komme, nehme ich mir vor, anzuhalten und diesen Fußgängerüberweg anzusehen. Doch ich tue es nie.«

»Welchen?«

»Diese lila angestrichene Eisenbrücke.«

Merkwürdige Frau.

»Wenn Sie wollen, kann ich …«

»Nein, lassen wir das. Das heißt: Haben Sie schon gefrühstückt?«

Nein. Natürlich nicht. Um pünktlich zu sein, was ihm ja nicht gelungen war, hatte er das Frühstück ausgelassen.

»Ich hatte keine Zeit dafür.«

»Gut. Ich auch nicht. Und ich esse dieses ekelhafte Zeug nie, das einem im Flugzeug angeboten wird. Dann schlage ich vor, dass wir eine Bar suchen und eine Kleinigkeit essen.«

In der Gegend des Corso XXII Marzo fuhr Ferraro langsamer, er kreuzte ein wenig durch die Straßen, um einen Parkplatz zu finden. Direkt vor einer Bar wurde ein Platz frei, Glücksgriff. Ein guter Tag. Sie gingen hinein.

»Setzen Sie sich, ich gehe bestellen.«

»Sie sagen mir aber dann, wie viel Sie von mir bekommen.«

»Ich lade Sie ein, keine Sorge.«

Während er das sagte, zuckte er zusammen. Gehörte ein Frühstück nach Mimmos Theorie dazu oder nicht? Schloss eine Einladung zu einem Frühstück eine Vögelei mit ein, oder konnte man das laufen lassen?

»In Ordnung. Das heißt aber, dass ich beim nächsten Mal bezahle.«

Damit gleich alles klar ist.

»Cappuccino und Brioche?«

»Ja, Cappuccino und Cornetto. Und auch einen Orangensaft, danke.«

Der Cappuccino war nicht der Allerbeste. Ferraro fühlte sich fast schuldig, obgleich er ihn ja nicht zubereitet hatte. Die Kommissarin schien das aber nicht zu merken, sie aß mit Genuss, darauf bedacht, die Cremefüllung ihres Cornettos nicht auf ihr Kleid tropfen zu lassen.

»Also, Dottoressa, ich …«

»Hör mal, lassen wir doch die Formalitäten weg, wir sind Kollegen. Duzen wir uns doch.«

»In Ordnung, Rinaldi …«

»Nenn mich nur nicht beim Nachnamen, ich habe dann das Gefühl, in der Schule zu sein. In dem Alter bin ich nicht mehr. Elena, nenn mich Elena.«

Schwer auf Draht, die Frau.

»In Ordnung, Elena,« er streckte die Hand aus, »ich heiße Michele.«

Die Frau trank einen Schluck von ihrem Saft.

»Hör zu, Michele. Wir beide haben uns so einiges zu erzählen. Wir werden eine Menge Zeit dafür brauchen. Jetzt. Ich weiß gut, dass du mich nicht in euer Kommissariat mitnehmen kannst …«

Ferraro sah sie verblüfft an: »Wie, entschuldige, aber was …«

»Das hat mir euer Dottore Zeni gesagt.«

Ferraro stotterte: »Zeni? Aber, aber …«

»Gestern Abend habe ich auch ein paar Telefonate geführt. Einer meiner Kollegen kennt Zeni, sie sind seit Jahren Freunde; er hat mir seine Privatnummer gegeben. Ich kenne Zeni, weißt du? Doch das war vor vielen Jahren, er war beim Mobilen Einsatzkommando in Genua, ich war gerade erst hingekommen. Voller schöner Hoffnungen … na ja, das ist eine andere Geschichte. Ich habe mit Zeni gesprochen, er wusste überhaupt nichts von Aliai. Nun: Warum hast du das deinem Chef nicht erzählt? Und warum wird dein Chef nicht stinksauer über diese Vergesslichkeit? Du arbeitest allein, das habe ich schon begriffen. Zeni unterstützt dich, aber nicht offiziell. Was ist hier in Mailand los?«

»Hör zu, ich …« Himmelherrgott! Pass auf, was du sagst. »Das ist eine lange Geschichte.«

»Eben. Es ist eine lange Geschichte. Deine wie meine. Also: Ich erzähle dir alles über Gjomarkaj, was du wissen willst, aber du musst mir einen genauen und ausführlichen Bericht über deine Ermittlungen geben. Ein gerechter Tausch. Ein inoffizieller Informationsaustausch. In Ordnung?«

Das klang vernünftig.

»In Ordnung.«

»Fang du an. Aber lass nichts aus. Du musst mir vertrauen. Vertraust du mir?«

Sie strahlte Vertrauenswürdigkeit aus. Wahrscheinlich war das ihr mütterliches Becken.

»Ja, ich vertraue dir.«

Er musste ihr vertrauen, denn er hatte sonst nichts in der Hand.

»Gut, fein. Jetzt muss ich noch eine Bitte an dich richten.«

»Ja?«

»Ich habe keine Lust, stundenlang in dieser deprimierenden Bar zu sitzen. Wo wir jetzt schon hier sind, warum zeigst du mir nicht die Basilika Sant'Ambrogio? Ich war schon seit Jahren nicht mehr dort. Weißt du, ich habe immer schon eine gewisse Leidenschaft für die lombardische Romanik gehabt.«

Klare Vorstellungen. Von wegen Draht. Stahlseil.

6

Sie gingen in der Kirche umher, durch den Hof mit den Säulengängen, durch die Seitenschiffe. Ferraro sprach die ganze Zeit, Elena sah nach oben. Manchmal blieb sie stehen, vor einem Kapitell oder vor dem Sarkophag des Flavius Stilicho. Ein wenig wirkte sie wie eine Beichtmutter, ein wenig wie eine Touristin. Vito Russo, Lanza, Don Leo, die Schießerei. Alles. Sie nickte, manchmal wusste man nicht so recht, ob sie wirklich zuhörte oder an etwas anderes dachte.

Zielstrebig ging sie durch das rechte Seitenschiff zur Kapelle San Vittore in Ciel d'Oro.

»Hast du eine Münze?« Ferraro gab ihr eine. Sie steckte sie in den Schlitz für die Beleuchtung. Alles glitzerte. »Schön, diese Mosaiken, findest du nicht?«

Ferraro sah nach oben.

»Ja, das stimmt, sie sind sehr schön.«

»Sie erinnern mich an die in der Kapelle San Zenone in Santa Prassede, hast du die vor Augen?«

Bewahre. Er kannte ja diese hier kaum.

»Nein, wo ist das?«

»In Rom, in der Nähe von Santa Maria Maggiore. Wenn du dort bist, musst du unbedingt hingehen, es lohnt sich wirklich. Diese hier sind aber sicherlich älter.«

Das Licht ging plötzlich aus. Sie war ein bisschen enttäuscht. »Na gut. Gehen wir.«

Sie kehrten in das Mittelschiff zurück.

»Elena, ich glaube, ich habe dir alles erzählt.«

»Ja, das glaube ich auch.« Sie sah auf die Uhr. »Und ich glaube, es ist Zeit für eine heiße Schokolade. Mir wird langsam kalt. Bewegen wir uns ein bisschen.«

Sie gingen auf den Platz hinaus. Ferraro blieb vor einer alten Marmorsäule stehen, die allein auf dem Platz stand.

»Weißt du, was das ist?«

Er zeigte auf zwei Löcher in der Mitte der Säule.

»Nein, das weiß ich nicht.«

»Das sind die Hörner des Teufels.«

»Was?«

»Das ist eine alte Mailänder Legende. Man erzählt sich, dass der Teufel Sant'Ambrogio auf die Hörner nehmen wollte, doch der sprang ganz plötzlich zur Seite, so dass der Teufel die Hörner in diese Säule rammte. Das sind die Spuren seiner Hörner.« Als er ein Kind war, hatte ihm das Don Stefano erzählt. Es war das Einzige, woran er sich bei diesem Platz erinnerte. Jedes Mal, wenn er konnte, erzählte er die Geschichte, um damit anzugeben.

»Interessant. Ein Spezialist für pathologische Anatomie würde aus dem Abstand zwischen den Hörnern den Schädel des Teufels rekonstruieren können.«

Daran hatte er noch nie gedacht. Lanza aber gewiss.

Sie kamen an der katholischen Universität vorbei.

»Wie schön diese Stadt doch ist«, schwärmte die Kommissarin.

Eine pünktliche Römerin, die Mailand liebt. Diese Frau hatte im Laufe weniger Stunden alle Vorurteile eines typischen Mailänders über Römer widerlegt.

»In welchem Kommissariat in Rom bist du beschäftigt? Ich kenne einige Kollegen, vielleicht ...«

»In keinem. Ich bin in der Via di Priscilla. Weißt du, wo das ist?«

»Nein.«

»Hinter der Villa Ada. Ich arbeite bei der DIA im Innendienst.«

Alle Achtung. Direzione Investigativa Antimafia – die italienische Antimafia-Abteilung. Dickes Stahlseil. Fast schon Stahlträger.

Ferraro schwieg eine Weile.

»Lass uns hier entlanggehen«, sagte er nachdenklich.

»Wohin führst du mich?«

»Da ist eine Bar, im Corso Magenta.«

Ein Yuppie-Lokal. Aber man aß dort gut. Sie gingen hinein.

»Also, ich nehme eine heiße Schokolade. Und was willst du?«

»Ach gut, dann nehme ich auch eine.«

Seit Tagen hatte er das schon vor. Mit einem anderen Polizisten würde er das nie tun, das schadete seinem Image. Doch Elena kam ihm gar nicht wie eine Polizistin vor.

»Setz dich, und mach ja keine Anstalten, dein Portemonnaie zu zücken. Diese Runde bezahle ich.«

Haben wir uns verstanden. Zu Befehl, Frau Kommissarin.

Die Schokolade war heiß, das Sahnehäubchen in der Mitte zerfloss sofort.

»Also, Elena, jetzt bist du dran.«

Die Kommissarin wandte ihre Aufmerksamkeit von dem sich verflüssigenden Sahneberg ab. Sie öffnete ihre Handtasche und holte einen Umschlag heraus.

»Fangen wir von vorn an.« Sie zog ein Foto hervor. »Ist das die Person, von der wir sprechen?«

Es war Zoran. Er. Ganz ohne den Schatten eines Zweifels.

»Ja. Auf dem Bild ist er ein bisschen jünger. Aber er ist es. Zoran Gjomarkaj.«

Also doch kein Hochstapler. Wenigstens das war beruhigend.

7

Zoran Gjomarkaj war das Produkt eines multiethnischen Experiments (quasi im Labor hergestellt), Frucht eines panslawistischen Traums, eine Art Prototyp des jugoslawischen Volkes, das niemals die Zeit hatte, wirklich zu existieren.

Er war der Sohn eines jungen kosovarischen Arztes, Dëshir, aus einer albanischen Familie adliger Herkunft, der schon auf der Universität von Belgrad die Frau seines Lebens kennen gelernt hatte, Sonja, sie kam aus der serbischen Krajna in Kroatien. Sie war gewissermaßen Serbin: die Tochter eines serbischen Eisenbahners und einer Kroatin. Jedenfalls ein schönes sprachliches, ethnisches und soziales Potpourri.

Ehen zwischen Serben und Kroaten kamen relativ häufig vor, solche zwischen Kosovaren und Serben aber nicht. Doch Doktor Gjomarkaj glaubte an die föderale Idee, er war ein überzeugter Tito-Anhänger. Auch um den Preis, in den Augen seiner Leute in Pristina als Verräter dazustehen.

Er lebte seit Jahren in Bosnien, und es machte ihm nichts aus. Sarajevo war seine ideale Stadt. Katholiken, Orthodoxe, Moslems, Juden. Hier lebten sie alle; es war der Prüfstand für das Zusammenleben der Völker, er ein überzeugter Atheist, ein überzeugter Laizist.

Zoran (ich stelle mir vor, dass seine Mutter ihm den Namen gegeben hat, es ist ein typisch serbischer Name) wurde 1978 geboren. Zwei Jahre später starb Tito. Was dann passiert ist, weißt du selbst. Wahrscheinlich hat der Vater alles getan, um seinem Sohn seine Ideale einzuimpfen. Auf der einen Seite standen die Ideen, auf der anderen aber die Tatsachen. Tatsache war, dass der Vater zum Zeitpunkt der Unabhängigkeitserklärung Sloweniens und Kroatiens Arzt in der jugoslawischen Armee war. Dass der Bürgerkrieg so war, wie er eben war. Dass sein albanischer Vater eine serbische Uniform trug und Krieg führte. Und dass Sarajevo die Kulisse der Tragödie wurde, in der der Junge aufwuchs. Wo, als er sechzehn war, ein vermutlich serbischer Heckenschütze seine Mutter erschoss. Eine Geschichte für einen Fortsetzungsroman, aber sie ist wahr. Zoran hatte niemanden mehr, er musste sehen, wo er blieb. Für die Kroaten war er Serbe, für die Serben war er Moslem, für die Moslems war er Albaner. Und er war wirklich alles das. Er war die Frucht eines Traums, der in tausend Stücke zerbrochen war, die, wenn man sie wieder zusammensetzte, die Züge eines Albtraums angenommen hatten.

Doch er war nicht dumm, der Junge, ganz und gar nicht. Ich habe mit den Jahren erfahren, dass er schon von Anfang an Kontakt zum italienischen Militär hatte, als dieses im Rahmen der UNO-Mission nach Sarajevo kam, und du bestätigst mir das jetzt. Er drehte irgendwelche krummen

Dinger, Schwarzmarkt, etwas in der Richtung. Er war noch ein Junge, aber er war schon ein Boss. Vermutlich hatte er das von seinem Vater. Ich habe ihn nie kennen gelernt, ich beneide dich fast darum, dass du mit ihm gesprochen hast. Ich habe ihn mir clever vorgestellt, stolz. Weißt du, was vor Jahrhunderten am Tor von Konstantinopel stand? Es gab einen Befehl des Sultans, der ungefähr so lautete: Alle Gjomarkajs, Generation um Generation, sollen den Titel Kapidan tragen. Aber das ist eine andere Geschichte. Was wollte ich sagen?

Ich wollte sagen, dass er ein Heranwachsender war, der schon früh eine Gruppe von Gefolgsleuten unter sich hatte. Er konnte überall in der Stadt hingehen. Er kannte alles, er sprach alle Sprachen, alle Dialekte, alle Akzente.

In einer anderen Welt, in der Welt der väterlichen Träume, wäre er ein hervorragender Regierungspolitiker, ein genialer Wissenschaftler, ein strahlender Künstler gewesen. Er war aber zur falschen Zeit am falschen Ort. Und überall der Tod. Der Tod vor Augen, der Tod im Herzen.

Ich weiß, ich bin sentimental. Wir reden von einem Kriminellen, das ist mir klar. Ich will seine Abweichungen nicht mit dem üblichen freudianisch-hollywoodianischen Ursache-Wirkung-Mist entschuldigen, à la: Du musstest ein Serienmörder werden, weil deine Katze gestorben ist, als du ein Kind warst. Vielleicht habe ich ja das Stockholm-Syndrom. Wenn du dich ganz intensiv mit deinem Gegner beschäftigst, empfindest du am Ende Zuneigung für ihn.

Clever war er jedenfalls. In all diesen Jahren ist es ihm gelungen, sich niemals festnehmen zu lassen. Er wusste, wo er schmieren, er wusste, zu wem er gehen musste. Mit der Zeit hat er immer einflussreichere Freunde gewonnen. Er hatte eine absolut weiße, fleckenlose Weste. Und einen kroatischen Pass, wegen der Mutter.

Was aus dem Vater wurde, willst du wissen? Der Vater kehrte nach Sarajevo zurück, er wollte den Sohn mit sich nehmen, wollte ihn – mit seinem eigenen Beispiel und seinen Ideen – veranlassen, sein Leben zu ändern. Sie gingen nach Pristina, wo er als Arzt arbeitete. Als Arzt für alle. Er glaubte, dass das möglich sei, der arme Traumtänzer. Aber entweder bist du ein serbischer Arzt, der Serben kuriert, oder du bist kosovarischer Arzt, der Kosovaren kuriert. Wieso das denn, fragst du? Arzt ist Arzt, überparteilich? Hast du eine Ahnung, wie es im Kosovo war vor acht Jahren! Weißt du, dass sie Dëshir beschuldigten, serbische Kinder in seiner Praxis zu sterilisieren? Kannst du dir das vorstellen? Einkreisungssyndrom, natürlich. Auf der anderen Seite sagten sie, dass die Serben das Wasser der Albaner vergifteten. Ein Wahnsinn. Der Vater verschwand eines schönen Tages, wie so viele andere. In einem dieser Winter, in dem die Menschen in den Wäldern starben, auf der einen Seite vom serbischen Militär bedroht, auf der anderen von der UÇK.

Doch erkältet hat sich Zoran, glaube ich, nie. Sein Vater war ein Träumer. Er hingegen war ein auf seine Weise aufsteigender Kapitalist. Einer von der neuen Sorte. Transnationale multiethnische Finanzgesellschaften. Kriminelle Unternehmen, klar, aber organisiert wie die des freien westlichen Marktes. Der Waffenmarkt an der Grenze zwischen Albanien und dem Kosovo, unter den nachsichtigen Augen der Amerikaner, war keine kleine Sache für Zoran. Und dann, ja, du hast das richtig gesehen, der Handel mit Sklaven. Er hatte das Know-how, er kannte die Waffenwege. Er ging zum Sklavenhandel über. *Trafficking of human beings* heißt das bei der UNO. Kinder, Prostituierte, aber vor allem Arbeiter. Der Markt verlangte Arbeitskräfte, der Westen verlangte Arbeitskräfte. Auf der einen Seite werden restriktive Gesetze gegen die Einwanderung verabschiedet, auf der anderen Seite schieben gerade diese Gesetze den Schwarzmarkt an. Ein netter Widerspruch, findest du nicht? Aber lassen wir das, wir sprechen ja nicht über Politik. Was du jetzt wohl von mir denken wirst …

Schlepper, Schmuggler, Balkanrouten, gefälschte Papiere, heimliche Machenschaften mit der Polizei, mit den Behörden … in all diesen Jahren habe ich nicht einen Beweis erbringen können, nicht einen, der ihn festnagelt. Keine Extraterritorialität, kein Artikel 604 Strafgesetzbuch. Glaubst du das? Verdachtsmomente, Gerede, Gerüchte. Auf die eine oder andere Weise war er immer präsent. Nicht auf höchstem Level, noch nicht, er war noch jung und war noch dabei, sich zu formen, aber schon an einem guten Punkt des Aufstiegs in kriminelle Höhen.

Auf der einen Seite die Clanchefs der albanischen, montenegrinischen und slawischen Mafia. Auf der anderen die Apulier, die Kalabrier. Wo steht Zoran? Auf wessen Seite?

Und ich suche ihn, ich kartiere ihn. Ich suche ihn wie besessen. Manchmal glaube ich, dass nur ich ihn kenne. Ich und mein direkter Vorgesetzter. Vielleicht hat Zoran nicht einmal gewusst, dass ihm jemand auf den Fersen war. Ich suche ihn im Kosovo, in Montenegro, ich komme an, und er ist gerade weg. Gerissen wie ein Fuchs. Du bestätigst mir das. Ich suche ihn in der Unterwelt, er betritt Italien mit einer Aufenthaltsgenehmigung durch den Haupteingang. Du fragst mich: Wie kommt es, dass ich das nicht bemerkt habe? Du kennst ja unsere Bürokratie: sechsundzwanzig Antimafia-Verfahren auf Bereichsebene, hundertvierundsechzig Verfahren auf Landesebene. Karabinieri, Polizei, Zoll- und Steuerkontrolle. Hast du eine Vorstellung von diesem Durcheinander? Der eine schreibt Gjomarkaj in kyrillischer Schrift, der Nächste transkribiert es Giomarcai.

Von Hand vielleicht gar, weil er nicht mit E-Mail umgehen kann. Oder er spricht es amerikanisch aus, am Telefon, wie in einem Film. Und der Nächste schreibt ihn: Joe Markey. Verrückt, ich weiß.

Was? Das *European Bureau of Investigation*? Ich weiß nicht, ich weiß nicht … irgendetwas oder irgendjemand bremst dieses Projekt aus. Ich glaube, dass es in Wirklichkeit zwei Bureaus gibt. Das eine für den Pöbel und *dieses andere*. Das verstehst du nicht? Doch, doch, die Geheimdienste. Die sich uns immer korrupt gezeigt haben. Durch wen? Keine Ahnung. Geheimnis. Ich weiß nicht, wo sie deinen Freund Lanza hinhaben wollen. Falls sie ihn irgendwo hinhaben wollen. Oder sie wollen ihn ausschalten. Ich weiß es nicht.

Doch kommen wir zu uns zurück … Ich hatte ein paar aus Zorans Fußvolk in Italien unter Beobachtung. Ein ganz schönes Organigramm. Die Armen, natürlich, das unterste Ende der Fahnenstange. Berosh Aliai zum Beispiel. An ihnen arbeite ich. Ich stelle mir vor, dass Zoran wer weiß wo ist. Aber warum kommt er nach Italien? Warum nach Mailand? Auf die zweite Frage kann ich dir sofort antworten. Wegen der Apulier. Mit denen macht er seit Jahren Geschäfte. Doch musste er unbedingt hierherkommen? Ging es ihm zu Hause nicht gut? Warum ist er aus der Deckung gegangen? Das sah ihm nicht ähnlich. Vielleicht ist er hergekommen, weil er sich hier niederlassen wollte, ich weiß es nicht. Vielleicht wechseln die territorialen Vorherrschaften immer noch, alles ist im Fluss. Mit Slowenien und den baltischen Staaten werden die Grenzen der EU länger. Und vielleicht werden auch die Löcher im Netz der Kontrollen größer.

Einen wie Gjomarkaj zu fassen, wäre für meine Arbeit wichtig gewesen. Er war eine wandelnde kriminelle Enzyklopädie, er kannte Namen, von denen ich überhaupt keine Ahnung hatte. Er war ein frischer Geist. Das Bindeglied zwischen den verschiedenen ethnischen Gruppen. Er hatte ein multiethnisches Umfeld, lauter jugoslawische Duodezfürsten. Doch er ist tot. Und die Zeitungen haben nicht einmal seinen Namen genannt. Er war kein EU-Bürger, ein armes Schwein. Er hatte nicht einmal die Ehre, auf der Seite eins zu stehen. Nicht gerade das Ende, das eines Kapidans würdig ist. Kein Ruhm, keine Ehre.

Nehmen wir ein Tramezzino?

8

Sie hatte gerade erst ihre Schokolade verputzt, und schon dachte sie an Tramezzini. Das war sicher nicht dem Jetlag zu verdanken. Sie war eine, die mit Freude aß, das war es, eine, bei der man Hunger bekam, wenn man ihr nur zusah. Er müsste sie Mimmo vorstellen. Die beiden würden sicher opulente Mahlzeiten miteinander kochen.

»Was für eins möchtest du denn?«

»Wenn es welche mit Thunfisch und Mayonnaise gibt … Sonst entscheide du einfach.«

»Warte, ich frage nach.«

Beim Aufstehen knirschte es ein bisschen in seinem Knie.

»Hör mal, wenn du schon dort bist, eine Orangenlimonade …«

»Ist gut, ist gut.«

Nachdem er bestellt hatte, ging Ferraro an seinen Platz zurück.

»Entschuldige, wenn ich dich frage, aber: Was ist mit deinem Knie?«

»Nichts, es ist nichts, ganz unbedeutend. Aber vielleicht sollte ich es doch mal ansehen lassen.«

»Wie hast du dir das zugezogen … bei einem Einsatz?«

Ja natürlich, bei einem missionarischen Einsatz! Mission impossible. Er hatte einer Frau zeigen müssen, dass er ein wahrer Mann war. Am Ende hatte er sich dann nur als Vollidiot erwiesen. Als humpelnder Vollidiot.

Er wechselte das Thema: »Tramezzini mit Thunfisch gab es nicht mehr, ich habe welche mit Krabben und Rucola genommen. Ist das auch recht?«

»Ja, auch gut. Ein bisschen yuppiemäßig, aber schon in Ordnung.«

»Meine Tochter Giulia liebt sie. Heißt das, dass ich eine snobistische Tochter habe?«

»Wie alt ist sie denn?«

»Sieben.«

»Dann ist sie einfach nur ein kleiner Gierschlund. Als Mauro so alt war, waren Krabben der einzige Fisch, den er gegessen hat.«

Wie in einem konditionierten Reflex ließ Ferraro seine Augen auf die linke Hand der Kommissarin sinken. Dort glänzte ganz deutlich ein Ring.

»Ist Mauro dein Sohn?«

»Ja, er ist vierzehn.«

»Alle Achtung, der ist ja schon fast erwachsen.«

»Und groß. Er kommt ganz nach seinem Vater.«

Die Bestellung kam. Elena biss in ihr Tramezzino, wahrscheinlich froh über ihre schönen Zähne, die sie seit Jahren sorgfältig pflegte.

»Gut?«

»Ja, ja … auch wenn sie in Rom besser sind.«

Das stimmte. Ferraro hatte das während seiner Wehrdienstzeit in Viterbo bemerkt (Lazio: Rom, Viterbo, Latina, Rieti, Frosinone). Die römischen Tramezzini waren ihm seitdem in guter Erinnerung.

»Hör zu, Elena. Mir ist klar, dass du jetzt an einem toten Punkt angekommen bist.«

»An einem toten Mann muss das heißen.«

Sie lächelte, freute sich offensichtlich über diesen blödsinnigen Scherz. So blödsinnig, dass auch Ferraro lächeln musste.

»Ja, das stimmt, du hast recht, ich wollte sagen, für dich heißt das jetzt, dass du wieder von vorn anfangen musst.«

»Weißt du, nicht nur, dass ich Gjomarkaj verloren habe, sondern auch alle anderen ...« Sie fuhr sich durch die Haare, sie sah niedergeschlagen aus. »Sie sind alle verschwunden. Ich fühle mich wie eine Kartographin, die nach einem Vulkanausbruch die Arbeit von vielen Jahren noch einmal machen muss. Es ist frustrierend.«

Alle Achtung, ein fantasievoller Geist.

»Aber, entschuldige meine Offenheit, für mich sind diese Informationen lebensnotwendig. Jetzt habe ich mehr als einen Anhaltspunkt, der meine Theorie bestätigt. Was du erzählt hast, bedeutet, dass ich Lanza sicherlich aus dem Schlamassel herausholen kann.«

»Das stimmt, du hast recht.« Sie trank einen Schluck von ihrer Orangenlimonade. »Natürlich, wenn du eine Zeugenaussage brauchst oder eine Eingabe, dann lass es mich wissen.«

»Vielleicht sollten wir zu Zeni gehen. Jetzt.« Er hielt inne und sah sie an. »Was meinst du?«

Die Frau sah auf die Uhr.

»Ja, lass uns gehen. Du erklärst ihm alles, und dann sehen wir, was zu tun ist.« Sie stand auf. Ferraro ebenfalls. »Hast du schon bezahlt?«

»Ja, keine Sorge.«

»Die nächste ...«

»Ja, ich weiß. Die nächste Runde übernimmst du.«

Die Luft draußen war eisig.

»Weißt du was? Ich freue mich, Zeni guten Tag zu sagen. Ich habe ihn schon Jahre nicht gesehen, ob er sich wohl noch an mich erinnert? Vielleicht bleibe ich auch noch heute Nachmittag. Ich habe ja ein offenes Ticket für den Rückflug.« Sie sah Ferraro an, der abwesend wirkte. »Woran denkst du?«

»Ich denke, ich sollte besser auch Lanza anrufen.«

»Ja, das solltest du. Ruf ihn an.«

Genau in diesem Augenblick meldete sich Ferraros Handy. Es dauerte eine Weile, bis er es gefunden hatte, es steckte in einer der vielen Taschen seiner Jacke. Auf dem Display waren ein Name und eine Nummer zu erkennen. Wenn man vom Teufel spricht: Lanza.

XVI

Der Meister

1

»Pronto.«

»Pronto? Ispettore Ferraro?«

Es war nicht Lanza, es war seine Frau, in deren Stimme ganz deutlich Besorgnis mitschwang. Diese Frau rief ihn sonst nie an, so dass er jetzt sofort alarmiert war.

»Signora Lanza, was ist los? Was ist passiert?«

»Hören Sie, Ispettore, entschuldigen Sie die Störung, aber … ich weiß nicht, ob ich mir Sorgen machen soll oder nicht.«

»Was ist denn geschehen?«

»Vor etwa einer halben Stunde hat mein Mann das Haus verlassen. Ich habe noch geschlafen, wissen Sie, in der Nacht hatte ich ein wenig Bauchschmerzen, das kommt manchmal vor, also hat Augusto gesagt, ich solle im Bett bleiben.«

Und wen interessiert das?

»Und weiter?«

»Nun … bevor er weggegangen ist, hat er mir eine ziemlich kryptische Nachricht hinterlassen.«

Was ist daran merkwürdig? Es wäre eigentümlich gewesen, wenn er eine verständliche Nachricht hinterlassen hätte!

»Was hat er geschrieben?«

»Er schreibt, dass … nein, vielleicht ist es besser, wenn ich es Ihnen vorlese. Ich will nichts Falsches sagen.«

Sie stammte aus einer Philologenfamilie.

»Lesen Sie.«

»Also: *Mein Schatz*, wissen Sie, er nennt mich so, seit wir uns kennen gelernt haben, es ist ein Kosename …«

»Signora, lesen Sie weiter, konzentrieren Sie sich auf das Wesentliche.«

Er benutzte einen Ausdruck Lanzas, um ihr die Befangenheit zu nehmen.

»Sie haben recht, Sie haben ja recht. Augusto sagt mir das auch immer. Also: *Mein Schatz. Ich muss eine dringende Erledigung machen. Ich bin zur Billard-Bar gegangen. Wenn ich zur Mittagszeit noch nicht zurück bin, dann benachrichtige Ferraro.* Verstehen Sie? Finden Sie das nicht eigenartig?«

Na, das ist ja prima. Sogar die eigene Ehefrau findet Lanza seltsam.

Ferraro sah auf die Uhr: »Signora, jetzt ist es halb elf.«

»Ich weiß, ich weiß. Ich habe ja auch ein schlechtes Gewissen, denn ich habe das Gefühl, ihn zu hintergehen. Aber so etwas sieht ihm gar nicht ähnlich. Warum sollte er zur Mittagszeit nicht zurück sein? Warum ruft er mich dann nicht einfach an? Und warum sollte ich Sie *benachrichtigen*?

Lanza benutzte Wörter nicht einfach so. Benachrichtigen heißt nicht anrufen oder telefonieren. Die Rechnung ging nicht auf.

»Haben Sie nicht versucht, ihn auf dem Handy anzurufen?«

»Aber natürlich. Aber er antwortet nicht. Das heißt, das Mobiltelefon ist ausgeschaltet … ich weiß gar nicht, was ich denken soll.«

»Signora, verzeihen Sie, ist, seit Ihr Mann suspendiert wurde, etwas geschehen, ich weiß nicht … Was hat Ihr Mann denn gemacht? Hat er Anrufe erhalten, ist er ausgegangen, geben Sie mir einen Anhaltspunkt.«

»Ispettore, mein Mann hat gewissermaßen die ganze Zeit weitergearbeitet. Er führt seit dem ersten Tag seiner Suspendierung auf eigene Verantwortung eine Ermittlung durch. Eine Ermittlung, die zum Ziel hat, seine gefährdete Stellung wieder zu stabilisieren. Er hat Anrufe erhalten, er ist ausgegangen, er hat sich mit Leuten getroffen. Alles im Rahmen des Üblichen. Doch er hat mich nie gebeten, jemand anderen zu benachrichtigen, so wie er es heute getan hat.«

Als wisse er, dass er in Gefahr war. Er hatte alle Möglichkeiten abgewogen. Klammheimlich hatte er sich über seine Informanten, über seine Nachforschungen vorangetastet. Allein. Doch vielleicht brauchte er jetzt Hilfe. Was war passiert? Was hatte er entdeckt?

»Ich verstehe«, sagte Ferraro besorgt.

»Ispettore, zum ersten Mal in meinem Leben will ich nicht das tun, worum mich mein Mann bittet. Ich weiß nicht, es ist eigenartig, es ist sehr eigenartig. Darf ich Sie bitten, einmal in dieser Billard-Bar vorbeizuschauen, jetzt? Ich weiß nicht einmal, welche es ist, aber vielleicht wissen Sie es ja … Können Sie etwas tun?«

2

Piazza Cadorna, Foro Bonaparte, Corso Sempione, Piazza Firenze, Viale Certosa, Ponte Palizzi, Quarto Oggiaro. Er hatte alle Saisonrekorde gebrochen, er war bereit für die Formel 1.

»He, fahrt ihr in Mailand alle so?«

»Das liegt am Großen Preis, weißt du, Monza ist nicht weit von hier.«

Er parkte.

»Sind wir da?«

»Ja.«

»Wo ist denn das Kommissariat?«

»Nein, nein. Ich wollte vorher noch bei der Billard-Bar vorbeigehen. Diese Geschichte mit Lanza kommt mir komisch vor.«

Eine Minute später standen sie in der Bar.

Isabella spülte gerade die Gläser. Sie sah Ferraro erstaunt an.

»Ispettore, guten Tag, ist … ist etwas geschehen?«

»Guten Tag, Isabella. Ist Giovanni da?«

»Er ist bei meinem Vater.« Sie schlug betrübt die Augen nieder. »Er kommt später, gegen Mittag.«

Das war kein Zufall. Es gibt keine Zufälle.

»Isabella, ist Ispettore Lanza hier vorbeigekommen?«

»Oh, ja«, sie sah wieder auf. »wann wird das gewesen sein? Vor einer halben, dreiviertel Stunde …«

»Hat er eine Nachricht hinterlassen, für Giovanni oder für mich vielleicht?«

Die Frau drehte den Wasserhahn zu und trocknete sich die Hände an einem Lappen ab. Sie sah ihn entschlossen an.

»Was ist los, Ispettore?«

Sie sah ihm in die Augen. Dann sah sie neugierig zu seiner Begleiterin hinüber. Diese lächelte.

»Guten Tag, Signora, ich bin eine Kollegin des Ispettore. Ich heiße Elena Rinaldi.«

»Guten Tag, Signora, guten Tag … ich weiß nicht, was ich Ihnen sagen soll …« Sie wandte sich an Ferraro. »Ispettore Lanza hat nichts hinterlassen. Er ist hinunter in den Billardraum gegangen. *M'addhunai che era nirbuso, ma nudda gli chiesi*. Ich habe bemerkt, dass er nervös war, aber ich habe ihn nicht gefragt, warum.«

»Er ist hinuntergegangen?«

»Ja.«

»Vielleicht hat er sich mit jemandem getroffen«, meinte Elena Rinaldi.

»Nein, ich glaube nicht«, erwiderte Isabella.

»Und warum nicht?«

»Er ist hinuntergegangen und ist sofort wieder hinaufgekommen. Das reichte höchstens für einen Fluch.«

»Vielleicht wollte er etwas abholen, eine Nachricht, ein Paket.«

»Hatte er etwas in der Hand, als er wieder hinaufkam?«

»Nein, nichts, aber vielleicht hatte er etwas in seiner Tasche.«

Zwei Kunden kamen herein und verlangten Kaffee. Isabella ließ die beiden Polizisten allein. Ferraro dachte schweigend nach.

Dann fragte Elena halblaut: »Was sollen wir tun?«

»Ich weiß es nicht. Entweder wollte Lanza, dass ich mittags kommen sollte, damit ich Giovanni träfe … ich weiß es nicht, ich weiß es wirklich nicht, vielleicht muss er mir etwas von Don Leo sagen, keine Ahnung.«

»Tu das, was er getan hat.«

»Was meinst du damit?«

»Er ist hinuntergegangen. Gehen wir auch hinunter.«

»Ja. Es kann ja nichts schaden.«

Sie gingen die Treppe hinunter. Nur über einem der drei Billardtische brannte Licht.

»Ferraro! Was ist das denn, eine Überraschungsparty?«

Fusco?

»Ja, sieh einmal an! Was tust du denn hier?«

»Ich habe keinen Dienst. Ich spiele eine Runde mit Gustavo. Ach übrigens, habe ich dir Gustavo schon vorgestellt?«

Der junge Mann lehnte den Queue gegen die Wand und kam zu den dreien hinüber.

»Ja, Anna, erinnerst du dich nicht mehr? Als wir im Krankenhaus waren und diesen Typen besucht haben.«

Wahrscheinlich war das ein Trick von Fusco, eine elegante Art, Ferraro dazu zu zwingen, ihr die Frau vorzustellen, die ihn begleitete. Recht hatte sie.

»Fusco, ich stelle dir Kommissarin Rinaldi vor. Elena, das ist Anna Fusco, ihr habt bereits miteinander telefoniert.«

»Das ist ja schön«, Elena streckte begeistert die Hand aus. »Meine Güte, bist du aber jung.«

»Dottoressa ...« Fusco war verlegen und sagte nichts mehr. Sie mochte wohl etwas anderes gedacht haben.

»Fusco, hast du zufällig Lanza gesehen?«

»Genau das wollte ich dir sagen. Gustavo und ich kommen hierher, weil sonst nie jemand aus dem Kommissariat hierherkommt. Und jetzt tauchen innerhalb einer Stunde Lanza und dann du auf. Das ist doch seltsam?«

»Eine Stunde, hast du gesagt?«

Gustavo machte eine ryhthmische Bewegung mit seiner rechten Hand.

»Mehr oder weniger. Vielleicht ein bisschen weniger ... eine Dreiviertelstunde.«

»Was hat er getan?«

»Er ist auf die Toilette gegangen.«

»Und das war alles?«

»Ja. Er ist heruntergekommen, hat Hallo gesagt, ist auf die Toilette gegangen, ist aus der Toilette herausgekommen, hat sich verabschiedet und ist wieder gegangen.«

Was hat nur die Toilette dieser Billard-Bar an sich, dass Lanza keine Gelegenheit für einen Besuch dort auslässt?

Ferraro blickte die Kommissarin fragend an.

»Mach du das auch. Geh auf die Toilette, sieh nach, ob du etwas findest. Vielleicht hat er etwas im Spülkasten versteckt.«

Was zum Teufel machen wir hier, das ist ja die reinste Schatzsuche.

»Ich gehe.«

3

Das ist sie, die italienische Kreativität, die freie Meinungsäußerung. Nachrichten, Zeichnungen, Kritzeleien, Vulgäres, mit Filzschreibern, Buntstifen, mit Scheiße hingeschrieben. Überall Telefonnummern. Striche über Striche. *Willst du bei der Fotze nen Stich mach nen Strich.* Darunter Striche. *Ficke Spätentwickler, ruf an. Gott lebt, und er hasst uns. Scheiß Nigger. Nigger* durchgestrichen, darüber: *Italiener.* Gestank nach abgestandener Pisse auf der Klobrille. Die klappt nie einer hoch, nie betätigt einer die Spülung. Der Spülkasten.

Ferraro krempelte einen Ärmel hoch, tasten wir mal, man kann nie wissen. Nichts. Wasser.

Er sah sich um, hinter der Toilettenschüssel, unter dem Waschbecken, nichts. Die Tür hatte einem perversen Comickünstler als Zeichenbrett gedient: französisch, a tergo, spanisch. Alles fein säuberlich gezeichnet, als hätte hier jemand viel Zeit gehabt: ein der Toiletten-Kunst gewidmetes Leben. Nichts. Er leerte den Mülleimer aus. Nichts. *Siehst du schwarz, dann schieß von wo du bist: Entweder 's ist ein Priester oder ein Faschist.*

Überall Hakenkreuze. Zwei kaputte Fliesen. Ferraro tastete eine ab. Sie bewegte sich. Er nahm sie vorsichtig weg. Nichts, gar nichts. Er wusch sich enttäuscht die Hände.

Antonio, deine Mutter ist eine Nutte. Willst du eine Jungfrau ficken, musst du diese Nummer tippen. Das Fenster. Er öffnete einen Flügel, tastete alles rundherum ab. Nichts. Er schloss das Fenster wieder, es war wirklich kalt. Die Kälte kroch in die Knochen, das Knie litt stumm. Er musste sich noch einmal die Hände waschen, die äußere Fensterbank war schwarz vor Ruß gewesen.

Dein erotisches Rendezvous mit extralangem italienischen Schwanz. Aha, eine romantische Schwuchtel für Rassisten. *Telefonisch erreichb., Rocco.* Ob Rocco seine Telefonnummer wohl in der Bar hinterlassen hat? Ach nein, da steht ja sogar eine daneben, wenn das seine ist.

Er las, was ein Stück oberhalb dieser Inschrift geschrieben stand. Dann fiel ihm die Kinnlade runter. Er rannte hinaus.

»Elena, komm schnell, komm mit.«

»Was ist denn? Du hast mich gerade erst kennen gelernt und willst mich schon in eine öffentliche Toilette zerren?«

»Komm schon, los. Du auch, Fusco.«

Gustavo folgte ihnen ebenfalls, doch er blieb draußen stehen, denn drinnen war kein Platz mehr.

»Was kannst du hier lesen, Fusco?«

»*Wichs einmal richtig.* Was soll das? Ich kapiere gar nichts.«

»Aber siehst du das nicht? Das ist Lanzas Schrift.«

»Ja natürlich, das stimmt.«

Elena kam näher, um besser sehen zu können. Ihre Brüste pressten sich gegen Ferraros Rücken. Die physische und geistige Situation des Ispettore wandelte sich ins Lächerliche.

»Was wollt ihr mir damit sagen? Dass euer Kollege ein Perverser ist?«

Fusco und Ferraro brachen in schallendes Lachen aus.

»O Gott, das ist absolut ausgeschlossen. Auch wenn …«

»… natürlich, alles ist möglich … aber Lanza …, neeein, völlig unmöglich.«

»Scheiße, jetzt müsste Comaschi hier sein, was hätten wir gelacht.«

Elena kniff ein wenig die Augen zusammen. Vielleicht war sie kurzsichtig, wenn, dann nur wenige Dioptrien.

»Das ist ein Akrostichon.«

»Ein was?«

»Ihr dürft nur die ersten Buchstaben lesen. W-E-R. Das ist eine Frage: *Wer*?«

Ferraros Augen wurden größer als die einer japanischen Manga-Figur. Ein Akrostichon. Wäre er ein anderer, hätte er von Zufall gesprochen. Doch es gibt keinen Zufall. Nur Lanza konnte so etwas in den Sinn kommen. Das tat er also bei seinen häufigen Besuchen der Toilette in der Billard-Bar, er kommunizierte mit seinen Informanten. Wenn du etwas verstecken willst, dann mach es schön auffällig. Ein Akrostichon, verrückt. Nur Lanza konnte auf so etwas kommen, und vielleicht nur Elena konnte es entdecken.

»Also, wenn hier die Frage ist, dann ist hier auch eine Antwort, richtig?«

Die drei machten sich daran, alle Obszönitäten an der Wand zu lesen. Ferraro schämte sich fast dafür, zu welchen Abgründen die Hand eines Mannes fähig war.

»Herrgott, warum sind diese Männerklos nur immer so?«

»Du müsstest die Damentoiletten sehen. Das hier ist noch gar nichts ...«

»WDEJFWRDNA ... nein, das ergibt keinen Sinn.«

»FSRA ... das auch nicht.«

»Gefunden, ich habe es gefunden: *Dein erotisches Rendezvous mit extralangem italienischen Schwanz, telefonisch erreichb., Rocco.*«

»Glückwunsch, Ferraro, du hast das wirklich mit Verve gelesen. Was heißt das?«

»D-E-R-M-E-I-S-T-E-R.« Er wandte sich an die Frauen: »Wer zum Teufel ist *der Meister*?«

»Schau mal, da steht auch eine Handynummer.«

Ferraro übertrug die Nummer in den Speicher seines

Handys. Dann verließen sie den Toilettenraum. Gustavo wartete draußen, ein einziges Fragezeichen.

»Lasst uns rausgehen, hier ist kein Netz.«

Eine Minute später befanden sie sich im Freien. Ferraro sah argwöhnisch auf sein Handy, als wäre es aus angereichertem Uran.

»Los, ruf an«, befahl Elena.

Fusco nickte, sie war stolz, dabei sein zu können. Gustavo betatschte sie ein wenig, damit er etwas zu tun hatte.

»Aber was soll ich ihm sagen? Ich weiß nicht einmal, ob man vielleicht ein Codewort braucht.«

»Wir sind hier ja nicht in einem Spionagefilm. Ruf an. Wenn du nicht anrufst, wozu haben wir dann die Nummer gespeichert?«

»Vielleicht können wir im Kommissariat veranlassen, dass man herausfindet, wem diese Nummer gehört?«

»Glaubst du ernsthaft, ein Informant hinterlässt die Nummer eines Telefons, dessen Besitzer man leicht aufspüren kann?«

Da hatte er eine schlechte Figur gemacht. Nicht einmal das ABC des Polizisten beherrschte er.

»In Ordnung. Friss oder stirb.« Er tippte die Nummer ein. »Freizeichen …«

Die Umstehenden nickten zustimmend.

»Hat dein Handy eine Mithörfunktion?«

Ferraro nickte. Dann stellte er das Telefon auf laut.

»*Halo?*«

Panik.

Ferraro sah die anderen flehend an, in der kindlichen Hoffnung, dass ihm jemand anders die Kastanien aus dem Feuer holen würde.

»*Halo, ko govori?*«, beharrte der Andere.

Ferraro legte die Fingerspitzen der linken Hand zusammen und bedeute damit: Was will der von mir?, dann fragte er stumm: »Was soll ich tun?«

Die Kommissarin hielt ihre Hände so, als wiege sie einen unsichtbaren Säugling. Ihr Gesichtsausdruck sagte: »Sprich mit ihm, schau, was passiert.«

Ferraro formte mit dem Daumen und dem Zeigefinger einen Kreis, die anderen drei Finger stellte er auf wie einen Hahnenkamm.

Dann sagte er mit zitternder Stimme: »Hallo.«

Schweigen.

»Ja, hallo.«

Der Freund hatte einen Simultanübersetzer, besser so.

»Der Meister?«

»Wer bist du?«

»Ich muss mit dem Meister sprechen.«

»Wer bist du?«

So kam er nicht weiter.

»Ein Freund.«

»Von wem?«

Schweigen. Friss oder stirb.

»Von Lanza. Ich bin ein Freund von Lanza.«

»Wie heißt du?«

Schweigen. Ferraros Hand mit der fragenden Geste bewegte sich unaufhörlich. Elena bejahte mit dem ganzen Körper: »Sag ihm deinen Namen.« Lautlos.

»Ferraro.«

Schweigen.

»Warte einen Augenblick.«

Der Ispettore legte eine Hand über das Telefon.

»Jetzt fehlt nur noch, dass er mich nach meiner Steuernummer fragt«, flüsterte er.

»Keine Sorge, es läuft gut«, wisperte Fusco.

Gustavo sah sie ungläubig an. »Also so verschwinden

meine Steuergelder«, dachte er sicherlich, wobei einer mit einem solchen Gesicht sicherlich einiges an der Steuer vorbeilotste.

»Ferraro?«

»Ja, ich bin dran.«

»Der Meister erwartet dich.«

»Wo?«

»Komm zum Hauptbahnhof, auf den Vorplatz.«

»Wohin genau?«

»Komm her, und frag rum, wo du dir die Haare schneiden lassen kannst.«

»Die Haare?«

»Komm sofort. Und allein. Wenn wir sehen, dass du nicht allein bist, wird dich der Meister nicht empfangen.«

4

Ponte Palizzi, Via Console Marcello, Via Mac Mahon, Ringstraße, Hauptbahnhof.

Zum Glück war Donnerstag, wäre Sonntag, würde er sich im Gedränge verlaufen. Die Piazza Duca d'Aosta und die Piazza Luigi Savoia mit ihren schönen schwülstigen und patriotischen Namen und ein großer Teil des Hauptbahnhofs – das riesige monarchisch-faschistoide Gebäude aus Botticino-Marmor –, nein, mehr noch, das ganze Viertel um den Bahnhof herum genießt am Wochenende exterritorialen Status. Nirgends ein Mailänder, nirgends ein Italiener, und wenn man sie mit der Lupe suchte. Die wenigen, die doch hier auftauchen, halten sich nicht auf, sie gehen vorüber; sie sind in Eile, der Chef hat sie in dieser Woche beschissen, und sie fahren für ein kurzes Wochenende in die Berge. Sie kommen aus der U-Bahn gerannt, stürzen in

Richtung Gleise und kümmern sich nicht um die multiethnische Hölle, die auf dem Platz herrscht.

Hier finden sich Kolumbianer, Maghrebiner, Senegalesen, Filippinos, Ukrainer, Ecuadorianer, Pakistani, Albaner, Türken, Rumänen, Brasilianer, Weißrussen. Hier fliegt Papier herum, Bierdosen, kaputte Flaschen, Müllberge, hier riecht es nach Kebab, Hammelfleisch, arabischen Süßigkeiten. Es ist der Samstag des globalen Dorfes, sie kommen aus ihren Elendsquartieren hervor, geleckt und geschleckt für den Morgen des Festtags, die Hilfsarbeiter, die Pflegekräfte, die Fabrikarbeiter, die Maurer, die Hausangestellten, um sich zu Gruppen, zu Clans, zu Banden zusammenzufinden, streng nach Ethnien, Rassen und Sprachen getrennt. Hier die Afrikaner, da die Südamerikaner, die Tunesier und Marokkaner, wenn man um die Ecke geht, dort wird im Freien gekocht, als wäre es nicht kalt, als wären die meteorologischen Bedingungen in Mailand dieselben wie in Tunesien. Und es sind viele, sehr viele, überall. Sie reden, spielen, tauschen, treiben Handel, machen Geschäfte, der eine betrinkt sich, der andere schlägt sich, der Nächste telefoniert mit Zuhause, manche sieht man nur an diesem Tag, weil sie zu einer Baustelle in der Gegend von Brescia oder in eine Wohnung in der Innenstadt verbannt wurden, sie küssen sich, küssen sich bis zur Erschöpfung, um für eine ganze Woche Vorräte an Körperflüssigkeiten, Spucke, Sex anzulegen.

Ein Haufen Leute, unzählig viele. Sie belagern jeden freien Platz im Viertel. Sie sitzen auf Bänken, auf den Gehwegen, auf den Rasenflächen, bis hin zur Via Vitruvio, bis hin zu den kümmerlichen Anlagen in der Via Benedetto Marcello. Sie reißen Stanniolpapier auf, teilen Brot und Thunfisch aus der Dose miteinander. In dieser unglaublichen Kälte essen sie Brötchen oder kalte Speisen, die sie am Abend vorher zubereitet haben, als die Hausherrin schon schlief, damit man nicht stört, und sie trinken Wodka, billigen Wein, Bier. Sie lachen. Vor allem die Frauen. Sie gehen zu viert, zu fünft durch das Viertel, bleiben vor den Geschäften im Corso Buenos Aires stehen, die Augen gehen ihnen über, sie träumen davon, sich ganz neu einzukleiden.

In der Nähe des ehemaligen Postgebäudes kommen Busse an, vollgestopft mit Menschen aus Apulien, aus Serbien, aus Marokko, aus Sizilien, daneben ist ein richtiger illegaler Markt, eine Kasbah, wo man alles finden kann, wo die Lieferwagen, die in einem Rutsch von Bukarest nach Mailand durchgefahren sind, ihre Waren ausladen, sie bringen Pakete und Briefe mit, nehmen Geld entgegen, das den Familien zu Hause ausgehändigt wird. Sie verkaufen die unglaublichsten Waren. Alle gehen dorthin, feilschen, wägen ab, tauschen, ein absurdes Gedränge, verkrüppelte Bettler verwandeln sich in Windeseile in Taschendiebe mit Samthänden. Eine ganze Welt.

Zum Glück war Donnerstag. Viel weniger Leute, viel weniger Chaos. Die Säufer, die Arbeitslosen, die Stadtstreicher, ja, die fehlen nie. Der ein oder andere Schwarze mit strahlendem Lächeln. Baumlang, wie sie sind, kämpfen sie spielerisch miteinander. Es sind Jugendliche mit ihren biegsamen und flinken Körpern. Einige Pakistani, sie tragen das sorgsam gebügelte Hemd über der Hose, die kohlrabenschwarzen Haare nach hinten gekämmt. Beim Überqueren der Straße halten sie sich bei den Händen, auch die Männer, wie Kinder bei einem Schulausflug. Und sie bleiben schwatzend dicht beieinander, ohne die Hände loszulassen, demütig und sanft.

Und dann die ukrainischen, russischen, slawischen Hausmädchen, die Ausgang haben, sie hat man aus den Wohnungen verscheucht, die sie die ganze Woche über aufräumen, sie wissen nicht, wohin sie gehen sollen, das Geld reicht nicht fürs Kino oder für einen Kaffee in einer Bar, also sitzen sie zusammen in der Kälte auf einer Bank, essen, zeigen sich einander die Fotos ihrer Kinder oder Enkel und lassen beim Lachen ihre kariösen Zähne sehen, ihre Mäntel haben einen unmöglichen Schnitt und ebenso ihre Haare, absolut out für eine Mailänderin, die etwas auf sich hält.

Eigentlich wenig Leute, es sollte nicht schwer für Ferraro sein, den Meister zu finden. Er fragte herum, wo er sich die Haare schneiden lassen könne. Einige sahen ihn an, als sei er geistesgestört. Die Frage war ja auch ein bisschen verrückt. Andere gingen ihm misstrauisch aus dem Weg. Sein perfektes Italienisch grenzte ihn von den Ausgegrenzten aus. Er stank nach Bulle, und man kann ja nie wissen. Er ließ die Afrikaner und die Südamerikaner beiseite, die Stimme am Telefon hatte slawisch geklungen. Er ging auf eine Menschenansammlung zu, die unter einem Vordach stand. Dort fragte er noch einmal. Da tat sich die Gruppe wie ein Fächer auf. Ein Mann mit einem Rasiermesser in der Hand rasierte mit einer Fertigkeit aus anderen Zeiten einen Herrn, der auf einer Bank saß. Der Meister. Er war am Ziel.

5

»Bist du der Meister?«, frage Ferraro den Barbier.

»*Kako, što?*«

Der Mann auf der Bank streckte eine Hand aus: »Ferraro, nehme ich an.«

Der Ispettore senkte den Blick. Der Mann saß dort mit geschlossenen Augen und genoss die Rasur.

»Ja.«

»Setzen Sie sich, Miloš ist gerade an einer heiklen Stelle, ich will nicht, dass er eine falsche Bewegung macht.«

Seine Stimme war ruhig und Respekt einflößend. Ferraro sah sich um und beschloss dann, ein wenig verwirrt, dem Vorschlag des Mannes unter dem Rasiermesser zu folgen.

»Sind Sie der Meister?«

Bei diesem Mann erschien ihm die förmliche Anrede ›Sie‹ ganz natürlich. Der Mann streckte wieder die Hand aus, nach wie vor mit geschlossenen Augen und berührte die Schulter Ferraros, der neben ihm saß. Dann führte er den Zeigefinger an die Lippen. Gut, Botschaft angekommen. In der Zwischenzeit war der Barbier bei den letzten Handgriffen der Rasur angelangt. Gleich darauf legte er dem Mann ein feuchtes Tuch aufs Gesicht. Wie zum Teufel er dieses warm gehalten hatte, blieb ein Geheimnis. Man sah deutlich den weißen Dampf von dem Handtuch aufsteigen, das jetzt wie eine Maske auf dem Gesicht des Mannes lag.

»Ahhh, lieber Ferraro, das sind die wahren Freuden eines Mannes, gestehen wir es uns doch ein.« Nach zehnsekündigem Schweigen sprach er weiter: »Ja, ich bin der Mann, den Sie suchen.«

Er streckte die Hand aus. Ferraro drückte sie.

»Wie soll ich Sie nennen?«

»Sind Namen wichtig? Am Ende sprechen Sie ihn auch noch falsch aus. Ich habe für euch Italiener einen sehr komplizierten Namen«, sagte der Maskierte.

»In Ordnung, *Herr Meister.*«

Das war wie *Herr Lehrer*, und er kam sich vor wie in der Grundschule. Der Meister demaskierte sich. Miloš nahm ihm das abgekühlte Tuch aus der Hand.

»Gut, Ferraro, aber nicht *Herr Meister*, nein, nehmen Sie mich nicht auf den Arm.«

Er sagte das mit einem verflucht intelligenten Lächeln. Er mochte fünfzig, vielleicht auch ein bisschen älter sein, wenn er sechzig war, hatte er sich gut gehalten.

»Hören Sie, Meister, ich bin hier, weil …«

»Psst, seien Sie still …« Er stand auf. Ferraro wollte es ihm nachtun, doch der Mann bedeutete ihm mit einer Geste, er solle bleiben, wo er war. »Ich weiß, warum Sie hergekommen sind.«

»Sie wissen es?«

»Natürlich, ich habe es ja gehört. Sie wollen sich die Haare schneiden lassen.« Er sah ihn aufmerksam an, den Kopf leicht zur Seite geneigt. »Auch wenn Sie es eigentlich gar nicht nötig haben. Ich würde sagen, Sie brauchen stattdessen eine schöne Rasur.« Er drehte sich um: *»Miloše, pripremi posudicu i ostalo.«*

»Was haben Sie zu ihm gesagt?«

»Entspannen Sie sich, Ferraro, das Leben ist auch so schon kompliziert genug.«

Miloš kam mit dem für eine Rasur notwendigen Zubehör herbei.

»Nein, hören Sie, sagen Sie dem Barbier, dass ich das nicht brauche.«

»Aber nein, was haben Sie denn verstanden? Ich bin der Barbier, nicht er.«

»Was? Und was ist dann Miloš, verzeihen Sie?«

»Er ist meine persönliche Lösung für ein logisches Paradoxon.«

Entweder ist dieser Mann verrückt oder er verarscht mich.

»Ich verstehe nicht, was Sie mir sagen wollen.«

Der Meister nahm das warme Tuch in die Hand.

»Entspannen Sie sich, Sie werden sehen, danach fühlen Sie sich besser.«

»Nein, wirklich nicht, das ist doch sinnlos …«

Er versuchte aufzustehen. Sofort hielten ihn mehrere Menschen fest.

»Ferraro, Sie sind mein Gast. Ich habe gesagt, Sie sollen sich entspannen. Wir haben uns einiges zu sagen, Sie brauchen Informationen. Sie müssen mir vertrauen. Wenn ich feststelle, dass Sie das nicht tun, warum sollte ich Ihnen etwas sagen?«

»Na gut, ich habe verstanden …«

»Sehr schön. Sie werden mir noch dankbar sein, Sie werden sehen.« Er legte Ferraro das Tuch aufs Gesicht. So sehr er sich auch dagegen sträubte, es war ein angenehmes Gefühl. »Was wollte ich sagen? Ach ja, das logische Paradoxon … Wissen Sie, welches das ist, Ferraro?«

»Ich weiß absolut nicht, wovon Sie sprechen.«

»Also, hören Sie zu …«

Er nahm das Tuch weg, in der Hand hielt er einen Pinsel voller Seifenschaum.

»Tun Sie das wirklich?«

»Natürlich, was glauben Sie denn? Keine Angst, ich kann das sehr gut.«

Er seifte Ferraros Gesicht ein. »Genau … um beim Thema zu bleiben. Sagen wir, der Barbier ist derjenige, der all jene im Dorf rasiert, die es nicht selbst können. Folgen Sie mir?«

Er ist verrückt. Er ist ganz offensichtlich verrückt, und ich lasse mir von einem Verrückten die Kehle durchschneiden.

»Mehr oder weniger.«

»Gut. Somit haben wir einige Felder definiert: Das Dorf, ein geschlossenes System, und die wirkenden Faktoren die Einwohner, von denen wir wissen, dass sich einige selbst rasieren und also nicht zum Barbier gehen, und andere rasieren sich nicht selbst und gehen daher zum Barbier. Verstehen Sie? Können Sie mir folgen?«

Ferraro schnaubte ein Ja. Miloš nahm den Pinsel aus den

Händen des Meisters und gab ihm das geöffnete Rasiermesser.

»Meister, ich bitte Sie«, flehte Ferraro.

»Ich habe gesagt, dass Sie keine Angst haben müssen, ich habe noch nie jemanden verletzt. Also, was wollte ich sagen? Und dann gibt es den Barbier, den einzigen im ganzen Dorf. Ganz offensichtlich einer der Faktoren im geschlossenen System. Richtig?«

»Richtig.«

Der Meister setzte das Messer zum ersten Mal an und fuhr damit über Ferraros rechte Wange. Ferraro spürte, wie seine Haut kribbelte.

»Jetzt also die Frage: Wer rasiert den Barbier?«

Jawasweißdennich?

»Er rasiert sich selbst, denke ich.«

»Nein, Irrtum. Ich habe Ihnen gesagt, dass es ein logisches Paradoxon ist. In unserem Dorf rasiert der Barbier nur die, die es nicht selbst können. Nur die, verstehen Sie? Wenn er sich selbst rasierte, geriete er in einen Widerspruch.«

»Ach ja?«

»Wenn er sich selbst rasierte, wäre er nicht mehr der Barbier des Dorfs. Zumindest nicht mehr nach der Definition, die wir ihm am Anfang gegeben haben, erinnern Sie sich?«

»Er lässt sich von einem anderen rasieren.«

»Das kann er nicht. Die anderen rasieren sich entweder selbst oder lassen sich vom Barbier rasieren. Sie rasieren niemand anderen. Nur der Barbier rasiert andere.«

Noch ein Streich. Die Hand führte das Messer in der Tat sehr vorsichtig.

»Er lässt seinen Bart wachsen, dann muss er niemanden belästigen.«

Der Meister lachte. Er wischte den Schaum vom Rasiermesser ab, dann rasierte er weiter.

»Das könnte eine Lösung sein, Sie haben recht … aber, sehen Sie, im wirklichen Leben habe ich keine Lust, einen langen Bart zu haben. Und ich will auch nicht in Widersprüchlichkeiten geraten.« Er hielt einen Moment inne und dachte nach. »Manchmal ist die Logik wirklich unlogisch, meinen Sie nicht?«

»Meister, bitte, hören wir damit auf … wo ist Lanza?«

»Nein, Ferraro, diese Frage können Sie mir nicht stellen, nicht jetzt.«

»Und warum nicht?«

»Ich muss Ihren Hals rasieren, und wenn Sie sprechen, könnte ich Sie schneiden. Ich will Sie nicht auf dem Gewissen haben.«

6

Er wechselte vom Italienischen zum Slawischen wie ein Dolmetscher. Ein Barbier? Wer sollte das schlucken? Er sprach wie ein Universitätsprofessor. Einer für Logik wahrscheinlich.

»Drehen Sie bitte ein wenig den Kopf.« Der Meister wandte sich sachkundig der linken Wange zu. »Wie fühlen Sie sich, sagen Sie mir die Wahrheit?«

»Gut.«

Das stimmte. Er hatte sich entspannt. Er schloss die Augen, obgleich er sich geschworen hatte, das nicht zu tun. Er fühlte sich gut. Er ging niemals zum Barbier, er hatte sich gar nicht vorstellen können, wie angenehm das war.

»Das freut mich. Ich rasiere sonst nie Italiener, nur meine Landsleute. Auch Inspektor Lanza hat es sehr geschätzt. Ein sehr fähiger Mensch, dieser Lanza, finden Sie nicht? Äußerst intelligent …«

»Wo ist er? Worüber haben Sie gesprochen?«

Der Meister antwortete nicht. Er legte Ferraro das feuchte Handtuch aufs Gesicht.

»Nur keine Hast. Wir müssen noch eine zweite Rasur machen.«

Er schäumte ihm das Gesicht ein.

»Eine zweite?«

»Mit und gegen den Strich, nicht wahr?«

Ferraro hoffte, ein bekanntes Gesicht käme vorbei, und sei es De Matteis, um ihn aus dieser absurden Situation zu befreien. Er sah sich um, als hielte er wirklich nach jemandem Ausschau.

Niemand da, nur Ausländer. Seine Enttäuschung war ihm anzumerken.

»Haben Sie es bemerkt?«, sagte der Meister.

»Was?«

»Auf diesem Platz ist kein einziger Italiener zu sehen. Hier sind Leute aus der ganzen Welt, aber kein Einheimischer. Ist das nicht eigenartig?« Und zack!, der erste Strich mit dem Rasiermesser. »Ich bin ein bisschen in dieser Stadt herumgekommen, und wissen Sie was? Es ist überall so.«

»In welcher Hinsicht?«

Er schloss die Augen wieder, etwas anderes konnte er ja nicht tun.

»Ich weiß nicht, es sieht so aus, als würdet ihr nichts tun, außer immer nur zu gehen, vielmehr zu rennen. Nie bleibt ihr stehen. Ihr rennt von einem Büro ins nächste, von zu Hause in ein Geschäft, von der U-Bahn zu einem Zug. Auf der Straße und den Plätzen bleibt ihr nie stehen. Am Abend sieht man nie jemanden. Wenn nicht wir Ausländer hier wären, die wir uns auf den Straßen aufhalten, um miteinander zu reden, wäre dies eine tote Stadt.«

Das stimmte, Ferraro hatte sich das nie überlegt. Der

Meister wischte das Rasiermesser ab und begann dann, gegen den Strich zu rasieren.

»Die Stadtverwaltung müsste uns eigentlich für diesen Dienst an der Gesellschaft bezahlen.«

»Ach ja?«

»Natürlich. Wir zeigen euch, dass man in dieser Stadt leben kann. Ihr wollt das einfach nicht begreifen. Im Gegenteil ...«, zack und nochmals zack, »ihr beschwert euch noch über das Chaos, darüber, dass eure schönen Plätze durch den Einfall der Hunnen verunreinigt werden.« Nochmals zack. »Ihr seid lächerlich, wenn Sie mir diese Bemerkung erlauben, Ferraro.«

»Kann sein. Ihr könntet aber schon ein bisschen weniger Schmutz machen ...«

Der Meister hielt inne und ließ das Rasiermesser in der Luft schweben.

»O nein, Ferraro, nein ... von Ihnen hätte ich nicht gedacht, dass Sie sich auf ein so niedriges Niveau begeben; dass aus Ihrem Mund ein derartig gehaltloser, rassistischer Satz kommen könnte.«

»Was habe ich denn gesagt? Es ging doch nicht um Rassismus, sondern um Hygiene.«

»Ach, Ferraro, ihr Italiener vergesst, wie es war, als ihr noch die Armen wart, es ist immer dieselbe Geschichte. Vor dreißig Jahren gab es nicht einen einzigen italienischen Rassisten, und wenn man ihn mit der Lupe gesucht hätte. Heute dagegen ...«

Ferraro lächelte: »Natürlich, es gab ja auch keine Dunkelhäutigen, bei denen man hätte rassistisch sein können. Es fehlte das Rohmaterial ...«

Eine schwache Replik. Ferraro gefiel sie selbst nicht.

»Genau! Sie wollten einen Scherz machen und haben stattdessen eine unantastbare Wahrheit gesagt. Es fehlten die dunkelhäutigen Menschen. Ihr Italiener macht euch solche Sorgen wegen der Farbigen, wegen der Afrikaner, der Maghrebiner, der Araber, der Moslems ... ihr seid ein bisschen lächerlich, wissen Sie das? Ihr seht immer mehr von ihnen, viele davon mit vier, fünf Kindern. Und ihr bleibt zu Hause bei den Eltern wohnen, bis ihr über dreißig seid, ihr macht keine Kinder mehr, ihr werdet alt ...« Er flüsterte ihm das fast ins Ohr, ins rechte. »Ihr müsstet uns Slawen dankbar sein.«

»Hier muss man wohl allen danken, wie es scheint.« Ferraro wurde ungeduldig.

»Aber sicher. Wir kommen in Scharen. Wir sind blond, groß und schön. Wir bringen ein bisschen frisches Blut mit, wir mischen ein wenig eure Gene auf, sind Sie nicht froh darüber?« Er hielt mit der linken Hand Ferraros Lippe fest und fuhr mit dem Rasiermesser über seine Oberlippe. »Es wird nicht mehr lange dauern. Der Indoeuropäer ist ein sich in Regression befindlicher Phänotyp. Verstehen Sie, was ich sagen will?«

Natürlich, so als würde er perfekt Aramäisch verstehen.

»Nicht genau.«

»Noch – wie viele? – zwei-, dreitausend Jahre, und wir werden auf diesem Planeten keinen Menschen mit heller Haut mehr sehen. Wir werden alle Afroasiaten sein. Überlegen Sie einmal!«

»Das interessiert mich wenig, bis dahin werde ich tot sein.«

»Da, der übliche Defätismus der mediterranen Völker. Der katholische Fatalismus von euch Italienern ist etwas ...«

»Jetzt reicht es aber, verflucht!« Er hatte die Schnauze voll. »Ja, glauben Sie denn, dass das, was Sie sagen, nicht auch absolut banal ist?«

Der Meister war über die plötzliche und harsche Reaktion Ferraros konsterniert.

»Wirklich?«

»Hören Sie: Als ich ein Kind war, haben alle hier in Mailand mir dauernd gesagt: ›Ihr Süditaliener seid alle so!‹ Dann kam ich in mein Heimatdorf, und alle sagten mir: ›Ihr Mailänder seid alle so!‹. Jetzt kommen Sie und behaupten: ›Ihr Italiener seid alle so!‹ Verstehen Sie, dass Sie genau so rassistisch sind? Was weiß ich denn, wie Italiener sind! Müssen wir wirklich alle sterben, verschwinden? Sind wir ein … wie haben Sie gesagt?«

»Ein in Regression befindlicher Phänotyp. Alle. Alle Indoeuropäer, nicht nur die Italiener.«

»Pah, wen interessiert das schon. Wenn wir verschwinden, dann heißt das, dass wir verschwinden müssen. Mir ist das doch völlig egal, verstanden? Wenn eine Gesellschaft dafür bestimmt ist unterzugehen, dann ist das eben ihr Schicksal! Ich muss mich um mich selbst kümmern. Ich muss mich angemessen verhalten, den Müll immer in den Mülleimer werfen, mit meiner Tochter ins Kino gehen, im Bus aufstehen, damit die alten Leute sitzen können, meinen Freunden helfen. Das muss ich tun. Mit mir selbst und mit den anderen angemessen umgehen. So, dass ich am Abend nicht in den Spiegel spucken muss. Ich muss meine Seele retten, mein Gewissen. Genau das muss ich tun.«

Das war ihm gut gelungen, er hätte sich nie vorstellen können, jemals in seinem Leben eine solche Rede zu halten.

Der Meister legte ihm das warme Tuch aufs Gesicht.

»Entspannen Sie sich, Ferraro, prägen Sie sich diesen Moment ein, Sie werden nie wieder hierherkommen. Der Pfeil der Zeit ist nicht umkehrbar, wussten Sie das?«

7

Jetzt spazierten sie über den Platz. Ihnen folgten zwei Gorillas, es gab keine Möglichkeit, dem Meister ein Bekenntnis abzupressen, sie hätten ihn sofort davon abgehalten.

»Wer sind Sie, Meister?«

»Sehen Sie die dort, Ferraro?«

Er zeigte auf einen Bus, der gerade einen Schwall Menschen entlud, aus deren Gesichtern Verlorenheit sprach.

»Ja, ich sehe sie.«

»Eben. Ich sage Ihnen die Wahrheit. Es ist gar nicht wichtig, wer ich bin. Wenn überhaupt, müssen Sie sich fragen, was ich hier tue.« Er sah zu Ferraro auf. »Ich kämpfe in einem Krieg ... Ich habe es Ihnen ja gesagt!«

»In einem Krieg?«

»Sehen Sie die? Sie kommen mit allen möglichen Mitteln hierher, zu den unglaublichsten Zeiten. Oft reicht es, dass sie auf der falschen Seite des Zuges aussteigen, und ihr Leben kann zerstört oder gerettet sein. Ein bisschen wie ... lassen Sie mir das durchgehen, Ferraro ... wie in Auschwitz. Die Verdammten und die Geretteten. Das tue ich. Ich versuche, sie zu retten. Vor der Sklaverei, vor der Schmach. Vor ihren eigenen Brüdern oder Vätern, die sie dazu treiben, sich auf der Straße zu prostituieren oder als Diener, als Tiere ohne Würde zu leben.« Ferraro sah ihn erstaunt an. »Das ist mein Krieg. Einer von vielen. Sie wissen selbst, dass unser Volk an Krieg gewöhnt ist und an Niederlagen. Wir haben aus der Niederlage einen nationalen Mythos gemacht. Sagen wir, ich gehöre einer Art unabhängiger Regierungs-Organisation an, die ein wenig hausgemacht ist und die man besser nicht offiziell kennt. Ich existiere nicht. Das gibt mir die Freiheit zu handeln.« Er dachte einen Augenblick nach.

»Kennen Sie *Život i priključenija*?«

»Ich, ehrlich gesagt …«

»*Leben und Abenteuer*, Sie kennen das nicht?«

»Nein, ich kenne es nicht, was ist das?«

»Ach lieber Ferraro, das ist alles sehr italienisch … auch ihr solltet ein wenig eure Kultur öffnen, wir gehören übrigens auch zu Europa.«

»Fangen Sie nicht wieder damit an, ich bitte Sie. Ich habe keine Lust, schon wieder den Sündenbock zu spielen.«

Der Mann blieb stehen und sah ihn an.

»Sie haben ja recht. Man sollte nie verallgemeinern. Sie müssen mich für vorhin entschuldigen. Ich gebe zu, ich habe versucht, Sie ein wenig aus der Reserve zu locken. Ich existiere nicht, das habe ich Ihnen schon gesagt. Ich muss sichergehen, dass jeder, der mich kennt oder dem ich helfen kann oder will, mein Vertrauen hat. Ich muss Ihnen vertrauen können, verstehen Sie? Ich muss wissen, auf welcher Seite der Barrikade Sie stehen, gegen wen Sie Ihren Krieg führen. Man sollte nie verallgemeinern. Das ist richtig. Auf der anderen Seite kennt Ispettore Lanza Obradovič sehr gut. Ein sehr kultivierter Mensch, Ihr Freund.«

Ach ja, sieh an. Was kannte Lanza nicht?

»Genau, Meister, scheint Ihnen nun nicht auch der Moment gekommen zu sein, um über Lanza zu sprechen?«

Wenn man jetzt richtig hinsah, schien der Maestro alt zu sein. Vielleicht war er wirklich schon eher sechzig. Der Mann sah auf die Bahnhofsuhr.

»Ja, der Moment ist gekommen. Als ich Lanza gesehen habe, hat er mir gesagt, dass Sie ihn wahrscheinlich suchen würden. Aber erst nachmittags. Sie sind zu früh dran, wissen Sie das?«

»Das wäre dann das erste Mal in meinem Leben.«

»Ich habe ein bisschen Zeit vertrödelt, das stimmt, in gewisser Weise ist es, als hätte ich Lanzas Zeitplan respektieren wollen, doch eigentlich ist das jetzt unsinnig. Rauchen Sie?«

»Nein, ich habe aufgehört.«

»Sehr gut. Es ist ein übles Laster.« Er holte eine Zigarette heraus und zündete sie an. Jetzt sah er aus wie hundert. »Ich weiß, was Sie suchen.«

»Ich suche Lanza.«

»Nein. Das stimmt nicht.« Der Meister nahm einen tiefen Zug. »Sie wollen etwas über die Bande von Zoran Gjomarkaj wissen, richtig?«

Ferraro wurde für einen Moment schwindlig.

»J ...ja, auch ... das heißt ... wollen Sie mir damit sagen, dass Lanza weiß, wo ...«

»Ferraro, bitte erinnern Sie sich daran, dass ich nicht existiere. Ich werde Ihnen jetzt eine Adresse nennen. Begeben Sie sich dorthin, und seien Sie sehr vorsichtig. Lanza wollte allein dorthin gehen. Ich habe Angst, dass er einen Fehler begangen hat, einen großen Fehler. Meine Information ist ziemlich sicher. Wenn das, was Sie suchen, dort ist, dann kann ein wirklicher Krieg ausbrechen, ein Krieg mit Toten, Blut und allem Drum und Dran. Doch verlangen Sie nicht mehr nach mir, nennen Sie meinen Namen nicht. Halten Sie mich aus allen Ermittlungen heraus, verhindern Sie, dass ich je von einem Polizisten verhört werde. Ich habe keine Aufenthaltsgenehmigung, ich existiere nicht. Aber hören Sie mir zu: Wenn ihr mich sucht, wenn ihr mich nach Hause zurückschickt, dann habt ihr nicht nur mich auf dem Gewissen. Ihr werdet dann all die auf dem Gewissen haben, die auf der falschen Seite des Zuges aussteigen, verstehen Sie?«

Das war eine etwas melodramatische Rede, sie hätte Comaschi sicherlich gefallen.

»Sie haben mein Wort.«

»Sind Sie bewaffnet?«

»Wie bitte?«

»Brauchen Sie eine Waffe?«

Ferraro griff sich instinktiv unter die Achsel. Du Idiot, du bist ohne Pistole weggegangen. Der Meister interpretierte den betretenen Blick Ferraros; er gab einem der Gorillas, die ihnen folgten, ein Zeichen. Dieser kam herbeigelaufen.

»*Daj mu tvoj revolver*«, bat ihn der Meister.

Der Gorilla holte ganz langsam einen Revolver und Projektile aus der Tasche und drückte Ferraro alles in die Hand.

»*Idite, sada ... nestanite ...*«

Das Tier verschwand, ebenso sein Freund. Ferraro untersuchte die Waffe.

»Woher stammt die?«

»Ich glaube, es ist eine chinesische oder eine russische Waffe. Geben Sie sich damit zufrieden, beim nächsten Mal bekommen Sie eine, die in Italien hergestellt wurde. Eine elegantere.«

Der Meister lächelte, er freute sich über seinen Scherz. Dann nahm er einen weiteren tiefen Zug von seiner Zigarette.

»Hauptsache, sie schießt.«

Ferraro sagte das mit zittriger Stimme, er versuchte, sich selbst Mut zu machen, da er das deutliche Gefühl hatte, dass die Dinge sich überschlugen.

»Hören Sie mir gut zu, Ferraro. Gehen Sie sofort zu Lanza, verlieren Sie keine Zeit.«

»Ja, was denn? Zuerst endlose Kampfreden, und dann treiben Sie mich zur Eile an? Das ist kein logisches Verhalten.«

»Das stimmt, ich weiß. Doch ich habe es Ihnen gesagt: Manchmal ist die Logik wirklich unlogisch.«

XVII

Rien ne va plus

1

Via Tonale.

Jetzt hieß es schnell sein, mit dem Auto und mit dem Kopf. Wie viel Vorsprung hatte Lanza? Anderthalb Stunden? Nein, vielleicht weniger, eine dreiviertel Stunde, allerhöchstens eine Stunde. So wie er, Ferraro, mit dem Meister Zeit verloren hatte, war es sicherlich auch Lanza ergangen. Was für ein Paar, man hätte sie filmen sollen. Aber warum war Lanza dann allein gegangen? Das ergab keinen Sinn. Falls die Information des Meisters stimmte, hatte er sechs Richtige, er musste nur noch seinen Preis abholen. Falls sie stimmte, natürlich nur. Wenn der Meister nicht mit Bekanntschaften und Informanten prahlte, die er gar nicht hatte. In diesem Falle hätte Lanza keineswegs gut daran getan, das ganze Heer mit De Matteis an der Spitze anrücken zu lassen, um den Deckel auf den Topf zu setzen. Nein, Lanza war vorsichtig, er hatte im Verborgenen weitergearbeitet, war innerhalb von nur zwei Wochen an einem Punkt angelangt, den nicht einmal Kommissarin Rinaldi im Laufe langer Jahre Ermittlungstätigkeit erreicht hatte. Er war allein hierher gefahren, um den Wahrheitsgehalt seiner Informationen zu überprüfen, so war es, ja, genau, wahrscheinlich ist es so gewesen. Aber …

Via Sondrio.

Aber wenn das stimmt, warum ruft er nicht an? Wenn sie wirklich dort sind, warum alarmiert Lanza nicht die Kollegen? Ferraro holte sein Handy heraus und tippte Lanzas Nummer ein. Nichts, Lanzas Handy war ausgeschaltet. Vielleicht war auch gar nichts davon richtig, niente, nada. Vielleicht war alles nur ein einziger Beschiss. Lanza war dorthin gefahren und hatte keinen Schwanz angetroffen. Gerade noch an der Blamage vorbeigeschrammt, weitermachen, wir finden eine andere Lösung, wir machen weiter mit der Scheiße, wir verarschen uns nicht selbst. Der Meister schien nicht der Typ zu sein, der dem erstbesten Idioten, der vorbeikam, Waffen in die Hand drückte. Nein, nein, da stimmte etwas nicht. Und außerdem, außerdem … Lanza wusste, dass Ferraro ihn suchen würde, oder er konnte es sich zumindest denken. Wenn die Information falsch war, dann hätte er ihn sicherlich gewarnt, er hätte gesagt: »Hör zu, wenn meine Frau anruft, hör nicht auf sie.« Ja, er hätte ihn informiert. Welchen Sinn hätte es ansonsten, ihn wie einen Idioten durch die ganze Stadt rasen zu lassen?

Via Nazario Sauro.

Er ist dort, er ist dort, natürlich ist er dort. Dort lüftet sich das Geheimnis, dort liegt die Lösung des ganzen Spiels, das konnte ihm keiner mehr ausreden. Friss oder stirb, *rien ne va plus*. Wo ist Lanza, warum ruft er nicht an? Scheiße, und wenn ihm was passiert ist? Wenn sie ihn erwischt haben? Er ist allein, dieser verrückte Taxonom, mitten in einem Haufen Krimineller … er ist doch nicht Supermann. Ferraro nahm das Handy, das er auf den Sitz neben sich gelegt hatte. »Los, geh endlich ran!« Es klingelte, doch niemand antwortete. »Los, mach schon, es ist keine Zeit mehr, mach schon …«

Viale Stelvio.

»Pronto?«

»Mensch, das war jetzt aber Zeit, noch eine Weile, und ich hätte bei der Vermisstenabteilung angerufen.«

»Wo zum Teufel bist du, Ferraro? Ich suche dich überall. Wir sind sogar in die Billard-Bar gegangen.«

»Und wer hat dir gesagt, dass ich dort war?«

»Erinnerst du dich nicht? Lanzas Telefon wird doch abgehört.«

Das stimmte, er war ein Idiot. Sie mussten sein Gespräch mit Lanzas Frau abgehört haben.

»Und warum seid ihr mir nicht gefolgt?«

»De Matteis ahnt überhaupt nichts von dieser Geschichte, heute ist er nicht da. Er ist auf einer Konferenz: *Soziale und moralische Ordnung. Jenseits des Konflikts.*«

»Wow. Schade, dass ich die verpasse … und du selbst bist mir auch nicht gefolgt?«

»Ich hatte etwas anderes zu tun. Dann dachte ich, dass du mich anrufen würdest. Aber was war denn in dieser Billard-Bar? Ich bin zehn Minuten nach dir hingekommen, und ich habe nichts gefunden.«

Immer noch Viale Stelvio.

»Hör zu, das ist jetzt nicht der richtige Augenblick. Wir müssen schnell sein, wir müssen fliegen.«

»Ich höre, sag an.«

»Ich habe eine Möglichkeit gefunden, Lanza aus seinen Schwierigkeiten herauszuholen. Ich habe einen Zeugen, der über allen Verdacht erhaben ist, der alles über Gjomarkaj weiß.«

»Hervorragend, wo ist der Typ?«

»Es ist eine Frau, eine Polizeikommissarin. Versuch, Fusco über das Handy anzurufen, sie kann dir alles erklären.«

»Gut, und weiter? Warum hörst du dich an, als wärst du irre geworden?«

Via Lancetti.

»Ich suche Lanza.«

»Willst du ihm die gute Nachricht überbringen?«

»Wenn ich ihn finde.«

»Was erzählst du da? Hast du nicht gesagt, dass er nicht mehr in Schwierigkeiten ist?«

»Ja, ja, das heißt … nein.«

»Ja oder nein? Was ist das, ein Ratespiel?«

Via Torelli.

»Comaschi, Scheiße, hör mir zu, ich habe keine Zeit. Vielleicht ist das ein idiotischer Schuss in den Ofen, ich weiß es nicht. Aber es könnte sein, dass Lanza bis zum Hals in der Scheiße steckt. Nimm dir so viel Leute, wie du kannst, alle Streifenwagen, die frei sind. Ich brauche eine gute Truppe, es kann sein, dass wir in ein Gebäude eindringen müssen.«

Piazzale Nigra.

»Aber was redest du denn da für einen Scheiß, darf man das erfahren?«

Via degli Imbriani.

»Glaub mir, Himmelherrgott, vertrau mir, ich lasse mein Handy angeschaltet, aber ruf mich nicht an, verstanden? Ruf mich nicht an, ich stelle den Vibrationsalarm ein. Schick mir SMS, nur SMS. Ich mache es auch so.«

»Jesus, Ferraro, du machst mir ja Angst.«

Piazza Bausan.

»Ich bin an einer kriminellen Bande dran. Du hattest recht. Es geht um Sklaven, den Sklavenmarkt. Und Lanza hat sie aufgedeckt, es sind Slawen.«

»Ferraro, beruhige dich doch, ich verstehe überhaupt nichts.«

Via Broglio.

»Hör zu, frag Fusco. Sie müsste immer noch mit Commissario Rinaldi zusammen sein. Die beiden werden dir alles erklären. Jetzt ist keine Zeit dazu. Komm sofort, ich gebe dir eine Viertelstunde, um alles zu organisieren.«

»Ja, aber, wo soll ich denn hinkommen, du Affenkopf?«

Via Bovisasca.

»Weißt du, wo die verlassenen Fabrikruinen in der Via Bovisa sind?«

»Ja, aber wo genau?«

»Ich bin angekommen, ich erkunde jetzt das Terrain. Ich rufe dich entweder an oder schicke dir eine Nachricht.«

»Aber verflucht, so macht man das nicht, das ist ja, als wären wir Anfänger.«

»Comaschi, geh mir jetzt nicht auf den Sack.«

»Was ist das für ein Geräusch?«

»Ich habe gebremst. Und ich lade meine Pistole.«

»O heilige Scheiße!«

Stazione Bovisa. Am Ziel.

2

Hierher kamen sie frühmorgens zur Arbeit. Vor der ersten Schicht war es noch dunkel, sie bewegten sich schlaftrunken, mit verquollenen Augen. Hier gingen sie hinein in ihrer blauen Arbeitskleidung, sie produzierten reale Dinge, nichts Flüchtiges, nichts Ungewisses. Solide, dauerhafte Ware, so wie es auch ihre Fabriken waren: gewaltig und für die Ewigkeit. Die Republik basierte auf der Arbeit, so war das im vorigen Jahrhundert. Hier standen sie an schönen Tagen im Freien, holten ihre Behälter mit dem Mittagessen hervor, redeten über Milan, über Nereo Rocco, sie freuten sich über Inter unter Helenio Herrera. Die Juventus-Anhänger waren fast immer Süditaliener, die zuletzt Gekommenen, sie jubelten der Mannschaft zu, die gewann, so konnten auch sie sich als Gewinner fühlen. Und die Schinderei, der Schweiß, die Kreuzschmerzen. Der eine ließ ein paar Finger, der andere ein Stück Lunge (vielleicht waren es auch die vielen Zigaretten). Am Abend zu Hause hatten die Frauen Minestrone gekocht, und man sah sich eine Quizsendung mit Mike Bongiorno an. Scharen von Kindern mit geschorenen Köpfen beschossen einander durch Blasrohre mit Papierkügelchen, die Abgefeimteren steckten noch eine Nadel hinein, das tat weh, wenn man es abbekam. Manch einer traf, als er groß war, den Vater in der Fabrik wieder, der ihm dann alles erklärte, die Arbeit, die Mühsal, die Strapaze, die Schufterei. Andere beugten sich über die Bücher mit ihrer viel zu kleinen Schrift, Bücher, die eigentlich viel zu teuer sind, doch der Staat stellt sie nicht kostenlos zur Verfügung, wir sind eine Arbeiterfamilic, das sage ich dir, eines Tages wird Stalin kommen, und dann lachen wir!

Und am Sonntag schmierten sie sich Pomade ins Haar und gingen geschniegelt und gestriegelt, mit glänzenden Schnurrbärten zur Messe. Sie waren Arbeiter, sie waren stolz, sie verteilten Flugblätter und hoben die Faust. Die Frauen im Gemeindezentrum halfen den Alten und packten Päckchen für die Erdbebenopfer. Die Männer gingen ins Parteibüro oder in den ACLI, den Christlichen Arbeiterverband. So war das.

Dann zog sich der Nebel ganz langsam aus Mailand zurück.

Dann aß niemand mehr Polenta, die Kinder machten keine Kinder mehr, die Arbeiter machten keine Arbeiter mehr. Dann wurde man alt, alles löste sich auf, die riesigen Kathedralen der Arbeit zerfielen, die Menschen des Vorstadtviertels, das immer mehr zur Stadt wurde, verwandelten sich in ein ausgedünntes Volk alter Leute und Rentner. Eine Welt verschwand für immer und mit ihr der etwas dünkelhafte Stolz einer Stadt.

Man sah keine Kinder mehr, beim besten Willen nicht.

Ein Stadtviertel mit lauter vertrottelten Alten. Dann kam die Außenstelle der technischen Hochschule. Von heute auf morgen bevölkerten Tausende von Studenten die Straßen des Viertels. Die eine oder andere Rentnerbar holte ihre verstaubten Töpfe und Pfannen hervor, und es öffneten einige Trattorien. Fotokopier- und Buchbinderläden schossen aus dem Boden, ebenso wie Buchhandlungen. Die Betonbauten wurden angestrichen, gelb, blau, ocker. Die Analogie war allzu einfach, allzu naheliegend: von der Fabrik der Arbeit zur Fabrik des Wissens. Alle waren glücklich, alle waren überzeugt, das Beste aus den alten Industrieruinen herausgeholt zu haben. Das stimmt natürlich, kein Zweifel. Doch es waren viele Fabriken gewesen, es hatte im vorigen Jahrhundert, im vorigen Jahrtausend doch auch so unglaublich viele Arbeiter gegeben. Ganze Gebäudeblocks, ganze Teile des Viertels waren immer noch dem Verfall preisgegeben, verlassen wie die Vorhölle.

Vom neuen Bahnhof der Ferrovie Nord aus kann man sie sehen; sie vermitteln den Eindruck, als seien sie bombardiert worden, Ruinen eines postmodernen Krieges. Von allen verlassen. Doch halt, das ist nicht wahr. Mailand war eine Arbeiterstadt. Die Proletarier, so wie wir sie kennen, sind verschwunden, das ist richtig. Die Lumpenproletarier jedoch, die beseitigt niemand. Es gibt sie, sie verstecken sich, sie leben unter uns.

3

Man konnte sich hier verlaufen. Nachdem Ferraro über einen Schutthaufen geklettert war, hatte er ein großes Gebäude betreten, dem die Fenster fehlten und dessen Dach halb eingefallen war. Niemand war zu sehen, die ideale Location für einen Vietnam-Film. Warum, ist eigentlich nicht ganz nachvollziehbar. Als hätte es in Vietnam nur Fabriken gegeben und kein einziges Reisfeld. Er hatte von einem Regisseur gelesen, der Vietnam bei sich zu Hause aufgebaut hatte, in London vielleicht. (Die Magie des Kinos, die große Illusion.)

Ferraro durchquerte das Gebäude, immer dicht an der Wand entlang. (Hier komme ich nirgendwohin, das war wohl der übliche Schuss in den Ofen.) Er verließ das Gebäude und befand sich auf einer Art Platz. Von dort bewegte er sich unter einem Vordach weiter, immer bemüht, sich so wenig wie möglich zu zeigen. Aber wem eigentlich? Hier war niemand, das hier war eine Totenstadt. Von einer der zerfallenden Fabriken war nichts geblieben als ein paar Mauerreste. (Vielleicht sind sie ja schon beim Abriss und bauen einen Supermarkt, wer weiß.) Hier ist niemand, alle sind tot. Doch ist mein Herz das zerstörteste Land. (Wer hatte das noch gesagt?) Der Himmel hing schwer von schwarzen Wolken. Am Ende würde es wirklich noch regnen (die Römerin hatte recht gehabt am Morgen). Ferraro schlich ganz leise eine Feuertreppe hinauf. Bei jeder Stufe schmerzte sein Knie. Von oben kam er jetzt in ein anderes Gebäude. Es war stockfinster, von draußen drang kein Licht herein, ein paar Sekunden lang war er blind. Um nicht die Orientierung zu verlieren, tastete er sich an der Mauer entlang.

Finger schlossen sich um sein Handgelenk.

Ferraro verspürte eine Unterbrechung seines arteriellen Blutflusses mit daraus resultierender ischämischer Nekrose des Herzgewebes, kurz gesagt, er bekam eine kleine Herzattacke. Es war die blanke Angst.

»Wer zum Teufel ...«

Er versetzte der Luft einen Faustschlag, traf aber niemanden.

»He, ganz ruhig, Ciòd. Ich bin's doch, ich hab dich raufkommen sehen.«

»Baffo?« Ferraro legte die rechte Hand auf sein Herz, als wolle er prüfen, ob es noch da war. Es war da, und es schlug heftig. »Herrgott, willst du mich umbringen?«

»Was treibst du denn hier?«

Seine Augen gewöhnten sich langsam an die Dunkelheit.

»Ich sterbe. An einem Herzinfarkt.«

»*Ma va', te set semper l'istess.* Jaja, das ist typisch für dich. Immer für einen Spaß aufgelegt.«

Jetzt konnte Ferraro fast alles sehen.

»Wo ist Black?«

»Er ist unten und passt auf mein Zeug auf, man kann nie wissen. Komm, ich führ dich hin.«

Er setzte sich in Bewegung. Ferraro ihm hinterher. Er hörte, dass ihre Schritte auf einem Laufsteg aus Metall widerhallten. Immer deutlicher nahm er einen Lichtschein unterhalb des Steges wahr.

»Aber Baffo, sag einmal, lebst du jetzt hier?«

»Ach, mein Junge, ich hatte Angst, länger unter der Brücke zu bleiben. Außerdem war da ja nichts mehr, alles verbrannt. Als ich aus dem Krankenhaus gekommen bin, bin ich gleich hierher, mit Black. Manchmal komm ich her, wenn es kalt ist oder wenn ich einen Tapetenwechsel brauche. Mittlerweile kenne ich alle. Alles gute Leute.«

Ferraro warf einen Blick vom Steg hinunter in den riesigen Raum. Dort konnte er Planen, behelfsmäßige Zwischenwände und Verschläge sehen, ein paar Kinder liefen herum, und Frauen kochten etwas auf improvisierten Kochstellen. Baffo ging unbeteiligt weiter. Von unten, aus der Stadt der Schmerzen, hörte man Stimmen, scharfe und dumpfe, oft in verschiedenen Sprachen, einige unverständliche Worte, sie waren fürchterlich, Ausbrüche von Schmerz und Wut, ein Kreischen, Lachen, Flüstern und Schreien. Baffo stieg eine Treppe hinunter.

»Baffo, warte.«

»Was ist denn?«

»Ich kann nicht mitkommen, um Black zu sehen, entschuldige bitte. Ich muss, ich muss …«

Er blieb stehen und überlegte. Bist du denn blöd? Da hast du deinen Vergil direkt neben dir und weist ihn zurück, als wäre er irgendein ungelegener Gast?

»Ciòd, *dìgheme*, sag mir …«

»Baffo, hör zu«, Ferraro nahm ihn beim Arm, »du hast gesagt, du kennst alle hier.«

»Nu ja, alle nicht. *Un pü de gent*. Ein paar Leute. Ich kenne die Maria, das ist die Frau vom Abramo, dann ist da noch Sara …«

Ferraro war ein wenig verwirrt: »Italiener?«

»Ach was, spinnst du? Das sind Araber oder so was, na ja. Aber sie haben so komische Namen, und da habe ich sie einfach selber getauft, dann kann ich sie mir merken.«

»Baffo, hör gut zu: sind hier nur Araber? Also Marokkaner, Tunesier, Afrikaner, na ja, du weißt schon, was ich meine …«

»Hm, nein, ein paar Italiener sind auch da, ich zum Beispiel …« Er lachte mit seinem zahnlosen Mund. Ferraro warf ihm einen anklagenden Blick zu. »Bist du nervös?«

»Ich bitte dich, ich habe keine Zeit zu verlieren. Ich suche jemanden, der vielleicht in Gefahr ist. Doch wenn ich hier alles absuchen muss, dann bin ich heute Nacht noch da!«

»Aber wer ist es denn, wie heißt er? Ist es ein Italiener? *Chì inn tucc' nègher!* Hier sind alle schwarz.«

»Alles Afrikaner? Gibt es keine Weißen? Slawen, Albaner?«

»Nein, hier sind keine Albaner.«

Ferraro seufzte enttäuscht. Müde setzte er sich auf eine Stufe.

Das war's gewesen. Wirklich ein Schuss in den Ofen. Verriet der Meister wirklich seine Leute? (War er nicht eigentlich Serbe?)

»Wenn die noch einmal herkommen, dann gibt es Krieg! Erinnerst du dich an die beiden, die sich das Mädchen im Park vornehmen wollten? Von denen wir dann einen in der Bäckerei erwischt haben?«

Ferraro sah zu dem Alten auf.

»Natürlich erinnere ich mich an die.«

»Abramo sagt, dass der Albaner sich einmal seinen Stift an einem Mädchen spitzen wollte, der Tochter von Amina. Der konnte gerade noch weg, sonst hätten sie ihm die Gurgel durchgeschnitten.«

Der Ispettore war jetzt wie eine auf ein Magnetfeld ausgerichtete Antenne. Es gab keine Nachricht, die er nicht umgehend dekodieren würde.

»Woher weißt du, dass es er war? Ich weiß, dass er wieder in sein Heimatland zurückgekehrt ist.«

»Nicht der vom Bäcker, der andere. Abramo hat ihn mir von Weitem gezeigt. Ich hab ihn gestern Vormittag gesehen, ich hab ihn sofort erkannt.«

Großer Abramo oder Ibrahim oder wie zum Teufel du heißen magst. Ferraro sprang mit heißen Ohren und weit aufgerissenen Augen auf.

»Wo? Wo? Wo hast du ihn gesehen, Baffo? Wo?«

»He, ganz ruhig, mein Junge. *Se vai avanti insci tu muori giüvin*. Wenn du so weitermachst, dann stirbst du jung! Es ist ja gar nicht weit weg!« Er zeigte irgendwohin. »Es ist dahinten.«

»Bring mich sofort dorthin, los, gehen wir …«

Er zog ihn fast mit Gewalt aus dem Gebäude heraus.

»Halt, halt, nur mit der Ruhe. Wir können da nicht hingehen.«

»Warum nicht?«

»Wenn die sehen, dass wir kommen, schießen sie.« Die beiden waren nun im Freien, Baffo zeigte auf ein Gebäude auf der anderen Straßenseite. »Da sind die Afrikaner und da die Slawen.«

Die Sache verhielt sich so: Sie hatten sich die Ruinen aufgeteilt, jede Gruppe hatte ihre eigene. Jede ein eigenes Haus, die schmutzige Wäsche, das weiß man ja, die wäscht man daheim.

Wie war das noch? Kontrolle über das Territorium, wenn du es nicht kennst, dann legen sie dich um wie einen Anfänger. Ihm fiel das Computerspiel in der Billard-Bar ein. Was Ferraro hier um sich herum sah, wäre ein hervorragendes Szenario für das vierte Level. Allerdings fehlte ihm das ballistische und strategische Können des kleinen Leoluca.

Er sah seinen Freund ungeduldig an: »Baffo, weißt du, wie man dort hinkommen kann, ohne gesehen zu werden?«

»Wenn du hinter den Schienen entlanggehst, zweihundert Meter, da ist ein Loch.« Ferraro lauschte aufmerksam und machte dazu ein völlig idiotisches Gesicht. »Ja, ich habe verstanden, gehen wir, ich zeig es dir.«

Der Stadtstreicher machte kehrt und lief mit der Geschwindigkeit eines Marathonläufers los. Wahrscheinlich versetzte ihn die Idee einer Schatzsuche in gute Stimmung. Sie überquerten die Gleise, dort gab es in etwa zwei Metern Höhe einen Spalt, sie hatten alle Mühe, hinaufzugelangen und sich hindurchzuzwängen.

»Gehen wir dort entlang?«

»Pssst … nein, nein, hier lang.«

Baffo ging durch etwas hindurch, das den Anschein eines zerfallenen Torbogens hatte.

»Warum?«

»Dort ist der Eingang. Da stehen immer zwei Albaner. Den ganzen Tag. Ich nenne sie *Pan e Butèr*, Brot und Butter.«

Na, prima. Vermutlich bewaffnete Wachposten. Für Ferraro wäre das Level schon beendet gewesen, game over.

»Wohin führst du mich?«

»*Là de drée*. Da hinten hin.«

Irgendetwas vibrierte irgendwo an Ferraros Bein. Er zog das Handy aus der Tasche seiner Jeans.

Wir sind bereit. Wohin?

4

Das schwierigste Unterfangen war zunächst, Baffo davon abzubringen, mit Ferraro mitzugehen. Es herrschte Krieg, und er, Baffo, war bestimmt keiner von denen, die sich verdrückten, sein Herz schlug ungezähmt und faschistisch, er war doch kein weinerliches und ängstliches Weib.

Da erläuterte Ferraro dem Alten, welche strategische Rolle er ausfüllen sollte. Innerhalb der nächsten fünf oder zehn Minuten würde die ganze Truppe eintreffen. Was sollten sie machen, wenn sie auf dem Platz ankämen? An der Tür klingeln? Da war es doch viel besser, wenn Baffo sie empfinge und ihnen sagte, wo Ferraro zu finden war, um den Überraschungseffekt nicht zu verderben. (*Überraschungseffekt* gefiel Baffo sehr, er fühlte sich dabei sehr ausgekocht, sehr militärisch.)

Ferraro würde auf Erkundungsgang gehen, um die Lage

zu sondieren. Ja, ja, er würde aufpassen, er würde sich nicht erwischen lassen. Nein, keine unüberlegten Handlungen. Ganz still und leise würde er auf die Kavallerie warten.

Baffo zeigte ihm den Weg. Nicht im ersten Gebäude. Dort würde er nur eine weitere Stadt der Verzweifelten vorfinden: Rumänen, Ukrainer, Moldawier, Bulgaren ... Den Albaner, der seinen Schwanz nicht unter Kontrolle hatte, den hatte er ganz deutlich in der Halle da rechts verschwinden sehen. Die Strategie von Gjomarkajs Bande war Ferraro mittlerweile klar. Sie versteckten sich in der Unterwelt, unter den Verzweifelten, um sich zu reorganisieren. Lanza hatte sie gefunden, doch er hatte sicherlich keinen Touristenführer wie Baffo dabeigehabt. Und genau diese Tatsache trieb Ferraro fast in den Wahnsinn. Es wurde immer wahrscheinlicher, dass man Lanza ganz einfach erwischt hatte, vielleicht hatten ihn sogar Brot und Butter, die beiden Wächter am Eingang, gefasst. Falls das geschehen war, war Lanza in ernsthaften Schwierigkeiten (vielleicht war er schon tot, doch das wollte sich Ferraro absolut nicht eingestehen; sobald sich dieser Gedanke näherte, verscheuchte er ihn sofort wieder und verfluchte sich).

Er schickte Fusco eine SMS mit allen Anweisungen. Comaschi zu erklären, wer sie empfangen würde, würde zu lange dauern. Von wegen. Comaschi wusste, wer Baffo war. Vielleicht schickte er die Nachricht an Fusco, weil er sich bedanken und sie für ihren Beitrag zu den Ermittlungen belohnen wollte. Vielleicht, weil er ihr sagen wollte, dass sie eine fähige Polizistin war, dass er sie nicht in einer Autowerkstatt sah, wo sie Motoren reparierte. Wahrscheinlich entsprach auch das nicht der Wahrheit. Wahrscheinlich schickte er die Nachricht an Fusco, weil sie in diesem Augenblick sicher neben Elena Rinaldi saß, der Kommissarin, der Frau mit dem Stahlträger. Denn häufig macht man sich gerade vor Unbekannten lächerlich. Man versucht, sich aufzublasen, jemand zu sein, der man eigentlich nicht ist, man versucht, Eindruck zu schinden. Bei einer Frau, die man erst seit wenigen Stunden kennt, die einen Mann und einen Sohn hat. Besser nicht daran denken.

Ferraro ging mit gezogener Pistole durch das Tor. Ein eisiger Luftzug kam ihm entgegen, die Temperatur schien ganz plötzlich um vier Grad gesunken zu sein. Die Feuchtigkeit ließ seine Schultermuskulatur zucken, und innerhalb weniger Sekunden hatte er einen völlig steifen Nacken. Vielleicht war es auch gar nicht kalt, vielleicht war das nur die nervliche Anspannung.

Er schlich dicht an der Mauer entlang und versteckte sich dann hinter einem Schrotthaufen. Ein schwaches, milchiges Licht beleuchtete die Halle, die aus vorgefertigten Betonplatten bestand. Ganz hinten im Raum, in der Nähe des anderen Ausgangs, bemerkte er etwas. Dort stand ein Mann, und ein anderer saß auf einem kaputten Stuhl, wie zwei Figuren einer Weihnachtskrippe, die man in der Strumpfschublade vergessen hatte. Ferraro versuchte, im Schutz des Schrotthaufens lautlos näher zu schleichen. Jetzt konnte er besser sehen: Dem Mann auf dem Stuhl waren die Hände hinter der Stuhllehne zusammengebunden, mit einem Elektrodraht, der hier wohl herumgelegen hatte. Der andere Mann rauchte, unbeteiligt.

Es war wirklich kalt, scheißkalt. Ferraro hatte das Gefühl, in der Feuchtigkeit zu schwimmen. Der Schweiß stand ihm auf der Stirn und sammelte sich in eisigen Tropfen im Nacken. Noch wenige Schritte. Der Raucher hatte noch nichts bemerkt. Der andere saß mit gesenktem Kopf auf dem Stuhl. Ein furchtbarer Gedanke durchschoss Ferraro. Sich seitlich haltend schlich er noch näher. Der Raucher verzog sein Gesicht, als hätte er etwas gehört. Er drehte sich um und sah zu der Reihe Fenster auf, die weiter oben verlief. Es regnete. Elena hatte recht behalten. Klar, Frauen wie sie behalten immer recht.

Ferraro kroch ganz tief gebückt weiter, er kam sich vor wie eine Ente. Dann erreichte er einige übereinander gestapelte Tonnen und richtete sich langsam wieder auf. Seine Kniescheibe knackste laut. Ferraro sah Sternchen und die Madonna und verfluchte sie ausgiebig.

Dann fand er einen Spalt, durch den er die Szene beobachten konnte. Die beiden waren jetzt direkt vor ihm, in einer Entfernung von höchstens zehn Metern. Der Raucher näherte sich dem gefesselten Mann wieder und verpasste ihm ein paar Ohrfeigen. Der Mann hob den Blick, er blutete aus dem Mund; er sah aus, als sei ihm jemand über das Gesicht spaziert. Es war Lanza. Natürlich. Unsinnig, dass er sich das nicht hatte eingestehen wollen. Es war Lanza, man hatte ihn ganz schön zugerichtet, aber er lebte. Das war schon einmal etwas.

Ferraro verschaffte sich rasch einen Überblick über die Lage. Wenn er Lanza befreien wollte, musste er zuerst den Raucher außer Gefecht setzen. Der Mann schien nicht bewaffnet zu sein. Es sei denn, er hätte eine Bazooka in der Unterhose. Was von hier aus nicht zu erkennen war. Auf ihn zu schießen, war nicht angebracht, denn der Schuss würde die Anderen alarmieren. Und auch ein Kampf Mann gegen Mann schien ihm keine sonderlich gute Idee zu sein, denn der Typ war groß und kräftig wie ein Spieler der serbischen Basketball-Nationalmannschaft. Oder der albanischen. Oder der kroatischen. Mit wem hatte Ferraro es hier tatsächlich zu tun?

Da war es vielleicht besser zu warten. In wenigen Minuten musste die ganze Mannschaft da sein. Es war besser, ganz still hinter dem Berg aus Tonnen mit gespitzten Ohren auf die Verstärkung zu warten. Lanza lebte, jetzt konnte auch er noch eine Weile warten.

Und er hatte solche Lust zu rauchen.

5

Plötzlich hörte er Stimmen. Dass die Leute sich aber nie an deine Pläne halten.

Dem Eingang gegenüber, durch den Ferraro hereingekommen war, lag eine Tür. In dieser erschienen jetzt zwei Männer und gingen mit raschen Schritten auf Lanza zu. Ferraro sah sie sich gut an: Der eine war zweifelsfrei Pasquale Russo, der Bruder Vitos. Der andere … der andere war ein toter Mann. Ein Mann, der schon seit Tagen tot war, tot und begraben. Vielmehr: Tot, eingeäschert und begraben. Ferraro bekam weiche Knie.

Ja, natürlich, Scheiße, warum hatte er nicht daran gedacht? Jetzt war alles ganz klar. Jeder Leser von Heftchenkrimis wäre vor ihm darauf gekommen. Zoran war gesund und munter. Er hatte die Welt glauben lassen, dass er am Tag der Schießerei getötet worden war. Wer würde ihn suchen? Zoran besaß eine teuflische Intelligenz; er war ein Krimineller, der mit dem Tod im Herzen aufgewachsen war. Elena Rinaldi war einem Irrtum erlegen, als sie angenommen hatte, niemand, auch nicht Zoran, habe gewusst, dass sie Nachforschungen über ihn und seine Geschäfte anstellte. Die Bande hatte sich keineswegs aufgelöst, im Gegenteil. Dies hier war ein Qualitätssprung. Zoran wollte hoch hinaus, er war vor den Blicken aller verschwunden und beobachtete nun alles von oben. Wie Gott oder der Teufel. Der diejenigen aufsammelte, die auf der falschen Seites des Zuges ausgestiegen waren. Der Fährmann.

»Na gut, sehen wir zu, dass wir diese Geschichte zu Ende bringen«, sagte der Teufel. Er näherte sich Lanza. »Sag mir, wer du wirklich bist. An das Märchen, das du meinen Leuten erzählt hast, glaube ich nicht.«

Russo lächelte, die Hände in der Tasche. »He, Zoran! Ich weiß, wer das ist. Ich weiß sehr gut, wer das ist.«

Zoran drehte sich zu Russo um: »Wirklich? Weißt du, uns hat er eine seltsame Geschichte erzählt, nämlich dass er ein Mann der Cosa Nostra ist.«

Der gute alte Lanza, was er wohl für einen Unsinn erzählt haben mochte, um die Karten neu zu mischen.

Ein ordinäres Lachen von Russo. Lanza sah ihm in die Augen, zumindest versuchte er es, sein linkes Auge glich einem violetten Ball.

»Pasquale, du darfst ihm nicht trauen, hör auf mich«, sagte er.

Russo sah ihn neugierig an.

»Was soll das heißen?« Er näherte sich Lanza. »Soll ich etwa dir vertrauen?«

Lanza deutete mit dem Kinn auf Zoran: »Er hat deinen Bruder ermordet.«

Alle schienen auf einmal blass zu werden. Der serbische Basketball-Nationalspieler zündete sich eine weitere Zigarette an.

»Was?«, dann zu Zoran, »was sagt dieses Arschloch da?«

»Der ist doch verrückt, wer weiß, wer er ist … warum sollte ich das getan haben?«

»Pasquale, du kennst mich«, beharrte Lanza, »vertrau mir, er hat ihn getötet, nicht die Kalabrier.«

»Aber, aber …«, Russo wurde rot vor Wut, »und Falbo?«

»Falbo stand auf seiner Gehaltsliste.«

Zoran schlug dem Ispettore Capo kräftig in sein malträtiertes Gesicht.

»Halt den Mund, du Idiot, wer bist du überhaupt?«

»Hör auf, schlag ihn nicht.«

»Glaubst du ihm etwa noch? Ich kannte Vito, seit er ein Kind war, das weißt du.«

Noch eine Ohrfeige. Lanzas Kopf versuchte, der Wucht des Schlages zu folgen, doch es war sinnlos. Ferraro fühlte sich wie in einer Peepshow, er war von oben bis unten schweißgebadet.

»Hör auf, habe ich gesagt! Lass ihn doch sprechen.«

»Pasquale«, murmelte Lanza, »Don Leo hatte den Kalabriern ein gewaltsames Vorgehen gegen Vito verboten. Sie sollten ihm nur ein bisschen Angst einjagen.«

»Genug, halt den Mund!«

Zoran zog eine Pistole aus der Tasche und drückte die Mündung auf Lanzas Stirn. Ferraros Herz machte einen Sprung. Einen Moment später hatte auch Pasquale eine Pistole in der Hand und zielte auf Zoran.

»Du schießt auf niemanden, hast du verstanden! Ich will hören, was er zu sagen hat.«

»Er geht gegen euch vor, Pasquale«, sprach Lanza weiter. »Er will erreichen, dass sich die Apulier und die Kalabrier gegenseitig umbringen. Dann bleibt ihm das Feld überlassen. Ich weiß, was ich sage, du kennst mich.«

Wie lange brauchten Comaschi und die anderen denn, um herzukommen?

»Stimmt diese Geschichte?«

»Nimm die Pistole runter, Pasquale.«

»Nimm du deine auch runter, Zoran. Du warst mir nie so richtig geheuer. Mir ist es scheißegal, dass mein Vater Geschäfte mit dir macht.«

Der Raucher blickte in eine andere Richtung. Stiege nicht Rauch über ihm auf, hätte man ihn für eine Wachsfigur halten können.

»Pasquale, ich sage es dir nicht noch einmal. Nimm die Pistole runter.«

Russo spannte als Antwort den Hahn seiner Waffe.

»Nein.«

Zoran schnaubte enttäuscht und senkte langsam den Arm. Er sah auf seine Füße.

»Ach, mein Schnürsenkel ist ja offen.« Er ging langsam in die Hocke, dann flüsterte er gelassen. »Smajl?«

Eine Nanosekunde später feuerte die Wachsfigur eine Maschinengewehrsalve auf Russo, der nicht einmal mehr die Zeit hatte zu begreifen, was geschah, schon lag er in einer Blutlache auf dem Boden. Woher Smajl die Maschinenpistole hatte, blieb ein Geheimnis. Sofort kam ein anderer Gorilla herein, er sah aus wie der Bruder des ersten. Brot und Butter. Baffo hatte recht gehabt. Russo auf dem Boden röchelte noch. Zoran spannte den Hahn seiner Pistole, feuerte einen Schuss auf die Stirn des Apuliers ab und bereitete ihm damit sein Ende, es war fast wie ein Gnadenschuss.

Wo zum Teufel blieben die anderen? Wie lange brauchten die denn?

»*Šta se događa?*«, fragte der zuletzt Gekommene.

»*Ništa, ne brini, vrati se otkuda si došao?*«

Brot ging dort hinaus, wo er hereingekommen war. Butter rauchte wieder ganz gelassen. Zoran nahm Lanza bei den Haaren.

»Also, mein lieber Unbekannter, ich sehe, dass du ein sehr informierter Mann bist. Wie du nun sicher begriffen hast, ist keiner mehr hier, der dir helfen könnte, willst du mir also sagen, wer du wirklich bist?«

Er war fast höflich. Ferraro kam der sympathische Bäcker in den Sinn, den er vor einem geologischen Zeitalter kennen gelernt hatte.

»Ich habe es dir schon gesagt. Es ist nicht gut für euch,

wenn ihr mich tötet, denn wenn die anderen meines Clans davon erfahren …«

»Willst du jetzt endlich mit dieser Geschichte aufhören? Meinst du, ich nehme dir die ab?« Er sah Butter an: »*Daj mi njegov mobitel.*«

»*Evoga.*«

Der Schießwütige reichte ihm ein Mobiltelefon. Es war das von Lanza. Ferraro konnte es trotz der Entfernung erkennen. Zoran hantierte eine Weile damit herum.

Dann wandte er sich wieder an den gefesselten Ispettore: »Nicht eine einzige Nummer in deinem Speicher, kannst du mir verraten, wie du es anstellst, dir alle Nummern zu merken?«

Du kennst Lanza einfach nicht, hätte Ferraro ihm gerne gesagt.

»Ich habe ein gutes Gedächtnis.«

»Ganz recht, ganz recht, aber, weißt du … du rufst vielleicht niemanden an«, er tippte weiter auf der Tastatur herum, »aber du wirst angerufen … Hier.« Er drehte mit einem herausfordernden Tonfall das Display in Lanzas Richtung. »Wenn du mir nicht sagen willst, wer du bist, dann lasse ich es mir von demjenigen sagen, der mir jetzt antwortet. Hier stehen ein paar Nummern von Leuten, die versucht haben, dich heute Vormittag zu erreichen, sehen wir einmal, um wen es sich da handelt.«

Plötzlich richtete Ferraro die Pistole nach unten. Genauer gesagt, auf seine Hosen. Es war eine instinktive Reaktion. Zum Glück machte er kein Geräusch, sonst hätte man ihn am Ende noch beim Versuch ertappt, sich die Eier abzuschießen. Das Handy vibrierte in seiner Hosentasche. Langsam zog er es heraus, auf dem Display stand *Lanza mobil.* Er schaltete es aus.

»Nichts«, sagte Zoran, »die antworten nicht.«

»Zoran, ich habe es dir gesagt. Mich schickt Sante Giarratana. Er hat erfahren, dass du keine Geschäfte mit den Apuliern mehr machst, also …«

»Halt den Mund, ich hab gesagt, du sollst still sein. Deine Geschichte taugt nichts.« Aber er tötete Lanza nicht, also glaubte er vielleicht doch ein bisschen daran. »Und außerdem, wer sagt dir denn, dass ich Geschäfte mit deinen Freunden machen will?« Ja, vielleicht biss er ja doch an. »Ich bin tot, verstehst du das? Ich existiere nicht.«

Noch einer, der nicht existiert, ein Volk von lauter Geistern, wie es aussieht.

Zoran tippte immer noch auf Lanzas Handy herum.

»Zoran …«

»Still.«

Er hielt das Telefon ans Ohr. Von seiner Stellung aus konnte Ferraro erkennen, dass jemand auf der anderen Seite sprach. Zoran riss die Augen auf, dann unterbrach er die Verbindung, ohne ein einziges Wort gesagt zu haben.

»*Drži.*«

Er warf dem Basketballspieler das Telefon zu, der es im Flug auffing.

»Zoran, hör zu …«

»Genug, jetzt reicht es aber …« Er ging in die Knie, um Lanza besser ins Gesicht sehen zu können. »Hör mal, jemand hat mir geantwortet … und weißt du, was er gesagt hat? Willst du das wissen?«

Verflucht, kamen die womöglich mit der U-Bahn, diese Idioten?

6

Der Regen wurde immer heftiger und hallte dumpf in dem riesigen Raum wider.

»Dieses Stimmchen hat mir zwei oder drei interessante Dinge über dich gesagt. Erstens: dass du verheiratet bist. Es war die typische Stimme einer Frau, die sich Sorgen macht. Zweitens: dass du Augusto heißt. Ja, sie hat nämlich Folgendes zu mir gesagt: ›Augusto, mein Lieber, ich habe mir Sorgen gemacht …‹« Er sagte das im Falsett, die Stimme einer Frau nachahmend. »Wie lieb, findest du nicht?«

Lanza schien auf dem Stuhl zusammenzufallen.

»Zoran …«

»Warte, warte … dann hat sie noch etwas anderes Wichtiges gesagt. Das Wichtigste … sie hat gesagt: ›Ferraro sucht dich.‹ Denn, siehst du …« Er brachte sein Gesicht dicht an das von Lanza. »Da ist nur ein Problem. Ich kenne jemanden, der Ferraro heißt, und der ist Polizist.« Er schnellte athletisch hoch. »Und das bedeutet meiner Meinung nach, dass auch du Polizist bist. Oder irre ich mich?«

Lanza sah aus, als würde er lächeln. Vielleicht war es auch eine schmerzverzerrte Grimasse.

Zoran fuhr mit dem Pistolenlauf über sein Gesicht und setzte ihn dann auf die Schläfe, in der es wie verrückt pochte, das war deutlich zu erkennen. Okay, dachte Ferraro, okay, tu was, tu was. Er zielte aus seinem Versteck hinter den Tonnen mit seiner Waffe auf Zoran.

Lanza versuchte, etwas zu sagen: »Hör zu, Ferraro könnte …« Seine Stimme zitterte, die Vorstellung, sterben zu müssen, schien ihm Angst zu machen, das konnte man ja verstehen. Er sprach nicht weiter, so, als wäre nichts mehr zu sagen.

Zoran spannte den Hahn der Pistole, leidenschaftslos, nicht etwa, um Lanzas Todesqualen noch zu verlängern, sondern wie eine Angewohnheit, die man als Kind annimmt und die man bis ins hohe Alter beibehält.

Nein, das war keine Grimasse. Lanza lächelte. Es sah aus, als wolle er mit einem Lächeln auf den Lippen sterben. Der Schweiß lief ihm in Strömen hinunter, das war nicht schön mit anzusehen, doch er lächelte, mit geschlossenen Augen. Wer weiß, woran er dachte.

Jetzt oder nie. Ferraro zielte auf Zoran und drückte auf den Abzug. Die Pistole tat gar nichts. Kein Klick, nichts. Das Herz schien ihm in den Ohren zu explodieren. Idiot, Idiot, Idiot. Du hast die Pistole nicht entsichert, du Idiot. Die Pistole gehörte ihm nicht, er hatte vergessen, eine Bewegung zu machen, die ihm mit seiner Dienstpistole ganz automatisch kam. Idiot.

In der Zwischenzeit drückte zehn Meter weiter Zoran gerade so fest auf den Abzug, dass der Hahn sich auf seiner Achse bewegte und den Schlagbolzen auslöste.

Blut rann über Lanzas Lippen, während sein Kopf auf die Brust sank.

Zoran trat einen Schritt zurück und fluchte in unverständlichen Worten. Dann drehte er sich erstaunt zu seinem Begleiter um.

»*Jebi ga. Ovaj se popiškio. Ke gnjusno*!«

Der Andere lachte, als ob ihm gerade jemand einen Witz erzählt hätte. Überall war Blut, und Zoran schien bei der Vorstellung, mit den Schuhen in die peinliche Pfütze zu treten, die sich unter Lanzas Stuhl gebildet hatte, auszuflippen. Obgleich doch gar nicht er hier den Frühjahrsputz machen musste.

Es ist wirklich wahr, dass Mörder unberechenbare Menschen sind. Sie sind nie so, wie man glaubt.

7

Ein Donnern ging durch die ganze Halle. Das Gewitter draußen war beeindruckend.

Um es kurz zu machen, Lanza hatte sich vor Angst in die Hose gemacht, ein Blutgefäß in seiner Nase war geplatzt, und er war sofort ohnmächtig geworden. Während die Pistole Zorans (auch ein chinesisches Fabrikat vielleicht?) blockiert war und keinen Schuss abgegeben hatte. Zoran tobte. Wütend wie ein Stier warf er die Pistole auf den Boden.

»*Pucaj u to govno*«, sagte er an Smajl gewandt und deutete auf Lanza. Und das schien keineswegs eine Aufforderung zu sein, diesem die Fesseln zu lockern.

»Jetzt«, wiederholte sich Ferraro, »jetzt, verflucht nochmal.« Er hatte die Pistole entsichert und feuerte zwei Schüsse auf Smajl ab, der in diesem Moment als Einziger eine Waffe hatte. Er sank sofort zu Boden und ließ dabei seine Maschinenpistole fallen. Die Schüsse schienen Lanza aus seinem ewigen Schlaf zu erwecken.

»Augusto, wirf dich auf den Boden!«, schrie Ferraro.

Lanza wankte auf dem Stuhl hin und her und fiel dann in seine Pisse.

Zoran erstarrte für ein paar Sekunden, als begriffe er nicht ganz, was hier passierte. Der andere Gorilla kam herbeigelaufen. Das hatte Ferraro vorhergesehen. Er feuerte ein paar weitere Schüsse auf den Mann ab, der tot zusammenbrach. Da hatte sich Zoran wieder in der Gewalt. Mit zwei Sätzen erreichte er die Maschinenpistole auf dem Boden und schoss wie ein Verrückter in Richtung der Tonnen. Ferraro krabbelte auf allen vieren von seiner ursprünglichen Position weg. Zoran kam näher, immer wieder nach links und rechts Schüsse abgebend. Der Ispettore lief los, er war außer Atem. Dann gab er hinter einem Stützpfeiler zwei weitere Schüsse ab, ein wenig ins Blaue hinein, denn er hatte keine Zeit zu zielen.

»Das bist du, Ferraro, nicht wahr?«, schrie Zoran, auch er ging hinter einem Pfeiler in Deckung.

»Zoran, lass die Pistole fallen, du bist umstellt.«

»Ach ja? Und wo sind deine Kollegen?«

Ja, genau. Wo zum Teufel waren sie?

»Zoran, genug, habe ich gesagt. Ergib dich.«

»Nein, nein, Ferraro. Ich bin derjenige, der genug sagt.« Er kam aus seinem Versteck hervor und schoss im Laufen. Wie im Kino, wie in einem Computerspiel. Wie einer, der im Krieg gewesen war, der den Tod vor Augen, im Herzen hatte. Ferraro kam ein Satz in den Sinn. Im Bruchteil einer Sekunde, nicht der ganze Satz, nur eine Empfindung. Er war aus einem Film und ging etwa so: ›Wenn ein Mann mit einer Pistole auf einen Mann mit einem Gewehr trifft …‹ Er wusste, wie dieser Satz endete, und das gefiel ihm gar nicht. Er rannte weiter, auf den Ausgang zu, nur noch wenige Meter, und er würde keine Deckung mehr haben.

Zoran hatte ihn fast eingeholt. Los, los, noch ein paar Schritte, los, renn …

Ferraro kam unglücklich mit dem Fuß auf, und sein Knie gab auf einmal nach. Ein höllischer Schmerz, als würde jemand sein Knie mit Stockschlägen bearbeiten.

Er versuchte, sich zum Ausgang zu schleppen, und winselte dabei wie ein kranker Hund. Außer dem Regen war jetzt nichts zu hören. Wo war Zoran? Ferraro lehnte sich an eine Mauer und versuchte, die Pistole zu laden. Ein paar Regentropfen fielen auf seine Füße. Die Schmerzen im Knie ließen nicht nach, er wimmerte stumm und weinte.

Noch eine Salve aus einer Maschinenpistole, ganz in der Nähe.

Ferraro rollte sich aus der Halle, die Trommel der Pistole war noch offen.

Von drinnen hörte er eine Stimme: »Was ist? Geht dir die Munition aus? Oder habe ich dich schon erwischt?«

Der Ispettore sah sich um. Auf der anderen Seite des Platzes sah er eine Gruppe von Menschen stehen, Männer, Frauen, ein paar Kinder, die bestürzt zu ihnen hinübersahen. Wenn er sich in diese Richtung bewegte, würde es ein Blutbad geben.

Er beschloss, auf das Vordach zuzusteuern. Mühevoll erhob er sich und hüpfte auf einem Bein weiter wie beim Sackhüpfen. Francesca war in der Schule die Erste gewesen, sie war immer die Erste, sie ist wunderschön, Scarpi vögelt sie, warum mache ich diese Arbeit, du arbeitest nicht, sagt Giulia, du bist Polizist, sein *curriculum studiorum* musste auf den neuesten Stand gebracht werden, sagt der bärtige Professor, dieses Arschloch, es kommt noch so weit, dass ich gar keinen Universitätsabschluss mache, es regnet und regnet, Elena hat recht gehabt, wo ist Fusco, wo ist Comaschi? Wo sind sie alle?

»Kuckuck!«

Die Stimme des Teufels.

Der Ispettore versuchte zu entkommen, indem er sich auf den Boden warf. Zoran schoss einfach, das Ziel war leicht zu treffen.

Ferarro erkannte das Blut, das sich mit der feuchten Erde mischte, als seines. Er drehte sich um, sah das Gesicht Zorans aus der Tür der Halle hervorkommen, und fiel.

»Es tut mir leid, du warst mir wirklich sympathisch.«

Zoran legte die Maschinenpistole wieder auf den Mann mit dem verletzten Knie an.

»Mir ist er auch sympathisch. Und ich schulde ihm noch eine heiße Schokolade.«

Ein mächtiger Pistolenlauf zielte auf Zorans Nacken. Ferraro sah sich um, er sah hinter sich die Kollegen, dann Comaschi, der auf ihn zulief, es sah aus, als schreie er, doch er hörte nichts mehr.

Dann bewegte er ganz langam seinen Blick in Richtung Halle.

Zoran Gjomarkaj auf Knien, die Hände hinter dem Nacken verschränkt, und Elena Rinaldi, die eine Magnum auf ihn richtete, waren das Letzte, was er sah, bevor er das Bewusstsein verlor.

XVIII

Nach allem

1

»Lanza? He, Lanza, hörst du mich? Bist du wach? … psst … psst, he, Augusto? Aua, verflucht …«

»Michele? … aber, wo, was … puh, ich muss eingeschlafen sein.«

»Du hast geschnarcht.«

»Sehr?«

»Nein, nein, nur ein bisschen.«

»Gut, Ferraro, gut! Ich freue mich wirklich, dass du wach bist.«

»Wo sind wir?«

»Im Krankenhaus, siehst du das nicht?«

»Ja, aber wo?«

»Im Sacco. In der Orthopädie. Als mich Gjomarkajs Männer gefesselt haben, haben sie das nur allzu gut gemacht, sie haben mir dabei das Handgelenk gebrochen. Siehst du? Gefällt dir mein Gips? Willst du auch darauf unterschreiben? Da sind schon alle Namen aus dem Kommissariat drauf, das heißt, nicht ganz alle … die von De Matteis fehlt, wer weiß, warum …«

»Gott, wie du aussiehst, Augusto, und dieser Verband über den Augen? Natürlich, Zoran hat dich ganz schön zugerichtet. Er hätte Kosmetiker werden sollen …«

»Machst du Witze? Seine Kunden würden ihn wegen Körperverletzung anzeigen.«

»Lanza …«

»Weißt du, das linke Auge schmerzt wirklich. Gestern haben sie mich in der plastischen Chirurgie operiert. Sie haben das Jochbein wieder gerichtet.«

»Hör zu, ... aua, tut das weh. Himmel, was ist denn passiert, ich habe das Gefühl, als sei ich von einem Traktor überfahren worden.«

»Unmöglich, dann wärst du tot.«

»Lanza, das ist eine Redensart ...«

»Ja, wirklich? Dann würde ich sagen, dass es sich um eine sehr eigenartige Redensart handelt. Das heißt: Wie kann man wissen, was jemand fühlt, der von einem Traktor überfahren wird? In dem Moment, in dem es passiert, ist es sehr wahrscheinlich, dass der Druck auf den Brustkorb ...«

»Lanza, willst du den ganzen Tag so weitermachen?«

»Womit weitermachen? Ich mache doch gar nichts, siehst du denn nicht, dass ich untätig im Bett liege?«

»O heilige Mutter Gottes, warum haben sie dich gerade neben mich gelegt?«

»Ich bin doch gar nicht wirklich im Krankenhaus.«

»Nein?«

»Nein.«

»Aber hattest du nicht gesagt, dass dein Handgelenk ...«

»Das war vorgestern. Ich bin deinetwegen hier. Du warst drei Tage ohne Bewusstsein. Sie haben dir ein paar Projektile aus der Schulter und aus der Hüfte geholt.«

»Aus dem Hintern?«

»Ja. Du hast Glück gehabt.«

»Ein Tritt in den Hintern, könnte man sagen.«

»Du wolltest sicher sagen: ein Schuss in den Hintern.«

»Lanza.«

»Ja?«

»Du hast eine scherzhafte Bemerkung gemacht.«

»Wer, ich?«

»Ja, du. Du hast einen Scherz gemacht. Einen schlechten Scherz, um die Wahrheit zu sagen, aber ich habe ihn erkannt, es war wirklich ein Scherz.«

»Ehrlich?«

»Nun komm, tu nicht so. ›Ein Schuss in den Hintern‹, ›Ein Schuss in den Ofen‹... du brauchst dich nicht zu schämen, scherzen ist menschlich, los, gib es schon zu. Ich sage es auch nicht weiter.«

»Pah, ich wollte dich nur verbessern. Ich dachte, du hättest das falsche Wort gewählt.«

»Okay, okay, lassen wir das ...«

»Also, was ich sagen wollte: Sie haben dich in der Unfallchirurgie operiert, du hast Glück gehabt, kein lebenswichtiges Organ ist geschädigt worden, nicht einmal die Bänder am Arm. Nur, dass wir erwartet hatten, dass du nach der Operation wieder aufwachst. Wahrscheinlich haben sie es mit der Anästhesie übertrieben.«

»Was hast du gesagt, wie lange habe ich geschlafen?«

»Drei Tage.«

»Was ist mit Zoran und allen anderen passiert?«

»Die Bande ist zerschlagen. Sie haben sie nach San Vittore gebracht. Gjomarkaj sitzt aber im Gefängnis von Opera in einer Hochsicherheitszelle. Auch die Staatsanwaltschaft in Rom ermittelt jetzt gegen ihn.«

»Und Don Leo?«

»Don Leo geht es gut. Sein Anwalt hat ihn praktisch sofort aus dem Gefängnis geholt. Die Zeugenaussage von Kommissarin Rinaldi war dabei von zentraler Bedeutung.«

»Aber, hör mal ... da ist etwas, das ich nicht kapiere ... du hast gesagt, die haben mich operiert.«

»Ja, vor drei Tagen. Wir haben uns abgewechselt, Tag und Nacht, Comaschi und ich. Comaschi ist jetzt im Kommissariat beim Staatsanwalt. Zeni hat ihm die ganzen Akten übergeben. Er hat De Matteis wegen Verfahrensfehlern bei den Ermittlungen und wegen Machtmissbrauchs suspendiert.«

»Schon gut, schon gut, warte, erzähl mir das später, bevor ich es vergesse … Ich war also in der Unfallchirurgie, richtig?«

»Richtig.«

»Und warum bin ich jetzt in der Orthopädie?«

»Das war deine Frau.«

»Was?«

»Das heißt, ich wollte sagen, deine Exfrau. Sie hat darauf bestanden, dass man dich hierherbringt.«

»Und warum?«

»Es war wohl so, dass du im Zustand der Bewusstlosigkeit über dein Knie geklagt hast. Deine Frau, das heißt, deine Exfrau, hat gesagt, dass du dir eine Verrenkung zugezogen hast, nein warte … wie hat sie sich noch ausgedrückt … nun, du fragst sie am besten gleich selbst, denn in Kürze beginnt die Besuchszeit, freust du dich?«

2

»Walter?«

Dieses Gesicht hatte er nicht erwartet.

»Hallo, Michele.«

»Ihr kennt euch?«, fragte Lanza neugierig.

»Nein, ich habe auf gut Glück geraten«, antwortete Ferraro.

»Was für ein Zufall! Es ist nicht einfach, den Namen Walter zu erraten. Michele ist schon wesentlich verbreiteter.«

»Lanza, hör auf. Natürlich kenne ich ihn. Warum sollte ich ihn denn sonst mit dem Vornamen anreden?«

»Ich weiß nicht … vielleicht wolltest du einfach raten … kann ja sein …«

Da war es wieder, da liefen sie wieder im gewohnten surrealistischen Hamsterrad.

Scarpi sah die beiden Kollegen belustigt an, als wären sie zwei Clowns, die ihm gleich eine private Show bieten würden. Das kratzte sehr an Ferraros Stolz.

»Bist du allein?«, fragte der Ispettore.

»Ja, natürlich.«

»Ist Francesca nicht da?«

»Kann sein. Vielleicht ist sie drüben im Wartezimmer. Ich habe sie nicht gesehen.«

Was geht hier vor? Er ist allein gekommen? Soll das heißen, dass er sich mit Francesca gestritten hat? Diese Frau hat mich, knapp dem Tode entronnen, daliegen sehen, hat heiße Tränen geweint und begriffen, dass sie ohne mich nicht leben kann.

»Ich bin gekommen, um nach dir zu sehen.«

»Willst du mir etwas sagen?«

»Ferraro, es ist doch offensichtlich, dass er dir etwas sagen will«, schaltete sich Lanza ein. »Er ist dein Arzt.«

»Was?«

Ferraro verstand gar nichts mehr.

»Vielmehr unser Arzt«, er schwenkte seinen eingegipsten Arm. »Den hier hat er mir gemacht.«

Ferraro sah seinen Kollegen blöde an: »Aber was erzählst du da?«

Lanza erhob sich vom Bett und streckte sich.

»Entschuldige, hast du nicht gesagt, dass du ihn kennst? Und du wusstest nicht, dass er auf dieser Station arbeitet?«

»Wie hätte ich das wissen sollen?«

»Ich weiß nicht. Vielleicht hättest du auf gut Glück raten können, mit dem Namen ist dir das doch auch gelungen.«

Himmel! Das war wie bei der versteckten Kamera.

»Michele«, brachte sich Scarpi ein. »Ich bin der Orthopäde, der dein Knie gerichtet hat. Nach der Unfall-Chirurgie haben wir dich hierhergebracht. Das Knie sah nicht besonders gut aus, lass dir das gesagt sein. Später wird jedenfalls der Chirurg vorbeikommen, der dich an der Schulter operiert hat, er ist ein Freund, und ich habe ihn gebeten, deinem Fall besondere Aufmerksamkeit zu widmen.«

Na, prima. Also nichts mit Ehefrau, die zu Verstand gekommen ist. Jetzt musste er diesem Arschloch auch noch dankbar sein.

»Was habe ich denn?«

»Nun, die Diagnose ist ziemlich einfach: Du hast eine beidseitige femoropatellare Dysplasie mit ebenfalls beidseitigen hypotrophischen Veränderungen des Vastus medialis obliquus.«

Ach ja, warum auch nicht! Türkisch wäre Ferraro vertrauter gewesen. Doch er sagte nichts (stolz wie immer); er würde später einfach Lanza fragen, der das Ganze sicherlich verstanden hatte.

»Ist es jetzt in Ordnung?«

»Nein! Machst du Witze? Du musst mindestens zehn Sitzungen aktiv-passiv kombinierte Krankengymnastik und Elektrostimulation zum Muskelaufbau des Vastus medialis obliquus machen.«

So ein Scheiß, bringt man euch an der Uni denn kein Italienisch bei?

Er sagte: »Hervorragend.« Er war reine Galle.

»Versuche bitte, meine Anweisungen strikt zu befolgen. Du hast dein Knie wirklich malträtiert, es wird lange dauern, bis seine Funktion vollständig wiederhergestellt ist.«

»Na klar, in Ordnung.« So ein Mist!

»Und ich, Dottore?«

»Ispettore Lanza, wir sehen uns in drei Wochen.«

»Wird sich die Heilung lange hinziehen?«

»Nein, keine Sorge, Sie können bald wieder arbeiten.«

»Nein, wissen Sie, ich dachte nicht an die Arbeit ... es ist, weil ich meinen Triceratops erst zur Hälfte fertig habe, und meine Frau beendet gerade ihren Tyrannosaurus, und da wir in ein paar Monaten eine Ausstellung haben, will ich nicht ...«

Scarpi sah Ferraro an, sein flehentlicher Blick bat um eine plausible Erklärung.

Der Ispettore flüsterte nur ein Wort: »Origami.«

»Was?«

Der Arzt brachte sein Ohr näher an seinen Patienten heran.

»Origami«, wiederholte Ferraro.

Lanza sprach in der Zwischenzeit weiter von Papierdinosauriern und sah dabei aus dem Fenster.

Scarpi wandte sich an Ferraro und versuchte mit leiser Stimme, sich mit ihm zu verbünden: »Entschuldige, meinst du nicht, dass dein Kollege ...«

Er beendete den Satz nicht, doch er tippte sich mit dem Zeigefinger an die Schläfe.

»Ja ... ja! Er ist verrückt. Völlig verrückt.« Ferraro lächelte glücklich. »Und er ist mein Freund.«

3

Giulia kam ins Zimmer gerannt, Francesca hielt sich hinter ihr, lächelnd blieb sie an den Türpfosten gelehnt stehen.

»Papa, Papa, du bist ja endlich wach!«

Sie kletterte fast auf ihn. Ihre Lippen auf seiner Wange waren kindlich und feucht.

»Natürlich, ich wusste, dass du kommen würdest, also bin ich aufgewacht.«

»Weißt du, dass du drei Tage geschlafen hast?«

»Da siehst du, dass ich sehr müde war.«

»Nein, man kann nicht sagen, dass du müde warst«, brachte sich Lanza ein. »In Wirklichkeit war es die Wirkung der Sedativa, die dich …«

Ferraro blitzte seinen Freund an: »Augusto, glaubst du, dass Giulia weiß, was Sedativa sind?«

»Papa, ich weiß, was das ist. Walter hat es mir erklärt.« (Aha.) »Das sind Tabletten, die man dir zu essen gibt, damit du nicht mehr merkst, dass es weh tut.« (Zehn Punkte für Walter. Seltsam nur, dass sie ihn immer noch nicht Papa nannte.) »Bist du nicht froh, dass Walter ein Doktor ist? Er hat dich gesund machen können, das ist doch toll, oder?«

Natürlich, sehr froh. Wie das Schaf an Ostern.

»Entschuldige mich, Michele«, warf der Arzt ein, »ich muss mit meiner Runde durch die Station weitermachen … ich überlasse dich deinen Besuchern.«

Er ging auf die Tür zu, Francesca begleitete ihn auf den Flur. Von seinem Bett aus konnte Ferraro trotzdem gut sehen, wie sie sich küssten. Sein Magen zog sich zusammen, und zwar nicht vor Hunger.

»Walter ist toll, oder, Papa? Er rettet Menschen, wie im Fernsehen.«

Grrrr.

»Weißt du was, Giulia?«

»Was, Signor Augusto?«

»Auch dein Papa rettet Menschen.«

»Ehrlich? Ich dachte, er schießt auf Banditen.«

»Das stimmt, manchmal tut er das, aber nicht immer … Stell dir vor, wenn er nicht gewesen wäre, wäre ich jetzt tot.«

»Nee …«

»Ich schwöre es.«

Francesca kam herein, schob den Stuhl ans Bett und setzte sich.

»Hallo, Michele.«

»Hallo.«

Sie sah ihn sich gut an, von oben bis unten.

»Wie geht es dir? Wie ist der Stand?«

»Signora, er steht nicht, er liegt im Bett, meiner Meinung nach wird er aber bald aufstehen können.«

»Herrgott, Lanza, das sagt man einfach so …«

»Aber Papa! Signor Augusto hat Recht: Du liegst im Bett!«

Da hatten sich zwei gefunden.

»Ich muss dir etwas sagen, Michele, nein, ich muss dir zwei Dinge sagen …«

»Ja?«

»Mimmo hat mich gebeten, ihn zu entschuldigen, er kommt dich frühestens in ein paar Tagen besuchen.«

»Ist er auf einer seiner krummen Touren?«

Francesca lächelte. Jedes Mal, wenn sie das tat, zog die ganze Geschichte der Renaissancemalerei vor Ferraros innerem Auge vorbei.

»Du weißt doch, wie er ist. Er hat erfahren, wie alles gelaufen ist, und hat eine seiner verrückten Ideen in die Tat umgesetzt.«

»Und was?«

»Er hat sich Baffo unter den Arm geklemmt und ist mit ihm nach Neapel zu Baffos Freund gefahren.«

»Wirklich?«

»Er hat gesagt, dass Baffo zumindest den Winter über dort bleiben soll und dass er ihm die Beine bricht, sollte er ihn je in Mailand antreffen.«

»Papa, macht Mimmo das wirklich?«

Besser, nicht die Wahrheit zu sagen.

»Und was hat Baffos Freund gesagt?«

»Das kannst du dir doch vorstellen, er hat sich sehr gefreut. Tiziana ist mitgefahren, sie war noch nie in Neapel, für sie ist das wie Flitterwochen. Wenn du ihn aber anrufen willst …«

»Das mache ich später.«

Lanza stand auf: »Apropos telefonieren …«

»Was ist los, Augusto?«

»Mir ist eingefallen, wie man den Pterodaktylus lösen kann, ich erkläre das sofort meiner Frau.«

4

Ferraro versuchte, sich aufzurichten, aber es gelang ihm nicht. Francesa zog ihm das Kissen im Rücken zurecht.

»Und das Zweite?«, nahm Ferraro den Faden wieder auf.

»Heute Morgen bin ich in unsere … das heißt, entschuldige, ich wollte sagen, in deine Wohnung gegangen.« (Freud lässt grüßen.) Ich bin hingefahren, um ein paar Sachen zu holen, Kleider zum Wechseln, Taschentücher …«

»Danke, das ist sehr nett von dir.«

»Und ich wollte dir sagen …«

Giulia unterbrach sie ungeduldig: »Papa, Papa, stimmt es, dass du noch in die Schule gehst?«

Ferraro sah seine Tochter an, dann seine Exfrau: »Wer hat dir das gesagt?«

»Eben, genau … es hat jemand von der Uni angerufen, ich war gerade in der Wohnung und habe abgenommen … Sie haben gesagt, dass es Probleme mit deinem Studienplan gibt und dass du dich beeilen musst.«

»In welcher Hinsicht?«

»Du musst bis Ende des Jahres eine Prüfung ablegen, sonst verfallen alle bisherigen.«

Ferraro stöhnte. Dann rechnete er kurz nach.

»Na ja, mal sehen.«

»Du hast noch zwei Monate, das kannst du schaffen.« Sie hatte auch schon nachgerechnet. »Zeni hat mir versichert, dass er dich die ganze Zeit zu Hause lassen wird.« Sie lächelte noch einmal, jetzt aber ein wenig gedämpfter. »Warum hast du mir das nicht erzählt?«

»Warum hätte ich sollen?«

Sie schüttelte den Kopf: »Du bist wie immer dünkelhaft.«

»Papa, was heißt dünkelhaft?«

Es klopfte an der Tür.

»Kann ich hereinkommen? Störe ich?«

Es war Elena, sie hatte eine Pralinenschachtel in der Hand. Wahrscheinlich hatte sie die nicht für ihn, sondern für sich selbst mitgebracht.

»Komm herein, Elena ...« Er versuchte erneut, sich aufzurichten, doch der Schmerz durchfuhr ihn vom Kopf bis in die Zehenspitzen. »Francesca, das hier ist Commissario Rinaldi.«

»Commissario ...«

»Ich heiße Elena.« Sie streckte Francesca eine Hand hin, diese stand auf und nahm die Hand. »Ich lasse mich nicht gerne mit meinem Titel ansprechen, wenn ich nicht im Dienst bin.«

»Freut mich, Francesca.«

»Sieh mal, was ich dir mitgebracht habe. Ich weiß nicht, ob du sie essen darfst, aber sicherlich darf diese hübsche junge Frau eine Praline haben, oder nicht?«

Giulia hüpfte aufgeregt herum: »Darf ich die Schachtel aufmachen?«

Sie öffnete die Schachtel, ohne die Antwort abzuwarten.

»Aber nur eine, Giulia.«

»Aber Papa …«

»Lass doch, für sie ist heute doch auch ein Festtag.«

»Aber ja, Elena hat recht.«

Na prima, schon stecken sie unter einer Decke.

»Du bist ja noch gar nicht nach Hause gefahren.«

»Machst du Witze? Bei all der Arbeit, die du und dein Partner mir jetzt aufgehalst habt? Außerdem wollte ich nicht fahren, ohne dir gedankt zu haben.«

»Ach was, ich habe doch gar nichts getan. Lanza hat Gjomarkaj gefunden …«

»Nein, Michele, spiel das nicht so herunter. Ist dir klar, was ihr getan habt? Ihr habt den Teufel gefangen. Lach nicht, ich meine das ernst. Wie euer heiliger Ambrosius. Ihr habt ihn bei den Hörnern gepackt. Jetzt müssen wir ihn bearbeiten. Du wirst sehen, dass er am Ende kollaboriert, es bringt ihm nichts, den Mund zu halten.«

Giulia reichte Elena die offene Schachtel.

»Willst du eine?«

»Danke, hübsche junge Frau … mmmh, lecker, hör mal, wie heißt du denn?«

»Ich heiße Giulia Ferraro, und du?«

»Ich heiße Elena.«

»Bist du Polizistin?«

»Ja.«

»Bist du eine Freundin von meinem Papa?«

»Natürlich. Sonst hätte ich ihm doch keine Pralinen mitgebracht, oder?«

»Ja, das stimmt. Aber warum habe ich dich vorher noch nie gesehen?«

»Giulia, geh Elena bitte nicht auf die Nerven.«

»Ach was, sie geht mir überhaupt nicht auf die Nerven. Wenn ich bedenke, als meiner noch so klein war …«

»Hast du ein Kind?« Giulia Naseweis.

»Ja, Giulia, er ist nur ein bisschen älter als du.«

»Wie alt ist er denn?«

»Vierzehn.«

Giulia war enttäuscht: »Dann ist er ja schon ganz schön alt.«

»Giulia!«

»Na ja, in gewisser Weise hat sie ja recht.«

»Und wie heißt sein Papa?«

»Giulia, hörst du jetzt auf?«

»Aber Mama …«

Elena lächelte nachsichtig: »Keine Sorge, Francesca, das ist gar kein Problem.« Dann wandte sie sich an Giulia: »Hör zu: Mauros Papa hieß Massimo. Nur, dass er jetzt nicht mehr da ist.«

»Warum?«

»Weil er gestorben ist. Vor drei Jahren.«

Ferraro spürte, wie ihm ein Schauder über den Rücken lief.

»Wie ist das passiert?«, fragte er. »Im Dienst?«

Elena lachte laut: »Man sieht, dass du Polizist bist. Du argumentierst wie ein Bulle. Mein Mann war Bankangestellter. Er hat nicht einmal seinen Wehrdienst abgeleistet, stell dir vor.«

Da siehst du's! Kaum eine halbe Stunde wach, und schon hatte er sein tägliches Fettnäpfchen gefunden und war hineingetreten. Ein Rekord.

Francesca sah Elena mitfühlend an. Dann stand sie auf.

»Setz dich doch, Elena. Vielleicht musst du Michele noch etwas erzählen, ich will nicht, dass …«

»Aber nein, lass doch.«

»Setz dich, kein Problem. Wir müssen jetzt sowieso gehen.«

Schließlich setzte sich Elena. Francesca, die hinter ihr stand, legte ihr eine Hand auf die Schulter. Eine Geste. Alle verstanden.

Elena nahm noch eine Praline, wo sie schon einmal da war. Giulia tat es ihr nach.

»Mama, willst du auch eine?«

»Nein danke, mein Schatz.«

Immer auf Diät. Ein Leben voller Opfer.

»Und du, Papa?«

Aber ja doch. Ich habe es schließlich verdient.

5

»Los, Giulia, verabschiede dich, wir müssen gehen.«

»Jetzt schon? Ich will hierbleiben, ich will mit Elena reden. Sie ist meine Freundin. Das stimmt doch, oder?«

»Natürlich sind wir Freundinnen.«

Francesca ging zur Garderobe und nahm die Jacken. Giulia war nicht einverstanden mit dem, was ihre Mutter vorhatte.

»Ich will nicht gehen. Ich will bei Papa bleiben.«

Francesca sah Ferraro unschlüssig an.

»Also gut, fünf Minuten noch, dann gehen wir aber.«

Giulia ließ sich das nicht zweimal sagen. Eine Sekunde später saß sie auf dem Bett ihres Vaters.

Sie wandte sich wieder an Elena: »Was hast du gesagt, wie dein Sohn heißt?«

»Er heißt Mauro.«

»In der Schule ist einer, der heißt auch Mauro. Er zieht mich immer an den Haaren.«

»Und was tust du dann?«

»Ich gehe zur Lehrerin und sage es.«

»Aber er macht es trotzdem wieder, stimmt's?«

»Ja. Woher weißt du das?«

»Die Männer sind alle gleich. Pass auf: Wenn er dich das nächste Mal an den Haaren zieht, dann trittst du ihn dorthin.«

Sie zeigte auf ihr Schienbein.

»He, das ist Anstiftung zum Verbrechen«, sagte Ferraro.

»Sie ist ein Mädchen, sie muss lernen, sich vor den Männern zu verteidigen!«

»Sie hat recht«, fügte Francesca hinzu.

Es war besser, den Mund zu halten, er war von lauter gestählten Frauen umzingelt. Hier funktionierten Mimmos Theorien nicht.

»Übrigens, weißt du was? Ich nehme Fusco nach Rom mit.«

»Was?«

»Aber ja, hier ist ihr Talent vergeudet. Sie ist eine intelligente junge Frau, und ich brauche eine Assistentin.«

»Und was sagt Zeni dazu?«

»Nichts.«

»Pass aber auf. Er ist nicht der Typ, der sich leicht geschlagen gibt.«

»Weißt du, dass mein Papa den Signor Augusto gerettet hat?«

»Ja, natürlich weiß ich das, ich war ja auch dabei.«

»Ehrlich?«

»Ehrlich, er war toll, dein Papa, wie ein richtiger Held.«

»Ich dachte immer, dass er Leute totschießt.« (Sie sieht zu viele Kriminalfilme im Fernsehen, das ist es.) »Mama sagt, dass man keine Leute totschießen darf.«

»Sie hat recht.«

»Schießt du Leute tot?«

»Giulia, hör auf!« Francesca fühlte sich für ihre Tochter verantwortlich.

»Nein, ich habe noch nie jemanden erschossen.«

»Aha.«

Es war nicht klar, ob Giulia nun zufrieden oder enttäuscht war. Ferraro versuchte, die Unterhaltung wieder in die Hand zu nehmen.

»Wann reist du ab?«

»Bald. Wenn ich es schaffe, schon heute Abend.«

»Fährst du wirklich weg?«, fragte Giulia.

Jetzt war sie ehrlich enttäuscht, man hörte es ihrer Stimme an.

»Ja, Giulia. Ich fahre nach Hause. Ich muss doch zu meinem Sohn zurück.«

»Schade. Ich wollte gerne mir dir eine Pizza bei Mustafa essen gehen. Heute ist Sonntag. Ich gehe immer mit Papa am Sonntag dorthin.«

»Vielleicht komme ich eines Tages wieder nach Mailand, und dann machen wir das, in Ordnung?«

»In Ordnung.«

»In der Tat«, sagte Elena und stand auf, »ist es besser, wenn ich jetzt gehe.«

Francesca stand noch immer hinter ihr. Ganz selbstverständlich umarmten sie sich, als würden sie sich schon immer kennen. Frauen tun so was.

»Gute Reise, Elena.«

»Danke.« Dann an Giulia gewandt: »Und du, meine Kleine, sei schön brav.«

»Darf ich dir einen Kuss geben?«

»Klar, wir sind doch Freundinnen.«

Schmatz.

Dann reichte sie Ferraro eine Hand.

»Michele, wir hören voneinander. Comaschi führt offiziell hier in Mailand die Ermittlungen. Versuch du, wieder auf die Beine zu kommen. Ich will, dass du auf dem Laufenden bleibst.«

»In Ordnung.«

Er streckte ebenfalls die Hand aus. Ein kräftiger Händedruck.

»Papa.«

»Was denn?«

»Elena ist doch deine Freundin, oder?«

»Ja, sicher.«

»Wenn meine Freunde in Urlaub fahren, gebe ich ihnen einen Kuss. Warum gibst du ihr nicht einen Kuss?«

Richtig. Warum gebe ich ihr eigentlich keinen Kuss?